J. D. ROBB

Das Böse im Herzen

Autorin

J. D. Robb ist das Pseudonym der international höchst erfolgreichen Autorin Nora Roberts, einer der meistgelesenen Autorinnen der Welt. Unter dem Namen J. D. Robb veröffentlicht sie seit Jahren erfolgreich Kriminalromane.

Liste lieferbarer Titel

Rendezvous mit einem Mörder · Tödliche Küsse · Eine mörderische Hochzeit · Bis in den Tod · Der Kuss des Killers · Mord ist ihre Leidenschaft · Liebesnacht mit einem Mörder · Der Tod ist mein · Ein feuriger Verehrer · Spiel mit dem Mörder · Sündige Rache · Symphonie des Todes · Das Lächeln des Killers · Einladung zum Mord · Tödliche Unschuld · Der Hauch des Bösen · Das Herz des Mörders · Im Tod vereint · Tanz mit dem Tod · In den Armen der Nacht · Stich ins Herz · Stirb, Schätzchen, stirb · In Liebe und Tod · Sanft kommt der Tod · Mörderische Sehnsucht · Ein sündiges Alibi · Im Namen des Todes · Tödliche Verehrung · Süßer Ruf des Todes · Sündiges Spiel · Mörderische Hingabe · Verrat aus Leidenschaft · In Rache entflammt · Tödlicher Ruhm · Verführerische Täuschung · Aus süßer Berechnung · Zum Tod verführt

Mörderspiele. Drei Fälle für Eve Dallas · Mörderstunde. Drei Fälle für Eve Dallas

Nora Roberts ist J. D. Robb
Ein gefährliches Geschenk

J.D. Robb

Das Böse im Herzen

Roman

Deutsch von Uta Hege

blanvalet

Die Originalausgabe erschien 2014 unter dem Titel
»Concealed in Death« bei G. P. Putnam's Sons,
a member of Penguin Group (USA) Inc., New York.

Verlagsgruppe Random House FSC® N001967

3. Auflage
Copyright © der Originalausgabe 2014 by Nora Roberts
Published by Arrangement with Eleanor Wilder
Dieses Werk wurde vermittelt durch die
Literarische Agentur Thomas Schlück GmbH, 30161 Hannover.
Copyright © 2019 der deutschsprachigen Ausgabe
by Blanvalet Verlag, in der Verlagsgruppe Random House,
Neumarkter Str. 28, München
Redaktion: Regine Kirtschig
Umschlaggestaltung: www.buerosued.de
Umschlagmotiv: sankai/iStock.com
Satz: Buch-Werkstatt GmbH, Bad Aibling
Druck und Bindung: GGP Media GmbH, Pößneck
LH · Herstellung: sam
Printed in Germany
ISBN: 978-3-7341-0807-5

www.blanvalet.de

Du bist mein Schirm,
du wirst mich vor Angst behüten,
dass ich errettet gar fröhlich rühmen kann.

PSALM 32,7

Ein schlichtes Kind,
dem leicht der Atem geht,
das munter sich bewegt, wer weiß,
wie es den Tod versteht.

WILLIAM WORDSWORTH, WIR SIND SIEBEN

I

Gebäude starben, wenn man sie verfallen ließ. Anders als durch Erdbeben und Stürme, die sie voller Leidenschaft und Zorn zum Einsturz brachten, wurden sie durch die Missachtung ihrer Eigentümer unauffällig und langsam umgebracht.

Wobei seine Betrachtungsweise eines Hauses, das seit über einem Dutzend Jahren nur noch Ratten oder Junkies Zuflucht bot, vielleicht ein bisschen zu romantisch war.

Aber mit einer Vision und einem Haufen Geld könnte man dafür sorgen, dass das alte Haus, das in dem früher als Hells's Kitchen verrufenen Stadtteil traurig seine Schultern hängen ließ, bald wieder aufrecht stünde und eine neue Bestimmung fand.

Roarke war ein Mann mit zahlreichen Visionen und jeder Menge Geld, er setzte beides gern für Dinge ein, die ihm Freude machten.

Er hatte es bereits seit über einem Jahr auf diese ganz besondere Immobilie abgesehen und wie eine Katze vor dem Mauseloch geduldig ausgeharrt, bis es mit dem Mischkonzern, dem das Haus gehörte, wirtschaftlich bergab gegangen war. Er hatte über Monate hinweg sein Ohr gegen das Mauseloch gepresst, weshalb ihm weder die Gerüchte von einer Sanierung oder einem Abriss der

Immobilie noch vom endgültigen Konkurs der Firma entgangen waren. Wie erwartet, hatten sich die Eigentümer am Ende von der Immobilie trennen wollen. Trotzdem hatte er gewartet, bis der seiner Meinung nach zu hohe Preis auf ein vernünftigeres Maß gesunken war.

Auch danach hatte er noch etwas länger abgewartet und die Eigentümer ein wenig schwitzen lassen, weil er wusste, dass die finanziellen Schwierigkeiten, die sie hatten, sie am Ende zwingen würden, sich mit einer erheblich niedrigeren Summe zu begnügen, um das Haus, das sie nicht länger unterhalten konnten, loszuwerden.

Der Kauf und der Verkauf von Immobilien wie von allen anderen Dingen war natürlich ein Geschäft. Aber zugleich war es für ihn ein Spiel, das er mit Freuden spielte, weil er es mit schöner Regelmäßigkeit gewann. Die Rolle des Geschäftsmanns war im Grunde beinah so befriedigend und amüsant wie die des Diebs.

Als Kind hatte er gestohlen, um zu überleben, diese Tätigkeit hatte er als Erwachsener fortgesetzt, weil er verdammt geschickt darin gewesen war und sie auf Dauer ebenfalls ein Spiel für ihn geworden war.

Aber diese Zeiten waren längst vorbei, und er bereute es nur selten, dass er aus der Dunkelheit ins Licht gewechselt hatte. Okay, den Grundstein seines jetzigen Vermögens hatte er noch in besagter Dunkelheit gelegt, inzwischen aber vermehrte er sein Geld und nutzte seine Macht legal und für jeden sichtbar.

Wenn er daran dachte, welches Leben er aufgegeben hatte, und welches er infolgedessen gewonnen hatte, wusste er, in seinem ganzen Leben hatte er nie einen besseren Deal gemacht.

Jetzt stand der hochgewachsene, schlanke, durchtrainierte Mann in dunkelgrauem Maßanzug und sorgfältig gestärktem torfrauchfarbenen Hemd, in seinem jüngst gekauften Haus zusammen mit Pete Staski, seinem hemdsärmeligen Vorarbeiter, und der gut gebauten Architektin Nina Whitt inmitten eines Haufens Schutt. Arbeiter schwirrten um sie herum, schleppten Werkzeuge herein und riefen sich über den Lärm hinweg, den Roarke bereits von unzähligen anderen Baustellen auf und außerhalb der Erde kannte, lautstark Anweisungen und Beleidigungen zu.

»Die Bausubstanz ist wirklich gut«, erklärte Pete und kaute nachdenklich auf seinem Brombeerkaugummi herum. »Und auch die Arbeit schreckt mich nicht, aber ich sage trotzdem noch einmal, es wäre deutlich günstiger, den Kasten einfach abzureißen und ein neues Haus zu bauen.«

»Kann sein«, pflichtete Roarke ihm bei, wobei ihm sein heimatlicher irischer Dialekt deutlich anzuhören war. »Trotzdem hat das Haus es nicht verdient, einfach abgerissen zu werden. Wir werden es entkernen und dann das draus machen, was mir Nina vorgeschlagen hat.«

»Sie sind der Boss.«

»Genau.«

»Es wird sich auf alle Fälle lohnen«, versicherte die Architektin Roarke. »Ich finde immer, dass die Abrissarbeiten der aufregendste Teil eines Projektes sind. Die Dinge, die sich überlebt haben, kommen weg, damit man etwas völlig Neues aus einem Gebäude machen kann.«

»Und man weiß nie, worauf man dabei vielleicht stößt«, erklärte Pete und bückte sich nach einem Vorschlaghammer, der zu seinen Füßen lag. »Einmal haben wir ein ganzes Treppenhaus entdeckt, das hinter Spanplatten verborgen war. Auf den Stufen lag ein Stapel Zeitschriften von 2015, wie meine Großmutter sie gelesen hat.«

Kopfschüttelnd hielt er Roarke den Hammer hin. »Am besten machen Sie den Anfang. Es bringt Glück, wenn der Besitzer selbst die ersten Schläge macht.«

»Wenn's Glück bringt, will ich nicht so sein.« Amüsiert zog Roarke die Anzugjacke aus, drückte sie Nina in die Hand, warf einen Blick auf die vernarbte, feuchte Wand und lächelte, als er das orthografisch fehlerhafte Graffiti in Höhe seiner Schulter sah.

Fik die verfikte Welt!

»Dann fange ich in dieser Ecke an, okay?« Er wog den Vorschlaghammer in der Hand, holte aus und rammte ihn so kraftvoll in den Gipskarton, dass Pete ein zustimmendes Knurren entfuhr.

Das Billigmaterial zerbarst und spuckte grauen Staub und undefinierbare Brocken aus.

»Eine ordentliche Wand sieht anders aus«, bemerkte Pete. »Wahrscheinlich ist es reines Glück, dass dieses dünne Ding nicht längst von selbst zusammengefallen ist.« Er schüttelte erbost den Kopf. »Wenn Sie wollen, holen Sie noch zweimal aus, dann gibt sie vollends nach.«

Wahrscheinlich war es menschlich, dachte Roarke, dass er einen derart idiotischen Gefallen daran fand, mutwillig etwas zu zerstören. Er schlug noch einmal zu, und während weitere graue Brocken durch die Gegend flogen, holte er zum dritten Mal mit seinem Vorschlaghammer aus. Tatsächlich gab die Gipswand jetzt nach, wie von seinem Vorarbeiter prophezeit, und er entdeckte einen schmalen Raum und eine zweite Wand.

»Was ist das denn für ein Scheiß?« Pete trat neben seinen Boss und blickte durch die Öffnung in der ersten Wand.

»Warten Sie.« Roarke legte seinen Vorschlaghammer fort, zog Pete am Arm zurück und schob sich selber durch das Loch.

In dem knapp einen Meter breiten Raum zwischen der ersten und der zweiten Wand lagen zwei Bündel, die in dickes Plastik eingewickelt waren.

Trotzdem konnte er erkennen, was es war.

»Tja nun, wie lautete noch mal das Graffiti? Fick die verfickte Welt.«

»Ist das … heiliges Kanonenrohr.«

»Was ist?« Mit Roarkes Jacke in der Hand lugte auch Nina durch das Loch. »Oh! Oh mein Gott! Das sind … das sind …«

»Leichen«, beendete Roarke den Satz. »Oder das, was davon übrig ist. Sie müssen Ihren Leuten sagen, dass sie die Arbeit einstellen sollen, Pete. Am besten kontaktiere ich erst einmal meine Frau.«

Roarke zog sein Jackett aus Ninas schlaffen Fingern, nahm ein Handy aus der Tasche, und als Eves Gesicht auf dem Display erschien, erklärte er: »Ich brauche einen Cop.«

Lieutenant Eve Dallas stand vor einem dreigeschossigen, mit Rußflecken und Schmierereien übersäten Backsteinbau mit Brettern vor den Fenstern und rostigen Riegeln an den Türen. Was zum Teufel fand Roarke an dieser Bruchbude?

Okay, sie kannte ihn und wusste, wenn die Immobilie keinen finanziellen oder anderen Wert besäße, hätte er sie sicher nicht gekauft.

Doch deswegen war sie nicht hier.

»Vielleicht sind es ja gar keine Leichen.«

Eve warf einen Blick auf ihre Partnerin. Wie's aussah, würde das Jahr 2060 mit diversen Frostbeulen an den Füßen von der Bühne gehen, um sich vor dem eisigen Dezemberwind zu schützen, hatte Peabody sich fest in einen violetten Flauschmantel gehüllt, in dem sie aussah wie ein Eskimo. Wobei wahrscheinlich nicht einmal ein Eskimo jemals so weit gegangen wäre, etwas anzuziehen, in dem man aussah wie ein lilafarbener Teddybär.

»Wenn er gesagt hat, dass dort Leichen liegen, liegen dort auch Leichen«, brummte sie.

»Ja, wahrscheinlich«, stimmte Peabody ihr widerstrebend zu. »Wir sind schließlich beim Morddezernat, das heißt, für uns beginnt der Tag, wenn er für andere endgültig geendet hat.«

»Vielleicht sollten Sie sich dieses Motto auf ein Kissen sticken.«

»Ich finde eher, dass es ein netter Aufdruck für ein T-Shirt ist.«

Eve nahm die beiden aufgesprungenen Betonstufen bis zu der Flügeltür, die weniger aus Eisen als aus zentimeterdickem Rost bestand. In ihrem Job fingen tatsächlich ständig neue Tage damit an, dass die von anderen endgültig vorüber waren.

Sie war eine hochgewachsene, schlanke Frau in einem

langen Ledermantel und robusten Stiefeln, ihr kurz geschnittenes Haar flatterte im selben warmen Whiskeyton wie ihre Augen im kalten Wind. Sie zerrte an der Tür, die kreischend wie ein Klageweib mit einem entzündeten Kehlkopf aufging.

Ihr schmales Gesicht, in dessen Kinn ein flaches Grübchen war, spiegelte die Überraschung wider, als sie all den Schmutz, den Schutt und den katastrophalen Zustand der wahrscheinlich einst durchaus pompösen Eingangshalle sah.

Dann aber wurde ihre Miene kalt, und sie sah sich mit den ausdruckslosen Augen einer Polizistin um.

Peabody, die hinter ihr hereingekommen war, entfuhr ein leises: »Iiiih.«

Obwohl sie diese Meinung durchaus teilte, enthielt Eve sich eines Kommentars und blickte auf die Gruppe, die vor der teilweise eingestürzten Mauer stand.

Roarke drehte den Kopf, und als er sie entdeckte, kam er mit schnellen Schritten auf sie zu.

Statt in seinem teuren Kaiser-der-Geschäftswelt-Anzug, mit der Mähne seidig weichen, schwarzen Haars, das ihm beinah bis auf die Schultern fiel, und dem von irgendeiner großzügigen Gottheit feingemeißelten Gesicht in all dem Dreck und Unrat deplatziert zu wirken, fügte er sich wie fast immer problemlos und vor allem souverän in die Umgebung ein.

»Lieutenant«, grüßte er und blickte sie aus seinen wilden, blauen Augen an. »Peabody. Tut mir leid, wenn ich euch Umstände bereite.«

»Ihr habt hier irgendwelche Leichen?«

»So sieht's aus.«

»Dann machst du uns keine Umstände, denn schließlich ist das unser Job. Da drüben, in dem Raum hinter der Wand?«

»Genau. Soweit ich bisher sehen konnte, sind es zwei. Und nein, nachdem ich durch die Wand gebrochen bin und sie gefunden habe, hat dort niemand etwas angerührt. Ich weiß inzwischen schließlich, wie das läuft.«

Tatsächlich kannte er sich sogar ziemlich gut mit ihrer Arbeit aus, und andersherum wusste sie, dass er zwar beherrscht und kontrolliert wie immer, aber gleichzeitig auch spinnewütend war.

Denn schließlich hatte irgendjemand hier in seinem Haus zwei Menschen umgebracht.

Sie passte ihren Ton an seine kalte Stimme an. »Wir wissen erst, was wir hier haben, wenn wir's gesehen haben.«

»Ich weiß es jetzt schon, denn ich habe es bereits gesehen.« Er berührte flüchtig ihren Arm. »Eve, ich denke …«

»Sag am besten erst mal nichts. Es ist besser, wenn ich diese Dinge angehe, ohne dass bereits ein Bild in meinem Kopf entstanden ist.«

»Natürlich hast du recht.« Er führte sie zu der zerstörten Wand. »Lieutenant Dallas und Detective Peabody, Pete Staski«, stellte er die drei einander vor. »Er leitet meinen Bautrupp.«

»Hi.« Der Vorarbeiter tippte sich mit einem Finger an den Schirm der schmuddeligen Baseballkappe, die er trug. »Bei Abrissarbeiten erwartet man zwar jede Menge Scheiß, aber so etwas ganz sicher nicht.«

»Mit so etwas rechnet man nie. Und wer ist das?«,

erkundigte sich Eve und zeigte auf die junge Frau, die mit hängendem Kopf auf einem umgedrehten Eimer saß.

»Meine Architektin Nina Whitt. Sie ist noch ein bisschen zittrig.«

»Okay. Am besten tretet ihr jetzt erst mal alle einen Schritt zurück.«

Eve sprühte sich die Hände und die Stiefel ein und trat entschlossen vor das Loch. Die Ränder waren ungleichmäßig, aber es erstreckte sich vom Boden bis zur Decke und war gute sechzig Zentimeter breit.

Wie zuvor schon Roarke sah sie sofort die beiden Plastiksäcke, die in einer Ecke aufeinanderlagen, und erkannte, dass sie eindeutig nicht grundlos von ihm angerufen worden war.

Sie zog ihre Taschenlampe aus dem Untersuchungsbeutel, schaltete sie ein und schob sich durch das Loch.

»Vorsicht, Lady – Lieutenant«, warnte Pete. »Die Träger in der Wand sind ziemlich instabil. Ich hole Ihnen besser einen Helm.«

»Schon gut.« Sie ging in die Hocke und sah sich die Fundstücke im Strahl der Taschenlampe an.

Wahrscheinlich waren in den Säcken nur noch Knochen, überlegte sie. Nirgends lagen irgendwelche Kleider oder Stofffetzen herum, aber die Stellen, wo die Ratten erst das Plastik und danach die toten Körper angeknabbert hatten, waren nicht zu übersehen.

»Wissen wir, wann diese Mauer hochgezogen worden ist?«

»Nicht sicher, nein«, erklärte Roarke. »Ich habe etwas recherchiert, als wir auf dich gewartet haben, um zu sehen, ob der Einzug dieser Wand von offiziellen Stellen genehmigt worden ist, aber anscheinend ist das nicht der Fall. Auch die Vertreterin der bisherigen Eigentümer habe ich schon kontaktiert, sie behauptet, dass die Wand beim Kauf des Hauses vor vier Jahren schon gestanden hat. Also habe ich auch noch den Vorvoreigentümer angerufen, der aber bisher noch nicht zurückgerufen hat.«

Sie hätte sagen können, dass er ihr diese Recherchen überlassen sollte, doch die Mühe und die Spucke konnte sie sich sparen.

»Peabody, bestellen Sie die Spurensicherung und einen forensischen Anthropologen ein. Sagen Sie der SpuSi, dass sie sich hinter den Wänden und unter den Böden noch nach weiteren Kadavern umsehen soll.«

»Okay.«

»Du denkst, dass es hier vielleicht noch mehr Leichen gibt«, bemerkte Roarke.

»Nachsehen müssen wir auf jeden Fall.«

Sie schob sich wieder durch das Loch und sah ihn an. »Ihr müsst die Arbeiten hier erst mal einstellen.«

»Das habe ich mir schon gedacht.«

»Bevor ihr geht, nimmt Peabody noch eure Aussagen und die Kontaktdaten deiner Leute auf.«

»Und du?«, erkundigte sich Roarke.

»Ich mache mich jetzt an die Arbeit.« Sie zog den Mantel aus, trat wieder durch das Loch und nahm die sorgfältig verpackten Leichname aus allen Winkeln auf.

»Die skelettierten Überreste beider Opfer sind in zwei dicke Plastiksäcke eingepackt, in denen jede Menge Löcher sind. Sieht aus, als hätte irgendwelches Ungeziefer die Säcke angenagt. Deshalb waren die Leichen Luft, Hitze und Kälte ausgesetzt und haben sich wahrscheinlich schneller als geplant zersetzt. Bisher ist nicht bekannt, wann diese zweite Wand errichtet worden ist, und hier vor Ort ist es unmöglich, auch nur einen ungefähren Todeszeitpunkt festzustellen.«

Sie ließ die Säcke erst mal zu, maß nach, wie lang sie waren, und runzelte die Stirn, als sie die Zahlen auf dem kleinen Bildschirm sah.

»Das Opfer Nummer zwei, das oben liegt, war 1,52 Meter, und das Opfer Nummer eins, das unten liegt, war 1,49 Meter groß.«

»Kinder«, hörte sie Roarkes Stimme direkt hinter sich. »Es waren noch Kinder.«

Statt sich zu ihr in den schmalen Zwischenraum zu schieben, stand er in dem Loch, das in die erste Wand gebrochen worden war.

»Das genaue Alter kann nur der Forensiker ermitteln«, meinte sie, schüttelte dann aber den Kopf, denn schließlich sprach sie hier nicht nur mit einem Zeugen, sondern auch mit ihrem Ehemann. Dieser Ehemann hatte ihr schon so oft bei den Ermittlungen geholfen, dass er zwischenzeitlich selbst ein halber Bulle war.

»Ja, wahrscheinlich waren es Kinder«, stimmte sie ihm widerstrebend zu. »Aber offiziell bestätigen kann ich das erst mal nicht. Am besten gehst du jetzt los und gibst deine Aussage zu Protokoll.«

Er drehte seinen Kopf und sah, dass Peabody in mitfühlendem Ton mit der noch immer fassungslosen Architektin sprach. »Gerade ist Nina dran, und es sieht aus, als ob's bei ihr ein bisschen länger dauern wird. Ich könnte dir also zur Hand gehen, wenn du willst.«

»Das ist keine gute Idee.« Vorsichtig zog sie den

Plastiksack des zweiten Opfers auf. »Die Schädeldecke wirkt intakt – ein sichtbares Schädeltrauma liegt nicht vor. Genauso wenig kann ich irgendwelche Schäden, Kratzer oder Bruchverletzungen an Hals und Oberkörper sehen.« Sie setzte eine Mikrobrille auf. »Der Riss im linken Arm, oberhalb des Ellenbogens weist auf eine mögliche Verletzung hin. Und dieser Fingerknochen hier ist ziemlich krumm. Natürlich weiß ich nicht, ob das was zu bedeuten hat, aber er sieht eindeutig anders als die anderen Fingerknochen aus. Tödliche Verletzungen sind bisher nicht zu sehen. Für die Identifizierung der skelettierten Überreste sind ein Pathologe und dazu noch ein Forensiker erforderlich. Von Kleidern, Schuhen, Schmuck oder persönlichen Gegenständen ist hier nichts zu sehen.«

Sie setzte sich auf ihre Fersen und sah wieder auf zu Roarke. »Ich habe nur die blanken Knochen, doch im Allgemeinen ist der Kiefer eines Jungen oder Mannes eher kantig, während dieser hier eher rundlich auf mich wirkt. Da auch die Beckengegend eines Jungen oder Mannes für gewöhnlich etwas ausgeprägter ist, sehen diese Überreste für mich eher weiblich aus.«

»Wie die eines jungen Mädchens«, stellte Roarke mit ausdrucksloser Stimme fest.

»Wobei ich das nicht sicher weiß. Auch der Todeszeitpunkt und die Todesursache stehen noch nicht fest. Vielleicht bringt es uns ja weiter, wenn wir wissen, wann die Wand hier hochgezogen wurde, denn die Wahrscheinlichkeit ist groß, dass sie extra errichtet wurde, weil jemand die Leichen verstecken wollte. Wenn wir wissen, seit wann diese Mauer hier steht, finden wir zusammen mit der Forensik ja vielleicht den ungefähren Todeszeitpunkt raus.«

Entschlossen stand sie wieder auf. »Außerdem brauche ich die Forensik, um herauszufinden, wer die beiden sind. Sobald wir ihre Namen kennen, können wir versuchen zu ermitteln, wie und wann sie in das Haus gekommen sind.«

Da sie am Fundort der Leichen nichts mehr unternehmen konnte, stieg sie wieder durch das Loch, bis sie direkt vor ihrem Gatten stand.

»Sie waren ungefähr gleich groß«, bemerkte Roarke.

»Ja. Eventuell waren sie auch der gleiche Opfertyp – hatten ungefähr dasselbe Alter und dieselbe Hautfarbe und wurden hier zusammen umgebracht. Vielleicht aber auch nicht. Ich sehe keine Spuren von Gewalteinwirkung, vielleicht ergeben die genaueren Untersuchungen ja was. Moment.«

Sie ging zu Peabody, die noch immer mit der Architektin sprach.

»Es tut mir leid, dass ich Ihnen nicht besser helfen kann. Das Ganze macht mich wirklich fertig. Ich habe noch nie …« Nina blickte zu der offenen Wand und wandte sich dann eilig wieder ab. »Im Grunde konnte ich sie gar nicht richtig sehen, aber …«

»Haben Sie die Wände und die Böden untersucht, nachdem Sie den Job bekommen hatten?«, fragte Eve.

»Natürlich waren wir mehrmals hier im Haus, haben uns alles angesehen und Maß genommen. Roarke hat uns die Anweisung erteilt, das Gebäude zu entkernen und neue Räume zu entwerfen. Wir haben alle Unterlagen und Zeichnungen hier – architektonisch, ingenieurstechnisch und statisch. Die Eingeweide …« Sie erbleichte und brach ab. »Ich meine, die Hülle, die Struktur des Hauses ist sehr gut, auch wenn das Innere total marode ist. Hier wurde jede Menge Billigmaterial verbaut, das Design ist einfach schlecht, und im Verlauf von mehreren Jahrzehnten wurden immer wieder einmal auf die Schnelle irgendwelche Reparaturen durchgeführt, wobei man dieses Haus dann irgendwann einfach verfallen lassen hat.«

»Wissen Sie, wann der Verfall begonnen hat?«

»Unsere Recherche hat ergeben, dass das Haus seit circa fünfzehn Jahren nicht mehr offiziell für Wohnzwecke verwendet worden ist. Ich habe mich etwas mit der Geschichte dieser Immobilie befasst, weil der Hintergrund mir bei meinen Entwürfen für die neuen Räumlichkeiten hilft.«

»Schicken Sie mir alles, was Sie haben. Jetzt können Sie erst einmal gehen. Haben Sie einen Wagen hier?«

»Ich kann einfach ein Taxi nehmen. Kein Problem. Normalerweise bin ich nicht so … zartbesaitet. Könnte ich noch kurz mit Roarke sprechen, bevor ich gehe?«

»Sicher«, meinte Eve und wandte sich an Peabody. »Ich denke, dass es Kinder sind.«

»Ah, verdammt.«

»Natürlich weiß ich es noch nicht genau, aber ich gehe erst mal davon aus. Am besten nehmen Sie auch die Aussage von Roarke entgegen, damit niemand sagen kann, dass hier gemauschelt worden ist. Ich knöpfe mir solange seinen Vorarbeiter vor«, erklärte sie, und als der erste Spurensicherer durch die breite Eiseneingangstür des Hauses trat, erklärte sie dem Mann, worum es ging, nahm danach Petes zwar knappe, aber farbenfrohe Aussage entgegen und ging dann zurück zu Roarke.

»Am besten findest du so viel wie möglich über diese

Immobilie in den letzten fünfzehn Jahren für mich raus. Wer, was, wo und wann …«

»Du denkst, dass sie in diesem Zeitraum hier gelandet sind.«

»Wenn wir davon ausgehen, dass das Gebäude zu dem Zeitpunkt entweder vollkommen leer stand oder nur gelegentlich jemand zum Übernachten herkam, ja, dann denke ich, dass sie in diesem Zeitraum hier gelandet sind. Wobei es eine ganze Weile dauert, bis ein Leichnam vollkommen verwest. Wenn du mir also die gewünschten Daten und vor allem detaillierte Infos über alles, was bis vor fünf Jahren hier passiert ist, geben könntest, hätten wir schon einmal etwas in der Hand.«

»Dann wirst du diese Infos kriegen«, sagte er ihr zu.

»Was ist das da drüben? Wo ein Teil der Wand verschwunden ist?«

»Die Wand haben offenbar die Vorbesitzer eingerissen, um sich all die alten Kabel anzusehen. Ein ganz ähnliches Loch gibt's auch im ersten Stock, wobei es dort nicht um Kabel, sondern um Rohre ging.«

»Bedauerlich, dass diese Wand ihnen entgangen ist. Sonst hätten wir die Überreste deutlich eher entdeckt, und du hättest für das Haus noch weniger bezahlt.«

»Es war auch so günstig genug. Die Inspektion der Kabel und der Rohre hat ihnen bereits gereicht. Sie hätten dringend einen weiteren Kredit gebraucht und haben händeringend zusätzliche Investoren für das Haus gesucht, was ihnen aber beides nicht gelungen ist.«

»Dann kamst du und hast ihnen die Bude abgekauft.«

»Genau. Mit allem, was darin enthalten ist.«

Sie verstand, wie er sich fühlte. »Ich kann dir garantieren, dass dir das Haus noch nicht gehört hat, als sie dort gelandet sind. Sie mussten irgendwann gefunden werden, und genau das hast du jetzt erledigt. Du kannst hier nichts mehr tun, deshalb solltest du jetzt gehen und dich um die zehntausend Meetings kümmern, die heute wahrscheinlich wieder einmal in deinem Terminkalender stehen.«

»Heute sind es nur zweitausend, also denke ich, ich bleibe noch ein wenig hier.« Er verfolgte, wie zwei Spurensicherer in weißen Overalls und blauen Überschuhen mit Scannern überprüften, ob auch hinter einer anderen Wand ein Hohlraum war.

»Okay, aber ich muss …«

Noch ehe Eve den Satz beenden konnte, ging die Tür erneut mit einem lauten Kreischen auf, eine Frau, die aussah wie ein Filmstar, blieb im Eingang stehen und sah sich um. Sie trug einen langen, leuchtend roten Mantel, einen weich fließenden Schal, in dem sich dieses Rot mit einem eleganten Silbergrau verband, graue Stiefel mit stecknadeldünnen, meterhohen Absätzen und hatte eine kesse, rote Schirmmütze auf ihrem kurzen, glatten, schwarzen Haar.

Lässig nahm sie ihre rot gerahmte Sonnenbrille ab, die eisblauen Augen bildeten einen exotischen Kontrast zu ihrer seidig weichen, karamellfarbenen Haut. Sie verstaute die Brille in einer grauen Tasche in der Größe des Planeten Pluto, zog ein Handy in einer mit Strass besetzten Schutzhülle hervor und nahm die Eingangshalle damit auf.

»Wer zum Teufel ist das?« Eve durchquerte schnellen Schritts das staubige Foyer. Wahrscheinlich eine Journalistin, dachte sie, die auf der Suche nach dem nächsten Knüller war.

»Das hier ist ein Tatort«, herrschte sie die Fremde an.

»Genau. Und ich finde es immer hilfreich, wenn es eine Aufnahme des Umfelds gibt. Dr. Garnet DeWinter.« Sie ergriff Eves Hand und schüttelte sie zweimal kräftig durch. »Forensische Anthropologin.«

»Ich habe Sie noch nie gesehen. Wo ist Frank Beesum?«

»Frank ist letzten Monat in Pension gegangen und nach Boca umgezogen. Seinen Job mache ich jetzt.« Sie unterzog die Polizistin einer langen, eingehenden Musterung. »Ich habe Sie ebenfalls noch nie gesehen.«

»Lieutenant Dallas«, stellte Eve sich vor und klopfte leicht auf ihre Dienstmarke, die sie am Gürtel trug. »Und wo ist Ihr Ausweis, Dr. DeWinter?«

»Hier.« Wieder griff sie in die Tasche, die wahrscheinlich sogar einem kleinen Pony Platz geboten hätte, und zog ihren Dienstausweis daraus hervor. »Man sagte mir, Sie hätten hier zwei skelettierte Leichen.«

»Stimmt.« Eve hielt ihr den Ausweis wieder hin. »In Plastik eingewickelt, das von Ratten angefressen wurde. Sie wurden zu Beginn der Abrissarbeiten entdeckt. Hinter dieser Wand.«

Sie zeigte auf das Loch und ging voraus.

»*Sie* kenne ich.« Als DeWinter Roarke entdeckte, erhellte ein breites Lächeln ihr Gesicht. »Erinnern Sie sich noch an mich?«

»Garnet DeWinter.« Zu Eves Überraschung beugte er sich vor, küsste sie auf beide Wangen und fragte sie: »Wie lange ist das her? Fünf oder sechs Jahre?«

»Sechs. Aber wie ich gelesen habe, haben Sie in der Zwischenzeit geheiratet.« DeWinter sah erst ihn und danach Eve mit ihrem breiten Filmstarlächeln an. »Ich gratuliere Ihnen beiden. Dass ich Sie hier treffen würde, hätte ich ganz sicher nicht erwartet, Roarke.«

»Ihm gehört das Haus«, erklärte Eve.

»Das ist natürlich Pech.« Noch einmal schaute sie sich gründlich in der Eingangshalle um. »Eine echte Bruchbude, nicht wahr? Aber schließlich sind Sie ein Genie darin, die Dinge zu verändern.«

»Und Sie sind ein Genie, wenn es um Knochen geht. Wir haben wirklich Glück, sie hier zu haben, Eve, sie gehört eindeutig zu den Besten ihres Fachs.«

»Wollen Sie damit etwa sagen, dass es auch noch andere mit meinen Fähigkeiten gibt?«, hakte die Anthropologin lachend nach. »In den Laboratorien der Regierung in East Washington wurde mir langsam langweilig, und als sich mir die Chance bot, im Rahmen dieses Jobs mein Wissen endlich wieder einmal praktisch anzuwenden, habe ich begeistert zugesagt. Außerdem dachte ich, der Ortswechsel wäre auch für Miranda – meine Tochter – gut«, fügte sie an Eve gewandt hinzu.

»Super. Toll. Wir können ja später über einem Drink und Erdnüssen noch weiter quatschen, aber vielleicht hätten Sie vorher noch Lust, sich erst mal unsere Leichen anzusehen. Sonst langweilen Sie sich nachher noch.«

»Sarkasmus. Autsch.« Unbekümmert zog DeWinter ihren eleganten Mantel aus und überreichte ihn mit einem »Wären Sie wohl so freundlich?« Roarke.

»Da hinten?«, fragte sie, und auf Eves Nicken trat sie vor die Öffnung in der Wand und nahm auch diesen Raum mit ihrem Handy auf.

»Ich habe bereits alles aufgenommen«, begann Eve.

»Ich habe lieber meine eigenen Bilder. Den oberen Plastiksack haben Sie aufgemacht.«

»Nachdem ich alles aufgenommen hatte.«

»Trotzdem.«

»Dafür haben Sie Ihre Hände und die Stiefel nicht versiegelt«, sagte Eve, als Garnet durch die Öffnung trat.

»Da haben Sie natürlich recht. An die vorgeschriebenen Verfahrensweisen habe ich mich noch nicht ganz gewöhnt.« Sie nahm einen weißen Overall aus ihrer Tasche, stieg aus ihren Stiefeln, zog den Overall über das schmal geschnittene, schwarze Kleid und sprühte sich die Hände ein.

Die Tasche schleppte sie mit in den Zwischenraum.

»Eine Freundin?«, raunte Eve so leise, dass nur Roarke sie hörte.

»Eher eine Bekannte, aber eine recht beeindruckende Frau.«

»Da hast du recht«, pflichtete Eve ihm bei und schob sich hinter Garnet durch das Loch.

»Die Überreste in der Tüte oben …«

»Opfer Nummer zwei.«

»Meinetwegen, Opfer Nummer zwei war circa 1,50 Meter groß.«

»Ich habe bereits selbst gemessen, deshalb weiß ich, dass es etwas größer war. Opfer Nummer eins war fast genauso groß.«

»Ich möchte Ihnen sicher nicht zu nahe treten, messe aber trotzdem gerne selber noch einmal nach.« Als die Vermessung abgeschlossen war, stellte sie nickend fest: »Der Form des Schädels und der Schamgegend zufolge dürfte Opfer Nummer zwei ein Mädchen zwischen zwölf und fünfzehn Jahren gewesen sein. Wahrscheinlich weiß. Sie weist keine sichtbaren Spuren eines Traumas auf. Der Riss in ihrem rechten Humerus direkt über dem Ellenbogen deutet darauf hin, dass dieser Arm einmal gebrochen war. Wahrscheinlich, als sie noch ein Kleinkind war. Der Bruch ist schlecht verheilt, genauso wie der Bruch des rechten Zeigefingers.«

»Für mich sieht es so aus, als wäre dieser Finger nicht gebrochen, sondern eher verdreht gewesen.«

»Stimmt. Sie haben ein gutes Auge. So, als hätte jemand diesen Finger festgehalten und ihn so lange gedreht, bis er am Schluss gebrochen ist.«

DeWinter setzte eine Mikrobrille auf und schaltete durch sachtes Klopfen gegen einen Bügel eine kleine Lampe an. »Sie hatte ein paar Löcher in den Zähnen, und die Zwölfjahrmolaren waren schon da. Einer ihrer Zähne fehlt, und die linke Augenhöhle ist geschädigt, wobei die Verletzung ebenfalls schon älter war.«

Systematisch ging DeWinter alle Knochen dieses Opfers durch. »Die Rotatorenmanschette war einmal verletzt. Sieht ebenfalls so aus, als hätte irgendwer zu fest daran gezerrt – als hätte jemand sie am Arm gepackt und ihn gewaltsam umgedreht. Und hier am linken Knöchel hatte sie mal einen Haarriss.«

»Missbrauch. All das sieht für mich nach körperlichem Missbrauch aus.«

»Wahrscheinlich haben Sie recht, aber am besten sehe ich mir die Verletzungen trotzdem im Labor noch mal genauer an.«

Mit durch die Brille riesengroßen Augen sah sie zu Eve auf. »Ich kann Ihnen mehr erzählen, sobald sie auf meinem Tisch liegt«, sagte sie ihr zu. »Jetzt muss ich sie vorsichtig bewegen, damit ich mir auch die Überreste des ersten Opfers ansehen kann.«

»Peabody!«, rief Eve, und eilig streckte der Detective ihrem Kopf zu ihr herein.

»Helfen Sie mir, den oberen der beiden Plastiksäcke hochzuheben.«

»Vorsicht«, bat DeWinter. »Vielleicht könnten Sie sie ja nach draußen bringen und Dawson sagen, dass er sie für den Transport verpacken soll. Sie kennen Dawson?«

»Ja«, erklärte Eve und wandte sich erneut an ihre Partnerin. »Wir heben sie jetzt hoch und schaffen sie hier raus.«

»Arme Kleine«, murmelte Peabody, packte dann aber den Plastiksack, und gemeinsam hoben sie ihn hoch, bis er wie eine Hängematte zwischen ihnen hing.

»Wer ist die Modepuppe?«, fragte sie im Flüsterton, als sie mit ihrer Last wieder im Foyer standen.

»Die neue forensische Anthropologin. Dawson!«

Als der Chef der Spurensicherer in ihre Richtung sah, winkte sie ihn zu sich heran. »Sagen Sie ihm, dass er das Skelett verpacken und den Abtransport organisieren soll«, befahl Eve Peabody und kehrte in den Raum hinter der Wand zurück.

»Sie war in derselben Altersklasse wie das Opfer Nummer zwei. Den Schädelmerkmalen zufolge müsste sie halb Asiatin und halb schwarz gewesen sein. Was auch Teile meines eigenen Erbes sind. Auch sie weist keine äußeren Zeichen eines Traumas auf. Sie hatte ein gebrochenes Schienbein, aber das ist gut verheilt.«

Langsam und behutsam bahnte sie sich den Weg vom

Kopf bis zu den Füßen des verbliebenen Skeletts. »Andere Verletzungen oder Brüche sind bei ihr nicht feststellbar. Sämtliche Verletzungen von beiden Opfern waren bereits wieder verheilt, das heißt, mit ihrem Tod haben sie nichts zu tun.«

Im Licht der Lampe, die sie an der Mikrobrille trug, fiel Eve mit einem Mal ein Glitzern auf.

»Moment. Ich habe was gesehen.« Sie ging neben dem Schädel in die Hocke, lugte durch die Augenhöhle, nahm eine Pinzette aus dem Untersuchungsbeutel, schob sie in das Loch und zog einen kleinen Gegenstand daraus hervor.

»Sie haben wirklich scharfe Augen«, stellte DeWinter anerkennend fest. »Das Ding habe ich übersehen.«

»Ein Ohrring«, meinte Eve.

»Ich tippe eher auf ein Nasen- oder Brauenpiercing. Es ist ein sehr kleiner Stecker, also schätze ich, dass sie ihn in der Nase hatte und dass er infolge der Verwesung einfach abgefallen ist.«

Eve tütete den Stecker ein.

»Wir fangen mit der DNA und der Rekonstruktion der Gesichter an. Ich nehme an, Sie wollen so schnell wie möglich wissen, wer die beiden waren.«

»Auf jeden Fall.«

»Todesursache und -zeitpunkt könnten etwas länger dauern, wobei die Geschichte des Gebäudes und der Zeitpunkt und der Zweck des Einbaus dieser zweiten Wand wahrscheinlich hilfreich wären.«

»Darauf habe ich bereits jemanden angesetzt.«

»Hervorragend. Dann kann Dawson jetzt auch dieses Skelett hier übernehmen. Ich fange sofort mit den beiden an und melde mich, sobald ich etwas weiß. Ich freue mich auf die Zusammenarbeit mit Ihnen, Lieutenant.«

Eve ergriff die angebotene Hand und ließ sie wieder los, als jemand rief: »Wir haben noch ein Skelett!«

Sie sah DeWinter an. »Sieht aus, als hätten Sie hier doch noch was zu tun.«

»Genau wie Sie.«

Tatsächlich fanden sie ein Dutzend Skelette, bis sie mit der Arbeit im Gebäude fertig waren.

2

Eve ging nacheinander sämtliche Bereiche des Gebäudes durch.

Die Spurensicherer hatten aus der Wand, die Richtung Süden wies, ein großes Gipskartonviereck herausgesägt und einen Teil des Staubs und ein paar Brocken für eine genauere Analyse eingepackt. Hinter der schmalen Öffnung waren drei weitere eingepackte Skelette aufgestapelt, zusammen mit DeWinter sah sich Eve die Überreste an.

Es waren drei Mädchen zwischen zwölf und sechzehn Jahren gewesen, genau wie die ersten beiden Opfer wiesen sie zwar eine Reihe älterer Verletzungen auf, doch keine eingeschlagenen Schädel oder andere sichtbaren Schäden, die den Tod verursacht haben könnten.

Es gab im Erdgeschoss noch eine Reihe Wände und zwei kleine, ihrer Armaturen längst beraubte Badezimmer, hinter und in denen aber nichts zu finden war.

Bis Eve jedoch die offene Eisentreppe in den ersten Stock erklimmen konnte, hatten die Kollegen von der SpuSi dort bereits fünf weitere Plastiksäcke mit menschlichen Überresten gefunden.

»Wir haben auch hier verschiedene Ethnien«, stellte DeWinter fest. »Wieder lauter Mädchen in derselben Altersklasse mit Verletzungen, die auf Misshandlungen in den ersten Lebensjahren schließen lassen, aber nichts, was mir verraten würde, wie sie umgekommen sind. Diese Mädchen waren alle in der Pubertät, zumindest einige von ihnen müssen während ihrer Kindheit körperlich misshandelt worden sein.«

»Ein paar Jahre lang war dieses Haus ein Heim.«

»Was für ein Heim?«

»Die Dokumentation ist lückenhaft, aber anscheinend hat das Haus während der innerstädtischen Revolten als Zufluchtsort für Kinder und für Teenager, die ihre Eltern verloren hatten, gedient. Als eine Art behelfsmäßiges Waisenhaus. Nur liegen diese Skelette nicht schon seit den innerstädtischen Revolten hier.«

»Ausgeschlossen ist das nicht«, widersprach DeWinter Eve. »Sobald ich mir die Überreste im Labor genauer angesehen habe, kann ich sagen, wann sie hier in etwa abgeladen worden sind.«

»Sie liegen ganz bestimmt nicht so lange hier«, beharrte Eve auf ihrer Position. »Die zweite Wand steht nie im Leben schon so lange dort. Vor allem hätte man die Opfer damals gar nicht so gut verstecken müssen, weil die Leute zu Zehntausenden gestorben sind und ein paar tote Mädchen auf der Straße deshalb gar nicht weiter aufgefallen wären. Wenn also damals jemand ein paar Mädchen umbringen wollte, hätte er mit der Entsorgung der Leichen kein Problem gehabt. Und«, kam sie dem nächsten Einspruch durch die andere Frau zuvor. »Wie zum Teufel hätte man es anstellen sollen, all diese Mädchen umzubringen, zu verpacken und danach noch ein paar Wände hochzuziehen, um sie dahinter zu verstecken, während das Gebäude voller Leute war? Bei so was muss man ungestört sein, und vor allem braucht man dafür jede Menge Zeit.«

»Ja, okay, Sie haben recht. Auch wenn ich als Forensikerin dabei bleibe, dass es durchaus möglich wäre, dass die Überreste aus der Zeit der Innerstädtischen Revolten stammen, und ich erst nach einer genauen Untersuchung sagen kann, wie alt sie wirklich sind.«

Eve richtete sich auf und drückte Peabody die eingetüteten Beweise in die Hand. »Ist wenigstens dokumentiert, wie lange hier ein Waisenhaus gewesen ist?«

»Das finde ich noch raus«, gab Roarke zurück. »Alles, was ich bisher weiß, ist, dass hier und auch im zweiten Stock verschiedene Schlafsäle und jeweils ein Gemeinschaftsbad waren.«

»Ich nehme an, dass diese Räume gegen oder kurz nach Ende der Revolten eingerichtet worden sind«, mischte sich Pete in das Gespräch. »Darauf deuten die benutzten Materialen hin. Damals hat sich niemand für Genehmigungen, Inspektionen, Bauvorschriften interessiert, was von den Rohrleitungen, Stromkabeln und so noch übrig ist, sieht aus, als hätten sie einfach genommen, was damals zu kriegen war. Genau wie in der Küche hier im ersten Stock und in den beiden Klos im Erdgeschoss.«

»Dann wurde also später nicht saniert?«

»Ah.« Er kratzte sich am Kopf. »Ein bisschen Flickwerk hier, ein bisschen Stückwerk da. Es musste offenbar vor allem billig sein. Deshalb haben wir uns auch nichts dabei gedacht, dass einige der Wände derart schäbig sind. Wir konnten sehen, dass sie nachträglich gezogen worden waren, aber schließlich wurde im Verlauf der Jahre auch an anderen Stellen gepfuscht.«

»Wie hier bei diesem Schlafsaal.« Eve betrachtete den großen, offenen Raum und stellte ihn sich vollgestellt mit schmalen Pritschen und billigen Kommoden oder Truhen für den spärlichen Besitz der Kinder vor.

Sie hatte selber jahrelang im Heim gelebt. Als rechtloses, benachteiligtes, psychisch angeschlagenes Kind. Sie wusste noch genau, wie elend ihre Tage und Nächte dort waren.

»Hier passen sicher 20, 25 oder mit Etagenbetten 50 Kinder rein.«

»Das wäre ganz schön eng«, bemerkte Pete.

»In solchen Heimen ist es immer eng, außerdem muss dort alles möglichst billig sein.«

Sie kehrte in den schmalen Korridor zurück, überließ DeWinter ihrer Arbeit und betrachtete das Zimmer, das dem Schlafsaal gegenüberlag.

»Vielleicht ein weiterer Schlafsaal«, überlegte Pete.

Nein, dachte sie, wohl eher der »Gruppenraum«, in den man gehen musste, wenn die Therapeuten einen in die Zange nehmen wollten oder jemand einen langweiligen Vortrag halten wollte oder wenn es um die Zuweisung von irgendwelchen Aufgaben gegangen war. Sie hatte diesen Raum noch mehr als die verdammten Schlafsäle gehasst.

Stirnrunzelnd ging sie weiter ins Gemeinschaftsbad des ersten Stocks.

Und fühlte sich sofort in das Gemeinschaftsbad in ihrem Heim zurückversetzt.

Platz für sechs bis sieben winzige Kabinen mit Toiletten, eine Wanne, die man nur benutzen durfte, wenn man ganz besonders brav gewesen war, drei Waschbecken sowie drei offene Duschen, die den Namen nicht verdient hatten, weil immer nur ein müdes Rinnsal kalten Wassers aus den Duschköpfen getröpfelt war.

Sie riss sich von den traurigen Erinnerungen los und hörte, dass der Vorarbeiter mit ihr sprach.

»Das alte Kupfer haben sie längst schon rausgerissen, was nicht anders zu erwarten war. Aber sie haben auch die alten Wände aufgebrochen und die Kunststoffrohre mitgehen lassen, die im Grunde völlig wertlos sind. Auch die Toiletten haben sie rausgerissen, und die Wanne, die den Anschlüssen da drüben nach mal in der Ecke stand. Genauso sieht es im Bad im zweiten Stock aus.«

»Wahrscheinlich waren die Mädchen in dem einen und die Jungen in dem anderen Stock. Vor allem, wenn es Heranwachsende waren.« Zumindest hatte sie es so erlebt.

»Lieutenant«, meldete sich Dawson mit erschöpfter Stimme. »Wir haben noch mehr entdeckt.«

Am Ende hatten sie die Überreste von zwölf jungen Mädchen, alle sorgfältig in Plastiksäcke eingewickelt sowie ordentlich gestapelt, einige mit kleinen Schmuckstücken zwischen den Knochen.

Eve tat, was möglich und nötig war, und trat danach mit Roarke vors Haus. Der Lärm, die Kälte und das Leben, das hier draußen auf der Straße tobte, bliesen einen Teil des Drecks, des Gipsstaubs und des Todeshauchs, der an ihr klebte, fort.

»Wir fahren aufs Revier. Schick mir bitte alles, was du über dieses Haus, die bisherigen Besitzer, die Benutzung findest, ganz egal, wie unwichtig es scheint. Mit Hilfe dieser Infos finden wir bestimmt noch mehr heraus.«

»Alles, was ich habe, einschließlich der Infos über die Verkäufer, hast du schon auf dem Computer«, klärte er sie auf und sah sie forschend an. »Du willst deine Toten nicht DeWinter überlassen, stimmt's?«

»Sie ist die Expertin. Aber nein. Ich will sie ihr nicht überlassen. Nur kann sie im Gegensatz zu mir in ihren Knochen lesen und sich vorstellen, was den Mädchen zugestoßen ist. Zumindest hoffe ich, dass sie das kann.«

»Wie gesagt, sie ist eine der Besten ihres Fachs. Werden sie und Morris in dem Fall kooperieren?«

Auch der Chef der Pathologen war brillant, vor allem aber vertraute Eve ihm blind, anders als DeWinter. »Ja, das werden sie. Ich werde dafür sorgen. Zwölf Opfer«, überlegte sie. »Auf vier verschiedene Verstecke überall im Haus verteilt. Da stellt sich einem doch die Frage, warum er nicht alle irgendwo zusammen eingemauert hat. Die Opfer haben verschiedenen Ethnien angehört, aber in Bezug auf Alter, Größe und wahrscheinlich Körperbau weisen sie große Ähnlichkeiten auf. Der Täter war so nachlässig oder vielleicht so gleichgültig, dass er den Mädchen nicht einmal den ganzen Schmuck, den sie getragen haben, abgenommen hat.«

»Wie dem auch sei«, schloss sie die Überlegungen vorübergehend ab. »Die SpuSi wird das Haus versiegeln, bis die Untersuchungen dort abgeschlossen sind. Keine Ahnung, wann ihr mit der Renovierung weitermachen könnt.«

»Das ist mir vollkommen egal. Ich will wissen, wer die Mädchen waren.«

Sie nickte zustimmend. »Ich auch. Außer ihren Namen werden wir auch herausfinden, was ihnen zugestoßen ist und wer sie hinter diesen Wänden eingemauert hat.«

»Auf jeden Fall. Denn schließlich bist auch du eine der Besten deines Fachs.« Bevor sie den Kopf zur Seite drehen konnte, küsste er sie, weil er die Berührung brauchte, zärtlich auf die Stirn. »Wir sehen uns dann zuhause.«

Sie umrundete die Kühlerhaube ihres Wagens, glitt hinter das Lenkrad und stieß einen abgrundtiefen Seufzer aus. »Oh Gott.«

Neben ihr seufzte auch Peabody. »Ich komme einfach nicht drüber hinweg, dass sie noch Kinder waren. Ich weiß, dass ich das muss, aber ich finde den Gedanken einfach unerträglich, dass jemand ein Dutzend Kinder einfach so in irgendwelche Müllsäcke gepackt und weggeworfen hat.«

»Sehen Sie einfach zu, dass Ihr Entsetzen Ihnen bei der Arbeit hilft.« Eve ließ den Motor des Wagens an und fädelte sich in den fließenden Verkehr ein. »Wobei der Mörder die Opfer nach meiner Meinung nicht als Müll betrachtet hat.«

»Was waren sie dann für ihn?«

»Das kann ich noch nicht sagen. So, wie er sie eingewickelt und in kleinen Gruppen überall im Haus verteilt hat, könnte ich mir vorstellen, dass das etwas zu bedeuten hat. Also beziehen wir Mira ein«, bezog sich Eve auf die Top-Profilerin und -Psychologin der New Yorker Polizei. »Dazu gehen wir alles durch, was mir Roarke über das Haus geschickt hat. Diese DeWinter soll sich bloß nicht einbilden, dass wir hier rumsitzen und Däumchen drehen, bis was von ihrer Seite kommt.«

»Haben Sie die *Stiefel* dieser Frau gesehen?«, Peabody riss gerade ekstatisch ihre dunklen Augen auf. »Sie waren butterweich. Und das Kleid? Den Schnitt, das Material und diese wirklich süße, kleine Knopfreihe im Rücken?«

»Wer taucht schon in butterweichen Stiefeln und mit süßen, kleinen Knopfreihen an einem Tatort auf?«

»Sie sah echt super darin aus. Auch der Mantel war toll. Nicht so wie Ihrer, sondern eher auf eine mädchenhafte Art.«

»Mein Mantel ist vor allem praktisch und bequem.«

»Und magisch«, fügte Peabody im Wissen um das schusssichere Futter von Eves Mantel neiderfüllt hinzu. »Trotzdem fand ich auch den Mantel von DeWinter wirklich schön. Dazu hat Dawson noch erzählt, sie wäre ein Genie, wenn es um Knochen geht. Ich glaube, dass er für sie schwärmt, was ich bei ihrem Aussehen durchaus nachvollziehen kann, aber vor allem bewundert er anscheinend, dass sie einem Fingerknochen mehr entlocken kann als eine Horde Laboranten einem ganzen Körper.«

»Wollen wir hoffen, dass er recht hat, denn wir haben nichts als Knochen, eine Handvoll Billigschmuck und ein Gebäude, um das sich anscheinend schon seit Jahren niemand mehr gekümmert hat.«

»Außerdem haben wir das Wand- und das Verpackungsmaterial«, fügte Peabody hinzu. »Vielleicht lässt sich ja rausfinden, wie alt der Gipskarton, die Träger in der Wand oder die verfluchten Plastiksäcke sind.«

»Kann sein. Auf alle Fälle ist es lauter Billigkram. Sogar die Säcke sahen billig aus. Wobei es nicht mal echte Säcke, sondern vielmehr Folie war. Die Art von Folie, die man sich auf Riesenrollen kauft und über Sachen wirft, damit sie trocken bleiben, oder auf dem Fußboden auslegt, wenn man die Wände streicht, und dann einfach entsorgt. Genauso ist es mit dem Gipskarton. Der hat nicht viel gekostet, aber trotzdem hat er seinen Zweck erfüllt, denn jahrelang ist keinem Menschen aufgefallen, dass vor den eigentlichen Wänden neue Wände eingezogen worden sind.«

»Dann hat der Killer also handwerkliche Fähigkeiten.«

»Ja, und die haben ausgereicht, um Wände zu errichten, die sich gut genug in die Umgebung fügen, dass sich niemand fragt, was sie dort sollen. Aber warum zum Teufel hat er die zwölf Leichen dort versteckt? Warum hat er keine bessere Möglichkeit gefunden, seine Opfer zu entsorgen? Es wäre deutlich einfacher gewesen, sie woanders hinzubringen und zu vergraben, aber offensichtlich wollte er auf Nummer sicher gehen, dass niemand sie entdeckt und ihn mit diesen Taten in Verbindung bringt. Wobei man ihn auch so mit diesen Taten in Verbindung bringen könnte, wenn herauskommt, dass er in dem Haus problemlos ein und aus gegangen ist. Trotzdem hat er seine Opfer all die Jahre dort aufbewahrt.«

»Weil er sie in der Nähe haben wollte?«

»Ja. Vielleicht war es ihm wichtig, dass er sie besuchen kann.«

»Das ist doch einfach krank.«

»Die Welt ist voller kranker Menschen«, meinte Eve und dachte darüber nach, während sie in die Garage des Reviers einbog.

Sie stellte ihren Wagen auf dem für sie reservierten Parkplatz ab. Obwohl sie bisher keine Namen und Gesichter und nicht die geringste Ahnung hatten, wer die Mädchen waren, gingen sie die Arbeit auch in diesem Fall energisch und entschlossen an.

Sie stieg aus und stapfte Richtung Lift. »Ich schreibe schon mal den Bericht und hänge ein paar Bilder an der Tafel auf. Sie gehen Roarkes Infos zu dem Haus und zur Geschichte des Hauses durch und finden raus, was fehlt. Ich will alles wissen, was es über die Verwendung dieses Baus zu wissen gibt: Wer es genutzt, wem es gehört, wer darin gelebt oder gearbeitet hat. Wobei nicht nur, aber vor allem die Jahre nach den Innerstädtischen Revolten von Interesse für uns sind.«

»Bin schon dabei«, gab Peabody zurück und lehnte sich mit einer Schulter an die Fahrstuhlwand.

»Wenn wir davon ausgehen, dass DeWinters vorläufige Schätzung des Alters und der Zeit, die unsere Opfer dort gelegen haben, halbwegs richtig ist ...« Sie legte eine kurze Pause ein und machte Platz, als sich noch eine Reihe von Kollegen in den Fahrstuhl schob. »... dann fangen wir vor fünfzehn Jahren nach der Schließung des Gebäudes an. Wobei wir trotzdem wissen müssen, wer zuvor oder danach eine Verbindung zu dem Gebäude hatte oder daran interessiert war.«

Als die Türen das nächste Mal zur Seite glitten, zerrten zwei Kollegen von der Trachtengruppe einen ziemlich streng riechenden Obdachlosen in den Lift, Eve und ihre Partnerin beschlossen, auszusteigen und mit einem Gleitband bis hinauf in ihren Stock zu fahren.

»Diese DeWinter kennt sich offenbar nicht nur mit Mode aus.«

»Das werden wir ja sehen.« Eve sprang vom Band, marschierte flotten Schritts in Richtung ihres Dezernats und wiederholte: »Wie gesagt, ich möchte alles wissen, was es über dieses Haus zu wissen gibt.« Während ihre

Partnerin in dieser Richtung recherchierte, sähe sie sich selbst Dr. Garnet DeWinter etwas näher an.

Sie trat durch die Tür ihrer Abteilung, in der es wie stets nach scharfen Putzmitteln, nach wirklich schlechtem Kaffee und nach Süßstoff roch. Sobald sie diese Mischung einatmete, war ihr bewusst, dass sie zuhause war.

An den Schreibtischen und in den Nischen gingen die Kollegen ihrer Arbeit zu diversen Fällen nach. Nur Officer Trueheart und sein Ausbilder Detective Baxter waren gerade bei Gericht, deshalb waren ihre Schreibtische verwaist.

Eve trennte sich von Peabody, zog den Mantel aus und joggte weiter in ihr winziges Büro, das zwar nur ein schmales Fenster hatte, dafür aber einen Autochef, in dem es anders als in den Geräten draußen immer wunderbaren, echten Kaffee gab.

Wie immer warf sie den Mantel auf den wackligen Besucherstuhl. Zusammen mit der harten Sitzfläche, von der man schon nach kurzer Zeit ein taubes Hinterteil bekam, sollte der Mantel mögliche Besucher daran hindern, Platz zu nehmen und sie davon abzuhalten, ihrer Arbeit nachzugehen.

Dann holte sie sich einen Kaffee und nahm hinter ihrem Schreibtisch Platz.

Sie schrieb einen Bericht, schickte Kopien an ihren Commander und an Dr. Mira, bat die Psychologin um einen Gesprächstermin zu ihrem neuen Fall und hängte Aufnahmen vom Tatort an der Tafel auf.

Zwölf Skelette, dachte sie.

Die Skelette junger Mädchen, die, wenn die Vermutung

der Anthropologin stimmte und wenn sie noch leben würden, ungefähr so alt wären wie sie selbst. Erwachsene Frauen mit Jobs, Karrieren, Familien, Geschichten, Liebhabern und Freunden.

Wer hatte ihnen all das gestohlen? Und warum?

»Computer, liste alle Mädchen zwischen zwölf und sechzehn Jahren auf, die in den Jahren 2045 bis 2050 in New York verschwunden und nicht wieder aufgefunden worden sind.«

Einen Augenblick ….

Das würde eine Weile dauern, genauso hatte es gedauert, bis zwölf Mädchen tot waren, außer jemand hätte ein Massaker angerichtet, sie vergiftet oder so. Danach sah's nicht aus. Aus ihrer Sicht hätte ein Massenmord nicht zu verschiedenen Verstecken, sondern eher zu einem Massengrab geführt.

Wahrscheinlich waren immer zwei, drei Mädchen gleichzeitig getötet und danach zusammen eingemauert worden.

In einem leerstehenden, verlassenen Gebäude, in dem einen niemand bei der Arbeit störte, hätte man die Zeit dafür gehabt. Sie musste wissen, wann genau die Mädchen umgekommen waren, und dann nach einem Menschen suchen, der sich damals Zugang zu dem Haus verschaffen konnte und geschickt genug war, um diese Wände hochzuziehen.

Es sagte ihr nicht wirklich zu, in ihrem Job von jemand anderem abhängig zu sein, der nicht zu ihrem Team gehörte, aber die zwölf Mädchen, die nie eine Arbeit, einen

Liebhaber oder Familien hatten, waren wichtiger als ihr verdammter Stolz. Sie hatten einen Anspruch darauf, dass sie ihre Vorbehalte gegenüber der Person, die ihr die Antwort auf die Frage nach dem Todeszeitpunkt geben könnte, überwand.

Aber trotzdem hatte sie das Recht, Erkundigungen über diesen Menschen einzuziehen, und gab den Namen der Frau in den Computer ein.

Garnet DeWinter. 37 Jahre alt, alleinstehend, Mutter einer Tochter von zehn Jahren. Geboren in Arlington, Virginia, Eltern leben seit 40 Jahren in eingetragener Partnerschaft, beide Wissenschaftler, Einzelkind.

Die Liste ihrer Abschlüsse war ellenlang und, ja, okay, sagte sich Eve, durchaus beeindruckend. Sie hatte einen Doktor in Physik und Anthropologie der medizinischen Fakultät der Boston University, an der sie hin und wieder Gastdozentin war, und Masterabschlüsse in einer Handvoll anderer, damit zusammenhängender Fachbereiche wie forensischer DNA und Toxikologie. Dazu hatte sie in einer Reihe von Laboren wie der Foundry in East Washington geforscht und hatte dort neun Laboranten unter sich gehabt.

Das Geld für ihre Stiefel und den schicken Mantel hatte sie mit Vorträgen und als Beraterin bei Ausgrabungen und Projekten von Afghanistan bis nach Zimbabwe – also in der ganzen Welt – verdient.

Zwei Verhaftungen, bemerkte Eve. Einmal in Zusammenhang mit einer Demo gegen die auch weiter anhaltende Abholzung des Regenwalds und einmal … wegen Diebstahls eines Hundes.

Wer zum Teufel klaute einen Hund?

In beiden Fällen hatte sie die Taten zugegeben, eine Geldstrafe bezahlt und die vorgeschriebenen Sozialstunden geleistet.

Interessant.

Bevor sich Eve jedoch genauer mit den beiden Vorstrafen der Frau befassen konnte, klopfte Mira bei ihr an.

»Na, das ging aber schnell.« Automatisch stand Eve auf.

»Ich komme gerade von einer Besprechung außerhalb, und da ich Ihren Bericht schon auf der Fahrt hierher gelesen habe, dachte ich, ich schaue auf dem Weg in mein Büro noch schnell bei Ihnen rein.«

»Das ist sehr nett.«

»Das sind Ihre Opfer.« Mira ging zur Tafel und sah sich die Fotos der zwölf Skelette an.

Anders als DeWinter wirkte Mira nicht wie eine Modepuppe, sondern einfach elegant. Sie trug ein pfirsichfarbenes Kleid zu einer Jacke in derselben Farbe, die ihr sandfarbenes Haar und ihre weichen blauen Augen vorteilhaft zur Geltung kommen ließ. Die kleinen Goldperlen an ihrem Hals passten zu den Tropfenanhängern an ihren Ohren, und der Pfirsich- und der Goldton tauchten in dem sanft geschwungenen Muster ihrer hochhackigen Schuhe wieder auf.

Eve würde nie verstehen, wie manche Frauen es schafften, ihre Kleidungsstücke derart aufeinander abzustimmen, dass sich ein Gesamtkunstwerk daraus ergab.

»Zwölf junge Mädchen«, murmelte die Psychologin vor sich hin.

»Wir brauchen noch ein paar Informationen, um herauszufinden, wer sie sind.«

»Die Ihnen Garnet DeWinter geben soll.«

»Sieht ganz so aus.«

»Ich kenne sie ein wenig. Eine interessante und vor allem brillante Frau.«

»Das haben mir auch schon andere erzählt. Wobei sie einmal einen Hund gestohlen hat.«

»Was?« Mira hob verwundert ihre Brauen an und runzelte dann neugierig die Stirn. »Was für einen Hund? Warum?«

»Das weiß ich nicht. Ich habe sie kurz überprüft, dabei kam heraus, dass sie mal wegen Hundediebstahls festgenommen worden ist.«

»Das ist … seltsam. Trotzdem hat sie in der Branche einen tadellosen Ruf. Sie wird Ihnen helfen rauszufinden, wer die Mädchen waren. Dürfte ich mich vielleicht setzen?«

»Oh, natürlich … Warten Sie …« Es gab Besucher und Besucher, deshalb zerrte Eve den Mantel von dem Stuhl und zeigte auf den Sessel hinter ihrem Tisch. »Nehmen Sie den, denn mein Besucherstuhl ist echt brutal.«

»Ich weiß.« Weshalb sich Mira dankbar auf den Schreibtischsessel sinken ließ.

»Wie wäre es mit einem Ihrer Tees? Oder einem Kaffee?«

»Danke, nein. Ich – oh, was für ein schönes Bild!«

Mira stand wieder auf, um sich das Bild von Eve im Kämpferinnenmodus aus der Nähe anzusehen.

»Ja, es ist echt gut. Es ist von Nixie Swisher. Sie hat es im Rahmen eines Schulprojekts als Hausaufgabe oder so gemalt.«

Die kleine Nixie, die aus Zufall, Schicksal oder Glück als Einzige einem brutalen Überfall im Haus ihrer Familie entkommen war.

»Es ist wirklich wunderbar. Mir war gar nicht bewusst, wie gut sie malen kann.«

»Sie hat gesagt, dass Richard ihr geholfen hat.«

»Trotzdem ist es wirklich sehr gelungen, und vor allem trifft es Sie genau. Wahrscheinlich würde sie sich riesig freuen, wenn sie wüsste, dass das Bild hier hängt.«

»Ich habe ihr gesagt, dass ich es über meinen Schreibtisch hängen würde, als sie an Thanksgiving damit kam. Immer, wenn ich es mir ansehe, erinnere ich mich daran, dass man alles überleben kann. Selbst, wenn einem etwas derart Schlimmes widerfährt, dass man sich das erst mal nicht vorstellen kann.«

»Ich habe sie nur kurz getroffen, als Elizabeth und Richard mit den Kindern in New York waren, konnte aber deutlich sehen, dass sie nicht nur überlebt hat, sondern wieder voller Energie und Lebensfreude ist.«

Mira blickte abermals die Tafel an und nahm mit einem leisen Seufzer wieder Platz. »Im Gegensatz zu diesen zwölf Mädchen.«

»Den Untersuchungen am Fundort nach haben sie verschiedenen Ethnien angehört, was heißt, dass sie sich von der Hautfarbe und dem Gesichtstyp her nicht wirklich ähnlich waren. Bleiben also nur das Alter und vielleicht noch die Statur als äußere Merkmale, die allen zwölf gemeinsam waren. Gefühlsmäßig gehe ich davon aus, dass es dem Mörder hauptsächlich ums Alter seiner Opfer ging.«

»Sie waren alle jung, wahrscheinlich körperlich und sexuell noch nicht ganz ausgereift.«

»Vor allem waren sie alle ziemlich klein und zierlich, also haben die ältesten der Opfer sicher jünger ausgesehen, als sie waren. Bisher gibt's keine Spuren von Gewalteinwirkung kurz vor ihrem Tod. Sämtliche Verletzungen, die diese Mädchen hatten, waren bereits deutlich älter und verheilt.«

»Ja, in Ihrem Bericht haben Sie erwähnt, dass mehrere der Opfer offenkundig irgendwann einmal misshandelt worden sind. Junge Mädchen, die Gewalt gewöhnt sind, fassen nur sehr schwer Vertrauen zu anderen Menschen«, führte Mira aus. »Wenn man bedenkt, dass das Gebäude zu der Zeit, in der sie offenbar ermordet wurden, leer gestanden hat, ist davon auszugehen, dass zumindest einige der Mädchen von zuhause ausgerissen waren.«

»Ich habe mit der Suche nach vermissten Mädchen angefangen. Sie …« Noch ehe Eve den Satz beenden konnte, piepste ihr Computer, sie nickte knapp. »Das wird es sein. Computer, wie viele vermisste Mädchen gab es in der Zeit?«

374 Mädchen dieses Alters wurden in dem Zeitraum als vermisst gemeldet und sind seither nicht mehr aufgetaucht.

»So viele«, sagte Mira, aber ihr Gesichtsausdruck verriet, dass sie die hohe Zahl genau wie Eve nicht wirklich überraschend fand.

»Ein paar von diesen Kindern sind wahrscheinlich einfach abgetaucht und haben sich auf welchem Weg auch immer neue Identitäten zugelegt.«

»Aber wahrscheinlich nur die wenigsten«, schränkte die Psychologin ein.

»Ja, wahrscheinlich nur die wenigsten. Wobei es durchaus möglich ist, dass unsere Opfer unter diesen Kids zu finden sind. Auf jeden Fall ein paar. Dann gibt's noch die Fälle, in denen die Eltern oder Vormünder sich gar nicht erst die Mühe machen, Meldung zu erstatten, wenn das Kind sich nicht mehr blicken lässt. Für viele ist es vollkommen in Ordnung, wenn ihr Kind das Weite sucht.«

»Sie sind nicht weggelaufen.«

»Nein.« Die Psychologin war eine der wenigen, mit denen Eve problemlos über ihre Kindheit sprechen konnte, deshalb sagte sie: »Zumindest nicht vor Troy.« Nicht vor dem Vater, von dem sie geschlagen, vergewaltigt und misshandelt worden war. »Aber schließlich hatte ich auch keinerlei Kontakt zu anderen Kindern oder überhaupt zur Außenwelt, weshalb ich nie auf die Idee gekommen bin, dass es auch noch was anderes gibt.«

»Die beiden, Richard Troy und Stella, hatten Sie von klein auf eingesperrt und so von allem abgeschirmt, deshalb waren die Gefangenschaft und die Misshandlungen für Sie normal. Woher hätten Sie als achtjähriges Mädchen wissen sollen, wie krank und unnormal das alles war?«

»Machen Sie sich Sorgen, dass der Fall bei mir an alte Wunden rührt?«, erkundigte sich Eve.

»Nur ein bisschen. Es ist immer härter, wenn's um Kinder geht, und zwar für jeden, der sich berufsmäßig mit dem Tod befasst. Für Sie wird's noch härter werden, weil es lauter junge Mädchen waren, nur wenig älter als Sie selbst damals, von denen einige wahrscheinlich von den eigenen Eltern oder Vormündern misshandelt worden sind. Schließlich hat jemand diese Mädchen umgebracht. Wobei es vielleicht mehr als einer war.«

»Das wäre eine Möglichkeit.«

»Sie sind entkommen und haben überlebt. Das haben diese Mädchen nicht. Also ja, es wird bestimmt nicht leicht für Sie. Aber ich wüsste niemanden, der so geeignet ist wie Sie, für diese Mädchen einzustehen. Solange wir nur das Geschlecht und ungefähre Alter haben, kann ich kein endgültiges Profil für Sie erstellen. Die Tatsache, dass keine Kleider aufzufinden waren, deutet unter Umständen auf einen sexuellen Übergriff, auf den Versuch, die Opfer zu erniedrigen, oder den Wunsch, eine Trophäe zu behalten, hin. Es könnte jede Menge Gründe dafür geben, dass die Mädchen nackt gewesen sind. Die Todesursache und die Geschichten Ihrer Opfer, wenn Sie wissen, wer sie waren, wären sicher hilfreich, wobei mir auch alles andere, was Sie über die Mädchen sagen können, weiterhelfen kann.«

Nach einer kurzen Pause fuhr die Psychologin fort. »Er hatte bestimmte Fähigkeiten, und er hat die Taten offenkundig sorgfältig geplant. Er hatte Zugang zum Gebäude, zu dem Baumaterial und wusste, wo er diese Mädchen finden kann. Er hat alles gründlich vorbereitet, was bedeutet, dass er diese Mädchen, abgesehen vielleicht vom ersten, nicht spontan getötet hat. Die Überreste weisen keine Spuren körperlicher Gewalt oder Misshandlungen auf, wobei seelische Grausamkeit nicht ausgeschlossen werden kann. Keins der Mädchen war allein versteckt?«

Eve schüttelte den Kopf.

»Er hat sie also nicht allein, sondern paarweise oder

zu dritt dort eingemauert. Vielleicht wollte er nicht, dass sie alleine sind. Er hat sie in die Plastikfolie eingehüllt wie in ein Leichentuch und dann etwas wie eine Krypta rund um ihre Leichname gebaut. Das ist ein Zeichen von Respekt.«

»Ich finde das vor allem krank.«

»Oh ja, aber auf eine kranke Art hat er sie respektiert. Er hat misshandelte Mädchen, die von zuhause weggelaufen waren, in einem Haus begraben, das einmal ein Zufluchtsort für Waisenkinder war. Eine interessante Verbindung, finden Sie nicht auch?«

Mira stand wieder auf. »Dann überlasse ich Sie erst mal wieder Ihrer Arbeit«, meinte sie und wandte sich ein letztes Mal der Tafel zu. »Sie mussten lange warten, bis man sie gefunden hat und dafür sorgen kann, dass sie Gerechtigkeit erfahren.«

»Vielleicht gibt's ja noch mehr. Hat der Killer nach dem zwölften Mädchen aufgehört, oder hat er die Arbeit fortgesetzt? Warum sollte er plötzlich aufhören? Natürlich werden wir, sobald wir wissen, wann das letzte Opfer umgekommen ist, nach uns bekannten Kindermördern suchen, die zur selben Zeit gestorben oder festgenommen worden sind. Obwohl wir sicherlich die wenigsten von diesen Typen kennen, sehen wir uns auch alle anderen bekannten Kindermörder und vor allem alle ähnlichen Verbrechen an. Mädchen dieses Alters treten meist in Rudeln auf, nicht wahr?«

Mira lächelte. »Das stimmt.«

»Wahrscheinlich kannten sich also ein paar der Opfer oder hatten Freundinnen, die vielleicht was gesehen oder gehört haben, was uns in dieser Sache weiterbringt. Und auch wenn wir bisher noch keine Namen haben, gibt's schon ein paar Spuren, denen ich nachgehen kann.«

Nachdem die Psychologin ihr Büro verlassen hatte, setzte Eve sich wieder selbst hinter ihren Schreibtisch, schaute sich die Liste der vermissten Mädchen an ...

... und ging den ersten Spuren nach.

Sie hatte eine Handvoll Mädchen, die zu groß gewesen waren, aussortiert, als Peabody erschien.

»Ich habe zwei Namen.«

»Ich habe Hunderte.«

Verwirrt wandte sich Peabody dem Bildschirm des Computers zu. »Oh, vermisste Mädchen. Das ist einfach traurig. Aber ich habe zwei Namen in Zusammenhang mit dem Gebäude in der Zeit nach den Innerstädtischen Revolten. Nashville und Philadelphia Jones – Bruder und Schwester – haben dort nach allem, was Roarke herausgefunden hat, im Mai 2041 ein Heim und Rehazentrum für Jugendliche aufgemacht. Im September 2045 sind sie in ein anderes Gebäude umgezogen, das ihnen von einer Tiffany Brigham Bittmore überlassen worden ist. Das Zentrum ist noch immer dort und hat den ziemlich hochtrabenden Namen *Stätte der Läuterung der Jugend durch höhere Mächte.*«

»Wer in aller Welt benennt sein Kind nach einer Stadt?«

»Sie haben auch noch eine Schwester, Selma – das liegt, glaube ich, in Alabama –, die inzwischen in Australien lebt, und hatten einen Bruder mit Namen Montclair, der kurz nach ihrem Umzug in das neue Haus gestorben ist. Er war als Missionar in Afrika, wo ihn ein Löwe aufgefressen hat.«

»Oh. So was hört man nicht alle Tage.«

»Wobei ich für meinen Teil beschlossen habe, dass das für mich selbst die schlimmste Art zu sterben wäre.«

»Und was wäre Ihrer Meinung nach die beste Art?«

»Von einem Herzinfarkt dahingerafft zu werden, nachdem mich mein maskuliner spanischer Geliebter zusammen mit seinem Zwillingsbruder umfänglich befriedigt hat.«

»Das klingt auf jeden Fall nicht schlecht«, pflichtete Eve ihr bei und wandte sich dann wieder ihrem eigentlichen Thema zu. »Wem hat das Gebäude in der Zeit gehört, in der die Jones dort waren?«

»Im Grunde ihnen selbst. Wobei sie Mühe mit den Hypothekenraten und den Kosten hatten, die hier in New York mit halb verfallenen Gebäuden nun einmal verbunden sind. Weshalb am Schluss die Bank den Kasten übernommen und versteigert hat. Ich habe auch den Käufernamen, aber wie es aussieht, hat das kleine Unternehmen dieses Haus gekauft, um es mit Hilfe von verschiedenen Investoren zu sanieren, weil sich mit schicken Wohnungen viel Geld verdienen lässt. Am Ende aber wurde nichts daraus, schließlich haben sie mit Verlust an die Firmengruppe verkauft, die es jetzt Roarke verkauft und dabei ebenfalls viel Geld verloren hat.«

»Wie's aussieht, bringt das Haus nicht gerade Glück.«

Mit einem Blick in Richtung Tafel meinte Peabody: »Aus meiner Sicht ist eher das Gegenteil der Fall.«

»Am besten reden wir erst mal mit Pittsburgh und mit Tennessee.«

»Philadelphia und Nashville.«

»Tja, auf jeden Fall war ich nah dran.«

Die *Stätte der Läuterung der Jugend* hatte ihren Sitz in einem sauberen, viergeschossigen Gebäude, das am Rand des angesagten East Village lag. An dieser Stelle aber hatte die Delancey Street dem künstlerischen Flair des Stadtteiles entsagt, und auch die zum Schluss des zwanzigsten Jahrhunderts vorgenommene Verschönerung der Bowery verpasst. Wobei sie auch den Bomben, Plünderungen und dem Vandalismus in der Zeit der Innerstädtischen Revolten offenbar entgangen war.

Die meisten Häuser waren alt. Einige waren renoviert und sahen beinah edel aus, die meisten aber klammerten sich trotzig an den schäbigen, urbanen Hüllen aus längt vergangenen, besseren Zeiten fest.

Die wenigen willkürlich verteilten, kleinen Büsche in dem winzig kleinen Garten vor dem weiß verputzten Backsteinhaus des Zentrums zitterten vor Kälte, doch die beiden Teenager, die dort auf einer Steinbank saßen und mit ihren Handcomputern spielten, waren offenbar immun gegen die Minusgrade und den Wind.

Auf dem Weg zur Haustür kam Eve direkt an der Bank vorbei. Die beiden Teenies waren in Hoodies mit dem Logo ihres Heims gehüllt, mehrfach gepierct und hatten beide haargenau denselben argwöhnischen, schlecht gelaunten Ausdruck im Gesicht.

Sie kannten sich anscheinend mit dem Leben auf der Straße aus und rochen einen Cop auf zwanzig Meilen gegen den Wind.

Als sie Eves ausdruckslosen Blick bemerkten, fingen sie beide an, herausfordernd zu grinsen, doch das Mädchen, falls es eines war, schob ängstlich eine Hand in die des Freunds.

Als Eve und Peabody über die Treppe bis zur Haustür gingen, tuschelten die beiden miteinander, und ein leises Kichern machte deutlich, dass das Mädchen tatsächlich ein Mädchen war.

Die Haustür war mit einer Kamera, mit einem Karten- und mit einem Handlesegerät versehen. Eve drückte auf die Klingel, über der ein Schild mit dem Aufdruck BITTE KLINGELN stand.

»Wir wünschen Ihnen einen reinen und gesunden Tag. Wie können wir Ihnen behilflich sein?«

»Lieutenant Dallas und Detective Peabody von der New Yorker Polizei. Wir möchten zu Philadelphia und Nashville Jones.«

»Es tut mir leid, aber ich sehe nicht, dass Ihre Namen im Terminkalender eingetragen wären.«

Eve zückte ihre Dienstmarke. »Mit diesem Ding bekomme ich auch so einen Termin.«

»Selbstverständlich. Wären Sie wohl so freundlich, Ihre Hand auf den Scanner zu legen, damit ich Ihre Identität überprüfen kann?«

Eve kam der Bitte nach und wartete ungeduldig, bis die Überprüfung endlich abgeschlossen war.

»Danke, Lieutenant Dallas. Bitte kommen Sie herein.«

Nach einem langen Summton und dem Klacken einer Reihe Schlösser, die geöffnet wurden, schwang die Haustür endlich auf, und Eve betrat den schmalen, braun gefliesten Flur, durch den man in verschiedene Räume, eine Reihe anderer schmaler Flure und zu einer steilen Treppe kam.

Eine Frau erhob sich hinter einem Tisch an der hinteren Wand und kam lächelnd auf sie zu.

Mit ihrem altmodischen Helm aus rabenschwarzem Haar, dem wenig eleganten rosafarbenen Pulli über einem bunt geblümten Kleid und den praktischen Schuhen war sie der Inbegriff der strengen, aber fürsorglichen Hausmutter.

»Willkommen in der *Stätte der Läuterung der Jugend durch höhere Mächte*. Ich bin Hausmutter Shivitz«, stellte sie sich vor.

Das passt, sagte sich Eve. »Wir müssen beide Jones sprechen.«

»Ja, das sagten Sie bereits. Nur würde ich den beiden gerne sagen, worum es geht.«

»Das glaube ich«, gab Eve zurück und sah sich um. Die Tür zu ihrer Linken war mit Nashvilles Namensschild versehen, während auf der Tür zu ihrer Rechten Philadelphias Name stand.

»Es geht um polizeiliche Ermittlungen.«

»Natürlich! Allerdings befürchte ich, dass Mr. und Miss Jones jetzt beide noch in einer Sitzung sind. Aber die Sitzung von Miss Jones ist jeden Augenblick beendet, falls Sie so lange warten möchten, bringe ich Ihnen gerne einen Tee.«

»Wir werden warten, aber sparen Sie sich den Tee.«

Eve wanderte ein Stück den Korridor hinab und sah durch eine offene Tür in einen Raum, in dem ein Trio junger Leute an Computern saß.

»Das ist unser Elektronikraum«, erklärte ihr die Mutter Oberin. »Die Bewohner dürfen die Computer nutzen, um bestimmte Aufgaben zu erledigen, um Recherchen für die Schule anzustellen oder wenn sie sich das Privileg verdient haben zu spielen.«

»Und wie verdient man sich das Privileg zu spielen?«

»Indem man Pflichten übernimmt, an Aktivitäten teilnimmt, gute Arbeit leistet, großzügig und freundlich ist und natürlich körperlich und geistig rein bleibt.«

»Seit wann arbeiten Sie hier?«

»Oh, seit fünfzehn Jahren, seit das Heim eröffnet worden ist. Ich habe als Teilzeitkrankenschwester und als Lebensstilberaterin begonnen, inzwischen leite ich das Haus. Wenn Sie möchten, führe ich Sie gerne mal herum.«

»Klingt gut. Warum ...«

Eve brach ab, als Philadelphias Tür von innen aufgerissen wurde und ein Teenager mit hochrotem Gesicht und tränennassen Augen Richtung Treppe schoss.

»Quilla! Hier im Haus wird bitte nicht gerannt!«, rief die Hausmutter ihr nach.

Das Mädchen mit den wilden purpurrot-orange-farbenen Haaren blitzte sie aus braunen Augen an, reckte trotzig einen Mittelfinger in die Luft und setzte seinen Weg in hohem Tempo fort.

»Ich nehme an, dass sie sich heute keine Zeit im Elektronikraum verdient.«

Shivitz seufzte nur. »Ein paar der jungen Menschen haben noch größere Probleme als die anderen. Aber am Schluss dringt man mit Zeit, Geduld, mit Disziplin und der Belohnung jeden Fortschritts auch zu ihnen durch.«

Das tat man auch, indem man ihnen kräftig in den Hintern trat, sagte sich Eve, doch Shivitz eilte schon durch die noch offene Tür in Philadelphias Büro.

»Verzeihen Sie, Miss Jones, aber hier sind zwei Polizeibeamtinnen, die Sie und Ihren Bruder sprechen wollen. Ja, natürlich. Selbstverständlich.«

Sie drehte sich nach den Besucherinnen um. »Bitte kommen Sie herein. Ich gebe Mr. Jones Bescheid, sobald auch seine Sitzung abgeschlossen ist.«

Eve trat durch die Tür und blickte auf die Sitzecke, die offenbar für »Sitzungen« und für Gespräche mit Besuchern vorgesehen war.

Mit Jugendamtsvertretern, Vormündern und Eltern, potenziellen Spendern und gelegentlich bestimmt auch mit der Polizei.

An einem u-förmigen Tisch saß eine Frau mit schimmernd braunen, ordentlich mit Kämmen hochgesteckten Haaren, leuchtend grünen Augen, momentan zusammengepressten, vollen Lippen sowie einem festen, spitzen Kinn.

Sie gab etwas in den Computer ein und sagte ohne aufzusehen: »Einen Moment noch, meine Damen. Bitte, nehmen Sie doch Platz.«

Da sie sich nicht sofort setzen wollte, lehnte Eve sich kurzerhand an einen der zwei Stühle vor dem Schreibtisch.

»Entschuldigung«, fuhr Philadelphia fort. »Die letzte Sitzung war ein bisschen problematisch. Aber jetzt ist es geschafft. Also, was kann ich für Sie tun?«

Sie blickte auf, sah Eve mit einem Lächeln an, sprang dann aber von ihrem Stuhl auf, riss ungläubig die Augen auf und griff sich an den Hals.

»Es geht um einen Mord! Jemand ist tot!«

Eve hob verblüfft die Brauen an. »Ich fürchte, dass es nicht um eine, sondern um ein Dutzend Tote geht. Lassen Sie uns darüber reden, ja?«

3

Die hochgewachsene, gertenschlanke Philadelphia tau-
melte zurück, als hätte Eve ihr einen Schlag versetzt.

»Was? Ein Dutzend? Meine Kinder!« Sie stürzte los
und hätte Eve auf dem Weg zur Tür wahrscheinlich umgerannt, hätte Eve nicht eine ihrer Hände hochgerissen
und sie abgewehrt.

»Bleiben Sie stehen!«

»Ich muss …«

»Setzen Sie sich hin, und erklären Sie mir erst einmal,
warum Sie direkt auf Mord gekommen sind.«

»Ich kenne Sie. Ich weiß, wer Sie sind und was Sie tun.
Was ist passiert? Ist eins von unseren Kindern getötet
worden? Welches?«, fragte Phiadelphia noch immer völlig außer sich.

Der Icove-Fall, sagte sich Eve. Seit es einen Bestseller
und einen Kinofilm zu einem ihrer größten Fälle gab,
wurde sie des Öfteren erkannt.

Vielleicht auch, weil sie die Frau von Roarke war,
einem der weltweit größten Unternehmer und Liebling
der Medien.

»Wir sind wegen einer Reihe Morde hier, Miss Jones,
aber die Opfer sind bereits seit Jahren tot.«

»Ich verstehe nicht. Wahrscheinlich sollte ich mich
wirklich erst mal wieder setzen.« Philadelphia schleppte

sich zur Sitzecke und ließ sich auf das Sofa fallen. »Dann geht es also nicht um meine Kinder? Tut mir leid. Entschuldigung.« Sie atmete tief durch. »Ich neige für gewöhnlich nicht zu … Hysterie.«

»Ich kann Ihnen ein Glas Wasser holen«, bot Peabody ihr an.

»Oh, vielen Dank, aber am besten bitte ich die Hausmutter um einen Tee und sage ihr, dass sie meinen nächsten Termin verschieben soll.«

»Ich gebe ihr Bescheid.«

»Das ist wirklich nett von Ihnen.«

»Kein Problem.«

Nachdem Peaboby den Raum verlassen hatte, wandte Philadelphia sich erneut an Eve. »Bitte nehmen Sie doch Platz. Wie gesagt, es tut mir leid. Natürlich habe ich das Icove-Buch gelesen und war erst vorgestern im Kino, um den Film zu sehen. Ich sehe alles noch ganz deutlich vor mir, und als Sie mit einem Mal vor meinem Schreibtisch standen, habe ich den denkbar schlimmsten Schluss daraus gezogen.«

»Was durchaus verständlich ist.« Eve setzte sich auf einen Stuhl und unterzog ihr Gegenüber einer kurzen Musterung. Inzwischen wirkte Philadelphia etwas ruhiger, aber die Erschütterung war ihr noch immer deutlich anzusehen.

Sie mochte Mitte vierzig sein. Konservativ gekleidet, schlicht frisiert und mit kleinen Steckern in den Ohren.

Die Frau sah aus wie ihr Arbeitszimmer. Nüchtern, sauber, ordentlich.

»Sie und Ihr Bruder haben dieses Heim anfangs in einem anderen Haus geleitet.«

»Oh nein, die *Stätte der Läuterung* war immer hier. Wahrscheinlich meinen Sie den *Zufluchtsort*. So hieß unser ursprüngliches Heim. Aber damit hatten wir's nicht leicht.« Der Schatten eines Lächelns huschte über ihr Gesicht. »Das Geld hat nie gereicht, wir hatten viel zu wenig Personal, und die Instandhaltung des Hauses hat sich schon nach kurzer Zeit als Albtraum rausgestellt. Wir haben das Gebäude ohne richtig nachzudenken überstürzt gekauft und kamen dann mit den Zahlungen in Verzug. Aber das Haus hatte schon während der innerstädtischen Revolten als Waisenhaus fungiert.«

»Ich weiß.«

»Das kam uns wie ein Zeichen vor, also haben Nash und ich nicht lange überlegt. Wir fanden schnell heraus, dass blinder Eifer schädlich ist«, erklärte sie, wieder lag die Spur von einem Lächeln auf ihrem Gesicht. »Aber wir haben auch viel gelernt, und dank dieser Erfahrungen, Gottes grenzenloser Güte und vor allem unserer großzügigen Unterstützerin konnten wir in diesem Haus ein neues Heim eröffnen, das für unsere Kinder viel mehr ist als ein bloßer Zufluchtsort.«

In diesem Augenblick kam Peabody zurück. »Der Tee wird sofort fertig sein.«

»Ich danke Ihnen. Bitte setzen Sie sich doch. Ich bin gerade dabei, dem Lieutenant zu erklären, auf welche Art mein Bruder Nash und ich unseren Horizont erweitern konnten, als wir hierher umgezogen sind. Das ist jetzt über fünfzehn Jahre her. Wobei die Jahre derart schnell vergangen sind, dass ich mich manchmal frage, wo die ganze Zeit geblieben ist.«

»Was tun Sie hier genau?«, erkundigte sich Eve.

»Wir bieten jungen Menschen zwischen zehn und 18 Jahren eine reine, sichere Umgebung und die nötigen mentalen, spirituellen und materiellen Hilfsmittel zur Überwindung ihrer Süchte und zur Festigung ihres Charakters und versuchen Ihnen beizubringen, wie man positive, richtige Entscheidungen für sich und andere trifft. Wir zeigen ihnen einen Weg in ein sicheres, zufriedenes Leben auf.«

»Woher kommen diese Kids?«

»Die meisten werden von den Eltern oder Vormündern oder zum Teil auch per Gerichtsbeschluss entweder ambulant oder auch stationär, das heißt rund um die Uhr, hier eingewiesen. Viele unserer Kinder sind von einer Reihe von Substanzen abhängig, alle haben ein negatives Selbstbild, haben nie gelernt, sich zu beherrschen und bringen noch jede Menge anderer schlechter Angewohnheiten aus ihrem bisherigen Leben mit. Wir geben ihrem Leben einen festen Rahmen, weisen ihnen Grenzen auf, bieten Gruppen- sowie Einzeltherapien und spirituelle Führung an.«

»Haben Sie das auch in dem anderen Haus gemacht?«

»Dort konnten wir den Kindern bei der Überwindung ihrer Süchte nicht so effektiv zur Seite stehen, denn dazu hat das Personal gefehlt. Ich fürchte, dass der *Zufluchtsort* den meisten Kindern nur ein Dach über dem Kopf geboten hat. Die meisten unserer Kinder waren verlorene Seelen. Sie waren verlassen worden oder von zuhause ausgerissen, und wir haben versucht, ihnen ein Minimum an Sicherheit, ein warmes Bett, gesundes Essen und ein Mindestmaß an Führung anzubieten, was aufgrund des permanenten Geldmangels nicht einfach war, bis unsere

Gönnerin Miss Bittmore eingesprungen ist. Sie hat uns dieses Haus geschenkt und einen Treuhandfonds errichtet, von dem ein sehr großer Teil der Ausgaben, die wir hier haben, bestritten werden kann.«

»Oh, vielen Dank, Hausmutter.«

»Ist mir eine Freude.« Shivitz stellte ein Tablett mit einer schlichten weißen Kanne und drei weißen Tassen auf den Tisch. »Kann ich sonst noch etwas tun?«

»Nein danke, aber richten Sie doch bitte meinem Bruder aus, dass er so schnell wie möglich kommen soll.«

»Natürlich.« Shivitz zog sich in den Flur zurück und zog lautlos die Tür hinter sich zu.

»Ich erzähle selbstverständlich gern von unserem neuen Heim.« Philadelphia schenkte ihnen ein. »Wenn Ihre Zeit es zulässt, führe ich Sie gerne überall herum. Aber weswegen interessieren Sie sich für uns?«

»Heuten morgen fingen die Vorarbeiten zur Sanierung des Gebäudes in der Neunten an. In ihrem alten *Zufluchtsort*.«

»Dann machen Sie jetzt also endlich was daraus. Das ist eine gute Nachricht, denn ich habe sehr schöne Erinnerungen an die Zeit dort, obwohl das Haus der reinste Albtraum für uns war.« Leise lachend trank sie einen ersten Schluck von dem Tee. »Die Abflussrohre waren permanent verstopft, die Türen haben geklemmt, und immer wieder fiel der Strom vorübergehend aus. Ich hoffe, dass der neue Eigentümer tiefe Taschen hat, denn eine richtige Sanierung des Gebäudes kostet sicher eine hübsche Stange Geld.«

Wieder wurde die Tür geöffnet, und sie blickte auf. »Nash, komm rein. Das hier sind Lieutenant Dallas und Detective Peabody von der New Yorker Polizei.«

»Angenehm.« Er war ein attraktiver Mann mit einer Mähne weiß gesträhnten, schwarzen Haars, einer markanten Nase und demselben ausgeprägten Kinn wie seine Schwester. Mit seinem dunklen Anzug, der dezent gemusterten Krawatte und den spiegelblank geputzten Schuhen sah er wie ein erfolgreicher Geschäftsmann aus.

»Sie sind Roarkes Frau«, erkannte er und reichte Eve die Hand. »Sie beide«, fuhr er fort und gab auch Peabody die Hand, »haben den Ruf, hervorragende Polizistinnen zu sein, Sie haben unter anderem den Icove-Fall gelöst.«

»Ich sage kurz der Hausmutter, dass sie noch eine Tasse bringen soll«, bot seine Schwester an.

»Mach dir meinetwegen keine Umstände.« Er winkte ab und setzte sich zu Philadelphia auf die Couch. »Ich bin ein Kaffeemensch, aber die gute Philly duldet nicht mal koffeinfreien Kaffee im Haus.«

»Das Zeug ist einfach ungesund«, erklärte sie und runzelte missbilligend die Stirn.

»Aber es schmeckt mir trotzdem gut. Also, was führt zwei der besten Polizistinnen New Yorks zu uns?«

»Der Lieutenant hat erzählt, dass man mit der Sanierung unseres alten Hauses angefangen hat. Des *Zufluchtsorts*.«

»Das hätten auch wir selbst gerne getan, aber das alte Haus auf Vordermann zu bringen hat damals den Rahmen unserer finanziellen Möglichkeiten überstiegen, und das täte es auch heute noch. Es war ein Glückstag, als wir hierher umgezogen sind.«

»Vor allem, weil es nicht jeden Tag passiert, dass man ein Haus geschenkt bekommt«, erklärte Eve.

»Miss Bittmore ist ein Engel.«

Er lehnte sich gelassen auf der Couch zurück und blickte Eve aus wachen, grünen Augen an. »Es ist kein Geheimnis, dass sie ihren Mann während der innerstädtischen Revolten und dann Jahre später ihren jüngsten Sohn an die Straße und die Sucht verloren hat. Danach hätte sie um ein Haar auch noch die Enkelin verloren, die denselben dunklen Weg wie ihr Vater eingeschlagen hatte – bis sie zu uns kam. Seraphim kam damals in den *Zufluchtsort*.«

»Wir konnten sie erreichen«, setzte Philadelphia die Erzählung fort. »Mit unserer Hilfe ist sie von dem dunklen Weg ins Licht und zu ihrer Familie zurückgekehrt. Miss Bittmore hat damals den *Zufluchtsort* besucht, um sich ein Bild von unserer Tätigkeit zu machen, sie hat gesehen, wie schwer es für uns war. Als Dank für die Rettung ihrer Enkeltochter, die inzwischen übrigens als Therapeutin für uns tätig ist, hat sie uns dieses Haus geschenkt. Wir sind den beiden und der höheren Macht, die Seraphim damals den Weg zu uns gewiesen hat, von Herzen dankbar.«

»Ist Seraphim gerade im Haus?«

»Ich weiß nicht sicher, was sie für Termine hat, aber ich glaube, heute hat sie ihren freien Nachmittag. Ich frage gern die Hausmutter.«

»Das können Sie auch später noch. Erst mal zurück zu Ihrem alten Haus. Bei den Abrissarbeiten in dem Gebäude in der Neunten wurde deutlich, dass dort eine Reihe falscher Wände eingezogen worden sind.«

»Falsche Wände?«, Philadelphia runzelte die Stirn. »Ich bin mir nicht sicher, dass ich Ihnen folgen kann.«

»Wände, die gut einen Meter vor den ursprünglichen

Wänden standen, wodurch eine Reihe Hohlräume entstanden sind.«

»Hat es dort deshalb so gezogen?« Philadelphia schüttelte den Kopf. »Unser Geld hat damals nur fürs Allernötigste gereicht. Wir haben nur Dinge reparieren lassen, wenn es gar nicht anders ging, und haben die meisten Sachen selbst gemacht. Ich nehme an, dass vielleicht jemand diese Wände eingezogen hat, weil die Originalwände in miserablem Zustand waren.«

»Ich glaube eher, dass jemand hinter diesen Wänden etwas verbergen wollte.«

»Wir haben in dem Gebäude Streicharbeiten vorgenommen und die Bäder und die Küche in bescheidenem Maß auf Vordermann gebracht«, erklärte Nash, »aber irgendwelche Wände haben wir dort nie gebaut. Sie haben gesagt, dass etwas versteckt war? Irgendwelche Wertsachen? Womöglich Diebesgut? Ich kann Ihnen versichern, wenn wir irgendwas von Wert besessen hätten, hätten wir es nicht versteckt, sondern in das Gebäude investiert. Was haben Sie gefunden? Bargeld, Drogen, Schmuck?«

»Skelette«, klärte Eve ihn tonlos auf und achtete auf seine und auf Philadelphias Reaktion. »Ein Dutzend Skelette.«

Philadelphia fiel die Tasse aus den Fingern, ihr Bruder wurde blass und riss entsetzt die Augen auf.

»Zwölf«, stieß Philadelphia mit erstickter Stimme aus. »Sie haben gesagt ... als ich ... Sie haben gleich gesagt, dass es ein Dutzend ist. Meinen Sie, oh Gott, haben Sie damit gemeint, dass dort zwölf Leichen waren?«

»Worum geht's hier überhaupt?«, wandte sich Nash an Eve.

»Um zwölf Leichen, die hinter nachträglich gezogenen Wänden lagen«, antwortete Eve. »Oder eher die Überreste von zwölf jungen Mädchen, die der ersten Untersuchung nach zum Zeitpunkt ihres Todes zwischen zwölf und sechzehn waren.«

»Mädchen?« Wie die Kleine draußen auf der Bank schob jetzt auch Philadelphia schutzsuchend die Hand in die des Burschen, der an ihrer Seite saß. »Aber wie sind sie umgekommen? Wann? Wer könnte so was tun? Warum?«

»Das sind alles gute Fragen, ich arbeite daran, die Antworten zu finden«, sagte Eve ihr zu. »Vorläufig gehen wir davon aus, dass die Opfer allesamt in Plastik eingehüllt vor circa fünfzehn Jahren dort eingemauert worden sind. Ungefähr zu der Zeit, als Sie selbst dort aus- und hierher umgezogen sind.«

»Sie denken, wir ...« Philadelphia richtete sich kerzengerade auf. »Ich bitte Sie. Wir haben uns die *Rettung* junger Menschen vor sich selbst, vor ihrer Umgebung, vor zerstörerischen Einflüssen zur Aufgabe gemacht. So etwas Grauenhaftes könnten wir niemals ... so etwas könnten wir niemals tun.«

»Sie können nicht dort eingemauert worden sein, solange wir dort waren.« Der noch immer bleiche Nashville griff nach einer Tasse, die er ursprünglich nicht haben wollte, und kippte den inzwischen kalten Tee mit einem Schluck herunter. »Davon hätten wir auf alle Fälle etwas mitbekommen. Und wenn nicht wir, dann einer unserer Schützlinge oder jemand vom Personal. Die Mauern können ganz unmöglich hochgezogen worden sein, bevor wir ausgezogen sind. Niemals.«

»Wie haben Sie das Haus zurückgelassen?«

»Auf Rat von unserem Anwalt sind wir einfach ausgezogen und haben nur die Möbel und Gerätschaften, die uns gehört haben, Extrakleider für die jungen Menschen, die mit völlig leeren Händen zu uns kamen, und ähnliche Sachen mit hierhergeschleppt. Wir haben einfach gepackt und alles, was wir tragen konnten, mit hierhergebracht.«

»Du hast geweint«, rief Nashville seiner Schwester in Erinnerung. »Du hast geweint, als wir dort ausgezogen sind, obwohl das Haus total verfallen war und uns beinah in den Ruin getrieben hat.«

»Das stimmt. Ich hatte das Gefühl, als hätten wir versagt. Aber das haben wir nicht. Wir haben mit dem bisschen, was wir hatten, dort gute Arbeit geleistet. Auch wenn andere dachten, dass es sicher furchtbar schmerzlich für uns wäre, all das Geld, das wir dort reingebuttert hatten, zu verlieren, denke ich, dass wir mehr gewonnen als verloren haben. Dann hat man uns dieses einzigartige Geschenk gemacht. Diese grauenhafte Sache muss passiert sein, nachdem wir dort ausgezogen sind.«

»Wer hatte nach Ihrem Auszug Zugang zu dem Haus?«

»Für kurze Zeit wir selbst.« Nash fuhr sich mit der Hand durch das Gesicht, als wäre er aus einem schlimmen Traum erwacht. »Da das Haus nicht wirklich gut gesichert war, hätten wahrscheinlich auch die Angestellten und sogar die Kinder dort noch ein- und ausgehen können. Auch deshalb mussten wir dort dringend ausziehen.«

»Abermals auf Rat von unserem Anwalt haben wir die Schlüssel nicht sofort der Bank gegeben.« Philadelphia stand auf, nahm mehrere Papierservietten aus dem

Schrank, tupfte den Tee vom Teppich auf und stellte ihre Tasse wieder auf den Tisch. »Die Unterlagen waren noch nicht fertig, und man sagte uns, wir sollten einfach warten, bis die Bank den alten Kasten zwangsversteigern lässt. Das geht im Allgemeinen nicht von einem auf den anderen Tag. Nach der Einstellung der Hypotheken-zahlungen hat es noch fast ein halbes Jahr gedauert, bis wir ausgezogen sind. Wir hätten auch länger bleiben können, aber dann wäre ich mir vorgekommen wie ein …«

»Dieb«, murmelte Nash. »Du hast gesagt, dass das für dich wie Diebstahl wäre, also haben wir angefangen, unser Zeug zu packen, weil wir dachten, dass unsere Mission beendet wäre. Bis Miss Bittmore uns plötzlich dieses Haus hier angeboten hat. Es war, als hätte Gott die Hand im Spiel gehabt. Wir glauben, dass es tatsächlich so war, dass hinter ihrer großzügigen Spende Gott gestanden hat.«

»Wie lange hat's dann noch gedauert, bis die Bank das Haus übernommen hat?«

»Ein halbes Jahr, vielleicht sogar acht Monate, nachdem wir ausgezogen waren. Die Ankündigung der Zwangsversteigerung und all die anderen Schriftstücke müssten noch irgendwo in unseren Akten sein.«

»Ich hätte gern Kopien davon.«

»Selbstverständlich. Sie bekommen von uns alles, was Sie brauchen.«

»Wie zum Beispiel eine Liste aller Angestellten, Handwerker, Reparaturen, Instandhaltungsmaßnahmen und sämtlicher Bewohner Ihres damaligen Heims. Haben Sie noch Unterlagen aus der Zeit?«

»Eine Personalliste und eine Liste mit den meisten

Handwerkern, die dort beschäftigt waren, auf jeden Fall«, erklärte Philadelphia. »Die kleineren Reparaturen hat meistens unser Bruder Monty durchgeführt. Allerdings ist er vor ein paar Jahren in Afrika gestorben, seither versuche ich mein Glück damit, denn wenn's um Werkzeug geht, ist Nash ein hoffnungsloser Fall. Die Namen der Kinder müssten auch noch irgendwo verzeichnet sein, obwohl wir diesbezüglich damals nicht so streng waren. Wir hatten die Genehmigung zur Führung dieses Heims und hatten häufig Kinder, die uns von Gerichten zugewiesen worden waren. Aber wir haben auch Streuner aufgenommen, die uns nicht verraten haben, wie sie hießen, und die oft nur ein, zwei Nächte oder nur sporadisch bei uns waren. Ich werde trotzdem dafür sorgen, dass man Ihnen Kopien von allen Unterlagen macht.«

»Zwölf Mädchen«, stellte Nash mit rauer Stimme fest. »Wie kann das sein?«

»Womöglich waren sie aus unserem Heim.« Die Schwester drückte seine Hand so fest, dass man das Weiß von ihren Knöcheln sah. »Vielleicht waren es Mädchen, die mal bei uns gewohnt haben, Nash, und die nach unserem Umzug noch einmal dorthin zurückgekommen sind. Aber wir waren nicht mehr da, und jemand anderes … jemand hat sie umgebracht.«

»Sind wir dafür verantwortlich?« Nash fuhr sich mit der freien Hand durch das Gesicht. »Ist dieses grässliche Verbrechen unsere Schuld?«

»Ich glaube, nicht.« Philadelphia legte tröstend einen Arm um seine Schulter und erklärte: »Nein. Was denken Sie?«, erkundigte sie sich und blickte flehend zu Eve auf. »Was denken Sie?«

»Es ist die Schuld desjenigen, der sie getötet hat.«

»Sind Sie sicher, dass sie – ja, natürlich sind Sie das.« Nash ließ die Hand ermattet sinken, richtete sich aber kerzengerade auf. »Sie haben gesagt, sie waren in Plastik eingehüllt und hinter einer Wand versteckt. Natürlich war es Mord. Aber wie wurden sie umgebracht?«

»Das kann ich Ihnen noch nicht sagen.« Eve stand wieder auf und sah die beiden an. »Vielen Dank, dass Sie mit uns gesprochen haben. Außerdem wäre es mir eine große Hilfe, wenn ich jetzt noch die Kopien haben und vielleicht mit einem Ihrer Angestellten sprechen könnte, der auch damals schon bei Ihnen war.«

»Auf die Kopien setze ich am besten Ollie an – Oliver Hart«, erklärte Philadelphia. »Er leitet das Büro, aber im *Zufluchtsort* war er noch nicht dabei. Wir hätten es uns damals schlicht nicht leisten können, jemanden für diese Arbeit einzustellen. Aber Brenda Shivitz, unsere Hausmutter, hat ungefähr ein Jahr vor unserem Umzug dort als Teilzeitkraft begonnen, sie kam dann mit einer vollen Stelle mit hierher. Und Seraphim Brigham war natürlich, wie ich bereits sagte, ebenfalls mit dort. Oh und Brodie Fine. Er hatte damals gerade eine eigene kleine Handwerkerfirma aufgemacht und war von da an regelmäßig für uns tätig. Wir rufen ihn noch immer an, wenn's irgendwas zu reparieren gibt.«

»Ich wüsste gerne, wie ich ihn erreichen kann.«

»Ich suche Ihnen die Adresse raus. Bitte entschuldigen Sie mich.« Jetzt stand auch Philadelphia auf. »Ich werde mich sofort darum kümmern.«

»Haben Sie noch was hinzuzufügen?«, wandte Eve sich an den Bruder, während Philadelphia den Raum verließ.

Er starrte seine Hände an. »Ich kann Ihnen auch nicht mehr erzählen. Tut mir leid. Werden Sie uns ihre Namen sagen? Vielleicht fällt mir dann ja noch was ein. Vielleicht weiß ich dann ja, wer sie waren.«

»Das werde ich, sobald es möglich ist. Wenn wir jetzt noch mit Miss Shivitz sprechen könnten …«

»Wenn Sie warten, gebe ich ihr kurz Bescheid. Am besten schicke ich sie hierher. Hier sind Sie ungestört.« Er wandte sich zum Gehen, drehte sich aber in der Tür noch einmal um. »Ich hoffe, Ihre Seelen haben jetzt endlich Frieden. Ich werde für Sie beten.«

»Na, wie haben die zwei auf Sie gewirkt?«, erkundigte sich Eve bei Peabody, als Nash im Flur verschwunden war.

»Sie wirken engagiert, zwar nicht übertrieben, aber doch ein bisschen frömmlerisch und scheinen sich sehr nahzustehen. Auf der anderen Seite hatten beide Zugang zu dem Haus, und es ist möglich, dass die Mädchen damals Zöglinge von ihnen waren.«

»Genau. Sie wirken alles andere als dumm, und es wäre grottendämlich, Leichen in einem Gebäude zu verstecken, aus dem man bald ausziehen wird. Sie wären die Hauptverdächtigen gewesen, wenn die Bank bereits vor fünfzehn Jahren das Gebäude hätte renovieren lassen und man dabei auf die toten Kids gestoßen wäre. Auch jetzt sind sie die Ersten, die uns aufgefallen sind.«

»Manchmal ist man einfach aus Verzweiflung dumm.«

Eve nickte zustimmend. »Das stimmt. Am besten finden wir erst einmal mehr über den toten Bruder und die Schwester in Australien raus. Und sehen uns alle Leute an, die zu der Zeit als Angestellte oder Handwerker in dem Gebäude tätig waren.«

»Ihr Schock und ihr Entsetzen haben durchaus echt auf mich gewirkt.«

»Das stimmt, aber an ihrer Stelle hätte ich wahrscheinlich ebenfalls gelernt zu überspielen, wie sehr mir diese Teenies häufig auf die Nerven gehen und dass ich manchmal große Lust hätte, sie einfach an die Wand zu klatschen oder ihnen eine reinzuhauen.«

»Au.«

»Ich mein' ja nur.«

In diesem Augenblick betrat die Hausmutter den Raum.

»Mr. Jones meinte … er hat gesagt, Sie wollen mit mir sprechen. Er hat gesagt …« Sie brach in Tränen aus.

Als mitfühlender Mensch trat Peabody mit schnellen Schritten auf sie zu, legte einen Arm um ihre Schultern und führte sie sanft zu einem Stuhl.

»Ich weiß, das ist ein schlimmer Schock für Sie.«

»Es ist – ich weiß nicht, was ich sagen soll! Jemand hat zwölf Mädchen umgebracht? Die vielleicht in *unserer* Obhut waren? Und dann hat er sie einfach ganz allein an diesem grauenhaften Ort zurückgelassen? Gott, wer tut so was?« Shivitz trommelte mit einer Faust auf ihr Bein. »Was für ein Monster tut so was? Sie werden dieses Monster finden. Müssen dieses Monster finden, denn auch wenn der liebe Gott es irgendwann für seine Sünden strafen wird, muss das Gesetz der Menschen das schon hier auf Erden tun. Und Sie sind das Gesetz.«

»Da haben Sie völlig recht.« Inzwischen hatte heißer Zorn den Tränenstrom versiegen lassen, weshalb Eve erneut die Führung übernahm. »Denken Sie zurück. Fällt Ihnen irgendjemand ein, der Ihnen damals nicht ganz geheuer war? Vielleicht, weil er sich den Mädchen dort am *Zufluchtsort* oder auch in den ersten Wochen hier auf falsche Weise angenähert hat?«

»Das hätte niemand zugelassen. Schließlich waren wir verantwortlich dafür, dass diese Kinder bei uns sicher sind. Wir hätten niemanden an sie herangelassen, der ihnen womöglich hätte schaden wollen.«

Peabody nahm neben Shivitz Platz und beugte sich vertraulich zu ihr vor. »Es gibt Menschen, die Gutes tun, auf den ersten Blick ein anständiges Leben führen, einem aber trotzdem irgendwie nicht ganz geheuer sind. Bei diesen Menschen wird man das Gefühl nicht los, dass irgendwas bei ihnen nicht ganz richtig ist.«

»Ich weiß, was Sie meinen.« Nickend reckte Shivitz einen Finger in die Luft. »Ich habe früher oft in diesem kleinen Laden eingekauft, aber der Mann, der ihn betrieben hat, kam mir nicht ganz geheuer vor, deshalb bin ich am Schluss dort nicht mehr hingegangen. Dann bekam ich mit, dass er verhaftet worden ist. Weil er ein ... illegales Wettbüro betrieben hat. Ich wusste einfach, dass mit ihm etwas nicht stimmt. Ich hatte irgendwie immer dieses ungute Gefühl, wenn ich in seiner Nähe war.«

»Okay.« Eve fragte sich, ob es in Shivitz' Welt wohl wirklich keine größeren Sünden als verbotene Wetten gab. »Hatten Sie vielleicht auch gegenüber irgendjemandem im Heim ein komisches Gefühl?«

»Nicht wirklich. Tut mir leid, aber ... das heißt, Moment.« Sie spitzte nachdenklich die Lippen, nickte und erklärte: »Brodie Fine, der Handwerker. Das heißt, natürlich nicht er selbst. Er ist ein wunderbarer Mann, ein liebevoller Ehemann und fürsorglicher Vater und so zuverlässig, wie man es sich nur wünschen kann. Er hat sogar zwei von unseren Kindern angestellt, nachdem sie mit der Schule fertig waren. Aber als wir noch im alten Haus waren, hat er manchmal einen Assistenten, einen Helfer mitgebracht, und der war mir ein bisschen unheimlich. Er hat manchmal Schimpfwörter verwendet, das gehört sich einfach nicht, vor allem nicht, wenn Kinder in der Nähe sind. Außerdem bin ich mir ziemlich sicher, dass er ein-, zweimal nach Alkohol gerochen hat. Er war nicht oft bei uns im Haus, aber ich muss gestehen, dass er mir nicht sympathisch war.«

»Wissen Sie noch, wie er hieß?«

»Meine Güte, nein. Aber er war ein muskulöser junger Mann, und ja, jetzt wo ich darüber nachdenke, hat vor allem sein wilder Blick mir immer etwas Angst gemacht.«

»Also gut. Wir gehen dem Hinweis nach. Fällt Ihnen sonst noch jemand ein?«

Wieder wurden Shivitz' Augen feucht, und eilig wehrte Eve die neue Tränenflut mit einer weiteren Frage ab.

»Was ist mit Besuchern? Eltern oder so?«

»Damals kam es nur sehr selten vor, dass sich ein Elternteil oder ein Vormund bei uns blicken ließ. Natürlich ist das furchtbar traurig, aber schließlich waren die meisten unserer Kinder von zuhause weggelaufen, weil sie es dort nicht ertragen haben oder weil sie selber einen falschen Weg gegangen waren. Hin und wieder kamen Eltern, um ein Kind zurückzuholen, und wenn kein Gericht die Unterbringung bei uns angeordnet hatte, konnten wir uns nicht dagegen wehren. Tatsächlich hatten einige der Eltern nur das Beste für ihr Kind im Sinn, und das Kind hatte sich aus Trotz von ihnen abgewandt. Wobei es allerdings auch andere Fälle gab. Jetzt, wo Sie es erwähnen, erinnere ich mich an ein Elternpaar, das seine Tochter heimholen wollte. Die Mutter war sehr still und hat die ganze Zeit geweint, aber der Vater hat sich furchtbar aufgeregt! Er hat herumgebrüllt und uns beschuldigt, dass wir eine *Sekte* wären!«

Sie klopfte sich gegen die Brust, als setze vor Entsetzen über diesen unhaltbaren Vorwurf jeden Augenblick ihr Herzschlag aus.

»Er hat behauptet, wir hätten die Tochter dazu angestiftet, sich seinen Befehlen zu widersetzen und sie noch in ihrem wilden Leben unterstützt. Was selbstverständlich blanker Unsinn war. Ich erinnere mich wirklich sehr genau an diesen Mr. Jubal Craine. Ich hatte Angst, er ginge mit den Fäusten auf den armen Mr. Jones oder vielleicht sogar auf dessen Schwester los, und bin mir sicher, dass der Kerl mit ebendiesen Fäusten schon des Öfteren auf seine Frau und seine Tochter losgegangen war. Sie waren aus Nebraska. Ja, genau. Sie hatten einen kleinen Hof, von dem die Tochter weggelaufen war.«

Sie zögerte, leise fragte Eve sie: »Und?«

»Tja, nun, es tut mir leid, dass ich das sagen muss, aber bevor sie zu uns kam, hat sie sich manchmal irgendwelchen Männern angeboten, wenn der Hunger und die Kälte draußen auf der Straße übermächtig waren. Ihr Name war Leah. Wir haben unser Möglichstes für sie getan. Der Vater kam noch einmal wieder, ja, genau. Vielleicht einen Monat später, nachdem Leah wieder von zuhause abgehauen war. Er wollte das Heim nach ihr durchsuchen, weil er nicht geglaubt hat, dass sie nicht zu uns zurückgekommen war. Am Ende haben wir die

Polizei gerufen, die hat ihn mitgenommen. Das war kurz vor unserem Umzug in das neue Haus.«

»Vielen Dank, Miss Shivitz, Sie sind uns tatsächlich eine große Hilfe«, meinte Peabody in aufmunterndem Ton und sah sie fragend an. »Fällt Ihnen sonst noch jemand ein?«

»So auf die Schnelle nicht, aber ich werde noch einmal in Ruhe überlegen, sobald mir etwas einfällt, rufe ich Sie an. Wenn ich daran denke, dass ich der Person, die so was Schreckliches getan hat, vielleicht irgendwann einmal begegnet bin, bekomme ich heut' Nacht bestimmt kein Auge zu. Dabei wählen wir alle, und besonders Mr. und Miss Jones, die Menschen, die hier arbeiten, Besuche machen und Kontakt zu unseren Kindern haben, so sorgsam aus, dass ich einfach nicht glauben kann, dass so ein Monster hier hereingekommen sein soll.«

»Aber Ihre Schützlinge sind nicht die ganze Zeit im Haus, nicht wahr?«, erkundigte sich Eve. »Sie sind doch sicher nicht rund um die Uhr hier eingesperrt, sondern gehen auch mal weg.«

»Natürlich tun sie das! Wir bieten ihnen ein gesundes Gleichgewicht aus Disziplin und Freiheit, denn sie sollen so normal wie möglich leben und vor allem lernen, mit der Welt da draußen umzugehen. Wobei gegenseitiges Vertrauen unerlässlich ist. Natürlich haben sie auch Pflichten, die sie zwingen, aus dem Haus zu gehen. Sie gehen einkaufen, sie machen Exkursionen mit der Schule, und in ihrer Freizeit sind sie auch oft unterwegs. Oh! Verstehe! Es war irgendwer von außerhalb! Jemand von außerhalb hat diese armen Mädchen in das andere Haus gelockt. Jemand von außerhalb.« Sie atmete erleichtert auf. »Es war keiner von uns.«

Vielleicht nicht, sagte sich Eve. Aber vielleicht ja doch.

»Vielen Dank für Ihre Hilfe. Falls Ihnen noch irgend-etwas oder irgendjemand einfällt, rufen Sie uns bitte an.«

»Das tue ich auf jeden Fall. Die Namen der Mädchen wissen Sie bisher noch nicht?« Sie stand müde wieder auf. »Mr. Jones sagte, dass nur noch Knochen übrig waren. Werden Sie uns informieren, wenn Sie wissen, wer sie waren? Ich bemühe mich, Beziehungen zu allen Kindern aufzubauen. Versuche herauszufinden, wer sie sind und was sie einmal werden wollen. Das habe ich schon immer so gemacht. Für diese Mädchen aber kann ich nur noch beten, und das könnte ich noch besser, wenn ich wüsste, wer sie waren.«

»Wir geben Ihnen schnellstmöglich Bescheid«, versicherte ihr Eve und sah sie fragend an. »Ist übrigens Miss Bittmores Enkeltochter heute hier?«

»Nicht heute Nachmittag. Sie hatte heute Morgen Dienst. Sie weiß noch nicht, was passiert ist.« Abermals griff sich die Hausmutter ans Herz. »Sie war selber einmal eins von unseren Mädchen, deshalb wird ihr diese schreckliche Geschichte sicher furchtbar nahegehen.«

»Ich will nicht stören.« Zögernd klopfte Philadelphia an die offene Tür. »Aber ich habe die Disketten, die Sie haben wollen. Wir haben sie beschriftet, damit Ihnen die Durchsicht leichter fällt. Wir haben alles kopiert, von dem wir denken, dass es Ihnen vielleicht weiterhelfen kann.«

»Danke. Können Sie mir vielleicht auch noch sagen, wo ich Seraphim erreichen kann?«

»Normalerweise trifft sie sich an ihrem freien Nach-mittag mit ihrer Großmutter zum Lunch, manchmal gehen sie danach noch ins Museum, machen einen

Einkaufsbummel oder so. Aber inzwischen hat sie einen Freund, vielleicht trifft sie sich also auch mit ihm.«

»Sie sagen das in einem Ton, als würde es Ihnen missfallen.«

»Oh, nein, so ist es nicht«, wehrte die Leiterin des Heims errötend ab. »So sollte es nicht klingen. Er ist ein wirklich netter junger Mann. Ein Künstler. Er hat angeboten, unsere Schützlinge zu porträtieren, das ist sehr nett von ihm.«

»Aber?«

»Er ist ... Hippie.«

Peabody, die Hippie-Tochter, räusperte sich leise, sagte aber nichts.

»Es ist nur so, dass wir versuchen, klare Grenzen in Bezug auf Sex zu ziehen, und dass wir, auch wenn wir im Prinzip natürlich allen Glaubensrichtungen gegenüber offen sind, eher Verfechter von – wie soll ich sagen? – traditionellen christlichen Strukturen sind. Wogegen Hippies religiös eher ...«

»Ungebunden sind«, schlug Peabody ihr vor.

»Ja. Genau. Aber wie gesagt, er ist ein wirklich netter junger Mann, und wir wünschen Seraphim von Herzen, dass sie glücklich ist. Aber jetzt zu etwas anderem, Lieutenant«, wandte Philadelphia sich wieder an Eve. »Ich habe das Gefühl, dass ich den anderen Angestellten und den Kindern sagen sollte, was geschehen ist. Am besten halten wir eine Gedenkstunde für diese armen Mädchen ab. Über ihre Handys werden unsere Kinder sowieso bald mitbekommen, was passiert ist, obwohl ich sie einerseits beschützen möchte, will ich ihnen gegenüber auch ganz offen sein.«

»Das können Sie halten, wie Sie wollen. Wir melden uns, sobald wir Ihnen mehr Informationen geben können, falls Ihnen noch etwas einfällt, das vielleicht mit diesen Taten in Verbindung steht, rufen Sie uns bitte auch an.«

Philadelphia brachte Eve und Peabody zur Haustür, als Eve mit einem Mal ein leichtes Kribbeln im Genick verspürte, drehte sie sich um und sah, dass eines der Mädchen, Quilla, oben auf der Treppe saß und sie mit Blicken zu durchbohren schien.

Draußen angekommen, ging sie bis zu ihrem Wagen, lehnte sich gegen die Kühlerhaube …

… und wartete ab.

»Soll ich versuchen, diese Seraphim zu finden? Wenn sie einen so schlechten Geschmack hat, sich in einen Hippie zu vergucken, ist wahrscheinlich davon auszugehen, dass sie auch noch anderen Dinge auf dem Kerbholz hat.«

»Hören Sie auf zu schmollen, Peabody«, bat Eve. »Philadelphia ist wohl kaum die Einzige, die denkt, dass Hippies etwas seltsam sind.«

»Weil wir daran glauben, dass der Mensch sich frei entscheiden soll, wie er leben will, weil wir jeden akzeptieren, wie er ist, und weil wir die Erde mitsamt allen Wesen, die dort leben, respektieren?«

»Genau«, pflichtete Eve ihr feixend bei. »Und weil ihr eure Kleider selber webt, weil die meisten von euch in Kommunen leben, Schafe züchten, Möhren ziehen und der Erntegöttin Mondschein huldigen.«

»Es gibt keine Göttin Mondschein.«

»Nachdem die Hälfte aller Hippiefrauen Mondschein oder Regenbogen oder Sonnentropfen heißt, habe ich sicher angenommen, dass es eine Göttin dieses Namens gibt.«

»Unter meinen zahlreichen Cousinen gibt's nur eine einzige, die Regenbogen heißt.« Schnaubend lehnte jetzt auch Peabody sich an die Kühlerhaube und stellte, um sich selbst zu trösten, fest: »Sie wollen mich doch nur verarschen.«

»Ich wusste nicht, dass man als Hippiemädchen so ein schlimmes Wort benutzen darf. Okay, ich habe Sie verarscht. Aber was ist mit der guten Philly aus dem Heim? Sie redet andauernd von einem Leben im Einklang mit Gott und glaubt wahrscheinlich, dass sie so auch wirklich lebt. Aber für ihre Vorstellung von dem, woran man glauben sollte, genügt ein winziger Karton. Auf dem ein fester Deckel sitzt.«

»Okay, das stimmt. Auf mich wirkt sie wie der Typ Mensch, der den Glauben oder Unglauben von anderen gar nicht wirklich kritisieren will. Nur ist sie gleichzeitig der festen Überzeugung, dass die Dinge, die sie selber glaubt, das einzig Wahre sind«, erklärte Peabody und fragte: »Worauf warten wir hier eigentlich?«

»Nicht worauf, sondern auf wen. Und zwar auf die Kleine«, erklärte Eve, denn endlich ging die Haustür auf, und Quilla zog etwas aus ihrer Tasche, legte es unter das Handlesegerät und schlenderte gemächlich durch den kleinen Garten auf die zwischenzeitlich leere Steinbank zu.

Dann aber bog sie plötzlich ab, wahrscheinlich an der Stelle, die die Kamera an der Haustür nicht überwachte, lief eilig Richtung Zaun, sprang auf den Bürgersteig und schlenderte, die Hände in den Taschen ihres Hoodies, lässig auf Eve zu.

»Hallo.«

»Hallo zurück.«

»Sie sind die Icove-Cops.«

»Wir sind New Yorker Cops«, verbesserte Eve sie, und diese Korrektur trug ihr ein Augenrollen ein.

»Sie wissen, was ich meine.«

»Was hast du da unter das Handlesegerät gelegt?«

Achselzuckend meinte Quilla: »Einen kleinen Störsender. Ein paar der anderen Kids kennen sich ziemlich gut mit Elektronik aus. Ich habe einen von den Jungs dafür bezahlt, dass er mir einen solchen Sender baut. Sie sind wegen der toten Mädchen hier, die heute früh gefunden wurden, stimmt's?«

»Wegen was für toter Mädchen?«

»Verdammt, was soll der Scheiß? Wegen der Mädchen in dem alten Haus, von denen nur noch Skelette übrig sind. In dem verdammten Haus, aus dem die Jones mit ihrem Heim in diese Hütte umgezogen sind. Deswegen sind Sie hier.«

»Woher weißt du das alles?«, fragte Eve.

»Ich erkenne Cops auf zehn Meilen Entfernung. Sie beide habe ich wegen all dem Trara um den Icove-Film erkannt. Also habe ich ein bisschen recherchiert, nachdem Miss J mit ihrem blöden Vortrag fertig war. Und ich bin ziemlich gut im Recherchieren, weil ich nämlich Autorin bin.«

»Ach ja?«

»Ach ja. Wenn ich hier nicht mehr festgehalten werde, komme ich mit meinen Sachen ganz groß raus. Wie sind sie gestorben?«

»Warum sollte ich dir das erzählen?«

Abermals hob Quilla ihre Schultern an. »Ich finde es auch raus, wenn Sie's mir nicht erzählen. Wie gesagt, ich bin echt gut im Recherchieren, und es könnte sein, dass ich über die Sache schreiben will. Aber wenn Sie denken, Mr. J oder Miss J hätten die Mädchen umgebracht, sind Sie ein ziemlich schlechter Cop.«

»Und warum?«

»Weil die für so was viel zu heilig sind. Ja, okay, natürlich gibt es Leute, die nur heilig tun und einem trotzdem an die Wäsche gehen, sobald sich die Gelegenheit dazu ergibt.« Wieder steckte sie die Hände in die Tasche ihres Hoodies und fügte hinzu: »Aber die beiden tun ganz sicher nicht nur so.«

Jetzt mischte sich auch Peabody in das Gespräch und fragte: »Wie alt bist du überhaupt?«

»Sechzehn.«

Eve sah sie skeptisch an. »Vielleicht in zwei, drei Jahren.«

Das Mädchen schüttelte sich seine farbenfrohen Haare aus der Stirn. »In anderthalb. Na und? Ich weiß auch jetzt schon, was ich weiß. Wer schreibt, muss viel beobachten. Die beiden sind totale Nervensägen, aber einen Haufen Mädchen haben sie bestimmt nicht umgebracht. Das weiß ich ganz genau. Die Heiligenscheine von den beiden leuchten derart hell, dass man davon schon fast geblendet wird.«

»Das ist mir gar nicht aufgefallen. Aber warum interessiert dich, was wir von den beiden halten?«

»Eigentlich kann mir das völlig schnuppe sein. Ich dachte nur, dass ich es Ihnen sage sollte. Jetzt muss ich zurück.« Mit einem neuerlichen Augenrollen fügte sie

hinzu: »Ich darf erst wieder raus, wenn meine ›Schulaufgaben und häuslichen Pflichten ordentlich erledigt sind‹«,
ahmte sie Philadelphias Stimme nach. »Aber ich werde
meine Augen weiter offen halten, also fragen Sie am besten mich, wenn Sie was wissen wollen.«

Sie nahm Anlauf, schwang sich mühelos über den
Zaun und drehte sich noch einmal um. »Ich kann auch
alles aufschreiben. So gut wie diese Journalistin, die den
Icove-Scheiß geschrieben hat, aber aus einem anderen
Blickwinkel. Weil ich genauso bin wie sie. Weil ich wie
diese toten Mädchen bin.«

Sie lief zur Bank, bog ab und ging zurück ins Haus.

»Was denken Sie?«, erkundigte sich Peabody bei Eve.

»Sehr viel, aber vor allem, dass es in fast jeder Gruppe Jugendlicher einen talentierten Elektronikfuzzi gibt.
Wenn sie hier jemanden haben, der einen funktions-
tüchtigen Störsender gebastelt hat, gab es im alten Heim
wahrscheinlich auch jemanden, der die deutlich schlech-
tere Security dort ausgeschaltet hat. Das ist auf alle Fälle
Stoff zum Nachdenken oder Gedankenfutter, wie man
so schön sagt.«

Sie öffnete die Fahrertür und blickte Peabody über das
Dach des Wagens hinweg an. »Wobei ich keine Ahnung
habe, was genau das heißen soll. Weshalb soll man Gedanken füttern und vor allem womit? Bewirkt vielleicht
Spinat, dass man etwas Gesundes denkt? Oder sorgen
Eis und Schokolade dafür, dass man Spaß beim Denken
hat? Warum sondern wir häufig einen solchen Schwachsinn ab?«

»Weil das Bestandteil unserer Sprache ist?«

»Ich finde es vor allem vollkommen idiotisch«, knurrte

Eve, während sie sich hinter das Lenkrad ihres Wagens schob. »Jetzt fahren wir los und gehen dieser DeWinter auf den Keks.«

»Gerne, aber könnte ich mir vorher vielleicht noch etwas Gedankenfutter holen? Mein Hirn ist völlig ausgehungert, und ich kenne einen tollen Imbiss gar nicht weit von hier.«

»Ich nehme an, Sie kennen alle Läden in New York, in denen es etwas zu Essen gibt.«

»Sie wollen damit doch wohl nicht andeuten, dass ich verfressen bin?«

Mit einem Lächeln auf den Lippen antwortete Eve: »Ich will Ihnen nur etwas Gedankenfutter liefern.«

4

Eve hatte die Abteilung, in der jetzt DeWinter residierte, noch nicht allzu oft besucht, aber nach kurzem Überlegen fiel ihr wieder ein, welche Gleitbänder und Korridore, welche Türen und Schranken sie passieren musste, bis man sie vor einer breiten Flügeltür aus bruch- und schusssicherem Glas zum letzten Mal um ihren Ausweis bat.

Der ausgedehnte, zweigeschossige Bereich glich einem Bienenstock. Laboranten, Techniker und Kontrolleure liefen zwischen den Laboren, Prüfständen, Maschinen und Gerätschaften herum oder gingen an den teils durch Glaswände nach außen abgeschirmten Tischen ihrer Arbeit nach. Je nach Tätigkeit trugen sie Kittel, Schutzanzüge, Straßenkleidung und in einem Fall etwas, das aussah wie ein ganz normaler Schlafanzug.

Irgendwo hörte jemand Musik. Der harte Rhythmus prallte spürbar von den Wänden ab, etwas unsicher wandte sich Eve nach rechts und sah durch eine offene Tür in einen Raum, wo eine Frau mit dunkler Haut, hochgestecktem Silberhaar und blütenweißem Kittel mit der Autopsie eines überdimensionalen Nagetiers beschäftigt war.

Sie hob das blutige Skalpell zum Gruß und nickte ihnen freundlich zu. »Polizei, nicht wahr? Wir haben Sie bereits erwartet. Sie wollen sicher zu Doc D.«

»Falls das Dr. DeWinter ist.«

»Die Treppe hoch, dann links, dann rechts und dann ein Stückchen geradeaus. Soll ich Sie hinbringen?«

»Vielen Dank, aber ich nehme an, wir finden es auch so. Warum schneiden Sie diese Ratte auf?«

»Um rauszufinden, ob und wenn ja wann der Kerl zusammen mit seinen Kumpeln das Gesicht von einem Typ angeknabbert hat. Wir haben auch noch jede Menge Rattenscheiße, die ich mir genauer ansehen darf. Juhu.«

»Das klingt nach jeder Menge Spaß«, bestätigte Eve und wandte sich, erleichtert, weil ihr dieser ganz besondere Spaß erspart bliebe, der Treppe zu.

»Auch wir sehen bei unserer Arbeit viele schlimme Dinge«, meinte Peabody.

»Wobei es immer noch ein bisschen schlimmer kommen kann.«

»Ja, aber ich mache trotzdem lieber unseren Job als eine Ratte aufzuschneiden, um zu gucken, ob in ihrem Magen Reste eines menschlichen Gesichts zu finden sind.«

»Da haben Sie recht.« Eve machte einen Schwenk nach links, passierte ein Labor, in dem sich in einem durchsichtigen Glasbehälter Dutzende von fetten Maden wanden, bog nach rechts, erreichte den Bereich, in dem die lärmende Musik erklang und neben einer Reihe von Computern und verschiedenen Monitoren eine große Tafel mit Skizzen unterschiedlicher Gesichter stand. Dann ging sie weiter geradeaus in einen hell erleuchteten Bereich mit Stahltischen, verschiedenen Geräten und Regalen, in denen die Bestandteile verschiedener Skelette angeordnet waren.

Sie hörte Stimmen, als sie näher kam. Die von DeWinter und noch eine andere, die ihr wesentlich vertrauter war.

Sie trat durch die offene Schiebetür und sah DeWinter neben Morris an einem der Tische stehen.

In figurbetontem schwarzem Kleid beziehungsweise grauem Anzug, einem Hemd, das ein, zwei Töne heller war, und mit zu einem langen Zopf geflochtenem rabenschwarzen Haar standen die zwei an einem Tisch aus blank poliertem Stahl, betrachteten ein leuchtend weißes Skelett und sahen dabei wie zwei Models aus.

Ein zweites Skelett lag auf dem Nebentisch, auf den Monitoren an der Wand wurden verschiedene, einzelne Knochen präsentiert.

Der Pathologe schob sich eine Mikrobrille vor die dunklen, schräg stehenden Augen und sah sich den Armknochen an, den ihm DeWinter hinhielt.

»Ja«, erklärte er. »Sie haben recht.«

Dann sah er auf, entdeckte Eve, und ein Lächeln huschte über sein Gesicht.

»Dallas. Peabody. Willkommen im Knochenraum.«

»Morris«, grüßt Eve zurück. »Ich wusste gar nicht, dass Sie hier sind.«

»Garnet und ich waren der Meinung, dass es mehr bringt, uns die Skelette hier zusammen anzusehen. Wie ich hörte, sind Sie beide sich bereits begegnet.«

»Ja.« Mit einem knappen Nicken in DeWinters Richtung fragte Eve: »Was haben Sie herausgefunden?«

»Ich habe mit den beiden Skeletten angefangen, die zuerst gefunden worden sind. Den Skeletten eins und zwei. Wir haben sie aufgenommen, gereinigt, nochmals aufgenommen, sie untersucht und ein paar erste Analysen durchgeführt. Li und ich stimmen darin überein, dass sich die Opfer die Verletzungen, die ihre Skelette aufweisen, schon Monate oder zum Teil auch Jahre vor dem Eintreten des Todes zugezogen haben. Angefangen bei dem gebrochenen Schienbein legt das Muster der Verletzungen bei Opfer Nummer zwei die Vermutung nahe, dass es ab dem zweiten Lebensjahr misshandelt worden ist.«

Eves eigener Knochen hatte noch sechs Jahre länger wachsen dürfen, bevor er von Richard Troy problemlos wie ein dünner Zweig gebrochen worden war.

»Den Schädelnähten und dem Epiphysenschluss zufolge waren beide Opfer dreizehn Jahre alt, wobei das erste Opfer etwas leichter als das zweite war. Opfer Nummer eins war zwischen dreiundvierzig und fünfundvierzig und Opfer Nummer zwei war zwischen siebenundvierzig und neundvierzig Kilo schwer. Beides waren, wie ich schon am Fundort sagte, Mädchen. Li?«

»Wir entnehmen DNA aus ihren Knochen, aber es wird eine Weile dauern, bis die Analyse was ergibt. Wobei es deutlich schneller ginge, wenn wir potenzielle Blutsverwandte hätten, um herauszufinden, wer sie waren. Dazu werden wir noch eine Reihe Tests durchführen, um die Todesursache herauszufinden, um zu sehen, wie ihr Gesundheits- und ihr Ernährungszustand waren, und vielleicht sogar zu sagen, wo sie aufgewachsen sind.«

»Das alles lesen Sie an ein paar Knochen ab?«

Ein neuerliches Lächeln huschte über sein Gesicht. »Ich selbst bin eher ein Fleisch-und Blut-Mann, aber ja, auch Knochen sind sehr aufschlussreich.«

»Alter, Geschlecht, Gesichtsstruktur, die Art uns zu bewegen, unsere Ernährung und zum Teil selbst den Beruf. All das haben wir in unseren Knochen«, stimmte ihm De-Winter zu. »Zum Beispiel kann ich sicher sagen, dass das Leben unseres ersten Opfers wesentlich gesünder und nicht so traumatisch wie das Leben unseres zweiten Opfers verlief. Seine einzige Verletzung rührt aus meiner Sicht von einem Unfall in der Kindheit her. Von einem Sturz vom Rad oder von einem Baum. Der Bruch wurde professionell behandelt und ist gut verheilt. Auch ihre geraden, gleichmäßigen Zähne weisen auf routinemäßige Behandlungen durch einen Zahnarzt hin, während die Zähne unseres zweiten Opfers schief und voller Löcher sind.«

»Die Wahrscheinlichkeit ist also hoch, dass Opfer Nummer eins in einem Mittel- oder Oberklassehaushalt aufgewachsen ist, während Opfer Nummer zwei aus einem armen Haushalt stammt.«

»Die Zehen.« Morris zeigte auf das Skelett. »Sie sind leicht gerollt und überlappen sich.«

»Weil sie in zu kleinen Schuhen rumgelaufen ist.«

DeWinter strahlte vor Begeisterung. »Genau! Das deutet auf Vernachlässigung, Armut oder beides hin.«

»Das ist zwar durchaus hilfreich, aber trotzdem brauche ich Gesichter, Namen und die Todesursache«, erklärte Eve.

»All das werden Sie bekommen. Vielleicht hat Elsie schon was für Sie. Elsie Kendrick macht bei uns Gesichtsrekonstruktionen und wird dabei wahrscheinlich deutlich schneller sein als das Verfahren per DNA.«

»Das klingt sehr gut. Können Sie mir auch anhand der Knochen sagen, wann die Mädchen umgekommen sind?«

»Ja, wobei das etwas dauern wird. Wir haben Berenskis Leute auf die Mauer und die Materialien angesetzt.«

Dick Berenski hieß nicht ohne Grund der Sturschädel, sagte sich Eve. Er gäbe bestimmt nicht auf, bevor er sicher sagen konnte, wie alt die verdammten Mauern und das andere Material waren. Vor allem aber lief ihm sicherlich der Sabber aus dem Mund, seit er von DeWinter angesprochen worden war.

»Geben Sie mir einfach eine ungefähre Einschätzung.«

»Aufgrund der Art, wie diese Mädchen in die Plastikfolie eingewickelt waren, der jahreszeitlich bedingten Temperaturschwankungen innerhalb des Hauses und ...«

»Die Einzelheiten interessieren mich erst mal nicht.«

»Diese Faktoren spielen dabei alle eine Rolle«, gab DeWinter leicht gereizt zurück. »Aber meinetwegen. Meiner ersten Analyse nach fünfzehn bis zwanzig Jahre«, meinte sie und schränkte widerstrebend ein: »Wobei Berenski eher auf zwölf bis fünfzehn Jahre tippt.«

»Das reicht mir erst einmal. Dann nehme ich einfach den Mittelwert von fünfzehn Jahren.«

»Wir haben noch nicht ...«

»Das haut am besten hin. Die letzten Bewohner sind vor etwas über fünfzehn Jahren ausgezogen, also hätte unser Täter dort vollkommen freie Hand gehabt. Dazu hatten sicherlich zumindest einige der Opfer etwas mit den letzten Mietern – einem Heim für Ausreißer und Kinder, die auf richterliche Anweisung dort eingewiesen worden waren – zu tun. Ich denke, dass das durchaus passt.«

»So sieht es aus.« Der Pathologe nickte zustimmend. »Sie werden feststellen, Garnet, dass die gute Dallas sich hervorragend aufs Schlussfolgern versteht.«

»Das ist ja alles gut und schön und natürlich durchaus möglich, aber um den Todeszeitpunkt zu bestimmen, brauchen wir trotz allem immer noch die Wissenschaft.«

»Dann wenden Sie sie an«, forderte Eve sie auf. »Und lassen Sie's mich wissen, wenn die Mädchen nicht vor fünfzehn Jahren umgekommen sind. Wo finde ich diese Rekonstrukteurin?«

»Wenn Sie wollen, bringe ich Sie hin. Ich kriege gleich noch ein paar zusätzliche Tische«, fuhr DeWinter fort. »Ich habe das Gefühl, dass es uns helfen wird, wenn wir sie alle hier zusammen haben, um sie uns genauer anzusehen.«

Sie folgte der Musik und rief mit lauter Stimme: »Elsie! Ich verstehe einfach nicht, wie irgendwer bei diesem Lärm einen klaren Gedanken fassen kann.«

»Bei mir regt die Musik die grauen Zellen an. Aber meinetwegen. Musik aus.« Elsie hievte sich von ihrem Stuhl und legte ihren Skizzenblock und Bleistift auf den Tisch. Sie trug das blau gesträhnte, blonde Haar in Dutzenden von dünnen Zöpfen mit winzigen Perlen und sah in ihrem knöchellangen, bunten Kleid wie sechzehn aus, obwohl sie offenbar hochschwanger war.

»Wie geht's den Zwillingen?«

Die junge Frau massierte sich den runden Bauch. »Sie sind extrem aktiv.«

»Am besten setzen Sie sich wieder hin.«

»Oh nein, ich muss mich bewegen, wenn sie etwas Ruhe geben sollen.«

»Aber übertreiben Sie es nicht.«

»Das sollten Sie den beiden sagen und nicht mir!«

»Wann ist es denn so weit?«, erkundigte sich Peabody.

»Oh, tut mir leid. Detective Peabody und Lieutenant Dallas, Elsie Kendrick«, stellte die Anthropologin sie einander vor.

»Willkommen in meinem kleinen Reich. Inzwischen sind es 33 Wochen und vier Tage. Bald kann ich die Stunden zählen, und das ist auch gut so, denn inzwischen kommt es mir so vor, als schleppe ich zwei kleine, wilde Ponys mit mir rum.« Sie presste eine Hand in ihre Seite. »Wow. Mit Hufen, die mit Stahl beschlagen sind. Ich brauchte heute etwas, um in Schwung zu kommen, tut mir leid. Ich nehme an, dass das an den Hormonen liegt. Es fällt mir momentan nicht gerade leicht, kleine Mädchen zu rekonstruieren. Ich kriege auch zwei kleine Mädchen, deshalb habe ich vorhin erst mal geheult.«

»Es geht einem immer ganz besonders nahe, wenn es Kinder sind«, stimmte Morris ihr zu.

»Nicht wahr? Aber die erste Skizze habe ich schon gezeichnet. Ich fertige nach der Rekonstruktion auch immer eine Skizze an, als eine Art Tribut. Wollen Sie das erste Mädchen sehen?«

»Opfer Nummer eins?«, erkundigte sich Eve.

»Ja, Garnet hat gesagt, dass ich sie mir der Reihe nach vornehmen soll.« Sie trat vor den Holotisch und drückte ein paar Knöpfe. »Die Wahrscheinlichkeit, dass sie so ausgesehen hat, beträgt etwas über 96 Prozent. Den Abgleich mit den Bildern aus der Datenbank bekommen Sie damit also auf alle Fälle hin.«

Auf dem Monitor erschien das Hologramm des wiederhergestellten Kopfs.

Schmales Gesicht, goldener Teint, dunkle, etwas schräg stehende Augen, glattes, kinnlanges, schwarzes Haar, volle Lippen, eine gerade Nase und ein weiches, sanft geschwungenes Kinn.

Ein hübsches Mädchen, dachte Eve, aus dem mal eine echte Schönheit hätte werden sollen.

»Wegen des asiatischen Einschlags habe ich ihr glattes Haar verpasst. Die Gesichtsstruktur und -knochen sind gleichmäßig und zart. Ich habe auch das Nasenpiercing eingefügt, das Sie laut Garnet bei ihr gefunden haben, kann es aber auch wieder entfernen, falls es stört.«

»Egal. Das haben Sie wirklich gut gemacht. Sobald Sie uns eine Kopie des Bildes schicken, fangen wir mit dem Abgleich mit den Bildern in den Datenbanken an.«

»Die Todeszeit steht noch nicht sicher fest. Sie ohne irgendwelche Anhaltspunkte zu bestimmen, ist alles andere als leicht.«

»Sie sind seit circa fünfzehn Jahren tot«, erklärte Eve. »Falls Sie es schaffen würden, diesen Zeitraum noch ein bisschen stärker einzugrenzen, wäre das natürlich gut, aber wir sind uns ziemlich sicher, dass unsere Vermutung richtig ist. Sie haben gesagt, dass dieses Mädchen Ihrer Meinung nach aus einer Mittel- oder Oberschichtfamilie kam«, wandte sich Eve DeWinter zu. »Sie war gesund und wurde medizinisch gut versorgt. Also ist es wahrscheinlich, dass sie damals als vermisst gemeldet worden ist. Und wie sieht's mit dem zweiten Opfer aus?«

»Die grobe Skizze steht.« Wieder drückte Elsie ein paar Knöpfe und fügte hinzu: »Wobei ich mir sie noch mal vornehmen und aufgrund der Daten, die ich zwischenzeitlich habe, etwas verfeinern will. Aber hier ist erst mal das vorläufige Bild.«

Das grobe Hologramm zeigte ein volleres und

schlafferes Gesicht. Kleinere Augen, bemerkte Eve, eine breitere Nase, einen schmaleren Mund, und teigig blasse Haut. Das Mädchen war zum Zeitpunkt seines Todes lange nicht so hübsch wie das Opfer Nummer eins.

»Mit etwas Zeit kriegen wir dieses Bild noch besser hin. Sobald es fertig ist, bekommen Sie eine Kopie.«

»Okay. Dann nehmen wir erst mal das Bild des ersten Mädchens und die erste Skizze hier und fangen mit der Arbeit an.«

»Die Kleine hier war traurig.« Wieder legte Elsie eine Hand auf ihren Bauch. »Das kann man einfach spüren. Und dann ist sie gestorben, ehe sie die Chance bekam, wieder glücklich zu sein.«

Als Elsies Bauch anfing zu zucken, machte Eve entschlossen einen Schritt nach hinten, aber Peabody trat lächelnd auf sie zu.

»Darf ich?«

»Sicher.« Elsie wandte sich ihr zu, und voller Ehrfurcht streckte Peabody die Hände nach der dicken Kugel aus.

»Ah.« Das leise Säuseln passte ausgezeichnet zu dem schwärmerischen Glanz in ihren Augen, die zukünftige Mutter nickte zustimmend.

»Ich weiß. Wahrscheinlich werden sie sich bald beruhigen, weil's da drin zu eng für irgendwelche Turnübungen wird. So oft, wie sie mich treten oder boxen, sollte mich das freuen, aber ich weiß jetzt schon, dass mir ihr Herumgehüpfe fehlen wird.«

»Haben Sie schon Namen ausgesucht?«

»Ihr Dad und ich sind uns noch nicht ganz einig, aber ich wäre für Haven und für Harmony.«

»Wie hübsch.«

»In Ordnung, vielleicht ...«, mischte Eve sich in die Unterhaltung ein.

»Oh, ich mache Ihnen schnell Kopien der beiden Hologramme und verfeinere noch kurz das zweite Bild. Wahrscheinlich schaffe ich es, noch heute mit dem dritten Mädchen anzufangen«, fuhr Elsie fort, während sie das Diskettenlaufwerk des Computers schloss. »Dann dürften morgen Nachmittag die nächsten beiden und in drei, vier Tagen alle Bilder fertig sein. Wenn ich an die armen Eltern und die fürchterliche Ungewissheit denke, in der sie seit Jahren schweben ... Auch nach all der Zeit muss das doch immer noch die reinste Folter für sie sein.«

»Ich möchte nicht, dass Sie sich aufregen«, warnte DeWinter sie. »Sie haben im Augenblick auch so schon Stress genug.«

»Das ist kein Stress für mich. Ich habe vielmehr das Gefühl, als würde ich etwas für diese Mädchen tun. Ich gebe ihnen ihre Gesichter wieder und helfe herauszufinden, wer sie waren. Sie sollten ihre Namen wiederhaben und nicht einfach bloße Nummern sein. Niemand von uns sollte jemals nur eine Nummer sein.«

Sie drückte Eve eine Diskette in die Hand.

»Sie leisten wirklich gute Arbeit, Elsie«, lobte Eve. »Ich melde mich bei Ihnen, Dr. DeWinter. Morris«, grüßte sie und wandte sich zum Gehen.

»Ich fahre gleich zurück in meinen eigenen Laden, falls Sie mich noch einmal brauchen«, gab der Pathologe ihr mit auf den Weg.

Gemeinsam kämpften sie und ihre Partnerin sich durch das Labyrinth zurück in Richtung Ausgang, als Peabody sich sicher war, dass niemand mehr sie hören konnte, meinte sie: »Die beiden sehen gut zusammen aus.«

Eve runzelte verständnislos die Stirn. »Was? Wer?«

»Morris und DeWinter.«

»Was? Ach, hören Sie doch auf.«

»Das ist mein voller Ernst. Zwar spüre ich kein Knistern so wie zwischen Morris und Coltraine, aber rein optisch sind die beiden ein wirklich schönes Paar. Beide irgendwie exotisch und mit einem künstlerischen Touch. Ich habe mich schon oft gefragt, wie wohl McNab und ich zusammen aussehen«, sinnierte Peabody über sich und ihren Schatz, der als Detective bei den elektronischen Ermittlern arbeitete.

»Ich meine, ich bin ziemlich klein und eher ein bisschen mollig ...«

»Mollig?« Eve trat durch die Tür und stapfte weiter zu ihrem Wagen. »Was ist das denn für ein blödes Wort?«

»Das sagt man, wenn man einen Menschen nicht als dick bezeichnen will«, erklärte Peabody und wandte sich dann wieder ihrem eigentlichen Thema zu. »Und McNab ist knochig und so dürr wie eine Bohnenstange.«

»Sie beide sehen stimmig aus, das ist besser als einfach ein hübsches Paar zu sein.«

Vor lauter Überraschung blieb Eves Partnerin wie angewurzelt stehen. »So etwas Nettes haben Sie über uns bisher noch nie gesagt.«

Achselzuckend meinte Eve: »Ich habe mich eben an Sie als Paar gewöhnt. Zumindest fast. Und jetzt steigen Sie endlich ein.«

Mit vor Freude hochrotem Gesicht befolgte Peabody

die Anweisung. »Finden Sie echt, wir beide sehen stimmig aus?«

»Sie küssen und begrabschen sich bei jeder noch so winzigen sich bietenden Gelegenheit, da sollte die Beziehung zwischen Ihnen jawohl stimmig sein. Aber wenn Sie nichts dagegen haben, wenden wir uns vielleicht wieder unserem Dutzend toter Mädchen zu.«

»Die Bilder der Gesichter werden uns wahrscheinlich eine große Hilfe sein. Das hat Elsie wirklich super hinbekommen, finden Sie nicht auch? Ooch, und dazu kriegt sie auch noch Zwillingsmädchen. Das ist ja wohl supersüß. Sie hätten fühlen sollen, wie ...« Noch ehe Peabody den Satz beenden konnte, zwang das harte Blitzen in Eves Augen sie, so schnell es ging den Handcomputer aufzuklappen und sich wieder auf den Job zu konzentrieren. »Dann fange ich jetzt mal mit der Suche nach dem ersten Mädchen an.«

»Wirklich? Das ist eine ausgezeichnete Idee. Ich frage mich, warum ich da nicht selber draufgekommen bin.«

Peabody enthielt sich klugerweise einer Antwort, bis die Suche nach dem ersten Opfer lief. Erst dann erkundigte sie sich: »Wo fahren wir denn hin?«

»Zu diesem Handwerker. Ich möchte ein Gefühl für ihn bekommen und den Assistenten aufspüren, der der Hausmutter nicht ganz geheuer war. Danach können wir vielleicht noch Brigham und die Großmutter besuchen, danach müssen wir noch alle anderen Angestellten des Heimes überprüfen und mit denen reden, die schon in dem anderen Gebäude waren. Wir können nicht ...«

»Verdammt, Dallas! Ich habe sie. Ich habe sie!«

»Sie haben unser Opfer Nummer eins?«

»Genau. Sehen Sie ... Moment ... ich schicke Ihnen das Foto auf den Monitor im Armaturenbrett.«

Sie war es wirklich, dachte Eve. Mit dunklen Mandelaugen, vollen Lippen, einem sanft geschwungenen Kinn, und seidig weichem, rabenschwarzem, allerdings nicht kurzem, sondern langem Haar.

Eine professionelle Aufnahme, erkannte sie. Ein offizielles Passbild aus dem Fotostudio, auf dem die dreizehnjährige Linh Carol Penbroke ernst und etwas trotzig für die Kamera posierte.

Kurz bevor sie im September 2045 als vermisst gemeldet worden war.

Die in der Meldung angegebene Größe und auch das Gewicht von 44 kg stimmten mit DeWinters Schätzung überein. Ein kleines Mädchen, zierlich, hübsch mit einem ersten Hauch der Schönheit, zu der sie einmal hätte erblühen sollen.

»Hier sind auch die Eltern, ein älterer Bruder, eine ältere Schwester und eine Park-Slope-Adresse aufgeführt«, erklärte Peabody. »Die Leute schwimmen offenbar in Geld.«

»Überprüfen Sie, ob die Familie oder einer von den beiden Eltern dort noch lebt.«

»Die Adresse hat sich nicht verändert, wie's aussieht, wohnen sie dort beide noch.«

Eve bog zweimal nacheinander ab und schlug den Weg nach Brooklyn ein.

»Wir geben der Familie Bescheid.«

»Sie haben lange genug gewartet, finden Sie nicht auch? Und wie Morris sagte, wird die Identifizierung, wenn wir DNA-Proben der Eltern kriegen, deutlich schneller gehen.«

»Ja, okay, aber ich war noch nie bei Angehörigen von Opfern, die bereits seit Jahren von der Bildfläche verschwunden sind. Sie?«

»Ein-, zweimal. Sie nehmen es genauso schwer wie alle anderen auch.«

»Das hatte ich schon befürchtet. Die Mutter ist Ärztin für Geburtsheilkunde und der Vater Kinderarzt. Sie haben zusammen eine Praxis direkt neben ihrer Wohnung«, las Peabody laut von dem Bildschirm ab. »Was meiner Meinung nach echt sinnvoll ist. Der ältere Bruder ist Kardiologe, ebenfalls in Brooklyn, und die Schwester hat Musik studiert. Sie spielt die erste Geige beim New Yorker Symphonieorchester, was bedeutet, dass sie wirklich gut sein muss. Mit dem Gesetz ist keiner von den vieren jemals in Konflikt geraten, Geldsorgen haben sie offenkundig nicht. Aber hallo. Offenbar verdienen Mediziner wirklich gut. Neben den beiden Häusern hier haben sie noch Häuser in den Hamptons und in Trinidad. Für die Eltern ist es je die erste Ehe, die inzwischen schon seit 35 Jahren hält. Das alles klingt, als hätten wir's mit einer durch und durch stabilen, wohlhabenden, erfolgreichen Familie zu tun.«

»Wenn man von der toten Tochter absieht«, schränkte Eve mit ausdrucksloser Stimme ein.

»Richtig. Wenn man davon absieht«, pflichtete Peabody ihr mit einem abgrundtiefen Seufzer bei.

Das Haus oder vielmehr die Häuser sprachen von Wohlstand und Erfolg. Die Penbrokes hatten die zwei letzten einer Reihe alter, eleganter Stadthäuser verbunden, sich in einem Teil des riesigen Komplexes häuslich mit drei Kindern eingerichtet und im anderen ihre Praxis aufgemacht.

Als Eve durch die drei hohen Fenster, die nach vorne gingen, einen Weihnachtsbaum erblickte, wurde ihr bewusst, dass Thanksgiving längst vorbei und Weihnachten im Anmarsch war.

Verdammt. Sie musste dringend einkaufen.

Zusammen mit Peabody nahm sie die saubere Steintreppe zur Eingangstür und drückte auf den Klingelknopf.

Bereits Sekunden später wurde ihnen aufgemacht.

»Frank, ich habe nicht erwartet, dass du … Oh, Entschuldigung, ich dachte, Sie wären mein Nachbar.«

Der beeindruckend gebaute Mann trug eine abgeschnittene Jogginghose und ein Tanktop, auf seiner Stirn und seinen Wangen glitzerte Schweiß. Er sah aus Augen, die noch dunkler waren als sein Teint, zwischen den beiden Frauen hin und her und strich sich mit der Hand über das kurz geschnittene Haar.

»Kann ich Ihnen irgendwie behilflich sein?«

»Samuel Penbroke?«, fragte Eve.

»Ja. Tut mir leid, ich war gerade im Fitnessraum.« Er fuhr sich mit dem Handtuch, das um seinen Hals gehangen hatte, durchs Gesicht.

»Ich bin Lieutenant Dallas, das hier ist meine Partnerin, Detective Peabody.«

Eve wies sich mit ihrer Marke aus. »Wir sind von der New Yorker Polizei. Dürfen wir hereinkommen Dr. Penbroke?«

Sie sah es seiner Miene und vor allem seinen Augen an. Höfliche Neugier machte einem furchtbaren Gemisch aus Hoffnung und gleichzeitiger Trauer Platz.

»Linh? Geht es um Linh?«

»Am besten kommen wir erst mal rein.«

Die Hoffnung starb, er trat schwankend einen Schritt zurück. »Sie ist tot.«

Eve und Peabody betraten das Foyer, und Peabody drückte die Haustür hinter sich ins Schloss. Der große, einladende Raum war vom betörend süßen Duft der leuchtend roten Lilien, die auf einem Tisch standen, erfüllt.

»Wir haben Informationen und verschiedene Fragen. Können wir uns vielleicht setzen?«

»Bitte sagen Sie mir nur, geht es um Linh?«

»Ja, Sir, wir sind wegen Ihrer Tochter hier.«

»Meine Frau …« Plötzlich außer Atem brach er ab. »Sie ist noch im Fitnessraum. Ich muss … sie sollte …« Mit müden Schritten trat er vor die Gegensprechanlage an der Wand. »Tien. Tien, hier sind zwei Frauen, die uns sprechen wollen. Bitte komm.«

Es dauerte einen Moment, bis eine leicht gereizte Frauenstimme sagte: »Sam, ich bin gerade dabei zu meditieren. In zehn Minuten …«

»Bitte komm sofort«, fiel ihr der Ehemann ins Wort und wandte sich nach rechts, wo der große, elegant geschmückte Weihnachtsbaum im Wohnbereich des Erdgeschosses stand. »Bitte hier entlang«, bat er die Polizistinnen. »Am besten setzen wir uns erst einmal. Meine Frau … das heißt wir beide haben heute unseren freien Tag. Wir legen unsere freien Tage immer so, dass sie zusammenfallen.«

Er blickte auf den Flügel und die Fotos der Familie, die darauf angeordnet waren. Darunter auch das Bild von Linh, das bei der Vermisstenmeldung abgegeben worden war.

»Meine Familie«, fing er an, und Peabody nahm seinen Arm und führte ihn zu einem breiten Sessel, der in einer Ecke stand.

»Sie haben eine reizende Familie, Dr. Penbroke, sind das Ihre Enkelkinder?«

»Ja. Wir haben zwei. Einen Jungen, der ist vier, und das Baby, das vor Kurzem zwei geworden ist.«

»Sie sind so kurz vor Weihnachten bestimmt entsetzlich aufgeregt.«

»Und wie. Die beiden ... Tien.«

Sie war so zierlich wie die Tochter, aber gleichzeitig auch drahtig, durchtrainiert und zäh.

Sie trug den Pagenschnitt, der Linh von Elsie verliehen worden war. Ihre leuchtend grünen Augen bildeten einen bezwingenden Kontrast zu der goldenen Haut und drückten trotz des Lächelns, das sie auf den Lippen hatte, leichten Ärger über das abrupte Ende ihres Trainings aus.

»Tut mir leid. Wir waren gerade im Fitnessraum und sehen deshalb nicht gerade präsentabel aus.«

»Tien. Die beiden sind von der Polizei.«

Auch ihre Miene machte eine plötzliche Verwandlung durch, eilig griff sie nach der Hand von ihrem Mann. »Linh. Sie haben sie gefunden. Sie haben unser Kind gefunden.«

»Ich muss Ihnen leider mitteilen ...«

»Nein.« Die Trauer im Gesicht und in der Stimme dieser Mutter waren auch nach fünfzehn Jahren so frisch, als hätte sie die Tochter gerade erst verloren. »Nein.«

»Komm zu mir, Tien. Komm her.« Samuel zog sie zu sich in den breiten Sessel, nahm sie tröstend in den Arm und wandte sich an Eve und Peabody. »Sie werden uns jetzt sagen, dass wir uns nicht länger Illusionen machen sollen, weil es keine Hoffnung mehr für unsere Tochter gibt. Weil unser kleines Mädchen nie wieder nach Hause kommen wird.«

Es war nie leicht, und aus Erfahrung wusste Eve, dass ein schneller, harter Schnitt am besten war.

»Dr. Penbroke, wir haben die Überreste von verschiedenen Mädchen zwischen zwölf und sechzehn Jahren entdeckt und gehen davon aus, dass eines dieser Mädchen Ihre Tochter war.«

»Überreste«, krächzte Tien.

»Ja, Ma'am. Es tut mir leid. Sie könnten uns helfen, sie zu identifizieren. Hat sich Ihre Tochter während ihrer Kindheit irgendwann einmal verletzt? Hatte sie irgendwelche Knochenbrüche?«

»Sie ist einmal gestürzt«, erklärte Samuel. »Beim Skateboardfahren. Es war ein schlimmer Sturz, bei dem sie sich den Arm direkt über dem Ellbogen gebrochen hat.« Er fasste sich an seinen eigenen Arm. »Sie war damals elf.«

»Peabody.«

Eves Partnerin legte das Bild des Mädchens, das sie hatten, auf den Tisch. »Wir haben das Gesicht, so gut es ging, rekonstruiert.«

Samuel nahm das Blatt und sagte leise: »Linh.«

»Das ist mein Baby. Das ist unser Baby, Sam. Aber die Haare sind verkehrt. Sie hatte langes, wundervolles, langes Haar. Und ... und ihre Nase, unser Baby hatte eine leichte Stupsnase. Und einen kleinen Schönheitsfleck neben dem rechten Mundwinkel.«

»Tien.«

»Es sollte alles richtig sein!« Inzwischen strömten Tränen über ihre Wangen, noch einmal sagte sie: »Es sollte alles richtig sein, weil sie sehr stolz auf ihre Haare war!«

»Wir werden dafür sorgen, dass ihre Frisur geändert wird«, erklärte Eve. »Wir werden dafür sorgen, dass sie aussieht, wie sie ausgesehen hat.«

»Zwölf, es waren zwölf«, murmelte Samuel. »Ich habe heute Morgen in den Nachrichten gehört, dass man die Überreste von zwölf Menschen irgendwo in einem Haus gefunden hat. War sie eine dieser zwölf?«

»Ja.«

»Wann? Wo? Wann ist sie gestorben? Wie ist sie gestorben? Wer hat ihr das angetan?«

»Ich verspreche Ihnen beiden, dass wir alles tun, um das herauszufinden«, sagte Eve ihm zu. »Aber bisher kann ich nur sagen, dass wir davon ausgehen, dass sie ungefähr vor fünfzehn Jahren gestorben ist.«

»All die Zeit.« Tien presste das Gesicht gegen die Schulter ihres Ehemanns. »Wir haben all die Zeit nach ihr gesucht, gebetet und gewartet, obwohl sie schon längst nicht mehr am Leben war.«

»Ich weiß, wie hart das ist«, fuhr Eve mit ruhiger Stimme fort. »Können Sie uns sagen, warum Linh damals das Haus verlassen hat? Was ist damals vorgefallen?«

»Sie war furchtbar wütend. Junge Mädchen können manchmal schrecklich wütend, unglücklich und fürchterlich rebellisch sein. Sie wollte ein Tattoo, wollte ein Augenbrauenpiercing, wollte sich mit Jungen treffen, hatte keine Lust zu Schulaufgaben oder Hausarbeit. Wir haben ihr als Kompromiss ein kleines Nasenpiercing zugestanden, aber das hat ihr natürlich nicht genügt. Es war nur eine Phase. Viele Mädchen machen eine solche Phase durch«, fuhr Tien mit einem leisen Flehen in der Stimme fort, »bevor am Ende wieder die Vernunft einsetzt.«

»Sie wollte zu einem Konzert«, erklärte Samuel. »Aber sie hatte zweimal in der Schule blaugemacht und war zuhause frech gewesen, deshalb haben wir nein gesagt. Sie hat gesagt, wir wären gemein, wir haben uns furchtbar aufgeregt und ihr das Handy abgenommen, bis sie wieder zu sich käme. Es war nicht einfach, aber ...«

»So was ist bei Mädchen dieses Alters vollkommen normal«, warf Peabody mit mitfühlender Stimme ein.

»Oh ja. So etwas ist total normal«, stimmte die Mutter unter Tränen lächelnd zu. »Auch ihre Geschwister haben diese Phase durchgemacht. Nicht ganz so schlimm wie Linh, aber sie war immer schon die Impulsivste von den dreien, vielleicht haben wir sie, weil sie die Jüngste war, auch etwas mehr verwöhnt.«

»Am Morgen des 12. September kam sie nicht zum Frühstück«, fuhr der Vater fort. »Wir dachten, dass sie schmollt, ich habe ihre Schwester raufgeschickt, um sie zu holen. Dann kam Hoa wieder herunter und erklärte uns, dass Linh nicht oben wäre und ihr Rucksack und ein paar von ihren Sachen weg wären.«

»Als Erstes haben wir das Haus durchsucht, dann haben wir bei unseren Freunden und den Nachbarn angerufen, am Schluss sind wir zur Polizei gegangen.«

»Hatte sie Freunde in der City? In Manhattan?«, fragte Eve.

»Ihre Freundinnen waren alle aus der Gegend hier, aber natürlich war sie gerne in der Stadt. Sie hat es geliebt.« Tien legte eine kurze Pause ein und atmete tief durch. »Die Polizei und ein von uns bezahlter Detektiv haben überall nach ihr gesucht, ihr Bild wurde im Fernsehen gebracht, und wir haben eine Belohnung ausgesetzt. Am Ende kam heraus, dass sie mit der U-Bahn in die Innenstadt gefahren war, danach war sie wie vom Erdboden verschluckt.«

»Nach ihrem Verschwinden hat sie weder Sie noch irgendeine Freundin nochmals kontaktiert?«

»Nein.« Tien wischte sich die Tränen fort. »Sie hatte ihr Handy hiergelassen. Schließlich war sie alles andere als dumm und wusste, dass der Tracker eingeschaltet war und wir auf diesem Weg herausgefunden hätten, wo sie steckt. Das wollte sie anscheinend nicht.«

»Sie hat sich bestimmt ein anderes Handy zugelegt«, mutmaßte Samuel. »Sie hatte schließlich genug Geld dabei. 500 Dollar. Das hat uns Hoa erzählt, als klar wurde, dass ihre Schwester von zuhause weggelaufen war. Sie hat gesagt, sie hätte Linh versprechen müssen, nichts davon zu sagen, aber ihre Schwester hätte heimlich Geld gespart und unter ihrem Bett versteckt. Wir waren erleichtert, weil wir dachten, dass sie sich dann wenigstens etwas zu Essen kaufen kann, und dachten, wenn das Geld zur Neige ginge, käme sie freiwillig wieder heim.«

»Aber das hat sie nicht gemacht. Sie ist nie mehr zurückgekommen«, schluchzte Tien.

»Jetzt holen wir sie heim.« Samuel küsste seine Gattin sanft aufs Haar. »Jetzt holen wir unser Baby heim.« Er wandte sich erneut an Eve. »Wir müssen unsere Tochter sehen.«

»Dr. Penbroke …«

»Wir sind Ärzte«, sagte er. »Uns ist bewusst, was nach

dem Tod aus einem Körper wird. Uns ist bewusst, dass nur noch Knochen von ihr übrig sind. Trotzdem müssen wir sie sehen.«

»Ich werde versuchen, das zu arrangieren. Wir arbeiten daran, sie und auch die anderen, so schnell es geht, zu identifizieren. Wenn wir DNA-Proben von Ihnen haben können, würde es im Fall von Ihrer Tochter deutlich schneller gehen.«

»Ja. Wir haben bereits Proben abgegeben«, sagte Tien. »Aber nehmen Sie lieber noch mal neue, damit's nicht zu irgendeinem Fehler kommt. Hat man ihr wehgetan?«

Vorsicht, mahnte sich Eve. »Ich denke, irgendwer hat sie daran gehindert heimzukehren. Wir bemühen uns herauszufinden, wer das war, und werden dabei unser Bestes geben. Das verspreche ich.«

Sie wandte sich erneut an Peabody, worauf die Partnerin zwei Untersuchungssets aus ihrer Tasche nahm.

»Nur noch ein paar Fragen«, meinte Eve, Peabody stand auf und nahm den Eltern ihres ersten Opfers Speichelproben ab.

5

»Bringen Sie die DNA-Proben DeWinter«, sagte Eve, als sie zusammen mit Peabody das Haus verließ. »Ich will so schnell wie möglich wissen, ob es wirklich dieses Mädchen ist. Und Elsie soll die Haare länger machen, ihre Nasenspitze etwas biegen und den Mundwinkel mit einem kleinen Muttermal versehen. Lassen Sie uns dafür sorgen, dass sie wieder aussieht, wie sie früher ausgesehen hat.«

»Das werde ich. Das werden wir.«

»Falls Elsie in der Zwischenzeit das Bild des nächsten Opfers fertig hat, sorgen Sie dafür, dass ich es schnellstmöglich bekomme. Und sehen Sie sich noch einmal die Vermisstenmeldung und die Aufzeichnungen der Ermittler an. Falls irgendwo in den Berichten eine Lücke ist, werden wir sie füllen. Also kontaktieren Sie den Kollegen, der die Suche nach dem Kind damals geleitet hat, und sprechen Sie mit ihm.«

»Okay.«

»Ich übernehme in der Zeit den Handwerker, die großzügige Spenderin und deren Enkelin. Wenn Sie mit Ihrer Arbeit fertig sind, überprüfen Sie noch diesen Jubal Craine und finden so viel wie möglich über ihn heraus. Mit jedem Gesicht, das Sie hereinbekommen, führen Sie umgehend einen Abgleich durch, sobald Sie etwas finden, rufen Sie mich an.«

»Und Sie mich andersherum auch.«

»Ich Sie andersherum auch«, pflichtete Eve ihr bei und drehte sich noch einmal nach dem Haus der Penbrokes um. »Wie's aussieht, hatte sie eine Familie, die echt in Ordnung ist. Betucht, aber normal. Sie musste sich dort an bestimmte Regeln halten, hatte Verantwortung und Pflichten, ein wahrscheinlich tolles Skateboard und dazu noch eine Schwester, die sie nicht verraten hat, als sie ein Geheimnis hatte.«

»Ich denke, dass sie diese Phase, in der alles, was die Eltern sagen, wollen und erwarten, langweilig und spießig war, nach einer Weile überwunden hätte. Aber leider war sie eben gerade in dem Alter, in dem einem nichts so wichtig ist, wie möglichst cool zu sein.«

»Nur dass sie sich in dem Bemühen, cool und selbstständig zu sein, auf fatale Art verrechnet hat. Sie wollte ihren Eltern zeigen, dass sie selbst entscheiden konnte. Dass sie sich von ihnen nichts mehr sagen lassen musste, weil sie selbst am besten wusste, was sie tun und lassen sollte. Sie hat keine Chance bekommen, diesen Fehler noch einmal zu korrigieren. Zumindest fühlt es sich für mich so an.«

»Trotzdem werden Sie sich die Familie noch genauer ansehen«, meinte Peabody.

»Sie haben ihr Kind geliebt und hätten ihm ganz sicher niemals etwas angetan. Aber … reden Sie mit dem Detective, der in dem Fall ermittelt hat, und ich sehe mir die Familie noch mal aus der Nähe an. Schließlich sollten wir auf Nummer sicher gehen.«

Sie fuhr Peabody bis in die Nähe des Labors, setzte sie dort ab und kontaktierte Roarke.

Bereits beim zweiten Läuten kam er an den Apparat. »Lieutenant.«

Wie nicht anders zu erwarten, war er in Gedanken trotz der unzähligen Meetings, die er sicher wieder einmal hatte, bei den Mädchen, die in seinem Haus gefunden worden waren.

»Danke für die Infos, die du uns hast zukommen lassen. Sie haben uns schon ein Stück vorangebracht. Ich wollte dir nur sagen, wie weit wir bisher gekommen sind. Wir denken ... nein, ich bin mir sicher, dass wir wissen, wer das erste Opfer war.«

»Wie hat sie geheißen?«

Natürlich fragte er zuerst nach ihrem Namen, damit sie nicht länger eine Nummer für ihn war. »Linh – L-i-n-h – Penbroke. Die Wahrscheinlichkeit, dass sie es ist, ist groß. Ich habe gerade ihre Eltern informiert und DNA-Proben besorgt, damit die offizielle Identifizierung schneller geht. Aber ...«

»... du bist dir jetzt schon sicher, dass sie eins der Mädchen ist.«

»Ja. Ich fahre gerade in Richtung Norden, um mit einem potenziellen Zeugen oder vielleicht auch Verdächtigen zu reden. Peabody geht inzwischen ein paar anderen Spuren nach, falls du also Zeit und Lust hast ...«

»Sag mir, wohin du fährst. Dann treffen wir uns dort.«

Sie kam als Erste an, statt auf Roarke zu warten, zog sie ihren Generalschlüssel hervor, öffnete die Eingangstür eines robusten, vierstöckigen Hauses, nahm die Treppe in den dritten Stock und klopfte dort an eine Wohnungstür.

Als die Tür geöffnet wurde, lenkte sie den Blick nach unten auf ein vielleicht zehnjähriges Kind mit einem von Sommersprossen übersäten rundlichen Gesicht ... in dessen Mundwinkeln gut sichtbar violetter Glibber hing.

»Ich weiß nicht, wer Sie sind«, stellte der Junge fest, und als sie ihren Fuß zwischen Tür und Rahmen schob, ehe er sie wieder schließen konnte, brüllte er aus voller Kehle: »Mom! Hier ist eine Lady, die bei uns einbrechen will!«

»Ich bin keine Lady. Siehst du das hier?« Eve zerrte ihre Dienstmarke hervor, als jemand aus dem oberen Geschoss der großzügigen, zweistöckigen, loftartigen Wohnung angelaufen kam.

»Mom! Hier ist eine Lady von der Polizei!«

»Immer mit der Ruhe, Trilby.« Eine Frau mit blondem Pferdeschwanz, Zimmermannshose und kariertem Arbeitshemd zog das Kind zur Seite und sah sich Eves Marke an. »Um Himmels willen, Trilby, wasch dir endlich den verdammten Traubenwackelpudding ab. Dann mach deine Hausaufgaben, und fang keinen Streit mit deiner Schwester an.«

»Manno. Immer muss ich *alles* machen!«

»Ja, dein Leben ist das reinste Jammertal. Tut mir leid«, wandte sie sich an Eve, während der Junge schmollend Leine zog. »Kann ich Ihnen helfen?«

»Ich möchte zu Brodie Fine.«

»Wir sind gerade heimgekommen, er hat es vor mir ins Bad geschafft.« Sie blickte sich nach ihrem Jungen um und fuhr mit leiser Stimme fort. »Geht es um das Gebäude in der Neunten? Wo die Leichen aufgefunden worden sind? Wir haben es in den Nachrichten gehört«, erklärte sie, als Eve ihr keine Antwort gab. »Brodie und ich waren schon halb zusammen, als er dort gearbeitet hat. Wir haben über kaum was anderes geredet, seit die Meldung kam. Ich bin eine seiner Schreinerinnen, seine Ehefrau und die Mutter seiner Kinder.«

»Trotzdem würde ich gern erst einmal mit ihm reden.«

»Natürlich. Tut mir leid. Am besten kommen Sie rein. Sie können …« Sie brach ab, als Roarke erschien.

»Mein Berater«, stellte Eve ihn vor.

»Nett. Ich hoffe, dass ich so was sagen darf. Aber kommen Sie doch rein. Ich würde lieber über diese Sache reden, ohne dass die Kinder in der Nähe sind, wobei das sicher auch nichts nützt. Denn Kinder kriegen einfach alles mit. Ich war gerade auf dem Weg, mir mein Feierabendbier zu holen. Wollen Sie auch eins?«

»Gern«, passte sich Roarke so mühelos an das Ambiente in der heimeligen Wohnung wie an die geschäftsmäßige Atmosphäre irgendwelcher Sitzungssäle an.

»Vielleicht bin ich Berater, aber trotzdem Zivilist«, sagte er zu Eve und wandte sich dann wieder an die andere Frau. »Was heißt, dass ich im Gegensatz zu einem Cop im Dienst etwas trinken darf. Sie haben eine wirklich schöne Wohnung … Mrs. Fine?«

»Ja. Ich habe ganz traditionell den Namen meines Mannes angenommen, aber nennen Sie mich einfach Alma, ja? Brodie und ich haben die Wohnung selber renoviert. Wir arbeiten seit fast sechs Jahren daran, aber allmählich wird's.«

»Das ist eine wirklich wunderbare Handwerksarbeit.« Roarke glitt mit den Fingern über eine Zierleiste in Form von einer Perlenschnur. »Kastanie, nicht wahr?«

»Sie kennen sich mit Holz anscheinend aus.« Sie sah ihn forschend an. »Mein Opa hatte eine Farm unten in Virginia. Er hat dort mehrere Kastanien gefällt, ich und Brodie haben das Holz gelagert, in Bretter gesägt und abgeschmirgelt. Man hat heutzutage nicht mehr oft Gelegenheit, mit echtem Holz zu arbeiten. Unserer Meinung nach hat sich der Aufwand eindeutig gelohnt. Die Arbeit hat uns wirklich Spaß gemacht.«

»Das kann ich mir vorstellen.«

»Bitte setzen Sie sich doch. Ich hole uns das Bier. Möchten Sie was anderes?«, wandte Alma sich an Eve. »Ich habe Wasser, aber ich kann gern auch Kaffee kochen, ich habe auch noch ein paar Flaschen Cola vor den Kids versteckt.«

»Ein Cola wäre toll.«

»Okay.«

Eve sah sich um. Roarke hatte recht. Die Wohnung war tatsächlich wunderschön gestaltet, der heimelige Eindruck wurde durch das leichte Durcheinander, das man bei Familien mit Kindern meistens antraf, sogar noch verstärkt. Statt durch Wände war die untere Etage mit Tresen und Regalen in Wohn- und Essbereich, Küche und Spielbereich der Kinder unterteilt, es gab jede Menge echtes Holz und Farbe, und die großen Fenster ließen viel Licht herein.

Wer eine solche Wohnung bauen konnte, könnte mühelos auch Wände ziehen, die auf den ersten Blick nicht zu erkennen waren.

»Mom! Trilby ärgert mich!«

»Was habe ich gesagt, Trilby?«

»Ich habe nichts gemacht!«

»Das hoffe ich«, gab Alma ungerührt zurück, als sie

mit den Getränken wiederkam. »Sonst seht ihr beide heute Abend nicht mehr fern.«

Dieses Mal erklang ein zweistimmiges. »Mom!«

»Das ist mein voller Ernst. Entschuldigung«, wandte die Mutter sich den Gästen zu.

»Kein Problem«, gab Eve zurück und sah sie fragend an. »Ihr Mann?«

»Klar, ich gehe rauf und sage ihm, dass er was anziehen soll. Bin sofort wieder da.«

»Was soll der ganze Krach?«, ertönte eine laute Männerstimme, die jedoch nicht drohend, sondern eher belustigt klang. »Heute Abend gibt's kein Fernsehen?«

Dieses Mal erklang ein zweistimmiges »Dad!«

»Wenn ihr euch nicht benehmt, werden wir nie erfahren, was mit Max und Luki auf dem Planeten Crohn passiert. Also ..., Babe, kannst du ... Entschuldigung.« Er blieb am Kopf der Treppe stehen, als er Eve und Roarke erblickte, und fügte hinzu: »Ich wusste nicht, dass wir Besuch haben.«

»Die zwei sind von der Polizei, Brodie.«

Sein Lächeln schwand, nickend kam er in den Wohnbereich.

Er trug Jeans, ein langärmliges, braunes T-Shirt, dicke Socken, und sein wild gelocktes braunes Haar war noch ein bisschen feucht.

»Ich habe mich bereits gefragt, ob Sie wohl kommen würden. Alma und ich haben schon überlegt, ob wir vorbeikommen und eine Aussage zu dieser Sache machen sollen. Wir wollten noch einmal darüber reden, wenn die Kinder heute Abend schlafen. Dann ist es also wahr? Das, was in den Nachrichten gekommen ist?«

»Ja, es ist wahr.«

Alma berührte flüchtig seinen Arm. »Ich hole dir ein Bier.«

»Danke. Am besten setzen wir uns hin.«

»Ich bin Lieutenant Dallas«, stellte Eve sich vor. »Ich leite die Ermittlungen in diesem Fall. Und dies ist mein Berater.«

»Roarke. Ich kenne Sie«, erklärte Fine. »Ich habe verschiedene kleine Arbeiten in einigen von Ihren Läden ausgeführt.«

»Ach ja?«

»Ein paar Kleinigkeiten hier und da.«

»Wenn das, was Sie dort geleistet haben, auch nur annähernd so gut ist wie die Arbeit hier in Ihrer eigenen Wohnung, bin ich sicher, dass ich hochzufrieden war.«

»Nun, Sie haben gut und prompt bezahlt. Was ich ganz sicher nicht von allen Kunden behaupten kann.«

»Was für Arbeiten haben Sie damals in dem Gebäude in der Neunten durchgeführt?«, erkundigte sich Eve.

»Meist irgendwelches Flickwerk.« Geistesabwesend schob er sich eine Strähne seiner feuchten Haare aus der Stirn. »Mehr konnte sich das Heim einfach nicht leisten, obwohl ich mit meinen Preisen so weit runtergegangen bin, wie es mir möglich war. Ich konnte sehen, dass sie versucht haben, den Kindern dort etwas zu bieten, und da ich damals gerade meinen eigenen Betrieb eröffnet hatte und noch ganz am Anfang stand, habe ich die Arbeiten in dem Haus meistens in meiner Freizeit und auf eigene Rechnung durchgeführt.«

»Haben Sie dort irgendwelche Wände hochgezogen?«

»Nein. Ich habe nur ein paar Wände geflickt.«

Alma kam zurück, nahm auf der Lehne seines Sessels Platz und reichte ihm ein Bier.

»Und ein paar gestrichen, wobei sie die meisten Wände selbst gestrichen haben, weil das günstiger für sie war. Auch mit den Rohren habe ich mein Möglichstes getan, und ein paar Kabel neu verlegt. Ich gebe zu, ich war für diese Tätigkeiten damals noch nicht zugelassen, aber sie hätten sich niemand anderen leisten können, und ich wusste, was ich tat.«

»Er kann einfach alles«, pflichtete ihm Alma bei. »Das schwöre ich.«

»Genau wie du. Deswegen habe ich dich schließlich auch geheiratet.«

»Ob Sie damals gegen irgendwelches Arbeitsrecht verstoßen haben, interessiert mich nicht«, erklärte Eve. »Wann waren Sie zum letzten Mal in dem Gebäude?«

»Oh, da muss ich überlegen.« Wieder fuhr er sich mit einer Hand durchs Haar. »Das war, nachdem sie ein neues Haus bekommen hatten, als sie noch am Umziehen waren. Sie hatten mich gebeten, mir noch einmal alles anzusehen und zu gucken, ob es wegen irgendwelcher Sachen Schwierigkeiten geben könnte, wenn die Bank den Kasten übernimmt. Für den Fall der Fälle habe ich ein paar letzte Kleinigkeiten repariert. Wobei Alma mich begleitet hat. Erinnerst du dich noch? Wir waren damals frisch zusammen.«

»Noch nicht ganz.«

»Am Ende habe ich dich rumgekriegt, nicht wahr? Wie dem auch sei, das war das letzte Mal, dass ich in dem Gebäude war. Danach habe ich verschiedene Arbeiten in ihrem neuen Gebäude durchgeführt. Ein wirklich schönes

Haus. Solide gebaut und gut in Schuss. Ganz anders als der alte Kasten, wo sie vorher waren. Den sollte irgendwer entkernen, um ihm neues Leben einzuhauchen, ehe er noch mehr verfällt. Inzwischen ist es fast zu spät. Wenn ich es mir leisten könnte, würde ich den Kasten kaufen und von Grund auf selbst sanieren.«

»Woher wissen Sie denn, wie das Haus jetzt aussieht, wenn Sie nicht noch einmal dort gewesen sind?«

»Ich war nicht noch mal drin, aber von außen habe ich's noch mal gesehen. Vor circa einem halben Jahr hatten wir einen Auftrag in der Gegend. Es hat mir das Herz gebrochen, und vor allem ist es einfach falsch, dass man ein solches Haus einfach verfallen lässt. Die Fenster waren zugenagelt, die Fassade war mit Schmierereien übersät, und das Dach sah aus, als bräche es unter dem nächsten starken Windstoß ein. Aber im Grunde geht mich das ja gar nichts an.«

»Wenn Brodie die erforderliche Kohle hätte«, mischte seine Frau sich wieder ein, »brächte er alle alten Häuser auf der Welt wieder auf Vordermann.«

»Und in New York finge ich damit an.«

»Sie hatten damals einen Assistenten, der Ihnen bei ein paar Arbeiten in dem Haus geholfen hat.«

»Sie meinen Clip.« Als Alma mit den Augen rollte, führte Brodie aus: »Jon Clipperton. Er ist nicht bei mir angestellt, aber ich nehme ihn noch immer ab und zu auf irgendwelche Baustellen mit.«

»Weil?«

»… er wirklich gut ist, wenn er nüchtern ist.«

»Und das ist einmal in zwei Monaten der Fall«, warf Alma ein.

»So schlimm ist es auch wieder nicht. Aber fast«, gab Brodie zu. »In meinen Anfangszeiten habe ich ihn öfter eingesetzt. Damals hätte ich mir jemand Besseren nicht leisten können, und vor allem war's mit seiner Sauferei noch nicht so schlimm wie jetzt. Aber er war höchstens zwei-, dreimal mit mir in diesem Haus. Weil …«

Als Eve ihn ansah, fuhr er widerstrebend fort. »Weil er auch dort leicht angetrunken war und weil …« Er rutschte unbehaglich hin und her. »Tja, nun, weil er, wenn er etwas getrunken hatte, manchmal schwierig war.«

»Also bitte, Brodie«, mischte sich jetzt wieder Alma ein. »Er ist schon schwierig, wenn er nüchtern ist. Aber betrunken ist er einfach widerlich.«

»Sie haben ihn also nicht mehr mit ins Heim genommen, weil er betrunken dort erschienen ist und schwierig war. Warum erzählen Sie mir nicht, wie sich das geäußert hat?«

Brodie fuhr zusammen, als hätte Eve ihm einen Schlag versetzt. »Tja nun, wenn eine gutaussehende Frau vorbeigeht, kann es vorkommen, dass einige der Jungs ein paar Bemerkungen fallen lassen. Die mitunter … wie soll ich sagen? … schlüpfrig sind.«

»Also bitte.« Lachend boxte Alma ihm gegen die Schulter. »Das tun wir doch alle. Je nachdem, auf welcher Zaunseite man steht, macht man eine Bemerkung, wenn man eine hübsche Frau oder einen attraktiven Typ sieht.« Mit einem gleichmütigen Schulterzucken fügte sie hinzu: »Das ist in unserer Branche normal.«

»Die Sache ist die: Auch Clip hat öfter irgendwelche Kommentare abgegeben, aber dabei ging's um Kinder, wissen Sie? Okay, wir waren damals selbst noch jünger, aber alt genug, um uns so dämliche Bemerkungen zu verkneifen, wenn's um … Mädchen dieses Alters ging. Ich habe ihm gesagt, dass er das lassen soll. Es war einfach nicht angemessen. Nach meinem Rüffel hat er seinen Mund gehalten, aber er hat ihnen weiter hinterhergesehen, und wenn er Pause machen sollte, hat er sich mit ihnen unterhalten, und zwar so vertraulich, dass es mir nicht ganz geheuer war. Also habe ich ihn von dort abgezogen und woanders eingesetzt.«

»Was für Bemerkungen hat er gemacht?«

»Das weiß ich nicht mehr so genau. Wirklich. Ich weiß nur noch, dass ich sie nicht passend fand und dass mir der Gedanke, dass er irgendwelche Teenies anmacht, nicht gefallen hat.«

»Mich hat er auch mal angemacht«, erklärte Alma, worauf ihrem Mann die Kinnlade herunterfiel.

»Wie bitte? Wann?«

»Das kam damals und auch später immer wieder einmal vor.«

»Dieser verdammte Hurensohn.«

»Denkst du, ich kann mich nicht wehren, Babe?«

»Oh doch, das kannst du bestimmt. Aber … dieser verdammte Hurensohn.«

»Er war einfach ein Arschloch, wenn er was getrunken hatte. Himmel, er hat damals sogar Lydia angemacht. Sie ist 83«, wandte Alma sich an Eve. »Sie macht für uns die Buchhaltung. Er ist einfach ein blöder Hund, ich kann mir gut vorstellen, dass er alles betatscht, was Brüste hat. Das Alter ist ihm vollkommen egal. Aber dass er jemandem was antun würde, glaube ich deshalb noch lange nicht. Das könnte er ganz einfach nicht.«

»Oh nein, das könnte er tatsächlich nicht. Er ist ein Arschloch, aber ... dass er alles betatscht? Hat er dich etwa angegrabscht?«

»Weißt du noch, wie er vor ein paar Jahren nach dem 4. Juli mit einem dicken Veilchen auf der Baustelle erschienen ist? Was meinst du wohl, wer ihm das Ding verpasst hatte?«

Jetzt raufte er sich beidhändig das Haar. »Meine Güte, Alma! Warum hast du mir das denn nicht *gesagt*?«

»Weil du ihm dann auch noch eine reingehauen hättest, aber das hatte ich schließlich bereits selbst getan. Als er wieder nüchtern war, hat er sich bei mir entschuldigt, danach hat er mich niemals wieder dämlich angemacht. Was ich damit sagen möchte, Lieutenant ... Angenommen, Sie sitzen irgendwo am Tresen, weil Sie dort auf jemanden warten oder einfach nur in Ruhe etwas trinken wollen. Dann würde er versuchen, bei Ihnen zu landen, weil er sich für superwitzig, sexy oder sonst was hält, obwohl er in Wahrheit einfach besoffen und blöd und eine absolute Nervensäge ist. Aber er ist nicht der Typ, der Ihnen aus der Kneipe folgen und Sie überfallen oder einen Aufstand machen würde, wenn Sie ihm erklären, dass er die Fliege machen soll. Sie wissen, was ich damit sagen will?«

»Ja, aber ich möchte trotzdem mit ihm reden. Können Sie mir sagen, wie ich ihn erreichen kann?«

»Sicher. Klar. Verflucht noch mal.« Brodie hob eine Hüfte an, zog sein Handy aus der Tasche und rief die Daten auf. »Ich hätte wirklich Lust, dem Kerl die Fresse zu polieren, aber ich muss sagen, so was würde er tatsächlich niemals tun. Er hätte den Mädchen niemals etwas angetan. Ich meine, ja, okay, womöglich hätte er einmal im Suff versucht, eines von den Mädchen anzugrabschen, aber er hätte sie bestimmt nicht umgebracht.«

»Okay. Ist Ihnen vielleicht sonst jemand dort aufgefallen, der Ihnen ein ungutes Gefühl vermittelt hat? Jemand von den Angestellten oder vielleicht jemand, der dort zu Besuch gewesen ist?«

»Nicht, dass ich wüsste, nein. Ich habe damals versucht, mit meinem Unternehmen Fuß zu fassen, und mit jeder Menge kleiner Jobs jongliert. Manchmal war ich ein paar Tage nacheinander dort, aber im Grunde nur gelegentlich. Sie haben mich angerufen, wenn es eine Kleinigkeit zu reparieren gab, die ihnen selbst zu schwierig war, oder wenn sie versucht haben, selbst etwas zu reparieren, und es dann vollends kaputt gegangen war. Durch diese Jobs bin ich an andere Jobs gekommen, ich habe Sachen in den Wohnungen der Angestellten oder in den Wohnungen von Leuten, denen Nash und Philly mich empfohlen haben, repariert.«

»Was hatten Sie für einen Eindruck von den Leuten in dem Heim, einschließlich Nash und Philly?«, fragte Eve.

»Sie haben gute Arbeit geleistet, und das tun sie immer noch. Obwohl das meiner Meinung nach nicht einfach ist und man vor allem niemals Feierabend hat.«

»Eins noch«, meinte Eve und rief das Bild von Linh auf ihrem Handcomputer auf. »Kommt dieses Mädchen Ihnen irgendwie bekannt vor?«

»Wow, ein wirklich hübsches Mädchen. Nein.« Er wandte sich an seine Frau, die ebenfalls den Kopf schüttelte. »Ist sie eins der ...«

»Ja.«

»Gott.« Er fuhr sich mit den Händen durchs Gesicht, legte seinen Kopf ein wenig schräg und schaute sich das Bild noch mal genauer an. »Ich glaube nicht, dass sie mir jemals irgendwo begegnet ist. Ich weiß natürlich nicht, ob ich mich nach all den Jahren noch erinnern könnte, aber wissen Sie, sie hat ein sehr apartes Aussehen. Sie hätte einmal eine echte Schönheit werden sollen.«

»Danke, dass Sie sich die Zeit genommen haben.« Eve stand auf. »Falls Ihnen noch was einfällt, rufen Sie mich bitte an.«

»Das werde ich – das werden wir«, versicherte ihr Brodie und fügte hinzu: »Ich hasse es, daran zu denken, was all diesen Mädchen widerfahren ist.«

Eve und Roarke verließen das Apartmenthaus, und während sie sich sagte, dass sie selbst in den nächsten Tagen an nichts anders mehr denken würde, kam das Bild des zweiten Opfers bei ihr an.

»Ich habe noch ein Gesicht.«

Roarke blickte auf den Monitor und sah sich die hohlen Wangen und den traurigen Gesichtsausdruck des zweiten Mädchens an. »Soll ich versuchen rauszufinden, wer sie war?«

»Das tut Peabody bereits. Aber warte. Warte hier. Ich bin sofort wieder da.«

Sie ließ ihn auf dem Gehweg stehen, lief zurück ins Haus. Um selbst nicht untätig zu sein, zog er seinen Handcomputer aus der Tasche und gab ein paar Stichworte dort ein.

Innerhalb von fünf Minuten war sie wieder da.

»Er hat sie erkannt. Er war sich ziemlich sicher, dass

er sie schon mal gesehen hat, und hat sogar ein Augenbrauenpiercing zugefügt, das auf dem Bild nicht ist. Außerdem hat er gesagt, sie hätte lila, pinkfarben und grün gefärbtes Haar gehabt. Dazu waren ihre Arme tätowiert, obwohl sie damals seiner Meinung nach auf keinen Fall älter als dreizehn war. An all das kann er sich erinnern, weil er mitbekommen hat, wie sie einmal auf eins der anderen Kinder losgegangen ist. Er weiß nicht mehr, warum, aber er hat gesagt, dass mehrere Erwachsene dazwischengehen mussten, weil sie völlig außer sich war.«

»Was dir sagt, dass sie als Zögling in dem Heim war, dort zumindest eine körperliche Auseinandersetzung hatte und Brodies Beschreibung nach nicht unbedingt der ruhige und zurückhaltende Typ war.«

»Solche Tattoos bekommt man in dem Alter nur, wenn ein Erziehungsberechtigter dabei ist, seinen Ausweis zeigt und unterschreibt. Ihr Skelett weist auf Misshandlungen schon in frühen Jahren hin, also kann ich mir nicht vorstellen, dass ihr Vater oder ihre Mutter sich die Zeit genommen haben, so etwas Dämliches zu tun. Sie hat sich sicher eine ganze Weile auf der Straße rumgetrieben und dort Kontakte geknüpft. Wenn sie, wie ich vermute, mehrmals aufgegriffen wurde, haben wir ihren Namen im System.«

»Dann fahren wir jetzt also zu dem trunksüchtigen Arschloch, während Peabody sie sucht?«

»Noch nicht. Natürlich werde ich mit ihm reden, aber der, der das getan hat, war bestimmt nicht voll. Und ist wahrscheinlich auch kein Trinker, denn die können ihren Mund nicht halten und machen so blöde Fehler, wie die Frau des Bosses anzumachen«, meinte Eve.

»Wobei die Frauen mancher Bosse ziemlich wehrhaft sind«, erklärte Roarke und klopfte mit dem Zeigefinger auf das Grübchen in der Mitte ihres Kinns.

»Das stimmt. Und keine Angst. Falls einer der halben Milliarde Angestellten, die du hast, mich jemals anmacht, haue ich ihm auch eine rein.«

»Das habe ich mir schon gedacht.«

»Aber erst mal interessiere ich mich für eine der jonesschen Angestellten, die als Mädchen selber eine Zeit lang in dem alten Heim war. Sie heißt Seraphim Brigham, und ihre Großmutter, Tiffany Brigham Bittmore, hat den Jones das Haus geschenkt, in das sie damals umgezogen sind.«

»Ich kenne Tiffany.« Da Eve nicht wollte, dass er für sie nach dem zweiten Opfer suchte, schwang sich Roarke hinter das Lenkrad, um sie zu chauffieren. »Philanthropin, deren Hauptaugenmerk auf Kindern und auf Süchten liegt. Sie war Mädchen für alles bei einer Gruppe politischer Aktivisten, als sie Brigham traf. Die beiden waren bei ihrer Heirat noch sehr jung, Anfang 20, glaube ich, und bekamen zwei Kinder, bevor er mit Mitte dreißig bei einem Flugzeugabsturz starb. Er war ein wohlhabender Mann aus einer wohlhabenden Familie und politisch liberal.«

Er fädelte sich in den Strom des Richtung Norden fließenden Verkehrs.

»Ein paar Jahre nach seinem Tod hat sie noch mal geheiratet. Die Bittmores waren sogar noch reicher als die Brighams, mit ihrem zweiten Mann bekam sie noch zwei Kinder, ehe er bei einem Erdbeben in Indonesien ums Lebens kam, wo er als Botschafter einer globalen Gesundheitsorganisation tätig war.«

»Du weißt echt viel über die Frau.«

»Ich habe dieses Wissen heute noch etwas vertieft. Sie ist dafür bekannt, dass sie, wenn sie ein Anliegen vertritt, viel Zeit, Geld und Einfluss investiert. Sie hat einen Sohn – den Vater dieser Seraphim – an seine Sucht verloren, und offenbar war dessen Tochter fest entschlossen, es ihm gleich zu tun, bevor sie im *Zufluchtsort* gelandet ist. Bittmore hat ihren Dank durch die Schenkung eines Hauses und durch die Errichtung eines Fonds für die Bestreitung der Betriebskosten des Heims zum Ausdruck gebracht.«

»Inzwischen arbeitet Seraphim für Jones und Jones.«

»Sie hat einen sehr guten Ruf als Therapeutin. Und ist frisch verlobt.«

»Puh. Ich denke, dass ich dafür sorgen muss, dass auch mein zweiter Ehemann ein reicher Bastard ist. Aber wie soll ich einen Typ finden, der noch reicher ist als du? In diesem Teich schwimmen nicht allzu viele derart dicke Fische rum.«

»Vielleicht sind es in 80, 90 Jahren ja ein paar mehr.«

»Das ist zumindest eine Überlegung wert. Woher weißt du, wohin wir wollen?«

»Du hast gesagt, dass du Seraphim Brigham sprechen willst. Also habe ich, als du mich angerufen hast, ein paar Erkundigungen eingeholt und weiß, dass sie heute bei ihrer Großmutter auf einen Drink und dann zum Dinner eingeladen ist. In deren New Yorker Heim, das zufällig ganz in der Nähe unseres Hauses liegt.«

»Ich habe es schon mal gesagt, aber ich wiederhole es jetzt trotzdem. Dich zu haben, kann echt praktisch sein.«

Er sah sie von der Seite an. »Sollte es dir tatsächlich

gelingen, dir einen zweiten, noch reicheren Ehemann zu angeln, solltest du bei deiner Auswahl darauf achten, dass er sich in einen Cop hineinversetzen kann und obendrein die richtigen Connections hat.«

»Auf jeden Fall.« Jetzt blickte sie ihn fragend an. »Würdest du dir in 80, 90 Jahren noch einmal eine Polizistin suchen?«

»Auf keinen Fall. Beim nächsten Mal nehme ich eine nette, ruhige Frau, die Aquarelle malt und süße Brötchen backt.«

»Ich liebe Kuchen, also suche ich mir einen reichen, zweiten Ehemann, der Kuchen backen kann.«

»Dann würde ich ihn wirklich gerne kennen lernen, weil ich schließlich auch gern Kuchen esse«, meinte Roarke.

»Wart einfach ein paar Jahrzehnte ab. Was hat er fünfzehn Jahre lang gemacht?«

Jetzt dachte sie nicht mehr an ihren fiktiven, reichen, zweiten Mann, erkannte Roarke. Wie faszinierend doch die Funktionsweise der grauen Zellen seiner Liebsten war.

»Warum hat er aufgehört zu morden? Das heißt, hat er überhaupt damit aufgehört, oder hat er vielleicht nur eine andere Möglichkeit gefunden, seine Opfer zu entsorgen? Ist er vielleicht tot, sitzt er im Knast oder hat zu Gott gefunden? Er hat mindestens zwölf Mädchen umgebracht. Wahrscheinlich innerhalb von ein paar Wochen oder Monaten. Da hört man doch ganz sicher nicht plötzlich wieder auf. Ich frage mich die ganze Zeit, wo er wohl steckt und was er treibt. Ich habe mir ähnliche Verbrechen angesehen, hin und wieder tauchten tote Mädchen dieser Altersklasse auf, die in Plastik eingewickelt waren.

Aber keins der Verbrechen passt zu diesem Fall. Unsere Morde sind die Taten eines Serientäters. Er hat sich die Zeit genommen und die Mühe gemacht, die Toten hinter irgendwelchen falschen Wänden zu verstecken, außerdem finden sich an ihren Skeletten keine Spuren von Gewaltanwendung. Wie zum Teufel also hat der Kerl sie umgebracht?«

»Wenn du DeWinter noch ein bisschen Zeit gibst, findet sie es sicher heraus.«

»Ja, ja. Sie und Morris sind zusammen an der Sache dran.«

Roarke hörte deutlich, wie frustriert sie war, weil sie die Infos noch nicht hatte, die sie bräuchte, um der Spur des Killers nachzugehen.

»Wir waren übrigens schon bei den Eltern unseres Opfers Nummer eins. Solide, obere Mittelklasse, beide Ärzte, schon seit einer Ewigkeit verheiratet, zwei weitere, inzwischen erwachsene Kinder. Das Mädchen kam aus einem harmonischen, stabilen, wohlhabenden Elternhaus. Die Überreste weisen keine Missbrauchsspuren auf, und alles deutet darauf hin, dass das Opfer körperlich und medizinisch gut versorgt war.«

»Wurde sie vielleicht gekidnappt?«

»Nein. Oder zumindest nicht aus ihrem Elternhaus. Sie war sauer, weil die Eltern ihr verboten hatten, zu einem Konzert zu gehen. Sie war gerade in einer unzufriedenen Phase, aber das ist offenbar normal. Sie ist von Brooklyn in die Stadt gefahren und hatte Geld dabei, ich gehe also davon aus, dass sie es sich erst einmal ein paar Tage gut gehen lassen hat und dass ihr das wilde Leben offenbar durchaus gefallen hat. Sie war nicht wie das Mädchen, das mit ihr zusammen eingemauert war. Wahrscheinlich wäre sie, wenn nichts passiert wäre, nicht dauerhaft auf diesem Weg geblieben, sondern früher oder später wieder heimgekehrt. Das hätte unser zweites Opfer nie getan, denn ihm wurde zuhause wehgetan.«

Roarke drückte ihr die Hand. Mehr musste er nicht tun.

»Es war nicht wie bei mir«, murmelte Eve. »Ich hatte niemals ein Zuhause, was vielleicht ein Vorteil war. Ich habe nie erwartet, dass sich jemand um mich kümmert, und ich wusste erst, nachdem er tot war, dass ich abhauen kann. Selbst dann bin ich nicht wirklich weit gekommen, bevor man mich aufgegriffen hat. Das Wegrennen hat dieses Mädchen getötet oder auf den Weg gebracht, der sie zum Opfer hat werden lassen.«

Als ihr Handy schrillte, zog sie es hervor und überflog die Nachricht ihrer Partnerin.

»Shelby Ann Stubacker. Jetzt hat sie einen Namen.«

»Erzähl mir was von ihr.«

»Sie war dreizehn Jahre alt. Der Vater sitzt zum zweiten Mal wegen versuchten Totschlags im Sing Sing, und auch die Mutter hat ein ellenlanges Vorstrafenregister, bei dem's hauptsächlich um Drogen geht. Sie haben das Kind nicht als vermisst gemeldet, also hätten wir sie in den Datenbanken der Vermisstenstelle nicht entdeckt. Aber sie wurde mehrmals wegen Schuleschwänzens oder Ladendiebstahls aufgegriffen, war vorübergehend im Heim und musste eine Reha machen, nachdem sie mit den Taschen voller Drogen und vor allem selber total zugedröhnt von einer Streife angehalten worden war. Zum ersten Mal wurde sie aufgegriffen, kurz nachdem sie neun geworden war. Sie ist hier in New York geboren und gestorben. Das Jugendamt hatte natürlich eine Akte über sie, aber geholfen haben sie ihr nicht. Das System und alle anderen haben sie im Stich gelassen.«

»Aber du stehst für sie ein.«

Roarke hielt vor einem weißen, beinah durchgehend verglasten Haus mit goldenen Bordüren, da ihr Wagen aussah wie die reinste Klapperkiste, fand es Eve nicht überraschend, als der Türsteher den Mund zusammenkniff und stirnrunzelnd über den königsblauen Teppich, der sich von den blank geputzten Glastüren bis zum Straßenrand erstreckte, auf sie zugelaufen kam.

Jetzt würde Roarke einmal erleben, wie's ihr immer erging. In freudiger Erwartung stieg Eve aus, aber sobald ihr Mann den Bürgersteig betrat, verwandelte sich der Türsteher vom kläffenden Wadenbeißer zum schwanzwedelnden Wachhund beim Empfang des eigenen Herrchens.

»Guten Abend, Sir! Wollen Sie zu jemandem im Metropolitain?«

»Ich begleite nur Lieutenant Dallas, die hier jemanden besuchen will, ich bin sicher, dass sie es zu schätzen wüsste, wenn Sie dafür sorgen könnten, dass der Wagen kurz hier stehen bleiben kann.«

»Ich werde mich persönlich darum kümmern. Kann ich Sie jemandem melden?«

»Wenn Sie wohl Mrs. Bittmore wissen lassen würden, dass die Polizei sie sprechen will.«

»Ich gebe ihr sofort Bescheid. Bitte gehen Sie zur ersten Fahrstuhlreihe linker Hand der Eingangshalle. Mrs.

Bittmores Haupteingang liegt in der 53. Etage, Nummer 53-100.«

»Vielen Dank.«

Stirnrunzelnd stapfte Eve ins Haus. »Wie viel hast du ihm zugesteckt?«

»Einen Fuffy«, gab Roarke unbekümmert zu.

»Ich besteche keine Türsteher«, klärte sie ihn mit selbstgerechter Stimme auf.

»Nein, mein Schatz, du sorgst dafür, dass sie vor Ehrfurcht und vor Angst erbeben, aber diesmal dachte ich, dass es mit einem kleinen Schein am einfachsten und schnellsten geht.«

»Er hat dich auch vorher schon erkannt. Das habe ich gesehen. Sag bitte nicht, dass dieser Schuppen dir gehört.«

»Oh nein, das tut er nicht.« Er blickte sich in der in Gold und Weiß gehaltenen, großzügigen Eingangshalle um und ging dann auf die Fahrstuhlreihe zu. »Was schade ist, denn dieses Haus ist wirklich schön.«

»Nächstes Mal will ich den Türsteher vor Ehrfurcht und vor Angst erbeben sehen.«

Er ließ ihr den Vortritt in den Lift und tätschelte ihr sanft das Hinterteil. »In Ordnung. Nächstes Mal.«

6

Eine Hausdroidin öffnete die Tür des eleganten, kleinen Flurs, der mit Hilfe einer cleveren Decken- sowie Wandbemalung wie ein üppig grüner, links und rechts mit rustikalen Steinbänken versehener Laubengang gestaltet war. Als die Droidin, die ein schlichtes, graues Kleid über bequemen, flachen Schuhen trug, die Gäste bat, sich auszuweisen, reichte Eve ihr ihre Marke, und sie scannte sie mit einem kurzen Augenzwinkern ein.

»Bitte kommen Sie herein. Mrs. Bittmore und Miss Brigham sind im Wohnbereich.«

Der Wohnbereich war alles andere als riesig, aber mit den hellen Stoffen, Wänden in der Farbe teuren Rotweins und den alten Ölgemälden, die im Stil der Alten Welt nebelumwogte Wälder, stille Seen und blühende Wiesen zeigten, wirkte er genauso elegant und gleichzeitig gemütlich wie der Flur.

Zwei Frauen erhoben sich von einem weizengelben Zweiersofa, hinter dem durch eine breite Glastür erst eine Terrasse und ein Stück dahinter der herrliche Park zu sehen war.

Die Ältere der beiden machte einen Schritt nach vorn. Tiffany Bittmore hatte weißes, aber so perfekt frisiertes Haar, dass ihr Erscheinungsbild genauso klassisch elegant wie das der Wohnung war. Ihre Augen strahlten in einem träumerischen Blau, aber ihr wacher Blick zeugte von einem hohen Maß an Cleverness. Mit ihrem vollen Mund, den spitzen Wangenknochen und dem trotz des Alters frischen, glatten Teint war sie zwar keine Schönheit, aber ausnehmend apart.

»Lieutenant Dallas, Roarke, es ist mir ein Vergnügen, Sie hier zu begrüßen«, nahm sie ihre Gäste in Empfang. »Ihr Ruf und Ihre Taten sind Ihnen bereits vorausgeeilt.«

»So wie die Ihren Ihnen«, gab Roarke das Kompliment mit dem ihm eigenen Charme zurück, den er so mühelos wie eine seidene Krawatte trug. »Es ist uns eine Ehre, Mrs. Bittmore.«

»Die Götter haben es mit Ihnen wirklich gut gemeint. Bestimmt setzt bei den meisten Frauen der Herzschlag aus, wenn sie Sie sehen. Nach einem solchen Mann hätte ich mir in jüngeren Jahren alle Finger abgeleckt«, wandte die alte Dame sich an Eve.

»Solange jeder bei seinen eigenen Fingern bleibt, ist mir das egal.«

Lachend tätschelte die alte Frau Eves Arm. »Ich glaube, dass Sie mir sympathisch sind. Und jetzt lernen Sie die größte Freude meines Lebens kennen und trinken einen Kaffee mit uns. Ich habe das Buch über den Icove-Fall gelesen und den Film gesehen, obwohl ich kaum jemals ins Kino gehe, deshalb weiß ich, dass Sie eine Vorliebe für echten Kaffee haben. Clarissa?«

»Ja, Ma'am, ich setze sofort welchen auf.« Lautlos zog die Droidin sich zurück.

»Meine Enkeltochter, Seraphim.«

»Angenehm. Auch wenn die Dinge, die wir in den Nachrichten gehört haben, die Freude etwas trüben«, gab sie zu und reichte Eve die Hand. Sie hatte die Augen ihrer Großmutter geerbt, der Rest des Gesichts jedoch war etwas weicher und dadurch auch weniger apart. »Nachdem wir es gehört hatten, habe ich sofort mit dem Heim telefoniert und kurz mit Philadelphia gesprochen. Sie sagte mir, dass Sie schon dort gewesen wären, um mit ihr und Nash zu sprechen.«

»Sie arbeiten in der *Stätte der Läuterung* und waren Bewohnerin des *Zufluchtsorts*.«

»Bitte, nehmen Sie doch erst mal Platz«, mischte sich Mrs. Bittmore ein. »Das ist eine schreckliche Geschichte, und sie nimmt das Mädchen furchtbar mit.«

»Vielleicht kannte ich ein paar der Opfer«, sagte Seraphim, während sie sich wieder auf das Zweiersofa sinken ließ. »Einige von ihnen habe ich bestimmt gekannt. Sie haben keine Namen in den Nachrichten genannt.«

»Weil sie sie nicht kannten.« Eve überlegte kurz, wie sie am besten vorgehen sollte, und rief eins der Passbilder auf ihrem Handy auf. »Kommt dieses Mädchen Ihnen bekannt vor?«

»Oh Gott.« Die junge Frau holte vernehmlich Luft, griff nach dem Handy und sah sich das Foto von Linh Penbroke an. »Das ist inzwischen Jahre her, aber ich denke trotzdem, dass ich mich an sie erinnern könnte, wenn ich sie gesehen hätte. Sie ist ungewöhnlich hübsch. Nein. Ich glaube nicht, dass dieses Mädchen mir schon einmal irgendwo begegnet ist. Ich habe Monate im *Zufluchtsort* verbracht. In dieser Zeit sind jede Menge junger Mädchen bei uns ein- und ausgegangen … aber das Gesicht hier hätte sich mir bestimmt eingeprägt.«

»Okay.« Eve nahm ihr das Handy wieder ab und rief das zweite Foto auf. »Und wie steht es mit ihr?«

»Oh! Das ist Shelby. Ja, an dieses Mädchen kann ich mich erinnern. Shelby … keine Ahnung, ob ich jemals wusste, wie sie weiter hieß. Wir beide haben dort zur gleichen Zeit gewohnt. Ich denke, dass sie ein, zwei Jahre jünger war als ich, aber sie war deutlich zäher und hat mich mit Zoner und mit anderem Kram versorgt. Sorry, Gamma«, fügt sie mit einem Blick auf ihre Großmutter hinzu.

»Das ist inzwischen ewig her.«

»In meinen ersten Wochen dort wollte ich nur einen Schlafplatz haben und sonst nichts. Ich hatte nicht die Absicht, clean zu werden oder meine Einstellung zu ändern, auch wenn ich natürlich so getan habe, als ob.«

»Du warst damals unglaublich wütend«, fügte ihre Großmutter hinzu.

»Oh, ich war damals von allem und von jedem *angepisst.*« Sie lachte leise auf, als könnte sie sich selbst nicht mehr verstehen, und gab Tiffany einen Wangenkuss. »Vor allem auf dich war ich sauer, weil du mich selbst in meiner schlimmsten Zeit nicht aufgegeben hast.«

»Das hätte ich niemals.«

»Also bin ich zu den Sitzungen gegangen und habe meine Aufgaben gemacht, weil's dafür einen Schlafplatz und etwas zu Essen gab. Ich hielt die Jones für Weicheier und dachte, dass ich Drogen, Alkohol und sonst was dort reinschmuggeln kann. Aber das war nicht so einfach, wie ich dachte, denn im Grunde waren die beiden wirklich taff. Also habe ich am Schluss bei Shel ein Perlenarmband gegen Zoner eingetauscht. Alle wussten, dass sie alles, was man wollte, in das Heim geschmuggelt hat, wenn man ihr etwas Zeit gelassen und ihr irgendwas im Tausch dafür gegeben hat.«

Seraphim brach ab, als die Droidin mit dem Kaffee kam und so geräuschlos, wie sie aus dem Flur gekommen war, den Raum wieder verließ.

»Die Angestellten wussten nichts davon?«, erkundigte sich Eve.

»Sie war wirklich clever. Nein, nicht clever, sondern eher *gewieft*. Shelby war unglaublich gewieft. Sie wurde ein-, zweimal bei irgendwelchen kleineren Vergehen erwischt, wobei ich rückblickend als Therapeutin denke, dass sie sich wahrscheinlich absichtlich hat erwischen lassen. Mit kleineren Vergehen wurde dort gerechnet, und die Strafen waren nicht wirklich hart. Ich nehme an, dass damals ungefähr zehn Kids auf jeden Angestellten kamen. Sie taten, was in ihrer Macht stand, um uns von der Straße, von den Zuhältern, den Freiern und den Drogendealern fernzuhalten und uns auf den rechten Weg zu bringen, aber wir haben sie nicht als unsere Retter, sondern nur als potenzielle Opfer angesehen.«

»Was war mit dem Helfer dieses Handwerkers, Jon Clipperton?«

»Der Name sagt mir nichts. Wahrscheinlich habe ich ihn auch schon damals nicht gekannt, aber ich weiß, dass Brodie in den letzten Wochen vor dem Umzug in das andere Gebäude ab und zu mit einem Helfer kam. Wenn manche Männer einen anschauen, sieht man ihnen an, dass sie sich vorstellen, man wäre nackt. Wenn es auf Gegenseitigkeit beruht, ist das durchaus okay. Aber manchmal ist es einfach nur beleidigend oder noch schlimmer«, fügte sie hinzu. »Ich war damals noch jung, hatte mich aber eine Zeit lang auf der Straße rumgetrieben, ich wusste, dass es nicht in Ordnung war, wie dieser Typ mich und ein paar andere Mädchen angesehen hat.«

»Hat er vielleicht noch mehr getan, als nur zu gucken?«, fragte Eve.

»Das weiß ich nicht. Ich glaube, er hat Shelby einmal einen Sixpack mitgebracht, aber wir waren nicht wirklich dicke miteinander, also hat sie mir auch nie etwas davon erzählt. Für sie war ich nur jemand, der ihr ab und zu was abkaufte, weiter nichts. Wie sind sie umgekommen?«

»Das wissen wir noch nicht. Waren Sie nach dem Umzug irgendwann noch einmal in dem alten Haus?«

»Nein. Ich wollte dort auch nicht noch einmal hin. Ich hatte mich bereits verändert, ehe wir dort ausgezogen sind. Bei mir hatte bereits der Wandel eingesetzt. Trotz meines Widerstands hatte die Therapie, zu der ich eigentlich nur gegangen bin, damit ich einen Schlafplatz und etwas zu essen kriege, angefangen zu wirken. Obwohl ich das nicht wollte und mich anfänglich dagegen sperrte, ist die gute Philadelphia im Verlauf von unzähligen Einzelsitzungen auf welche Art auch immer durch den Ärger und den Selbsthass zu mir durchgedrungen und hat mich schließlich dazu gebracht, zu meiner Großmutter zurückzukehren.«

»Zum Dank haben Sie den Jones ein neues Haus geschenkt und einen Treuhandfonds für sie errichtet«, wandte Eve sich Mrs. Bittmore zu.

»Das habe ich«, bestätigte die alte Dame ihr. »Ich gehe vielleicht nicht so weit zu sagen, dass sie Seraphim das Leben gerettet haben, aber auf alle Fälle haben sie ihr geholfen heimzukehren und zu entdecken, wer sie wirklich ist.«

Sie trank einen Schluck Kaffee und tätschelte der Enkelin das Knie. »Das Haus, in dem sie damals waren, war alles andere als optimal, vor allem hat ihr Geld für die Bedienung des Kredits, Instandhaltung, die notwendigen Reparaturen und die Bezahlung der richtigen Angestellten einfach nicht gereicht. Also habe ich mich für die Chance revanchiert, die Seraphim durch sie bekommen hat.«

»Miss Brigham, Sie haben gesagt, Sie hätten gegenüber Clipperton ein ungutes Gefühl gehabt. Gab es in dem Heim noch jemand anderen, der Ihnen nicht ganz geheuer war?«

»Ein paar der Jungs, die damals kamen und gingen. Aber ich hatte in der Zwischenzeit gelernt, bestimmten Typen aus dem Weg zu gehen. Lieutenant, dieses Haus war voller Junkies und emotional gestörter junger Menschen. Einige von uns haben damals wie ich selbst zu Anfang einfach nur etwas zu essen, einen Ort zum Schlafen und nach einer Möglichkeit, die Leute dort über den Tisch zu ziehen, gesucht. Falls die Angestellten Drogen, Waffen oder Alkohol gefunden haben, haben sie die Sachen konfisziert, aber rausgeworfen haben sie niemanden. Zumindest nicht, solange ich dort war. Genau darum ging es schließlich in dem Heim. Es war ein Zufluchtsort, bei dem natürlich die Gefahr bestand, auch denjenigen Sicherheit zu bieten, die nur Ärger machen wollen. Wobei der Nutzen dieses Heims diese Gefahr bei Weitem überwogen hat. Sie haben mich gerettet oder wenigstens auf einen Weg gebracht, auf dem ich mich selber retten konnte. Das haben sie auch bei vielen anderen geschafft.«

»Fällt Ihnen irgendjemand ein, der vielleicht Anlass hatte, Shelby etwas anzutun?«

»Sie hat mir und vielen anderen eine Heidenangst eingejagt.« Der Hauch von einem Lächeln huschte über Seraphims Gesicht. »Natürlich dachte ich, ich könnte auf mich aufpassen. Die Arroganz der Jugend. Vor allem hatte ich vor meinem Einzug in das Heim ein paar Monate meist vollkommen vernebelt auf der Straße zugebracht. Aber nicht einmal in meinen schlimmsten Zeiten hätte ich mich freiwillig mit Shelby angelegt. Sie hatte ohne Frage Feinde, aber die haben versucht, ihr möglichst aus dem Weg zu gehen. Sie war eine Kämpferin. Ich habe mal gesehen, wie sie auf eins der anderen Mädchen losgegangen ist. Die andere war deutlich schwerer und bestimmt nicht zimperlich, aber gegen Shelbys Wut hatte sie keine Chance.«

Nach einer kurzen Pause fuhr sie langsam fort. »Inzwischen, als Erwachsene und als Therapeutin, ist mir klar, dass ich nie auch nur halb so wütend war wie sie.«

»Und mit wem hat sie dort abgehangen?«

»Ah … da waren zwei Mädchen und ein Junge. Lassen Sie mich überlegen.« Sie massierte sich die Schläfe und trank einen kleinen Schluck Kaffee. »DeLonna, ja genau. Ein spindeldürres, schwarzes Mädchen«, fuhr sie fort und schloss ihre Augen. »Sie konnte herrlich singen. Ja, genau, jetzt fällt's mir wieder ein. Sie hatte eine unglaubliche Stimme – ein echtes Geschenk. Das andere Mädchen war ein bisschen plump und hatte einen furchtbar kalten Blick. Sie hieß Missy oder Mikki. Mikki, glaube ich.

Und den Jungen nannten alle T-Bone. Er war wirklich clever und ein bisschen unheimlich. Er ist immer durch das Haus geschlichen und hätte dir selbst die Backenzähne klauen können, ohne dass du etwas davon mitbekommst. Er hatte eine Narbe auf der Wange, und die Arme waren mit alten Brandnarben bedeckt. Er hatte diese Narben unter Tätowierungen versteckt, aber sie waren trotzdem noch zu sehen.«

Nach einer kleinen Pause fuhr sie fort. »Sie waren nicht die ganze Zeit zusammen, aber sie haben oft zusammen abgehangen.«

»Hatte Shelby oder einer von den anderen Ärger mit einem der Angestellten dort? Hat irgendjemand sie bedroht?«

»Sie waren oft in Schwierigkeiten, vor allem Shelby hat sich ständig mit den Leuten im Heim gezofft. Es ist eine schwierige, frustrierende Arbeit, Lieutenant, ein ständiger Kampf, in dem es permanent Konflikte gibt. Aber gleichzeitig auch ungemein befriedigend. Ich kann mir vorstellen, dass es Ihnen in Ihrem Job nicht anders geht.«

»Da haben Sie recht. Kennen Sie einen Jobal Craine? Seine Tochter Leah war zu gleicher Zeit wie Sie im Heim.«

»Ich kannte Leah. Sie war ziemlich ruhig, hat sich aus allem Ärger rausgehalten und versucht, sich möglichst unsichtbar zu machen, falls Sie wissen, was ich damit sagen will.«

»Ich weiß.«

»Ich erinnere mich noch sehr gut an sie, weil sie der Grund für meine Wandlung war.«

»Wie das?«

»Wir hatten gerade Unterricht. Ich weiß nicht mehr, in welchem Fach, aber wir hatten jede Woche ein paar Stunden Unterricht. Wir saßen also in der Klasse, als ich plötzlich hörte, wie er in der Eingangshalle rumgeschrien hat. Leahs Vater. Er hat rumgetobt, nach ihr gerufen und gebrüllt, dass sie gefälligst ihren faulen Hintern schwingen soll. Er hat auch die Angestellten angeschrien. Leah wurde kreidebleich, das weiß ich noch genau. Auch an ihren Gesichtsausdruck erinnere ich mich. Erst war sie völlig panisch und am Ende resigniert, was fast noch schlimmer war. Ich kann mich noch genau daran erinnern, wie sie einfach wortlos aufgestanden und gegangen ist.«

Sie stellte ihre Kaffeetasse auf den Tisch und verschränkte die Hände fest im Schoß. »Die Art, in der sie einfach aufgestanden und gegangen ist, war das Traurigste, was ich in meinem ganzen Leben je gesehen habe. Ich weiß noch, dass ich dabei an die Dinge dachte, über die ich während meiner Therapiestunden geredet hatte. Darüber, wie unheimlich es auf der Straße ist, wenn man kein Geld und Hunger hat und friert und die Geschichten über Vergewaltigungen und Überfälle hört. Ich dachte, dass die arme Leah außerhalb des *Zufluchtsorts* nur diesen schlimmen Mann hat, der ihr laut mit Schlägen und mit anderen schlimmen Dingen droht, und dass ich selber meine Gamma habe, die mir niemals wehtun würde. Nie. Dann fing ich an, darüber nachzudenken, dass ich nicht nur gern jemanden hätte, der sich um mich kümmert und der mich beschützt, sondern dass es in meinem Leben anders als in dem von Leah so jemanden wirklich gibt.« Seraphim seufzte.

»Sie mussten sie ihm überlassen, wissen Sie? Er hatte

das Sorgerecht für sie und statt zu sagen, dass er sie miss-handelt, hat sie nur gesagt, sie ginge mit ihm heim.«

»Das arme Ding«, murmelte Mrs. Bittmore.

»Es dauerte Monate, bis ich sie wiedersah.«

»Dann kam sie also doch noch mal zurück?«, erkundigte sich Eve.

»Das kann ich nicht sagen, weil ich selber damals wieder heim zu meiner Großmutter gezogen war. Ich sah sie auf der Straße. Ich war an dem Tag mit einer Freundin in der Stadt. Meine Gamma und ich selber hatten angefangen, mir wieder zu vertrauen. Ich sah, wie Leah einen Bus bestieg. Ich hätte fast nach ihr gerufen, doch aus Angst davor, was meine Freundin denken würde, wenn sie wüsste, dass ich dieses Mädchen mit den blauen Flecken im Gesicht und der zerrissenen Jacke kenne, habe ich mich eilig abgewandt. Aber ich weiß, dass Leah mich gesehen hat. Für einen kurzen Augenblick haben wir uns angeschaut.«

Mit tränenfeuchten Augen fuhr sie fort. »Sie hat mich angelächelt, ist dann in den Bus gestiegen und davongefahren. Ich weiß noch, dass ich froh war, weil sie diesem Kerl noch mal entkommen war.«

»Man sagte mir, dass auch ihr Vater noch einmal zurückgekommen ist.«

»Das weiß ich nicht. Ich war damals nicht mehr in dem Heim. Aber ich glaube nicht, dass er sie dort gefunden hat. Sie ist ganz sicher nicht noch mal dorthin zurückgekehrt, denn meiner Meinung nach war sie zu schlau, um an den Ort zurückzugehen, an dem er sie schon mal gefunden hat. Wobei das Heim kurz, nachdem ich selbst wieder zu meiner Großmutter zurückgekehrt war, umgezogen ist.«

»Ich hatte dieses Haus«, mischte sich Mrs. Bittmore ein. »Und als ich noch einmal in dem Heim war, um den Jones und allen anderen zu danken, hatte ich die Schenkungsurkunde dabei. Natürlich hatte ich im Vorfeld einige Erkundigungen eingeholt und wusste, dass sie sauber waren.« Mit einem nonchalanten Lächeln fügte sie hinzu: »Ich fragte trotzdem, ob die Jones bereit wären, meinen Bankern und Anwälten die Bücher ihres Heims zu überlassen, und das waren sie. Wir gingen alles durch, und meine Leute waren zufrieden, da es dort nichts zu bemängeln gab. Fast so zufrieden wie ich selbst, weil meine Enkeltochter heimgekommen war.« Sie wandte sich besagter Enkeltochter zu und stellte fest: »Von diesem Mädchen, dieser Leah, hast du mir noch nie etwas erzählt.«

»Nein. Ich nehme an, ich habe mich geschämt, weil ich nicht auf sie zugegangen bin, als sie mir in der Stadt begegnet ist.«

»Wir könnten nach ihr suchen und versuchen rauszufinden, was aus ihr geworden ist.«

»Überlassen Sie das einfach mir.« Eve stand auf und wandte sich an Seraphim. »Vielen Dank, Sie waren mir eine große Hilfe.«

»Wirklich?« Seraphim erhob sich ebenfalls. »Shelbys Namen hatten Sie doch sicher schon.«

»Sie haben mir eine Vorstellung davon vermittelt, wer sie war.«

»Jedes dieser Mädchen hätte auch ich selbst sein können, jedes dieser zwölf. Sie brauchen also nur Bescheid zu geben, falls ich Ihnen auf irgendeine Weise helfen kann.«

»Das tue ich vielleicht.«

Auf dem Weg hinunter ins Foyer ging Eve die Unterhaltung noch einmal in Gedanken durch. »Sie hatte wirklich Glück, dass es jemanden gab, der sie mit offenen Armen wieder aufgenommen hat. Die Privilegien und das Geld sind egal, was zählt, ist, dass da jemand ist, dem etwas an einem liegt und der einen niemals aufgibt.«

»Ein solches Glück haben viele nicht.« Er selber hatte es gehabt, sagte sich Roarke. Er war einmal selbst ein jugendlicher Taugenichts und Rumtreiber gewesen, doch aus Gründen, die er nie verstehen würde, hatte Summerset ihn bei sich aufgenommen und ihm das Gefühl gegeben, dass er dort zuhause war.

»Soll ich diese Leah suchen?«

»Es wäre sicher nicht verkehrt zu wissen, wo sie ist. Zumindest können wir bisher noch hoffen, dass sie nicht auf einem von DeWinters Tischen liegt.«

»Sie ist dem Kerl entkommen«, sagte Roarke, er wollte einfach hoffen, dass sie sich von dem brutalen Vater weiter ferngehalten hatte und gesund und munter war. »Bestimmt hat sie sich irgendwo ein neues, besseres Leben aufgebaut.«

»Was zu beweisen wäre.«

»Weil der Cop in dir nur dann zufrieden ist.«

»Genau, und dieser Cop kann erst in Ruhe Feierabend machen, wenn er noch mit diesem Clipperton gesprochen hat.«

Roarke nahm ihre Hand und schwenkte fröhlich ihren Arm. »Es macht mir immer Freude, wenn ich vor dem Abendessen einem Säufer Angst einjagen kann.«

»Falls Brigham recht hat, hat er eine Minderjährige mit Alkohol versorgt, für den er sich vielleicht mit Sex bezahlen lassen hat. Vielleicht ist es ja nicht bei diesem einen Mal geblieben, und sie haben dieses kranke Tauschgeschäft des Öfteren durchgeführt.«

»Dann hat er erst sie und später noch elf andere Mädchen umgebracht.«

Eve stieg in den Wagen und las Clippertons Adresse aus ihrem Notizbuch vor. »Sie war eine harte Nuss und eine Kämpferin und hatte eine kleine Gang um sich geschart. Dem Skelett nach hatte sie keine Verletzungen, als sie gestorben ist. Die Brüche, die sie hatte, hatte sie sich Jahre vorher zugezogen, sie waren alle längst verheilt. Sie war ein Mädchen, das sich wehren konnte, aber trotzdem wurde sie getötet, ohne dass der Täter irgendwelche Spuren hinterlassen hat. Wie geht das an?«

»Womöglich hat sie ihrem Mörder ja vertraut.«

»So sieht es aus. Vielleicht hat er sie abgefüllt und sie, noch während sie den Alkohol bezahlt hat, umgebracht. Vielleicht hat er sie ja erstickt, oder vielleicht hat er ihr etwas in den Drink gekippt, woran sie dann gestorben ist. Dann stand er mit einem Mal mit einer Leiche da.«

»Und hat schnell eine Wand gemauert, hinter der er sie verstecken kann?«

»Das klingt tatsächlich selten dämlich, außerdem ... woher kamen dann all die anderen Mädchen?«

»Und vor allem, warum hätte er nach der Ersten weitermachen sollen? Wenn es mit dieser Shelby angefangen hat, hätte er keinen Grund gehabt, um mit dem Morden fortzufahren.«

»Jeder Serientäter fängt mit seinem ersten Opfer an. Vielleicht hat er ja Shelby umgebracht und dachte: ›Wow, das hat echt Spaß gemacht. Das mache ich am besten gleich noch mal.‹«

Sie trommelte mit ihren Fingern auf dem Oberschenkel, während Roarke fuhr. »Er kannte dieses Opfer und hat sicher auch ein paar der anderen gekannt. Er musste Shelby treffen, um ihr den bestellten Alkohol zu übergeben, kannte das Gebäude, hatte das erforderliche Werkzeug, und als Handwerker weiß er ganz sicher, wie man Wände baut. Wenn die Fines sagen, dass er ein Arschloch, aber deshalb noch lange kein Mörder ist, muss das nicht stimmen. Denn die wenigsten, die irgendwelche Mörder kennen, hätten je gedacht, dass diese Typen Mörder sind.«

Sie gab den Namen Clipperton in ihren Handcomputer ein. »Er hat ein paar Vorstrafen, vor allem im Zusammenhang mit Alkohol. Fahren unter Alkoholeinfluss, Ruhestörung, Vandalismus und Zerstörung fremden Eigentums. Dazu war er zweimal wegen Exhibitionismus dran. In beiden Fällen kam er mit einer Geldstrafe, Sozialstunden und einer Therapie davon.«

»Das Vorstrafenregister eines armen Würstchens.«

»Arme Würstchen neigen ebenso wie echte Kerle manchmal durchaus zu Gewalt.«

»Aber echte Kerle haben es nicht nötig, ihren Schwanz hervorzuholen, um zu zeigen, dass sie Eier in der Hose haben.«

Es war die reinste Wohltat, endlich wieder mal zu feixen, dachte sie und fragte ihn: »Warum holst du deinen Schwanz dann regelmäßig raus, wenn du mit mir zusammen bist?«

»Weil du manchmal so tust, als ob du noch dickere Eier in der Hose hast als ich.«

Sie unterzog ihn einer amüsierten Musterung. »Das nennt man Gleichberechtigung.«

»Mit der ich durchaus leben kann.«

»Ich auch. Doch jetzt zurück zu unserem armen Würstchen, das mir hoffentlich den Anblick seines Piepmatzes ersparen wird, wenn wir gleich bei ihm sind. Er wohnt nicht mal drei Häuserblocks vom deinem Haus entfernt. Wobei ich immer noch nicht weiß, weswegen du dir diese Bruchbude ans Bein gebunden hast.«

»Es wird ganz sicher keine Bruchbude mehr sein, wenn die Sanierung abgeschlossen ist.«

»Okay, und weshalb bringst du diesen Kasten überhaupt auf Vordermann?«

»Ich dachte, dass dort etwas reinkann, was mit Dochas in Verbindung steht.«

Das Frauenhaus, das er gegründet hatte, dachte sie. Und gleichzeitig der Ort, an dem er herausgefunden hatte, wie es seiner eigenen Mutter einst ergangen war.

»In Verbindung?«

»Es ist sehr oft ein Teufelskreis, nicht wahr? Die Jungen, Verlorenen, Missbrauchten landen oft bei jemandem, der sie dann weiterhin misshandelt. Oder setzen später ihrerseits den Missbrauch fort. Ich habe mich darüber mit dem Personal bei Dochas und mit Dr. Mira ausgetauscht.«

»Ach ja?«

»Ich weiß einfach immer gerne, was ich tue, und jetzt habe ich den Plan, ein Haus für Kinder einzurichten, die im staatlichen System gelandet sind, weil sie von denen, die sich hätten um sie kümmern sollen, vernachlässigt oder misshandelt worden sind.«

So wie sie selbst als Kind, erkannte Eve.

»Und für die anderen, die Verlorenen, die auf der Straße landen und versuchen, irgendwie zu überleben.«

So wie er in jungen Jahren.

»Wir werden mit dem Jugendamt, Erziehern, Therapeuten und verschiedenen anderen Fachleuten kooperieren. Im Grunde gehen wir es so ähnlich an wie Nash und Philadelphia Jones, als Seraphim bei ihnen war. Vielleicht ist es das Schicksal dieses Hauses, dass es den Verlorenen, denen, die in Not sind, einen Zufluchtsort und eine Chance gibt. Wir beide, du und ich, wir hatten keinen solchen Ort.«

»Das stimmt.«

»Bei uns werden sie einen sicheren Hafen finden, doch mit Grenzen und mit einer vorgegebenen Struktur. Mit Regeln, weil du Regeln liebst. Dazu bieten wir Therapien, medizinische Behandlung und Unterhaltung an, weil ich der Ansicht bin, dass Spaß im Leben wichtig ist und viel zu oft zu kurz kommt. Und natürlich Unterricht sowie die Möglichkeit, sich handwerkliche Fähigkeiten anzueignen. Darauf hat Summerset mich gebracht.«

»Er hat dir auch das Stehlen beigebracht.«

»Das hat er nicht. Das konnte ich bereits. Obwohl er meine Technik vielleicht noch etwas verfeinert hat«, räumte Roarke mit einem breiten Grinsen ein. »Was man durchaus als handwerklichen Unterricht bezeichnen kann. Aber keine Angst, bei uns wird's keinen Unterricht im Taschendiebstahl geben, Lieutenant.«

»Gut zu wissen«, meinte sie und überlegte kurz. »Damit ladet ihr euch ganz schön etwas auf.«

»Tja nun, sobald der Laden aufmacht, lade ich das

meiste Zeug den Leuten auf, die dafür ausgebildet sind.«

Aber er hätte dort auch weiterhin die Hand im Spiel, sagte sich Eve. Er würde nicht nur Geld investieren, sondern weiter aktiv Anteil an den Dingen nehmen, die dort geschähen.

»Hast du schon einen Namen für das Heim?«

»Noch nicht.«

»Am besten nennst du es Refugium, weil es das schließlich ist. Wobei es einen Namen haben sollte, der nach Irland klingt, wenn's eine Zweigstelle von Dochas werden soll. Also, was heißt Refugium auf Gälisch?«

»An Didean.«

»Dann finde ich, dass es so heißen soll.«

Er legte eine Hand auf ihren Handrücken und stellte fest: »Dann nennen wir es so.«

Sie drehte ihre Hand, verschränkte ihrer beider Finger und erklärte: »Ich würde mich freuen, nachher deinen Schwanz zu sehen.«

»Gelobt sei Jesus Christus.«

Einen halben Block von ihrem Ziel entfernt fand er ohne Mühe eine Parklücke am Straßenrand. Wahrscheinlich stellte dort kaum jemand seinen Wagen ab, wenn er ihn noch im selben Zustand wiederfinden wollte, aber Eve war unbesorgt, weil ihr Gefährt zwar äußerlich die reinste Rostlaube, doch bestens gegen Diebstahl oder Vandalismus jeder Art gesichert war.

»Du solltest dieses Haus hier kaufen«, sagte sie beim Anblick des Gebäudes, in dem Clipperton gemeldet war. »Das sieht noch schlimmer als die andere Bude aus.«

»Mal sehen.«

»Das war … okay, wir haben Glück. Wie's aussieht, schwankt er gerade aus der Beize heim.«

Roarke sah den Mann in der wattierten Arbeitsjacke, der aus einer Kneipe Namens *Buds* gestolpert und mit unsicheren Schritten auf sie zugeschwankt kam.

»Ich nehme an, dass er dort mehr als nur ein kleines Feierabendbier getrunken hat.«

Er hatte offensichtlich Mühe mit dem Gleichgewicht, aber sein Cop-Radar und seine Augen funktionierten anscheinend noch. Auf halbem Weg zum Haus machte er plötzlich schwankend auf dem Absatz kehrt und rannte los.

»Ist das sein Ernst?« Eve schüttelte den Kopf und nahm in flottem Laufschritt die Verfolgung auf.

Er rempelte die Leute auf dem Gehweg an, und Eve sprang über eine Frau hinweg, die wenig sanft mit ihrer Einkaufstasche auf dem Bürgersteig gelandet war, und rief über die Schulter: »Hilf ihr, Roarke. Ich kriege diesen Typ auch allein.«

Während Roarke sich nach der Frau, der Tasche und den drei anämischen Orangen bückte, die in Richtung Straße rollten, bog der Oberkörper von Eves Zielperson nach rechts in eine Seitenstraße ab. Da ihre Beine aber Mühe hatten, mit dem Tempo mitzuhalten, fiel sie über ihre eigenen Füße, schlitterte den Bürgersteig hinab und warf im Rutschen einen weiteren Passanten um.

Eve stellte einen Fuß in Clippertons Genick und blickte auf den Fußgänger, der, seine Aktentasche an die Brust gepresst, ein Stückchen weiter auf dem Gehweg saß.

»Sind Sie okay?« Sie zückte ihre Dienstmarke. »Sind Sie verletzt?«

»Ich … glaube nicht.«

»Ich kann einen Krankenwagen rufen, wenn Sie wollen.«

»*Ich* bin verletzt!«, schrie Clipperton.

»Klappe halten. Sir?«

»Ich bin okay.« Mühsam rappelte der Mann sich auf und fuhr sich mit der behandschuhten Hand durchs Haar. »Brauchen Sie jetzt eine Aussage von mir? Ich bin mir echt nicht sicher, was das gerade war. Ich glaube, er ist irgendwie in mich hineingeschlittert, und das hat mich aus dem Gleichgewicht gebracht.«

»Schon gut.« Sie zog eine Visitenkarte aus der Tasche, und als Clipperton versuchte, sich wie eine Schlange unter ihrem Fuß hervorzuwinden, trat sie noch ein wenig fester zu. »Falls Sie mich noch einmal wegen dieser Sache sprechen müssen – hier ist meine Telefonnummer.«

»Oh, danke. Hm. Okay. Kann ich jetzt gehen?«

»Ja, Sir.« Sie zog ihre Handschellen hervor, bückte sich und legte sie dem armen Würstchen auf dem Boden an.

»Ist er vor Ihnen weggelaufen?«

»Eher weggestolpert.«

»Ist er ein Verbrecher?«

Eve bedachte den von Clipperton zu Fall gebrachten Mann mit einem letzten Blick. »Um das herauszufinden, sind wir hier. Hoch mit Ihnen, Clip.«

»Ich habe nichts gemacht.«

Eve drehte leicht den Kopf, als ihr der Billigfusel-Erdnussatem des Geflüchteten entgegenschlug. »Warum sind Sie dann vor mir weggerannt?«

»Ich bin gar nicht gerannt. Ich bin nur … schnell gelaufen. Hab' noch 'ne Verabredung.«

»Genau und zwar mit mir. Auf dem Revier.«

»Warum denn das? Ich habe nichts gemacht«, beschwerte er sich abermals.

»Sie haben zwei Leute umgeworfen und versuchen gerade jetzt, mit ihrem Atem eine Polizeibeamtin umzuhauen.«

»Häh?«

»Störung der öffentlichen Ordnung, Kumpel. Kommt dir das bekannt vor?«

»Ich hab' nichts gemacht!«

»Das ist der Kerl!« Die Frau mit den Orangen streckte anklagend den Finger nach ihm aus. »Er hat mich umgerannt.«

»Habe ich nicht!«

»Wollen Sie Anzeige erstatten?«

»Hören Sie doch auf!«

Die Frau bedachte Clipperton mit einem mitleidigen Blick. »Ich schätze nicht. Der nette Herr hier hat mir aufgeholfen, meine Einkäufe vom Boden aufgehoben und gesagt, Sie würden diesen Typ dazu bringen, dass er sich bei mir entschuldigt.«

Mit einem kurzen Seitenblick auf Roarke rammte Eve dem *Typ* ihren Ellenbogen in die Rippen und wies ihn mit dumpfer Stimme an. »Du bittest diese Frau hier um Entschuldigung, sonst bist du obendrein wegen tätlichen Angriffs dran.«

»Meine Güte, ja, okay. Sorry, Lady«, stieß er knurrend aus. »Ich hab' Sie einfach übersehen, sonst nichts.«

»Sie sind betrunken«, stellte die gestürzte Frau mit strenger Stimme fest. »Und Sie sind dumm und unhöflich. Sie hingegen sind ein echter Gentleman«, wandte sie sich an Roarke. »Vielen Dank für Ihre Hilfe.«

»Gern geschehen. Ich bringe Sie gerne noch nach Hause.«

»Sehen Sie, ein echter Gentleman.« Nach einem letzten bösen Blick auf Clip wandte die Frau sich strahlend wieder ihrem Retter zu. »Danke, das ist nett, aber ich wohne gleich da vorne.« Immer noch mit einem breiten Lächeln im Gesicht trug sie ihre Tasche, die anämischen Orangen und den Rest der Einkäufe fürs Abendessen heim.

Eve wandte sich an Clip. »Auf geht's.«

»Ich will nicht aufs Revier.«

»Das ist natürlich schade.« Eilig führte sie ihn bis zu ihrem Wagen, manövrierte ihn dort auf den Rücksitz und erklärte: »Wenn du mir die Kiste vollkotzt, stopfe ich dir mit dem Zeug das Maul.«

Er hatte Glück und übergab sich nicht, aber er jammerte die ganze Zeit, verwünschte jemanden mit Namen Mook und wurde richtiggehend panisch, als der Wagen das Revier erreichte und dort in die Tiefgarage bog.

»Hören Sie, hören Sie, das ist alles vollkommener Schwachsinn, Mann. Sie hat mir ihre Titten einfach ins Gesicht gedrückt.«

»Ach ja?«, erkundigte sich Eve, während sie ihn unsanft aus dem Wagen zog.

»Echt«, versicherte er ihr und schwankte Richtung Lift. »Sie hat echte Riesentitten, wissen Sie? Sie waren direkt vor meiner Nase, wie zum Teufel also hätte ich sie übersehen sollen?«

Eve zog ihn in den Fahrstuhl, und die Tür glitt quietschend zu.

»Also bitte, Mann.« Jetzt wandte er sich flehend an

Roarke. »Wenn Ihnen eine Fotze ihre Riesentitten vor die Nase hält, greifen Sie da etwa nicht zu?«

»Sie brauchen nichts zu sagen, was Sie selbst belastet«, klärte Roarke ihn auf.

»Wieso sollte es mich belasten, wenn sie mir die Dinger praktisch angeboten hat? Ich bitte Sie.«

»Aber dann hatte Mook doch etwas dagegen, ihre Riesentitten einfach angrabschen zu lassen?«, fragte Eve.

»Sie wurde richtig sauer und hat was von Vergewaltigung geschrien. Dabei hatte ich meinen Schniedel gar nicht ausgepackt. Dafür gibt es Zeugen. Ich habe ihn nicht mal hervorgeholt, trotzdem hat sie rumgekeift, dass sie die Bullen ruft. Da waren Sie auch schon da. Wie zum Teufel haben Sie das so schnell geschafft?«

»Ich bin eben schneller als der Wind.«

In jedem Stock bestiegen weitere Cops und weitere Clips den Lift, aber Eve harrte in dem engen Kasten aus und legte sich ihr Vorgehen während des Verhörs zurecht.

Wenn kein Verhörraum frei gewesen wäre, hätte sie den Kerl zur Not in den Besprechungsraum verfrachtet, aber als sie ihn den Flur hinunterschleifte, sah sie, dass Verhörraum A anscheinend gerade frei geworden war. Sie zog ihn durch die Tür und drückte ihn auf einen Stuhl.

»Sitzen bleiben«, wies sie ihn mit barscher Stimme an und trat selber wieder in den Flur hinaus.

»Das ist also dein Hauptverdächtiger?«, erkundigte sich Roarke.

»Er könnte es gewesen sein, auch wenn er offenkundig nicht die hellste Kerze auf der Torte ist. Aber er ist betrunken, also ist er vielleicht einfach nicht in Form. Vernehmen muss ich ihn auf jeden Fall.«

»Dann suche ich mir währenddessen eine andere Beschäftigung und lasse deinen Wagen ausräuchern.«

»Du hast doch immer was zu tun – aber das Ausräuchern wäre echt nett. Wobei das Verhör so betrunken, wie er ist, bestimmt nicht lange dauern wird.«

»Verstehe. Gib einfach Bescheid, wenn du hier fertig bist.«

»Bevor du dich mit etwas anderem beschäftigst, könntest du mir eine Pepsi holen. Ja, okay, ich boykottiere die verdammten Automaten immer noch. Diese Geräte können mich nicht leiden, auch wenn ich beim besten Willen nicht weiß, warum.«

Er kam der Bitte nach und hielt ihr die gewünschte Dose hin. »Wenn du vernünftig mit den Automaten umgehst, machen sie das andersherum auch.«

»Da habe ich aber schon anderes erlebt.« Sie zog ihr Handy aus der Tasche und belegte ganz offiziell Verhörraum A.

Roarke schlenderte den Flur hinunter, und da Clipperton auch gut noch etwas länger schwitzen könnte, ging sie weiter bis in ihr Büro, holte ein paar Unterlagen, und als sie zurückkam, war der Kopf des Typs auf den Tisch gesunken, sein lautes Schnarchen ließ die hässlich gräulich-weiße Farbe von den Wänden blättern.

»Rekorder an. Lieutenant Eve Dallas beginnt die Vernehmung von Jon Clipperton. Aufwachen!« Sie nahm ihm gegenüber Platz, legte ihre Akten auf den Tisch und rüttelte an seinem Arm. »He, Clipperton, wachen Sie auf.«

»Huh?« Er hob den Kopf und starrte sie aus müden, blutunterlaufenen Augen an.

»Brauchen oder wollen Sie was zum Ausnüchtern?«, erkundigte sie sich und schüttelte die kleine Pillendose, die für Notfälle in einer Schublade von ihrem Schreibtisch lag.

»Ich bin nicht betrunken.« Er blähte sich entrüstet auf. »Ich bin einfach k.o. Ich hab' den ganzen Tag geschuftet, also habe ich ja wohl das Recht, k.o. zu sein.«

»Auf jeden Fall. Ich hoffe nur, Ihnen ist klar, dass Sie sich, wenn Sie die angebotene Hilfe ausschlagen, im Anschluss nicht darauf berufen können, dass man Sie vernommen hat, während Sie geistig nicht ganz auf der Höhe waren.«

»Ich bin geistig völlig auf der Höhe, klar? Ich hatte einfach einen anstrengenden Tag, und deshalb habe ich ein kurzes Nickerchen gemacht.«

»Das können Sie natürlich halten, wie Sie wollen.« Sie stellte die Pillendose vor sich auf den Tisch. »Zu Ihrem Schutz kläre ich Sie jetzt erst mal über Ihre Rechte auf. Sie kennen das Verfahren. Sie haben das Recht zu schweigen«, fing sie an.

»Ich habe nichts gemacht!«

»Das werden wir ja sehen. Haben Sie verstanden, welche Rechte und Verpflichtungen Sie haben?«

»Ja, sicher, aber ...«

»Waren Sie vor fünfzehn Jahren bei Brodie Fine als Aushilfstischler angestellt?«

»Ich habe ein paar Arbeiten für ihn gemacht, ja klar. Das letzte Mal vor vierzehn Tagen.«

»Waren Sie im Rahmen Ihrer Tätigkeit vor fünfzehn Jahren in einem Gebäude in der Neunten, in dem damals ein Heim mit Namen *Zufluchtsort* betrieben wurde?«

»Häh?«

»Der *Zufluchtsort*, ein Heim für Kinder und für Teenager in Not.«

»Oh, die alte Bruchbude. Ja, klar, wir haben dort öfter irgendwelche Sachen repariert. Na und?«

»Wie oft waren Sie ohne Mr. Fine in diesem Haus?«

Er überlegte derart angestrengt, dass eine Reihe tiefer Falten sein womöglich früher halbwegs attraktives, doch inzwischen weiches, teigiges Gesicht durchzog.

»Weshalb hätte ich dort allein hingehen sollen?«

»Um sich die hübschen, jungen Mädchen anzusehen, Clip. Wie die dreizehnjährige Shelby, die sich Ihnen im Austausch gegen alkoholische Getränke hingegeben hat.«

»Ich weiß nicht, wovon Sie reden. Wenn sie so etwas behauptet, ist sie eine Lügnerin.«

»Wie Mook?«

»Genau.«

Eve beugte sich über den Tisch. »Ich habe für beide Fälle Zeugen, Clip. Es wird Ihnen nicht helfen, wenn Sie mich belügen, und bei Ihrem Vorstrafenregister schicke ich Sie für diese Geschichte ein paar Jahre in den Kahn.«

»Warten Sie. Moment. Wie gesagt, Mook hat mir ihre Titten praktisch ins Gesicht gedrückt. Das war einfach ein Missverständnis. Weiter nichts.«

»Und Shelby?«

»An den Namen kann ich mich nicht mehr erinnern.«

»Dann haben Sie also mit mehr als einem jungen Mädchen Fusel gegen Sex getauscht?«

»Nein. Mein Gott. Und eigentlich war's gar kein echter Sex. Sie hat mir nur einen geblasen. Das ist ja wohl etwas anderes als Sex.«

»Sie geben also zu, dass eine minderjährige Bewohnerin des *Zufluchtsorts* vor fünfzehn Jahren für ein paar Flaschen Alkohol Fellatio mit Ihnen praktiziert hat?«

Er riss entsetzt die Augen auf. »Sie hat mir nur einen geblasen. Das, was Sie da sagen, haben wir niemals getan. Sie hat mir nur einen geblasen, weiter nichts.«

»Dafür haben Sie sie mit Alkohol bezahlt.«

»Es war kein echter Alkohol. Nur ein paar Flaschen Bier.«

Sie fragte sich, warum sie diese Unterhaltung beinah lustig fand, beschloss dann aber, direkt auf den Punkt zu kommen, und erklärte: »Formulieren wir es so. Die Minderjährige hat Ihnen einen geblasen, und dafür haben Sie mit ein paar Flaschen Bier bezahlt.«

»Richtig. Das war alles.« Er lehnte sich erleichtert auf dem Stuhl zurück, richtete sich aber eilig wieder auf. »Warten Sie. Das alles ist inzwischen ewig her, okay? Das heißt, es zählt nicht mehr.«

»Wahrscheinlich meinen Sie, es ist verjährt.« Sie schob ihm Shelbys Foto hin. »Ist das die Minderjährige, um die es damals ging?«

»Wie soll ich das denn jetzt noch wissen – das heißt, ja! Natürlich war sie das. Sie war ein echter Feger. Sie war es, die mir den Blowjob angeboten hat.«

»Sie war damals dreizehn Jahre alt.«

»Sie hat gesagt, sie wäre fünfzehn.« Er verschränkte selbstzufrieden seine Arme vor der mageren Brust. »Ich habe Ihnen doch gesagt, sie ist eine Lügnerin.«

»Und es macht einen Riesenunterschied, dass Sie der Meinung waren, dass Ihnen ein Mädchen von nicht dreizehn, sondern fünfzehn einen geblasen hat?«

»Vom Vorbau her sah sie auf jeden Fall wie fünfzehn aus.«

Eve starrte ihn so lange an, bis er verschämt zu Boden sah.

»Wie oft haben Sie sich einen von ihr blasen lassen und dafür mit Bier bezahlt?«

»Höchstens zwei-, dreimal.«

Wieder wandte er sich ab, Eve beugte sich vor.

»Und mit wie vielen anderen Mädchen haben Sie diesen Deal gemacht? Sie war auf keinen Fall die Einzige.«

»Nur noch mit einer anderen, die hatte diese Shelby angeschleppt. Vor allem war diese andere Tussi nicht mal wirklich gut. Es hat eine Ewigkeit gedauert, bis mir einer abgegangen ist, weil sie echt fett war und die ganze Zeit gekichert hat.«

»Wo haben diese Blowjobs stattgefunden?«

»Direkt im Heim. Ich meine, direkt vor der Tür. Die Kleine wusste, wie man unbemerkt dort rein- und raus- kommt, weil sie, wie gesagt, ein echter Feger war. Wenn sie sich dafür jetzt an mir rächen will, kann ich nur sagen, dass das vollkommener Schwachsinn ist. Der Vorschlag kam von *ihr*, und vor allem ist das ewig her.«

»Für manche Sachen gibt's keine Verjährungsfrist«, er- klärte Eve. »Wie zum Beispiel dafür, dass ein Typ wie Sie ein widerlicher Haufen Scheiße ist.«

»He!«

»Und für das hier!«, fuhr sie fort und schob die Auf- nahme von Shelbys Skelett über den Tisch.

»Was zum Teufel ist das?«

»Das ist Shelby Stubacker.«

»Oh nein.« Er zeigte auf das erste Bild. »Das ist Shelby.

Das da ist ein altes Skelett, wie man sie an Halloween und so zu sehen bekommt.«

»Das ist Shelby, wie sie jetzt aussieht, nachdem man sie ermordet, sorgfältig in Plastik eingewickelt und dann fünfzehn Jahre hinter einer Wand, die Sie errichtet haben, eingemauert hat.«

»Verdammt, Sie wollen mir was anhängen. Wir haben keine Wände in dem Haus gebaut. Wir ham ein paar Wände geflickt und ein paar andere gestrichen, aber keine Wände dort gebaut. Und wenn wir in der Bude Wände hochgezogen hätten – was wir garantiert nicht haben – hätten wir gesehen, was dort liegt. Fragen Sie Brodie, wenn Sie mir nicht glauben. Wir haben keine toten Mädchen oder Plastiksäcke dort gesehen. Fragen Sie ihn.«

»Nicht Sie und Brodie, sondern Sie alleine haben diese Wand gebaut, und Shelby und elf andere Mädchen, die Sie auf brutale Art ermordet haben, dort versteckt.«

Sein bisher teigiges Gesicht wurde aschfahl. »Sie wollen mich doch verarschen. Was zur Hölle wollen Sie von mir? Ich habe weder dieses Mädchen noch jemand anderen umgebracht. Ich habe mir von ihr und einer anderen einen blasen lassen. Weiter nichts.«

»Wie oft waren Sie in dem Haus und haben dieses Mädchen getroffen, nachdem das Heim dort ausgezogen war?«

»Ich war nie wieder dort, nachdem mich Brodie irgendwann abgezogen hat. Ich hatte keinen Grund, noch mal dahin zu gehen. Einen blasen lassen kann man sich an vielen Orten. Manchmal sogar, ohne dass man dafür zahlen muss.«

Himmel, dachte sie, so dämlich konnte man doch gar

nicht sein. Trotzdem fuhr sie fort. »Aber das Gebäude liegt echt praktisch, nur zwei Blocks von Ihrem Haus entfernt.«

»Ich wäre dort doch gar nicht reingekommen, selbst, wenn ich gewollt hätte. Die Kleine kam immer nach draußen, ich bin niemals zu ihr reingegangen. Ich wusste nicht mal, dass sie umgezogen sind, bis ich Monate später einmal abends dort vorbeigekommen bin. Da war plötzlich alles dunkel, vor den Fenstern waren Bretter, und ich dachte: Mist, jetzt kriege ich hier keine Blowjobs mehr. Aber ich war nie wieder in dem Haus. Ich habe dieses Mädchen nie wiedergesehen, nachdem mich Brodie abgezogen hatte. Ich habe weder sie noch sonst wen umgebracht.«

7

Zurück in ihrem Büro warf Eve die Unterlagen auf den Tisch, holte sich einen starken Kaffee aus dem AutoChef und ließ sich in ihren Schreibtischsessel fallen.

Roarke, der dort auf sie gewartet hatte, steckte seinen Handcomputer ein und sah sie fragend an.

»Das Einzige, wofür ich diesen Typ dranbekommen habe, ist der Vorfall vorhin auf dem Bügersteig. Er hätte noch viel mehr verdient, aber ich glaube nicht, dass er der Mörder dieser Mädchen ist. Dafür ist er einfach zu dumm. Und wenn ich dumm sage, dann meine ich so dumm, dass er wahrscheinlich nicht einmal allein bis drei zählen kann.«

Roarke nickte knapp. »Dann bist du also fertig? Auf der Wache, meine ich. Gibt's noch irgendetwas, was du nicht zuhause erledigen kannst?«

»Ich glaube nicht.«

»Dann fahren wir jetzt heim, erzähl mir unterwegs, wie es gelaufen ist.«

Er hörte wirklich zu. Inzwischen war sie es gewohnt, jemanden zu haben, der tatsächlich zuhörte und besser noch, der verstand, wovon sie sprach.

»Was für ein krankes Arschloch«, schnaubte sie. »Er bildet sich tatsächlich ein, es wäre vollkommen okay, wenn er sich den Schwanz von kleinen Mädchen lutschen lässt. Es wäre nichts dabei, wenn man bei einer Dreizehnjährigen mit Bier für einen Blowjob bezahlt.«

»Aber du glaubst nicht, dass dieses kranke Arschloch sie oder die anderen ermordet hat?«

»Nein. Er hätte es verdient, dass man ihm einen Knoten in den Schwanz macht, ihn mit Säure übergießt und unter lauten Jubelrufen ansteckt, aber …«

»Manchmal hast du wirklich eine grauenhafte Fantasie.«

»Aber ein Mörder ist er nicht. Auch wenn er ein Geschwür am Arsch der Menschheit ist, fehlt ihm aus meiner Sicht das Killergen. Vor allem ist er ein Vollidiot. Und das ist unser Täter nicht. Ich bin ihn von allen Seiten angegangen, am Schluss war er so klein mit Hut, aber anscheinend weiß er wirklich nichts. Wir behalten ihn natürlich für den Fall der Fälle weiterhin im Auge, ich bin mir sicher, dass er früher oder später wieder eine Minderjährige begrabschen wird. Worüber er dann ein paar Jahre hinter Gittern jammern kann.«

Sie lehnte sich zurück und stellte seufzend fest: »Die ganze Sache hat mir nicht das Mindeste gebracht.«

»Du weißt, dass das nicht stimmt. Du bist doch nur enttäuscht, weil du nicht seinen Schwanz abfackeln darfst. Auf alle Fälle hast du bereits einige Verdächtige entweder ganz oder zumindest teilweise aussortiert und hast die Namen von zwei Mädchen.«

»Was ja wohl nicht mein Werk ist.«

»Das ist dein Problem?« Er sah sie an, während er in die Einfahrt ihres Grundstücks bog.

»Ich weiß es nicht.« Sie fuhr sich mit den Fingern durch das Haar. »Im Grunde darf es das nicht sein. Ich bin schließlich keine Wissenschaftlerin. Ich kann mir nicht ein Skelett ansehen und rausfinden, wer dieser Mensch mal war. Es ist dumm, dass es mich ärgert, dass mir diese Infos jemand anderes geben muss. Vor allem, wenn dieser Jemand ein Experte ist.«

»Du bist weder dumm noch oberflächlich oder unehrlich«, erklärte er.

Die Feststellung entlockte ihr ein leises Lachen. »Nein, ich bin nicht dumm«, stimmte sie zu. »Und diese Mädchen haben es verdient, dass ich jede Quelle anzapfe, die mir in der Sache zur Verfügung steht.«

Sie blickte auf das wundervoll geschwungene Haus mit seinen Türmen, Zinnen und den unzähligen Fenstern, durch die warmes Licht nach draußen fiel. Und dachte an die unzähligen jungen Mädchen, die sich wie sie als junger Mensch in überfüllten Schlafsälen zusammendrängten, schmuddelige Badezimmer teilten, sich nach Freiheit sehnten und von einem eigenen, halbwegs guten Leben träumten.

Ein bescheidener Traum, der allzu selten in Erfüllung ging.

»Viele schaffen es niemals«, stellte sie mit rauer Stimme fest.

»Dann lass mich dir von jemandem erzählen, der's geschafft hat«, antwortete Roarke, und als er vor dem Eingang ihres Hauses hielt, sah sie ihn fragend von der Seite an.

»Was? Von wem?«

»Von Leah Craine. Die jetzt Leah Lorenzo heißt. Sie hat vor 19 Monaten geheiratet – einen Feuerwehrmann mit einer großen, italienischen Familie. Sie lebt mit ihm in Queens, ist Grundschullehrerin, und im Frühjahr kriegen sie ihr erstes Kind.«

»Du hast sie gefunden, während ich mit diesem Hornochsen beschäftigt war.«

»Genau. Sie hat's geschafft. Wie es aussieht, hat sie sich ein glückliches, solides Leben aufgebaut. Willst du sie sprechen?«

Sie saß erst einmal sprachlos da, doch schließlich meinte sie: »Nur, wenn's nicht anders geht. Ich habe keine große Lust, sie zu behelligen. Aber … vielleicht fragst du ja Seraphim, ob sie ihre Adresse haben will.«

»Das habe ich bereits getan. Natürlich wollte sie.«

»Okay.« Er hatte mit der guten Neuigkeit gewartet, wurde ihr bewusst, bis sie mit Schimpfen fertig war. Er wollte sie mit dieser Nachricht aufbauen, was ihm natürlich auch gelungen war.

»Wirst du mir die Pläne für den alten Kasten zeigen? Ich wüsste inzwischen wirklich gerne, was mal daraus werden soll.«

»Wenn du möchtest, gern.«

Sie stiegen aus, und er nahm ihre Hand. »Ich habe mich gefragt, was wohl geworden wäre, hätte ich dieses Gebäude nicht gekauft. Dann lägen diese Mädchen jetzt noch immer hinter den Mauern. Aber dann habe ich mir gesagt, dass sie auf jeden Fall gefunden worden wären, weil nämlich wir zwei sie finden sollten.«

»Manchmal kommt bei dir einfach der Ire durch.«

»Das Schicksal hat es so vorgesehen«, beharrte er auf seiner Position. »Wir kennen diese Kinder, wir waren selber mal wie sie. Deshalb werden wir keine Ruhe geben, bis wir wissen, wer sie waren, was passiert ist,

und wer sie daran gehindert hat, sich eine Zukunft aufzubauen.«

»Wer auch immer das getan hat, ist fünfzehn Jahre
lang damit durchgekommen.«

»Und jetzt?«

»Jetzt werden wir ihn hinter Gitter bringen, damit
auch er selber keine Zukunft mehr in diesem Leben hat.«

Sie betrat die Eingangshalle, in der Summerset, die
Vogelscheuche in dem schwarzen Anzug, neben ihrem
fetten Kater Galahad am Fuß der Treppe stand.

Sie war heute Morgen aus dem großen, luftigen Foyer
vors Haus getreten, jetzt nahmen sie dort der Duft von
Zimt und Tannennadeln, warm leuchtende Lichterketten
und zu einem hübschen, weißen Baum zusammengestellte
große Weihnachssterne in Empfang.

Im Salon blinkten die Kerzen an dem riesengroßen,
reich geschmückten Weihnachtsbaum.

»Wo sind die Elfen hin?«, erkundigte sie sich.

»Ich nehme an, sie haben für heute Schluss gemacht«,
gab Roarke zurück. »Aber morgen kommen sie noch mal
zurück und nehmen sich die Fassade und den Garten
vor.«

»Wenn Sie zur Abwechslung einmal pünktlich heimgekommen wären, hätten Sie sie vielleicht noch gesehen.«

Eve bedachte Summerset mit einem kalten Blick.
»Wir haben eine Schlittentour gemacht, dann waren wir
in einer Kneipe, haben Brandy in uns reingekippt und
überlegt, was Sie auch diesmal nicht zu Weihnachten bekommen sollen. Das heißt, wir hatten jede Menge Spaß.«

»Ich bin einfach immer wieder froh, wie gut ihr beide
euch versteht.« Roarke schälte sich aus seinem Mantel,

während Galahad auf seine Gattin zumarschierte und ihr schnurrend um die Beine strich.

»Ich habe nicht angefangen …« Ehe Eve den Satz beenden konnte, klingelte ihr Handy, sie las die eingegangene Nachricht durch. »Sie haben noch ein Gesicht«, wandte sie sich an Roarke und rief das Bild auf ihrem Weg in Richtung Arbeitszimmer auf dem kleinen Bildschirm auf.

»Laut Medien waren es zwölf.«

Roarke nickte seinem Majordomus zu. »Zwölf junge Mädchen.«

»Das Puzzle dieser Welt weist allzu viele alles andere als schöne Teile auf.«

»Sie wird die Teile finden und dorthin legen, wo sie hingehören.«

»Davon bin ich überzeugt. Es ist ein kalter Abend, deshalb gibt's Boeuf Bourguignon. Ich dachte, rotes Fleisch ist besser für Sie beide als die Pizza, an die sie wahrscheinlich denken wird.«

»Ich werde es uns nachher holen. Vielen Dank.«

Als er Eves Büro erreichte, sah sie sich bereits das Bild des dritten Mädchens auf dem Bildschirm des Computers an.

Jünger, dachte er. Sie sah noch jünger als die beiden anderen Mädchen aus.

»Ich vergleiche das Gesicht mit denen auf der Liste, die mir Philadelphia überlassen hat. Wenn sie in dem Heim war, finden wir sie dort wahrscheinlich schneller, als wenn wir die Datenbanken der Vermisstenstelle durchgehen.«

»Dann fange ich schon mal mit deiner Tafel an. Ich weiß, wie du das machst«, erklärte er, bevor sie Gelegenheit zum Widerspruch bekam.

»In Ordnung, danke. Dadurch spare ich auf alle Fälle Zeit.«

Das Abendessen könnte noch ein bisschen warten, dachte Roarke und machte sich ans Werk.

Auch neben ihrem Fenster stand ein kleiner Baum, bemerkte er. Einfach und konventionell, wie er ihn haben wollte – und wie sich seine Frau oft selber sah. Obwohl sie das genaue Gegenteil von beidem war.

Eine einfache, konventionelle Frau verbrächte ihren Abend sicher nicht damit, Namen irgendwelcher toten Mädchen herauszufinden. Und würde nicht bis zur Erschöpfung ihres Körpers, Hirns und Herzens schuften, um den Mörder dieser Mädchen fünfzehn Jahre nach Begehen der Taten noch zu überführen.

So frustrierend, schwierig und mitunter schmerzlich es auch manchmal war, dankte er Gott dafür, dass er einer so widersprüchlichen Person wie Eve verfallen war.

»Ich habe sie.«

Er hielt in seiner Arbeit inne und sah auf den Wandbildschirm. Sie hatte ihn geteilt, damit man die Rekonstruktion direkt neben dem Passbild eines jungen Mädchens sah.

»Ja, du hast sie«, stimmte er ihr zu. »Sie war erst zwölf?«

»Dem Pass nach, ja. Ich überprüfe noch den familiären Hintergrund und gehe die Vermisstenmeldungen durch.«

Lupa Dison, las er von dem Bildschirm ab. Wohnhaft in New York ein paar Blocks nördlich von dem Haus, in dem sie aufgefunden worden war. Bei Rosette Vega, ihrer Tante, die als Vormund angegeben war.

Sie hatte einen unglücklichen Blick, bemerkte er. Wie konnte ein so junger Mensch bereits so traurig schauen?

»Die Tante hat Lupa als vermisst gemeldet. Es sieht aus, als wären ihre Eltern während eines Unfalls umgekommen und als hätte man die Schwester ihrer Mutter als die einzige noch lebende Verwandte in den Staaten kurzerhand zum Vormund der noch Minderjährigen gemacht.«

»Es gibt noch ein paar wenige Verwandte mütterlicherseits in Mexiko.«

Eve ging die Daten weiter durch, und Roarke trat vor die kleine Theke an der Wand und holte eine Flasche Wein.

»Okay, okay, die Tante war als Zimmermädchen im Faremont Hotel, das in der West Side liegt. Sie wurde auf dem Rückweg von der Arbeit überfallen, zusammengeschlagen und hat obendrein noch ein paar Messerstiche abgekriegt. Danach war sie ein paar Wochen im Krankenhaus und anschließend in der Reha und hat Lupa währenddessen in den *Zufluchtsort* geschickt, weil sie jemanden kannte, dessen Kind dort war. Das Mädchen war also nur ein paar Wochen dort, ist dann zusammen mit der Tante wieder heimgekehrt, doch drei Wochen später war es plötzlich nicht mehr da. Sie verschwand am 17. September, fünf Tage nach Linh.«

»Sie wurde also noch einmal dorthin zurückgelockt.«

»Möglich. Sie verschwand zwei Wochen, nachdem das Gebäude aufgegeben worden war. Das Haus stand also bereits leer. Sie und ihre Tante waren vorher nie in irgendwelchen Schwierigkeiten. Trotzdem gucke ich mir erst mal an, was ihre Tante heutzutage treibt.«

»Sie ist nicht ausgerissen«, meinte Roarke. »Auch

wenn der Tod der Eltern sie natürlich schwer getroffen hat.« Tatsächlich hatte Lupa allen Grund gehabt, so traurig dreinzuschauen.

»Die Tante hat vor zehn Jahren geheiratet, einen Juan Delagio. Inzwischen macht sie nur noch Tagschichten als Hauswirtschafterin. Im Hotel Antoine, einem sehr schicken Laden in der East Side, was für sie sehr praktisch ist, weil sie auch selbst in einer zwar nicht gerade schicken, aber durchaus anständigen Gegend in der East Side lebt.«

»Tut mir leid, dass ich das sagen muss, aber der schicke Laden gehört mir.«

»Das hätte ich mir denken können«, erklärte Eve und sah kurz auf. »Kennst du dann vielleicht auch die Frau?«

»Nein, aber ich kann dir ihre Personalakte besorgen, wenn du willst.«

»Die brauche ich zumindest jetzt noch nicht. Sie und Juan haben drei Kinder. Er ist Polizist im 226. Revier.« Sie griff nach ihrem Link und runzelte die Stirn, als sie das Weinglas auf dem Schreibtisch stehen sah.

»Ich kümmere mich erst einmal ums Abendessen«, meinte Roarke.

»Aber ich …«

»Wir werden etwas essen, und beim Essen gehen wir die ganze Angelegenheit noch einmal durch.«

»Meinetwegen. Ja, okay. Hier spricht Lieutenant Dallas von der Hauptwache«, setzte sie an, als Roarke in die kleine Küche ging.

Als er zurückkam, sprach sie offenbar mit der Person, die die Vermisstenmeldung aufgenommen hatte, und schrieb sich beim Sprechen ein paar Dinge auf.

Er überließ sie weiter ihrem Telefongespräch und deckte selbst den kleinen Tisch, der in der Ecke stand.

»Sie haben mir sehr geholfen«, sagte sie. »Und ja, ich halte Sie weiter auf dem Laufenden.«

Sie legte auf und runzelte erneut die Stirn, als sie das Weinglas sah, doch schließlich hob sie es an ihren Mund und trank den ersten vorsichtigen Schluck.

»Das war der weibliche Detective, der vor fünfzehn Jahren die Ermittlungen geleitet hat. Sie hat ein echt gutes Gedächtnis, sie meint, sie könnte sich an diesen Fall besonders gut erinnern, weil sie eine Tochter hat, die damals in demselben Alter war.«

»Erzähl am besten weiter, während du etwas isst.«

Sie dachte kurz, dass Pizza, die sie einfach bei der Arbeit hätte essen können, deutlich praktischer gewesen wäre, auch wenn eine Mahlzeit, die sie ordentlich am Tisch einnähme, dank der angeregten Unterhaltung, die sie währenddessen mit ihm führen konnte, sicher keine Zeitvergeudung war.

Also trat sie an den Tisch und nahm ihm gegenüber Platz. »Ein anderer Grund, aus dem sie sich erinnert, ist, dass sie und Lupas Tante über all die Jahre in Kontakt geblieben sind. Mindestens einmal im Jahr telefonieren sie miteinander, um zu fragen, ob es etwas Neues gibt. Sie hat erzählt, dass die Kleine nach dem Tod der Eltern völlig fertig war, auch wenn ihr die innige Beziehung, die sie zu der Tante hatte, ein bisschen geholfen hat. Sie gingen zusammen zur Therapie, und es sah so aus, als käme sie allmählich mit dem Tod der Eltern halbwegs klar.«

»Selbst, wenn ein Mensch, der einem nahesteht, bereit und in der Lage ist, einen unter seine Fittiche zu nehmen, muss es einfach furchtbar sein, wenn man die Eltern plötzlich auf so grauenhafte Art verliert.«

»Sie musste auch die Schule wechseln, weil die Tante nicht genügend Geld hatte, um umzuziehen, damit sie auf der alten Schule bleiben konnte. Aber der Tante nach, und der Detective glaubt, dass das die Wahrheit war, ging es dem Mädchen langsam besser. Bis sie vielleicht eine Woche vor ihrem Verschwinden plötzlich deutlich später als gewöhnlich aus der Schule kam. Die Tante musste arbeiten, aber sie hatte eine Nachbarin, die auf das Kind geachtet hat und ihr erzählte, dass die Kleine plötzlich immer erst nach Hause kam, bevor die Tante mit der Arbeit fertig war.«

»Das ist echt lecker«, stellte sie nach einem neuerlichen, großen Bissen anerkennend fest.

»Danke. Dafür habe ich mich schließlich auch minutenlang mit dem verfluchten AutoChef herumgeplagt.«

Grinsend schob sie sich das nächste Stückchen butterzarten Rindfleischs in den Mund. »Als die Tante Lupa darauf angesprochen hat, hat sie behauptet, dass sie ihre Zeit mit neuen Freundinnen verbringt und mit ihnen zusammen Hausaufgaben macht. Aber sie war dabei ziemlich ausweichend, ihre Tante hat sie nicht weiter bedrängt. Sie hatte das Gefühl, dass sie dem Mädchen etwas Freiraum lassen muss. Bis sie eines Tages gar nicht mehr nach Hause kam.«

»Nach allem, was du erzählt hast, klingt es für mich nicht, als ob sie von zuhause weggelaufen wäre.«

»So kommt's mir auch nicht vor. Ich denke, jemand hat sie in das Haus gelockt und umgebracht. Ich denke, dass sie ihrem Mörder oder jemandem, der ihren Mörder kannte, in der Woche vor ihrem Verschwinden irgendwo begegnet ist. Auf alle Fälle hat sie ihrer Tante plötzlich jede Menge Religionsfragen gestellt.«

»Wie bitte?«

»Du weißt schon, warum tut der liebe Gott bestimmte Dinge, und weswegen lässt er andere Dinge einfach zu? Der Ermittlungsleiterin zufolge waren die Tante und das Mädchen katholisch, aber während der Ermittlungen kam raus, dass Lupa sehr viel über andere Religionen und – wie sagt man noch? – Philosophien gelesen hat. Am Computer ihrer Tante, wenn die schlief, weil es in deren Haus nur diesen einen Computer gab.«

»Ich finde es nicht weiter ungewöhnlich, dass ein junges Mädchen, das einen so schrecklichen Verlust erlitten hat, sich mit Sinnfragen befasst.«

»Nein, aber ich habe sofort an die Dinge, die sie in dem Heim vermitteln, gedacht, und ich frage mich, ob es da vielleicht eine Verbindung gibt.«

Sie fuchtelte mit ihrem Löffel durch die Luft und tauchte ihn dann wieder in das Essen ein. »Nehmen wir an, dass Lupa sich mit jemandem von dort getroffen hat – entweder mit jemandem, der dort gewohnt hat, oder vielleicht auch mit jemandem vom Personal. Eine Person, die sie aus ihrer Zeit dort kannte und zu der es schon eine Verbindung gab. Sie haben nie herausgefunden, wo sie in der letzten Woche vor ihrem Verschwinden nach der Schule war. Vielleicht hat sie ja irgendwer mit Fragen dieser Art geködert. Du willst wissen, warum Gott so schlimme Dinge zulässt? Komm zu mir, wenn du die Antwort haben willst.«

»Vielleicht ist sie auf dem Schulweg an dem Haus vorbeigekommen«, überlegte Roarke.

»Sie ist das zweite Opfer, das erwiesenermaßen in dem Heim gewesen ist. Ich glaube nicht, dass das ein Zufall ist. Aber mit Drogen hatte sie, wie's aussieht, nichts am Hut.«

»Ein braves Mädchen«, warf Roarke ein, »das einen schweren Schicksalsschlag erlitten hat.«

»Richtig. Sie ging jeden Tag zur Schule, ihre Noten waren gut, sie ging zusammen mit der Tante und allein zur Therapie, niemand kann sich vorstellen, dass sie einfach weggelaufen ist. Sie und ihre Tante hatten keinen Streit, außerdem hatte sie nur ihre Schulsachen und das, was sie am Leib trug, dabei, als sie verschwunden ist. Ein Kind, das abhauen will, packt vorher irgendwelche Sachen ein.«

Ein Kind, das abhauen wollte, stellte es so an wie Linh und packte irgendwelche Dinge ein, die es mitnehmen wollte, überlegte Eve.

»Sie hatte etwas Geld gespart, von irgendwelchen kleinen Jobs. Auch das hat sie nicht eingesteckt. Nach der Vermisstenmeldung dachte niemand ernsthaft, dass sie weggelaufen war. Es hat sich auch niemand bei der Polizei gemeldet und erzählt, dass irgendjemand sich vor ihrer Haustür rumgetrieben hat. Natürlich kriege ich noch die Fallakte geschickt, aber ich habe das Gefühl, als hätte die Kollegin, die damals ermittelt hat, mehr Zeit und Mühe als wahrscheinlich viele andere in die Suche nach dem Mädchen investiert.«

»Zwei von deinen Opfern haben gleichzeitig dort in dem Heim gewohnt.«

Sie trank noch etwas Wein und dachte kurz darüber nach.

»Eins der Mädchen, deren Namen wir inzwischen haben, war ein harter Brocken, die das Leben auf der Straße kannte. Eins ist aus einem Impuls heraus aus einer liebevollen, wohlhabenden Familie abgehauen. Eins lebte bei seiner Tante, die sich krummgelegt hat, um sie beide durchzubringen, war, nach allem, was wir wissen, wohlerzogen und hatte gelernt, mit dem Verlust der Eltern umzugehen. Was sie gemeinsam haben, sind das Alter, die Größe und die nachgewiesene Verbindung zu dem Ort, an dem die Leichen eingemauert waren.« Sie hielt kurz inne.

»Deshalb ist davon auszugehen, dass es auch eine Verbindung zwischen allen zwölf Opfern und dem Gebäude gibt. Also gibt es sicher auch eine Verbindung zwischen dem Killer und dem *Zufluchtsort* und vielleicht auch dem neuen Heim, in das sie umgezogen sind.«

»Ein anderer Bewohner?«, schlug Roarke vor. »Hast du schon überlegt, ob vielleicht ein anderer Bewohner die Mädchen ermordet hat?«

»Vielleicht einer, der ein bisschen älter war als sie. Sie haben Jugendliche aufgenommen, bis sie achtzehn waren, wobei sicher einige noch etwas länger dort geblieben sind.«

»Das haben sie wahrscheinlich nicht so eng gesehen«, pflichtete Roarke ihr bei. »Vielleicht hatten die Kids die Altersgrenze zwar erreicht, haben sich dann aber im Tausch gegen ein Dach über dem Kopf und etwas zu essen nützlich gemacht.«

»Das würde zu Nash und Philadelphia passen«, meinte Eve. »Aber falls es wirklich einer ihrer Schützlinge war, dann ganz bestimmt ein junger Mann. Natürlich würden

Mädchen dieses Alters einem älteren Mädchen ebenfalls vertrauen, aber vor allem sind sie total wild auf Jungs.«

»Da ich nie ein Mädchen war, kann ich das nicht beurteilen.«

»Ich weiß das auch nur aus der Theorie. Ich war nie wild auf Jungs. Zumindest nicht, bevor ich dir begegnet bin.«

Er lachte in sein Rotweinglas. »Das hast du wirklich nett gesagt.«

»Ich hatte damals völlig andere Probleme, und ich hatte nur Sex, weil ich wissen wollte, warum alle Welt ein solches Aufhebens um dieses Thema macht. Aber dann stellte sich raus, dass es im Grunde keine allzu große Sache war.«

Wieder lachte Roarke, denn ihre trockenen Kommentare machten ihm wie immer einen Heidenspaß.

»Wie alt warst du damals?«, fragte er. »Ich kann einfach nicht glauben, dass ich das nicht schon viel früher wissen wollte.«

»Ich weiß nicht mehr genau, wahrscheinlich siebzehn oder so. Alle anderen oder auf jeden Fall die meisten kamen damals kaum noch aus der Kiste raus. Also beschloss ich rauszufinden, ob es tatsächlich so toll ist, wie es immer hieß. Wie war es bei dir?«

Er prostete ihr zu. »Darf ich die Aussage verweigern?«

»Nein. Es ist doch sicher eine Eheregel, dass man seinem Partner, wenn er was erzählt, auch etwas offenbart.«

»Manchmal engen einen Regeln furchtbar ein, aber meinetwegen. Vierzehn«, gab er widerstrebend zu. »Sagen wir es so: Die Straßen und vor allem die Gossen Dublins waren ziemlich bunt.«

»Davon bin ich überzeugt. Moment.« Sie reckte einen Zeigefinger in die Luft. »Hast du daran gedacht, dass du in Wahrheit ein Jahr jünger bist, als in deinem Ausweis steht?«

Es kam nur selten vor, dass er erbleichte, aber jetzt wurde er blass. »Tja nun.« Etwas verlegen stand er auf und sammelte die Teller ein.

»Dreizehn? Ist das dein Ernst?«

»Ich musste damals schnell erwachsen werden, um nicht draufzugehen. Auf alle Fälle, Liebling, solltest du dich freuen, dass ich schon jede Menge Übung hatte, als ich dir begegnet bin.«

Sie legte ihren Kopf ein wenig schräg. »Willst du im Ernst, dass ich darüber nachdenke?«

»Wahrscheinlich nicht. Denk stattdessen einfach daran, dass es niemals eine andere Frau für mich gegeben hat, mit der ich mein gesamtes Leben hätte teilen wollen.« Er beugte sich ein wenig vor und küsste ihre Fingerknöchel.

»Nur gut, dass du, egal, was dir herausrutscht, immer noch die Kurve kriegst.«

»Allerdings, und das, obwohl ich völlig ehrlich bin. Trotzdem kümmere ich mich als Wiedergutmachung auch noch um das Geschirr, damit du mit der Arbeit weitermachen kannst.«

»Das ist nett.«

Sie sah auf das von Roarke erstellte Tafelbild. Oh ja, er kannte ihr System. Es fehlte nur die Aufnahme des dritten Opfers, also stand sie auf und brachte eine Aufnahme von Lupa Dison an der Tafel an. Dazu ein Bild der Tante Rosetta Vega Delagio, die Infos, die ihr die Ermittlungsleiterin gegeben hatte, und den zeitlichen Ablauf, auch wenn es darin noch ein paar Lücken gab.

Dann hängte sie die Bilder aller Angestellten aus dem *Zufluchtsort* dazu.

»Das sind jede Menge Leute«, meinte Roarke, als er ins Arbeitszimmer zurückkam.

»Die alle überprüft sein wollen. Aber ich nehme an, dass Peabody damit bereits begonnen hat.« Sie sah ihn fragend an. »Hast du zu tun?«

»Ein paar Kleinigkeiten, aber nichts, was wirklich eilig ist.«

Wahrscheinlich hätte er also vor dem Zubettgehen wieder einmal mehr erledigt als die meisten anderen innerhalb einer Woche, dachte Eve, aber genauso wusste sie, wie wichtig ihm die Aufklärung des Schicksals dieser Mädchen war.

»Wenn du Zeit und Lust hast, könntest du sie kontaktieren und fragen, wie weit sie ist.«

»Und ihr ein paar der Leute abnehmen?«

»Wahrscheinlich solltest du das nicht, aber dadurch würde es schneller gehen.«

»Vor allem liebe ich es, wenn ich meine Nase in die Angelegenheiten anderer Leute stecken kann. Ich habe also sicher etwas Zeit.«

»Ich möchte gern die Liste der Bewohnerinnen durchgehen, auf die das Profil der Mädchen passt. Dann kann ich alle ausschließen, die noch gesund und munter oder die auf andere Art verstorben sind.«

»Und eine Vorstellung davon bekommen, welche dieser Mädchen vielleicht auf DeWinters Tisch gelandet sind.« Er berührte Lupas Bild und dachte abermals, wie traurig ihre Augen waren. »Wirst du die Tante informieren?«

»Morgen. Es ändert auch nichts, wenn sie es jetzt gleich erfährt. Stattdessen sehe ich mir noch die älteren männlichen Bewohner an. Vielleicht fällt mir dabei ja irgendetwas auf.«

»Dann gehe ich jetzt los und amüsiere mich mit Peabody.« Doch vorher zog er Eve an seine Brust und hielt sie fest. »Dieser Fall ruft bei uns beiden zahlreiche Erinnerungen wach.«

»Das stimmt.« Sie schloss kurz die Augen und schmiegte ihren Kopf an seine Schulter. »Das hätte auch mir passieren können. Und auf einem anderen Kontinent in einem anderen Gebäude dir.«

»Waren wir zu clever oder vielleicht einfach zu gemein?«

»Wahrscheinlich etwas von beidem, aber selbst die Cleveren und Gemeinen können anderen in die Falle gehen. Trotzdem …« Sie hob ihr Gesicht und gab ihm einen sanften Kuss »… bleiben wir am besten weiter clever und gemein.«

»Wir könnten gar nichts anderes.«

Mit diesen Worten ging er in sein eigenes Büro, ließ aber die Verbindungstür weit offen stehen.

Sie selbst nahm hinter ihrem Schreibtisch Platz, fuhr sich mit den Händen durchs Gesicht und nahm die Arbeit wieder auf.

Innerhalb von einer Stunde hatte sie herausgefunden, welche Mädchen aus dem *Zufluchtsort* inzwischen ein geregeltes Leben führten, im Gefängnis saßen oder in den letzten Jahren gewaltsam umgekommen waren.

Von den achtzehn Mädchen, die noch auf der Liste standen, hatten einige wahrscheinlich andere Namen angenommen oder waren einfach abgetaucht.

Am besten ginge sie zu Roarke oder den elektronischen Ermittlern, wenn sie diese Mädchen finden wollte, aber erst mal würde sie mit den Informationen arbeiten, die sie gewonnen hatte.

Sie hängte Aufnahmen der potenziellen Opfer an die Rückseite der Tafel, schickte, um die Sache zu beschleunigen, Kopien an Elsie und DeWinter, und nahm sich die männlichen Bewohner vor.

Auch Kinder konnten morden. Nicht so oft und meistens nicht so clever wie Erwachsene, aber auch Kinder brachten Menschen um.

Sie selbst hatte als achtjähriges Mädchen ihren eigenen Vater getötet.

Was etwas völlig anderes gewesen war, rief sie sich in Erinnerung. Sie musste endlich aufhören, derart hinkende Vergleiche anzustellen.

Sie schüttelte die Überlegung ab und fuhr mit ihrer Arbeit fort.

Als sie beim zweiten Becher Kaffee war, kam Roarke zurück.

»Peaboby war schon ziemlich weit«, setzte er an. »Das heißt, wir sind jetzt durch. Natürlich schickt sie dir eine Kopie von allem, aber ich dachte, dass du das hier vielleicht für die Akte haben willst«, erklärte er und hielt ihr eine Diskette hin.

»Erzähl mir, was ihr rausgefunden habt.«

»In der *Stätte der Läuterung* sind vierundzwanzig Leute entweder als Angestellte oder ehrenamtlich, in

Voll- oder in Teilzeit für die Kinder da. Sechs von ihnen waren schon dabei, als das Heim vor fünfzehn Jahren eröffnet wurde, davon vier, die schon im *Zufluchtsort* beschäftigt waren.«

»Im *Zufluchtsort* waren nur eine Handvoll Leute angestellt, das heißt, sie brauchten nach dem Umzug zusätzliches Personal.«

»Vor allem, weil im *Zufluchtsort* die meisten Mitarbeiter Ehrenamtliche waren. Wobei von allen Leuten, die in einem oder beiden Heimen tätig waren oder sind, in den letzten acht bis sechsundzwanzig Jahren nur fünf mit dem Gesetz in Konflikt geraten sind.«

»Worum ging es bei den fünf?«

»Ich hatte mir bereits gedacht, dass du das fragen würdest. Drei der Leute wurden wegen Drogendelikten hochgenommen und mussten eine Reha machen, einer wegen Trunkenheit und Ruhestörung und die Letzte wegen Vandalismus. Das Verfahren wurde eingestellt. Es war eine betrogene Ehefrau, die den Wagen ihres Ehemanns mit obszönen Schmierereien verunziert hat. Bei keinem von den fünf weist irgendetwas auf Gewalt gegenüber Kindern oder jungen Mädchen hin.«

»Was nicht bedeutet, dass da auch nichts war.«

»Nein«, pflichtete Roarke ihr bei. »Wobei ein großer Teil der Leute, die in einem von den beiden Heimen tätig waren oder sind, schon einmal im Zusammenhang mit Drogen hochgenommen worden sind. Bei einigen kommen noch Tätlichkeiten in der einen oder anderen Form dazu, aber um Kinder ging es nicht. Außerdem gab es noch ein paar Festnahmen wegen Laden- oder andern Diebstahls, immer in Zusammenhang mit Drogen, aber alle Leute, die von Nash und Philadelphia eingestellt oder als Ehrenamtliche angenommen wurden, haben eine Reha absolviert, waren mindestens zwei Jahre clean und haben den psychologischen und den Gesundheitscheck problemlos absolviert.«

»Trotzdem kann man Dinge übersehen.«

»Natürlich.« Er nahm auf der Kante ihres Schreibtischs Platz. »Zumindest auf den ersten Blick sieht es so aus, als hätten die Leiter dieser beiden Heime bei der Einstellung des Personals genau das Richtige getan. Genauso haben wir es auch bei An Didean geplant.«

»Mit dem Unterschied, dass ihr, wenn ihr die Leute überprüft, nicht nur an der Oberfläche kratzen werdet.«

»Stimmt.« Er wandte sich der Tafel zu. »Wer sind diese achtzehn jungen Mädchen?«

»Sie waren damals alle im *Zufluchtsort,* bisher weiß ich nicht, ob sie gesund und munter oder vielleicht schon verstorben sind. Bestimmt haben sich einige von ihnen falsche Namen zugelegt und sind vom Radar verschwunden, aber die Wahrscheinlichkeit ist hoch, dass mehr als eine tot ist und noch nicht gefunden wurde oder man bei ihrem Auffinden nicht wusste, wer sie war.«

Sie streckte ihre Hand nach dem Kaffeebecher aus. »Elf von diesen achtzehn wurden von den Eltern körperlich misshandelt, drei von ihnen sind immer wieder abgehauen, die anderen haben eine Reha wegen Drogen oder Alkoholmissbrauchs gemacht.«

Als Galahad Roarkes Bein mit seinem Kopf anstieß, hob Roarke den fetten Kater hoch und streichelte ihn sanft.

»Elf von achtzehn. Das beweist, dass unsere Welt in keinem guten Zustand ist.«

»Manchen Menschen sollte es verboten werden, Kinder in die Welt zu setzen«, stimmte Eve ihm zu. »Ich gehe davon aus, dass unter ihnen einige von unseren Opfern sind. Das wäre meiner Meinung nach nur logisch. Unter den anderen Bewohnern habe ich zahlreiche schlimme Jungs entdeckt. Von denen eine ganze Reihe heutzutage schlimme Männer sind. Ich habe bisher ...« Sie warf einen kurzen Blick auf ihren Monitor. »... ja, richtig, achtundzwanzig überprüft. Neunzehn dieser achtundzwanzig wurden als Erwachsene zu Haftstrafen verurteilt, von diesen neunzehn sitzen sieben entweder noch ihre erste, ihre zweite oder einmal sogar schon die dritte Strafe ab. Vielleicht hat das andere Dutzend ja seine Lektion gelernt oder geht bei den Straftaten gewiefter vor.«

»So kann auch nur eine Polizistin reden.«

Achselzuckend fuhr sie fort. »Einer dieser zwölf hat ein Buch über die schlimmen Zeiten, die er hatte, über seinen Schmerz während der Haft, die Freude eines sauberen Lebens und darüber, wie man sauber wird, verfasst. Er geht damit sogar auf Lesetour und streicht absurd hohe Gelder dafür ein. Ich bin ihm zwar noch nie begegnet, aber ich weiß jetzt schon, dass der Kerl mir unsympathisch ist.«

»Und warum?«

»Das kann ich nicht genauer sagen.«

Als Roarke den Kater auf den Schreibtisch setzte, streckte Galahad sich aus, als läge er in sommerlichem Sonnenschein auf einem warmen Flecken Gras, Eve ließ ihn erst mal gewähren.

»Ich habe einige der Interviews gelesen, die er gegeben hat«, wandte sie sich wieder ihrem Thema zu. »Er tut bescheiden und schleimt sich bei seinem Gegenüber ein, kann aber nicht verbergen, dass er eigentlich ein selbstgerechtes Arschloch ist. Lemont Frester. Er hat eine Wohnung in New York. Er nennt sie seine bescheidene Bleibe, was bei den New Yorker Preisen schon Bände für das selbstgerechte Arschloch spricht.«

»Ich werde darauf achten, dass mir dieser Fehler niemals unterläuft.«

»Das hoffe ich. Von den neun, die niemals eingefahren sind, ist einer Polizist in Denver. Obwohl er seiner Akte nach ein wirklich guter Polizist ist, sehe ich ihn mir noch mal genauer an. Zwei sind beim Sozialdienst, einer Anwalt, einer MTA, einer hat in Tucson eine Kneipe aufgemacht, und die anderen machen irgendwelche Durchschnittsjobs. Die achtundzwanzig ...« Wieder warf sie einen Blick auf ihren Monitor, »... oder genauer zwanzig von den Typen haben je ein Kind, zehn von ihnen kümmern sich sogar darum. Neunzehn von den achtundzwanzig haben ihren ersten Wohnsitz in New York, worunter auch die fallen, die im Augenblick noch hinter Gittern sitzen.«

»Und wie viele Jungs musst du noch überprüfen?«

»Ungefähr dreimal so viele«, antwortete sie und presste sich die Finger vor die Augen.

»Dann lass jetzt den Computer weitermachen. Stimmt, es ist noch nicht so spät«, kam er ihrem Protest zuvor. »Zumindest nicht in unserer Welt, aber du bist seit heute Morgen ohne Unterbrechung an der Sache dran, und wenn du jetzt ins Bett gehst, kannst du morgen früh in aller Frische alles durchgehen, was die Kiste über Nacht für dich herausgefunden hat.«

»Ohne eine einzige solide Spur.«

»Aber mit jeder Menge Infos, drei identifizierten Mädchen und zahlreichen Leuten, die du schon als Opfer oder Täter ausgeschlossen hast.«

»Okay.« Noch einmal fuhr sie sich mit beiden Händen durchs Gesicht. »Mehr als der Computer kann ich im Moment sowieso nicht tun.«

Sie müsste noch mehr Leute finden und aussortieren, dachte sie und wies ihre Maschine an, den aktuellen Arbeitsauftrag automatisch auszuführen. Müsste mit mehr Leuten reden und den Leuten dabei in die Augen sehen, sagte sie sich und wandte sich zum Gehen. Müsste noch einmal zum Fundort der Skelette, noch mal zu DeWinter, müsste Lupas Tante sprechen und versuchen rauszufinden, wo das selbstgerechte Arschloch gerade war. Sie müsste jeden Jungen aus dem *Zufluchtsort* genau unter die Lupe nehmen, der nach den Morden ganz egal aus welchem Grund zu einer langjährigen Haftstrafe verurteilt worden war.

Man konnte schließlich keine jungen Mädchen töten, wenn man hinter Gittern saß.

Sie ging die Theorie gedanklich durch, während auch Galahad den Raum verließ.

Ein Junge, überlegte sie, ein paar Jahre älter als die Mädchen und mit Charisma. Das hätte er auf jeden Fall gebraucht, wenn er die Mädchen in das leerstehende Gebäude locken wollte. Wie zum Teufel hatte er das angestellt?

Zumindest einige der Mädchen hatten ihn bestimmt gekannt, ihn vielleicht angehimmelt und ihm blind vertraut.

Also lockt er sie ins Haus und überwältigt sie.

Aber wie macht er das?

Vielleicht mit Drogen? Viele Jungs und Mädchen in dem Heim hatten ein Suchtproblem und kannten sich gründlich auf der Straße aus, sie hätten alles bekommen, was sie haben wollten. Vielleicht hatte er sie also betäubt und danach umgebracht.

Aber auf welche Art?

Sosehr sie es auch hasste, würde sie sich so lange gedulden müssen, bis DeWinter eine Antwort auf die Frage fand.

Frustriert ging sie ins Schlafzimmer.

Und sah den Baum, der schon zum dritten Mal seit ihrem Einzug vor dem Fenster im Schlafzimmer stand. Es duftete im ganzen Raum nach Tannennadeln und den Apfelbaumscheiten im Kamin.

Der Kater lag zusammengerollt auf ihrem Bett, als hätte er bereits vor Stunden dort Quartier bezogen und als sollte sie sich unterstehen, ihn zu verjagen, während er in komatösem Schlaf versunken war.

»Wir müssen das nicht heute Abend machen«, sagte Roarke zu ihr.

Sie sah auf die Kartons mit Weihnachtsschmuck und schüttelte den Kopf. Sie hatten auch in den letzten beiden Jahren einen Baum geschmückt, ginge es nach ihr, behielten sie die liebenswerte Tradition für alle Zeiten bei.

»Heute Abend passt sehr gut. Das heißt, es passt sogar perfekt.« Sie drückte seine Hand. »Am besten schenken wir uns noch ein bisschen Rotwein nach und motzen dann das Ding zusammen auf.«

»Ich habe extra eine Flasche Schampus kaltgestellt.«

»Das klingt natürlich noch besser.«

8

Sie wusste noch, wie überwältigt sie gewesen war, als sie zum ersten Mal in ihrem Schlafzimmer auf einen riesengroßen Weihnachtsbaum gestoßen war. Inzwischen war es schon Teil ihrer Tradition. Um die Lichter und den Schmuck und um das Dutzend Bäume in den anderen Räumen ihres Hauses mochten sich die Elfen kümmern – aber dieser Baum gehörte einzig ihr und Roarke.

Und so machten sie sich, während im Kamin ein heimeliges Feuer prasselte, Champagner in den Gläsern perlte und kitschige Weihnachtsmusik im Hintergrund erklang, ans Schmücken ihres ganz privaten Weihnachtsbaums.

Verwundert rollte Galahad sich auseinander, richtete sich auf und sah dem Treiben zu. Als er merkte, dass die Tätigkeit der beiden für ihn selbst nicht weiter von Belang war, streckte er sich, drehte sich gewohnheitsmäßig dreimal um die eigene Achse, rollte sich erneut zusammen und schloss die Augen wieder fest zu.

»Inzwischen ist die ganze Stadt im Weihnachtsrausch«, bemerkte Eve. »Und es wird noch schlimmer, denn bestimmt fängt bald die alljährliche Weihnachtseinbruchserie an, bei der die Täter die unter den Bäumen liegenden Geschenke klauen.«

»Das ist natürlich wirklich dreist.«

»Das ist eben die Einbrecherversion von ho, ho, ho.

Dazu kommen noch die Laden- und die Taschendiebstähle, wenn die Touristen in die Stadt einfallen, deren Geldbörsen den Dieben praktisch von alleine in die Hände fallen.«

»Das ruft ein paar herrliche Erinnerungen bei mir wach«, erklärte Roarke. »Auch ich selbst hatte als Junge im Dezember auf der Jagd nach diesen springenden Börsen immer alle Hände voll zu tun.«

»Davon bin ich überzeugt. Als ich selbst noch Streife fuhr, kam ich im Dezember mit den ganzen Diebstahlmeldungen kaum noch hinterher.«

Sie hängte einen breit grinsenden Weihnachtsmann mit einem Sack voller Geschenke an den Baum. »Je näher die Feiertage rücken, umso öfter geht's um Streitereien in den Familien, um Ruhestörung, wenn der Alkohol auf den verfluchten Weihnachtsfeiern wieder mal in Strömen fließt, um misslungene Suizidversuche, Morde oder erweiterte Selbstmorde, die zu den Klassikern an diesen Tagen zählen.«

»Meine geliebte Polizistin«, sagte Roarke in liebevollem Ton. »Was für fröhliche Gedanken du doch wieder einmal in Zusammenhang mit diesem eigentlich festlichen Anlass hast.«

»Mir gefällt es trotzdem.«

»Wenn die Leute sich während der Feiertage gegenseitig an die Gurgel gehen? Tut mir leid, mein Schatz, aber ich habe dieses Jahr an Weihnachten schon andere Sachen vor. Vielleicht ja nächstes Jahr.«

»Ich meine Weihnachten. Früher hat's mir nicht gefallen. Als Kind, nach Richard Troy. Er ist an den Feiertagen immer losgezogen, hat sich betrunken und wahrscheinlich irgendwelche Frauen flachgelegt. Was, wenn ich es bedenke, durchaus ein Geschenk für mich war. Aber wie dem auch sei, danach im Kinderheim war Weihnachten echt seltsam, und in den Wohngruppen, in denen ich im Anschluss gelebt habe, richtig deprimierend, also habe ich mich in all den Jahren nicht gerade auf die Weihnachtszeit gefreut.«

»In meiner Erinnerung kommen auch kein Plumpudding und Gänsebraten vor. Ich war damals entweder bei irgendeinem Kumpel, oder wir waren als Clique unterwegs.«

»Auf der Jagd nach weiteren Portemonnaies.«

»Irgendwie mussten wir schließlich feiern«, gab er lächelnd zu.

»Das stimmt. Ich habe immer Extraschichten übernommen, damit die Kollegen, die Familie hatten, Weihnachten daheim verbringen konnten. Und als ich dann Mavis kannte, habe ich die Feiertage oft mit ihr verbracht.« Sie blickte auf das silberfarbene Rentier, das sie in den Händen hielt. »Warum heißen diese Viecher Rentiere? Was für ein Name soll das bitte sein?«

»Wahrscheinlich hätten sie *Renn*tiere heißen sollen. Schließlich rennen sie mit dem vollbepackten Weihnachtsschlitten einmal um die ganze Welt.«

»Wahrscheinlich«, stimmte sie ihm zu, klang aber wenig überzeugt. »Aber zurück zu Weihnachten mit Mavis. Dabei war normalerweise jede Menge Alkohol im Spiel.«

»Diese Tradition können wir gern aufrechterhalten«, bot er an und schenkte ihr Champagner nach.

»Einmal hat sie mich zum Schlittschuhlaufen mitgeschleift«, erinnerte sie sich und lachte, bevor sie – warum auch nicht? – den nächsten Schluck Champagner trank. »Sie hat mich nur dazu gebracht, weil wir schon ziemlich angeschickert waren.«

»Das hätte ich echt gern gesehen.«

»Sie hat ihre Sache ziemlich gut gemacht. Gott, sie hatte diesen rosa Mantel mit den lila Blumen an und hatte sich das Haar in weihnachtlichem Rot und Grün gefärbt.«

»Ein Stil, den sie bis heute beibehalten hat. Deshalb habe ich mich immer schon gefragt, woher sie diesen grauenhaften grauen Mantel hatte, den sie dir damals geliehen hat.« Er zog den Knopf, der während ihres ersten Treffens von dem Mantel abgefallen war und den er seither ständig bei sich hatte, aus der Tasche und sah ihn sich an.

»Den hatte sie aus ihrer Zeit als Trickbetrügerin. Sie hat ihn immer ihren Langeweiler-Tarnmantel genannt.«

»Das erklärt natürlich viel.« Er ließ den Knopf wieder in seine Tasche gleiten und sah seine Liebste fragend an. »Wie hast du dich auf dem Eis angestellt, Lieutenant?«

»Es geht dabei vor allem darum, dass man immer in Bewegung bleibt und nicht das Gleichgewicht verliert. Ich bin immerhin nicht hingeknallt. Das wäre Mavis auch nicht, wenn sie nicht die ganze Zeit versucht hätte, verrückte Pirouetten oder so zu drehen, wobei sie immer wieder auf der Nase oder auf dem Arsch gelandet ist. Das hat wahrscheinlich ziemlich wehgetan, und sie hat sich jede Menge blaue Flecke zugezogen, aber trotzdem musste ich sie praktisch zwingen, von der Eisfläche zu kommen, als ich nach einer Stunde halb erfroren war. Das Eis war wirklich superkalt.«

»Ich habe mal gehört, dass Eis das meistens ist. Wir sollten trotzdem auch mal Schlittschuhlaufen gehen.«

»Schlittschuhlaufen? Du und ich?« Sie starrte ihn entgeistert an.

»Wir beide, ja, genau. Brian, ich und ein paar andere haben mal in einem Winter Schlittschuhe geklaut. Ich schätze, dass wir damals vierzehn, fünfzehn waren. Wir haben Eishockey nach unseren eigenen Regeln gespielt, das heißt ohne Regeln. Und ja, mein Gott, die blauen Flecke, die wir danach hatten, sahen wirklich furchtbar aus.«

»Eishockey.« Sie überlegte kurz und schmückte währenddessen weiter ihren Weihnachtsbaum. »Das hat zumindest einen Sinn. Beim Schlittschuhlaufen schnallen sich die Leute einfach irgendwelche blöden Kufen an die Füße und drehen sich auf gefrorenem Wasser langweilig im Kreis. Ich meine, was hat *das* für einen Sinn?«

»Dass man sich bewegt, entspannt und amüsiert?«

»Ich nehme an, wir hatten damals durchaus Spaß, aber wir waren schließlich auch betrunken. Jedenfalls fast. Wenn ich mich recht entsinne, haben wir uns danach in meiner Wohnung vollends abgefüllt. Die jetzt ihre oder die Wohnung von ihr und Leonardo und der kleinen Bella ist. Was, wenn man es bedenkt, ein bisschen seltsam ist.«

»Im Leben bleibt nun einmal nichts, wie es ist.« Er prostete ihr zu. »Entweder die Dinge ändern sich oder wir selbst.«

»Wahrscheinlich hast du recht.« Sie stellte fest, dass sie auch jetzt leicht angetrunken war, aber das war vollkommen okay.

»Wir stehen hier und schmücken unseren Baum.

Wahrscheinlich haben auch sie in ihrer Wohnung, die mal mir gehört hat, einen Baum. Früher ist sie jedes Jahr mit einem dürren Plastikbaum in meiner Wohnung aufgetaucht und hat mich gezwungen, ihn aufzustellen, ob ich wollte oder nicht. Nach Weihnachten hat sie ihn wieder mitgenommen, weil sie wusste, dass ich ihn sonst weggeworfen hätte. Rückblickend betrachtet, gebe ich ihr recht. Das Bäumchen hatte einfach was.«

»Wir sollten sie vor Weihnachten auf ein paar Drinks einladen«, meinte Roarke, während er einen Arm um ihre Schultern schlang. »Nur die beiden, wenn das Baby mitzählt, nur die drei.«

»Das wäre schön.« Sie lehnte sich an seine Schulter und betrachtete die Lichter und den Glanz des selbst geschmückten Baums. »Auch dieser Baum ist schön. Wir haben das mit dem Schmücken auch nicht schlechter als die Elfen hingekriegt. Wir werden wieder eine Party schmeißen, oder? Eine dieser Partys, auf die tausend unserer engsten Freunde kommen, feine Sachen futtern und mal wieder so viel trinken, dass sie wie die Irren durch die Gegend hopsen, sobald irgendwo Musik erklingt.«

»Na klar. Das Datum steht bereits in deinem Terminkalender, in den du bisher niemals auch nur einen Blick geworfen hast.«

»Woher sollte ich dann wissen, dass wir diese Party schmeißen?«

»Das ist eine gute Frage.«

Lachend drehte sie sich so, dass sie ihm direkt gegenüberstand, schlang ihm die Arme um die Taille und sah zu ihm auf. »Weißt du, was mir nach all dem Dekorieren, dem Wühlen in Erinnerungen ...«

»Dem Schwelgen in Erinnerungen«, korrigierte er.

»Okay, dem Schwelgen in Erinnerungen und bei dem Gedanken, dass wir eine Riesenparty feiern werden, jetzt zu meinem Glück noch fehlt? Zu gucken, ob du wirklich größere Eier hast als ich.«

Sie schob einen ihrer Füße hinter seine Wade, brachte ihn auf diese Weise aus dem Gleichgewicht und warf in rücklings auf das breite Bett. Dadurch wurde Galahad geweckt, mit einem bösen Blick in ihre Richtung sprang er auf den Boden und stolzierte hoch erhobenen Hauptes aus dem Raum.

»Willst du das wirklich wissen?«

»Unbedingt. Also zeig mir, was du zu bieten hast.«

Sie glitt mit ihren Zähnen über seine Lippen und schob ihm begierig ihre Zunge in den Mund.

Hier fand sie alles, was in ihrem Leben wichtig war.

Bei ihm verloren sich das Elend und der Frust des Tages, sogar die Trauer, die sie während ihrer Arbeit unterdrücken musste, weil sie den Ermittlungen nicht dienlich war. Bei ihm fiel die Erschöpfung, die auf ihr gelastet hatte, weil zwölf jungen Leben alle Möglichkeiten vorzeitig genommen worden waren, von ihr ab.

Er bot ihr pures Glück, und sie konnte es packen, festhalten und spüren, wie es in ihrem Innern erblühte wie die Christrosen, die ihre Pracht selbst dann entfalteten, wenn sie unter Eis und Schnee begraben waren.

Die harten Linien seines Körpers unter ihr, die schnellen und geschickten Hände, die bereits begierig über ihren Rücken fuhren. Der lange, an die Seele rührende Kuss.

Endlich fielen die Anspannung und Sorge, die sie auch beim Schmücken des Baums nicht völlig hatte unterdrücken können, von ihr ab. Endlich löste sich die Fessel der Verantwortung, die sie während der Arbeit trug, fiel von ihr ab und gab sie frei.

Jetzt war sie nur noch seine Eve, seine geliebte Frau, die warm und sinnlich auf ihm lag. Die ihn mit ihrer Liebe überschüttete und seine Liebe in sich aufsog, während er das Hemd aus ihrer Hose zerrte, um die glatte, seidig weiche Haut zu spüren, die ihren langen, schmalen Rücken überzog.

Wobei er auf ihr Waffenhalfter stieß.

»Verdammt«, murmelte er und tastete nach dem Verschluss.

»Mist. Das habe ich total vergessen. Augenblick. Das mache ich am besten selbst.«

»Ich hab's.« Er schob das Halfter über ihre Schulter, und sie fuhr zusammen, als es krachend auf den Boden fiel. »Jetzt bist du unbewaffnet, Lieutenant.«

»Du hoffentlich nicht.«

Lachend rollte er mit ihr herum, damit er selber oben lag. »Mit dir würde ich niemals unbewaffnet in die Kiste gehen. Mein Cop.«

Er knabberte an ihren Lippen, öffnete die Knöpfe ihres Hemds, und sie beschwerte sich: »Du hast noch deinen Anzug an. Wie soll ich dich aus allen diesen Kleidungsstücken schälen?«

»Es besteht doch keine Eile.«

»Für mich schon.«

»Ach ja?« Dann spannte er sie besser nicht noch länger auf die Folter, dachte er, schob eine Hand in ihre offene Hose und brachte sie innerhalb von einem Atemzug zum Höhepunkt.

Sie schrie vor Überraschung und vor Freude auf, und er murmelte dicht an ihrem Hals: »Ich hoffe, dass du es jetzt nicht mehr ganz so eilig hast.«

Er spürte mit dem Mund dem Pochen ihrer Halsschlagader und dem Donnern ihres Herzens unter einer ihrer festen, seidig weichen Brüste nach.

Ihr Körper war für ihn ein steter Quell der Freude und Bewunderung. So schlank und herrlich straff, mit eisenharten Muskeln unter samtig weicher Haut. Er wusste, wo er sie berühren musste, damit sie erbebte, und wo er sie kosten musste, damit ihr ein Seufzer der Glückseligkeit entfuhr.

Während sie sich aus den Kleidern kämpften, tat er beides, bis er nackt, hart und gierig auf ihr lag. Sie blickte zu ihm auf und stellte wieder einmal fest, wie wunderbar vertraut ihr jede Stelle seines Körpers war. Je besser sie ihn kannte, um so heißer wurde sie auf ihn. Auf die schmalen Hüften, auf die starken Schultern, auf die Pracht des rabenschwarzen Haars, das seidig weich auf ihre Brüste fiel.

Sie umschloss ihn mit der Hand. Er war genauso heiß und so bereit wie sie, doch als sie anfing, ihn in ihren Körper einzuführen, setzte er sich auf, zog sie auf seinen Schoß, und sie schlang ihm die Arme um den Hals.

Kraftvoll drang er in sie ein, wild erschaudernd ließ sie ihr Gesicht auf seine Schulter fallen. Es war unmöglich, derart viel zu fühlen, und geradezu unglaublich, dass das immer noch nicht alles war.

Die Apfelscheite glommen im Kamin, tauchten den Raum in Schatten und dezentes Licht, und vor dem Fenster funkelte der Weihnachtsbaum.

Abermals begegneten sich ihre Lippen, sogen sich begierig aneinander fest, und sie bewegte sich im selben Takt wie er, hüllte ihn in ihre feuchte Hitze, legte ihm die Hände ans Gesicht, und unter dieser liebevollen Geste schwoll sein Herz vor Glück und Freude an.

Sie war die Einzige, bei der sich grenzenlose Liebe mit genauso grenzenloser Leidenschaft für ihn verband. Nur sie allein verstand es, jegliches Verlangen zu befriedigen und alle seine Sehnsüchte und Wünsche zu erfüllen. Selbst die, die ihm bisher gar nicht bewusst gewesen waren.

Sie lehnte sich zurück, ihre Haut und ihre Haare schimmerten im Licht des Feuers, als sie auf der Woge des Verlangens ritt.

Noch einmal presste er den Mund an ihren Hals, um sie zu schmecken, als er in die Tiefe stürzte. Und mit ihr zusammen kam.

All die hübschen, jungen Mädchen hatten sich im Schneidersitz im Kreis um sie herumgesetzt. Linh, Lupa und Shelby waren zu erkennen, aber alle anderen trugen Masken, die so aussahen wie Eves Gesicht.

»Im Grunde sind wir alle gleich«, erklärte eine der neun Eves. »Wir sind vollkommen gleich, solange Sie nicht wissen, wer wir sind.«

»Wir werden herausfinden, wer ihr gewesen seid, wie ihr geheißen, wie ihr ausgesehen habt und welches Monster euch auf dem Gewissen hat.«

Linh zog einen Schmollmund und erklärte achselzuckend: »Meine Eltern waren entsetzlich streng und furchtbar lahm, wenn's darum ging, dass ich ein bisschen Spaß im Leben haben will. Ich musste ihnen zeigen, dass sie mich nicht länger wie ein Kind behandeln können. Dass so etwas passiert, war nicht geplant. Das war echt ungerecht.«

Höhnisch lachend fragte Shelby: »Wann ist im Leben jemals irgendwas gerecht? Natürlich ist es scheiße, dass wir tot sind. Aber trotzdem kann ich nicht behaupten, dass mein Leben nicht genauso scheiße war. Man kann niemandem trauen«, wandte sie sich an Eve. »So ist es nun einmal. Das wissen Sie genauso gut wie ich.«

»Wem hast du denn vertraut?«, erkundigte sich Eve.

»Man muss Menschen vertrauen«, mischte sich Lupa ein. »Schlimme Dinge können auch passieren, wenn man nichts Böses tut, und die meisten Menschen sind echt nett.«

»Die meisten Menschen sind totale Arschlöcher und denken immer nur an sich«, erklärte Shelby, aber dabei kullerte ihr eine Träne über das Gesicht. »Hätte ich wie Sie ein Messer griffbereit gehabt, wäre ich jetzt nicht hier. Sie hatten einfach Glück. Ich hatte niemals eine Chance, nie. Für mich hat sich kein Schwein je interessiert.«

»Ich interessiere mich für dich«, gab Eve zurück.

»Für Sie bin ich doch nur ein Job. Wir alle sind für Sie doch nur ein Job.«

»Den ich vor allem deshalb so gut mache, weil ihr mir nicht schnuppe seid. Vor allem habt ihr niemand anderen mehr als mich.«

»Sie sind genau wie wir. Das heißt, im Grunde sind Sie noch viel weniger«, fuhr Shelby sie verbittert an. »Sie haben nicht mal einen eigenen Namen. Den Namen, den Sie haben, haben sich irgendwelche fremden Leute für Sie ausgedacht.«

»Trotzdem steht er für die Frau, die ich jetzt bin. Ich selber habe mich zu der gemacht, die ich inzwischen bin.«

All die hübschen Mädchen starrten sie mit großen Augen an.

»Wir werden nie die Chance haben, irgendwas aus uns zu machen« sagten sie im Chor, und Eve fuhr auf.

Roarke saß bereits vollständig bekleidet auf der Kante ihres Betts, legte eine Hand an ihre Wange und bat leise, aber eindringlich: »Wach auf.«

»Ich bin schon wach.« Sie war geradezu absurd erleichtert, dass er bei ihr saß, und schüttelte die Traurigkeit des Traums entschlossen ab. »Es war kein Albtraum.« Trotzdem war es tröstlich, seine warme Hand an ihrem Gesicht und Galahads Gewicht in ihrem Schoß zu spüren, während er sich mit dem dicken Kopf an ihrer Hüfte rieb. »Mein Unterbewusstsein hat mir einfach einen kleinen Streich gespielt. Aber ich bin okay.«

Er schob die Hand unter ihr Kinn, glitt mit dem Daumen über das Grübchen, das dort saß, und sah ihr forschend ins Gesicht. Als er merkte, dass es ihr tatsächlich wieder gut ging, nickte er und stellte fest: »Ich nehme an, dass du jetzt erst mal einen Kaffee willst.«

»So dringend wie den nächsten Atemzug.«

Er stand auf, um einen Becher Kaffee aus dem Auto-Chef zu holen und ihr ein wenig Zeit zu geben, bis sie wieder völlig bei sich war.

Sie blieb sitzen, streichelte den Kater und ging ihren Traum noch einmal in Gedanken durch.

»Die Opfer haben im Kreis gesessen, ich selbst saß mittendrin«, erzählte sie, als Roarke zurückkam. »Die

Mädchen, deren Namen wir noch nicht haben, hatten alle mein Gesicht.«

»Das war bestimmt beunruhigend.«

»Vor allem war es seltsam, aber irgendwie auch … passend, schätze ich. Schließlich war ich selbst mal ein verlorenes, namenloses Kind.« Sie nahm ihm den Kaffeebecher ab und trank den ersten Schluck des rabenschwarzen, starken, dampfenden Gebräus. »Am meisten hatte Shelby Stubacker zu sagen. Sie war ziemlich angepisst. Wem hat sie vertraut? Wem hat sie genug vertraut, dass sie ihre Instinkte und ihre wahrscheinlich wirklich guten Abwehrmechanismen ausgeschaltet hat?«

»Entweder sie hat dieser Person vertraut, oder sie dachte, dass sie sie manipulieren kann. Wie diesen Clipperton.«

»Du meinst, dass sie diese Person womöglich ihrerseits über den Tisch ziehen wollte? Ja, das könnte durchaus sein.«

Sie blickte auf die Sitzecke, in der lautlos der Börsenbericht im Fernsehen lief. »Bist du schon lange auf?«

»Es geht.«

»Dann fange ich jetzt auch allmählich wieder mit der Arbeit an. Danke für den Kaffee.« Sie hob Galahad von ihrem Schoß, rieb ihm kurz den dicken Bauch und schwang die Beine aus dem Bett.

Als sie eingehüllt in einen warmen, weichen Kaschmirmorgenmantel wieder aus der Dusche kam, saß Roarke mit seinem Handy auf dem Sofa, eine Kanne Kaffee und zwei zugedeckte Teller standen auf dem Tisch, und sie bemerkte, dass der Strom an Zahlen und Symbolen auf dem Bildschirm immer noch nicht abgerissen war.

Der Mann war eindeutig der Gott des Multitasking, dachte sie.

Lächelnd setzte sie sich zu ihm auf die Couch, hob vorsichtig die Glocke über ihrem Teller an und vollführte einen kurzen Freudentanz im Sitzen, als sie statt des widerlichen Haferschleims, den er ihr ab und zu servierte, dicke Scheiben Arme Ritter und daneben eine Schale voll frischer Beeren sah.

Sie griff nach einer Himbeere, schob sie sich genüsslich in den Mund, schenkte sich Kaffee nach, und Roarke beendete sein Telefongespräch.

»Ich dachte, wegen dieses Traums hättest du was besonders Leckeres verdient.«

»Da lohnt es sich vielleicht, wenn ich in Zukunft jede Nacht so seltsam träume. Hast du gerade ein Sonnensystem gekauft?«

»Nur einen kleinen Planeten.« Er hielt ihr den Sirup hin, und sie tunkte ein Stück der Armen Ritter darin ein. »Das war ein Scherz. Ich habe kurz bei Caro angerufen und gesagt, dass sie ein paar meiner Termine absagen oder verschieben soll.«

Seine beinah übertrieben effiziente Assistentin schaffte es problemlos, mit all den Terminen, die er immer hatte, zu jonglieren und gleichzeitig auf einer brennenden Kugel zu balancieren, dachte Eve. »Meinetwegen musst du nichts verlegen.«

»Ich möchte heute Morgen einfach nicht gleich losziehen«, gab er zurück. »Ich nehme an, du fängst mit deiner Arbeit hier zuhause an.«

»So war's auf jeden Fall geplant.«

»Dann mache ich das auch. Wenn ich dir helfen kann,

lege ich einfach noch ein paar Termine um. Wir können mit den Abrissarbeiten in dem Gebäude sowieso nicht weitermachen, während ihr in diesem Fall ermittelt, und vor allem fühle ich mich selber dort erst wieder wohl, wenn du herausgefunden hast, wer diese Kids auf dem Gewissen hat. Natürlich bin nicht ich, sondern bist du für diese Mädchen zuständig, aber ...«

»Du hast sie gefunden.«

»Deshalb muss ich wissen, wie sie hießen, wie sie ausgesehen haben und dass der, der sie ermordet hat, für seine Taten hinter Gitter kommt. Wir wollen einen Ort schaffen, an dem verletzte junge Menschen sicher sind, die zwölf Mädchen stehen jetzt sinnbildlich für das Projekt.«

Es war nicht nur für die Opfer und die Hinterbliebenen wichtig, dass sie diesen Fall zum Abschluss brächte, sondern auch für ihn, erkannte Eve.

Er wollte etwas Gutes, Starkes, das gebraucht wurde, aus dem Gebäude machen. Damit das möglich wäre, war es wichtig, dass sie ihm die Namen dieser Mädchen gab.

»Es war jemand, der dort gelebt hat oder tätig war. Natürlich kann ich das nicht sicher wissen, aber trotzdem gehe ich erst einmal davon aus. Das heißt, die Zahl der Leute, die in Frage kommen, ist begrenzt. Wenn DeWinter und der Sturschädel mit ihren Vermutungen richtig liegen, wurden alle Opfer ungefähr vor fünfzehn Jahren dort versteckt, dann war plötzlich Schluss. Also konzentriere ich mich erst einmal auf alle Leute mit einer Verbindung zu dem Heim, die kurz danach verstorben, umgezogen oder eingefahren sind.«

»Vielleicht hat unser Täter ja auch einfach einen anderen Friedhof aufgemacht.«

»Darüber habe ich auch schon nachgedacht.« Während Galahad halb neidisch und halb hoffnungsvoll auf ihren Teller blickte, schob sie sich den nächsten Bissen in den Mund. »Aber warum hätte er das tun sollen? Das Gebäude war ideal. Es war verlassen, es gab keine Interessenten und auch keine Pläne für das Haus. Vor allem steht es symbolisch für die Mädchen, weil es der Ort war, der den Verletzlichen und den Verletzten Sicherheit geboten hat. Er wusste, wie er in das Haus kam, und er kannte sich dort aus. Weshalb also hätte er ein anderes, längst nicht so geeignetes Versteck für seine Opfer suchen sollen?«

»Ich hoffe, du hast recht.«

»Wenn er, aus welchem Grund auch immer, hätte umziehen müssen, hätte er vielleicht an diesem neuen Ort nach einem anderen Versteck gesucht. Aber bisher habe ich in unseren Datenbanken keine ähnlichen Verbrechen ausfindig gemacht, und ich will verdammt sein, wenn ich auch nur daran denke, dass er anderswo ein anderes Mausoleum eingerichtet hat.«

Nein, sagte sie sich, er hatte seine Serie sicher nicht woanders fortgesetzt.

»Das Gebäude ist ihm praktisch in den Schoß gefallen. Allzu viele derartige Gemäuer gibt es sicher nicht.«

»Trotzdem ist die Theorie ein bisschen lückenhaft«, räumte sie mit dem Mund voll süßer Armer Ritter ein. »Nehmen wir zum Beispiel diesen Lemont Frester. Er hat einiges an Geld gemacht und kommt mit seinen Vorträgen inzwischen ziemlich weit herum. Wenn er also ein kranker Kinderschänder ist, hat er die Mordserie vielleicht egal wo auf der Welt, vielleicht sogar auf einem anderen Planeten fortgesetzt.«

»Ein wirklich aufbauender Gedanke.«

»Ich werde ihn mir ansehen, kann mir aber irgendwie nicht vorstellen, dass jemand über einen so langen Zeitraum immer wieder junge Mädchen umbringt, ohne dass ihm jemand auf die Schliche kommt. Vor allem niemand, der von sich aus alles dransetzt, um im Rampenlicht zu stehen. Unmöglich wäre es zwar nicht, aber es ist schwer vorstellbar.«

»Du wirst heute zu ihm fahren.«

»Ich habe den Besuch bei ihm auf meiner Liste stehen. Zusammen mit einem Anruf bei DeWinter, dem Gespräch mit Lupa Disons Tante, vielleicht einem weiteren Besuch in der *Stätte der Reinigung* und jeder Menge anderen Krams. Ganz oben auf der Liste steht die Identifizierung der neun Mädchen, die noch übrig sind. Also fange ich am besten langsam mit der Arbeit an.«

Sie stand auf und ging zum Kleiderschrank.

»Die schwarze, enge Jeans«, empfahl er ihr. »Zusammen mit der kurzen, schwarzen Jacke mit dem Ledersaum und den Reißverschlüssen an den Ärmeln, einem schwarzen, ärmellosen T-Shirt und den schwarzen Bikerstiefeln, die du bitte über deiner Hose trägst.«

Sie drehte sich verwundert zu ihm um.

»Du sagst, dass ich von Kopf bis Fuß in Schwarz rumlaufen soll? Sonst putzt du mich doch immer bunt wie einen Papageien heraus.«

»In diesem Fall geht's um die Linien, die Stoffe und darum, dass du von Kopf bis Fuß in Schwarz ziemlich gefährlich aussehen wirst.«

»Ach ja?« Sofort hellte sich ihre Miene auf. »Dann nehme ich deinen Rat auf jeden Fall an.«

»Ich bin in meinem Arbeitszimmer, wenn du fertig bist.«

Sie zog die von ihm aufgezählten Sachen aus dem Schrank, kleidete sich an und trat neugierig vor den Spiegel an der Wand. Verdammt, natürlich hatte er mal wieder recht gehabt. Sie sah tatsächlich nicht ganz ungefährlich aus.

In der Hoffnung, dass sie dieses Aussehen vielleicht bei der Arbeit nutzen könnte, ging sie in ihr Arbeitszimmer, setzte sich an den Schreibtisch und rief die Ergebnisse der Suche, die sie automatisch hatte weiterlaufen lassen, auf.

Sie überflog die dreiundsechzig Namen, stellte fest, dass vier der Leute innerhalb von einem Jahr, nachdem die Mädchen eingemauert worden waren, verstorben waren, und schrieb sie sich als potenzielle Täter auf.

Danach notierte sie die Namen derer, die einmal gesessen hatten oder saßen, und hielt die Gewalttäter gesondert fest.

Bei allen suchte sie nach einem Hinweis darauf, dass sie handwerkliche Fähigkeiten hatten, sie glich diese Namen mit den Namen, die ihr Roarke und Peabody am Vorabend gegeben hatten, ab.

»Vielleicht waren sie ja zu zweit«, sinnierte sie, als Roarke aus seinem Arbeitszimmer kam. »Einer hat die Mädchen umgebracht, und einer hat hinter ihm aufgeräumt, oder die Morde und das Einmauern der toten Mädchen waren Teamarbeit. Aber im Grunde glaube ich das nicht, weil ich mir irgendwie nicht vorstellen kann, dass gleich zwei Leute das übermächtige Verlangen zu töten derart lange unterdrücken können, oder dass es zwei Leuten gelingt, so lange Stillschweigen über die Sache zu bewahren.«

»Einer von den beiden könnte tot sein oder sitzen.«

»Ja, das wäre eine Möglichkeit. In solchen Partnerschaften gibt es für gewöhnlich einen dominanten Part und einen, der sich unterwirft.« Sie trommelte mit ihren Fingern auf die Schreibtischplatte und fuhr fort. »Jemand vom Personal, der älter und vertrauenswürdig ist und der die dunkle Seite eines Jungen ausnutzt, der dort wohnt. Vielleicht. Aber auch in dem Fall hätten sie dieses Geheimnis über lange Zeit bewahren müssen. Normalerweise schaffen das zwei Leute nicht, vor allem nicht, wenn einer von den beiden hinter Gittern sitzt. Trotzdem wäre Teamarbeit natürlich äußerst effizient gewesen. Schließlich musste man die Mädchen erst erwischen, sie dann töten und danach verstecken. Was auf alle Fälle jede Menge Arbeit war.«

»Es ist nicht wirklich Arbeit, wenn es Freude macht.«

Sie wandte sich der Tafel zu. »Nein, das ist es nicht, und er hat sicher Spaß daran gehabt. Es hat ihm Spaß gemacht, vielleicht war's auch ein Zwang, denn er hat erst mit diesen Taten aufgehört, als irgendjemand oder irgendetwas ihn dazu gezwungen hat.«

Sie wies auf drei Gesichter und drei Namen auf dem Wandbildschirm. »Das hier sind drei Mädchen, die damals mit schöner Regelmäßigkeit zuhause ausgerissen sind. Natürlich weiß ich es nicht sicher, gehe aber davon aus, dass eins oder vielleicht auch alle diese Mädchen bei DeWinter liegen, also hilft es vielleicht, wenn die Rekonstukteurin diese Fotos kriegt.«

»Warum überlässt du mir nicht einen Teil der männlichen Bewohner?«, fragte Roarke. »Dann gehe ich sie durch, wenn ich heute irgendwelche Pausen habe.«

»Okay. Ich schicke dir ein paar der Namen. Gib mir einfach Bescheid, wenn du nicht dazu kommst, sie dir genauer anzusehen. Ich muss jetzt los. Ich habe Peabody gesagt, dass sie mich bei Rosetta Vega treffen soll. Wir werden sie über den Tod der Nichte informieren und sehen, ob sie uns irgendetwas dazu sagen kann.«

»Übrigens hält Frester heute Mittag einen Vortrag im *Roarke Palace*«, gab ihr Roarke mit auf den Weg.

»Ach ja?«

»Ein schöner Zufall, findest du nicht auch? Das Event beginnt um zwölf und geht bis zwei. Ich wusste nichts davon. Ich kümmere mich nicht persönlich um die Buchungen der Konferenz- und Sitzungssäle, dachte aber, dass ich einfach einmal nachschauen könnte, was er gerade treibt. An den Vortrag schließt sich offenbar noch eine Fragestunde an.«

»Das ist wirklich praktisch, denn ich habe jede Menge Fragen an den Kerl. Danke. Jetzt muss ich wirklich los.«

»Schick mir den Namen von den Mädchen, wenn du sie bekommst, okay?«

»Auf jeden Fall.« Sie legte ihre Hand auf seine Schulter. »Und jetzt kauf endlich dieses Sonnensystem.«

»Ich werde sehen, ob ich das dazwischenquetschen kann.«

»Das hoffe ich doch wohl.« Sie gab ihm einen Kuss und ging dann los, um einer Frau zu sagen, dass die Hoffnung, an die sie sich seit so vielen Jahren klammerte, umsonst gewesen war.

Keine schlechte Gegend, dachte Eve, als sie aus ihrem Wagen stieg. Hübsche, ordentliche Einfamilien- und

Apartmenthäuser, schicke Läden und gepflegte Restaurants. Hundesitter, Kindermädchen und Hausangestellte gingen ihren morgendlichen aushäusigen Pflichten nach, während ein paar Leute in guten Mänteln und in guten Schuhen auf dem Weg zur Arbeit waren.

Einer dieser Mantelträger betrat eine Bäckerei, aus der der Duft von Zucker und von Hefe auf die Straße wehte, während eine Horde Kinder in sauberen Uniformen fröhlich lärmend Richtung Schule zog.

Dann kam Peabody in ihrem violetten Flauschmantel und pinkfarbenen Cowboystiefeln angetrottet und erklärte: »Ganz so eisig ist es gar nicht mehr. Inzwischen ist es nicht mehr *arschkalt,* sondern einfach nur noch kalt. Ich glaube nicht …« Sie legte eine Pause ein und reckte wie ein Spürhund ihre Nase in die Luft. »Riechen Sie das? Das kommt aus dieser Bäckerei. Oh Gott, riechen Sie das? Wir sollten …«

»Sie wollen doch sicher keinen Kuchenatem haben, während Sie der Frau die Nachricht überbringen, dass die Nichte nicht mehr lebt.«

»Wobei Kuchenatem deutlich angenehmer als ein Kuchenhintern ist. Ich nehme an, allein vom Riechen nehme ich ein Kilo zu.«

»Also retten wir Ihr Hinterteil und bringen das Gespräch mit Lupas Tante hinter uns.«

Eve trat vor die Tür eines der hübschen Häuser, drückte auf die Klingel, und sofort wurde ihr geöffnet.

»Hast du deine … oh, Verzeihung«, sagte eine attraktive Frau in einem grauen Kostüm und strich sich die dunklen Locken aus der Stirn. »Ich dachte, Sie wären meine Tochter. Sie vergisst fast jeden Tag etwas, wenn sie zur Schule geht, tut mir leid«, stieß sie noch einmal lachend aus. »Was kann ich für Sie tun?«

»Rosetta Delagio?«

»Ja. Ich muss selber gleich zur Arbeit, also ...«

»Ich bin Lieutenant Dallas, das hier ist meine Partnerin, Detective Peabody.« Eve zückte ihre Dienstmarke. »New Yorker Polizei.«

Die Frau betrachtete die Marke, blickte langsam wieder auf, und die Fröhlichkeit in ihrem Blick wurde durch die jahrelange Trauer um ein Kind, das wie ihr eigenes für sie gewesen war, ersetzt.

»Oh. Oh Lupa.« Sie griff sich ans Herz. »Es geht um Lupa, stimmt's?«

»Ja, Ma'am. Es tut mir leid, Ihnen ...«

»Oh, bitte nicht. Bitte sagen Sie's mir nicht hier draußen. Kommen Sie erst mal rein. Bitte kommen Sie herein. Am besten setzen wir uns hin. Ich hole meinen Mann, dann setzen wir uns hin, und Sie sagen mir, was mit dem Mädchen ist.«

9

»Diese ganzen langen Jahre.« Rosetta saß in einem hübschen Wohnzimmer, in dem das bunte Durcheinander herrschte, das in Häusern von Familien mit Kindern typisch war, und klammerte sich an die Hand von ihrem Ehemann.

Juan war ein attraktiver Mann mit einem scharf geschnittenen Gesicht und schwerlidrigen, dunklen Augen, dem die schwere Winteruniform mitsamt den blank polierten, schweren Polizistenschuhen ausgezeichnet stand.

»Ich nehme an, ich wusste es bereits«, setzte Rosetta an. »Ich wusste es, weil Lupa niemals einfach weggelaufen wäre, wie es damals hieß. Wir haben uns geliebt, und damals hatten wir nur uns.«

»Sie war damals vorübergehend in einem Heim mit Namen *Zufluchtsort*.«

»Ja. Das war nicht leicht für uns. Nach dem Überfall auf mich war niemand da, der sie hätte versorgen können, und da eine Freundin mir das Heim empfohlen hatte, habe ich dafür gesorgt, dass sie dort unterkommt. Sie waren sehr freundlich, außerdem konnte ich mir mehr nicht leisten, sie wollten nur eine kleine Spende haben. Eine Therapeutin hat sie jeden Tag zu mir ins Krankenhaus gebracht. Aber trotzdem war es hart. Ich wusste, dass die meisten jungen Menschen dort gravierende Probleme hatten, während meine Lupa völlig unschuldig und noch sehr kindlich war. Aber ich hatte Angst, dass ich sie vielleicht nicht zurückbekommen würde, wenn das Jugendamt sie übernimmt.«

»Bestanden damals Zweifel an der Vormundschaft durch Sie?«

»Oh nein, aber … ich war selber noch sehr jung und noch nicht eingebürgert, also dachte ich, es wäre sicherer, das Jugendamt am besten gar nicht erst in diese Angelegenheit zu involvieren. Ich dachte, dass sie in dem Heim gut aufgehoben wäre, und das war sie auch. Sie kam dort gut zurecht, obwohl Miss Jones mir sagte, Lupa hätte Angst, ich ließe sie jetzt ebenfalls im Stich. Das war auch Thema in den Therapiestunden, zu denen wir gegangen sind.«

»Laut Polizeibericht blieb sie nach ihrer Rückkehr aus dem Heim nach der Schule immer länger fort, ohne Ihnen zu erzählen, wo sie an den Nachmittagen ist.«

»Diese Heimlichtuerei war völlig untypisch für sie. Sie war ein fast übertrieben umgängliches junges Mädchen, hatte immer Angst, sie könnte etwas falsch machen und würde deshalb weggeschickt. Deshalb habe ich sie nicht bestraft. Vielleicht war ich einfach nicht streng genug«, erklärte sie und blickte ihren Ehemann verzweifelt an.

Er schüttelte den Kopf und küsste zärtlich ihre Hand.

»Ich habe ihr gesagt, sie könnte ihre neuen Freundinnen doch mal auf eine Pizza zu uns einladen, oder ich könnte etwas für uns alle kochen, aber Lupa ist mir ausgewichen und meinte, vielleicht ein andermal. Sie war immer so süß und liebevoll, deshalb habe ich nicht insistiert. Ich dachte, sie wollte einmal etwas ganz für sich alleine haben, und es wäre sicherlich nicht schön für sie, immer alleine in der Wohnung rumzusitzen, während ich noch bei der Arbeit bin. Sie war ein braves Mädchen, und ich dachte, dass es ihr in ihrer Trauer helfen würde, dass sie endlich Freundschaften geschlossen hat. Sie war damals sehr unglücklich und hat sich permanent gefragt, ob sie womöglich schuld daran war, dass ihre Mutter und ihr Vater umgekommen sind. Sie dachte, vielleicht hätte sie was falsch gemacht, oder sie selber oder ihre Eltern wären vielleicht nicht gut genug gewesen, und mit diesem Autounfall hätte irgendeine Macht sie für die Fehltritte, die ihnen unterlaufen waren, bestraft.«

Eve folgte ihrem Blick zu einem kleinen Tischchen, auf dem eine Reihe Fotos standen, und betrachtete die Aufnahme von Lupas Mutter, einer jungen Frau mit einem breiten Lächeln im Gesicht, die ihrer Schwester geradezu verblüffend ähnlich sah.

»Lupa hat sich oft mit unserem Priester unterhalten. Als auch ich verletzt wurde, hat das die ganzen Fragen wieder aufgeworfen.«

»Sie wurde überfallen«, mischte sich Juan ein. »Zwei Männer haben sie auf offener Straße überfallen und sie schwer verletzt. Sie hatte ihnen alles überlassen, was sie bei sich trug, trotzdem sind sie noch mit einem Messer auf sie losgegangen und haben sie schwer verletzt. Sie wissen ja, wie diese Dinge manchmal laufen, Lieutenant.«

»Ja.«

»Eine Frau hat damals aus dem Fenster ihrer Wohnung alles mitbekommen und die Polizei gerufen«, fuhr Rosetta fort. »Weil ich schwer verletzt war und deswegen nicht nach Hause fahren oder mich um Lupa kümmern konnte, haben sie sie abgeholt. Ich habe darum gebeten, sie in diesem Heim unterzubringen, und das haben sie getan. Lupa ...«

Sie brach ab und atmete tief durch. »Meine Verletzungen haben Lupa eine Heidenangst gemacht, all die alten Fragen kamen wieder hoch. Was hatte sie getan oder vielleicht auch nicht getan? Warum stießen den Menschen, die sie liebte und von denen sie geliebt wurde, so schlimme Dinge zu?«

»Die meisten jungen Menschen dieses Alters stellen sich selber in den Mittelpunkt«, erklärte Peabody. »Ich meine, ihrer Meinung nach passieren gute oder böse Dinge, weil sie selber gut beziehungsweise böse sind.«

»Genauso war's bei Lupa«, stimmte ihr Rosetta zu. »Also dachte ich, es wäre gut für sie, wenn sie sich nach der Schule endlich auch einmal mit unbeschwerten Mädchen ihres Alters trifft. Als ich an dem Abend von der Arbeit kam und Lupa nicht zuhause war, habe ich sie auf ihrem Handy angerufen, ohne dass sie drangegangen ist. Also habe ich gewartet und gewartet. Nachdem ich alle Nachbarn, Mädchen aus der Schule und auch alle anderen, die mir eingefallen waren, angerufen hatte, und mir niemand sagen konnte, wo sie war, bin ich zur Polizei gegangen«, erklärte sie und brach mit einem leisen Schluchzen ab.

»Mrs. Delagio. Sie haben genau das Richtige getan. Sie haben aus den richtigen Beweggründen genau das Richtige getan«, mischte sich Peabody mit sanfter Stimme ein.

»Danke. Das ist nett, dass Sie das sagen. Die Polizei hat eine Suchmeldung herausgegeben, und wir alle haben nach ihr gesucht. Ich selbst, die Polizei, die Leute aus der

Nachbarschaft. Sie waren alle furchtbar nett und wirklich hilfsbereit. Aber die Zeit verging, und Lupa kam nicht mehr zurück. Ich habe Lupa nie wiedergesehen. Wenn sie gekonnt hätte, wäre sie heimgekommen. Das war mir schon damals klar. Sie hatte sicher fürchterliche Angst. Ich hasse es, mir vorzustellen, welche Angst sie hatte, und dass sie nach Hause kommen wollte.«

»Erinnern Sie sich noch an irgendwas, was Ihnen bei der Suche oder den Gesprächen mit den Leuten aufgefallen ist?«, erkundigte sich Eve. »Irgendwas, was ungewöhnlich war?«

»Natürlich gab es immer wieder Leute, die behauptet haben, sie hätten Lupa irgendwo gesehen. Ständig haben irgendwelche Leute bei der ...«

»Polizei-Hotline?«

Rosetta nickte. »Richtig, bei der Hotline angerufen, die Polizei ist diesen Hinweisen auch nachgegangen, aber sie haben Lupa nirgendwo entdeckt. Detective Handy war sehr nett. Wir telefonieren noch immer ab und zu. Ich muss sie anrufen und ihr ...«

»Ich habe schon mit ihr gesprochen«, meinte Eve.

»Ich werde trotzdem auch noch selber mit ihr sprechen, denn sie hat nie aufgehört zu suchen, und ich habe alle meine Hoffnungen in sie gesetzt, obwohl wir beide wussten, dass wir Lupa, wenn wir sie je finden würden, nur so finden würden wie sie ... jetzt gefunden worden ist. Nach ihrem Verschwinden habe ich begonnen, Tagebuch zu führen und mir jeden Abend aufgeschrieben, was die Suche nach dem Kind ergeben hat.«

»Dürfen wir die Bücher wohl mal sehen? Sie bekommen sie auf jeden Fall zurück.«

»Ja, natürlich.«

»Ich kann sie holen«, bot Juan an. »Ich weiß, wo du sie aufbewahrst. Vor allem melde ich uns beide heute von der Arbeit ab. Wir werden hierbleiben und alles arrangieren, was jetzt zu arrangieren ist.«

Sie murmelte etwas auf Spanisch, brach in Tränen aus, er gab eine leise Antwort in derselben Sprache und verließ den Raum.

Rosetta sah ihm hinterher. »Ich hatte Lupa schon verloren, als ich ihm zum ersten Mal begegnet bin. Aber die beiden hätten sich geliebt, und er liebt sie, weil ich sie liebe, und hat ebenfalls jahrelang nach ihr gesucht. Jetzt bleibt uns nur noch, eine Trauerfeier für sie abzuhalten und sie zu begraben. Meinen Sie, dass man mir Lupa dafür überlassen wird?«

»Vielleicht nicht jetzt sofort, aber ich werde dafür sorgen«, sagte Eve ihr zu.

Sie wischte sich die Tränen mit den Knöcheln fort. »Die anderen Mädchen, die mit ihr zusammen gefunden wurden, haben sie auch Familien?«

»Das wissen wir noch nicht.«

»Wir, Juan und ich, haben wirklich Glück, dass man Lupa gefunden hat, und wären gern auch für die Mädchen da, die vielleicht ganz … alleine waren. Denken Sie, das geht?«

Als sie wieder auf die Straße traten, wühlte Peabody in den enormen Taschen ihres Flauschmantels nach einem Taschentuch, betupfte sich damit die Augen, schnäuzte sich und schüttelte den Kopf. »Tut mir leid. Ich bin da drin so lange klargekommen, bis sie uns gefragt hat, ob sie uns bei der Beerdigung der anderen Opfer helfen darf.«

Eve antwortete erst, als sie wieder im Wagen saß.

»Nach dem Gesetz des Durchschnitts und vor allem in unserem Job hat man in der Regel mit Arschlöchern zu tun. Und dann läuft einem plötzlich so jemand über den Weg. Dieser Frau sind wirklich schlimme Dinge zugestoßen, aber ihren Anstand hat sie sich trotz allem bewahrt.«

Sie hielt Peabody die Tagebücher hin, altmodische, kleine Hefte, in die man mit einem Kugelschreiber oder Bleistift schrieb.

»Am besten gehen wir die mal durch. Vielleicht hat sie ja irgendwas notiert, ohne zu wissen, dass es wichtig ist.«

»McNab und ich könnten uns auch um eins der Opfer kümmern. Das bekämen wir ganz sicher hin.«

»Peabody.«

»Das heißt nicht, dass wir deshalb persönlich in den Fall verwickelt wären oder unsere Objektivität verlieren würden«, behauptete sie, obwohl sie wusste, dass das Unsinn war. »Das wäre einfach anständig.«

Als Peabody ein frisches Taschentuch aus ihrer Manteltasche zog, ließ Eve das Thema fallen. »Am besten machen wir DeWinter noch mal Dampf. Aber vorher fahren wir dort vorbei, wo Stubacker zuletzt gemeldet war, und sehen, ob sich irgendwer an sie erinnern und uns etwas über sie erzählen kann.«

Es war, als würden sie die Grenze eines anderen Landes überqueren. Shelby Ann Stubackers alte Nachbarschaft bestand aus den verfallenen Überresten alter Häuser, die während der innerstädtischen Revolten schwer beschädigt und aus billigen Gebäuden, die im Anschluss an die schlimmen Zeiten eilig hochgezogen worden waren. Die Fassaden der dort ansässigen Pfandleihhäuser, Piercing- und Tattoostudios, der schmuddeligen Beizen und der Sexclubs waren mit Grafitti und Schmierereien übersät. Statt kleiner Schoßhündchen, die sie von Hunde-sittern ausführen ließen, schafften sich die Menschen hier eher auf Angriff programmierte Dobermanndroiden an, statt mit Aktenkoffern liefen sie mit Klappmessern herum.

Eve zog ihren Generalschlüssel hervor und öffnete die extra dicke Tür eines achtgeschossigen Gebäudes, das genauso elend und verwahrlost wie die anderen Häuser in der Gegend aussah.

Der Gestank alten Urins und frisch erbrochenen Alko-hols, der in der Eingangshalle hing, wurde von dem che-mischen Geruch des Piniennadelreinigers, mit dem eine beherzte Seele hatte Ordnung schaffen wollen, nur un-zulänglich überdeckt.

Die Mühe, hier zu putzen, hätte man sich sparen kön-nen, dachte Eve. Die Wände und der Boden des Gebäudes hatten den Gestank inzwischen aufgesaugt.

Sie nahm die Treppe in den dritten Stock. »Sie hat in der 305 gelebt, mit ihrer Mutter und den Akten nach dem jeweils gerade aktuellen Freund der Frau. Am besten fan-gen wir dort an.«

Durch dreifach abgesperrte Türen und hauchdünne Wände, die man mit der Faust hätte durchbohren können, drang der Lärm verschiedener Fernseher ins Treppenhaus, der Gestank von angebranntem Essen und von vollen Windeln, wie ihn Eve von ihrer Patentochter Bella kannte, machte ihr und Peabody das Atmen schwer.

»Wenn ich hier leben müsste, hätte ich wahrscheinlich immer einen Luftfilter dabei und mir außerdem eine Entgiftungskammer in die Wohnung eingebaut«, erklärte Peabody und steckte ihre Hände in die Manteltaschen, um ja nicht die Wand oder das klebrige Geländer zu berühren.

Passend zum Gestank der vollen Windeln schrie ein Baby sich in einer von den Wohnungen die Seele aus dem Leib, und eine mitfühlende Seele aus der Nachbarwohnung reagierte auf sein Elend, indem sie mit der Faust gegen die dünne Trennwand schlug.

»Sieh endlich zu, dass der verdammte Balg die Klappe hält!«

»Wie nett«, bemerkte Peabody und sah sich böse um. »Ich würde noch viel lauter schreien, wenn ich hier leben müsste. In so einer Umgebung aufzuwachsen muss die absolute Hölle sein.«

Eve nickte zustimmend, denn schließlich hatte sie die ersten Jahre ihres Lebens an zum Teil noch schlimmeren Orten zugebracht.

Im dritten Stock schlug sie mit der geballten Faust gegen die Wohnungstür, die nur mit zwei verdreckten Bolzenschlössern und einem Spion gesichert war.

Sie konnte einen Schatten durch das kleine Guckloch sehen und hämmerte erneut gegen die Tür. »Hier ist die Polizei. Machen Sie auf.«

Ein rostiger Riegel wurde knarzend aufgeschoben, nach ein paar harten Klickgeräuschen ging die Tür, die immer noch mit einer Kette Schutz vor ungebetenen Besuchern bot, ein Stück weit auf.

»Was zur Hölle wollen Sie von mir?«

Das Gesicht der Frau sah alles andere als vielversprechend aus. Sie hatte sich am Vorabend nicht abgeschminkt, jetzt war ihr Make-up vom Schlafen verschmiert, sicher sah ihr Kopfkissen wie eins der seltsamen abstrakten Kunstwerke aus, die Roarke so liebte und die Eve niemals verstehen würde.

»Lieutenant Dallas und Detective Peabody von der New Yorker Polizei. Wir würden Ihnen gerne ein paar Fragen stellen.«

»Ich kenne meine Rechte, und ich weiß, dass ich, solange Ihr nicht irgendeinen Wisch habt, gar nichts sagen muss.«

»Wir haben nur ein paar Fragen in Bezug auf die vorherige Bewohnerin der Wohnung«, klärte Eve sie auf.

Plötzlich sahen die Waschbäraugen etwas wacher aus. »Was sind Ihnen diese Infos wert?«

»Das kommt drauf an, wie gut sie sind. Haben Sie die vorherige Bewohnerin gekannt?«

»Sicher. Ich und Tracy ham damals zusammen im Va-Voom, das heißt, wir ham im selben Club getanzt. Also?«

»Wissen Sie, wo wir sie finden können?«

»Ich habe sie nicht mehr gesehen, seit sie damals hier abgehauen ist. Das ist inzwischen gut zehn Jahre her. Ich bin erst mal als Untermieterin hier eingezogen, habe aber jetzt schon ewig einen eigenen, offiziellen Mietvertrag.«

»Kannten Sie auch ihre Tochter?«

»Das dumme Gör? Na klar. Aber die ist hier schon lange vor der Alten abgehauen. War rotzfrech, die Kleine, hat alles mitgehen lassen, was ihr in die Finger kam. Selbst im Club in unserer Garderobe hat sie Sachen eingesteckt. Tracy hat versucht, die Wildheit aus dem

Mädchen rauszuprügeln, aber das hat nichts genützt. Manche Kinder werden bereits schlecht geboren, ohne dass man was dagegen machen kann. Am Ende wurde es so schlimm, dass Tracy selbst den Alkohol, den sie zuhause hatte, vor dem Gör verstecken musste, damit es nicht alles weggesoffen hat. Sie hat mir mal erzählt, sie wäre abends heimgekommen, als die Kleine sturzbesoffen auf dem Schoß des Typs saß, mit dem sie selbst damals zusammen war. Sie muss damals zehn, im Höchstfall elf gewesen sein und hat den Freund der eigenen Mutter angemacht. Natürlich hat sie noch versucht, sich rauszureden und kackdreist behauptet, Tracys Freund hätte sie abgefüllt und sich an sie herangemacht. Aber die Kleine hat gelogen, sobald sie die Klappe aufgemacht hat, deshalb wusste Tracy, dass das vollkommener Schwachsinn war.«

»Klingt für mich nach einer wirklich vorbildlichen Mutter«, stellte Eve mit kalter Stimme fest.

»Sie hat versucht, das Beste draus zu machen, was bei diesem Kind aber bestimmt nicht einfach war. Irgendwann kam Tracy dann mit einem Veilchen und mit einer aufgeplatzten Lippe in den Club. Die hatte ihre Kleine ihr verpasst. Wie ging es dann weiter? Plötzlich tauchten Ihre Leute auf und meinten, Tracy würde das Kind misshandeln. Einfach, weil sie ein paar blaue Flecke hatte, haben sie den Spieß herumgedreht. Aber eine Frau hat ja wohl noch das Recht, sich zu verteidigen und ihre eigenen Kinder zu erziehen, wie sie will.«

»Dann hat also das Jugendamt das Mädchen hier herausgeholt. War Shelby danach noch einmal hier?«

»Wer? Ach, richtig, sie hieß Shelby. Jetzt fällt es mir

wieder ein. Nicht, dass ich wüsste, nein. Tracy hätte es mir garantiert erzählt. Schließlich hatte die verdammte Göre ihr das Leben über Jahre hinweg schwergemacht. Aber dann ham sie sie abgeholt, ins Heim verfrachtet, und das war's. Ein paar Jahre später hat sich Tracy dann mit diesem Typ aus dem Staub gemacht. Er hatte beim Pferderennen oder sonst wo Glück gehabt, dann sind sie zusammen weggezogen. Sie wollten nach Miami oder so. Danach habe ich nie mehr etwas von ihr gehört. Und für die Wohnung habe ich inzwischen einen offiziellen Mietvertrag, wie gesagt.«

»Da haben Sie ja wirklich Glück. Wissen Sie vielleicht von irgendwelchen anderen Mädchen, mit denen die Tochter Ihrer Freundin damals abgehangen hat?«

»Weshalb hätte ich die kennen sollen? Wobei ich nicht mal weiß, ob's solche Mädchen überhaupt gegeben hat. Das Mädchen war ein echter Satansbraten, wenn sie hier bei mir auf der Matte stehen würde, um nach ihrer Ma zu fragen, würde ich ihr sagen, dass sie sich zum Teufel scheren soll.«

Nach ein paar weiteren Fragen merkte Eve, dass diese Quelle ausgetrocknet war, schob zwanzig Dollar durch den Spalt und klopfte noch an ein paar andere Türen, ohne dass sie dadurch weiterkam.

»Was für eine schreckliche Person.« Schnaubend warf sich Peabody auf ihren Sitz und riss an dem Gurt. »Wobei die Mutter unseres Opfers anscheinend noch schlimmer ist. Ich werde nie verstehen, wie eine Frau die eigene Tochter so behandeln kann. Sie hat sie vernachlässigt, geschlagen, und dann ist sie einfach abgehauen, ohne …«

Plötzlich zuckte sie zusammen und stieß heiser aus. »Oh Gott, es tut mir leid.«

Achselzuckend meinte Eve: »Ich hatte immerhin das Glück, dass ich meiner Mutter nicht zwölf Jahre lang ausgeliefert war.«

»Es tut mir trotzdem leid.«

»Die Frage ist jetzt erst mal die: Falls Shelby nicht hierher zurückgekommen ist, warum haben die Jones sie dann nicht als vermisst gemeldet, als sie plötzlich aus dem Heim verschwunden war? Wobei wir natürlich recherchieren sollten, ob es in den alten Akten einen Hinweis auf die Rückkehr zu der Mutter gibt, was unsere widerliche Zeugin vielleicht nur nicht mitbekommen hat.«

»Darüber habe ich noch gar nicht nachgedacht.«

»Deshalb sind Sie immer noch Detective, während ich inzwischen Lieutenant bin. Also fangen Sie schon mal an zu graben. Als Nächstes treten wir DeWinter in den Hintern, falls sie noch nicht mehr herausgefunden hat.«

»Wobei sie einen wirklich hübschen Hintern hat.«

»Meine Güte, Peabody.« Verwundert fädelte sich Eve in den Verkehr. »Sie haben sich ihren Hintern angesehen?«

»Ich sehe mir die Hintern aller Leute an. Das ist so etwas wie ein Hobby«, klärte ihre Partnerin sie auf.

»Am besten legen Sie sich schnellstmöglich ein anderes Hobby zu. Beobachten Sie Vögel oder so.«

»Vögel? In New York?«

»Sie könnten Tauben zählen. Dann wäre es vorbei mit Ihrem ruhigen Leben.«

»Hm. Da sehe ich mir lieber weiter fremde Hinterteile an.« Peabody lehnte sich bequem auf dem Sitz zurück.

»Denn wenn ich einen sehe, der noch dicker ist als meiner, fühle ich mich gut. Wenn ich aber einen kleineren Hintern sehe, hilft mir das, dem nächsten Plätzchenberg zu widerstehen. Man könnte also sagen, dass mein Hinterngucken ein ausnehmend produktives Hobby ist. In Shelbys Akten gibt es nichts, was darauf hinweist, dass die richterliche Anweisung, Shelby Ann Stubacker der Mutter wegzunehmen, widerrufen worden ist. Anscheinend hat die Frau auch nie beantragt, dass man ihr die Tochter zurückgibt.«

Etwas später fügte Peabody hinzu: »Trotzdem gibt's in ihrer Akte den Vermerk, dass sie wieder heimgezogen ist. Doch wenn sie dort nie angekommen ist, muss sie aus dem Zufluchtsort oder dem neuen Heim verschwunden sein. Interessant.«

»Dann setze ich die Jones also wieder auf die Liste der Verdächtigen.«

»Von der sie nie gestrichen worden sind. Jetzt gehören sie sogar zu den Hauptverdächtigen.«

Sie kämpfte sich durch den Verkehr und überlegte, wie bei den Ermittlungen am besten fortzufahren war. »Telefonieren Sie mit dem Heim, und sagen Sie ihnen, dass wir das Gerichtsurteil in Sachen Shelby haben wollen. Dazu brauchen wir auch noch die Schriftsätze des Jugendamts und die Empfehlung, der zufolge man sie wieder der Mutter hätte überlassen sollen.«

»Alles klar.«

Während Peabody sich an die Arbeit machte, parkte Eve am Straßenrand.

»Die alten Akten lagern im Archiv, aber Miss Jones sucht sie uns raus«, erklärte Peabody und folgte Eve aufs

Neue durch das Labyrinth in den Laborbereich, der jetzt DeWinter unterstand. »Sie wollte wissen, ob wir noch einen Namen haben.«

»Sagen Sie ihr, sie kriegt Bescheid, sobald es etwas Neues gibt.«

Diesmal trug DeWinter einen offenen, grünen Kittel über einem abermals figurbetonten, leuchtend rosa-weiß karierten Kleid. Auch Morris wirkte in dem dunklen, pflaumenblauen Anzug wie aus dem Ei gepellt und schaute sich mit ihr zusammen auf dem Wandbildschirm verschiedene Flecken an, die mindestens so bunt und leuchtend wie ihre Garderobe waren.

»Das ist die Todesursache, nicht wahr?«, stellte DeWinter fest.

»Auf jeden Fall.«

»Wie sind sie umgekommen?«, fragte Eve.

Die beiden wandten sich ihr zu und sahen sie über einen Stahltisch mit den Überresten eines ihrer Opfer hinweg an.

»Durch Ertrinken.«

»Durch Ertrinken.« Eve trat an den Tisch und sah sich erst die Überreste und danach die bunten Flecken auf dem Bildschirm an. »Und das lesen Sie einfach von den Knochen ab.«

»Genau. Auf dem Bildschirm sehen Sie eine Stichprobe der Kieselalgen, die im Knochenmark des dritten Opfers, das wir identifiziert haben, enthalten waren.«

»Lupa Dison.«

»Ja. Wobei dieselben Algen auch im Knochenmark der ersten beiden und des vierten Opfers aufzufinden waren. Natürlich führe ich den Test auch noch bei allen anderen

Opfern durch, aber bei diesen vieren ist sicher davon auszugehen, dass sie ertrunken sind. Die Algen sind in ihre Lungen eingedrungen, durch die Alveolenwände ins Knochenmark gewandert und haben sich dort festgesetzt. Bei einem Vergleich der Proben mit den Wasserproben aus dem Haus ...«

»Moment mal.« Eve warf eine ihrer Hände in die Luft. »Sie haben Wasserproben aus dem Haus? Heißt das, Sie waren, ohne mir Bescheid zu geben, noch mal dort?«

»Mir wurde erst bewusst, dass ich die Wasserproben brauche, als ich auf die Algen stieß und in Übereinstimmung mit Dr. Morris zu dem Schluss kam, dass die Todesursache Ertrinken war. Diese einzelligen Organismen haben eine Hülle aus Siliziumdioxid, und wie Sie sehen können, eine wirklich hübsche Form. Diese Mikroalgen ...«

»Stopp.« Jetzt warf Eve beide Hände in die Luft, als sie Morris aus dem Augenwinkel grinsen sah, fügte sie schlecht gelaunt hinzu: »Ich brauche keine Bio-Stunde, sondern möchte einfach wissen, wie die Mädchen umgekommen sind.«

DeWinter runzelte die Stirn. »Das habe ich doch schon gesagt. Durch Leitungswasser, das in ihre Lungen eingedrungen ist. Auch wenn sich ein paar Zusätze im Leitungswasser in den letzten fünfzehn Jahren verändert haben oder rausgefiltert wurden, ist die grundlegende Zusammensetzung gleich geblieben, was bedeutet ...«

»Augenblick«, fiel Eve ihr abermals ins Wort. »Leitungswasser? Aus einem stehenden oder fließenden Gewässer stammen diese Algen also nicht?«

»Nein, denn diese Art der Algen ...«

»Mir genügt bereits ein Nein. Dann sind sie also in der Badewanne umgekommen. Natürlich könnte man ein Mädchen auch in einem Waschbecken, in einer Kloschüssel oder dadurch ertränken, dass man ihr gewaltsam Wasser in den Rachen kippt, dagegen aber hätten sich die Opfer doch bestimmt gewehrt. Da entsprechende Verletzungen nicht festzustellen sind, ergibt aus meiner Sicht allein die Badewanne einen Sinn. Vor allem wäre eine Wanne praktisch, wenn man einen ganzen Haufen junger Mädchen innerhalb von kurzer Zeit ertränken will.«

Sie bahnte sich den Weg an zwei der Stahltische vorbei und stellte sich die Taten bildlich vor.

»Sie hätten sich, wenn sie gekonnt hätten, doch ganz bestimmt gewehrt. In einer Badewanne zu ertrinken, ist bestimmt nicht leicht. Da schlägt und tritt man um sich, fährt die Ellenbogen aus und klammert sich an die Person, die einen unter Wasser drückt. Aber nach allem, was Sie bisher rausgefunden haben, haben die Mädchen nichts davon getan.«

»Nein. Die Skelette weisen keine Brüche oder anderen Schäden, die sie sich zum Todeszeitpunkt zugezogen haben könnten, auf. Trotzdem ...«

»Also hat der Täter sie zuerst betäubt. Gerade genug, damit er sie problemlos untertauchen kann. Sodass er ihnen vielleicht noch die Hände und die Füße fesseln kann. Das heißt, sie waren völlig wehrlos, als sie in der Wanne lagen und er ihre Köpfe untergetaucht hat. Und vor allem waren sie allein.«

Wieder sah sie sich die Überreste eines der Mädchen an und rief sich gleichzeitig das Bild des Tatorts in Erinnerung. »Schließlich durfte keine von den anderen sehen, was er da macht. Er hat sie also einzeln umgebracht. Vielleicht hatte er das jeweils nächste Opfer schon zur Hand, aber er konnte nicht riskieren, dass sein aktuelles Opfer noch mal so weit zur Besinnung kommt, dass es sich wehren oder um Hilfe rufen kann. Er hat die Mädchen also erst betäubt und sie dann ausgezogen. Das ist praktisch, denn die nassen Kleider hätten seine Opfer unnötig beschwert. Dazu hat es ihm sicher einen zusätzlichen Kick verschafft, sich ihre jungen, nackten Körper anzusehen. Vielleicht hat er sie auch, bevor er sie ertränkt hat, noch missbraucht. Ihnen ein bisschen Whore, ein bisschen Rabbit oder auch nur ein Beruhigungsmittel eingeflößt, damit sie sich nicht wehren.«

Sie umrundete den Tisch, während sie sprach, betrachtete das Skelett und sah das Blut und Fleisch, von dem es einst bedeckt gewesen war.

»Wenn er mit ihr fertig ist, nachdem er ihr beim Sterben zugesehen hat, zieht er sie wieder aus der Wanne, legt sie auf die Plastikfolie, nimmt ihr die Fesseln ab, damit er sie noch mal verwenden kann, und wickelt das tote Mädchen dann ein.«

Sie blickte Morris an und nickte knapp. »Zumindest stelle ich mir vor, dass es so abgelaufen ist. Wahrscheinlich hatte er die Wand schon hochgezogen, denn das hat es einfacher für ihn gemacht. Er hat nur noch ein Loch gelassen, damit er das Mädchen in den Raum dahinter schieben kann. Dann hat er sie versteckt, wo niemand sie mehr sehen kann, und das Loch mit Brettern zugenagelt oder so. Wobei natürlich außer ihm und seinen Opfern sowieso kein Mensch in dieses Haus gekommen ist.«

Sie wandte sich DeWinter zu. »Stimmt das für Sie mit

den Dingen, die Sie bisher herausgefunden haben, überein?«

»Oh ja. Auf jeden Fall. Obwohl ich ohne Schäden an den Hand- und Fußgelenken nicht mehr feststellen kann, ob sie gefesselt waren. Genauso wenig, wie ich jetzt noch sagen kann, ob sie womöglich vergewaltigt worden sind.«

»Das ist nur eine Theorie. Melden Sie sich, wenn Sie wissen, ob im Knochenmark der anderen Mädchen auch etwas von diesen Kieselalgen zu finden ist.«

»Kieselalgen.«

»Ja, genau. Und lassen Sie mich wissen, wenn Sie noch einmal zum Fundort wollen. Schließlich gibt es das Klischee des Killers, den es immer wieder an den Tatort zieht, nicht ohne Grund. Bis dann, Morris.«

Als Eve und Peabody den Raum verließen, atmete DeWinter hörbar ein. »Das war in höchstem Maß beunruhigend. Es war beunruhigend, dass sie die Taten so geschildert hat, als hätte sie die Mädchen selber umgebracht.«

»Das ist eine ihrer ganz besonderen Fähigkeiten«, klärte der Pathologe sie auf.

»So sieht es aus. Ich kann anhand von Knochen sagen, wie ein Mensch gelebt hat und gestorben ist. Aber seinen Mörder hätte ich bestimmt nicht gern im Kopf.«

»Es hilft ihr, ihn zu finden, wenn sie sich in ihn hineinversetzt.«

»Ich bin nur froh, dass das nicht mein Job ist.«

»Aber sie sieht auch die Toten, Garnet. Sie sieht sie genauso klar und deutlich wie uns beide, wenn wir vor ihr stehen.«

Auch auf dem Rückweg durch das Labyrinth sah Eve die Toten, denen die Gesichter und die Namen in der Zwischenzeit zurückgegeben worden waren.

»Ich hoffe, Sie haben recht, und er hat sie betäubt«, bemerkte Peabody. »Dann hätten sie nicht leiden müssen und vor allem keine Todesangst gehabt.«

»Lieutenant!«

Eve blieb stehen und sah, dass Elsie Kendrick über eine breite Treppe auf sie zugewatschelt kam.

»Ich bin froh, dass ich Sie noch erwische. Hier sind die nächsten beiden Mädchen«, sagte sie und drückte ihr eine Diskette und mehrere ausgedruckte Bilder in die Hand. »Bis heute Abend dürften mindestens zwei weitere fertig sein.«

»Sie sind echt schnell.«

»Ich habe einfach hier campiert und den Computer automatisch weitermachen lassen.« Sie massierte ihren beeindruckenden Bauch. »Mit so vielen Gesichtern hatte ich es bisher nie bei einem Fall zu tun. Ich kriege sie ganz einfach nicht mehr aus dem Kopf. Würden Sie mir ihre Namen schicken, wenn Sie sie herausgefunden haben? Ich möchte wissen, wer sie waren.«

»Ich melde mich, sobald wir etwas haben«, sagte Eve ihr zu. »Das ist wirklich gute Arbeit. Vielen Dank.«

Sie gab die Diskette ihrer Partnerin und sah sich die Computerskizzen der beiden nächsten Opfer an.

»Ich kenne diese zwei. Sie sind in der Vermisstendatenbank. Ich habe Ihnen die Datei geschickt. Rufen Sie sie auf. Die beiden sind da drin.«

Jetzt wussten sie von fünf bisher gesichts- und namenlosen Mädchen, wie sie ausgesehen und geheißen hatten.

Sie fuhr zurück zur Wache, ging in ihr Büro und brachte die Gesichter und die Namen an der Tafel an. Zwei typische Ausreißergeschichten, dachte Eve, als sie die Akten überflog. Beide Mädchen hatten einen Großteil ihres kurzen, harten Lebens auf der Straße zugebracht, während LaRue Freeman wegen Diebstahls noch bis kurz vor ihrem Tod im Jugendknast gesessen hatte, hatte Carlie Bowen, die von ihren Eltern schwer misshandelt worden war, Pflege- um Pflegefamilie verschlissen.

Keins der beiden Mädchen war im alten oder neuen Heim der Jones registriert gewesen, aber vielleicht hatten sie ja trotzdem einen Draht dorthin gehabt. Kids, die auf der Straße lebten, taten sich zusammen, wusste Eve. Bildeten Netzwerke und Gangs und traten wie die meisten Jugendlichen gern in Rudeln auf.

Dazu hatten Shelby und LaRue gesessen. Nicht zusammen, aber trotzdem, dachte Eve.

Außerdem hatte sie dieselbe Frau vom Jugendamt betreut. Eine gewisse Odelle Horwitz, die schon vor längerer Zeit bei der Behörde ausgeschieden war, was nicht weiter ungewöhnlich war. Sozialarbeiter brannten schließlich schneller als ein Streichholz aus.

Die Frau war zweiundvierzig Jahre alt, zum zweiten

Mal verheiratet, hatte ein Kind, außerdem hatte sie in der Upper East Side einen Blumenladen aufgemacht.

Auch wenn nicht sicher war, ob sie sich noch an irgendetwas erinnern würde, wählte Eve die Nummer des Geschäfts und hatte nach einer kurzen Unterhaltung gerade wieder aufgelegt, als Baxter in der Tür ihres Büros erschien. »Hi, Boss, haben Sie kurz Zeit?«

»Ich wollte gerade wieder gehen. Also fassen Sie sich kurz.«

Er trat in seinen blank polierten Schuhen ein. In seinem schicken Anzug sah er eher nach Banker als nach Bulle aus, aber sie wusste, selbst in dieser Aufmachung würde der Mann für sie und alle anderen Leute ihres Dezernats durchs Feuer gehen.

»Trueheart und ich haben gestern einen Doppelmord aus dem Theaterdistrikt reingekriegt.«

»Wahrscheinlich heißt es nicht umsonst, dass das Gerangel um die besten Rollen dort ein Hauen und Stechen ist.«

»Genauso hat's auch ausgesehen«, stimmte er ihr lachend zu. Tatsächlich hatten sich zwei Männer um dieselbe Hauptrolle in einem neuen Stück beworben, aber jetzt war einer von den beiden und auch dessen Mitbewohner tot.

»Der andere hat ein wasserdichtes Alibi. Er stand als Chino in der *West Side Story* auf der Bühne, obwohl die Kritiker nicht unbedingt begeistert waren, saßen ein paar hundert Zuschauer im Publikum, und auch die anderen Schauspieler können bezeugen, dass er mit den Haien getanzt hat, als die beiden anderen Männer umgekommen sind.«

»Seit wann können denn Haie tanzen?«

Baxter wollte wieder lachen, ehe die verblüffte Miene seiner Vorgesetzten ihm verriet, dass diese Frage nicht als Scherz gemeint war. »Die Haie, oder eher die Sharks, sind eine Gang. Ihre Rivalen sind die Jets. Die *West Side Story* ist so was wie *Romeo und Julia,* spielt aber in New York. Es geht darin um die Rivalität zwischen zwei Gangs, Gewalt, die erste Liebe, Freundschaft und Loyalität. Und das alles mit Gesang und Tanz.«

»Diese Straßengangs sind schließlich permanent am Singen und am Tanzen, wenn sie nicht gerade mit irgendwelchen Messerstechereien beschäftigt sind.«

»Sie müssten sich das Stück wahrscheinlich ansehen, um es zu verstehen.«

»Meinetwegen. Dann ist dieser Mitbewerber um die Rolle also aus dem Schneider. Aber hatte er tatsächlich einfach Glück?«

»Wir haben seinen Partner im Visier. Er behauptet, dass er während der gesamten Aufführung hinter der Bühne war, und es gibt eine Reihe Leute, die ihn dort gesehen haben wollen. Aber das Stück geht fast zwei Stunden, also hätte er genügend Zeit gehabt, um zu verschwinden und zurückzukehren, bevor der Vorhang fällt. Wir haben es mal durchgespielt. Zu Fuß sind's fünf Minuten vom Theater bis zum Tatort, und wenn jemand joggt, ist er in weniger als drei Minuten dort. Der Mann hat keine Vorstrafen, wir haben keine Waffe, keine Zeugen und auch keine Aufnahmen von irgendwelchen Überwachungskameras, aber meine Nase sagt mir – und ich würde sogar meinen straffen, maskulinen Arsch darauf verwetten – das er's trotzdem war.«

»Dann holen Sie ihn aufs Revier, nehmen Sie ihn in die Zange.«

»Alles klar. Aber ich hätte gern, dass Trueheart ihn verhört.«

Obwohl der junge Trueheart noch recht unerfahren war, hielt Eve sehr viel von ihm. Trotzdem fragte sie mit leisem Zweifel in der Stimme: »Keine Zeugen, keine Waffe, ein plausibles Alibi, und trotzdem wollen Sie, dass Trueheart diesen Typ dazu bringt, freiwillig zu gestehen, dass er zwei Leute abgestochen hat, damit sein Partner eine Rolle in einem Theaterstück bekommt?«

»Die Hauptrolle«, rief Baxter ihr mit einem leisen Lächeln in Erinnerung. »Die Sache ist die: Als Trueart ihm bei der Vernehmung im Theater gegenübersaß, hatte er diesen ganz bestimmten Blick.«

»Was denn für einen Blick?«

»Diesen ›Ich würde gerne mit dir essen gehen, mir den Hauptgang auf dem tollen Sixpack, den du hast, servieren lassen, und zum Nachtisch dann dich selber vernaschen‹-Blick.«

»Die Einzelheiten hätten Sie mir auch ersparen können.«

»Sie haben mich doch gefragt.«

Okay, das hatte sie. »Wenn Sie der Meinung sind, dass Trueheart diesen Typ knacken kann, und ihm nicht nur die Chance geben wollen, bei der Prüfung zum Detective nächsten Monat besser dazustehen, überlassen Sie die Sache meinetwegen ihm.«

»Ich weiß, dass er ihn knacken kann, dass er dann gut dasteht und dass der Erfolg ihm zusätzliches Selbstbewusstsein für die Prüfung geben wird«, versicherte er ihr und sah sich ihre Tafel an. »Sie haben noch zwei Mädchen identifiziert.«

»Heute Morgen, ja.« Sie sah ihn fragend an. »Dann wissen Sie also, worum es geht?«

»Das wissen wir alle, und wenn nötig, legen wir auch alle ein paar Überstunden ein.«

»Danke, das ist nett. Ich melde mich, wenn es nötig ist, aber sacken Sie jetzt erst mal Ihren eigenen Mörder ein.«

Sie griff nach dem Mantel, trat zusammen mit dem Detective durch die Tür und winkte Peabody hinter sich her. »Sie kommen mit.«

»Ich habe die nächsten Angehörigen der letzten beiden Opfer. Freemans Mutter sitzt gerade die zweite Haftstrafe in Joliet wegen schweren Raubs und einer BTM-Geschichte ab, einen Vater gibt es nicht, aber sie hat noch eine Tante, die in Queens lebt und die sie vor fünfzehn Jahren als vermisst gemeldet hat.«

»Richtig. Ich erinnere mich.«

»Bowen wurde von der älteren Schwester als vermisst gemeldet«, fügte Peabody hinzu und kämpfte sich in ihren violetten Flauschmantel.

»Die Eltern saßen damals beide«, meinte Eve, als sie mit Peabody hinunter in die Tiefgarage fuhr. »Die Schwester hat das Sorgerecht beantragt, obwohl sie zu der Zeit selber gerade einmal achtzehn war. Die Kleine war damals bei Pflegeeltern, und der Antrag lag beim Jugendamt.«

»Die Schwester und der Ehemann führen zusammen einen Sandwich-Laden in der Innenstadt.« Jetzt wickelte Eves Partnerin sich einen kilometerdicken, leuchtend grünen Schal um den Hals und band ihn mit einem komplizierten Knoten fest. »Zwei Kinder. Ihre Strafakte aus Jugendtagen ist versiegelt, der Mann war einmal wegen irgendeiner kleinen Sache dran, aber seit fünfzehn Jahren sind sie sauber«, fügte sie hinzu.

»Seit der Zeit, als sie die kleine Schwester als vermisst gemeldet hat. Wir werden mit den beiden und mit Freemans Tante reden«, meinte Eve.

»Vielleicht könnten wir ja erst mal in den Sandwich-Laden fahren, mit den beiden sprechen und uns eine Kleinigkeit zu essen holen. Schließlich ist jetzt gerade Mittagszeit.«

Eve überlegte kurz. »Dann setze ich Sie bei dem Laden ab und fahre weiter, um mir diesen Frester anzusehen. Danach können Sie auch noch die Tante kontaktieren, anschließend entscheiden wir, ob es sich lohnt, wenn auch noch jemand mit der Mutter spricht. Am besten treffen wir uns nach diesen Terminen in dem Haus, in dem die Mädchen lagen, und sehen uns dort noch einmal um.«

»Ich bringe Ihnen was zu essen mit. Was wollen Sie?«

»Überraschen Sie mich einfach«, meinte Eve und setzte Peabody ein Stückchen oberhalb des Ladens ab.

Anscheinend hatte sich in Roarkes Hotel herumgesprochen, wer sie war. Einer kleinen Polizistin hätte der livrierte Türsteher wahrscheinlich Scherereien gemacht, wenn sie mit ihrer Klapperkiste direkt vor dem prächtigen Gebäude angehalten hätte, aber für die Gattin seines Bosses rollte er den roten Teppich aus.

Was etwas ärgerlich, aber auf jeden Fall genauso praktisch war, wie dass sie am Empfang sofort jemanden zugeteilt bekam, der sie mit schnellen Schritten direkt in den Ballsaal führte, in dem Frester sprach.

Eve stellte fest, dass die Bezeichnung Ballsaal alles andere als übertrieben war. Den Kronleuchtern mit ihrem glitzernden Kristall gelang es, gleichzeitig nach alter Welt und futuristisch auszusehen, und der schimmernd weiße, von hauchdünnen Silberadern unterbrochene Marmorboden hob sich von den rauchgrauen Tapeten an den Wänden und den schwarz schimmernden Zierleisten und Friesen ab.

Ungefähr fünfhundert Leute saßen an den großen, runden Tischen mit den dunkelgrauen Decken und marineblauen Sets. Lautlos wie Nebelschwaden schwebten Ober durch den Raum, räumten die Dessertteller auf silberne Tabletts, servierten Kaffee oder schenkten Mineralwasser und andere Kaltgetränke nach.

Vorne auf der großen Bühne hatte Lemont Frester sich vor einem riesengroßen Bildschirm aufgebaut, auf dem man ihn mit Größen aus der Politik, der Film- und der Musikbranche zusammen sah. Dazwischen waren Bilder eingestreut, auf denen er mit Junkies, Häftlingen und Jugendgruppen sprach, in Wanderkleidung vor der ausnehmend romantischen Kulisse eines waldigen Gebirges oder im Marinelook am Rand des Meeres stand und nachdenklich und fromm über die grenzenlose blaue Weite sah, wenn er nicht gerade auf dem Rücken eines weißen Pferds durch eine goldene Wüste ritt.

Das Einzige, was diese Aufnahmen gemeinsam hatten, war, dass immer Lemont Frester darauf abgebildet war.

Seine Stimme klang so reif und fruchtig wie ein Korb Orangen, dachte Eve. Er hatte seinen Sprechrhythmus, die Schlüsselwörter, seine Gestik, seine Mimik und die kurzen Pausen für Gelächter und spontanen Beifall sorgsam einstudiert.

Dazu trug er einen dreiteiligen Anzug in genau demselben Grau wie die Tapeten und die Decken auf den Tischen und einen hellgrau gemusterten, marineblauen Schlips.

Es war bestimmt kein Zufall, dass die Farbe seiner Kleidung so gut mit der Einrichtung des Ballsaals harmonierte, überlegte Eve. Das zeugte entweder von einem riesengroßen Ego oder davon, dass er krankhaft eitel war.

Auf alle Fälle wusste sie schon jetzt, dass er ihr nicht sympathisch war. Das Glitzern seiner Augen, seine salbungsvolle Stimme, sein an die Umgebung angepasster Aufzug und vor allem das Gefühl, dass er nicht besser war als einer dieser evangelikalen Prediger, die gerne was mit ihren attraktiven, jungen Schäfchen hatten und die gutgläubige, alte Frauen um ihre Rente brachten, riefen kalten Widerwillen in ihr wach.

Aber das hieß noch lange nicht, dass er ein Mörder war.

Mit halbem Ohr hörte sie zu, als er nicht von der Überwindung, sondern von dem Sieg über die alten Süchte, Fehler und das dunkle Kind in seinem Innern sprach. Er hatte über diese Schwächen triumphiert, und das könnten die Leute, die zu seinem Vortrag eingeladen waren, auch. Sie alle könnten starke, produktive Leben – mitsamt Weltreisen und teuren Outfits – führen, und sie könnten anderen helfen, siegreich aus der Schlacht gegen das dunkle Kind in ihrem Inneren hervorzugehen.

Um seinen Zuhörern die Arbeit zu erleichtern, hatte

er die Antworten und Lösungen in seinem neuesten Buch zusammengefasst und diesem Werk noch eine Reihe seiner Vorträge sowie die Highlights seiner bisherigen Arbeit zugefügt. Das alles für nur hundertachtunddreißig, wenn man auch noch eine Widmung von ihm wünschte, hundertachtundfünfzig Dollar, was ein echtes Schnäppchen war.

Der gute Frester nahm die Leute wie die Weihnachtsgänse aus, und niemand störte sich daran.

Noch während Eve dies dachte, meldete sich Roarke auf ihrem Handy, sie las sich seine Nachricht durch.

Habe gerade eine kurze Pause zwischen zwei Besprechungen und nehme an, du bist okay. Mavis und ihre Familie kommen heute Abend zum Aperitif und einem ungezwungenen Abendessen, was uns sicher allen guttun wird. Der Termin steht auch in deinem Kalender, aber da wir beide wissen, dass du dort nie reinschaust, dachte ich, ich gebe dir auf diesem Weg Bescheid.
Pass gut auf meine Polizistin auf, bis wir uns nachher wiedersehen. Dann nehme ich dir diese Arbeit ab.

Sie überlegte kurz, wie er auf die Idee kam, ihre Freunde einzuladen, während sie voll und ganz mit diesem grauenhaften Fall beschäftigt war, doch dann fiel es ihr wieder ein.

Er hatte sie am Vorabend gefragt, und leicht benebelt vom Champagner und der weihnachtlichen Stimmung hatte sie dem Vorschlag zugestimmt.

Vielleicht täte es ihr wirklich gut, mal einen Abend Abstand von der Arbeit zu gewinnen. Oder sich mit Mavis zu besprechen, die in jungen Jahren selbst ein Straßenkind und eine Trickbetrügerin gewesen war. Kurzentschlossen schickte sie der Freundin eine SMS und fragte, ob sie vielleicht eine halbe Stunde früher kommen könnte, damit noch ein wenig Zeit für ein Gespräch in ihrem Arbeitszimmer war.

In meinem aktuellen Fall geht es um Straßenkinder, und ich dachte, dass du mir dabei vielleicht ein bisschen weiterhelfen kannst.

Sie könnte das Zusammensein mit Freunden mit der Arbeit kombinieren, zufrieden mit dem Kompromiss, den sie gefunden hatte, nutzte sie die Zeit, als Frester Fragen aus dem Publikum entgegennahm, indem sie auch noch Dr. Mira eine kurze E-Mail schrieb.

Warte auf die Vernehmung eines möglichen Verdächtigen. Kurze Frage. Diese Mädchen wurden offenbar ertränkt – wahrscheinlich in der Wanne in einem der Badezimmer des zu jener Zeit bereits verlassenen Heims. Diese Mordmethode ist nicht gerade praktisch, ging es unserem Mörder also vielleicht um den Kick, die Opfer eigenhändig umzubringen und ihnen dabei noch ins Gesicht zu sehen? Oder waren diese Taten vielleicht eher symbolisch? Dachte er, dass er die Mädchen reinwäscht oder tauft? Auf die Idee hat mich der Typ, den ich jetzt gleich vernehmen will, gebracht. Er spricht

davon, dass er sein Inneres von dem dunklen Kind,
das dort einmal gelebt hat, reingewaschen hat.
Waren diese Morde vielleicht so was wie ein Ri-
tual?
Würden Sie die Spur verfolgen, oder bin ich auf
dem völlig falschen Weg?

Sie baute mühsam die Verbindung zu ihrem Computer auf der Wache auf und wies ihn an, zu rituellen Waschungen und Reinigungen zu recherchieren.

Dann steckte sie ihr Handy wieder ein und stapfte, als die Fragestunde ihrem Ende nahte, auf die Bühne zu.

Eine Frau von der Security mit Riesentitten, die in ihrer eng sitzenden Jacke vorteilhaft zur Geltung kamen, trat ihr eilig in den Weg.

Eve erwiderte den kalten Blick, mit dem sie sie bedachte, und wies sich mit ihrer Marke aus.

»Mr. Frester ist noch bis zum Abend ausgebucht. Kontaktieren Sie also bitte einen seiner Assistenten, wenn Sie ihn sprechen wollen.«

»Ich kann auch einfach einen Riesenaufstand machen, gerne hier mitten im Saal. Ich wette, dass das die Verkaufszahlen seiner inspirierenden Werke ziemlich runterdrückt.«

»Ich muss mit Ihrem Vorgesetzten sprechen.«

»Hier und jetzt bin ich mein eigener Boss. Jetzt gehen Sie zur Seite, wenn Sie keinen Ärger kriegen wollen, weil Sie die Justiz behindern und mir furchtbar auf die Nerven gehen.«

Der kalte Blick der anderen Frau wurde noch kälter. »Kommen Sie mit raus.«

Sie packte ihren Arm, und grinsend meinte Eve: »Jetzt haben Sie's geschafft. Jetzt kommt auch noch tätlicher Angriff gegen eine Polizeibeamtin zu den anderen Anklagen hinzu.«

Mit ihrer freien Hand warf Eve die Frau gegen die Wand und rammte ihr so fest den Ellenbogen in den Bauch, dass ihr ein *Umpfff* entfuhr. Während sie sich vorstellte, wie schön es wäre, Riesentitte einfach dafür, dass sie eine derartige Nervensäge war, aufs Revier zu holen.

»Hiermit nehme ich Sie fest.« Eve drückte das Gesicht der Frau gegen die Wand und umklammerte die Hand, die nach dem Stunner greifen wollte, der an ihrem Hosenbund befestigt war.

»Allmählich macht mir die Sache Spaß«, erklärte Eve, denn langsam drehten sich die ersten Gäste nach den beiden Frauen um.

»Polizei«, erklärte sie mit lauter, fester Stimme, während sie den Arm der anderen Frau nach hinten riss. »Sie bleiben besser erst mal alle sitzen.«

Die Frau war durchaus talentiert, denn plötzlich schaffte sie es, einen ihrer Arme zu befreien und Eve einen Fausthieb zu verpassen, der sie Sterne sehen ließ.

»Sie haben es nicht anders gewollt.«

Sie trat dem Weib die Füße weg, stützte sich mit einem Knie auf deren Rücken ab, legte ihr Handschellen an und blickte auf, als ein Kollege ihrer Widersacherin mit schnellen Schritten auf sie zugelaufen kam.

Noch einmal sagte sie mit lauter Stimme »Polizei«, und da es einfacher und etwas würdevoller war, erhob sie sich, rammte der Frau statt ihres Knies den Fuß ins Kreuz und hielt ihm ihre Marke hin.

Anscheinend hatte man auch ihn gebrieft, denn er blieb stehen und sah sie fragend an. »Lieutenant Dallas. Kann ich Ihnen irgendwie behilflich sein?«

»Sind Sie von der Hotelsecurity?«

»Ja, Ma'am.«

»Ich würde sagen, dass diese Veranstaltung beendet ist. Ich lasse die Gefangene auf die Wache bringen, Sie räumen diesen Saal und sorgen bitte dafür, dass ich einen Raum bekomme, in dem ich mit Mr. Frester sprechen kann.«

»Sie hat mich angegriffen!« Wütend bäumte Riesentitte sich unter Eves Stiefel auf. »Ich habe einfach meinen Job gemacht, als sie mich plötzlich angegriffen hat.«

Wortlos zeigte Eve auf ihren Wangenknochen und hielt ihm den Stunner hin, den sie während des Gerangels in ihre Manteltasche hatte fallen lassen. »Der hier ist von ihr. Sie hat versucht, damit auf mich zu zielen. Sie haben hier doch sicher Kameras, von denen der versuchte Angriff aufgenommen worden ist. Das heißt, dass ich die Frau mit Fug und Recht verhaften kann.«

»Ich besorge Ihnen sofort einen Raum.«

Nickend zerrte Eve ihr Handy aus der Tasche und bestellte eine Streife ins Hotel.

Alles in allem hatte der Zwischenfall den ehrerbietigen Empfang bei ihrer Ankunft mehr als wettgemacht.

Sie überließen ihr einen Besprechungsraum mit einem runden Tisch und einem halben Dutzend Stühlen, einem kleinen Sofa, einem riesengroßen Wandbildschirm und einem netten Ausblick auf den wunderschönen Park in seiner momentanen, kalten Pracht.

Dazu servierten sie Kaffee, und da er nun mal auf dem Tisch stand, schenkte sie sich ein und ging noch einmal ihre Aufzeichnungen durch.

Kurz darauf glitt Frester durch die Tür. Der Anzugträger und die Anzugträgerin, die ihn flankierten, strahlten makellose Würde aus, am makellostesten und würdevollsten aber wirkte Frester selbst.

Eve jedoch empfand sein breites Lächeln und die Jovialität, die er verströmte, als aufgesetzt.

»Die berühmte Lieutenant Dallas!«, rief er aus und reichte ihr die Hand.

Sie würde nie verstehen, was einen Menschen dazu brachte, dass er einen fetten, obendrein rubingeschmückten, goldenen Ring am kleinen Finger trug.

Er hatte eine weiche Haut und einen festen Griff, erst nachdem er dreimal ihre Hand geschüttelt hatte, ließ er wieder von ihr ab.

»Ich war gerade auf Lesereise, als Ihr Film hier in die Kinos kam, aber das Buch hat mir sehr gut gefallen, ich habe mir den Film im Rahmen einer Privatvorführung letzten Monat angeschaut. Herrlich! Klone.« Er warf seine Hände in die Luft. »Ich hätte geschworen, dass das Science-Fiction ist, aber Sie haben die Geschichte selbst erlebt.«

»Das war einfach Teil von meinem Job. Setzen Sie sich, Mr. Frester«, bat sie ihn, und als er bellend lachte, fragte sie mit einem Blick auf seine Entourage: »Denken Sie, Sie brauchen während unserer Unterhaltung Bodyguards?«

»Ich fürchte, das gehört bei mir einfach dazu.« Wieder warf er seine Hände in die Luft, bevor er sich auf einen der sechs Stühle sinken ließ. »Wie Sie wissen, rufen

Menschen, die im öffentlichen Blickfeld stehen, manchmal die falsche Art … Enthusiasmus in den Leuten wach. Außerdem ist Greta Anwältin, deshalb …«

Als er abbrach, meinte Eve mit hochgezogenen Brauen: »Okay. Nachdem Sie in Begleitung eines Rechtsbeistands zu dem Gespräch erschienen sind, sehen wir besser zu, dass alles seine Ordnung hat. Also kläre ich Sie erst mal über Ihre Rechte auf.«

»Meine Rechte? Warum …«

»Also …« Jetzt warf sie die Hände in die Luft, rasselte den vorgeschriebenen Text herunter und sah Frester fragend an. »Haben Sie verstanden, welche Rechte und auch welche Pflichten Sie in dieser Sache haben?«

»Ja, natürlich. Ich war davon ausgegangen, dass es hier um Ingrids übertriebenen Arbeitseifer geht. Man sagte mir, dass Sie sie festgenommen haben. Ich bitte um Entschuldigung, falls sie sich falsch verhalten hat. Ich fühle mich verantwortlich dafür, denn schließlich hat sie einfach ihren Job gemacht.«

»Dann ist es also Teil von ihrem Job, eine Waffe zu ziehen, wenn sie auf eine Polizeibeamtin trifft?«

»Natürlich nicht! Oh nein.« Er nickte seinen beiden Anzugträgern unauffällig zu, lautlos glitt der männliche Begleiter daraufhin aus dem Raum. »Ich bin mir sicher, dass das alles nur ein Missverständnis ist.«

»Wie Ihr Angestellter gleich sehen wird, wird durch die Aufnahmen der Überwachungskameras belegt, dass sie mich tätlich angegriffen hat. Natürlich steht es Ihnen frei, Kaution für sie zu stellen, falls das genehmigt wird. Aber reden wir erst einmal über das Heim, in dem Sie einmal waren, den *Zufluchtsort*.«

»Ah, der Ort, an dem ich auf den rechten Weg gekommen bin.«

Der Ring an seinem kleinen Finger funkelte, als er die
Hände faltete und sich ein wenig vorbeugte, um ihr zu
zeigen, dass er völlig bei ihr war.

Oh ja, er hatte seine Gesten wirklich sorgsam einstudiert.

»Dort ging mir auf, dass es für mich und jeden Menschen auch noch andere Möglichkeiten gibt. Dass es ein
Wesen oder eine Macht gibt, die bei allen Dingen ihre
Hand im Spiel hat, und die deutlich größer und vor allem
weiser ist als ich, und dass ich mich auf ihren Weg be-
geben muss.«

»Schön für Sie.« Eve nahm verschiedene Fotos aus der
Aktentasche und hielt sie ihm hin. »Erkennen Sie diese
Mädchen wieder?«

»Ich glaube nicht.« Er zog an seiner Unterlippe, schüttelte den Kopf und sah sie fragend an. »Sollte ich?«

»Einige von Ihnen haben zur selben Zeit wie Sie im
Zufluchtsort gelebt.«

»Oh. Dann sehe ich mir diese Bilder besser noch mal
an. Das ist inzwischen ewig her«, murmelte er. »Aber da
die Zeit dort wirklich wichtig für mich war, sollte ich
mich ... Dieses Mädchen. Ja, genau.« Er tippte auf die
Aufnahme von Shelby Stubacker. »An sie erinnere ich
mich. Sie hatte eine ziemlich raue Schale und war wirklich clever, wenn auch nicht auf positive Art. Die meisten
jungen Menschen dort hatten Probleme und waren ziemlich aggressiv. Shelly, richtig?«

»Shelby.«

»Shelby. Ja, an sie und vielleicht auch an dieses

Mädchen kann ich mich erinnern«, meinte er und zeigte auf ein zweites Bild. »Sie ist mir aufgefallen, weil sie sehr ruhig und lernbegierig war. So etwas hat man dort nicht oft erlebt. Ich weiß nicht, ob ich jemals ihren Namen kannte, aber ich bin mir ziemlich sicher, dass sie nur für kurze Zeit dort war. Bevor das Heim in das neue Haus gezogen ist. Hilft Ihnen das weiter? Ich verstehe nicht, warum ...« Er lehnte sich zurück, und plötzlich drückte sein Gesicht Neugier und ernste Sorge aus.

»Ich habe in den Nachrichten gehört, dass in dem leerstehenden, alten Haus mehrere Leichen aufgefunden worden sind, aber ich habe diese Funde bisher nicht mit uns oder dem *Zufluchtsort* in Verbindung gebracht. Sind diese Mädchen ... waren sie die Toten, die man dort gefunden hat?«

»Ihre Überreste«, korrigierte Eve. »Diese fünf Mädchen, deren Namen wir inzwischen haben, und noch sieben bisher unbekannte Opfer wurden ungefähr vor fünfzehn Jahren umgebracht und in dem Haus versteckt.«

»Aber das ... das kann nicht sein. Umgebracht? Versteckt? Lieutenant Dallas, ich versichere Ihnen, Philadelphia und Nashville Jones haben sich unermüdlich für uns eingesetzt und hätten die Mädchen vermisst, wenn sie urplötzlich nicht mehr da gewesen wäre. Sie hätten sie vermisst und nach ihnen gesucht. Natürlich war das Haus nicht gerade klein, aber um zwölf Leichen zu verstecken, war dort immer viel zu viel Betrieb.«

»Das Heim war umgezogen, und das Haus stand damals leer.«

»Oh. Oh Gott.« Er faltete erneut die Hände und senkte den Kopf wie zu einem Gebet. »Natürlich herrschte ziemlich großes Durcheinander während unseres Umzugs, aber wenn zu der Zeit irgendwer verschwunden wäre, hätten das die Jones auf jeden Fall bemerkt. Ich nehme an, dass Sie mit Philadelphia und mit Nashville schon gesprochen haben?«

Ohne darauf einzugehen, fragte Eve: »Sind Sie nach dem Umzug jemals in das alte Haus zurückgekehrt?«

»Ja. Als ich mein erstes Buch geschrieben habe, wollte ich alte Erinnerungen wecken und alles noch einmal möglichst deutlich vor mir sehen. Das ist inzwischen acht, neun Jahr her. Ich habe damals die Besitzer des Gebäudes kontaktiert. Ich gebe zu, ich habe ihnen etwas vorgemacht und so getan, als wollte ich es vielleicht kaufen oder mieten, damit ich mich dort in Ruhe umschauen kann. Und tatsächlich wurden während meines Rundgangs durch das Haus zahlreiche Erinnerungen wach.«

»Kam Ihnen irgendwas verändert vor?«

»Ohne Möbel und vor allem ohne all die Kinder, Jugendlichen und Erwachsenen kam das Haus mir größer, aber gleichzeitig auch kleiner vor. Es war ein typisches verlassenes Gebäude, falls Sie wissen, was ich damit sagen will. Die Vertreterin der Eigentümer, die mit mir durchs Haus ging, räumte offen ein, dass es dort eine Reihe Einbrüche gegeben hatte und die Badezimmer und die anderen Räume völlig ausgeweidet worden waren. Es gab dort nichts mehr, was von irgendeinem Wert oder verkäuflich war. Außerdem hatten wahrscheinlich irgendwelche Obdachlosen oder Hausbesetzer dort kampiert.«

Er presste seine Lippen aufeinander. »Im ganzen Haus hing ein entsetzlicher Gestank, den Philadelphia nie geduldet hätte, und hinter den Wänden konnte ich die Mäuse oder vielleicht sogar Ratten rascheln hören. Trotzdem habe ich mich gründlich umgeschaut, und wenn dort Leichen rumgelegen hätten, hätte ich die garantiert nicht einfach übersehen. Sie müssen also später dort gelandet sein.«

»Haben Sie in dem Gebäude jemals irgendwelche handwerklichen Tätigkeiten durchgeführt? Haben Sie dort jemals irgendwelche Sachen repariert?«

Er lachte auf. »Bei den zwei linken Händen, die ich habe, hätte das kaum einen Sinn gehabt. Ich weiß noch, dass ich einmal irgendetwas streichen sollte und einen der anderen Jungs bestochen habe, damit er das für mich macht. Natürlich hätten wir bei der Instandhaltung des Hauses helfen sollen. Durch Putzen oder die besagten Streicharbeiten, wir hätten auch dem Handwerker – ich glaube, er hieß Brady oder Brodie – und Montclair zur Hand gehen sollen.«

»Dem Bruder, der in Afrika gestorben ist.«

»Ein tragisches und grauenhaftes Ende eines einfachen und ruhigen Lebens«, stimmte Frester voller Inbrunst zu und legte aus Respekt für den Verstorbenen eine kurze Pause ein.

»Wie gesagt, wir wurden ermutigt, bei verschiedenen Arbeiten zu helfen, und wenn wir Geschick als Klempner oder Schreiner hatten, wurden wir speziell gefördert. Was auf mich bestimmt nicht zugetroffen hat.«

Er lachte wieder bellend auf und fuhr mit einem träumerischen Lächeln fort. »Eine von den Angestellten hat Klavier gespielt und ein Keyboard mit ins Heim gebracht. Miss Glenbrook – ich war damals hoffnungslos in sie verliebt. Sie hat Klavierstunden gegeben, und weil ich in sie verliebt war, habe ich an diesen Stunden teilgenommen, aber auch als Pianist war ich ein hoffnungsloser Fall. Außerdem gab's Malkurse für Anfänger und Fortgeschrittene und Computerkurse, die von irgendwelchen anderen Angestellten abgehalten worden sind. Wir haben damals vielleicht in einer alten Bruchbude gelebt, aber uns wurden viele Dinge beigebracht. Ob wir es wollten oder nicht, Letzteres hat damals leider auf die meisten und für allzu lange Zeit auch auf mich selber zugetroffen. Wir waren einfach immer auf der Suche nach dem nächsten High. Das war das Einzige, worum es mir und einigen der anderen damals ging.«

»Und haben Sie es bekommen?«

»Wir fanden immer einen Weg. Den finden alle Süchtigen. Natürlich wurden wir dabei fast jedes Mal erwischt, aber das war uns damals egal. Einigen von uns ist es sicherlich auch heute noch egal.«

»Und die Angestellten? Haben sie auch etwas genommen?«

»Nein. Zumindest nicht, soweit ich weiß, und ich hätte es auf jeden Fall gewusst. Das wäre nicht geduldet worden. Wenn einer von den Angestellten oder Ehrenamtlichen sich dabei hätte erwischen lassen, hätten Philadelphia und Nashville ihn umgehend vor die Tür gesetzt und obendrein noch angezeigt.«

»Und wie war es mit Sex?«

»Wir waren damals Teenager.« Er faltete die Hände wieder auseinander und hob sie zum Zeichen, dass man da nichts machen konnte, in die Luft. »Auch Sex war eine Art von Droge, eine Möglichkeit, dem grauen Alltag zu entfliehen. Das Verbotene hat schließlich immer einen ganz besonderen Reiz.«

»Haben Sie Ihr Glück bei einem der Mädchen auf den Bildern hier versucht?«

»Diese Frage brauchen Sie nicht zu beantworten«, mischte sich Lesters Anwältin mit ausdrucksloser Stimme ein.

»Schon gut. Ich habe meine vielen Sünden schon vor Jahren akzeptiert und hinlänglich bereut. Ich kann mich nicht daran erinnern, dass ich was mit einem dieser Mädchen hatte, aber falls ich damals irgendetwas eingeworfen hätte, ist es mir vielleicht auch nur entfallen. Wobei sie ziemlich jung aussehen. Jünger als ich selber damals war. Und es gab eine Hackordnung im Heim, falls Sie verstehen, was ich damit sagen will.«

Trotzdem fiel sein Blick auf Shelbys Bild, und Eve ging sicher davon aus, dass ihm die Blowjobs, die sie angeboten hatte, nicht entfallen waren.

»Hat sich vielleicht irgendwer vom Personal an irgendwelche Kids herangemacht?«

»Davon hätte ich auf jeden Fall etwas gehört. Ich selber wurde niemals angemacht, und ich hätte meinen ganzen Zonervorrat dafür hingegeben, dass Miss Glenbrook mir nicht nur Klavierstunden erteilt.«

Wieder beugte er sich vor und streckte seine Arme aus. »Wir bekamen damals alles, was wir brauchten. Einen sicheren Ort, etwas zu essen, Grenzen, Disziplin, Lohn für angemessenes Betragen, eine Ausbildung. Es gab Menschen, denen wir genug am Herzen lagen, um uns das zu geben, was für unsere weitere Entwicklung wichtig war. Nach dem Umzug in das neue Heim bekamen wir sogar noch mehr, denn plötzlich waren die erforderlichen Gelder da. Ohne das, was man mir dort gegeben hat, ohne die Gelegenheit, den rechten Weg zu sehen und die höhere Macht zu akzeptieren, hätte ich mein eigenes Potenzial wahrscheinlich nie erkannt und noch viel weniger jemals den Mut gefunden, anderen dazu zu verhelfen, ebenfalls den rechten Weg zu gehen.«

»Diese Mädchen hatten keine Chance herauszufinden, was in ihnen steckt«, rief Eve ihm in Erinnerung. »Jemand hat sie dieser Möglichkeit beraubt, indem er sie ermordet hat.«

Er neigte leicht den Kopf. »Ich kann nur hoffen, dass sie jetzt an einem besseren Ort sind.«

»Ich sehe den Tod bestimmt nicht als Verbesserung«, erklärte sie und fuhr, bevor er etwas sagen konnte, fort. »Und eine höhere Macht hatte bei diesen Todesfällen sicher nicht die Hand im Spiel. Die Mädchen wurden umgebracht, und wo auch immer sie jetzt sind, hatte kein Mensch das Recht, ihr Leben einfach zu beenden.«

»Nein, natürlich nicht. Einen Menschen umzubringen ist die größte Sünde, die jemand begehen kann. Ich meinte nur, dass diese Mädchen nach all den Problemen, all dem Schmerz und all der Härte ihres Lebens endlich ihren Frieden haben.«

»Hat man Sie das im *Zufluchtsort* gelehrt? Dass ein Tod in Frieden besser als ein hartes Leben ist?«

»Sie verstehen mich falsch.«

Er presste seine Handballen gegeneinander, streckte seine Fingerspitzen nach ihr aus und fuhr mit ernster Stimme fort.

»Der Mensch erhebt sich dadurch übers Tier, dass er sein Leben und das Licht, den Frieden und den Reichtum dieses Lebens findet, ganz egal, wie schwierig das mitunter ist. Wenn man einem anderen, der in Not ist, eine Hand reicht, freundlich mit ihm spricht, ihm einen sicheren Ort und gleichzeitig die Chance bietet, auf den rechten Weg zu kommen und das Licht, das er dort findet, weiterzuverbreiten, hüllen ihn am Ende dieses Wegs ein noch helleres Licht und noch tieferer Frieden ein. Das ist es, was ich diesen unglücklichen Mädchen und selbst ihrem Mörder wünsche. Dass er seine Taten akzeptiert, bereut und Buße dafür tut.«

»Mir reicht bereits, wenn er gesteht. Mit seiner Reue kann er machen, was er will.«

Mit einem mitleidigen Seufzer lehnte Frester sich zurück. »Ihre Arbeit führt Sie ein ums andere Mal an dunkle Orte. Greta, packen Sie dem Lieutenant eins von meinen Büchern ein.«

»Vielen Dank, aber es ist uns nicht erlaubt, Geschenke anzunehmen.« Eve stand auf und sagte sich, eher ließe sie sich freiwillig das Ohr mit einem spitzen, heißen Dolch durchbohren als ihre Zeit mit seinen selbstgerechten Reden zu vertun. »Danke, dass Sie sich die Zeit für das Gespräch genommen haben. Falls ich später noch Fragen an Sie habe, weiß ich ja, wo ich Sie finden kann.«

Das abrupte Ende ihrer Unterhaltung schien ihn etwas zu verwirren. »Ich hoffe, dass ich Ihnen helfen konnte, und ich wünsche Ihnen eine klare Sicht auf Ihrem weiteren Weg.«

Er stand auf und glitt genauso lautlos aus dem Raum wie er hereingeglitten war, aber der Glanz, den er dabei verströmte, war etwas getrübt.

Wahrscheinlich war es kleinlich, dass sich Eve darüber freute, aber das war ihr egal.

11

Eve stand auf dem Bürgersteig, sah sich den Fundort ihrer Mädchen an und stellte sich das Haus vor fünfzehn Jahren vor. Wahrscheinlich hatte es nicht ganz so schäbig ausgesehen, ohne Bretter vor den Fenstern und vor allem ohne Schmierereien an den Wänden, denn mit Hilfe ihrer Angestellten und der Kinder hätten Philadelphia und Nashville diese sicher umgehend entfernt.

Vielleicht hatte um diese Jahreszeit statt eines Polizeisiegels ein bunt geschmückter Kranz aus Tannengrün die Eingangstür verziert.

Auch die umgebenden Gebäude hatten sich wahrscheinlich in den letzten Jahren etwas verändert. Waren verkauft worden und hatten Aus- und Einzüge der alten oder neuen Eigentümer oder Mietparteien erlebt.

Sie lenkte ihren Blick von dem Tattoo-Studio über den kleinen Elektronikladen mit dem sicher schon vor Jahren angebrachten Räumungsverkauf-Schild im Fenster auf den kleinen, schlecht bestückten Asiamarkt, der auf der anderen Straßenseite lag.

Das Tattoo- und Piercingstudio hatte erst vor sieben Jahren aufgemacht, der Supermarkt hingegen kämpfte schon seit über zwanzig Jahren ums Überleben, las sie in ihren Notizen.

Die Befragung des Besitzers durch die Streifenpolizisten

hatte kaum etwas ergeben, aber vielleicht fiele ihm ja jetzt noch etwas ein.

Entschlossen überquerte sie die Straße und trat durch die Tür. Im Inneren des Ladens roch es erdig wie auf einem Bauernhof. Ein junger Mann von vielleicht zwanzig Jahren mit rabenschwarzer Airborder-Frisur und einer Drachentätowierung um das linke Handgelenk, die vielleicht aus dem Laden gegenüber stammte, stand hinter dem Tresen und bedachte sie mit einem schlecht gelaunten Blick, aus dem sie schloss, dass er nicht unbedingt vernarrt in seine Arbeit war.

Sie ignorierte ihn und trat vor einen alten Mann mit runzeligem, walnussfarbenem Gesicht, der Tüten voller Instantnudeln in eins der Regale lud.

»Mr. Dae Pak?«, erkundigte sie sich und wies sich aus.

»Ich habe schon mit den Cops geredet.« Er sah genauso übellaunig wie sein junger Angestellter aus und reckte anklagend den Zeigefinger in die Luft. »Warum Sie kommen nicht, wenn mich die Kids beklauen? Huh? Huh? Warum Sie kommen nicht dann?«

»Ich bin Mordermittlerin. Ich habe nur mit Mordfällen zu tun.«

Er machte eine ausholende Geste, die den ganzen Markt umfasste, und erklärte nachdrücklich: »Hier niemand tot.«

»Das höre ich natürlich gern, aber im Nachbarhaus wurden zwölf Mädchen umgebracht.«

»Das ich hören, aber ich nichts wissen. Und wenn Sie kommen in Markt, dann kaufen auch etwas.«

Sie zwang sich, geduldig zu bleiben, denn er war alt und hatte das verstohlene Kichern seines jungen Angestellten, der sich offenkundig über seine Sprache lustig machte, einfach nicht verdient. Entschlossen trat sie vor den Kühlschrank, griff nach einer Dose Pepsi, zerrte einen Schokoriegel aus dem Süßwarenregal und warf das Zeug dem jungen Schnösel hin.

Unter ihrem Blick hörte er auf zu kichern, scannte beides ein, und sie warf ihm die Münzen auf den Tisch.

Dann steckte sie den Schokoriegel ein, öffnete die Pepsidose und kehrte zum alten Pak zurück. »So, jetzt habe ich etwas gekauft.«

»Sie kaufen, Sie bezahlen, Sie gehen.«

»Es überrascht mich, dass der Laden bei einem so netten Service nicht vor Kunden überquillt«, gab sie zurück und wandte sich dann wieder ihrem eigentlichen Thema zu. »Zwölf tote Mädchen zwischen zwölf und vierzehn Jahren. Sie sind schon lange in der Gegend, und ein paar der Mädchen waren sicher auch mal hier. Sie haben sie vorbeigehen sehen und gehört. Ihr Mörder hat sie ohne jede Rücksicht auf ihre Familien, die sie jahrelang gesucht haben, verrotten lassen, bis sie nicht mehr wiederzuerkennen waren.«

Stirnrunzelnd fuhr Pak mit seiner Arbeit fort.

»Jeden Tag, wenn Sie geöffnet und wieder geschlossen haben, wenn Sie Ihre Regale aufgefüllt und Ihren Fußboden gewischt haben, lagen sie ganz allein da drüben in der Dunkelheit.«

Er spannte seine runzeligen Walnusszüge an. »Das mich nichts angehen.«

»Ich werde dafür sorgen, dass es Sie was angeht«, sagte sie ihm zu und sah sich in dem kleinen Laden um. »Ich kann auf stur schalten, genau wie Sie.«

Zum ersten Mal huschte ein leises Lächeln über sein Gesicht. »Diese Mädchen und die Jungen kommen ständig in den Laden, machen Lärm und Durcheinander und bestehlen mich. Schlechte Mädchen, schlechte Jungs. Als sie gehen, ich denken, jetzt ist Schluss. Aber es kommen immer andere. Ich arbeiten, meine Familie arbeiten, sie stehlen.«

»Das tut mir leid, aber die Mädchen hier beklauen Sie bestimmt nicht mehr. Sie wurden umgebracht. Sehen Sie sich die Bilder an. Erinnern Sie sich vielleicht doch an eins der Mädchen, Mr. Pak?«

Schnaubend beugte er sich vor, bis sein Gesicht direkt über den Bildern war.

»Er hat sich seit über einem Jahr die Augen nicht mehr machen lassen«, stellte sein Kassierer fest.

»Aber meine Ohren funktionieren noch gut. Du räumen weiter die Regale ein. Die hier. Nicht gut«, erklärte er und pikste mit dem Zeigefinger das Gesicht von Shelby an.

»Sie stehlen, und ich sagen, dass sie nicht mehr kommen, aber sie schleichen sich dann heimlich ins Geschäft. Also ich gehen nach drüben, sprechen mit der Lady, und sie sein sehr nett. Sie mir fünfzig Dollar geben und sagen, es tun ihr leid und sie mit dem Mädchen und den anderen sprechen will. Sie sehr freundlich und für kurze Zeit es besser. Dieses Mädchen hier.«

Er zeigte auf Linh Penbroke, und verwundert fragte Eve: »Sind Sie sich sicher?«

»Sie gekleidet wie ein böses Mädchen, aber das nicht stimmt. Sie gut erzogen, und sie zahlen, was das böse Mädchen stehlen.«

»Sie waren zusammen hier? Die beiden waren zusammen hier?«

»Spät, der Markt sein fast schon zu.«

»War das, bevor oder nachdem das Heim dort drüben ausgezogen war?«

»Danach, aber nicht lange. Ich das wissen, weil ich denken, dass ich keinen Ärger mehr mit diesem Mädchen haben, aber sie kommen zurück. Sie mir bösen Finger zeigen, als ich sagen, dass sie gehen, aber anderes Mädchen zahlen und in meiner Sprache sagen ›Tut mir leid‹. Das höflich und respektvoll. Ich erinnern sie. Sie tot?«

»Sie wurden beide umgebracht.«

»Aber sie gute Familie?«

Die Höflichkeit und Herkunft dieses Mädchens machten einen Unterschied für ihn, erkannte Eve, und nutzte dieses Wissen aus.

»Ja. Sie hatte gute Eltern, einen Bruder, eine Schwester, sie alle haben die ganze Zeit nach ihr gesucht und gehofft, dass sie nach Hause kommt. Sie hat einen Fehler gemacht, Mr. Pak, für den sie aber ganz bestimmt nicht hätte sterben dürfen. War noch jemand anderes mit ihnen zusammen, als sie hier im Laden waren?«

»Nein. Ich nur wissen, dass die beiden kommen, kurz bevor ich schließen. Ich erinnern, weil die eine böse und die andere Koreanerin und sehr respektvoll sein.«

»Haben sie miteinander gesprochen? Fällt Ihnen noch etwas ein, worüber sie geredet haben, ob sie noch jemanden treffen wollten oder so?«

»Mädchen wie Vögel zwitschern«, sagte er und wackelte mit seinen Händen neben seinen Ohren. »Ich nur Töne hören.«

»Okay, und wie steht's mir den anderen? Waren die auch mal hier?«

»Das nicht wissen«, wiederholte er. »Sie reinkommen und gehen raus. Ich erinnern nur die zwei.«

»Die hier«, meinte Eve und wies auf Shelbys Bild. »Mit wem war dieses Mädchen sonst noch hier? Mit wem haben Sie sie abhängen sehen?«

»Die meiste Zeit mit kleine schwarze Mädchen und mit große weiße Mädchen«, sagte er und breitete, um die Statur zu untermalen, seine Hände aus. »Und mit dünne braune Junge. Schwarze Mädchen haben eine Stimme wie …« Er rief dem erneut beleidigten Kassierer etwas auf Koreanisch zu.

»Engel.«

»Richtig, wie Engel. Aber sie stehlen auch. Sie alle stehlen. Sie sein alle tot?«

»Das weiß ich nicht. Vielen Dank für Ihre Hilfe«, antwortete Eve.

»Sie werden tun, was Sie mir sagen? Schicken Polizei?«

»Ja, ich werde dafür sorgen, dass hier regelmäßig jemand Streife läuft.«

Sie verließ den Laden, ging zurück zum Haus und brach das Siegel an der Tür.

Die beiden ersten Opfer, die zusammen aufgefunden worden waren, hatten also auch zu Lebzeiten Kontakt gehabt. Waren sie wohl auch zusammen umgekommen? Eine aus dem *Zufluchtsort*, die andere nicht. Eine Tochter liebevoller Eltern und die andere, die daheim misshandelt wurde und dann im System gelandet war.

Trotzdem hatten sie vor ihrem Tod zusammen

abgehangen und zwar direkt neben dem Haus, in dem sie während all der Zeit versteckt gewesen waren.

Sie trat durch die Tür und blieb dann einfach stehen.

Linh hatte sich Shelby angeschlossen, als das Heim schon umgezogen war. Ein Mädchen, das zuhause ausgerissen war und vor der Heimkehr was Besonderes hatte erleben wollen, und ein Mädchen von der Straße, das ihr was Besonderes bieten konnte, ehe sie am Ende beide hier gelandet waren.

Weil das Gebäude leer gestanden hatte, dachte Eve.

Das Mädchen von der Straße sagt zur braven Linh: Ich habe einen Platz, an dem du übernachten kannst. An dem wir abhängen und feiern können, ohne dass uns jemand stört.

Es war bestimmt nicht weiter schwer gewesen, hier hereinzukommen. Vielleicht hatte ja das Mädchen von der Straße einen Schlüssel oder Zugangscode gehabt oder bereits zur Zeit im Heim herausgefunden, wie man aus dem Haus heraus- und auch wieder hineingelangte, ohne dass es jemand mitbekam.

Vielleicht hatte Shelby vorgehabt, Linh auszutricksen, überlegte Eve. Vielleicht wollte sie ja die alte Masche mit dem Blowjob gegen etwas Besseres tauschen. Vielleicht wollte sie Linh einfach ausnehmen, vielleicht aber auch nicht. Wahrscheinlich waren die beiden gestorben, ehe sie entscheiden konnten, welcher Art genau ihre Beziehung war.

War der Killer schon im Haus gewesen, oder war er später aufgetaucht? Waren sie mit ihm verabredet, oder hatten sie womöglich einfach Pech?

Auf alle Fälle musste er gewusst haben, dass Shelby

wiederkommen würde. Also hatte er das Haus beobachtet, gewartet und das Treffen vielleicht arrangiert.

Waren sie die ersten Opfer dieses Kerls? Ob DeWinters Zauberkräfte reichten, um herauszufinden, welches der zwölf Mädchen wann genau ermordet worden war?

Als die Tür geöffnet wurde, drehte sie sich um und zog sie so weit auf, dass Peabody das Gleichgewicht verlor und fast über die Schwelle fiel.

»Huch. Hallo.« Mit vom Fußmarsch von der U-Bahn roten Wangen hielt ihr Peabody ein kleines Päckchen hin. »Ich hab' Ihnen ein halbes Truthahn-Sandwich mitgebracht. Die andere Hälfte habe ich gegessen, deshalb weiß ich, dass es wirklich lecker ist. He, was ist passiert?«

»Wie, was ist passiert?«

»Sie haben eine dicke, blaue Backe«, stellte ihre Partnerin mit vorwurfsvoller Stimme fest.

»Ach, die. Die stammt von einem kleinen Streit mit einer übertrieben pflichtbewussten Frau von der Security, die Frester angeheuert hat. Aus dem ich eindeutig als Siegerin hervorgegangen bin.«

»Gratuliere. Ich habe Verbandzeug, wenn Sie wollen.«

»Das wird nicht nötig sein.«

»Wenn Sie sich's noch anders überlegen, geben Sie Bescheid. Sie haben was zu trinken. Gut. Das hatte ich nämlich vergessen, und es ist nicht übertrieben, dass es *scharfes* Truthahn-Sandwich heißt.«

»Danke. Haben Sie sonst noch was für mich?«

»Hätten Sie dazu noch Pommes gewollt? Oh, Sie meinen arbeitstechnisch. Leider nicht sehr viel.«

Trotzdem zog sie ihr Notizbuch aus der Tasche und schlug eilig darin nach.

»Ich glaube nicht, dass LaRue Freemans Tante irgendetwas weiß. Das Mädchen hat zu keiner Zeit bei ihr gelebt, aber sie hat sie trotzdem als vermisst gemeldet, als sie von der Nachbarin der Schwester hörte, dass die Kleine wieder einmal weggelaufen war. Sie klang erschöpft und ziemlich resigniert.«

»Okay. Im Grunde hatte ich auch nicht erwartet, dass die Frau uns weiterhelfen kann.«

»Carlie Bowens Schwester war ziemlich erschüttert, aber offensichtlich war sie sowieso schon davon ausgegangen, dass sie Carlie nie mehr wiedersehen würde, denn die beiden waren wirklich dicke, hatten sich gegen die Welt verschworen, und als Carlie plötzlich weg war, wusste sie, dass ihr was zugestoßen war. Die Kleine hatte keine echten Freundinnen, sie konnte niemals irgendwelche Mädchen mit nach Hause bringen und hat sich geschämt, wenn sie zwischen den Aufenthalten in verschiedenen Familien und Heimen ab und zu bei ihren eigenen Eltern war und dann mit blauen Flecken und mit einer aufgeplatzten Lippe durch die Gegend lief. Sie war so oft wie möglich bei der großen Schwester, wenn sie nicht in der Schule oder Kirche war.«

»In was für einer Kirche?«

»Ah …« Sie schlug die nächste Seite des Notizbuchs auf. »Der Schwester nach haben sie verschiedene Kirchen aufgesucht. Sie wollte nirgends auffallen, also haben sie ihre Kirchgänge gestreut. Carlies letzte Pflegeeltern hatten einen guten Ruf. Sie haben dem Jugendamt gemeldet, dass sich Carlie sehr gut machte und dass sie dem Schulorchester beigetreten war. Sie lernte Flötespielen und hatte die Erlaubnis, Flötenunterricht zu nehmen und die

Arbeitsgruppe ihrer Schule zu besuchen, die sich an den Nachmittagen in der Bibliothek getroffen hat.«

Peabody ließ das Notizbuch sinken und bedachte Eve mit einem unglücklichen Blick. »Im Grunde tat sie alles, um wie alle andern zu sein und ja nicht aufzufallen, bis sie endlich dauerhaft zu ihrer Schwester hätte ziehen wollen. Sie hat die Schwester kurz vor ihrem Verschwinden angerufen und gefragt, ob sie die Pflegeeltern bitten würde, dass sie bei ihr übernachten kann. Um neunzehn Uhr am 19. September hat Carlie die Bibliothek verlassen, und danach wurde sie nicht noch mal gesehen.«

»Nur zwei Tage, nachdem Lupa nicht mehr heimgekommen ist. Diese Carlie müsste auf dem Weg zu ihrer Schwester hier vorbeigekommen sein.«

»Das wäre der direkte Weg gewesen, ja.«

Eve biss nachdenklich von ihrem Sandwich ab. »Ich werde Ihnen später sagen, wie's bei Frester war. Der Besitzer von dem Asiamarkt hier nebenan hat mir erzählt, dass Shelby Stubacker und Linh damals zusammen in seinem Laden waren.«

»Aber das ist doch fünfzehn Jahre her. Wie kann er sich da jetzt noch sicher sein, dass sie es waren?«

»Shelby hat ihm damals regelmäßig Scherereien gemacht, und Linh war das genaue Gegenteil von ihr. Er weiß noch, dass sie höflich war und ihn auf Koreanisch angesprochen hat. Das heißt, dass sie zusammen waren, und zwar kurz, nachdem das Heim hier ausgezogen war.«

Sie nahm den nächsten Bissen ihres Brots, genoss die angenehme Schärfe und spülte mit einem Schluck Pepsi nach. »Shelby hat also wahrscheinlich Linh hierhergebracht. Ich nehme an, sie hat sie auf der Straße aufgelesen, dann haben sie zusammen ein paar Sachen aus dem Asia-markt besorgt. Linh hat dafür bezahlt, vielleicht hat Shelby sie als leichtes Opfer angesehen, aber trotzdem hat sie sie danach hierhergebracht.«

Sie stapfte in der Eingangshalle auf und ab, während sie alles bildlich vor sich sah.

»Das Haus ist leer. Das ist ein Kick. Shelby kennt sich im Gebäude aus, also führt sie die andere herum und wartet mit Geschichten auf. Es ist dunkel, bestimmt hallt ihre Stimme in den leeren Räumen nach. Sicher hat sie eine Taschenlampe mitgebracht, denn hier im Dunkeln rumzustolpern, hätte keinen Sinn gemacht. Wahrscheinlich wohnt sie hier, seit sie das jonessche Heim verlassen hat. Sie hat hier eine halbwegs anständige Unterkunft, vor allem, da das Gebäude leer steht. Sie hat das Haus für sich alleine, außer, wenn sie es mit anderen teilt. Bestimmt genießt sie die Gesellschaft dieses neuen Mädchens, das vom Leben auf der Straße keinen blassen Schimmer hat. Wahrscheinlich hat sie ein paar Decken oder Bettzeug hier. Sie ist schließlich eine geübte Diebin, und sie weiß, was man zum Überleben braucht.«

»Sicher fanden sie es anfangs ziemlich cool hier«, fügte Peabody hinzu. »Wie beim Camping oder so.«

»Linh erlebt all das zum ersten Mal, für sie ist alles neu. An die Zukunft denken nur Erwachsene. Trotzdem geht sie höflich und respektvoll mit dem Supermarktbesitzer um. Vielleicht bekommt sie langsam Heimweh und ist froh, dass sie jetzt eine Freundin und dazu noch eine Bleibe hat. Vielleicht kehrt sie am nächsten Tag ja wieder heim. Vielleicht sagt sie den Eltern, wo sie ist, dann kommen sie her und holen sie ab. Wahrscheinlich wird die Mutter weinen und der Vater schimpfen, aber trotzdem werden sie sie holen kommen, und, um vor der neuen Freundin nicht als Feigling dazustehen, harrt sie eben noch ein bisschen in diesem gespenstischen Gebäude aus.«

Eve wandte sich der Treppe zu. »Vielleicht ist er schon hier. Shelby kennt ihn und hat keine Angst vor ihm. Vielleicht haben die beiden sogar Sex, weil er ihr dafür Drogen gibt. Womöglich ziehen sie sich zusammen irgendetwas rein. Vertreiben sich auf diese Art die Zeit, haben etwas Spaß und geben vor dem neuen Mädchen an.«

»Das wäre eine Möglichkeit, die beiden zu betäuben.«

»Indem er ihnen etwas in den Zoner oder was sie sonst von ihm bekommen, mischt. Ein kleines Extra, über das die beiden sich beschweren, weil sie zwar benommen, aber nicht bewusstlos sind. Was hätte es für einen Sinn, wenn sie bewusstlos wären? Wo bliebe da der Kick? Sie sind wahrscheinlich einfach breit und schlapp und können sich nicht wehren. Dann zieht er sie nacheinander aus, hat seinen Spaß mit ihnen und lässt Wasser in die Wanne ein. Warmes Wasser, denn von kaltem Wasser würden sie vielleicht so wach, dass sie sich wehren. Als er sie dann unter Wasser drückt, setzen die Mädchen sich zwar instinktiv zur Wehr. Richten dadurch aber nicht wirklich etwas aus.« Eve sah sich um.

»Tun Sie so, als ob die Wanne dort noch stehen würde und setzen sich rein.«

»Was?« Peabody riss die Augen auf und blinzelte verwirrt. »Warum denn das?«

»Weil ich was ausprobieren will.«

»Ich will aber nicht in einer Wanne sitzen, die es gar nicht gibt.«

»Rein mit Ihnen«, befahl Eve und ließ den Rest von ihrem Sandwich in die Tüte fallen.

»Oh Mann. Aber ich ziehe mich bestimmt nicht aus. Nicht einmal, wenn Sie mir wehtun.«

»Ich will Sie nicht nackt, dafür aber in der verdammten Wanne sehen.«

Knurrend nahm die Partnerin zwischen den rostzerfressenen alten Rohren Platz.

»Ich glaube, dass er sie gefesselt hat. Nicht fest, doch fest genug, damit sie sich nicht wehren können, wenn er ...«

Sie umfasste einhändig die Handgelenke ihrer Partnerin und legte ihre andere Hand auf deren Kopf.

»Auf diese Art würden Sie untergehen und kämen nicht mehr hoch. Wenn ich Ihre Arme in die Höhe halte, gehen Sie unter und haben keine Chance, sich zu befreien. Sie sind benommen, Ihre Füße sind gefesselt, und Sie kommen ohne Hilfe nicht mehr hoch. Von seinem Platz aus kann er Ihnen ins Gesicht sehen, wenn Sie panisch werden, und wenn Sie anfangen zu schreien, ist das leise Musik in seinen Ohren. Dann werden Ihre Augen starr, und das ist der Moment, in dem sein Werk vollendet ist.«

Sie ließ Peabodys Arme los und wandte sich genüsslich wieder ihrem Sandwich zu.

»Das ist unheimlich. Das ist echt unheimlich.« Eilig rappelte die Partnerin sich auf.

»Von Carlie und von Lupa wissen wir, dass beide regelmäßig in der Kirche waren. Auch das hier war ein Ort, der auf Religion basierte, oder nicht? Es geht um höhere Mächte und um böse Mädchen.«

»Soll das heißen, dass die Opfer böse Mädchen waren?«

»So hat Pak, der Alte aus dem Supermarkt, sie jedenfalls genannt. Er hat behauptet, dass die Mädchen und
die Jungs, die ihn bestohlen haben, böse waren. Vielleicht
ging's unserem Täter ja ganz einfach darum, dass er sie
von ihren Sünden reingewaschen hat.«

»Sie meinen, wie bei einer Taufe?«

»Ja, vielleicht.« Sie sah auf den vernarbten Fußboden
und die geborstenen Rohre, runzelte die Stirn und stellte
sich die nicht mehr existente, alte, weiße Badewanne vor.
»Sie tauchen einen dabei unter, oder nicht?«

»In manchen Religionen schon, aber wir Hippies
haben damit nicht allzu viel im Sinn. Denken Sie an ein
verdrehtes Ritual?«

»Das wäre eine Möglichkeit. Wenn man die Leichen
sowieso versteckt, hätte man die Gelegenheit herumzu-
experimentieren. Aber bisher sieht's nicht so aus, als hätte
unser Täter mehrere verschiedene Vorgehensweisen aus-
probiert. Er hat seinen Opfern nichts gebrochen, hat sie
nicht geschlagen und sie nicht gewürgt. Er hat sie einfach unter Wasser gleiten lassen. Das erscheint mir beinah sanft.«

Sie nahm den nächsten Bissen ihres Brots und stapfte
in dem alten Badezimmer auf und ab. »Ich glaube nicht,
dass er sie lange festgehalten hat. Dabei hätte er durchaus die Möglichkeit dazu gehabt. Er hätte sie betäuben,
fesseln und dann tagelang gefangen halten können, um
mit ihnen zu spielen, sie zu quälen, sich zu amüsieren.
Denken Sie nur an McQueen.«

»Lieber nicht. Der war ein wirklich kranker Schweine-
hund.«

»Er hat all diese Mädchen über Wochen, Monate und

teilweise noch länger bei sich eingesperrt. Er hat sich königlich mit ihnen amüsiert. Aber dieser Typ tut nichts von alledem. Dabei war dies sein Haus. Haben also auch die Mädchen ihm gehört? Hat er sie gereinigt und dann umgebracht?«

»Ich glaube, früher hat man Hexen ebenfalls ertränkt.«

Eve blieb verwundert stehen. »Hexen?«

»Frauen, die als Hexen galten. Im finsteren Mittelalter, hauptsächlich in Salem, glaube ich. Die meisten Frauen haben sie gehängt oder verbrannt, aber ein paar von ihnen wurden eben auch ertränkt. Sie haben ihnen schwere Steine umgehängt, sie in den Fluss geworfen, und wenn sie dort untergingen, waren sie zwar tot, doch keine Hexen, und wenn sie sich oben hielten, waren sie Hexen, und dann haben sie sie auf andere Weise umgebracht. Nur Frauen sind damals ertrunken, Hexen nicht.«

»Schrecklich, aber interessant. Dann war das also eine Art von Test?«

»Wahrscheinlich«, stimmte Peabody ihr widerstrebend zu. »Krank und ignorant, aber im Grunde nur ein Test.«

»Interessant«, erklärte Eve zum zweiten Mal. »Und eine neue Möglichkeit in unserem Fall. Wenn sie böse – das heißt, wenn sie Hexen – waren, wären sie also nicht ertrunken, während er sie unter Wasser hielt. Weshalb die Tatsache, dass sie ertrunken sind, für ihn bewiesen hätte, dass er sie von ihren Sünden wirklich reingewaschen hat. Hmm. Es gibt verschiedene Möglichkeiten, diese Sache anzugehen. Am besten knöpfen wir uns jetzt noch mal die Jones vor.«

Sie wickelte die Hälfte ihres halben Sandwichs wieder ein.

»Sind Sie etwa schon satt?«

»Das Sandwich ist echt riesig. Lecker, aber riesengroß.« Eve hielt der Partnerin die Tüte hin. »Wollen Sie den Rest?«

»Hören Sie auf, und packen Sie es weg, bevor ich schwach werde«, bat Peabody in einem Ton, als würde sie der Teufel höchstpersönlich in Versuchung führen, sie wandte sich entschlossen ab.

»Die Schwester unseres Opfers macht echt feine Sandwichs. Aber jetzt zu Lemont Frester«, meinte Eve und trank den letzten Schluck von ihrer Pepsi, während sie das Haus verließ.

Die Hausmutter trug schwarz und wirkte vollkommen erschöpft. Sie schniefte leise, während sie sich gleichzeitig mit einem Taschentuch über die tränenfeuchten Augen fuhr. »Ich habe letzte Nacht kein Auge zu bekommen. Ständig musste ich an diese Mädchen denken, diese armen Mädchen«, fügte sie hinzu und sah Eve fragend an. »Haben Sie herausgefunden, wer sie … waren?«

»Wir haben mit der Identifizierung begonnen«, antwortete Eve. »Wir möchten gern zu Mr. und Miss Jones.«

»Miss Jones ist gerade außer Haus. Einer der Jungs hat sich beim Küchendienst geschnitten, sie ist mit ihm ins Krankenhaus gefahren. Aber sie kommt wahrscheinlich jeden Augenblick zurück. Und Mr. Jones sitzt momentan in einer Konferenz, die leider noch ein wenig dauern wird. Falls Sie es eilig haben …«

»Wir haben Zeit. Wie gut kannten Sie Shelby Ann Stubacker?«

»Shelby Ann, Shelby Ann … Oh! Shelby, ja, genau.«

Shivitz zuckte mit den Achseln. »Ein ziemlich anstrengendes Mädchen. Sie hat ständig ihre Grenzen ausgetestet und uns permanent herausgefordert, aber wenn sie wollte, konnte sie auch wirklich lieb sein, und vor allem war sie unglaublich aufgeweckt. Ich weiß noch und schäme mich auch nicht, es zuzugeben, dass ich aufgeatmet habe, als man Pflegeeltern für sie fand.«

»Ich brauche ihre Akte. Ich muss wissen, wann man sie wohin vermittelt hat. Ich habe Miss Jones schon Bescheid gegeben, dass sie uns die Unterlagen zur Verfügung stellen soll.«

»Oh je, bei all der Aufregung um den verletzten Zeek und dem Streit der beiden Mädchen muss sie das vergessen haben. Wir mussten dazwischengehen, denn …«

»Miss Shivitz«, fiel ihr Eve ins Wort. »Bleiben wir erst mal bei Shelby Stubacker und der Familie, zu der man sie vermittelt hat.«

»Natürlich. Meine Güte, das ist ewig her.« Sie berührte vorsichtig ihr ordentlich toupiertes Haar. »Trotzdem kann ich mich daran erinnern, ja, ich bin mir sicher, dass es während unseres Umzugs war. Wir waren dabei, hier einzuziehen, als die Papiere kamen. Wobei ich keine Ahnung habe und vielleicht auch damals schon nicht wusste, wohin Shelby umgezogen ist. Ist das denn wichtig?«

»Allerdings. Denn es gibt keine Dokumente, die belegen, dass sie überhaupt woandershin vermittelt worden ist.«

»Aber das wurde sie auf jeden Fall.« Die Hausmutter setzte ein nachsichtiges Lächeln auf, als wäre Eve ein nicht besonders aufgewecktes Mädchen aus dem Heim.

»Ich weiß noch ganz genau, dass ich Miss Jones auf diese Sache angesprochen und ihr dann geholfen habe, Shelbys Abschiedsset zusammenzustellen. Wir geben unseren Schützlingen beim Auszug immer ein paar Bücher, eine Anstecknadel unseres Heims, eine Diskette mit den Grundsätzen, nach denen wir hier leben, und noch ein paar andere Kleinigkeiten mit. Ich persönlich stelle diese Sets zusammen. Das habe ich auch damals schon getan und immer noch als kleinen Abschiedsgruß von mir selbst gebackene Plätzchen für sie eingepackt.«

»Wer hat Shelby abgeholt?«

»Ich … bestimmt jemand vom Jugendamt. Oder einer von uns hat sie zu der neuen Familie gebracht. Ich weiß es nicht. Ich bin nicht sicher, dass ich hier war, als sie uns verlassen hat, aber ich weiß auch nicht, weshalb das wichtig ist.«

»Ich würde gern Ihre Kopie des damaligen Gerichtsentscheids und der Entlassungspapiere sehen.«

»Oh je, das wird nicht einfach werden, denn, wie ich schon sagte, ist das alles Jahre her. Außerdem hatten wir zu der Zeit alle Hände voll mit dem Umzug in das neue Haus zu tun. Ich werde ziemlich suchen müssen, bis ich diese Unterlagen finde.«

»Davon bin ich überzeugt.«

Die Hausmutter bedachte Eve mit einem strengen Blick. »Sie haben keinen Grund, derart gereizt zu reagieren, junge Dame. Wir bewahren selbstverständlich alle Unterlagen auf, aber diese Dokumente liegen im Archiv. Sie sind inzwischen fünfzehn Jahre alt, warum sollte ich sie griffbereit haben, sobald …«

Eve konnte deutlich sehen, wie die Verärgerung

im Blick der Frau der schrecklichen Erkenntnis wich.

»Shelby? Sie war eins der … Sie haben sie identifiziert.«

»Ich muss die Unterlagen sehen.«

»Ich finde sie auf jeden Fall.« Sie hastete in ihren flachen Schuhen los und rief nach einem Assistenten, der sie ins Archiv begleiten sollte, um ihr dort zur Hand zu gehen.

»Na, Quilla, hast du genug gehört?«, erkundigte sich Eve, ohne sich umzudrehen.

Lautlos wie eine Schlange glitt das Mädchen aus dem ersten Stock ins Erdgeschoss.

»Ich fordere das Personal hier ebenfalls heraus.«

»Das ist natürlich schön für dich.«

»He, Sie haben eine verpasst bekommen.«

»Kein Problem. Die Frau sitzt jetzt im Knast und überlegt, wie lange sie dort bleiben muss, nachdem sie eine Polizistin angegriffen hat.«

»Ein Faustschlag ins Gesicht ist trotzdem Mist«, erklärte Quilla in dem beiläufigen Ton, der deutlich machte, dass sie aus Erfahrung sprach. »Aber wie dem auch sei, reden hier alle von den toten Mädchen, und die Wärter haben sich schon vor einer Stunde ins Büro zurückgezogen, um zu überlegen, wie mit dieser Angelegenheit am besten umzugehen ist.«

»Die Wärter?«, fragte Eve.

»Inzwischen fühle ich mich hier tatsächlich wie im Knast. Die Hausmutter heult sich die Augen aus dem Kopf und hat uns allen schwarze Armbinden verpasst, obwohl wir keins der toten Mädchen kannten und sie schon vor einer Ewigkeit gestorben sind. Dann müssen wir alle meditieren, um den Seelen dieser Mädchen auf der Reise beizustehen.«

»Auf welcher Reise?«

Quilla ließ den Zeigefinger Richtung Decke kreisen. »Der ins Jenseits oder so. Ich hasse es zu meditieren. Das ist todlangweilig. Vor allem habe ich gehört, wie Mr. Jones gesagt hat ...«

»Was hat Mr. Jones gesagt?«

»Hallo, Miss Brigham.«

»Hallo, Quilla.« Seraphim erschien am Kopf der Treppe und kam lächelnd auf sie zu. »Lieutenant, Detective. Kann ich etwas für Sie tun?«

»Die Hausmutter besorgt uns ein paar Unterlagen.«

»Wir stehen heute alle etwas neben uns.« Sie berührte Quilla flüchtig an der Schulter und erkundigte sich ohne einen Vorwurf in der Stimme: »Solltest du jetzt nicht in deiner Klasse sein?«

»Doch, aber dann habe ich die zwei hier rumstehen sehen und wollte fragen, ob ich ihnen helfen kann.«

»Das ist sehr höflich und sehr aufmerksam. Aber jetzt bin ich ja da, also geh du bitte zurück in deinen Unterricht.«

»Okay.« Mit einem letzten Seitenblick auf Eve marschierte sie davon.

»Sie ist entsetzlich neugierig«, erklärte Seraphim. »Das sind die meisten Kids. Diese Todesfälle sind für sie mysteriös und aufregend. Das ist bei jungen Menschen dieses Alters ganz normal. Obwohl es hieß, ein paar der Mädchen hätten Albträume gehabt.«

»Sie haben der Hausmutter gar nicht erzählt, dass eins der toten Mädchen Shelby war.«

»Nein. Ich habe niemandem davon erzählt. Hätte ich das tun sollen? Es tut mir leid. Ich bin es gewohnt, Dinge vertraulich zu behandeln, deshalb bin ich einfach nicht auf die Idee gekommen.«

»Schon gut. Es ist nicht Ihre Aufgabe, die anderen zu informieren. Mich hat einfach interessiert, warum hier bisher niemand etwas davon weiß.«

»Sie haben mich bei meiner Großmutter besucht. Das hat für mich bedeutet, dass die Dinge, über die wir dort gesprochen haben, nicht hierher gehören.«

»Okay.«

»Aus demselben Grund – aus professioneller Diskretion – habe ich bisher gezögert, Sie zu fragen, ob Sie einen Eisbeutel für Ihre Wange haben wollen. Sieht ziemlich schmerzhaft aus.«

»Ist aber nicht so schlimm. Trotzdem vielen Dank.«

»Also gut. Ich wollte Ihnen dafür danken, Lieutenant, dass Sie Leah Craine für mich gefunden haben.«

»Das war nicht ich, sondern mein Mann.«

»Ich weiß, aber es hat mir viel bedeutet zu erfahren, dass sie gesund und munter ist. Ich habe bei ihr angerufen. Erst war ich nicht sicher, ob das richtig wäre, aber meine Großmutter und mein Verlobter Jack haben mich dazu überredet, und ich bin sehr froh, dass sie derart beharrlich waren. An meinem nächsten freien Mittag treffen wir uns in der Stadt zum Lunch.«

»Wie schön.«

»So fühlt es sich auch an.« Ihr Lächeln breitete sich bis in ihre Augen aus. »Ich sollte Ihnen sagen, dass bei unserem Gespräch die Sprache irgendwann auch auf die Mädchen kam. Nur kurz, aber sie hatte ebenfalls davon gehört. Sie hat gesagt, nachdem sie wieder von zuhause weggelaufen wäre, wäre sie nicht noch mal in den

Zufluchtsort zurückgekehrt. Aus lauter Angst, ihr Vater würde sie dort suchen, hat sie sich nicht einmal in die Nähe unseres Heims gewagt.«

Sie legte eine kurze Pause ein und sah sich für den Fall, dass jemand lauschte, um. »Wir haben es nicht ausgesprochen, aber uns war beiden klar, dass ich befürchtet hatte, dass sie doch noch mal zurückgekommen und eines der Mädchen wäre, die man in dem Haus gefunden hat. Stattdessen hat sie eine Arbeit, die sie liebt, und einen wunderbaren Mann, mit dem sie bald ihr erstes Kind bekommt.«

»Vielleicht könnten Sie ihr von mir ausrichten, dass sie mich kontaktieren soll, falls ihr noch irgendwas aus ihrer Zeit im Heim einfällt, was vielleicht wichtig ist.«

»Auch darüber haben wir kurz geredet«, sagte Seraphim. »Ich habe ihr Ihre Telefonnummer gegeben, aber wie ich Ihnen schon erzählt habe, hat sie damals vor allem versucht, nicht aufzufallen, und sich immer weggeduckt.«

»Okay. Vielleicht haben Sie ja kurz Zeit. Wir haben nämlich noch ein paar der Mädchen identifiziert.«

»Am besten setzen wir uns erst mal hin. Um diese Uhrzeit müssten alle Kinder und inzwischen sogar Quilla in den Klassen sein.« Zur Vorsicht sah sie sich noch einmal um, setzte sich dann auf einen Stuhl an Shivitz' Arbeitsplatz und schaute sich die Aufnahmen an, die Eve ihr reichte.

»Gott, wie jung sie sind. Wie jung sie waren. Aber ich kann mich nicht an sie erinnern. Nein, ich glaube nicht, dass wir uns damals in dem Heim begegnet sind. Wissen Sie, was ihnen allen zugestoßen ist?«

»Die Ermittlungen sind noch nicht abgeschlossen«, antwortete Eve, und als ihr Handy schrillte, überflog sie kurz die eingegangene Textnachricht und zeigte Seraphim das beigefügte Bild. »Wie sieht's mit diesem Mädchen aus?«

»Noch eins? Ich hasse den Gedanken … ja. Oh, das ist Mikki, eins der Mädchen, die mit Shelby abgehangen haben. Mikki … leider weiß ich nicht mehr, wie sie weiter hieß.«

»Mikki Wendall.«

»Ja, genau. Aber sie ist zu ihren Eltern heimgekehrt. Das weiß ich noch genau. Ich kann mich noch daran erinnern, weil das direkt während des Umzugs oder höchstens eine Woche später war. Ich kam damals mit meiner Großmutter, um mir das neue Haus mit ihr zusammen anzusehen. Ich war total nervös«, gab sie mit einem leisen Lächeln zu. »Das erste Mal seit meiner Heimkehr sollte ich die anderen alle wiedersehen, und dann erzählte mir DeLonna, Shel und Mikki wären nicht mehr da. Sie meinte, Shelby wäre jetzt bei Pflegeeltern und die arme Mikki wäre heimgekehrt.«

Natürlich hatte sie die Wendall-Unterlagen durchgesehen, erinnerte sich Eve. Aber eine Vermisstenmeldung durch die Eltern hatte nicht dazugehört. »Peabody, besorgen Sie die Akte Mikki Wendall«, bat sie ihre Partnerin und wandte sich erneut an Seraphim. »Wissen Sie, ob Mikki noch Kontakt zu Shelby hatte, nachdem sie so plötzlich ausgezogen war?«

»Tut mir leid. Ich hatte damals alle Hände voll damit zu tun, mein eigenes Leben wieder in den Griff zu kriegen, damit ich bei meiner Gamma bleiben kann. Nach

meinem Auszug aus dem Heim hatte ich mit den Mädchen hier keinen Kontakt mehr.«

Sie schaute sich die Ausdrucke noch einmal an und gab
sie Peabody zurück. »Aber mit Shelby wäre ich auch so
nicht in Kontakt geblieben. Das klingt zwar hart, aber
mit ihr gab's immer Ärger. Und von Ärger hatte ich die
Nase voll. Rückblickend betrachtet und aufgrund von
meiner Ausbildung ist mir inzwischen klar, dass Mikki
hilfsbedürftig war und unbedingt dazugehören wollte.
Deswegen war sie bereit, alles zu tun, damit Shelby mit
ihr zufrieden war. Ich bin mir nicht sicher, ob sie jemals
Freunde hatte, bis sie Shel, DeLonna und T-Bone begegnet ist.«

»Wir haben sie gefunden!«, Shivitz kam aus dem
Archiv geeilt und schwenkte einen Ausdruck und eine
Diskette durch die Luft. »Oh, Seraphim, ich bin so un-
glücklich. Das alles ist mir irgendwie zu viel.«

»Wir alle haben es im Augenblick nicht leicht.« Seraphim stand auf und nahm Hausmutter Shivitz tröstend
in den Arm. »Das alles ist entsetzlich und nicht zu verstehen. Aber die Kinder brauchen uns.«

»Ich weiß, ich weiß. Eins der Mädchen war anscheinend Shelby Stubacker. Sie erinnern sich doch sicher
noch an sie. Sie war niemand, den man so leicht vergisst.«

»Ich weiß.«

»Aber sie hat uns *verlassen*«, wiederholte Shivitz und
hielt Eve die Unterlagen hin. »Sie kam zu Pflegeeltern.
Kurz, nachdem Sie uns verlassen hatten, Seraphim, mitten während des Umzugs, weshalb in den Unterlagen
auch noch die Adresse unseres alten Heimes steht.«

»Aha.« Eve schaute sich die Ausdrucke genauer an

und schüttelte den Kopf. »Das ist eine halbwegs anständige Fälschung.«

»Eine Fälschung?«, brauste die Hausmutter auf. »Was meinen Sie mit Fälschung? Das ist ja wohl lächerlich.«

»Genauso lächerlich wie dass Bezirk in diesem Dokument mit t, also Betzirk, geschrieben ist. Man könnte denken, jemand hätte sich vertippt. Aber es gibt auch noch andere Fehler, die gibt's in offiziellen Dokumenten nicht, zumindest nicht in derart großer Zahl.«

»Zeigen Sie her.« Die Hausmutter entriss ihr das Papier, las es sich eilig durch und wurde kreidebleich. »Oh Gott. Mein Gott. Wie kann das sein?«

»Am besten setzen Sie sich erst mal hin. Setzen Sie sich hin und atmen durch.« Entschlossen drückte Seraphim die Hausmutter auf einen Stuhl.

»Woher kommen die Papiere?«, fragte Eve.

»Das weiß ich nicht. Ich weiß es wirklich nicht. Das muss ein Irrtum sein. Oder vielleicht hat sich ja wirklich einfach jemand auf dem Jugendamt vertippt.«

»Ich glaube nicht.«

Plötzlich wurden Stimmen und Schritte auf der Treppe laut, und Seraphim blickte sich um.

»Am besten gehen wir in Mr. Jones' Büro, und ich gucke, wo er ist. Er muss es schnellstmöglich erfahren. Vielleicht erinnert er sich ja daran, woher das Schriftstück kommt.«

»In Ordnung.« Eve gab Peabody ein Zeichen, und die Partnerin marschierte los, während sie weiter in ihr Handy sprach.

»Woran erinnern Sie sich noch?«, wandte sich Eve jetzt wieder Shivitz zu.

274

»An nichts. Wir haben Kisten, Tische, Stühle und noch jede Menge anderer Sachen aus dem Haus geschleppt, und irgendwer – ich bin mir nicht mehr sicher, wer – erzählte mir, das Jugendamt hätte für Shelby einen Platz bei Pflegeeltern aufgetan. Ich weiß noch, dass ich dachte, vielleicht ließe sich das Leben in dem neuen Heim dann ja ein bisschen ruhiger an.«

»Was gibt's für ein Problem?« Nash Jones betrat den Raum und zog die Tür hinter sich zu.

»Der Bescheid des Jugendamts, in dem steht, Shelby Ann Stubacker würde aus Ihrem Heim in eine Pflegestelle überstellt, ist eine Fälschung«, klärte Eve ihn auf.

»Das kann nicht sein.« Entschlossen nahm er Eve das Schriftstück aus der Hand, trug es hinter seinen Schreibtisch und nahm Platz. »Er sieht für mich in Ordnung aus. Was also haben Sie für ein Problem da ...«

Plötzlich beugte er sich vor, schob sich die Haare aus der Stirn und schaute sich das Blatt noch einmal genauer an. »Wie konnte das passieren? Das ist nicht meine Unterschrift. Hausmutter, Seraphim, das ist nicht meine Unterschrift.«

Seraphim trat hinter ihn und schaute sich das Schriftstück über seine Schulter hinweg an. »Das ist sie nicht. Sie sieht ihr durchaus ähnlich, aber trotzdem ist sie's nicht.«

»Das können und das werden wir natürlich überprüfen lassen«, klärte Eve ihn auf. »Aber erst mal würde ich gerne von Ihnen hören, was zum Teufel diese Fälschung zu bedeuten hat.«

»Ich habe keine Ahnung. Lassen Sie mich überlegen. Lassen Sie mich überlegen.« Nashville kniff die Augen zu und atmete so langsam und so tief wie möglich aus und ein. Er schien zu meditieren, aber ehe Eve Gelegenheit bekam, ihn deshalb anzufahren, öffnete er die Augen wieder und fuhr mit einem knappen Nicken fort.

»Jetzt fällt's mir wieder ein. Die Hausmutter ...«, setzte er an, und Shivitz riss entsetzt die Augen auf.

»Nicht Sie, meine Liebe«, fügte er an sie gewandt hinzu. »Hausmutter Orwin sagte mir, Shelbys Papiere lägen auf dem Schreibtisch in meinem Büro. Der Umzug war noch nicht ganz abgeschlossen, und wir hatten alle Angestellten und auch unsere Schützlinge in Gruppen aufgeteilt, weil jeder Anteil daran haben sollte, unsere neue Bleibe so behaglich zu gestalten, dass man sich dort wohlfühlen kann. Alles war neu, wir hatten plötzlich jede Menge Platz, deshalb waren wir alle dankbar und sehr aufgeregt.«

»Das waren wir«, stimmte ihm Shivitz nickend zu, während sie gleichzeitig die Hände rang. »Wir waren dankbar und sehr aufgeregt.«

»Wir hatten alle Hände voll zu tun, aber es war ein positives Chaos, wenn Sie wissen, was ich damit sagen will«, erklärte Nash. »Ich habe Philly darauf angesprochen, dass uns Shelby vor dem endgültigen Einzug in das neue Heim verlassen wird. Wir haben darüber diskutiert und waren beide leicht in Sorge um das Mädchen, aber schließlich bleibt auch keiner unserer anderen Schützlinge auf Dauer hier. Später haben Philly und ich in unseren neuen Räumlichkeiten eine Kleinigkeit gegessen – selbstverständlich herrschte immer noch ein Riesendurcheinander, aber wir waren einfach froh, in unserem neuen Haus zu sein. Dabei erwähnte sie, die junge Mikki Wendall hätte sich am Nachmittag die

Augen aus dem Kopf geheult. Sie und Shelby waren befreundet, deshalb war sie unglücklich, weil Shelby nicht mit umgezogen war. Für uns ging es vor allem darum, wie wir Mikki helfen können, über den Verlust hinwegzukommen und wieder nach vorn zu sehen. Ich hatte angenommen, Philly hätte Shelbys Auszug abgesegnet, aber irgendjemand hat nicht ihre, sondern meine Unterschrift gefälscht.«

»Dann waren Sie bei ihrem Auszug also nicht persönlich dabei und haben auch nicht mit irgendwem vom Jugendamt gesprochen, der Shelby zu der neuen Pflegestelle bringen sollte?«

»Nein. Ich hatte angenommen, das hätte Philly, die Hausmutter oder Montclair gemacht. Unser Bruder war damals noch hier. Wollte ich irgendwann mal die Papiere sehen?« Er war noch immer kreidebleich und rieb sich nachdenklich die Stirn. »Bestimmt.«

»Ich nehme an, die Hausmutter hat mir die Schriftstücke zum Ablegen gegeben«, klärte Shivitz ihn mit rauer Stimme auf. »Das hat sie nämlich jedes Mal getan. Wir versuchten damals gerade, Ordnung in unser Archiv zu bringen, wahrscheinlich habe ich das Dokument dort abgelegt. Aber ich habe es mir dabei nicht angesehen.«

»Wir müssen auch mit Ihrer Schwester sprechen«, meinte Eve.

»Natürlich«, pflichtete ihr Nashville bei. »Am besten rufe ich sie an und sage ihr, dass sie so schnell wie möglich kommen soll. So viele Menschen«, murmelte er vor sich hin und griff nach seinem Link. »All die Angestellten und die freiwilligen Helfer, dazu noch die Leute, die mit den Computern helfen sollten, und die Kids. Es war sehr anstrengend, aber wir alle waren glücklich, und wir haben große Hoffnungen in unser neues Heim gesetzt.«

Wahrscheinlich hatte sich auch Shelby irgendwelche Hoffnungen gemacht. Doch jemand hatte diese Hoffnungen, bevor sie sich erfüllen konnten, ein für alle Mal zerstört.

12

Eve brauchte eine knappe Stunde, um die Angelegenheit noch einmal mit allen durchzugehen. Mit Nash und Philadelphia, die in aller Eile heimgekommen war, mit Shivitz und zwei weiteren Angestellten, die bereits bei Shelbys Auszug in dem Heim gewesen waren.

Sie selbst war unbefriedigt, und die anderen waren ziemlich aufgeregt, als sie das Heim wieder verließ.

»Ich bin mir nicht sicher, ob sie Angst vor einer Klage haben, wobei ich mich frage, wer sich diese Mühe machen sollte, oder davor, dass sie eine Strafe zahlen müssen, was meiner Meinung nach, wenn niemand sie verklagt, auch nicht passieren wird, oder ob sie Schuldgefühle haben, weil sie vielleicht indirekt an einem Mord beteiligt waren.«

»Ich schätze, dass es eine Mischung aus all diesen Dingen ist«, erklärte Peabody und zog die Tür des Wagens auf. »Wollen Sie wissen, was ich über Mikki Wendall rausgefunden habe?«

»Unbedingt.«

»Die Mutter war ein Junkie, hat deswegen ihren Job verloren. Als sie ihre Miete nicht mehr zahlen konnte, hat der Vermieter sie vor die Tür gesetzt. Sie endete mit ihrer Tochter auf der Straße, für Essen, einen Schlafplatz und vor allem Drogen hat sie sich ohne Lizenz prostituiert. Einige der Freier haben sie vermöbelt, statt sie zu bezahlen, deshalb hat sie das Kind zum Klauen in den Supermarkt geschickt. Am Ende hat das Jugendamt sich eingemischt und Mikki in den *Zufluchtsort* gesteckt, während die Mutter in die Reha kam.«

»Wo haben Sie das alles her?«

»Direkt von der Quelle, das heißt, von der Mutter, die nicht lange um den heißen Brei herumgeredet hat. Sie war ein Junkie, eine Bordsteinschwalbe, hat das Kind vernachlässigt und obendrein dazu ermutigt, alles mitgehen zu lassen, was ihm in die Finger kam. Die erste Reha hat sie abgebrochen, wurde dann wieder festgenommen, im Gefängnis beinah totgeprügelt. Dann hatte sie schließlich eine Erleuchtung, hat einen Entzug gemacht, ein Vierteljahr lang jeden Tag an irgendwelchen Folgetreffen teilgenommen, nachts Büros geputzt und tagsüber inoffiziell in einem Ausbeuterbetrieb genäht, die Kaution für eine Wohnung angespart und beim Jugendamt beantragt, dass die Tochter wieder zu ihr ziehen kann.«

»Wie schnell haben sie ihr das Kind zurückgegeben?«

»Das hat fast ein Jahr gedauert, mit Urintests, wöchentlichen Therapiestunden und mehreren Besuchen durch das Jugendamt. Aber am Ende hat's geklappt.«

»Solche Erfolgsstorys sind selten.«

»Was sie zu was Besonderem macht. Während dieses Jahres hat die Frau also gespart, eine Therapie gemacht und einen Mann kennen gelernt. Den Hausmeister in dem Bürogebäude, in dem sie als Putzfrau gearbeitet hat. Einen wirklich anständigen Kerl, mit dem sie immer noch zusammenlebt.«

Eves Partnerin machte es sich auf ihrem Sitz bequem.

»Ich habe ihn zur Vorsicht überprüft. Er ist sauber, und da er die Überprüfung durch das Jugendamt und das Gericht problemlos überstanden hat, bekam die Mutter letztendlich das Sorgerecht zurück, und Mikki kehrte wieder heim.«

»Wo sie jedoch nicht glücklich war.«

»Anscheinend nicht. Statt die Schule zu besuchen, hat sie sich herumgetrieben und sich rundheraus geweigert, sich in die Familie zu integrieren. Sie war rotzfrech, hat sich abends heimlich aus dem Haus geschlichen und hat ihre Mutter und den Stiefvater beklaut. Als die Mutter irgendwann in Mikkis Zimmer Drogen und ein Messer fand, hat sie die Pillen ins Klo gespült, aber das Messer hat ihr Angst gemacht. Trotzdem wollte sie nicht aufgeben und hat das Kind zur Therapie geschleppt.«

Doch darauf hatte Mikki keinen Bock, sagte sich Eve. Sie hatte von der Mutter und dem Spießerleben, das sie plötzlich führen sollte, ein für alle Mal die Nase voll.

»Dann merkt die Mutter, dass sie schwanger ist, das sieht sie als neue Chance. Dieses Mal will sie es richtig machen. Diesmal ist sie clean und will dem Baby eine gute Mutter sein.«

»Aber dann erwischt sie Mikki, wie sie mitten in der Nacht total bekifft nach Hause kommt und sogar noch ein bisschen Zoner in der Tasche hat. Sie streiten sich deshalb, und als das Mädchen aus der Wohnung rennt, läuft ihm die Mutter hinterher. Sie holt sie auf der Treppe ein und will sie wieder in die Wohnung ziehen, aber das Kind versetzt ihr einen Stoß, sodass sie die Treppe herunterfällt.«

»Sie hat ihre schwangere Mutter die Treppe runtergeworfen?«, fragte Eve entsetzt.

»Sie wusste nicht, dass ihre Mutter schwanger war, aber auf alle Fälle ist sie auf sie losgegangen. Dann hat sie sie einfach liegen lassen und sich aus dem Staub gemacht. Dabei war ihre Mutter schwer verletzt. Ich habe mir die Krankenakte angesehen, aber sie hatte es mir vorher schon erzählt. Ein paar Tage war nicht sicher, ob sie selber und das Baby überleben würden, danach hat sie beschlossen, dass sie Mikki gehen lassen muss. Sie hat sich selbst dafür gehasst, aber sie hatte Angst vor ihrem eigenen Kind. Sie hat sie nicht als vermisst gemeldet und auch keine Anzeige erstattet, denn sie wollte nicht, dass Mikki ins Gefängnis muss. Als sie verschwunden ist, hat Mikki sie noch angeschrien, sie hätte eine andere, eigene Familie, mit der sie glücklich wäre, und sie sollten sie verdammt noch mal in Ruhe lassen.«

»Also haben sie das getan.«

»Ja, das haben sie getan. Die Mutter lag zwei Wochen in der Klinik und auf Anweisung des Arztes danach noch vier Wochen daheim im Bett. Ihr Mann ist immer wieder losgezogen und hat versucht, Mikki zu finden, aber keiner von den beiden hat sie je wiedergesehen. Inzwischen haben sie zwei Kinder, einen Jungen in dem Alter, in dem Mikki damals war, und ein Mädchen, das zwei Jahre jünger ist.«

»Sie hat das Leben ihrer Tochter ruiniert.«

»Das ist ihr bewusst. Sie hat versucht, es wieder gutzumachen, Dallas, doch das ist ihr nicht gelungen, jetzt muss sie mit dem Wissen leben, dass die Tochter all die Jahre tot in einem Haus gelegen hat.«

»In der *Stätte der Läuterung,* dem neuen Heim, ist Mikki niemals aufgetaucht. Es muss also um eine andere

Familie gegangen sein. Die Familie, die für sie aus Shelby und den anderen Mitgliedern der kleinen Gang bestand. Wahrscheinlich wollte sie zurück zu Shelby und in das Gebäude, in dem diese ganz besondere Familie gegründet worden war. Wir müssen dringend diesen T-Bone und De-Lonna finden. Vielleicht leben sie ja noch.«

»Die zwei sind wie vom Erdboden verschluckt. Ich habe keine Ahnung, wo sie sind. Den Unterlagen nach waren sie erst im *Zufluchtsort* und danach in dem anderen Heim. Mit sechzehn hat DeLonna eine Lehre angefangen, dann verliert sich ihre Spur. Wenn sie also tatsächlich bis zu Anfang dieser Lehre in dem Heim war, kann sie keins von unseren Mädchen sein. T-Bone war im Heim, bis er mit achtzehn plötzlich nicht wiederkam und seither nie mehr in Erscheinung trat.«

»McNab soll sehen, ob er sie finden kann«, schlug Eve ihr vor. »Wenn er das nicht schafft, frage ich Roarke.«

»Kein Problem. Glauben Sie, dass Shelby vielleicht selber ihren Umzug inszeniert hat, weil sie keinen Bock mehr auf das Heim hatte?«

»Das kann ich noch nicht sagen, aber auszuschließen ist es nicht. Die Fälschung war zwar ziemlich schlampig, aber auf den ersten Blick wäre das sicher keinem weiter aufgefallen, und clever, wie sie war, hätte sie ihre ›Entlassung‹ zeitlich extra so gelegt, dass sie im allgemeinen Chaos, das wegen des Umzugs herrschte, einfach unterging. Ich will die Unterschrift noch einmal überprüfen lassen. Wenn sie wirklich nicht von diesem Nashville stammt, hat er vielleicht tatsächlich nichts mit der Angelegenheit zu tun.«

»Ich frage mich, warum sie derart plötzlich aus dem

Heim verschwinden wollte. Schließlich waren sie gerade dabei, in ein deutlich schöneres Haus zu ziehen.«

»Aber auch dieses Haus hätte nicht ihr gehört, auch dort hätten andere die Regeln gemacht.« Sie war selbst in durchaus anständigen Heimen gewesen. Hatte dort ein Dach über dem Kopf und jeden Tag drei Mahlzeiten gehabt. Trotzdem hatte sie um jeden Preis dort rausgewollt.

»Also hat ihr vielleicht jemand etwas angeboten, oder vielleicht hat sie selbst die Möglichkeit gesehen, sich zu nehmen, was ihr wichtiger als alles andere war. Freiheit. Endlich hätte sie die Regeln selbst aufstellen und tun und lassen können, was sie will. Sie hätte essen können, was und wann sie will, und morgens aufstehen können, wann es ihr gefällt. Ein Heim ist keine richtige Familie, Peabody – es ist der Ort, an dem die Kinder landen, wenn sie durch das Netz gefallen sind. Es ist in Ordnung, es ist anständig, und sie versuchen dort zu helfen. Aber eine richtige Familie ist es nicht. Man kommt sich dort so eingesperrt wie im Gefängnis vor.«

»Sind Sie jemals weggelaufen?«

»Anfangs, ja. Und mir ist klar, ich hatte Glück, dass ich immer wieder eingefangen worden bin. Ich hatte Glück, dass mir bewusst wurde, dass ich nicht im Gefängnis landen will. Also hielt ich es für besser, meine Zeit in diesen Heimen nicht nur abzusitzen, sondern das an Gutem rauszuziehen, das mir dort geboten worden ist.«

Eve schüttelte die traurigen Erinnerungen ab. »Aber sie ist das Wagnis eingegangen, dass man sie erwischt und statt ins Heim in ein Gefängnis steckt, weil ihr all das, was ihr dort angeboten wurde, nichts bedeutet hat. Ich kannte jede Menge Kids wie sie, und ich kann Ihnen versichern, dass die meisten irgendwann im Knast gelandet sind.«

»Ich nehme an, im Heim ist es nicht wirklich schön«, sinnierte Peabody. »Aber es ist das Beste, was man diesen Kindern bieten kann.«

»Sie wollte trotzdem raus und wusste, wie man handelt, klaut, betrügt oder erpresst. Trotzdem denke ich, dass jemand ihr geholfen hat, dort rauszukommen, und halte es für sehr wahrscheinlich, dass ihr Helfer auch ihr Mörder war.«

»Da haben Sie wahrscheinlich recht. Falls Jones und seine Schwester irre Kindermörder wären, hätten sie seit Jahren freie Wahl unter ihren Schützlingen gehabt. Außer sie hätten diese Kids aus einem ganz bestimmten Grund gewählt oder die Zahl Zwölf hätte eine besondere Bedeutung für die beiden.«

»Ich verstehe, was Sie damit sagen wollen. Aber auch der Bruder war damals noch da.«

»Der tote Bruder? Der von einem Löwen aufgefressen worden ist.«

»Genau der. Also stellen wir mal eine andere Hypothese auf«, schlug Eve Peabody vor. »Sagen wir, dass er ein irrer Kindermörder war. Er hatte Zugang zu den Opfern, wenigstens zu denen, die mit dem Heim verbunden waren. Er hatte auch Zugang zum Gebäude, und er kannte sich dort aus. Die Geschwister haben erwähnt, dass er gelegentlich bei Reparaturarbeiten ausgeholfen hat, es ist also nicht auszuschließen, dass er wusste, wie man Wände baut.«

»Warum ist er dann nach Afrika gegangen, außer er hätte endlich auch einmal woanders unschuldige Kinder meucheln wollen? Wir sollten überprüfen, ob dort drüben auch Kinder verschwunden sind, bevor der Löwe ihn gefressen hat.«

»Das machen wir. Und zu seinem möglichen Motiv, nach Afrika zu gehen: Was, wenn sie ihn erwischt haben? Philadelphia und Nash, die beiden Gutmenschen? Vielleicht haben sie ihn auch nur dabei erwischt, wie er sich einem oder mehreren der Mädchen unsittlich genähert hat. Das konnten sie nicht zulassen, deshalb haben sie ihn nach Afrika verfrachtet, um die Afrikaner glaubenstechnisch auf den rechten Weg zu führen. Bis der Löwe kam.«

Das Ende sagte Eve nicht zu. »Sind wir eigentlich sicher, dass er aufgefressen worden ist?«

»Ich habe den Bericht der Polizei, die Todesurkunde, die Bescheinigung seiner Verbrennung und die Überführung seiner Asche zurück in die Staaten überprüft.«

»Ich hätte lieber eine Leiche«, knurrte Eve. »Noch lieber hätte ich einen Mörder, der lebt und den ich hinter Gitter bringen kann. Aber trotzdem sehen wir uns den vielleicht irren toten Bruder besser etwas genauer an.«

»Ich kann mir irgendwie nicht vorstellen, dass seine Geschwister ihn gedeckt hätten, wenn sie herausgefunden hätten, dass er diese Kids auf dem Gewissen hat.«

»Sie wissen doch, wie es mit Blut und Wasser ist.«

»Okay, vielleicht. Aber die beiden wirken nicht dumm, und sie kommen mir auch nicht wie Spieler vor. Hätten sie also die Leichen einfach dort gelassen, wo man sie mit ihnen in Verbindung bringen kann?«

»Nicht, wenn sie gewusst hätten, dass sie dort eingemauert sind. Das kann ich mir genauso wenig vorstellen wie Sie«, pflichtete Eve ihr widerstrebend bei. »Also ging es, wie gesagt, vielleicht nicht so weit. Vielleicht ist das alles ja auch der totale Schwachsinn, und der tote Bruder war ein ebensolcher Gutmensch wie die beiden anderen und hat einem Löwen als leckeres Mittagsmahl gedient.«

»Wie die ersten Christen«, überlegte Peabody. »Wissen Sie, dass sie im alten Rom unter dem Jubel der Zuschauer in den Arenen den Löwen zum Fraß vorgeworfen worden sind?«

»Warum denn das?«

»Vielleicht waren sie einfach blutrünstig?«

»Ich meine nicht die Römer, die verstehe ich.«

Peabody blinzelte verwirrt. »Ach ja?«

»Natürlich waren sie blutrünstig«, pflichtete Eve ihr bei. »Vor allem waren sie froh, wenn's jemand anderen und nicht sie selbst getroffen hat. Es ging dabei um Macht. Aber die Christen kann ich nicht verstehen. Warum haben sie nicht einfach gesagt, okay, römisches Arschloch, der du mich den wilden Bestien zum Fraß vorwerfen willst, Luigi oder wer auch immer ist ein wirklich toller Gott?«

»Luigi?«

»Wer auch immer«, wiederholte Eve. »Dann hätten sie doch einfach abhauen und in ihren Höhlen abtauchen können.«

»In den Katakomben?«

»Ja, genau. Sie hätten sich zusammensetzen, Wein trinken, den Aufstand planen und sich überlegen können, wie den blöden Römern beizukommen ist.«

»Über diesen alten Gott Luigi komme ich nicht hinweg, aber ich glaube, dass die Christen friedlich waren.«

»Was hat ihnen das gebracht? Dass sie als Löwendung geendet haben, weiter nichts.«

»Igitt.«

»Genau.«

In diesem Augenblick schrillte das Autotelefon.

»Dallas. Was gibt's?«

Das nächste Mädchen lächelte sie auf dem kleinen Bildschirm an.

»Sie wurde vermisst gemeldet«, sagte Eve. »Suchen Sie sie in der Datenbank. Ich weiß, dass ich sie gesehen habe, als ich die Dateien durchgegangen bin.«

»Schon dabei«, erklärte ihre Partnerin. »Kim Terrance, dreizehn Jahre alt, Ausreißerin aus Jersey City in New Jersey, von der Mutter als vermisst gemeldet. Vater saß damals wegen Körperverletzung im Knast.«

»Geben Sie mir die aktuellen Infos.«

»Alles klar. Die Mutter hat vor zwei Jahren noch mal geheiratet und lebt jetzt in Vermont, wo sie mit ihrem zweiten Mann eine kleine Ferienanlage betreibt. Der Mann hat zwei erwachsene Kinder. Einem kurzen Backgroundcheck zufolge wurde sie von ihrem ersten Ehemann misshandelt und hat ein Kontaktverbot erwirkt. Er sitzt gerade wieder ein, weil er auch seine zweite Ehefrau vergewaltigt und misshandelt hat. Kims Vermisstenakte wurde regelmäßig aktualisiert und jedes Jahr mit einem Bild ihres möglichen neuen Aussehens bestückt.«

Peabody rief das letzte Bild auf ihrem Handcomputer auf, auf dem man eine Frau von Ende zwanzig sah.

»Die Mutter hat die Suche niemals aufgegeben, Dallas.«

»Also rufe ich sie an und sage ihr, dass Kim gefunden worden ist. Aber lassen Sie uns erst mal sehen, ob es eine

Verbindung zwischen ihr und einem der beiden Heime, jemandem vom Personal oder einem der Bewohner gibt.«

»Damit wären wir bei sieben«, meinte Peabody, als Eve in die reviereigene Tiefgarage bog. »Bleiben also noch fünf. Was es nicht leichter macht.«

Eve brachte auch die neuen Gesichter an der Tafel an. Das letzte Mädchen, Kim Terrance, hatte niemals die Gelegenheit gehabt, in das Gesicht hinzuwachsen, mit dem sie in der Akte ausgestattet worden war. Stattdessen steckte sie für alle Zeit in diesem unbeholfenen Zwischenstadium fest, in dem die Zähne und die Augen noch zu groß für ihr Gesicht gewesen waren.

Sie stand nicht auf der Liste der Bewohnerinnen, die Philadelphia ihnen überlassen hatte. Vorsichtshalber aber kontaktierte Eve das Jugendamt und brachte die Sozialarbeiterin, die neben einem Übermaß an Arbeit noch das Pech hatte, bei ihrem Anruf an den Apparat zu gehen, mit Schmeicheleien, Drohungen und Beharrlichkeit dazu zu überprüfen, ob es eine Akte zu dem Mädchen gab.

Tatsächlich war Kim Terrance wegen Schulschwänzens und Ladendiebstahls aufgefallen, sie hatte zweimal eine Therapie gemacht, nachdem die Mutter mit dem Kind ins Frauenhaus geflüchtet war.

Beide Male aber war die Mutter zum gewalttätigen Ehemann zurückgekehrt, und abermals hatte das Kind im Elternhaus die Hölle durchgemacht. Dieses Muster, dachte Eve, wiederholte sich nur allzu oft. Wenigstens die Mutter hatte diesen Teufelskreis am Schluss durchbrochen, aber erst, nachdem die Tochter abgehauen und sie selber ganz unten gelandet war.

Zu spät, sagte sich Eve, denn nach der zweimaligen Rückkehr zu dem Mann, der sie und auch das Kind misshandelt hatte, hatte ihre Tochter kein Vertrauen mehr zu ihr gehabt. Zu spät, als dass die Tochter hätte nachvollziehen können, welche Angst und Selbstverachtung eine Frau an einen Typ banden, der sie schlug, oder als dass sie hätte anerkennen können, dass die Mutter endlich aus dem alten, unseligen Muster ausgebrochen war.

Zu spät, als dass sie noch Gelegenheit bekommen hätte, zu der Frau heranzuwachsen, deren Bild jetzt neben ihrem alten Foto an der Tafel hing.

Eve schrieb sich ein paar andere Dinge zu dem Mädchen auf. Im Gegensatz zu Lupa oder Carlie hatte Kim mit Kirche nichts am Hut gehabt. Im Gegensatz zu Linh hatte sie nicht gegen die wohlmeinenden Eltern rebelliert. Und im Gegensatz zu Shelby war sie weder übertrieben hart noch zäh gewesen, sondern eher wie Mikki, dachte Eve.

Sie war ihr altes Leben einfach leid gewesen und war deshalb von zuhause abgehauen.

Eve verbrachte etwas Zeit am Link, zog an ein paar Fäden und schnitt andere ab, und rief, da der Gedanke an den Bruder ihr aus welchem Grund auch immer keine Ruhe ließ, noch einmal die Infos ihrer Partnerin zu Montclair Jones auf dem Computer auf.

Jüngstes von vier Geschwistern, das nur dreiundzwanzig Jahre alt geworden war. Sieben Jahre jünger als die Schwester Philadelphia, rechnete Eve. Wie die anderen drei war auch Montclair zuhause unterrichtet worden, doch im Gegensatz zu Nash und Philadelphia hatten ihn die Eltern nicht aufs College gehen lassen, um Sozialarbeit oder was anderes zu studieren.

Anders als die Schwester Selma, die fast dreizehn Jahre älter war als er, war er auch nicht gereist, um dann an einem weit entfernten Ort eine Familie zu gründen und die eigenen Kinder großzuziehen.

Eve grub noch etwas tiefer und in allen Richtungen, als die Partnerin den Raum betrat, hob sie den Finger in die Luft und sprach weiter in ihr Link.

»Vielen Dank für Ihre Hilfe, Sergeant Owusu.«

»Ist mir ein Vergnügen, wenn ich Ihnen helfen kann«, ertönte eine volle, melodiöse Stimme, und die arme Peabody verrenkte sich den Kopf, um auf dem kleinen Bildschirm das Gesicht der Sprecherin zu sehen. »Ich werde noch mit meinem Großvater und meinem Onkel sprechen, wenn die Gespräche irgendwas ergeben, rufe ich Sie an. Guten Abend, Lieutenant.«

»Ihnen auch, Sergeant.«

»Was oder wer war denn das?«

»Sergeant Alika Owusu von der Polizei der Republik Simbabwe.«

»Ohne Scheiß? Sie haben mit Afrika gesprochen?«

»Nur mit einem kleinen Teil.«

»Wie viel Uhr ist es dort gerade, und haben Sie Löwen oder Elefanten oder so gehört?«

»Zum Glück hatte sie gerade Schicht, da ich hier in den Staaten sitze, weiß ich nicht, wie spät es dort jetzt gerade ist. Irgendwelches Brüllen oder die Schreie armer Seelen, die von wilden Tieren in der Luft zerrissen werden, waren nicht zu hören.«

»Ich würde gern mal einen Elefanten sehen«, stellte Peabody mit wehmütiger Stimme fest. »Nicht in einem Wildpark, sondern dort, wo er normalerweise lebt. Und ich würde gerne mal eine Hyäne hören, obwohl die angeblich völlig irre und vor allem alles andere als harmlos sind. Außerdem würde ich …«

Mit einem Mal bemerkte sie Eves kalten Blick.

»Aber genug davon. Es ging Ihnen bei dem Gespräch um Montclair Jones.«

»Ich wollte einfach ein paar zusätzliche Infos über ihn und habe es geschafft, den Sergeant aufzuspüren. Sie war noch ein junges Mädchen, als es hieß, dass er von einem Löwen aufgefressen worden ist. Sie kann sich noch ein bisschen an den Mann erinnern oder eher an das, was nach dem Festmahl durch den Löwen, den ihr Großvater im Übrigen erschossen hat, noch von ihm übrig war.«

»Au.« Das romantische Safari-Kartenhaus im Kopf der Partnerin zerfiel. »Ich weiß, dass Löwen Menschen fressen, aber trotzdem. Das liegt einfach im Wesen dieser Tiere, oder nicht?«

»Wenn ein böser Löwe Menschen frisst, und das am Rand von einem kleinen Dorf mit jeder Menge winzig kleiner Kinder, alter Damen, die nur langsam gehen, und harmloser Haustiere, die sich nicht wehren können, hat der Löwe längerfristig keine Chance.«

»Da haben Sie wahrscheinlich recht. Aber sie hat bestätigt, dass der Löwe Jones gefressen hat?«

»Sie hat bestätigt, dass es einen Zwischenfall gegeben hat und dass ein Missionar mit Namen Montclair Jones, der in der Gegend tätig war, dabei getötet worden ist.«

»Was zur Geschichte, die seine Geschwister uns erzählt haben, und den offiziellen Infos passt.«

»Ja, ja.« Eve trommelte nervös mit ihren Fingern auf der Schreibtischplatte herum und erklärte schlecht gelaunt: »Die Sache stößt mir einfach sauer auf, sonst nichts. Die älteste Schwester Selma ist als Missionarin nach Australien gegangen und hat dort einen Schaffarmer geheiratet. Warum züchten Menschen Schafe?«

»Sie tragen gerade selber eine Wolljacke.«

»Ach ja?«

»Eine herrlich weiche Wolljacke«, erklärte Peabody, während sie voller Ehrfurcht über einen Ärmel der besagten Jacke strich.

»Finger weg. Wie dem auch sei, hütet sie Schafe und bringt Babys auf die Welt, und Nash und Philadelphia gehen aufs College, missionieren und werfen irgendwann ihr Geld zusammen, kaufen ein Haus und gründen dort den *Zufluchtsort*. Falls es Sie interessiert – ein Teil des Geldes war geerbt, und ein anderer rührte vom Verkauf des Hauses der Familie her. Nach dem Selbstmord der Mutter hat der Vater es verkauft und reist seither als Missionar durch ganz Amerika.«

»In den Akten stand, die Frau hätte sich wegen Depressionen umgebracht«, bemerkte Peabody.

»Es klingt auch ziemlich deprimierend, wenn man mit fast fünfzig nach drei Kindern, die inzwischen aus dem Gröbsten raus sind, plötzlich noch mal ganz von vorn anfangen muss.«

»Das finde ich … das heißt, wenn ich es mir genauer überlege, finde ich das auch«, pflichtete Peabody ihr bei.

»Dann waren also die Mutter und der jüngste Bruder wegen Depressionen und Ängsten in Behandlung. Dazu bleibt das Nesthäkchen zuhause wohnen, bis die Mutter ihrem Leben freiwillig ein Ende setzt. Danach zieht er bei den Geschwistern ein. Er hat nicht studiert und keine Ausbildung gemacht und war abgesehen von seinem letzten Trip nach Afrika nur einmal mit einer Jugendgruppe seiner Kirche in Haiti, als er achtzehn war.«

»Was ebenfalls ausnehmend deprimierend klingt.«

»Seine Mutter hatte offensichtlich immer wieder einmal seelische und geistige Probleme, bis sie sich am Ende in der Badewanne die Pulsadern aufgeschnitten hat.«

»Das macht weniger Dreck, und dank des heißen Wassers spürt man kaum etwas. Moment mal. Badewanne?«, fragte Peabody. »Das wusste ich bisher noch nicht.«

»Das ist eine relativ beliebte Art sich umzubringen, vor allem unter Frauen, aber die Badewanne ist mir trotzdem auch schon aufgefallen. Nach allem, was ich bisher rausgefunden habe, hat Montclair im *Zufluchtsort* vor allem als Handlanger fungiert. Er hat ab und zu gekocht, kleinere Reparaturarbeiten ausgeführt und beim Unterricht und in den Gruppenstunden assistiert. Zu sagen hatte er dort nichts.«

Sie stand auf und klopfte auf das alte Foto von Monclair, das an der Tafel hing. »Und dann, in etwa zu der Zeit, in der zwölf tote Mädchen hinter irgendwelchen Wänden des Gebäudes eingemauert wurden, schicken die Geschwister ihn mit einem Mal nach Afrika.«

»Er war zwar vorher schon einmal mit einer Gruppe missionarisch außer Landes unterwegs, aber nie alleine, ohne dass ihn eins seiner Geschwister oder jemand mit Erfahrung an die Hand genommen hat.« Eve schüttelte den Kopf. »Das macht das Timing wirklich interessant.«

»Aber wenn die beiden anderen im Bild gewesen wären, hätten sie die Toten doch bestimmt verschwinden lassen«, beharrte Eves Partnerin auf ihrer Position. »Vor allem hätten sie es sicher nicht geschafft, so lange Stillschweigen über die Sache zu bewahren oder einfach ihre Arbeit fortzuführen, obwohl sie wussten, dass all diese Mädchen dort in dem Gebäude eingemauert waren.«

»Das kann ich mir auch nicht vorstellen. Aber das Timing ... falls er noch am Leben wäre und noch immer bei seinen Geschwistern wohnen würde, wäre er mein Hauptverdächtiger. Also ist er jetzt erst mal der Mensch, den ich mir etwas genauer ansehen will. Was haben Sie für mich?«

»Im Grunde nichts. Unsere letzten beiden Opfer weisen keinerlei Verbindung zu einem der Heime, Nashville, Philadephia oder sonst jemandem dort auf.«

Eve nickte, denn auch sie hatte in dieser Hinsicht nichts entdeckt. »Wir haben den Asiamarkt, der Linh mit Shelby in Verbindung bringt, und werden auch noch andere Zusammenhänge finden, die genauso nebulös und überraschend sind. Ich nehme meine Arbeit mit nach Hause. Ich muss noch mal alles durchgehen, neu sortieren und versuchen, diese Angelegenheit aus einem anderen Blickwinkel zu sehen.«

»Haben Sie die nächsten Angehörigen von Kim Terrance schon verständigt?«

»Ich habe ihre Mutter angerufen, ja. Sie kannte keins der anderen Opfer, und vom *Zufluchtsort* hat sie noch nie etwas gehört.«

»Wie hat sie es aufgenommen?«

»Sie war ziemlich erschüttert«, meinte Eve und packte ihre Unterlagen ein. »Aber dann hat sie sich zusammengerissen und gesagt, dass sie die Überreste ihrer Tochter abholen will, sobald sie freigegeben sind. Ich habe mir auch diesen Jubal Craine noch mal genauer angesehen. Seine Frau hat ihn getötet, hat die Scheune angezündet, während er dort bei der Arbeit war.«

»Dann wusste sie sich vielleicht nur noch so zu helfen.«

»Offensichtlich ist sie ausgeflippt, nachdem er sie wieder mal verdroschen hat. Nach allem, was ich herausgefunden habe, war er noch gesund und munter, aber in Nebraska, als die Mädchen umgekommen sind. Da seine Tochter ihm erst im November fünfundvierzig abermals entwischt ist, hätte er auch keinen Grund für eine Reise nach New York gehabt.«

»Sie dachten sowieso nicht, dass er unser Täter ist.«

»Nein, weil ich mir nicht vorstellen kann, dass er die ganze Zeit im gottlosen New York hätte verbringen wollen oder dass eins der Mädchen mit ihm mitgegangen wäre, ohne sich zu wehren.« Sie zog ihren Mantel an. »Aber ich musste diese Sache trotzdem klären.«

»McNab macht gerade Jagd auf T-Bone und DeLonna. Vielleicht nehmen auch wir beide unsere Arbeit einfach mit nach Hause«, meinte Peabody.

»Wenn er einen von den beiden oder beide findet, will ich es sofort erfahren.« Eve packte noch ein paar Disketten ein und wandte sich zum Gehen.

Sie fuhr absichtlich einen Umweg über den belebten Times Square, um sich dort die Heerscharen von Teenagern und Rudel junger Mädchen, die bald Teenies wären, anzusehen.

Sie selbst hatte sich niemals irgendeiner Gruppe angeschlossen, weil sie schon in jungen Jahren eine Einzelgängerin war. Selbst wenn sie ein Rudeltier gewesen wäre, hätten ihre Umzüge von Heim zu Heim in diesem Alter ihr die Zugehörigkeit zu einer Clique gar nicht erst erlaubt.

Trotzdem war ihr klar, dass sie die Ausnahme von der Regel war.

Sie sahen alle gleich aus, fiel ihr auf, wie sie sich im wild zuckenden Flutlicht drängten, das die Dunkelheit verdrängte und dank dessen sich hier endlos feiern ließ. Ihre Jacken, Mützen, Schals und Handschuhe mochten verschiedene Farben haben, doch vom Stil her waren sie alle gleich. Schwere Stiefel, die bestimmt wie Bleigewichte an den Füßen hingen, leuchtend bunte, enge Hosen, bunte, weite Jacken, Mützen, deren lange Bänder nicht unter dem Kinn zusammengebunden waren, sondern schlaff herunterhingen, während ihre Trägerinnen Limo tranken, laut ins Handy schrien oder warme, weiche Brezeln kauten, die sie auseinanderrissen, damit auch die beste Freundin etwas abbekam.

Vor allem standen sie die ganze Zeit so dicht zusammen, als wären sie mit unsichtbaren Schnüren aneinander festgemacht.

In einigen der Gruppen älterer Mädchen fanden sich auch ein paar Jungen, doch die Mädchen, die im Alter ihrer Opfer waren, blieben überwiegend unter sich. Sorgsam nach Geschlecht und nach Gesellschaftsschicht getrennt.

Eve nahm Gruppen junger Mädchen in dünneren Jacken und in billigeren Stiefeln, meistens ohne

Kopfbedeckung, dafür aber bunt gefärbten Haaren wahr.

Eins der Mädchen schnappte sich verstohlen ein paar Schals von einem Stand, dessen Betreiber von zwei Freundinnen in ein Gespräch verwickelt worden war. Dann übergab der Langfinger die Beute einer vierten Freundin, die mit schnellem Schritt an ihr vorbeilief, und kehrte mit leeren Händen zu den beiden anderen Freundinnen zurück.

Würden sie die Schals wohl selber tragen oder eher verkaufen?

Die Ampel sprang auf grün, und Eve ließ den Times Square und die Mädchen hinter sich.

Schließlich konnte man nicht Jagd auf alle kleinen Sünder machen, konnte sie nicht alle einkassieren und in irgendwelche Heime stecken, damit sie zu besseren Menschen würden.

Einige, wie Roarke, überlebten auch die harten Jahre auf der Straße, nahmen sich dort, was sie kriegen konnten, um nicht zu verhungern oder mal ins Kino oder so zu gehen. Andere waren einfach auf der Suche nach dem Kick und stürzten sich ins pralle Leben, wo auch immer es zu finden war.

Und alle waren der Überzeugung, dass sie ewig leben würden, dass es keinen Grund für irgendwelche Ängste oder Sorgen um die Zukunft gab.

Sie ließ den Lärm, das Licht und das Gedränge hinter sich und fuhr nach Hause, wo die Elfen offenkundig abermals zu Gast gewesen waren. Mit all den Lichtern, Tannenkränzen und dem vielen anderen Grün wirkte das Haus wie ein Geschenk, das elegant verpackt am Ende der langgezogenen Einfahrt stand.

Es war etwas völlig anderes als das dürre Bäumchen, mit dem Mavis Jahr für Jahr bei ihr erschienen war.

»Mavis«, sagte sie, und dann: »Verdammt.« Sie blickte auf die Uhr, zuckte zusammen und stieg eilig aus.

Falls die Freundin bereits da war, würde Summerset wahrscheinlich eine schnippische Bemerkung machen, die sie im Gegensatz zu sonst durchaus verdient hätte.

Vor allem aber brauchte sie erst mal ein paar Minuten, um die Tafel auf den neuesten Stand zu bringen und dann einfach dazusitzen und die ganze Sache noch mal in Gedanken durchzugehen.

Statt ins Haus zu rennen und auf diese Weise zuzugeben, dass sie wusste, dass sie wieder mal zu spät war, zwang sie sich, gemächlich durch die Tür zu treten, als wäre sie sich keiner Schuld bewusst.

Natürlich lauerte ihr Summerset in der Eingangshalle auf, aber sie hörte keine Stimmen aus dem Haus.

»Sie haben Glück, dass Ihre Gäste sich etwas verspäten werden«, stellte er mit ausdrucksloser Stimme fest. »Und dass sie die Höflichkeit besessen haben, mir Bescheid zu geben, dass es etwas später wird.«

»Ich bin kein Gast.« Sie schälte sich aus ihrem Mantel und warf ihn über den Treppenpfosten, weil sie wusste, dass ihm das ein Dorn im Auge war. »Das heißt, ich kann hier ein und aus gehen, wie ich will.«

Dankbar, dass die anderen noch später kämen als sie selbst, hob sie sich die bissige Bemerkung über seinen schwarzen Anzug und die Trauermiene, die er wieder einmal zur Schau trug, für später auf, und joggte dicht gefolgt von ihrem dicken Kater in den ersten Stock.

Sie marschierte schnurstracks in ihr Arbeitszimmer,

trat dort vor die Gegensprechanlage und erkundigte sich:
»Wo ist Roarke?«

Roarke ist noch nicht zuhause.

»Umso besser.«

Vielleicht würde sie es ja noch schaffen, ihre Tafel auf den neuesten Stand zu bringen und ihre Gedanken über einem Kaffee zu sortieren, bevor Roarke oder die Freundin kam.

Entschlossen hängte sie die Bilder um. Sie schob die Aufnahmen der Skelette in den Hintergrund und zog die Fotos von den Mädchen, ihren Eltern, Vormündern sowie den Angestellten aus dem Heim nach vorn.

Dann verband sie Shelby einerseits mit Linh, andererseits mit Mikki und am Schluss mit Lupa, weil sie alle vielleicht nicht befreundet, aber immerhin gleichzeitig im *Zufluchtsort* gewesen waren.

Sie hängte Aufnahmen von Seraphim als junges Mädchen und Erwachsene auf, weil sie noch heute mit dem Heim und den Geschwistern in Verbindung stand.

Sie holte sich ihren Kaffee, und während sie ihn trank, umkreiste sie die Tafel, hängte einige der Fotos noch mal um, und sah sich die Wannen und die Badezimmer, wo die Mädchen ihrer Meinung nach ermordet worden waren, genauer an.

Dann nahm sie hinter ihrem Schreibtisch Platz, legte die Füße hoch und schaute sich erneut die Bilder an.

Wahrscheinlich hatte Mikki Shelby in dem Haus gesucht. Ob Shelby da schon tot gewesen war? Sie waren nicht zusammen umgekommen, weil sie auch nicht zusammen eingemauert worden waren. Nein, Shelby und Linh waren zusammen gestorben, vielleicht in der Nacht, nachdem sie nebenan im Asiamarkt gewesen waren.

Lupa, Carlie Bowen und LaRue Freeman waren die nächste Gruppe, die zusammen aufgefunden worden war. Hatte er sie alle innerhalb von einer Nacht getötet? Weshalb hatte er sich so beeilt? Und sich eine solche Arbeit aufgehalst?

Das Haus ist jetzt sein eigener Zufluchtsort, weshalb es keinen Grund zur Eile gibt.

Wie war es zeitlich abgelaufen? Carlie war zwei Tage nach der jungen Lupa als vermisst gemeldet worden, also hatte er sie vielleicht doch nicht in derselben Nacht getötet, sondern nur am selben Ort versteckt. Als Erste hatte er wahrscheinlich Lupa, dann vielleicht LaRue, das Opfer Nummer vier, und danach Carlie umgebracht.

Eine andere Verbindung gab es zwischen ihnen bisher nicht.

Was hatte er …

Sie hob den Kopf, als Galahad vom Schreibtisch sprang und zur Tür walzte, wo ihr Gatte erschien.

»Du kommst noch später heim als ich.«

»Das wurde mir bereits gesagt.« Er trat vor ihren Schreibtisch, sah ihr forschend ins Gesicht und zog mit einer Fingerspitze die geschwollenen Konturen ihrer Wange nach. »Auch davon hat man mir bereits erzählt.«

»Hm? Wie das? Oh, dein Mann von der Security?«

»Genau. Das war eine Frau von Fresters eigener Security, nicht wahr?«

»Sie hatte was dagegen, dass ich bei dem Vortrag war. Und ich hatte was dagegen, dass sie Hand an mich gelegt hat und dann noch mit ihrem Stunner auf mich losgehen wollte. Also habe ich sie kurzerhand mit dem Gesicht gegen die Wand gedrückt, worauf sie einen Glückstreffer bei mir gelandet hat. Der ihr dann aber selbst nicht gut bekommen ist.«

»Verstehe.« Zärtlich presste er die Lippen auf den blauen Fleck.

»Sie war echt sauer, als sie kurz darauf in Handschellen auf dem Boden lag. Was heißt, dass ich gewonnen habe.«

»Was ja wohl nicht anders zu erwarten war«, stellte er lächelnd fest. »Trotzdem solltest du die Backe kühlen.«

»Vielleicht später. Erst mal warte ich darauf, dass Mavis kommt. Ich will mit ihr noch über Straßenkinder und vor allem Mädchenrudel reden, also unterhalte ich mich erst mit ihr und kühle meine Backe, wenn es was zu trinken gibt.«

»Hmm. Wie ich sehe, habt ihr ein paar weitere Mädchen identifiziert.«

»Ja. Ich hätte es dir noch erzählt, aber ich schätze, dass das noch ein wenig warten muss. Von fünf der Mädchen kennen wir noch immer nicht den Namen, aber trotzdem habe ich inzwischen eine Reihe von Verbindungen gezogen und gehe verschiedenen Spuren nach.«

»Wie zum Beispiel der hier.« Er wies auf das Foto von Montclair. »Dem Löwenfutter.«

»Ja. Das Timing passt mir nicht, also gehe ich der Sache noch mal nach. Das Timing, dass er niemals eine echte Arbeit und auch nie den Wunsch nach einer echten Arbeit hatte, der Selbstmord der Mutter, die sich in der Wanne ihre Pulsadern geöffnet hat, und dass er genau wie sie aufgrund von Depressionen in Behandlung war.«

»Er ist dein Hauptverdächtiger. Das höre ich dir deutlich an.«

Verdammt, ging es ihr durch den Kopf, während sie die Hände in die Hosentaschen schob, Roarke hatte recht.

»Er passt einfach zu gut. Aber ich kann ihn nicht vernehmen und kann ihm nicht in die Augen sehen. Ich kann also nicht sicher sein. Ich weiß inzwischen aber sicher, dass Shelby Stubacker ein Dokument gefälscht hat, damit man sie aus dem Heim entlässt. Jones behauptet, dass er dieses Dokument nicht unterschrieben hat, und obwohl ich das noch überprüfen lasse, glaube ich, dass er's nicht war. Niemand weiß, wer sie dort rausgeholt hat oder ob sie ganz allein gegangen ist. Sie hatten damals alle Hände voll mit ihrem Umzug in das neue Haus zu tun.«

»Du denkst, dass jemand ihr geholfen hat.«

»Ich denke, dass sie ziemlich clever war, aber woher bekommt ein junges Mädchen das Papier für einen solchen Schrieb? Denn auf den ersten Blick sah er total in Ordnung aus. Woher hätte sie wissen sollen, was für ein Dokument man braucht? Und den Richter und den Sachbearbeiter vom Jugendamt, deren Namen in dem Schreiben stehen, gibt es wirklich«, fügte Eve hinzu. »Ich denke, dass ein Mädchen, das bereit ist, Blowjobs gegen Alkohol zu tauschen, weiß, wie man an Infos und an Dokumente kommt. Montclair Jones war damals Anfang zwanzig, also jung genug, um auf sie reinzufallen. Wobei die meisten Männer ihr Gehirn ausschalten, wenn ein junges Mädchen ihnen einen bläst.«

»Ich glaube, mein Intelligenzquotient würde den Test bestehen.«

»Selbst du denkst nicht mehr wirklich klar, wenn es

um deinen Schniedel geht. Aber bleiben wir erst mal beim jungen Jones. Vielleicht hat sie ihm einen Blowjob für Papier und Namen angeboten, weil sie wusste, dass sich niemand wundern würde, wenn er ins Büro von seinem Bruder geht.«

»Tut mir leid, kannst du das noch mal wiederholen? Ich habe gerade über meinen Schniedel nachgedacht.«

»Haha. Wobei das vielleicht nicht einmal gelogen war.«

Sie stand wieder auf und sah sich abermals die Tafel an. »Du und deine Kumpel wart damals im Rudel unterwegs. Wärst du bereit gewesen, dieses Rudel zu verlassen und allein weiterzuziehen?«

Am Ende hatte er tatsächlich seinen Weg allein weiterverfolgt, jetzt aber meinte er: »Das wäre darauf angekommen, wie eng meine Verbindung zu der Gruppe war.«

»Ja, okay, verstehe, aber wenn man Teil von einem Rudel ist, versucht man da nicht instinktiv, auf Dauer Teil davon zu sein? Ich frage mich, ob sie vielleicht die Absicht hatte, ihre Freundinnen und ihren Freund dort rauszuholen. Dachte sie vielleicht, sie alle könnten in dieses verlassene Gebäude ziehen? Der Ort war ihr vertraut, aber sie hätten sich dort nicht mehr an die alten Regeln halten müssen, und dort hätte niemand sie mehr überwacht. Nur dass sie ermordet wird, bevor sie diese Sache durchziehen kann. Das Mädchen hier«, sie tippte Mikkis Foto an, »wurde wieder seiner Mutter überlassen, die inzwischen clean und mit einem anständigen Mann zusammen war.

Doch darauf hatte sie ganz sicher keinen Bock, wenn

sie mit ihren Freundinnen zusammenziehen wollte. Weshalb sie auch nach kurzer Zeit nach einer körperlichen Auseinandersetzung mit der Mutter von zuhause abgehauen ist.«

»Wenn sie Shelby in dem alten Haus getroffen hat oder dort treffen wollte ...«

»Wäre sie vielleicht direkt dazu gekommen, als Shelby dort ermordet wurde und wurde auch gleich aus dem Weg geräumt.«

Noch einmal sah sie sich die Tafel an. »Wobei ...«

»Wir sind zu spät!« In schenkelhohen, Rudolf-Rentier-Nasen-roten Stiefeln mit Plateausohlen hüpfte Mavis durch die Tür, und eine wild gelockte, mit festlichem Silberglitzer aufgepeppte Masse sonnengelber Haare wogte um ihr freudestrahlendes Gesicht.

Sie tänzelte in einem kurzen, weihnachtsgrünen Rock mit Silbersternen durch den Raum und fiel erst Roarke und dann der Freundin um den Hals.

»Ich bin total begeistert, weil ihr zwei daran gedacht habt, uns zum Essen einzuladen, denn wir haben uns schon ewig nicht mehr ganz alleine irgendwo gesehen. Leonardo ist mit Bella unten im Salon, du hast gesagt, dass du mich kurz hier oben sprechen möchtest, Dallas. Euer Haus sieht wieder einmal superfestlich aus. Bellamina ist vollkommen hin und weg und ich ...«

Ihr Redefluss brach ab, als sie die Tafel sah.

»Mein neuer Fall«, erklärte Eve. »Ich habe gerade erst die letzten Bilder aufgehängt und wollte dich noch ein paar Sachen fragen über deine Jahre auf der Straße, Mädchenrudel, Unterkünfte, Hierarchien. Alles, was du mir dazu erzählen kannst.«

»Dein neuer Fall«, wiederholte Mavis, und mit einem Mal klang ihre Stimme ungewöhnlich ernst. »Es geht um diese Mädchen aus dem alten Kasten in der West Side. Um die Überreste dieser Mädchen, die man in dem alten Haus gefunden hat. Ich habe den Fernseher bei dieser Nachricht ausgeschaltet, denn ich wollte keine Einzelheiten hören.«

»Tut mir leid, aber ich dachte, dass du mir vielleicht ein bisschen auf die Sprünge helfen kannst.«

»Sie sind alle tot? Die Mädchen, sie sind alle tot?«

»Ja. Lass uns nach unten gehen und dort darüber reden«, meinte Eve, als ein kränkliches Weiß das zuvor rosige Gesicht der Freundin überzog.

»Es geht um einen Fall. Es geht um deinen Fall. Aber ich kannte sie. Diese, die, und die hier auch.«

»Was?« Eve packte Mavis bei den Schultern. »Was?«

»Ich kannte sie.« Sie wies auf Shelby Stubacker. »Und sie und sie«, erklärte Mavis, während sie erst auf Mikki und danach auf LaRue Freeman wies. »Ich kannte diese Mädchen, Dallas. Das war noch, bevor ich dir begegnet bin. Ich kannte sie, als wir praktisch noch Kinder waren.«

Sie blickte Eve aus tränenfeuchten Augen an. »Wir waren Freundinnen.«

13

»Bist du dir sicher?«

»Ja. Bestimmte Menschen vergisst man nicht. Sie sind tot. Sie waren all die Jahre tot. Deshalb sind sie nie zurückgekommen.«

»Wohin?«

»In unseren Club. So haben wir's genannt. Sie sind nie dorthin zurückgekommen.«

»Mavis.« Wieder packte Eve sie bei den Schultern und stellte sich so, dass Mavis statt der Fotos an der Tafel sie ansah. »Wann hast du sie gekannt?«

»Bevor ich dir begegnet bin. Ich habe dir doch schon erzählt, wie's vorher war.«

»Ja.« Aber sie wollte damals keine Einzelheiten wissen. Es hätte keinen Sinn gehabt, sich für Details zu interessieren und sich zu fragen, wie oft sie die beste Freundin wegen irgendwelcher Missetaten hätte festnehmen sollen. »Aber jetzt musst du mir mehr davon erzählen.«

»Ich brauche … einen Augenblick. Es ist noch alles da. Man denkt, es ist vorbei. Man denkt, man hätte ein für alle Male damit abgeschlossen oder es auf jeden Fall verdrängt. Aber es ist noch da.« In ihren bunten Kleidern und mit den bunten Haaren stützte sie sich schwer auf Eve. »Du weißt doch, wie das ist.«

»Ja, das weiß ich«, stimmte Eve ihr zu.

»Wir waren damals noch Kinder, Dallas. Sie waren damals Kinder.« Sie erschauderte und machte einen Schritt zurück. »Ich würde gern kurz Bella sehen. Ich würde gerne kurz mein Kind und Leonardo sehen.«

»Dann gehen wir jetzt runter«, sagte Roarke und drückte Eve, bevor sie protestieren konnte, sanft den Arm.

»Du brauchst jetzt erst mal ein Glas Wein und etwas Zeit, um dich zu sammeln«, wandte er sich wieder Mavis zu und führte sie entschlossen aus dem Raum.

»Wahrscheinlich hast du recht. Ich bin gerade ziemlich durch den Wind. Ich dachte damals, sie wären einfach abgehauen.« Jetzt stützte Mavis sich auf Roarke und ging mit ihm ins Erdgeschoss. »Damals wurden viele von uns aufgegriffen oder von der Stadt verschluckt. Die meisten aber sind einfach aus freien Stücken abgehauen. Die Menschen tun einem eben nicht immer den Gefallen zu bleiben, nur weil man sie gerne um sich hat.«

»Das tun sie nicht.« Er führte sie in den Salon, wo Leonardo und der sonst so ernste, würdevolle Summerset mit schwärmerischem Lächeln dabei zusahen, wie Bella fröhlich gegen einen Plastikwürfel schlug. Beim ersten Schlag erklang ein schmissiger Gitarrenriff, beim zweiten schmetterte eine Trompete los.

Sobald ein Riff, eine Fanfare, das Gezwitscher irgendwelcher Vögel oder auch ein Trommelwirbel durch das Zimmer hallte, brach die Kleine in Gelächter aus und wackelte mit ihrem dick in rosa Rüschen eingepackten, kleinen Hinterteil.

»Sieh nur, was Bella-Schatz von Summerset geschenkt

bekommen hat.« Leonardo, der ein leuchtend grünes Hemd zu einer langen Silberglitzerweste trug, erhob sich von der Couch und stellte strahlend fest: »Das musikalische Talent hat sie von dir, Mondstrahl.«

Sein Lächeln schwand, als er den feuchten Glanz in Mavis' Augen sah. »Was ist passiert?« Er wollte auf sie zugehen, doch sie schüttelte den Kopf und sah zu der Kleinen, die auf dem Boden saß.

»Oh, wie schön!« Sie ließ sich neben ihre Tochter fallen und tippte vorsichtig das Bild des Keyboards an, das auf einer Würfelseite prangte. »Das Ding ist echt der Hit. Jetzt kannst du auch Musik machen, wenn Mommy singt! Danke, Summerset.«

»Ich dachte, dass ihr das gefallen würde. Schließlich hat das Kind Musik im Blut«, erklärte Summerset, aber das amüsierte Blitzen seiner Augen hatte sich bei Mavis' Anblick ebenfalls gelegt.

Nur die Welt der kleinen Bella, die inzwischen fast ein Jahr alt war, bestand auch weiterhin aus hellen Lichtern und Musik.

Als sie Eve und Roarke entdeckte, juchzte sie vor Freude auf.

»Das!« So schnell die Knubbelbeine es erlaubten, wackelte sie auf die Patentante zu und reckte flehend ihre pummeligen Ärmchen in die Luft. »Hoch!«

»Oh, nun, ich ...«

»Hoch, hoch, hoch! Das.«

»Okay, okay.« Unbeholfen ging Eve vor der Kleinen in die Hocke, die ihr auf den Arm kletterte, ihre Wangen betatschte, etwas in ihrem Baby-Kauderwelsch brabbelte, am Ende »'kay?« fragte, ein schmatzendes Geräusch

machte und ihre feuchten Lippen auf Eves Mund presste.

»Na klar.« Man musste einfach grinsen, wenn man ein
so hübsches, gut gelauntes Baby in den Armen hielt, aber
leider hatte Eve erst noch zu tun.

Als sie jedoch versuchte, Bella wieder auf dem Boden
abzusetzen, klammerte sie sich mit beiden Händchen an
ihr fest, flüsterte ihr was in der ihr eigenen Fremdsprache
ins Ohr und brach in lautes Lachen aus, als hätte sie den
besten Witz der Welt gemacht.

Dann drehte sich die Kleine plötzlich um und wollte
dorthin zu ihrem Patenonkel fliegen.

»Ork!«

»Gute Idee. Oh ja.« Eve atmete erleichtert auf und
drückte ihm das Baby in den Arm.

Auch er bekam die kleinen Patschehändchen ins Gesicht, bekam etwas zu hören, was er nicht verstand, und
einen feuchten Kuss und reagierte ebenso nervös wie Eve,
bis Bella plötzlich den Kopf auf ihre Schulter legte und
mit den Wimpern klapperte, als hätte sie die Geste sorgsam vor dem Spiegel einstudiert.

Lachend setzte er das Kind, bevor es ihm entglitt, auf
seiner Hüfte ab. »Wer hätte das gedacht? Du flirtest
schon genauso gut wie deine Mom.«

Lächelnd spielte sie mit seinem Haar.

»Männer sind ihr Lieblingsspielzeug«, klärte Mavis
ihn mit einem leichten Zittern in der Stimme auf und
nippte an dem ihr von Summerset servierten Wein.

»Vielleicht kann sie mir ja etwas Gesellschaft leisten«, bot Roarkes Majordomus an und hob den Wür-
fel auf.

»Das würde sie natürlich gern«, fing Mavis an. »Wenn sie anfängt zu stören ...«

»Hübsche Mädchen stören mich nie.« Geschmeidig pflückte Summerset das Baby von Roarkes Hüfte, setzte es mit einer Selbstverständlichkeit, die Eve einfach bewundern musste, auf der eigenen Hüfte ab, und sofort brabbelte die Kleine wieder los.

»Ich nehme an, das lässt sich arrangieren«, sagte er der Kleinen zu und trug sie aus dem Raum.

Sie tätschelte ihm abermals die Wange, sagte etwas, das klang wie »Schöner Schiet«, und Eve sah ihr verwundert hinterher.

Schöner Schiet? Das klang wie ... Summerset.

Nicht schlecht.

Grinsend blickte Bella über seine Schulter, winkte ihnen und rief gut gelaunt: »Bye-bye!«

»Sie nennt ihn ›schöner Schiet‹. Das zeigt mir, dass sie eine gute Menschenkenntnis hat. Aber hat er tatsächlich verstanden, was sie da gebrabbelt hat?«

»Sie hat mit ihm geflirtet, weil sie Plätzchen haben will«, erklärte Mavis, während sie sich auf das Sofa fallen ließ und unglücklich die Augen schloss.

»Was ist passiert?« Sofort setzte sich Leonardo neben sie und nahm sie tröstend in den Arm. »Erzähl es mir.«

»Die Mädchen. Wir haben doch in den Nachrichten gehört, dass diese toten Mädchen in Roarkes Haus gefunden worden sind. Sie haben in den Nachrichten gesagt, dass das Gebäude dir gehört.«

»Ich habe es erst vor ein paar Monaten gekauft.«

»Manchmal denke ich, dass alles irgendwie ein großer, böser Kreislauf ist. Wen wir kennen, was wir tun und wo wir sind. Ich kannte drei der Mädchen, Leonardo. Drei der Mädchen, die in diesem Haus gefunden worden sind. Drei der Mädchen, deren Bilder Dallas jetzt an ihrer Tafel oben hängen hat. Sein Haus, ihr Fall und meine Freundinnen aus einem anderen Leben.«

»Tut mir leid. Das tut mir wirklich leid.« Leonardo wiegte Mavis zärtlich in den Armen und küsste sanft ihr sonnenhelles Haar.

»Ich weiß beim besten willen nicht, warum mich das so fertigmacht. Das ist inzwischen ewig her, und ich hab' schon seit Jahren nicht mehr an sie gedacht. Aber ... sie zu sehen und zu wissen ... sie haben auf den Bildern so wie damals ausgesehen. Wenigstens fast.«

»Was weißt du über diese Mädchen?«, begann Eve.

Als Roarke mit leisem Kopfschütteln die Hand auf ihre Schulter legte, meinte sie: »Hör zu, es tut mir leid«, und nahm der Freundin gegenüber auf dem Couchtisch Platz.

»Ich weiß, das ist nicht leicht für dich, und alles ewig her, aber wenn du diese Mädchen kanntest, kannst du mir vielleicht etwas erzählen, was mir bei der Suche nach dem Mörder oder wenigstens nach dem Motiv für diese Morde hilft.«

»Sie hätten dir niemals hinter die Stirn gesehen. Aber ich habe dich sofort durchschaut. Hast du dich je gefragt, woran das lag? Ich habe dich in dem Moment durchschaut, als du mich festgenommen hast. Du hast in deiner Uniform fast übertrieben *offiziell,* vor allem aber furchtbar knurrig ausgesehen.«

Die harten schwarzen Polizistenschuhe, dachte Eve. Oh Gott, sie hatte diese Treter echt gehasst und hatte sicher deshalb derart knurrig ausgesehen.

»Und du hast ausgesehen wie ein kleines Mädchen, das Prinzessin spielt, noch während eine deiner Hände in der Tasche dieses Typs steckte, dessen Brieftasche du klauen wolltest.«

»Ich hatte mich noch gar nicht bis zu dem Ding vorgetastet.«

»Also hast du kurzerhand versucht, mir weiszumachen, dass du eigentlich nur das Interesse dieses Typs wecken wolltest. Was der totale Schwachsinn war.«

»Ich war eine ziemlich gute Taschendiebin, obwohl mir die Trickbetrügereien immer lieber waren. Aber ab und zu läuft einem so ein dämlicher Tourist über den Weg, der einfach darum bettelt, dass man ihn beklaut. Ihr wisst doch sicher, was ich damit sagen will?«, wandte sich Mavis erst an Eve und dann an Roarke.

»Das weiß ich ganz genau«, stimmte Roarke ihr in der Erinnerung an seine eigene Jugend zu.

»Denkst du jemals an die alten Zeiten, Dallas? Daran, dass dein Mann ein Dieb und deine beste Freundin eine Trickbetrügerin war?«

»Ich denke kaum jemals an irgendetwas anderes.«

Mavis lachte unter Tränen, lehnte sich an Leonardos Arm und wandte sich erneut an Roarke. »Mein Schmusebär weiß alles über diese Zeit. Wenn man jemanden liebt, muss man ihm sagen, wer man ist und wer man einmal war, auch wenn man sich verändert hat. Hat Dallas dir erzählt, was für ein Mensch ich damals war?«

»Nein, auf jeden Fall nicht alles.«

»Hätte ich mir denken können.« Mavis nickte, und ihr Schweigen machte deutlich, dass im Gegenzug auch Eves Geheimnisse nicht von ihr ausgeplaudert worden waren. »Ein Teil davon ist sogar Teil von meiner offiziellen Biografie. Es macht sich schließlich ziemlich gut, wenn eine Trickbetrügerin die Kurve kriegt und Popstar wird. Aber die Dinge davor hätten sich wohl nicht ganz so gut gemacht, deswegen habe ich den Rest der Daten etwas aufgepeppt.«

»Das ist mir schon aufgefallen«, meinte Eve, auch wenn sie damit bisher nie hausieren gegangen war.

»So kämpft sich eben jeder irgendwie durchs Leben, stimmt's? Aber vielleicht sollte ich erst mal erzählen, wie mein altes Leben wirklich war, damit ihr alle wisst, worum es geht. Vielleicht bin ich danach ja nicht mehr so nervös.«

Da sie inzwischen beinahe wieder wie die alte Mavis klang, setzte sich Eve in einen Sessel, trank den ersten Schluck von ihrem Wein und nickte ihrer Freundin zu.

»Fang an, wo du anfangen willst.«

»Okay, dann kommt jetzt also meine große Lebensbeichte«, setzte ihre Freundin an. »Meine Mutter war ein Junkie und dazu noch eine Säuferin. Sie hat geraucht, getrunken und an Pillen eingeworfen, was ihr in die Finger kam. Mein Vater war von Anfang an nur selten da, irgendwann hat er sich dann endgültig aus dem Staub gemacht. Ich kann mich kaum an ihn erinnern, und ich glaube nicht, dass meine Mutter damals überhaupt noch wusste, wie er hieß. Wir haben die meiste Zeit in Baltimore gelebt. Manchmal hat sie gearbeitet, manchmal auch nicht. Manchmal sind wir mitten in der Nacht aus unserer Wohnung ausgezogen, weil die Kohle für die Miete wieder mal für Drogen oder irgendwelchen Fusel draufgegangen war. Das Zeug hat sie verrückt gemacht, aber mich hat sie in diesem Zustand meistens ignoriert. Das heißt, für mich war es am besten, wenn sie zu oder besoffen war.«

Nach einer kurzen Pause fuhr sie fort. »Aber manchmal wurde sie auch hochgenommen, dann habe ich mich rausgeschwindelt und gesagt, ich hätte nichts mir ihr zu tun, oder bin einfach abgehauen. Im Anschluss hat sie jedes Mal versucht, einen Entzug zu machen, in diesen Phasen wurde sie dann immer superreligiös. Dann hat sie mich nicht mehr aus dem Haus gelassen und mir lauter irres Zeug gepredigt, nicht von Gott, sondern vom Höllenfeuer und dem ganzen anderen brutalen Kram.«

Sie stieß einen leisen Seufzer aus und schmiegte sich an Leonardo. »Ich verstehe einfach nicht, warum es Leute gibt, die einem mit Gott und Religion vor allem Angst einjagen wollen. Aber wie dem auch sei, hat sie dann immer meine ganzen Sachen weggeschmissen – meine Kleider und CDs, meine wahrscheinlich geklauten Lippenstifte und das ganze andere Zeug. ›Neue Besen kehren gut‹, hat sie dazu immer gesagt, und mich gezwungen, diese grauenhaften braunen oder grauen hochgeschlossenen, langärmligen Kleider anzuziehen, selbst wenn gerade Sommer war. Und …«

Sie schluckte kurz und atmete vernehmlich aus. »Außerdem hat sie mir die Haare abgeschnitten, noch kürzer als die von Dallas, vor allem, als ich mit einem Mal kein kleines, unscheinbares Kind mehr war. Sie hat sie einfach abgesäbelt, damit ich nicht irgendwelche Männer in Versuchung führen kann. Wenn sie mich mit irgendwas erwischt hat, was ihr nicht gefiel, ist sie mit dem Gürtel auf mich losgegangen, um mir den Teufel aus dem Leib zu prügeln. Ich musste fasten, sie hat mir so lange das Essen vorenthalten, bis ich ihrer Meinung nach geläutert war.«

Schweigend zog ihr Mann sie noch enger an sich heran, und diese kleine Geste, dachte Eve, sagte alles über die Beziehung zwischen ihm und Mavis aus.

»Dann fing sie wieder an zu saufen oder Pillen einzuwerfen, und es wurde besser, bis es irgendwann von vorn begann. So ging es jahrelang im Kreis, wenn ich abends schlafen ging, wusste ich nie, ob sie am nächsten Tag zur Flasche greifen oder abermals versuchen würde, mich gewaltsam zu bekehren. Brauche ich zu lange? Es ist nicht so leicht, mich zu erinnern und von diesen Dingen zu erzählen.«

»Wir haben alle Zeit der Welt.« Roarke schenkte ihr nach, berührte flüchtig ihre Wange und nahm wieder Platz.

»Es ist nur so – ich hatte fürchterliche Angst, ich hätte diese Neigungen vielleicht von ihr geerbt. Als hätte ich sie in den Genen oder so. Ich hatte ewig Angst davor, mich fest an einen Mann zu binden oder Kinder zu bekommen, weil ich keine Ahnung hatte, ob es mir gelänge, eine gute Partnerin und eine gute Mom zu sein.«

Ihre Stimme brach, sie atmete tief durch, und Leonardo zog ein blaues Taschentuch mit Silberschneeflocken hervor und tupfte ihr damit die Augen ab.

»Als ob ich mich hätte dagegen wehren können, als ich dir begegnet bin«, fügte sie an ihren Mann gewandt hinzu. »Aber ich habe es wohl doch nicht in den Genen. Meine Mutter hat sich selbst zu der gemacht, die sie am Ende war, indem sie ihr Gehirn versoffen hat. Eines

Nachts hat sie mich aufgeweckt. Mitten im Winter, mitten in der Nacht. Sie war wieder einmal drauf, nur dass es diesmal anders war. Es war wie die schlimmste Mischung aus den beiden Menschen, die sie war. Höllenfeuer und zugleich dieser tote Ausdruck in ihrem Gesicht. Sie … Dallas.«

»Sie haben damals in einer Junkie-Absteige gelebt«, griff Eve den Faden auf. »Ein paar Typen haben Mavis festgehalten, während sie ihr abermals die Haare abgeschnitten hat. Mavis' Kleider hat sie gegen Stoff getauscht. Die anderen sind mit Mavis wie mit einer Sklavin umgesprungen, und ein paar der Männer wollten sie auch noch für etwas anderes missbrauchen. Der Mutter war das scheißegal, als eins von diesen Arschlöchern ihr etwas Zeus dafür geboten hat, dass sie ihm Mavis überlässt, hat sie erklärt, es wär eben an der Zeit, dass ihre Tochter diese Dinge kennen lernt.«

»Da bekam ich eine Heidenangst«, stieß Mavis leise aus. »In dem Moment wurde mir klar, dass ich von dort verschwinden muss.«

»Sie hätte fasten und sich läutern sollen, als Teil eines kranken Rituals. Stattdessen hat sie mitgenommen, was sie tragen konnte, ist dort abgehauen und hat erst wieder haltgemacht, nachdem sie in New York gelandet war.«

»Das hatte ich die ganze Zeit geplant. Ich wollte dort die Fliege machen, wenn es wirklich nicht mehr auszuhalten ist, und in diesem grauenhaften Dreckloch war der Punkt erreicht. Ich hatte etwas Geld versteckt – der größte Teil davon war geklaut. Ich wollte einfach warten, bis das Wetter besser wird, aber der Gedanke, dass sie mich an diesen Kerl verkauft? Höchste Zeit abzuhauen.

Ich wollte der Sonne folgen und nach Süden fahren, aber am Busbahnhof waren ein paar Cops, und die haben mir Angst gemacht. Weshalb ich in den falschen Bus gestiegen und am Ende hier gelandet bin.«

»Vielleicht war es ja nicht der falsche Bus«, mischte sich Roarke mit ruhiger Stimme ein und zauberte ein Lächeln auf ihr trauriges Gesicht.

»Ja. Wahrscheinlich hast du recht. Ich habe auf der Straße übernachtet und mir einen anderen Namen zugelegt. Ganz oder zumindest fast legal. Ich hatte mir schon einen ausgesucht. Wir hatten einmal eine Nachbarin mit Namen Mrs. Mavis. Sie war wirklich nett zu mir. Zum Beispiel hat sie oft gesagt, ich sollte ihr doch bitte den Gefallen tun, bei ihr zu essen, denn sie hätte wieder einmal viel zu viel gekocht. Und den Namen Freestone fand ich einfach schön, weshalb am Ende Mavis Freestone rausgekommen ist.«

»Der Name passt hervorragend zu dir«, erklärte Roarke, abermals huschte ein Lächeln über ihr Gesicht.

»Das fand ich auch. Eine Zeit lang hat das Leben in New York mir Angst gemacht. Ich hatte immer Hunger, und es war entsetzlich kalt. Aber trotz allem kam ich irgendwie zurecht, und vor allem war alles besser als das Leben, vor dem ich hierher geflüchtet war. Ich war damals oft am Times Square, habe dort gebettelt und Touristen die Brieftaschen geklaut, als ich dort zwei Mädchen traf. Nicht die Mädchen, deren Bilder oben an der Tafel hängen, die kannte ich damals noch nicht. Sie haben mich mit in den Club genommen. Davon habe ich dir bisher kaum etwas erzählt«, wandte sie sich an Eve. »Ich war dort immer nur vorübergehend, und nach meinem ersten Jahr hier bin ich gar nicht mehr dorthin gegangen.«

»Wo war denn dieser Club?«

»Wir waren nie länger an einem Ort. Mal in einem Keller, mal in einem abrissreifen Haus, mal in einer leerstehenden Wohnung oder so. Sebastian hat immer gesagt, dass wir Nomaden sind.«

»Was für ein Sebastian?«

»Keine Ahnung, wie er weiter hieß. Er war einfach nur Sebastian, und ich habe dir bisher noch nie von ihm erzählt, weil er, tja nun … Er war der Vorsitzende unseres Clubs. Es war so etwas wie ein Jugendzentrum, eine Schule oder so. Einfach ein Ort, an dem man abgehangen hat. Er hat uns die Grundlagen des Überlebens auf der Straße beigebracht – Taschendiebstahl, Betteln, kleine Trickbetrügereien. Das weinende Baby, das verlorene Mädchen, den Geldwechseltrick und so weiter. Er hat dafür gesorgt, dass wir genug zu essen, anständige Kleider und so hatten. Er hat das Geld, das wir verdient haben, in die Gemeinschaftskasse einbezahlt und einen Teil der Kohle eingesackt.«

»Er war also euer Fagin«, meinte Roarke und fügte, als er Eves veständnislose Miene sah, hinzu: »*Oliver Twist*. Charles Dickens, Liebling, nur dass Fagin Chef von einer Jungengang in London war.«

»Sebastian fand, dass Polizisten weniger auf Mädchen achten und dass Mädchen vor allem bessere Trickbetrügerinnen sind. Auch Shelby, Mikki und LaRue waren ab und zu dabei. Tagesausflüglerinnen hat Sebastian sie genannt, weil sie immer wieder einmal weggeblieben sind. Trotzdem haben sie öfter mit uns abgehangen, bis Shelby irgendwann von einem eigenen Club gesprochen hat. Wobei damals fast immer irgendwer davon gesprochen hat, was Eigenes aufzuziehen, woanders hinzugehen und endlich selbst jemand zu sein.«

»Dieser Sebastian, hat er jemals einem von euch Mädchen wehgetan?«

»Nein. Oh nein!« Eves Freundin winkte ab. »Er hat auf uns aufgepasst. Auf eine andere Art als du, Dallas, aber er war tatsächlich für uns da. Er hätte niemals Hand an uns gelegt, egal, auf welche Art. Und wenn eine von uns extern Probleme hatte, hat er sie gelöst.«

»Hat er auch Urkunden gefälscht?«

»Das konnte er echt gut. Ich nehme an, man könnte sagen, dass das eins seiner Spezialgebiete war.«

»Du musst bitte mit einem unserer Zeichner arbeiten. Ich brauche sein Gesicht.«

»Dallas.« Mavis sah sie an und fuhr nach einer kurzen Pause fort. »Du bist eindeutig auf dem falschen Dampfer, wenn du denkst, er hätte diese Mädchen umgebracht. Er hätte ihnen nie auch nur ein Haar gekrümmt. Mit Gewalt oder mit Waffen hatte er nie was am Hut. Er hat immer gesagt, dass man in unserer Branche schlau und schnell sein muss und dass wir unser Hirn und unsere Füße nutzen sollen. Ich habe ihm genug vertraut, um weiter hin und wieder irgendwelche Sachen mit ihm durchzuziehen, als ich auf eigenen Füßen stand.«

»Trotzdem muss ich mit ihm sprechen, Mavis.«

»Mist. Verdammt. Lass mich erst mit ihm reden, ja?«

Eve lehnte sich zurück und riss die Augen auf. »Dann weißt du also, wie du ihn erreichen kannst?«

»Verflixt. Der Mann hat mir geholfen, als es mir echt

dreckig ging. Er hat mir viele Dinge beigebracht, auch wenn dir das, was ich bei ihm gelernt habe, vielleicht ein Dorn im Auge ist. Inzwischen hat er sich aus dem Geschäft zurückgezogen. Wenigstens zum Teil. Aber jetzt weiß ich auch, warum ich dir bisher noch nie etwas von ihm erzählen wollte.«

»Zwölf Mädchen wurden umgebracht.«

»Ich weiß. Das ist mir klar, drei von ihnen kannte ich sogar. Vielleicht stellt sich heraus, dass ich noch mehr von ihnen kannte. Der Gedanke macht mich krank. Ich werde mit ihm reden und ihn dazu bringen, dass er mit dir spricht, aber du musst mir versprechen, dass du ihn nicht fertigmachst und einfach wegen … irgendwelcher Kleinigkeiten … hinter Gitter sperrst.«

»Meine Güte.«

»Bitte.«

»Stell du einfach den Kontakt zu diesem Typ für mich her. Aber falls es auch nur annähernd so aussieht, als ob er in diesen Fall verwickelt wäre, sacke ich ihn ein.«

Mavis atmete erleichtert auf. »Das wird nicht passieren. Also okay.«

»Jetzt erzähl mir mehr von diesen Mädchen.«

»Shelby war die Chefin ihrer eigenen kleinen Gang. Vor allem LaRue hing ziemlich häufig mit ihr ab, obwohl sie eigentlich sehr eigenständig war. Mikki fuhr total auf Shelby ab. Ich glaube, sie war heiß auf sie, auch wenn sie das wahrscheinlich selber nicht begriffen hat. Dann war da noch dieses andere Mädchen – schwarz und zierlich, mit einer phänomenalen Röhre. Sie hat wirklich toll gesungen.«

»DeLonna.«

»Ja, genau, die kannte ich im Grunde nur vom Sehen. Sie ist gelegentlich mit Shelby bei uns aufgetaucht. Dann gab es in der Gruppe noch einen Typ, nur war es eben so, dass Jungs im Club nicht zugelassen waren. Ich nehme an, dass Shelby deshalb nicht bei uns geblieben ist. Ihren Freundinnen und Freunden gegenüber war sie unglaublich loyal. Der Junge hat zu ihrem Trupp gehört, deshalb hat sie davon geredet, dass sie selbst was aufziehen will.«

»Also waren Jungs im Club nicht zugelassen. Aber wie sah es mit Männern aus?«

»Da gab es nur Sebastian. Und er hat uns wirklich aufgebaut. Er hat uns unsere Selbstachtung zurückgegeben, denn er hat immer gesagt, wir wären viel mehr wert als alles, was sich bei den Leuten lockermachen lässt. Worte wie *stehlen* hat er nicht benutzt.«

Mavis legte ihren Kopf ein wenig schräg und ahmte ihre Freundin nach. »Weshalb es trotzdem ein Verbrechen bleibt.«

»Haha. Warum sind Diebe nur immer so witzig?«

»Weil Diebstahl, wenn man drüber nachdenkt, eine durchaus amüsante Arbeit ist. Aber wie dem auch sei, hat er immer gesagt, wir sollten, was wir haben – das heißt Sex – nie gegen unseren Willen geben und uns noch viel weniger von irgendjemand nehmen lassen, wenn wir es nicht wollen. Er hat gesagt, wir sollten vielmehr damit warten, bis wir wüssten, was es damit auf sich hat.«

Sie hatte ihre Hand mit der von ihrem Ehemann verschränkt und sah jetzt ihrer beider Finger an. »Er hat mir das Gefühl gegeben, etwas wert zu sein. Das hatte ich bis dahin nie erlebt.«

Eine ausnehmend geschickte Vorgehensweise, dachte Eve, um einen Haufen obdachloser Mädchen dazu zu bewegen, freiwillig für ihn auf Beutezug zu gehen. »Wie hat er die Ware an den Mann gebracht? Er hatte doch wahrscheinlich einen Hehler und dazu noch jemanden, bei dem er selber seine Sachen kauft.«

»Er hatte mit zwei Pfandleihern zu tun, aber die waren nie bei uns im Club, zumindest nie dann, wenn ich dort war.«

»Frauen?«

»Nein. Es gab da diese Nutte, aber die war ebenfalls niemals bei uns im Club. Hör zu, er war – das heißt er ist – kein schlechter Kerl. Es gab bei uns bestimmte Regeln – ja, okay, die waren eher locker –, aber trotzdem gab es sie. Wir mussten sogar wie in einer Schule lernen. Er hat immer gesagt, dass Dummheit unentschuldbar ist. Alkohol und Drogen waren dort tabu. Wenn wir uns selbst hätten zerstören wollen, hätten wir das draußen machen müssen. Was für Shelby sicher nicht ganz einfach war«, erinnerte sich Mavis und kam dadurch auf das ursprüngliche Thema des Gesprächs zurück. »Sie hatte eine Vorliebe für Drogen und für Alkohol und wollte sicherlich auch deshalb etwas Eigenes, damit sie und ihre Leute tun und lassen konnten, was sie wollten. Deshalb dachte ich – und dachten sicher auch die anderen –, dass sie einfach abgehauen ist.«

»Wie viele Mädchen waren in diesem Club?«

»Die Zahl war nie konstant. Zwischen zehn und fünfzehn, schätze ich. Bei schlechtem Wetter manchmal auch noch mehr. Manche blieben nur für ein paar Tage, aber andere waren jahrelang dabei.«

»Ich hätte gern, dass du dir ein paar Bilder ansiehst«, meinte Eve.

»Die habe ich doch schon an deiner Tafel hängen sehen. Ich habe nur die drei erkannt.«

»Die Identifizierung ist noch nicht ganz abgeschlossen, und ich habe Aufnahmen vermisster Mädchen, die du dir mal ansehen sollst.«

»Oh.« Die Freundin atmete vernehmlich aus. »Ja, sicher. Ja. Wenn's hilft.« Sie wandte sich an ihren Mann. »Ich will ihr helfen.«

Er hob ihre Hand an seine Lippen, küsste sie auf beide Wangen und erklärte: »Gut. Dann werde ich erst mal nach Bella sehen.«

»Du bist mein absoluter Hauptgewinn.«

»Das hoffe ich.« Er küsste Mavis zärtlich auf den Mund. »Genau wie du der Meine bist. Bin sofort wieder da.«

»Das hoffe ich noch mehr. Okay. Dann bringen wir es einfach hinter uns«, wandte sie sich an Eve und stand entschlossen auf. »Vielen Dank fürs Zuhören und für den guten Wein«, fügte sie an Roarke gewandt hinzu.

Auch er stand auf und nahm sie in den Arm. »Du bist schließlich Familie.«

Auch sie schlang ihm die Arme um den Hals. »Das ist einer meiner Lieblingssätze. Er kommt direkt nach Ich-liebe-dich und nach Für-dich-gibt's-das-umsonst.«

Als sie mit Eve den Raum verließ, ließ Roarke sich abermals in seinen Sessel sinken und sah Leonardo an.

»Ich muss den armen Summerset erlösen.«

»Das hat noch ein bisschen Zeit. Ich kann dir versichern, dass er es genießt, wenn er die Kleine einmal ganz für sich alleine hat.«

»Ich bin ein bisschen zittrig«, räumte Leonardo ein und trank, nachdem er Mavis während des Gesprächs die ganze Zeit im Arm gehalten hatte, einen ersten vorsichtigen Schluck von seinem Wein. »Natürlich wusste ich das alles schon, aber als ich die Geschichte jetzt noch mal gehört habe …«

»… wurde es abermals real, und du hast dir erneut gewünscht, die Zeit zurückdrehen zu können, um ihr all das zu ersparen.«

Leonardo atmete noch immer etwas zittrig aus. »Das stimmt. Genau so ist es. Mavis hat mein Leben herrlich aufregend und bunt gemacht. Bis dahin hatten meine Arbeit, Frauen und Partys mir gereicht. Aber inzwischen spielt das alles keine Rolle mehr für mich. Ich meine nicht die Frauen«, schränkte er mit einem Mal verlegen ein. »Wobei es außer Mavis keine andere Frau mehr für mich gibt. Sie ist die Einzige für mich …«

»Das kann ich gut verstehen«, stimmte Roarke ihm lächelnd zu.

»Ich meine, alle diese Dinge spielen keine Rolle mehr für mich, weil ich meine beiden Mädchen habe, und wenn Mavis leidet, leide ich natürlich mit.«

»Auch das kann ich sehr gut verstehen.«

»Ich weiß, das ist nicht leicht für dich«, bemerkte Eve, als sie mit Mavis wieder in ihr Arbeitszimmer ging.

»Vorher muss ich dir noch sagen, dass ich es Sebastian zu verdanken habe, dass ich keins von diesen Mädchen bin und nicht wie Shelby irgendwann begonnen habe, Blowjobs gegen Alkohol zu tauschen, worauf sie sogar noch stolz war und womit sie furchtbar angegeben hat.

Aber ohne dich und ohne dass du mich an dich herangelassen hättest, hätte ich es vielleicht niemals weiter als
zur Trickbetrügerin gebracht.«

»Du hast mir schließlich keine andere Wahl gelassen
als die Klette, die du damals warst.«

»Oh doch, du hattest eine Wahl, aber du hast mich einfach so genommen, wie ich bin. Ohne dich hätte ich nie
erfahren, was wahre Freundschaft ist.« Sie legte sich die
Hand aufs Herz. »Ich hätte auch Leonardo nicht kennen gelernt. Hätte niemals etwas so Erstaunliches und
Wunderbares wie die kleine Bellamina mit ihm kriegen
können und niemals die Chance bekommen, eine wirklich, wirklich gute Mom zu sein. Dallas, ich möchte eine
gute Mutter sein, und zwar so sehr, dass ich mir in die
Hosen scheiße, wenn ich daran denke, dass so was auch
schiefgehen kann.«

»Wir beide kennen uns mit schlechten Müttern zur
Genüge aus. Du bist ganz sicher keine dieser Mütter, das
könntest du auch niemals sein. Mit der anderen Art von
Müttern kenne ich mich zwar nicht wirklich aus, aber ich
weiß, dass deine Tochter total glücklich ist. Meistens habe
ich zwar keine Ahnung, was sie brabbelt, aber sie ist glücklich wie ein Affe, der vor einer Kiste voll Bananen sitzt. Sie
fühlt sich sicher, sie ist keine Heulsuse, und sie weiß jetzt
schon, dass sie sich auf dich und ihren Dad, egal worum es
geht, verlassen kann. Das heißt, aus meiner Sicht machen
du und Leonardo einen wirklich tollen Job.«

»Ich hätte gerne noch ein Kind.«

»Grundgütiger.«

Die Freundin fiel ihr unter Tränen lachend um den
Hals und hüpfte fröhlich auf und ab. »Nicht jetzt sofort,

aber zu lange warten will ich auch nicht, bis mein Honig-kuchen noch mal Papa wird und Bellamina einen kleinen Bruder oder eine kleine Schwester kriegt. Ich bin wirklich eine gute Mutter, vielleicht hat meine Angst, als Mutter zu versagen, mich ja erst dazu gemacht. Aber egal aus welchem Grund möchte ich einem ganzen Haufen Kin-der eine gute Mutter sein.«

»Und was ist deiner Meinung nach ein Haufen?«

»Keine Ahnung. Mehr als eins.« Sie machte einen Schritt zurück und fuhr sich mit den Händen durchs Ge-sicht. Dann schaute sie die Tafel an und seufzte leise auf. »Ich habe wirklich Riesenglück im Leben, das hatten diese Mädchen nicht. Wir beide haben wirklich Riesen-glück«, erklärte sie und nahm Eves Hand.

»Oh ja, das haben wir.«

»Ich werde mir die Bilder ansehen, aber dann will ich mit meinem Mann und meinem Kind nach Hause fahren, mein Kind ins Bett bringen und ihm beim Schlafen zu-sehen, bevor ich wilden Sex mit seinem Vater habe. Weil ich Riesenglück im Leben habe und das nie auch nur für einen Augenblick vergessen will.«

»Dein Mann und deine Tochter haben ebenfalls echt Glück mit dir.«

»Auf jeden Fall. Wir wissen alle gar nicht mehr wohin vor lauter Glück.«

»Da hast du recht. Aber bevor du heimfährst, um dein Kind ins Bett zu bringen und dann wilden Sex mit dei-nem Mann zu haben, musst du bitte noch Sebastian kon-taktieren und ihm sagen, dass er mit mir sprechen soll.«

»Verflixt.«

»Und zwar so schnell es geht.«

Roarke brachte die Gäste an die Tür und ging in Eves Büro, wo sie mit einem Becher Kaffee hinter dem Schreibtisch saß.

Inzwischen hatte sie zwei neue Fotos an der Tafel aufgehängt, wobei ein Fragezeichen hinter einer der Aufnahmen stand.

»Das ist erst mal alles, was dabei herausgekommen ist«, erklärte Eve. »Aber Mavis wollte sowieso nach Hause, um das Kind ins Bett zu bringen und dann selbst mit ihrem Mann ins Bett zu gehen.«

»Verstehe. Sie hat mir erzählt, sie hätte noch zwei Mädchen auf den Bildern der Vermisstendatenbank erkannt.«

»Wobei sie sich bei einem sicher und beim anderen ziemlich sicher war. Zur Überprüfung habe ich die Bilder auch an Elsie und DeWinter ins Labor geschickt. Die, bei der sich Mavis sicher war, eine gewisse Crystal Hugh, war ebenfalls im *Zufluchtsort*. Aber verschwunden ist sie erst, als sie bei Pflegeeltern war. Trotzdem führen so viele Spuren zu dem Haus und diesen Leuten, dass das ganz bestimmt kein Zufall ist.«

»Das sehe ich genauso«, stimmte Roarke ihr zu.

»Jetzt haben vier oder vielleicht auch fünf der Mädchen mit diesem Sebastian zu tun, von dem Mavis so begeistert ist.«

»Er war für sie so etwas wie der Vater, den sie niemals hatte, Eve. Sie war damals jung, verängstigt und allein, er hat ihrem Leben in New York Struktur verliehen, ihr Sicherheit und ihrem Dasein einen Sinn gegeben.«

»Sicherheit und einen Sinn? Findest du es etwa sicher oder sinnvoll, wenn ein junges Mädchen irgendwo in einem leerstehenden Gebäude oder Keller haust und seinen Lebensunterhalt mit Betteln und Betrügereien verdient?«

»Trotzdem ...«

»Hätte ich mir denken können, dass du das so siehst.«

»Summerset hat mir damals ein wirklich schönes Heim gegeben, vollständig möbliert. Stehlen und betrügen konnte ich bereits, er hat mir diesbezüglich nur den letzten Schliff verpasst.« Er griff nach ihrem Becher und trank einen Schluck des Kaffees. »Ich habe mich bereits die ganze Zeit gefragt, warum mir Mavis derart nahesteht. Jetzt weiß ich, dass es ihr in jungen Jahren ganz ähnlich ging wie mir. Wie alt war sie, als sie von zuhause weggelaufen ist?«

»Dreizehn, glaube ich.« Eve sah ihm ins Gesicht. »Ich habe dir nicht absichtlich etwas verschwiegen. Es war nur ...«

»Es hätte dir nicht zugestanden, jemand anderem davon zu erzählen, nicht mal mir. Genau wie Mavis Leonardo nie erzählt hat, wie es dir als Kind ergangen ist.«

»Ich habe ihr gesagt, dass sie ihm das erzählen kann.« Eve raufte sich die Haare, denn trotz allem war ihr der Gedanke alles andere als angenehm. »Das wäre schließlich nur gerecht.«

Roarke beugte sich vor und presste seine Lippen auf ihr wild zerzaustes Haar. »Ich bete dich an.«

»Tja nun, das passt mir gut. Dann hast du sicher nichts dagegen mitzukommen, wenn es gleich in eine schmuddelige Beize in Hell's Kitchen geht, wo ich diesen Sebastian treffen will.« Sie sah auf ihre Uhr. »In zwei Stunden ist er dort.«

»Die Abende mit dir sind einfach immer amüsant. Zwei Stunden?«, fragte Roarke. »Dann haben wir ja noch Zeit zum Abendessen. Wie sieht es mit Pizza aus?«

Eve runzelte die Stirn, denn wie zum Henker hätte sie ihm da widersprechen sollen?

14

Die Absteige war wirklich schmuddelig.

Sie trug den durchaus zutreffenden Namen *Schiffbruch* und war zwischen einem Sexshop, in dessen seit Monaten nicht mehr geputztem Schaufenster verschiedene Dildos lagen, und einem verlassenen Pfandleihhaus, auf dessen Tür der orthografisch fragwürdige Name *Bills schnele Kreddite* prangte, eingequetscht.

Auf der anderen Straßenseite leuchteten auf einem offenbar kaputten Neonschild über dem Eingang eines Striplokals die Worte *Tänzerinnen, nackt und Sex* in einer wild zuckenden Endlosschleife auf, von deren Anblick man bereits nach wenigen Sekunden Kopfschmerzen bekam.

Im flackernd blauen Licht des Schildes konnte Eve verfolgen, wie ein muskulöser Dealer, den ein schwerer, schwarzer Mantel vor der winterlichen Kälte schützte, einen wild zitternden Kunden traf.

»Was meinst du, zittert er, weil er schon länger nichts mehr eingeworfen hat oder weil er sich in seinem dünnen Trenchcoat den dürren Arsch abfriert?«, wandte sie sich an Roarke.

»Wahrscheinlich beides. Wenn du die beiden hochnehmen willst, warte ich hier.«

»Bin sofort wieder da.« Sie trat an den Straßenrand,

rief über die verbeulte Kühlerhaube eines alten Minis
»He!« und schwenkte ihre Marke durch die Luft.

Der dicke Dealer und der dürre Junkie nahmen ihre
Beine in die Hand und rannten in verschiedene Richtungen davon.

»Du weißt, dass sie sich jetzt einfach woanders treffen
werden«, meinte Roarke,

»Ja, aber es hat mir trotzdem Spaß gemacht zu sehen,
wie sie losgestürzt sind, weil sie dachten, dass es ihnen
an den Kragen geht. Jetzt sehen wir uns Mavis' Fagin an,
falls er sich überhaupt in dieser Kneipe blicken lässt.«

Innen sah der Laden mindestens so schäbig wie von
außen aus. Auf dem klebrigen Linoleumboden stand eine
Reihe wackeliger Tische, die Männer, die auf den drei
Hockern an dem kurzen, schwarzen Tresen saßen, schienen Stammkunden zu sein und sahen aus, als säßen sie
schon immer dort.

In der Luft hing der Geruch von Billigfusel und uraltem Schweiß, der schwabbelige Theker strahlte keine
echte Freude bei der Arbeit aus und wirkte ziemlich angefressen, als mit Roarke und Eve noch zusätzliche Kundschaft kam.

Ein dürrer Kerl am Tresenende glitt von seinem Hocker, als er Eve bemerkte, schlenderte verzweifelt nonchalant in Richtung Tür und ward nicht mehr gesehen.

Wahrscheinlich hatte er trotz des Gestanks, der ihn
umgab, gerochen, dass sie Polizistin war.

Ohne auf die Frau zu achten, die versuchte, mit dem
anderen Typ, der am Tresen hockte, ins Geschäft zu kommen, lief sie weiter bis zur letzten Nische, wo Sebastian
saß.

Zu ihrer Überraschung trug er einen dunkelgrauen, gut sitzenden Anzug über einem schwarzen Rolli und hatte sich einen Silberfüller in die Brusttasche gesteckt.

Mit dem kunstvoll zerzausten braunen Haar, dem sorgfältig gestutzten Ziegenbart, den freundlich dreinblickenden blauen Augen und dem abgegriffenen Taschenbuch, das unter seinen ordentlich verschränkten Händen lag, sah er wie ein Professor aus.

Seine Finger waren wie dafür geschaffen, fremde Brieftaschen und Armbanduhren mitgehen zu lassen, merkte Eve. Lang, geschmeidig und wahrscheinlich wieselflink.

Als sie näher kam, erhob Sebastian sich von seinem Platz, und für den Fall der Fälle achtete sie darauf, dass sie seine Hände niemals aus den Augen ließ.

»Lieutenant Dallas.« Er gab ihr die Hand und schenkte ihr ein Lächeln, das genauso ruhig und freundlich wie der Blick der wässrig blauen Augen war. »Es ist mir eine Freude, dass ich Sie endlich kennen lernen darf. Genau wie Sie.« Er gab auch Roarke die Hand. »Mavis hat mir schon so viel von Ihnen erzählt, und Sie werden so häufig in den Nachrichten erwähnt, dass Sie beide fast so was wie alte Freunde für mich sind.«

»Wir sind nicht hier, weil wir mit Ihnen Freundschaft schließen wollen.«

»Trotzdem«, meinte er und bot ihnen mit einer ausholenden Geste Plätze in der Nische an. »Lassen Sie mich Ihnen einen Drink spendieren. Am sichersten ist Flaschenbier. Bei allem anderen kann ich für nichts garantieren.«

»Ich bin im Dienst«, erklärte Eve.

»Verstehe, aber wenn wir nichts bestellen, wird der Theker misstrauisch. Wie wäre es also mit Wasser aus der Flasche? Falls Ihnen das genehm ist, gebe ich schnell die Bestellung auf.«

»Was zieht der Kerl für eine Schau ab?«, fragte Eve und schob sich auf die Bank, während Sebastian zum Tresen ging.

»Er möchte einen guten Eindruck machen.« Roarke verrenkte sich den Kopf und las den Titel des noch immer auf dem Tisch liegenden Buchs. »*Macbeth*. Das passt zu seiner kultivierten Sprache und zu seinem angenehmen Auftreten.«

»Er ist ein Dieb, und er hat eine Mädchenbande angeführt.«

»Tja nun, wir haben alle unsere Schwächen.«

Wenig später kam Sebastian mit drei kleinen Flaschen an den Tisch. »Den Gläsern würde ich hier ebenfalls nicht trauen. Ich bitte um Verzeihung, dass ich Sie an einen solchen Ort gebeten habe, aber Sie verstehen sicher, dass ich mich ein bisschen wohler fühle, wenn ich Sie auf meinem eigenen Terrain empfangen kann.«

Lächelnd nahm er wieder Platz, ein Mann von Mitte vierzig, der sich körperlich und geistig fit zu halten schien.

»Shelby Stubacker«, eröffnete Eve das Gespräch.

Er schob das Buch zur Seite und stieß einen unglücklichen Seufzer aus. »Ich habe die Berichte über diese Mädchen in den Nachrichten gesehen. Auf menschlicher Ebene schmerzt es mich zu wissen, dass zwölf junge Mädchen ausgebeutet und ermordet worden sind. Persönlich tut es mir vor allem deshalb weh, weil Mavis sagte, drei von ihnen hätten damals zu uns gehört.«

»Vier.«

Er riss entsetzt die Augen auf. »Mavis hat gesagt, es wären drei gewesen. Shelby, Mikki und LaRue.«

»Und Crystal Hugh, vielleicht auch noch Merry Wolkowitsch.«

»Crystal«, stieß er aus und ließ die Schultern hängen. »An sie kann ich mich noch sehr gut erinnern. Sie war ein kleines Mädchen, als sie zu mir kam, gerade neun, mit jeder Menge Schürfwunden und blauen Flecken, die ein Souvenir von ihrem Vater waren.«

»Warum haben Sie nicht die Polizei verständigt?«

»Weil ihr Vater selber bei der Truppe war«, fuhr er sie etwas ungehalten an. »Es gibt keinen Bereich des Lebens, der vor diesen Bestien sicher ist. Sie war verletzt, hungrig, allein und hätte nirgends Unterschlupf gefunden als zuhause bei diesem Kerl, der seinen Frust an ihr und ihrer rückgratlosen Mutter ausließ, wenn es bei der Arbeit oder sonstwo nicht gut lief. Sie blieb bei uns, bis sie dreizehn war. Das Alter kann mitunter etwas schwierig sein.«

Nach einer kurzen Pause fuhr er fort. »Crystal. Richtig. Sanfte, braune Augen und das Mundwerk einer Kesselflickerin. Das Erste wusste ich zu schätzen, das Zweite hätte ich ihr abgewöhnen wollen. Wenn ich mich recht entsinne, fing sie gerade an, sich für Jungs zu interessieren und sich gegen die Regeln aufzulehnen, wie's die meisten Mädchen in diesem Alter tun.«

Mit einem halben Lächeln hob er seine Wasserflasche an den Mund. »Die Regeln unseres Clubs waren nicht allzu streng, aber auf alle Fälle gab es welche. Sie hat gesagt, sie würde uns verlassen, um mit ein paar Freundinnen runter nach Florida zu ziehen. Also habe ich ihr etwas Geld gegeben, viel Glück gewünscht und gesagt, sie wäre immer gern gesehen, falls sie wiederkommen will.«

»Sie haben eine Dreizehnjährige einfach so gehen lassen?«

»Die Mädchen waren nur so lange in meiner Obhut, wie sie selber wollten«, klärte er sie auf. »Natürlich hatte ich gehofft, sie wäre tatsächlich nach Florida gefahren und läge dort am Strand. Das hätte sie auf jeden Fall verdient gehabt. Auch an Shelby kann ich mich noch gut erinnern, denn sie war ein interessantes Mädchen. Frech, rebellisch und die Anführerin ihrer eigenen kleinen Clique, auch wenn's unter ihrer Führung manchmal in die falsche Richtung ging. Mikki wäre ihr egal wohin gefolgt. Aber dieses andere Mädchen, von dem Sie gesprochen haben ...«

»Merry Wolkowitsch.«

»Der Name sagt mir nichts. Aber fünfzehn Jahre sind auch eine lange Zeit, und bei all den Mädchen, die ich im Verlauf der Jahre aufgenommen habe, ist es durchaus möglich, dass der eine oder andere Name mir entfallen ist.«

Er war ein Krimineller, und er hatte diese Mädchen schamlos ausgebeutet, aber so, wie er es formulierte, stellte er sich selbst als Helden dar, der immer selbstlos für die armen Kinder da gewesen war.

Eve bedachte ihn mit einem kalten Blick. »Lassen Sie uns eine Sache klarstellen. Sie sammeln Kinder von der Straße ein und bringen ihnen bei zu stehlen und zu betrügen, das Ganze einerseits als Spiel und andererseits als ganz normalen Job zu sehen. Also ziehen die Kinder los, betteln und bringen die Menschen um ihr schwer verdientes Geld, mit dem sie die Miete ihrer Wohnung oder irgendwelche Rechnungen bezahlen oder das sie auch einfach verzocken wollten, weil es *ihre* Kohle ist. Aber Sie schicken diese Mädchen los, um die Leute auszunehmen, und machen sich dann selbst die Taschen voll. Vielleicht sieht Mavis Sie als ihren Retter an, aber für mich sind Sie ein ganz normaler Krimineller, der zu seinem eigenen Vorteil die Gesetze übertritt.«

Sebastian nickte, während er den nächsten Schluck von seinem Wasser trank. »Ich kann verstehen, dass Sie das so sehen. Sie haben ihr Leben auf den geltenden Gesetzen aufgebaut und geschworen, für Recht und Ordnung einzustehen. Was für Sie, auch wenn Sie keinesfalls naiv oder rigide sind, an erster Stelle kommt. Deshalb fällt es Ihnen schwer, sich mit jemandem wie mir zu arrangieren. Aber wegen Mavis und zwölf toter Mädchen tun Sie es.«

»Vielleicht haben ja Sie die Mädchen umgebracht. Schließlich haben Sie Shelby geholfen, aus dem Heim herauszukommen, während dort alle im Stress wegen des Umzugs waren.«

»Ich kann mich nicht daran erinnern, so etwas getan zu haben. Inwiefern soll ich ihr dabei geholfen haben?«

»Durch das Fälschen eines Dokuments. Ich weiß, dass Sie ein guter Fälscher sind.«

»Vielleicht, vielleicht aber auch nicht. Dazu äußere ich mich lieber nicht. Für Shelby habe ich ganz sicher nie etwas gefälscht. Auf keinen Fall. Sie hätte mich auch nie gebeten, das zu tun.«

»Warum nicht?«

»Erstens, weil sie wusste, dass ich keinerlei Interesse

an der Leistung hatte, die sie gern im Tausch für irgendwas geboten hat. Sie wusste ganz genau, dass ich meine Mädchen niemals anrühren würde und dass ich Männer verachte, die so etwas tun. Zweitens hätte das bedeutet, dass sie mich für etwas braucht, und sie hat immer großen Wert darauf gelegt zu demonstrieren, dass sie völlig unabhängig ist.«

»Haben Sie ihr vielleicht gezeigt, wie man offizielle Dokumente fälscht?«

»Nicht direkt, denn wie gesagt, sie hätte mich niemals gebeten, ihr etwas beizubringen oder etwas für sie zu tun. Aber natürlich ist nicht ausgeschlossen, dass sie ein paar Dinge mitbekommen hat. Sie war immer sehr aufmerksam und hat deswegen sehr viel mitgekriegt.«

»Shelby wollte einen eigenen Club gründen und hätte auch schon einen Ort dafür gehabt. Sie haben selbst gesagt, sie wäre die geborene Anführerin gewesen, also hätte sie womöglich einige von Ihren Mädchen mitgenommen und dadurch Ihr Geschäft bedroht. Das heißt, Sie hätten weniger verdient.«

Wieder trank er einen Schluck von seinem Wasser und erklärte ruhig: »Ich nehme an, Sie müssen allen Möglichkeiten nachgehen. Ich bin für Sie ein Krimineller und hatte mit einigen von diesen armen Mädchen nachweislich etwas zu tun. Aber Sie wissen genau wie ich, dass Mavis eine ausgeprägte Menschenkenntnis hat. Sie weiß, dass ich im Leben niemals willens oder in der Lage wäre, einem Kind auch nur ein Haar zu krümmen«, stellte er mit Nachdruck fest und beugte sich ein wenig vor.

»Ich habe kein Interesse, meine lange, traurige Geschichte zu erzählen, und Sie haben keine Zeit, um Sie sich anzuhören, Lieutenant. Also muss es reichen, wenn ich sage, dass sich unsere Methoden vielleicht unterscheiden, dass es uns im Grunde aber um dieselbe Sache geht. Wir wollen denen helfen, die verletzt oder verlassen worden sind. Deshalb werde ich alles tun, um Ihnen bei der Suche nach dem Mörder dieser Mädchen behilflich zu sein.«

Er machte eine kurze Pause, lehnte sich zurück, hob abermals die Wasserflasche an den Mund und fügte ruhig hinzu: »Ein paar von diesen Mädchen haben zu mir gehört.«

Es stieß ihr sauer auf, dass sie ihm diese Worte glaubte, deshalb zog sie schweigend eine Aufnahme aus ihrer Aktentasche und legte sie vor ihm auf den Tisch.

Er zog das Bild zu sich heran, runzelte die Stirn und sah es sich genauer an.

»Ja. Oh ja, ich kenne das Gesicht. Sie kam … das heißt, eine der anderen hat sie mitgebracht. Und zwar … Moment.«

Wieder legte er die Stirn in Falten, schloss die Augen und erklärte dann: »DeLonna, ja genau, das Mädchen, das so wunderbar gesungen hat.«

»DeLonna Jackson?«

»Keine Ahnung, ob ich jemals wusste, wie sie weiter hieß, denn im Grunde hat sie nie wirklich dazugehört. Sie war eine von Shelbys Freundinnen, sie kam und ging, wie's ihr gefiel. Aber ich bin sicher, dass DeLonna ein Mädchen zu uns brachte, nachdem sie herausgefunden hatte, dass es von ein paar älteren Jungs belästigt worden war. Manche Menschen haben einfach eine Neigung, Kleinere und Schwächere zu drangsalieren, doch obwohl

DeLonna klein war, konnte sie sich wehren.« Er lachte leise auf. »Auf jeden Fall hieß dieses Mädchen ... richtig, Merry, wobei sich der Name nicht wie Mary, sondern M-e-r-r-y schrieb, was ihr sehr wichtig war. Aber auch von ihr kann ich nicht sagen, wie sie weiter hieß. Sie war sowieso nur ein paar Tage da.«

»Warum?«

»An Einzelheiten kann ich mich nicht mehr erinnern. Aber ich erkenne ihr Gesicht und weiß noch, dass sie ein paar Tage bei uns war. Haben Sie noch mehr? Andere Fotos, meine ich?«

»Noch nicht. Wie sieht's mit anderen Mädchen aus, die während dieser Zeit gegangen sind? Sie haben gesagt, ein paar der Mädchen kamen und gingen, wie sie wollten. Wer also ist während dieser Zeit gegangen und nicht mehr aufgetaucht?«

»Tatsächlich gab's da noch ein Mädchen, das mir nach meinem Gespräch mit Mavis eingefallen ist. Iris Kirkwood. Sie war ungefähr ein Jahr bei uns. Die typische Geschichte. Ihr Erzeuger hatte sich schon ewig aus dem Staub gemacht, und die Mutter hat sie entweder misshandelt oder vollkommen vernachlässigt. Also war sie bei verschiedenen Pflegeeltern, die zum Teil kaum besser waren, und wurde irgendwann wieder der Mutter überlassen, die dann eines Tages abgehauen ist. Daraufhin hat sie entschieden, dass sie lieber auf der Straße als noch mal bei irgendwelchen Pflegeeltern leben will. Wobei sie eine wirklich jämmerliche, furchtbar ungeschickte Diebin war. Also habe ich sie hauptsächlich zur Übernahme der von anderen gestohlenen Sachen oder bei ganz einfachen Betrügereien eingesetzt. Sie war ein bisschen ... langsam, wenn Sie wissen, was ich damit sagen will. Hatte ein echt süßes Lächeln, aber wollte unbedingt gefallen, was in diesem Umfeld ausnehmend gefährlich ist. Wenn sie nicht mehr weiterwusste, hat sie gerne in der Kirche rumgesessen.«

Interessant, sagte sich Eve und hakte eilig nach. »In der Kirche? Was für einer Kirche?«

»In keiner besonderen. Sie hat gesagt, sie ginge gerne in Kirchen, weil es dort so ruhig ist, weil sie hübsch sind und weil es dort gut riecht. Ist das wichtig?«

Ohne auf die Frage einzugehen, meinte Eve: »Sie war also ein Jahr bei Ihrem Trupp und war dann plötzlich nicht mehr da. Haben Sie sich dabei nichts gedacht?«

»Im Gegenteil. Wir haben sie überall gesucht. Eins der Mädchen meinte, Iris hätte ihr erzählt, sie hätte ein Geheimnis, aber wenn sie es verraten würde, würde nichts daraus. Aber Mädchen dieses Alters haben permanent Geheimnisse, deswegen habe ich mir nichts dabei gedacht. Sie hatte einen Stoffhund, den sie irgendwo gefunden hatte und der Baby hieß. Sie war noch überraschend kindlich für ihr Alter und dafür, was ihr schon alles widerfahren war. Sie hat Baby mitgenommen, als sie ging, und da sie mitten in der Nacht während der Ausgangssperre abgehauen ist …«

»Während der Ausgangssperre?«

»Wie gesagt, es gab bei uns bestimmte Regeln«, wiederholte er. »Da sie ganz allein verschwunden war, musste ich davon ausgehen, dass sie freiwillig gegangen ist. Trotzdem haben wir nach ihr gesucht.«

»Bin sofort wieder da«, wandte sich Eve an Roarke und marschierte aus der Bar.

»Ich glaube, jetzt möchte ich doch ein Bier«, stellte Sebastian fest und blickte Roarke mit hochgezogenen Brauen an. »Sind Sie sicher, dass Sie weiterhin beim Wasser bleiben wollen?«

»Ja, ich bin mir sicher, aber trotzdem vielen Dank.«

Sebastian ging zum Tresen und kam kurz darauf mit einer Flasche Bier zurück. »Ich bewundere Ihre Frau«, setzte er an.

»Ich auch.«

»Sie ist aus den richtigen Gründen leidenschaftlich und gleichzeitig wild. Sie wird herausfinden, wer das getan hat.«

»Sie wird erst Ruhe geben, wenn sie den Täter hat.«

»Sie beide haben sich ein interessantes Leben aufgebaut.«

»Das könnte ich von Ihnen auch sagen.«

»Es ist das, was zu mir passt«, stimmte Sebastian ihm unbekümmert zu. »Ich nehme an, im Gegensatz zu Ihrem Lieutenant, für den Grenzen unverrückbar sind, sind Sie jemand, aus dessen Sicht man Grenzen auch gelegentlich etwas verschieben kann.«

»Wenn es nicht anders geht.«

Sebastian blickte auf sein Bier und fuhr mit einem knappen Nicken fort. »Sie können nirgends hin. Die meisten Menschen würden sicher sagen, dass sich die Gesellschaft um sie kümmern kann, denn schließlich gibt es extra ein System, das dafür eingerichtet worden ist. Aber uns allen, Ihnen, Ihrem Lieutenant und mir selbst, ist klar, dass das System des Jugendschutzes, das wir haben, allzu oft versagt. Dass es trotz der Bemühungen all derer, die geschworen haben, diese Kinder zu beschützen, allzu oft versagt. Und dass dieses Versagen dann zu Lasten

Unschuldiger geht, die schwer verletzt oder misshandelt worden sind.«

»Da haben Sie wahrscheinlich recht. Auch dem Lieutenant ist bewusst, dass das System häufig versagt und wie hoch der Preis dieses Versagens ist. Deshalb kämpft sie innerhalb dieses Systems, um dessen Schützlinge vor Schaden zu bewahren. Wenn sie das nicht schafft, versucht sie leidenschaftlich dafür zu sorgen, dass die Opfer wenigstens Gerechtigkeit erfahren.«

»Selbst wenn das bedeutet, dass sie sich mit jemandem wie mir abgeben muss.«

»Selbst dann. Es scheint, als hätten einige der Mädchen eine Weile zu Ihnen gehört. Jetzt ist sie für diese Mädchen zuständig und wird es immer sein.«

In diesem Augenblick kam Eve zurück an den Tisch marschiert und hielt Sebastian ihren Handcomputer hin.

»Iris Kirkwood«, sagte sie, er sah sich das Bild des jungen Mädchens an. Es hatte glattes, sandfarbenes Haar, große braune Augen und ein scheues, aber süßes Lächeln im Gesicht.

»Ja, das ist sie.« Er trank einen Schluck von seinem Bier. »Ist sie eine von den zwölf?«

»Das kann ich noch nicht sagen. Ihre Mutter lebt nicht mehr. Sie wurde in North Carolina von dem Typ totgeprügelt, mit dem sie damals zusammen war. Im Frühjahr 45.«

»Ungefähr ein halbes Jahr, nachdem Iris zu mir gekommen ist, und ein paar Monate, bevor sie uns wieder verlassen hat.«

»Sind auch noch andere Mädchen zu der Zeit verschwunden?«

»Nein, zumindest keins, das nicht zu einem Elternteil oder zu einem Vormund gegangen ist. Wozu die Kids ermutigt werden, wenn sie Geschichten wie Merry erzählen.«

»Was hat sie denn erzählt?«

»Inzwischen haben Sie sie überprüft, Sie dürften also wissen, dass sie aus einer Durchschnittsfamilie kam. Sie hat nichts über Drogen- oder Alkoholmissbrauch, Misshandlungen oder so erzählt. Natürlich kommt es öfter vor, dass die Mädchen so etwas verschweigen. Aber ich weiß, wenn eins der Mädchen mich belügt. Und es war eindeutig gelogen, als sie mir von ihrem Leid daheim und ihrer Angst berichtet hat.«

Nachdenklich trank er den nächsten Schluck von seinem Bier. »Aber dafür hat sie einen viel zu hohen Preis bezahlt. Wenn Sie weitere Fotos haben, schicken Sie sie mir, damit ich sie mir ansehen kann.«

»Er hat in Ihrem und im Teich des *Zufluchtsorts* gefischt. Wo haben Sie mit den Mädchen während jener Zeit gewohnt?«

»Wir haben damals zwischen drei verschiedenen Unterkünften hin- und hergewechselt. Da ich mir schon dachte, dass Sie mich das fragen würden, habe ich die drei Adressen für Sie notiert.« Er zog einen Zettel aus der Tasche und hielt ihn ihr hin. »Alle drei Gebäude wurden zwischenzeitlich renoviert und sind wieder bewohnt, damals standen sie leer.«

»Wo sind Sie und Ihre Mädels jetzt?«

Mit einem leisen Lächeln meinte er: »Ich werde Ihnen nicht die Wahrheit sagen, aber lügen will ich auch nicht. Also.« Er hob elegant die Achseln an und nippte abermals an seinem Bier. »Falls Sie noch einmal mit mir sprechen müssen, weiß Ihre Freundin, wie sie mich erreichen kann.«

Eve lehnte sich zurück und dachte nach. Sie würde ihr Versprechen gegenüber Mavis ganz bestimmt nicht brechen und ihm wegen der Vergehen, die er ihr unbekümmert eingestanden hatte, Scherereien machen, außerdem könnte er ihr auch in Zukunft unter Umständen noch nützlich sein.

»Die anderen zwei aus Shelbys Clique. Was wissen Sie über die?«

»Über den Jungen weiß ich nichts. Aber DeLonna ...« Erst nach kurzem Zögern fuhr er fort. »Ich weiß, dass sie gesund und munter ist.«

»Ich muss sie sprechen.«

»Nun, das dürfte etwas schwierig werden, trotzdem werde ich sie kontaktieren und sie bitten, dass sie sich mit Ihnen in Verbindung setzt. Mehr kann ich nicht tun, wenn ich sie nicht verraten will.«

»Obwohl sie höchstwahrscheinlich eine Zeugin in zwölf Mordfällen ist?«

»Das wage ich doch zu bezweifeln, denn dann hätte sie auf alle Fälle etwas gesagt oder unternommen. Sie hat Shelby geliebt, und Mikki auch. Aber ich verspreche Ihnen, dass ich sie noch heute Abend kontaktieren und davon überzeugen werde, dass es wichtig ist, dass sie mit Ihnen spricht.«

»Sie versprechen es?«

»Das tue ich nicht oft, denn wenn ich etwas verspreche, halte ich das auch. Wie sind sie gestorben? Wie hat er ...«

»Das kann ich Ihnen noch nicht sagen.« Wieder glitt

Eve aus der Nische und war alles andere als froh, als sie die echte Trauer in Sebastians Miene sah. »Aber wenn ich's Ihnen sagen kann, bekommen Sie Bescheid.«

»Danke.«

»Falls ich rausfinde, dass Sie etwas damit zu tun haben, wird mehr als der Zorn Gottes auf Sie niedergehen.«

»Ich hoffe, das ist wahr. Ich hoffe, dass auf diesen Kerl, wenn Sie ihn finden, mehr als der Zorn Tausender von Göttern niedergehen wird.«

Sie wandte sich zum Gehen und runzelte die Stirn, als Roarke Sebastian die Hand zum Abschied reichte und erklärte: »Hat mich sehr gefreut.«

»Mich auch.«

Sie sprach erst wieder, als sie draußen in der Kälte stand. »Du warst besonders höflich zu dem Kerl.«

»Ich habe keinen Grund, ihm gegenüber unhöflich zu sein.«

»Du *magst* ihn.«

»Ich mag ihn nicht *nicht*«, schränkte er ein, nahm ihre Hand und zog sie zum Wagen.

»Er versteckt Minderjährige vor den Behörden und bringt Ihnen bei, Autoritäten zu misstrauen, das Gesetz zu brechen, Menschen zu betrügen und zu klauen, statt ... in die Schule oder so zu gehen.« Sie winkte wütend ab.

»Natürlich sollten diese Mädchen in der Schule oder sonstwo sein«, pflichtete Roarke ihr bei. »Sie sollten von den eigenen Eltern nicht geschlagen oder auf noch schlimmere Art misshandelt werden, sollten nicht allein gelassen werden und versuchen müssen, sich alleine durchzuschlagen, sollten weder Drogen noch Gewalt noch sexuellem Missbrauch oder anderen schlimmen Dingen durch die eigenen Eltern ausgeliefert sein.«

Er öffnete die Wagentür für sie, und schnaubend stieg sie ein.

»Wie viele der Mädchen, die bei ihm gelandet sind, arbeiten noch immer auf der Straße, sitzen hinter Gittern oder leben gar nicht mehr?«, erkundigte sie sich, als Roarke hinter das Steuer glitt.

»Ich schätze einige, aber das täten sie auch ohne ihn. Von einem dieser Mädchen kann ich mit Bestimmtheit sagen, dass sie glücklich und erfolgreich ist, einen wunderbaren Mann und eine süße Tochter hat und rundum glücklich ist.«

»Nur weil Mavis …«

»Was meinst du, wo sie damals gelandet wäre, wenn er sie nicht aufgenommen hätte?«

»Bei der Polizei oder beim Jugendamt. Dort hätten sie mit ihr gesprochen, sie eingehend untersucht, ihre wertlose, beschissene Mutter weggesperrt und sie zu Pflegeeltern oder vielleicht auch ins Heim gebracht.«

»Möglich«, stimmte Roarke ihr zu und ließ den Motor an. »Aber genauso hätte sie auch einem Kerl begegnen können, der sie vergewaltigt und verkauft oder ermordet hätte. Es hätte alles Mögliche passieren können, aber ohne ihn wäre sie niemals die geworden, die sie heute ist, und würde dir nicht nah wie eine Schwester stehen. Wenn man an einem Rädchen dreht, verändert man das ganze Uhrwerk, Schatz.«

»Trotzdem ist nicht richtig, was er tut. Ich bin drüber hinweggegangen, weil sie ihn dazu bewegen musste, dass er mit mir spricht. Und weil …«

»Du ihr dein Wort gegeben hast, dass du ihn nicht verhaften wirst.«

»Nur, wenn er nicht in diese Angelegenheit verwickelt ist.«

»Du denkst doch nicht im Ernst, er hätte diese Mädchen umgebracht.«

Nein, verdammt, das dachte sie tatsächlich nicht und hoffte inständig, dass ihr Gefühl sie dieses Mal nicht trog. »Aber denken ist was anderes als wissen, und es ist nun einmal so, dass es eine Verbindung zwischen ihm und einigen der Mädchen gibt. Außerdem ist er ein Lügner, ein Betrüger und ein Dieb.«

»Sprichst du von ihm oder von mir?«

Sie verkroch sich in ihren Sitz und runzelte die Stirn. »Hör auf.«

»Tja nun, ich hatte vielleicht keine Mädchengang, aber ich hatte eine Gang. Ich habe gelogen, betrogen und geklaut. Du hast gelernt damit zu leben, aber manchmal nagt es immer noch an dir.«

»Du hast mit diesen Dingen aufgehört.«

»Zum Teil sogar, bevor ich dir begegnet bin. Aber endgültig erst mit dir. Wegen der Dinge, die ich für uns wollte. Ich hatte damals Summerset, er hat mich davor bewahrt, dass mich mein Alter immer wieder windelweich geprügelt und am Ende vielleicht sogar totgeschlagen hat. Du weißt besser als die meisten anderen, dass das System manchmal versagt, egal, wie sehr die Menschen sich dort auch bemühen. Und dass nicht jeder, der sich innerhalb dieses Systems um Kinder kümmert, es aus reiner Herzensgüte tut. Du hast deine Grenzen, Lieutenant, und ich habe meine. Aber in Bezug auf diesen Fall glaube ich nicht, dass unsere Vorstellungen wirklich auseinandergehen. Vielleicht kommen wir aus verschiedenen Richtungen, aber ich gehe davon aus, dass wir uns in der Mitte treffen, weil dort Mavis steht.«

Er massierte ihr das Bein und sah sie fragend von der Seite an. »Wo ist ihre Mutter jetzt? Du hast doch sicher ein paar Nachforschungen angestellt.«

»In einem Irrenhaus, wo sich die Irren gegenseitig an die Gurgel gehen. Sie ist dort seit acht Jahren. Vorher ist sie immer wieder umgezogen, ist mal einer Sekte bei- und wieder ausgetreten, saß dann kurzfristig im Kahn, weil sie sich mit Zeus für Sex hat bezahlen lassen, kam wieder raus und stieg dann um auf Funk. Sie war total zugedröhnt, als sie mit einem Messer auf die Frau losgegangen ist, mit der sie damals rumgezogen ist – und auch geschlafen hat. Bis dahin hatte sie auch noch die Reste ihres Hirns mit Drogen und mit Alkohol zerstört, sie wird dort in der Klinik praktisch permanent sediert.«

»Das alles hast du Mavis nicht erzählt.«

»Das werde ich, wenn sie es wissen muss. Oder wenn sie es irgendwann mal wissen will. Sie hat all das verdrängt, auf jeden Fall bis heute Abend. Hatte es total verdrängt. Manchmal war sie panisch, weil sie dachte, dass sie vielleicht keine gute Mutter wäre, aber im Verlauf der Zeit hat sie gelernt, auch diese Panik zu verdrängen und einfach zu genießen, was sie hat. Wenn ich ihr diese Dinge jetzt erzählen würde, würfe sie das sicher nur zurück.«

Eve lehnte sich auf ihrem Sitz zurück. »Vor allem hat sie recht damit, dass ihre Mutter, selbst wenn sie noch annähernd bei Sinnen wäre, in der weltberühmten Sängerin und Stil…ikone Mavis Freeman nie das Kind erkennen würde, das damals von ihr durch Sonne und durch Mond geprügelt worden ist. Wobei mir Mavis' Modestil einfach ein Rätsel ist.«

»Wahrscheinlich ist der einfach eine Reaktion darauf, dass sie als Kind gezwungen war, in langweiligen Sachen rumzulaufen, und dass ihre Mutter ihr die Haare ab-gesäbelt hat. Mit der Aufmachung löscht sie auch äußer-lich die junge, unterdrückte Mavis völlig aus.«

Eve stieß ein überraschtes Lachen aus »Genau! Ich frage mich, ob sie das wohl bewusst macht.«

»Ich schätze, dass es durchaus Absicht war, als sie be-gonnen hat, mit Haar- und Augenfarben und mit schril-len Outfits zu experimentieren. Aber inzwischen ist das bunte Äußere einfach ein Teil von ihr.«

Er bog in die Einfahrt ihres großen, wunderschönen Grundstücks ein. »Sie hat diese Iris nicht gekannt?«

»Ich hatte während unseres Gesprächs kein Bild von ihr dabei. Iris Kirkwood wurde niemals als vermisst ge-meldet, nicht einmal, nachdem die Mutter starb. Sie ist einfach durchs Netz gefallen. Es kommt tatsächlich manchmal vor, dass das System versagt, aber es ist trotz-dem keine Lösung, jungen Mädchen Nimm-das-Bonbon oder solche Sachen beizubringen.«

»Von dieser Masche habe ich noch nie etwas gehört.«

»Die habe ich mir ausgedacht. Weil mir der Sinn nach etwas Süßem steht.«

Er parkte vor der Treppe und bot lächelnd an: »Dann wollen wir doch mal sehen, ob sich was Süßes für dich finden lässt.«

Sie ging mit ihm ins Haus und ließ ihren Mantel auf dem Weg nach oben achtlos über einen Treppenpfosten fallen.

»Was willst du mit den Adressen machen, die Sebastian dir gegeben hat?«

»Ein paar Kollegen von der Trachtengruppe sollen sich dort mal umsehen und den Leuten, die schon damals dort gelebt haben, die Fotos unserer Mädchen zeigen, denn es reicht bereits, wenn sich ein Mensch an irgendwas erinnern kann. Es reicht, wenn ein einziger Mensch irgendwen mit einem oder mehreren der Opfer dort gesehen hat. Sie waren mit ihrem Mörder gut bekannt, sie haben ihm vertraut, und Iris hatte ein Geheimnis«, fügte Eve hinzu.

»Das heißt, du denkst, dass sie eines der Mädchen ist.«

»Sie packt ihr Stofftier ein, schleicht heimlich aus dem Haus, in dem sie fast ein Jahr gelebt hat und in dem sie sicher war, und kommt nie mehr zurück? Vor allem glaube ich Sebastian, dass er sie gesucht und nicht gefunden hat. Das heißt, dass irgendwer sie sich geschnappt oder sie fortgelockt und dann ermordet hat.«

Sie betrat ihr Arbeitszimmer und sah sich die Bilder an der Tafel an. »Das heißt, dass auch ihr Foto an die Tafel und das Fragezeichen, das bisher bei Merry stand, jetzt hinter ihren Namen kommt. Auch wenn es dort bestimmt nicht lange bleiben wird.«

»Also fehlen nur noch zwei.«

»Vielleicht hält ja eine dieser beiden den Schlüssel zu der ganzen Sache in der Hand. Oder DeLonna. Die war schließlich, wenn auch erst mit sechzehn, plötzlich wie vom Erdboden verschluckt. Aber Sebastian zufolge lebt sie noch.«

»Und ist gesund und munter.«

»Das werde ich sehen, wenn ich mit ihr rede, und das

werde ich auf jeden Fall tun«, erklärte Eve, während sie hinter ihrem Schreibtisch in die Hocke ging. »Wenn er mir nicht bis morgen sagt, wo ich sie finden kann, nehme ich ihn in die Mangel.«

»Was dir eine Freude wäre, und zwar einfach aus Prinzip«, erklärte Roarke, während sie einen Schokoriegel aus der Schublade des Schreibtischs zog.

»Ist das dein Ernst? Ich wusste bisher nicht, dass du auch hier zuhause Süßwaren versteckst.«

»Ich verstecke meine Schokoriegel nicht vor dir, ich möchte diesmal sogar mit dir teilen«, bot sie an und brach den Riegel in der Mitte durch.

»Na, dann Prost«, gab er zurück und stieß mit ihrer Hälfte an.

Die Schokolade und vor allem der Kaffee, mit dem Eve sie herunterspülte, verliehen ihr neue Energie, entschieden setzte sie die Arbeit fort.

Im Grunde drehte sie sich immer nur im Kreis. Ging ein ums andere Mal dieselben Dinge durch. Aber manchmal fielen einem dabei irgendwelche neuen Sachen auf.

Es musste irgendjemand sein, den sie gekannt hatten, auch die meisten Mädchen hatten sich gekannt. Waren zusammen im Heim gewesen, waren gemeinsam herumgezogen, hatten dasselbe Revier gehabt.

Wenn man Sebastian glauben konnte, hatte er das Dokument für Shelby nicht gefälscht, am besten ging sie erst mal davon aus, dass es so war.

Sie legte ihre Füße auf dem Schreibtisch ab und wandte sich erneut der Tafel zu.

Hatte Shelby ihm womöglich einfach oft genug beim

Fälschen zugesehen, um es selber hinzukriegen? Hatte sie so gut beobachtet, wie er behauptete, und hatte auf diesem Weg genug von ihm gelernt?

Das könnte durchaus sein.

Eve holte Shelbys Foto auf den Wandbildschirm und sah es sich genauer an.

Ein gewitztes, hartes, taffes Mädchen. Aber gleichzeitig loyal. Ein Alphatier, das keine Regeln mochte, weder die der Gutmenschen noch die des Gaunerclubs. Sie wollte selbst das Sagen haben und nach ihren eigenen Regeln leben.

»Fiel dir der perfekte Ort dafür nicht plötzlich in den Schoß, als der *Zufluchtsort* woanders hingezogen ist? War das nicht *die* Gelegenheit für dich? Das Haus war dir vertraut, stand völlig leer, und du kanntest dich dort wie in deiner Westentasche aus.«

Sie stand auf und trat ein wenig näher vor den Wandbildschirm, als Roarke ins Zimmer kam.

»Im Grunde hatte ich erwartet, dass dein Kopf auf dem Schreibtisch liegt und du fröhlich vor dich hin schnarchst«, meinte er.

»Ich schnarche nicht«, erklärte sie empört. »Und nach dem vielen Kaffee, den ich in mich reingeschüttet habe, bin ich noch hellwach.« Sie blickte wieder auf den Monitor. »Sie ist der Schlüssel.«

Auch er sah auf den Wandbildschirm »Wer ist sie?«

»Shelby Stubacker.«

»Ah, die Anführerin, die den Brief vom Jugendamt gefälscht hat und einfach aus dem neuen Heim spaziert ist.«

»Genau die. Sie kannte das Gebäude, und sie hatte einen Plan. Außerdem kannte sie jemanden, der wusste, wie man Dokumente fälscht.«

»Ich wüsste nicht, weshalb Sebastian nach all der Zeit das Fälschen dieses Briefes hätte leugnen sollen.«

»Vielleicht hat sie ja auch, wie er gesagt hat, nur die Grundlagen bei ihm gelernt und das verfluchte Dokument dann selbst gefälscht. Das würde die Rechtschreibfehler und die eher erbärmlich nachgemachte Unterschrift von Jones erklären. Die Analyse hat ergeben, dass die Unterschrift dem Original von Nashville Jones, wenn man genauer hinsieht, nicht mal ansatzweise ähnlich ist.«

Sie wandte sich vom Bildschirm ab und wieder der Tafel zu. »Also hat sie gelernt, geplant und plötzlich fällt den Jones dank Bittmores großzügiger Spende eine neue Bleibe in den Schoß. He, Kids, wir ziehen in ein großes, schönes, neues Haus. Packt schon mal eure Sachen ein.«

»Shelby denkt, dass ihre große Chance gekommen ist.«

»Der Zeitpunkt ist perfekt. Die anderen haben alle Hände voll zu tun, rennen durch die Gegend und sind abgelenkt. Vor allem ist sie schlau genug, um zu erkennen, dass das alte Haus nach ihrem Auszug erst mal leer stehen wird. Zumindest, bis die Bank sich überlegt hat, was sie damit machen soll, was sicher nicht so schnell geht.«

»Für eine Dreizehnjährige sind ein paar Monate eine sehr lange Zeit. Aber wahrscheinlich hat sie darüber sowieso nicht nachgedacht. Die Gelegenheit war da, und sie hat sie genutzt«, spann Roarke den Faden weiter.

»Ja, genau. Worte wie Hypothek und Zwangsvollstreckung sagen einem Mädchen dieses Alters nichts. Für sie geht's einfach darum, dass es der perfekte Zeitpunkt und perfekte Ort für etwas Eigenes ist. Sie verlässt das Heim, zieht in das alte Haus und bereitet alles für die anderen vor, bevor sie sie dann ebenfalls schön ordentlich mit Dokumenten aus dem Heim oder ihren Familien holt, damit sich, wenn sie plötzlich nicht mehr da sind, niemand auf die Suche macht.«

»Bei ihr hat's schließlich funktioniert – sie kam problemlos raus.«

»Das stimmt. Wobei ich mir nicht sicher bin, ob ihr nicht irgendwer im Heim oder von außerhalb geholfen hat. Hat sie dafür jemanden benutzt? Wahrscheinlich hätte sie es so gesehen. Bevor das Blatt sich dann mit einem Mal gewendet hat. Vielleicht hat sie jemanden eingespannt und sich bei ihm mit Sex für das, was sie gebraucht hat oder haben wollte, revanchiert. Nur, dass sie sich dabei verrechnet hat, weil er sie seinerseits schon längst ins Visier genommen hat.«

»Warum hat er sie umgebracht?«

»Aus Verlangen, Leidenschaft oder einem Dutzend anderer Gründe«, antwortete Eve. »Iris hatte ein Geheimnis, aber jemandem wie ihr hätte sich Shelby sicher niemals anvertraut.«

»Dann vielleicht dem Killer?«

»Ja, vielleicht. Iris ist kein Alphatier, sondern lässt sich lieber führen. Sie war häufig in der Kirche, so wie Lupa und wie Carlie, und im Heim der Jones geht's andauernd um Religion. Aber was hat das mit unserem Fall zu tun? Hat es überhaupt etwas damit zu tun?«

Als sie sich die Augen rieb, nahm Roarke sie kurzerhand am Arm. »Am besten schläfst du erst mal eine Runde, damit alles sacken kann.«

»Ich habe das Gefühl, als drehe ich mich immer nur im Kreis, als wäre ich der Lösung nah, aber nicht nah genug, um sie schon klar zu sehen.«

»Vielleicht gelingt dir das ja morgen früh.«

Sie sah ihn von der Seite an, als er sie aus dem Zimmer zog. »Du könntest rausfinden, wo sich Sebastian jetzt versteckt. Das könntest du«, bedrängte sie ihn, als er schwieg.

»Wahrscheinlich«, stimmte er ihr zu.

»Behalt die Möglichkeit im Hinterkopf, okay? Ich werde dich nicht darum bitten, wenn's nicht wirklich wichtig ist.«

»Einverstanden. Aber nur, wenn ich der Ansicht bin, dass du für diese Bitte wirklich gute Gründe hast.«

Obwohl es ihr nicht leichtfiel, das zu schlucken, nickte sie. »Okay, das reicht mir.«

15

Wieder hatten all die hübschen Mädchen einen Kreis um sie gebildet, doch inzwischen hatten sie fast alle ihre eigenen Gesichter, sie sahen jung und traurig aus. Sie saßen dort mit bunten Kleidern und gefärbten Haaren, aber anders als die Kids vom Times Square plapperten sie nicht und kicherten auch nicht verstohlen über irgendwelche Witze, die kein Außenstehender verstand.

Sie saßen einfach da und sahen sie reglos an.

Als warteten sie ab.

»Ich komme der Lösung immer näher«, sagte sie den Mädchen zu. »Aber es macht jede Menge Arbeit, und ich brauche Zeit – vielleicht auch ein bisschen Glück. Ihr seid so viele, aber bis auf zwei von euch weiß ich inzwischen, wer ihr seid.«

Die beiden Mädchen, die so aussahen wie sie, wandten sich ab.

»Es nützt mir nichts, wenn ihr deswegen sauer auf mich seid.«

»Sie sind einfach nicht gerne tot«, erklärte Linh. »Keine von uns ist gerne tot. Das ist nicht gerecht.«

»Das Leben und der Tod sind nun einmal nicht gerecht.«

»Sie haben gut reden«, stellte Merry schnaubend fest. »Schließlich haben Sie selbst ein wirklich tolles Leben und schlafen in einem großen, warmen Bett neben dem coolsten Typ, den es gibt.«

»Ihr Vater hat sie vergewaltigt und misshandelt, als sie noch ein kleines Mädchen war«, mischte sich Lupa ein. »Sie war damals noch nicht einmal so alt wie wir.«

»Aber sie hat es überlebt.« Wütend rappelte sich Shelby auf und verschränkte ihre Arme vor der Brust. »Und dann hat sie den absoluten Haupttreffer gelandet. Und gibt *mir* die Schuld an allem, was uns zugestoßen ist.«

»Ich gebe dir an nichts die Schuld.«

»Und ob. Sie sagen, dass es *meine* Schuld ist, dass wir tot sind. Dass man uns ermordet hat, weil ich eine eigene Bude nur für mich und meine Freunde haben wollte. Als ob ich hätte wissen können, dass dann so etwas passiert.«

»Hör zu …«

»Ich habe ein paar Arschlöchern einen geblasen. Und?« Sie warf die Arme in die Luft. »Na und? Dafür habe ich bekommen, was ich wollte, oder nicht? Für meine Kumpel habe ich gleich mit gesorgt. Man muss sich eben einfach nehmen, was man will, sonst schnappt es einem jemand anderes vor der Nase weg. Ich wäre nie im Leben in diesem bekloppten Heim der Läuterung geblieben, um mir dort das Hirn herauszumeditieren, bis irgend so ein Schwachkopf, der mich nicht mal kennt, beschließt, dass ich dort endlich Leine ziehen darf. Ich habe selbst entschieden, wie ich leben will. Ich hatte einfach keinen Bock, mich länger rumschubsen zu lassen. Davon hatte ich einfach die Schnauze voll.«

»Aber hallo«, meinte Eve. »Ich hätte nicht gedacht, dass du ein solcher Jammerlappen warst. Nicht, dass du es verdient hättest, dafür zu sterben. Vielleicht wärst du aus der Phase ja herausgewachsen, vielleicht hättest du auch als Erwachsene weiter anderen die Ohren vollgeheult. Aber du hattest keine Chance herauszufinden, wie du einmal hättest werden sollen. Und deshalb komme ich ins Spiel.«

»Sie sind auch nicht anders als die andern. Sie sind auch nicht besser als der Rest.«

»Aber ich bin nun mal die, mit der du dich jetzt arrangieren musst.«

»Ach, leck mich doch am Arsch!«

»Halt den Mund, und setz dich wieder hin.«

Jetzt sprang auch Mikki auf, ballte die Fäuste und stieß wütend aus: »So können Sie nicht mit Shelby reden.«

»Doch, das kann ich. Das ist schließlich *mein* Traum, was bedeutet, dass ich auch die Chefin bin.«

»Ich mag es nicht, wenn Leute streiten.« Iris hielt sich unglücklich die Ohren zu und wiegte sich leise schluchzend hin und her. »Die Leute sollten sich nicht streiten.«

»Wo ist denn dein Hund?«, erkundigte sich Eve »Hattest du nicht einen kleinen Hund?«

»Wir müssen Ihnen gar nicht zuhören!« Shelby rannte zu den anderen Mädchen und zerrte sie hoch. »Wir müssen nicht mit Ihnen reden! Brauchen Ihnen nichts zu sagen. Weil wir tot sind! Und das ist bestimmt nicht meine Schuld.«

»Meine Güte, halt endlich die Klappe. Halt den Mund, damit ich überlegen kann.«

»Sie sind doch diejenige, die ständig redet.«

Blinzelnd zwängte Eve die Augen auf und schaute sich benommen im Dämmerlicht des Raumes um. »Was?«

»Die Frage sollte ich dir stellen.« Begütigend strich

Roarke mit einer Hand über ihr wirres Haar. »Wer soll die Klappe halten?«

»Shelby Stubacker. Die Mädchen waren wieder da, diese Shelby hat gemeckert und mir gleichzeitig die Ohren vollgeheult. Aber ich an ihrer Stelle hätte das, wenn mich jemand ersäuft hätte, wahrscheinlich auch gemacht. Wie spät ist es?«

»Noch früh.« Er neigte seinen Kopf und presste seine Lippen sanft auf ihren Mund. »Schlaf weiter, ja?«

Sie schnupperte an seinem Hals. »Du bist schon wach und hast auch schon geduscht.«

»Einen so guten Cop wie dich kann man einfach nicht hinters Licht führen.«

»Deine Haare sind noch feucht«, stellte sie fest, während sie mit den Fingern durch die dichte, schwarze Mähne fuhr. »Du riechst echt gut.« Guter Cop, der sie nun einmal war, erkannte sie, dass er nichts als ein Handtuch um die Hüften trug. »Ich wette, dass du gleich schon eine Konferenz mit irgendwelchen Leuten auf dem Pluto und ein Holo-Meeting mit Istanbul oder sonst wo in Europa hast.«

»Gedanken lesen kannst du auch. Was habe ich doch für ein Glück mit meiner Frau.«

»Und zwar in jeder Hinsicht«, stimmte sie ihm grinsend zu und glitt mit einer Hand über seine Brust und an seinem Bauch herab. »Aber wie ich sehe, war dir das schon klar.«

»Ich habe ermittlungstechnisch eben viel von dir gelernt.«

Jetzt zog sie seinen Kopf zu sich herab. »Was hast du sonst noch aufzuweisen?«

»Wie es aussieht, eine Frau, die heiß auf Sex am frühen Morgen ist.« Auch seine Hände traten in Aktion und glitten unter dem dünnen Schlafshirt über ihre Haut. »Das heißt, dass Pluto noch ein wenig warten muss.«

»Wie viele Leute können so was sagen?« Jetzt zog sie seine Lippen bis an ihren Mund.

Während sie ihn ausgiebig und innig küsste, schlang sie ihm die Arme und Beine um den Leib.

Sie hatte wirklich Glück. Sie hatte alles, was zuvor passiert war, überlebt und lag jetzt in einem großen, warmen Bett neben dem coolsten Typ, den es gab. Neben dem Mann, der sie liebte, der sie wollte, der sie tolerierte und verstand.

Was auch immer der Tag bringen würde, jetzt hatte sie diesen wunderbaren Augenblick mit diesem wunderbaren Mann.

»Ich liebe dich.« Sie umschlang ihn noch ein wenig fester und fügte hinzu. »Das ist mein voller Ernst.«

»Ich liebe dich genauso«, gab er dicht an ihrem Hals zurück. »Das ist ebenfalls mein voller Ernst.«

»Beweis es mir.«

Begehrlich reckte sie sich ihm entgegen, und er drang geschmeidig in sie ein.

Während er sie langsam ritt, sah er ihr ins Gesicht und nahm das Glück in ihren Augen, in der flüssigen Bewegung ihres Körpers und den schnellen Schlägen ihres Herzens wahr.

Was auch immer sie in ihrem Traum bekümmert hatte, war nicht halb so wichtig wie die überbordenden Gefühle, die sie für ihn empfand.

Er küsste sie auf beide Wangen, auf die Brauen, auf

den Mund. Um ihr zu zeigen, dass sie ihm genauso wichtig war.

Sie bereiteten einander endloses Vergnügen und genossen es, vereint zu sein. Eve seufzte wohlig auf und glitt mit ihren Händen über seinen Rücken erst hinab und dann wieder hinauf, bevor sie ihre Finger fest mit seinem seidig weichen Haar verwob.

Ihr Zusammensein war süß und lieblich wie ein Gang durch einen sommerlichen Garten, aber als die Hitze und damit auch das Verlangen zunahm, zog ein Schleier vor Eves bernsteinbraune Augen, und sie reckte sich ihm abermals entgegen, als sie kam.

Ihre Herzen trommelten im selben schnellen Rhythmus, und aus Eves Kehle drang ein dumpfes Stöhnen, als sie sich dem Glück des Augenblicks ergab und sich ganz darin verlor.

Jetzt ließ auch Roarke sich fallen, schlaff und vollkommen benommen lag sie unter ihm. Am liebsten hätte sie den ganzen Tag mit ihm in diesem wohlig warmen Bett verbracht. Wehmütig, weil sie sich bald schon wieder von ihm lösen müsste, schob sie ihre Nase in sein Haar und sog seinen wunderbaren Duft, so tief es ging, in ihre Lunge ein.

Erfüllt von seinem herrlichen Geruch, käme sie mühelos mit allem zurecht, was der Tag für sie bereithielte.

Als sie sich wieder rührte, küsste er sie auf den Hals, stützte sich auf seinen Armen ab und sah auf sie herab. »Meinst du, dass du jetzt noch etwas schlafen kannst?«

»Inzwischen bin ich völlig wach. Was vielleicht auch besser ist.«

Lächelnd rollte er sich auf den Rücken, zog sie eng an seine Seite und hielt sie dort fest.

»Musst du nicht mit Pluto sprechen?«

»Das hat noch ein bisschen Zeit.«

Er bildete sich offensichtlich ein, er könnte sie dazu bewegen, doch noch einmal einzuschlafen, aber ihr Gehirn hatte die Arbeit bereits aufgenommen, und sie sagte: »Es war ganz bestimmt nicht Shelbys Schuld.«

»Natürlich nicht.«

»Dass ich denke, dass sie unter Umständen der Schlüssel zu dem Fall ist, ist was anderes als zu denken, dass es ihre Schuld war.«

»Sie ist dir unter die Haut gegangen, stimmt's?«

»Ich nehme an, dass sie mich einfach an mich selbst erinnert hat, als ich in dem Alter meine Grenzen ausgelotet habe. Auch wenn's für mich weder Alkohol noch Blowjobs gab.«

»Das freut mich zu hören.«

»Ich war genauso aggressiv und zickig, wollte einen Ort für mich allein und tun und lassen, was ich will. Nur habe ich die meisten Dinge mit mir selber ausgemacht, während sie ihre Gefühle offenkundig rausgelassen hat.«

»Sie war an einem sicheren Ort oder auf jeden Fall an einem Ort, von dem man denken sollte, dass er sicher war.«

»Das war ich damals auch, trotzdem habe ich das Leben dort gehasst. Ich nehme an, sie hat es ebenfalls gehasst – oder denke ich das nur, weil's mir damals so ging? Aber egal aus welchem Grund, ich nehme an, sie hat das Leben dort gehasst und fand, dass das alles totaler Schwachsinn war. Sogar Sebastians Club. Auch dort war jemand anderes der Boss, dabei wollte sie endlich selbst das Sagen haben. Das hat jemand, den sie kannte, ausgenutzt. Wahrscheinlich dachte sie, sie würde diese andere Person benutzen, aber sie war noch ein Kind und wurde an der Nase rumgeführt. Sie dachte, dass sie weiß, worum es geht, aber im Grunde war sie noch ein Kind.«

»Inwiefern hilft dir das weiter?«

»Das weiß ich selbst noch nicht genau. Ich versuche einfach erst mal, mir ein möglichst klares Bild von ihnen allen zu machen, und am klarsten sehe ich bisher Shelby. Aber wie dem auch sei, fängst du am besten langsam wieder an, die Geschäftswelt im bekannten Universum zu beherrschen, ich gehe noch kurz in den Fitnessraum.«

»Ich brauche vielleicht eine Stunde. Danach treffen wir uns hier zum Frühstück, ja?«

»Okay.«

Sie rollte aus dem Bett, und während er in einen Anzug stieg, zog sie ein Tanktop über einer Jogginghose an und runzelte die Stirn. »Du willst nicht wirklich Pluto kaufen?«

»Nein.« Er lächelte sie fröhlich an. »Wobei der Tag durchaus noch kommen kann.«

Während des schweißtreibenden Sports, der ihre Muskeln schreien ließ, ging sie gedanklich noch einmal alle Möglichkeiten durch. Dann fuhr sie mit dem Fahrstuhl aus dem Fitnessraum zurück ins Schlafzimmer, marschierte weiter in das angrenzende Bad und duschte kochend heiß.

Als sie fertig war, war Roarke noch nicht zurück. Also sah sie sich an seiner Stelle die Berichte von der Börse an, die er gewohnheitsmäßig schon im Fernsehen überflog, bevor sie morgens ihre Augen öffnete.

Sie hockte sich vor Galahad, der ihr begehrlich um die Beine strich, und stellte fest: »Dein Atem riecht nach Katzenfutter. Also brauchst du gar nicht so zu tun, als hätte Summerset dich nicht schon längst versorgt.«

Er bedachte sie mit einem durchdringenden Blick aus seinen zweifarbigen Augen und stieß leicht mit seinem dicken Schädel gegen ihre Stirn.

Okay, sie war ein Weichei. Seufzend stand sie wieder auf, holte eine – kleine – Schale Milch und stellte sie ihm hin. Er schlabberte begeistert los, und sie nahm eine Hose, einen Pulli und eine ihr unbekannte Jacke aus dem Schrank. Sie wusste nicht, woher sie kam, aber das dunkle, schokoladenbraune Leder, das die Taschen säumte, und die wolkenweiche Wolle waren wirklich hübsch und ausnehmend bequem.

Als sie sie anziehen wollte, fiel ihr Blick auf das in Kragenhöhe angebrachte Etikett.

»Kaschmir. Meine Güte, warum kauft er so etwas?«, fragte sie Galahad, der seine Milch inzwischen ausgetrunken hatte und sich gründlich wusch. »Wart's ab. Bestimmt habe ich heute eine Schlägerei mit irgendeinem Psycho, dann ist das Ding hinüber. Wart's nur ab.«

Trotzdem würde sie die Jacke anziehen, denn, verdammt, sie war einfach der Hit. Wenn sie bei der Arbeit draufging, war es seine Schuld.

Da er immer noch mit jemandem auf Pluto oder wo auch immer sprach, schlenderte sie Richtung AutoChef und wählte schon einmal das Frühstück für sie beide aus.

Als er den Raum betrat, saß sie wie sonst er gemütlich auf der Couch, ließ lautlos die Berichte von der Börse laufen, trank Kaffee und ging verschiedene Unterlagen durch.

»Ich hätte nicht gedacht, dass es so lange dauern würde«, fing er an und blickte lächelnd auf die beiden zugedeckten Teller auf dem Tisch. »Na, was hast du uns zum Frühstück ausgesucht?« Neugierig hob er eine der beiden Silberglocken an. »Rührei, frisches Obst, Toast und Marmelade. Fein.«

»Du hättest mir wahrscheinlich Haferbrei serviert. Da dachte ich, ich komme dir zuvor.«

»Ein Omelett ist mindestens genauso gut.« Noch immer lächelnd setzte er sich neben sie.

»Wie stehen die Aktien in deiner Welt?«

»Im Moment bin ich zufrieden. Ich habe nachher noch ein paar Besprechungen ...«

»Ich bin schockiert.«

Belustigt schob er seiner Liebsten eine Beere in den Mund. »Aber ich kann und werde mir die Zeit nehmen zu helfen, falls du mich für irgendetwas brauchen kannst.«

»Ich habe dich doch schon vorm Aufstehen schändlich ausgenutzt.«

»Hast du heute einen Clown verschluckt?«

»Ich bin einfach so witzig, wie ich immer bin. Ich gebe dir Bescheid, wenn du mir helfen kannst. Falls sich Sebastian heute Morgen nicht wegen DeLonna bei mir meldet, werde ich dich vielleicht bitten rauszufinden, wo er wohnt.«

»Ich gehe davon aus, dass er sich melden wird.«

»Das werden wir ja sehen.«

Er wies auf ihren Handcomputer. »Und wie stehen die Aktien in deiner Welt?«

»Ich habe Peabody und Mira ein paar Unterlagen zu dem Fall geschickt. Ich dachte mir, nachdem es noch zu früh ist, um schon aufs Revier zu fahren, fange ich einfach schon einmal hier mit meiner Arbeit an.«

Sie schob sich einen Bissen Rührei in den Mund, der wirklich lecker war.

»Das kommt davon, wenn du dich erst von einer Gruppe unglücklicher Mädchen wecken lässt und danach praktisch mitten in der Nacht nach Sex verlangst.«

»Wahrscheinlich hast du recht. Aber dafür bin ich jetzt wirklich wach. Sie war unglücklich«, erklärte Eve nach einem Augenblick. »Nicht nur angefressen und in Abwehrhaltung, sondern richtiggehend unglücklich. Sie hat Linh irgendwo auf der Straße aufgelesen, aber zu Sebastian hat sie sie nicht gebracht. Sie hat sie in ihren eigenen Club mitgenommen. Sie haben noch ein paar Vorräte besorgt, danach hat sie ihre neueste Freundin an den Ort gebracht, an dem sie selbst die Chefin war. Dort wurden sie beide umgebracht. Hat sie vielleicht etwas geahnt? War sie noch so weit bei Besinnung, dass sie wusste, was geschah? Dass sie wusste, dass sie beide sterben würden und dass sie niemals bekommen würde, was sie haben wollte? Wie ungerecht es wieder einmal war!«

Sie konnte es sich deutlich vorstellen – die Verzweiflung und den Frust, die Schuldgefühle und den Zorn.

»Aber für ihn lief es so gut, dass er sich dachte, dass er es am besten gleich noch mal probiert. Ein paar der Kids, wie Mikki, dachten sicher, Shelby wäre dort, und kamen einfach anmarschiert. Andere, wie Lupa und wie diese Iris, hat er in das Haus gelockt. Vielleicht mit irgendwelchem religiösen Kram. Hat er also getan, was funktionierte, und sein Vorgehen an die jeweiligen Opfer angepasst? Oder hat er jedes Mal denselben Trick benutzt?«

Es machte ihr zu schaffen, dass sie keine Ahnung hatte, wie genau der Täter vorgegangen war. Sie schüttelte den Kopf und versuchte, sich auf ihr Frühstück zu konzentrieren, war aber in Gedanken weiter bei dem Fall.

»Der Hund.« Sie richtete sich kerzengerade auf. »Wo ist der Hund?«

»Seit wann haben wir einen Hund? Und was sagt Galahad dazu?«

»Ich meine den Stoffhund. Den von Iris. Den sie mitgenommen hat, als sie verschwunden ist. Er war nicht bei den Skeletten in dem Haus. Das heißt, der Täter hat ihn genau wie ihre Kleider aus dem Haus geschafft. Ob er ihn weggeworfen hat?«

»Ich würde sagen, ja.«

»Vielleicht hat er ihn auch behalten. Vielleicht wollte er ein kleines Souvenir. Vielleicht hat er auch noch andere Sachen aufbewahrt. Elektronische Geräte, Rucksäcke, den Modeschmuck, den praktisch jedes Mädchen trägt, der aber unter ihren Überresten nicht zu finden war. Ja, vielleicht hat er ein paar der Sachen aufgehoben. Als Erinnerungsstücke oder so.«

Sie schaufelte sich einen neuen Bissen Rührei in den Mund. »Das ist zumindest eine Überlegung wert.«

Nach dem Frühstück ging sie in ihr Arbeitszimmer, sah sich stirnrunzelnd die Tafel an und hängte ein paar Bilder um.

Sie ordnete die Aufnahmen von Nashville, Philadelphia und der Hausmutter auf einer Seite an, machte die Bilder ihrer Opfer aus dem *Zufluchtsort* darunter fest, verband diese mit Fine, Clipperton, Bittmore und mit

Seraphim, und zog eine Linie zwischen Shelby Stubacker und Linh.

Auf die rechte Seite kamen Sebastian und die Opfer aus dem Club, von denen einige auch auf der Heimseite zu finden waren.

Den zahlreichen Verbindungen und Querverbindungen nach musste der Mörder beide Teiche kennen, um darin zu fischen, überlegte sie.

Wie sie die Bilder auch hängte, kam sie jedes Mal auf Shelby als Mittelpunkt zurück.

Sie verschob die Aufnahme von Montclair Jones vom Rand der linken Gruppe dorthin, wo die Fotos der Geschwister hingen, trat vor ihren Schreibtisch und rief die Ergebnisse der Überprüfung der drei Jones auf dem Computer auf. Was hatten sie jeweils für eine Ausbildung gemacht, was hatten sie für Hobbys, wie stand es mit Beziehungen, wie sah es mit den Krankenakten und mit den Finanzen aus?

Sie holte sich den nächsten Becher Kaffee und ging ihren Fall aus einer anderen Perspektive an.

Obwohl sie früh begonnen hatte, hatte diese zusätzliche Arbeit jede Menge Zeit gekostet, sie müsste langsam aufs Revier.

Widerstrebend stand sie auf, trat an die Verbindungstür zu Roarkes Büro und meinte: »Ich muss los.«

»Ich auch.«

»Dieses Heim, das du in diesem Haus eröffnen willst. Wie soll es noch mal heißen?«

»An Didean. Auf den Namen hast du mich doch gebracht.«

»Genau. Auch wenn sie dort natürlich gute und soziale

Arbeit leisten werden, müssen sie den Laden wie ein Unternehmen leiten, oder nicht? Das heißt, dass es bezahlte Angestellte, Fixkosten, konkrete Arbeitsplatzbeschreibungen und eine ganz normale Hackordnung mit Vorgesetzten und mit Untergebenen geben wird.«

»Auf jeden Fall.«

»Man muss das alles also gut organisieren, Einsatzpläne machen, Aufgaben verteilen, Einkäufe erledigen und Rechnungen bezahlen. Wie in einem ganz normalen Haushalt muss es dort jemanden geben, der fürs Waschen, Putzen, Kochen und fürs Spülen zuständig ist.«

Interessiert lehnte sich Roarke auf seinem Stuhl zurück.

»Das Konzept des Heims sieht vor, dass das von den Bewohnerinnen selbst erledigt wird. Dass sie selbst routinemäßig kochen und das Haus in Ordnung halten und auf diese Weise Disziplin entwickeln und vor allem das Gefühl haben, selbst für etwas verantwortlich zu sein.«

»Wenn die Finanzen eines solchen Heims begrenzt sind, muss man haushalten, nicht wahr? Dann hat man ein Budget, das man nicht überschreiten darf. Wenn es reichen soll, muss jeder mitziehen, und wenn es hart auf hart kommt, mehr tun, als vereinbart war.«

»Du leitest eine eigene Abteilung bei der Polizei und hast dort ebenfalls ein eher bescheidenes Budget, mit dem du dich so gut wie möglich arrangieren musst.«

»Genau. Ich jongliere ständig hin und her oder versuche, noch ein bisschen mehr zu kriegen, wenn es wieder mal nicht reicht. Manchmal zwacke ich von einem Posten was für einen anderen ab, dann muss ich mir überlegen, wie das Loch, das ich bei Sache eins gerissen habe, sich am besten wieder stopfen lässt. Das ist echt nervig, aber anders geht es eben nicht. Genauso ging es damals Nash und Philadelphia Jones. Sie hatten einen eher bescheidenen Etat und mussten zusehen, dass der Laden trotzdem lief.«

Seine wilden, blauen Augen fingen an zu blitzen. »Heißt das, dass du jetzt der Spur des Geldes folgst?«

»So in etwa«, antwortete Eve. »Nashville, Philadelphia und die Schwester, die jetzt in Australien lebt, haben alle Sozialarbeit studiert. Dazu hat Philadelphia auch noch Unternehmensmanagement studiert, ich gehe also davon aus, dass sie für die Finanzen zuständig war.«

»Nur leider hat sie dabei offenkundig keinen allzu guten Job gemacht.«

Mit erhobenem Zeigefinger stimmte Eve ihm zu. »Genau. Sie waren finanziell von Anfang an am Schwimmen und waren kurz vor dem Ertrinken, bevor Mrs. Bittmore sie ins Rettungsboot gezogen hat. Natürlich ziehen viele Leute nur mit guten Absichten und in der Hoffnung, dass eine höhere Macht mit möglichst tiefen Taschen sie aus ihrem Leid erretten wird, gemeinnützige Unternehmen auf, nur kommt mir Philadelphia dafür irgendwie zu bodenständig vor. Als Herrin über die Finanzen muss sie das ja wohl auch sein.«

»Meinetwegen. Und was sagt dir das?«

»Du klingst wie Mira«, meinte Eve. »Aber wie dem auch sei, habe ich mir den ganzen Laden und die Einzelteile einmal aus der Nähe angesehen. Neben Philadelphia hat auch Nash sich stark für das Projekt und sein Gelingen engagiert, er hat sogar gelegentlich außerhalb als Lehrer oder Pfarrer ausgeholfen und auf diese Art etwas dazuverdient.«

»Was ist mit Montclair?«

»Der war anscheinend nicht nur keine Hilfe, sondern eher eine Last. Er hatte keine Ausbildung gemacht und nicht studiert und war deshalb als Therapeut oder als Lehrer offiziell nicht einsetzbar. Dazu nahm er Medikamente gegen die anscheinend ziemlich starken Depressionen, derentwegen er jahrelang in Behandlung war. Meine Überprüfung der Finanzen hat ergeben, dass die Mutter ihm bei ihrem Tod anders als den anderen drei Geschwistern nicht nur einen Teil ihrer Lebensversicherung, sondern dazu noch ein, wenn auch relativ bescheidenes, Barvermögen hinterlassen hat.«

»Sie hat also dem das meiste hinterlassen, der es ihrer Meinung nach am ehesten brauchte.«

»Ja, genau. Zusätzlich haben ihn noch die Geschwister unterstützt. Selbst die Schwester aus Australien hat ihm ab und zu ein bisschen Geld geschickt«, erklärte Eve. »Offiziell haben sie den kleinen Bruder für, wie sie es nannten, allgemeine Arbeiten im Heim bezahlt, aber aus meiner Sicht war er ein Taugenichts, der ihnen auf der Tasche lag.

So ging es über Jahre, aber dann mit einem Mal erscheint das große, strahlend schöne Rettungsboot am Horizont. Kaum waren sie an Bord, haben sie ihn nach Afrika verschickt – vielleicht nicht erster Klasse, aber trotzdem haben sie einiges dafür bezahlt. Endlich hatten sie finanztechnisch ein bisschen Spielraum, aber statt den kleinen Bruder auch ins neue Heim zu integrieren, haben sie ihn kurzerhand entsorgt.«

»Du willst wissen, ob sie einfach die Belastung los sein wollten, ob sie dachten, dass ihm dieser Auslandseinsatz helfen würde, endlich selbstständig zu werden, oder ob sie ihn so schnell wie möglich außer Landes schaffen wollten, weil sie wussten, dass er jungen Mädchen nicht geholfen, sondern sie getötet hat.«

»Genau. Er war derjenige mit jeder Menge freier Zeit.«

»Und man braucht Zeit, um Mädchen anzulocken, zu ermorden und die Wände hochzuziehen, hinter denen man sie anschließend verstecken möchte.«

»Allerdings. Ein Mensch, der alle Hände voll zu tun hat, hätte diese Zeit ganz sicher nicht. Monclair hingegen hatte nichts zu tun. Was hat er getrieben? Vielleicht hat er ja in der Gegend abgehangen und gesehen, wohin ein paar der Kids – wie Shelby Stubacker – verschwunden sind.«

»Du denkst, er hätte sie gestalkt?«

»Vielleicht. Oder vielleicht war er auch einfach neidisch. Manche Menschen töten die, auf die sie neidisch sind. Vielleicht hat Montclair also mitbekommen, was diese Mädchen treiben, und sie wissen lassen, dass er's weiß und dass er damit einverstanden ist. Vielleicht hat er auf diese Art Vertrauen aufgebaut und so getan, als wäre er die blöden Gutmenschen genauso leid wie sie.«

»Warum hätte er sie töten sollen?«

»Keine Ahnung. Vielleicht stand er einfach unter Stress. Der Umzug in das neue Haus bot den Geschwistern die Gelegenheit, noch mehr Gutes zu tun. Für ihn aber hätte das unter Umständen bedeutet, dass er sich zusammen- reißen muss. Vielleicht haben die Geschwister ihm gesagt, dass sie ihn nicht mehr unterstützen wollen wie bisher. Dass sie dieses Geschenk einer höheren Macht in vol- lem Umfang nutzen und nicht teilweise an ihn vergeuden wollen. Das hätte ihn wahrscheinlich ziemlich angekotzt.

Und wessen Schuld wäre es seiner Meinung nach gewesen, dass er plötzlich selber hätte Geld verdienen, selbst Verantwortung für irgendetwas übernehmen und sich gleichzeitig auch weiter den Geschwistern hätte unterordnen sollen?«

»Die der Kids.«

»So hätte er auf alle Fälle denken können«, stimmte Eve ihm zu. »Denn diese Mädchen haben sich einfach aus dem Haus geschlichen und konnten dort draußen tun und lassen, was sie wollten, während er sich selbst am Riemen reißen sollte.«

»Damit sind wir wieder beim Neid.«

»Genau. Zur Hölle damit, dass er sich zusammenreißen soll, zur Hölle mit den blöden Kids, die einfach weiter machen können, was sie wollen«, führte sie nicht ganz zufrieden aus. »Ich glaube keinen Augenblick, dass der Zeitpunkt seiner Abreise nach Afrika und die ganzen Querverbindungen ein Zufall sind. Auch wenn ich noch nicht weiß, worum es bei der ganzen Sache geht. Falls Shelby Stubacker der Schlüssel ist, ist er vielleicht das Schloss. Man muss die zwei also zusammenbringen, um die Tür zu öffnen und zu sehen, was dahinter ist.«

»Dann hast du heute also wieder einmal alle Hände voll zu tun.«

»Ach ja?«

»Du wirst mit Mira sprechen, weil du durch das Gespräch mit ihr deine bisher noch grobe Theorie verfeinern kannst. Du wirst einzeln mit Nash und Philadelphia sprechen, du hoffst, dass dir Sebastian die Adresse von dieser DeLonna gibt, und überredest mich ansonsten dazu herauszufinden, wo er wohnt, damit du ihn so lange in die Mangel nehmen kannst, bis er sie dir verrät. Dann nehme ich an, dass du auch noch mit jemandem in Afrika telefonieren wirst.«

Er stand auf, trat auf sie zu, legte ihr die Arme auf die Schultern und stellte bewundernd fest: »Verglichen mit all diesen Meetings nehmen sich meine Termine heute eher bescheiden aus.«

»Ich habe keine Meetings«, korrigierte sie und zog an seinem Schlips. »Meetings sind etwas für Anzugträger. Ich berate mich mit Fachleuten und führe entweder Vernehmungen oder Verhöre durch.«

»Auch wenn du keinen Anzug trägst, bist du in deiner Position auf alle Fälle eine Anzugträgerin«, klärte er sie mit einem leisen Lächeln auf.

»Dass du mich so kurz, nachdem wir Sex hatten, beleidigst, könnte heißen, dass das für die nächste Zeit erst mal der letzte Sex war.«

Er zog sie eng an seine Brust und gab ihr einen Kuss. »Das werden wir ja sehen«, gab er zurück und knabberte an ihrem Mund.

Entschlossen machte sie sich von ihm los, doch als sie sich zum Gehen wandte, dachte sie, wahrscheinlich stünden seine Chancen, sie schon bald wieder ins Bett zu kriegen, gar nicht mal so schlecht. Wenn Roarke in jungen Jahren statt nach links nach rechts gegangen wäre, hätte er wahrscheinlich einen super Polizisten abgegeben, überlegte sie und lief ins Erdgeschoss.

Dort angekommen, zerrte sie den warmen Mantel vom Geländer, zog ihn an, trat in den morgendlichen Frost hinaus und rief, als sie in ihrem Wagen saß, über das Autotelefon bei Mira an.

»Eve, Sie sind heute aber zeitig unterwegs.«

»Ich habe viel zu tun und hoffe, Sie haben heute etwas Zeit für mich. Ich habe ein paar Fragen zu den Jones und wüsste gern, wie Sie die Sache sehen.«

»Ich habe jetzt noch eine Stunde Zeit, falls Sie zu mir nach Hause kommen wollen.«

»Oh. Ich will Sie nicht in Ihrer Freizeit stören.«

»Kein Problem. Ich wollte sowieso Ihre Notizen zu dem Fall durchgehen.«

»Vielen Dank. Dann fahre ich jetzt los.« Sie legte auf und kontaktierte Peabody, während sie durch das Tor des Grundstücks auf die Straße bog. »Ich fahre kurz zu Mira, danach will ich noch mal mit Nash und Philadelphia reden, und zwar einzeln.«

»Soll ich Sie dort treffen?«

»Nein. Bestellen Sie die Schwester ein. Ich möchte, dass Sie nett, aber entschieden sind. Ich will, dass mir die Frau auf meinem eigenen Terrain Rede und Antwort steht. Danach nehmen wir uns den Bruder vor. Während ich mit Mira spreche, rufen Sie Owusu in Simbabwe an. Ich will ...«

»Ich soll in Afrika anrufen? Yeah!«

»Freut mich, wenn ich Ihnen eine Freude machen kann. Fragen Sie, ob sie mit ihren Leuten über Montclair Jones gesprochen hat. Fragen Sie, was er für einen Eindruck hinterlassen hat, ob er ein eifriger und guter Missionar gewesen ist. Fragen Sie außerdem nach Einzelheiten dieses Löwenüberfalls. Und ob vielleicht jemand ein Foto von Montclair in seiner Zeit dort hat.«

»Ich könnte schreien vor Freude. Wie eine Hyäne, auch wenn ich natürlich längst nicht so verrückt und deutlich weniger gemein als diese Biester bin. Also sollte ich wahrscheinlich lieber wie ein Affe brüllen.«

»Ersparen Sie mir Ihr Gebrüll und machen sich ein Bild von ihm in Afrika. Ich brauche Einzelheiten, die ich während der Vernehmungen seiner Geschwister einsetzen kann.«

»Ich werde aus dem Anruf rausholen, was rauszuholen ist. Aber dann wüsste ich gern, was für ein Typ dieser Sebastian ist. Ich kann einfach nicht glauben, dass die arme Mavis ...«

»Das Wichtigste steht in den Unterlagen. Alles andere erfahren Sie nachher. Zuerst besorgen Sie mir was aus Afrika.«

Eve legte auf und parkte einen guten Häuserblock von Miras Haus entfernt. Dann lief sie eilig los, weil ihr die Kälte in die Finger und die Wangen biss, und stellte dabei fest, dass es zwar noch zu früh für die gewohnten morgendlichen Schülerhorden, nicht aber für Haus- und Kindermädchen, Köchinnen und Putzgeschwader, die hier in den Haushalten ihr Geld verdienten, war. Sie quollen aus den Maxibussen, strömten aus den U-Bahnhöfen, liefen auf dem Weg zur Arbeit schnellen Schritts an ihr vorbei.

Hunde wurden entweder von ihren Eignern oder von bezahlten Hundesittern ausgeführt, überall roch es nach frischen Brötchen, Röstkastanien, Kaffee und Gebäck.

In dieser Gegend lebte man nicht schlecht, sagte sich Eve, als sie vor Miras Haustür trat. Die ihr geöffnet wurde, ehe sie auch nur Gelegenheit bekam, sich nach der Klingel umzusehen.

Wie immer, wenn sie Dennis Miras freundliche,

verträumte Augen sah, wurde ihr warm ums Herz. Irgendwas an seinen Strickjacken, seinem zerzausten Haar und seinem nachdenklichen Lächeln zog sie einfach magisch an.

»Kommen Sie erst einmal ins Warme, Eve.« Er zog sie fürsorglich ins Haus. »Was haben Sie denn mit Ihren Handschuhen gemacht? Ihre Hände sind ja halb erfroren. Charlie! Bitte such doch ein paar Handschuhe für Eve heraus.«

»Oh nein, ich habe selber Handschuhe. Ich habe nur vergessen ...«

»Und bring besser auch noch eine Mütze mit! Bei dieser Kälte sollte man nie ohne Kopfbedeckung rausgehen«, fügte er an Eve gewandt hinzu. »Weil man mit eingefrorenem Hirn nicht denken kann.«

Er war der erste Mensch, den sie in ihrem ganzen Leben schon beim ersten Treffen spontan hätte umarmen wollen. Am liebsten hätte sie sich an ihn angeschmiegt, den Kopf an einer der herabhängenden Schultern angelehnt und ... stundenlang so ausgeharrt.

»Setzen Sie sich doch vor den Kamin«, bot er ihr an und schob sie durch die Tür des Wohnzimmers, in dem man dank des hübsch geschmückten Weihnachtsbaums und der überall verteilten Fotos der Familie sofort das Gefühl bekam, dass man zuhause war. »Ich werde Ihnen eine heiße Schokolade machen. Die wärmt Sie von innen auf.«

»Sie müssen sich doch ... Heiße Schokolade? Selbstgekocht?«

»Und zwar nach meinem eigenen Geheimrezept. Charlie wird Ihnen bestätigen, dass sie richtig lecker ist.«

In diesem Augenblick kam Mira aus dem Flur und sah in dem eisblauen Kostüm und den metallisch blauen, hochhackigen Stiefeln keineswegs wie *Charlie* aus. »Sie schmeckt einfach unglaublich gut«, stimmte sie ihm zu. »Ich hätte auch gern einen Becher, Dennis«, fügte sie hinzu und zupfte vorsichtig am ausgefransten Ärmel der verbeulten Jacke ihres Ehemanns. »Wollte ich das Ding nicht längst entsorgt haben?«

»Ach ja?« Er hatte wieder einmal ein zerstreutes Dennis-Lächeln im Gesicht. »Dann weiß ich auch nicht, wie das Ding in meinem Schrank gelandet ist. Ich werde jetzt die Schokolade machen. Wo …«

»Im zweiten Fach des ersten Schranks links neben dem Herd.«

»Natürlich.«

Lächelnd schlurfte er in seinen ausgetretenen Pantoffeln aus dem Raum, ebenfalls mit einem Lächeln sah Mira ihm hinterher.

»Ich weiß nicht, wie ich ihn dazu bewegen soll, dass er sich endlich von der Jacke trennt. Inzwischen ist sie derart ausgefranst, dass sie ihm eines Tages sicher ganz von selbst vom Körper fällt.«

»Ich finde, dass sie zu ihm passt.«

»Da haben Sie recht. Jetzt nehmen Sie Platz und sagen mir, worum es geht.«

Eve setzte sich vor den gemütlichen Kamin und lenkte das Gespräch von heißer Schokolade und von warmen Strickjacken auf kaltblütigen Mord.

Obwohl Eve inzwischen aufgestanden war und während der Entwicklung ihrer Theorie durchs Zimmer stapfte, hörte Mira auf die ruhige, konzentrierte Art, die typisch für sie war, zu.

»Es kann einfach nicht sein, dass alles derart gut zusammenpasst«, erklärte Eve am Schluss. »Sie haben doch sicher nicht einfach gesagt: Hör zu, Montclair, wir ziehen um und schicken dich nach Afrika, damit du die frohe Botschaft dort verbreiten kannst. Und zwischen dem Umzug und der Abreise des Bruders werden dann zufällig ein Dutzend Mädchen in der Badewanne ihres bisherigen Heims ertränkt, in Plastikfolie eingewickelt und versteckt! Das kann ja wohl nicht sein.«

»Vielleicht hat ja die psychische Erkrankung der Mutter und ihr Selbstmord, als Montclair als jüngstes ihrer Kinder noch zuhause lebte, etwas damit zu tun.«

»Er hat auch später nie allein gelebt.«

»Wobei wir bisher keine Ahnung haben, ob die Unselbstständigkeit eher angeboren oder anerzogen war. Die Wanne ist aus Ihrer Sicht ein Bindeglied. Die Mutter hat sich in der Badewanne umgebracht, und die zwölf Mädchen wurden in einer ertränkt.«

»Das passt.«

Die Psychologin schüttelte den Kopf. »Die Symbolik

stimmt nicht überein. Die Mutter hat sich selbst gewaltsam umgebracht. Sie hat sich die Pulsadern mit einem Messer aufgeschnitten, und das Wasser hat sich dann mit ihrem Blut vermischt. Wogegen diese Mädchen offenbar ertränkt, aber nicht ausgeblutet worden sind.«

»Vielleicht wurden ihnen ja auch die Pulsadern durchtrennt. Das sieht man den Skeletten nicht mehr an. Es ist echt ärgerlich, dass wir keine normalen Leichen haben, denen solche Dinge anzusehen sind.«

»Das glaube ich. Aber gehen wir es mal von einer anderen Warte aus an. Dieser Sebastian – Ihren Aufzeichnungen nach ein faszinierender Charakter – glauben Sie, er hat etwas damit zu tun?«

»Das weiß ich noch nicht so genau. Trotzdem habe ich ihn erst mal instinktiv ganz oben auf die Liste der Verdächtigen gesetzt, egal, was Mavis von ihm hält, denn schließlich sind ihre Gefühle für den Kerl allein darin begründet, dass sie seinetwegen plötzlich nicht mehr hungrig und alleine war.« Sie stopfte ihre Hände in die Hosentaschen und marschierte weiter auf und ab. »Als ich mit ihm gesprochen habe, kam er mir auf eine, wenn auch irgendwie verdrehte Art und Weise, durchaus ehrlich vor. Als hätte er einen verqueren Ehrenkodex, jedenfalls als wäre er nicht in der Lage, einem Menschen so etwas wie diesen Mädchen anzutun. Aber sobald man wieder etwas Abstand zu ihm hat, fällt einem ein, dass er sein Geld mit elenden Betrügereien verdient. Dass er also nicht nur ein Lügner, sondern auch ein wirklich guter Schauspieler sein muss. Deshalb halte ich es nicht für ausgeschlossen, dass er, wenn vielleicht auch nur als Handlanger, auf irgendeine Art in diesen Fall verwickelt ist.«

»Weil Sie denken, dass er dazu fähig wäre, oder weil Sie den Gedanken nicht ertragen, dass der Mörder dieser Mädchen vielleicht selbst nicht mehr am Leben ist und deshalb nicht zur Rechenschaft gezogen werden kann?«

Eve ließ sich wieder in den Sessel fallen und räumte widerstrebend ein: »Wahrscheinlich eher, weil ich jemanden für diese Taten hinter Gitter bringen will. Aber ...«

Ehe sie den Satz beenden konnte, kam der liebenswerte Dennis mit einem Tablett mit einem Krug, drei Bechern sowie einer Schüssel frisch geschlagener Sahne in den Händen durch die Tür geschlurft.

»Bitte sehr. Lasst euch nicht stören. Ich fülle nur die Becher, dann bin ich wieder weg.«

»Setz dich und trink auch einen Kakao«, bat seine Frau und wandte sich erneut an Eve. »Es ist durchaus möglich, dass die älteren Geschwister die Verantwortung für ihren jüngsten Bruder übernommen haben, der im Gegensatz zu ihnen eher ein Versager war. Das Leben der Familie wird vor allem durch die Arbeit und die Religion geprägt, dadurch, dass sie Gutes tun und durch ihre Taten andere bekehren. Zu dieser Überzeugung hätte es wohl kaum gepasst, nicht auch den eigenen Bruder auf den rechten Weg zu bringen.«

Sie verlagerte ein wenig ihr Gewicht, schlug die Beine übereinander und fuhr fort. »Vor allem nach dem Tod der Mutter, nach dem Selbstmord, der nach ihrer Überzeugung verboten ist. Er hat die Hinterbliebenen sicher schwer getroffen, und ich kann mir vorstellen, dass diese Sünde den jüngsten Sohn, der damals noch ein Junge war, besonders mitgenommen hat.«

»So was macht einen sicher fertig«, stimmte Eve ihr zu.

»Ein Selbstmord ruft bei Freunden und Verwandten häufig Zorn und Schuldgefühle wach. Und das Gefühl, dass man im Stich gelassen wurde.«

»Der Vater ging nach ein paar Monaten auf Missionsreise und lud den jüngsten Sohn bei den Geschwistern ab. Also waren sie mit einem Mal für ihn verantwortlich. So haben sie es bestimmt gesehen. Es war ihre Aufgabe, sich um Montclair zu kümmern, ob sie wollten oder nicht.«

»Ja, wahrscheinlich haben sie ganz einfach die Elternrolle übernommen. Wobei das ständige Versagen und das fehlende Interesse dieses Bruders, einen Teil der Last zu schultern, sicher sehr ermüdend für sie war. Niemand kann einem so auf die Nerven gehen wie Geschwister, aber obwohl man sie selber kritisiert, wehrt man Kritik durch andere meistens ab.«

»Statt zu helfen, hat er ihnen das Leben und die Arbeit noch erschwert«, erklärte Eve und riss die Augen auf, als sie von Dennis einen Becher dampfenden Kakao unter einem schaumig weißen Berg geschlagener, mit Schokostreuseln bestreuter Sahne in die Hand gedrückt bekam. »Wahnsinn. Danke.«

Lächelnd hielt Dennis ihr einen Löffel hin. »Den hier werden Sie wahrscheinlich brauchen.«

»Nach allem, was Sie mir bisher berichtet haben, ja«, stimmte ihr Mira zu. »Er hat ihnen die Erfüllung ihrer Lebensaufgabe erschwert. Vielleicht haben sie den Job in Afrika für ihn gesucht, damit er endlich selber einen Beitrag leistet und um ihn vorübergehend los zu sein und ihr Leben in dem neuen Haus in Ruhe neu zu strukturieren.«

»Könnte er deswegen ausgerastet sein?«, erkundigte sich Eve. »Vielleicht haben die Geschwister ihn ja vor die Wahl gestellt, sich entweder aktiv in ihre Arbeit mit den Kindern einzubringen oder nach Afrika zu gehen.«

»Es ist so wenig über ihn bekannt. Die Krankenakten sind sehr spärlich und sehr allgemein gehalten. Die Behandlung wegen Depressionen deutet darauf hin, dass er Probleme hatte. Vielleicht weil er weniger erfolgreich als die anderen Geschwister war, und dass er Angststörungen hatte, was an dem Verlassenwerden durch die Mutter liegen könnte. Aber der Arzt, der ihn behandelt hat, ist längst verstorben, und vor allem war die Behandlung mit dem Tod seines Patienten vor inzwischen fünfzehn Jahren vorbei.«

»Er ist deutlich isolierter als seine Geschwister aufgewachsen«, meinte Eve und tauchte ihren Löffel in die kalte Sahne und die warme Schokolade ein. »Sind Sie sicher, Dennis, dass so etwas Leckeres nicht verboten ist?«

Er strahlte wie ein Honigkuchenpferd. »In diesem Haus ist es auf jeden Fall erlaubt.«

»Das schmeckt echt unglaublich gut. Tut mir leid«, wandte Eve sich wieder Mira zu. »Ich meine, da er isolierter aufgewachsen ist, und anders als die älteren Geschwister, die auf ganz normalen Schulen und auf ganz normalen Colleges waren, nie die Möglichkeit bekam, Beziehungen zu Gleichaltrigen aufzubauen, ist es ihm doch sicher schwergefallen, sich an das Leben abseits von zuhause zu gewöhnen. Die Mutter bringt sich um, und der Vater lädt ihn bei den älteren Geschwistern ab und tourt als Missionar durch ganz Amerika. Dafür hat er ihnen einen kleinen, aber fairen Anteil am Erlös aus dem Verkauf des Elternhauses offenbar als eine Art von vorgezogenem Erbe ausbezahlt, aber Montclair bekam von seiner Mutter zusätzlich noch einen, wenn auch eher bescheidenen monatlichen Unterhalt vererbt. Die Geschwister haben also das ganze Geld mit einem Mal bekommen, während ihm allmonatlich nur eine ganz bestimmte Summe zur Verfügung stand.«

»Was darauf hinweist, dass die Eltern entweder gemeinsam oder jeder für sich zu dem Schluss kamen, dass er mit einer großen Einmalzahlung nicht zurechtkäme und man ihn deshalb an die Hand nehmen muss. Und ja, wahrscheinlich hat ihn das erbost. Vielleicht hat das die Depressionen und die Ängste noch verstärkt. Er ist also depressiv und ängstlich und steht unter der Fuchtel der Geschwister, denen er, da er anscheinend keinerlei besondere Fähigkeiten und auch keinen echten Ehrgeiz hat, in ihrem Heim zur Hand gehen soll.«

»Allzu lose Fäden bilden oft ein allzu wirres Knäuel«, warf Dennis ein, bevor er einen kleinen Schluck von seiner Schokolade trank.

Mit einem zustimmenden Nicken meinte Mira: »Ja, genau. Und jetzt wollen Sie wissen, ob ich mit der Theorie was anfangen kann. Ob dieser junge Mann womöglich allzu viele lose Fäden mit sich rumgetragen hat. Ein junger Mann mit psychischen Problemen, die sich vielleicht dadurch noch verstärkt haben, dass er von anderen jungen Menschen seines Alters, die womöglich andere Ansichten und einen anderen Glauben hatten, ferngehalten worden ist. Sie wollen wissen, ob ein junger Mann, der nicht so talentiert, so ehrgeizig und vielleicht so berufen wie die älteren Geschwister war, am Ende so problembeladen und verwirrt war, dass er wegen des Verlusts des elterlichen Heims und des erzwungenen Umzugs in ein neues Haus an einem andern Ort einen endgültigen psychischen Zusammenbruch erlitten hat.«

»Ja, ich nehme an, dass es mir darum geht.«

»Möglich wäre das auf jeden Fall. Und die Methode, das Ertränken an dem Ort, der sein neues Zuhause war, das ihm jetzt ebenfalls verloren ging? Vielleicht war das ein Akt der Rebellion oder vielleicht im Gegenteil der schreckliche Versuch, nach der Lehre zu leben, nach der er erzogen worden war.«

»Eine rituelle Taufe. Entweder, um das Fundament, auf dem die Welt seiner Geschwister ruhte, zu erschüttern, oder um zu zeigen, dass auch er ein vollwertiger Teil ihrer Familie und der Welt, in der sie lebten, war.«

»Genau.« Durch einen Sahneberg hindurch trank Mira einen Schluck ihres Kakaos. »Sie selbst bevorzugen die Möglichkeit der Rebellion. Es wäre Ihnen lieber, wenn er böswillig gehandelt hätte. Aber falls am Ende rauskommt, dass er tatsächlich der Täter war, tendiere ich für meinen Teil eher zu der zweiten Möglichkeit.«

»Warum?«

»Er ist ein trauriger, ein tragischer, verlorener Verdächtiger. Das Nesthäkchen wird oft zu lange wie ein kleines Kind behandelt und zu lange festgehalten, deshalb fand sein Leben immer nur in engen Grenzen statt. Wenn sie, wie ich vermute, eher traditionell und streng erzogen wurden, fiel die Sorge um die Kinder eher der Mutter zu. Sie hatte selber psychische Probleme, vielleicht hat sie es nicht geschafft, ihn loszulassen, und sich aus Verzweiflung, weil er älter wurde, umgebracht.«

»Er täte Ihnen also leid, selbst wenn er der Mörder dieser Mädchen wäre.«

»Für mich war er ein Mensch, der nie bekommen hat, was er gebraucht hätte.« Die Psychologin lehnte sich zurück und dachte nach. »Die älteren Geschwister stehen einander schon altersmäßig deutlich näher, nach einer langen Pause war mit einem Mal wieder ein Baby da. Es ist möglich, dass die Mutter sich an dieses letzte Kind geklammert und es davon abgehalten hat, die Flügel auszubreiten.«

»Also hätte er auf Dauer bei ihr bleiben sollen? Weil sie ihn brauchte?«

»Ja. Aber er war ein Teenager«, fuhr Mira fort. »In diesem Alter rebelliert man instinktiv, lehnt sich gegen die Eltern, die Familie auf, probiert am liebsten lauter neue Dinge aus. Das ist eine Phase, die auch die gesündeste Familie auf die Probe stellt.«

»Also hat er sich vielleicht aufgelehnt«, sinnierte Eve. »Und die Mutter, die auch vorher schon recht wacklig war, gibt auf und bringt sich um.«

»Es wäre möglich, dass er sich die Schuld an ihrem Tod gegeben hat. Dass er sich gefragt hat, ob sie nicht mehr leben wollte, weil er sich nicht länger an die strenge Tradition gehalten hat. Durch ihren Selbstmord hat sie ebenfalls gesündigt, hat sie den rechten Weg verlassen. Aber vielleicht hat er sie ja erst dazu gebracht. An Ihrer Stelle würde ich mich fragen, ob das Problem vielleicht dadurch verstärkt wurde, dass er in psychologischer Behandlung und zwar durch denselben Arzt wie seine Mutter war.«

»Der seiner Mutter nicht wirklich geholfen hat.«

»Selbst der beste Therapeut kann Selbstmordabsichten eines Patienten übersehen. Aber am besten sehe ich mir diesen Arzt einmal genauer an. Vielleicht hilft mir das ja, diese Sache zu verstehen. Wobei ich jetzt schon sagen kann, dass er als Täter meiner Meinung nach durchaus in Frage kommt. Über Sebastian kann ich erst etwas sagen, wenn ich mehr über ihn weiß.«

»Ich werde Ihnen alles geben, was ich rausfinde. Falls Montclair Jones der Mörder dieser Mädchen war, müssen die Geschwister davon doch was mitbekommen haben.«

»So eng verwoben, wie das Leben der drei Geschwister damals war, ist davon auszugehen.«

»Dann werde ich die beiden anderen in die Zange nehmen. Vielen Dank. Ich sollte langsam wieder los.«

»Aber vorher trinken Sie noch Ihre Schokolade aus«, bat Dennis und stand auf. »Bin sofort wieder da.«

Als er den Raum verließ, sah Eve ihm hinterher und stellte fest: »Wie herrlich ruhig es hier bei Ihnen ist.«

»Oh, mitunter wird's hier ganz schön laut.«

»Ich schätze, dass das überall so ist. Aber es herrscht trotzdem eine ruhige, ausgeglichene Atmosphäre vor. Was etwas völlig anderes ist als das anscheinend ziemlich strenge Regiment in der Familie Jones. Trotz aller guten Absichten – wie Fanatiker kommen die Eltern mir nicht vor – standen im Mittelpunkt ihr ganz besonderer Glaube, die Probleme, die die Mutter hatte, und die Tatsache, dass ihre Kinder praktisch keine Chance hatten, sich dem allen zu entziehen. Vielleicht erzieht man sie auf diese Art zu anständigen, selbstlosen Erwachsenen, denen hauptsächlich das Wohl der andern am Herzen liegt, vielleicht aber auch nicht.«

»Jede Elternschaft hat ihre eigene Struktur und ihre eigenen Gefahren.«

»Manchmal ziehen die besten Eltern fürchterliche

Kinder groß, und manchmal stellt das Kind von schlimmen Eltern sich als wunderbarer Mensch heraus. Es ist also die reinste Lotterie. Danke, dass Sie sich die Zeit für das Gespräch genommen haben und vor allem danke für den köstlichen Kakao. Warum macht Ihr Mann nicht einen Laden auf, in dem er nur dieses fantastische Getränk verkauft? Er könnte ein Vermögen damit machen.«

»Es macht ihm Spaß, wenn er seine Familie damit beglücken kann. Aber zum Glück nur zu besonderen Anlässen, sonst nähme ich wahrscheinlich jeden Winter zwanzig Kilo zu.«

»Sagen Sie ihm noch mal vielen Dank«, bat Eve und zog sich ihren Mantel an. »Und ich ...«

Bevor sie den Satz beenden konnte, tauchte Dennis wieder auf und hielt ihr eine leuchtend blaue Skimütze und scharlachrote Fausthandschuhe hin. »Hier. Ziehen Sie die an.«

»Tja, nun. Ich ...«

»Sie können nicht mit kalten Händen durch die Gegend laufen«, fuhr er fort und zog ihr kurzerhand die Handschuhe persönlich an, als wäre sie ein kleines Kind. »Wenn Sie weiter über Ihren Fall nachdenken wollen, brauchen Sie ein warmes Hirn.« Mit diesen Worten zog er ihr auch die Mütze auf den Kopf und rückte sie zurecht. »So ist es besser.«

Vor lauter Überraschung brachte sie nicht einen Ton heraus, lächelnd meinte er: »Ich verlege meine Sachen auch immer. Am besten wäre es, man würde Handschuhe und so mit Peilsendern versehen.«

»Danke«, stieß sie aus. »Sie bekommen die Sachen bald zurück.«

»Oh, nein, behalten Sie sie ruhig. Die Kinder lassen immer Handschuhe und Mützen, Schals und Socken bei uns liegen, inzwischen haben wir eine ganze Kiste von dem Zeug, nicht wahr, Charlie?«

»Das stimmt.«

»Behalten Sie also die Sachen und halten sich warm«, bat Dennis auf dem Weg zur Tür.

»In Ordnung. Und falls wir uns vorher nicht mehr sehen – frohe Weihnachten.«

»Weihnachten?« Er wirkte kurzfristig verwirrt, fing dann aber an zu grinsen und erklärte: »Ja, natürlich, bald ist Weihnachten. Manchmal verliere ich etwas den Überblick.«

»Ich auch.«

Mit zugeschnürter Kehle trat sie auf den Bürgersteig und blickte auf die Handschuhe, während sie weiterging. Aus demselben Grund, aus dem sie diese Fäustlinge bekommen hatte, hatte ihr auch Roarke schon Dutzende von Paaren butterweicher Lederhandschuhe gekauft, die sie jedoch mit schöner Regelmäßigkeit kaputt machte oder verlor.

Diese lächerlichen roten Fausthandschuhe würde sie auf keinen Fall verlieren.

Mit herrlich warmen Händen und mit einem warmen Hirn marschierte sie zu ihrem Wagen und stieg ein.

In ihrem Dezernat auf dem Revier roch es nach Zucker, Hefe, Fett, und wie nicht anders zu erwarten, stand bei einem der Kollegen Nadine Furst. Wer wusste schließlich besser als die Starreporterin und Bestsellerautorin, wie versessen Cops auf Donuts waren?

In einem kurzen Rock, der ihre meterlangen Beine vorteilhaft zur Geltung brachte, saß sie auf dem Rand von Baxters Schreibtisch, plauderte mit Trueheart, wischte ihm mit einer beiläufigen Geste einen Tropfen Marmelade aus dem Mundwinkel und leckte ihn von ihrem Finger ab.

Während der junge, attraktive Polizist errötete, sah Eve sich um und stellte missbilligend fest: »Was für ein jämmerlicher Haufen ihr doch seid.«

Die Gespräche brachen ab, eilig stopften die Kollegen sich die Reste der Kalorienbomben in die Münder, und Jenkinson erklärte schmatzend: »Die Dinger sind sogar noch warm.«

In Ordnung, warmen Donuts konnte niemand widerstehen, aber um den Schein zu wahren, knurrte Eve: »Sanchez, Sie haben Krümel auf dem Hemd. Und Reineke, Sie wischen sich gefälligst erst einmal die Cremefüllung aus dem Gesicht.«

»Das ist Vanillecreme«, klärte er sie zufrieden grinsend auf.

»Peabody.«

Wie ein Hamster schob sich ihre Partnerin den letzten, dick mit bunten Streuseln übersäten, warmen Donutbissen in die Backe und erwiderte mit vollem Mund: »Ich, ah, habe Philadephia Jones auf das Revier bestellt und wollte gerade sehen, ob es einen freien Verhörraum gibt.«

»Aber vorher schlucken Sie noch, ja? Und Sie, Nadine, schwingen Ihr Hinterteil von Baxters Schreibtisch und kommen mit in mein Büro. Alle anderen: Bekämpft um Gottes willen weiter das Verbrechen in der Stadt.«

Sie stapfte weiter und war froh, dass sie daran gedacht hatte, die roten Wollhandschuhe bereits auf dem Weg nach oben auszuziehen. Wahrscheinlich hätten die Kollegen sie nicht wirklich ernst genommen, hätte sie die Dinger jetzt noch angehabt.

Sie überlegte kurz, ob sie die Tafel zuhängen sollte, wusste aber, dass die Journalistin abgesehen von den warmen Donuts, mit denen sie die Kollegen bestach, durch und durch vertrauenswürdig war.

»Ich habe Ihnen unter Einsatz meines Lebens einen aufgehoben.« Lächelnd hielt Nadine ihr eine kleine, pinkfarbene Tortenschachtel hin.

»Danke.« Eve erwog, die Schachtel zu verstecken, aber der verführerische Duft hätte wahrscheinlich die Kollegen angelockt, und sie wollte ganz sicher keine Kuchenjagd riskieren, bei der vielleicht ihr aktuelles Süßwarenversteck entdeckt wurde.

»Sind das die identifizierten Mädchen?« Als wäre sie in Eves Büro zuhause, warf Nadine den scharlachroten, pelzgesäumten Mantel über den Besucherstuhl, trat vor die Tafel und sah sich die Bilder an.

»Alle zwischen zwölf und vierzehn?«

»Ja.«

Seufzend schaute sich Nadine die Gesichter und Notizen an der Tafel an. Hinter ihrem glamourösen, telegenen Äußeren – dem blond gesträhnten Haar, den leuchtend grünen Katzenaugen und dem feingemeißelten Gesicht – verbarg sich eine ausnehmend gewiefte Journalistin, die die winzig kleinen Splitter eines zertrümmerten Diamanten mühelos wieder zusammensetzen konnte, bis er ein sauberes, strahlendes Ganzes war.

»Bisher haben Sie die Sache überraschend gut unter

Verschluss gehalten, vor allem, wenn man bedenkt, dass Roarke die Kids gefunden hat.«

»Er hat eine Wand in einem seiner Häuser eingerissen und dahinter zwei der zwölf Mädchen entdeckt.«

»Das haben sie auch schon in den Nachrichten gebracht, aber jetzt fragen sich natürlich alle, wer die Mädchen sind, wie sie dort hingekommen sind, ob es vielleicht noch weitere tote Mädchen gibt und ob Roarke in der Geschichte nicht doch irgendeine andere Rolle spielt.«

Bisher hatte Eve die Anrufe der Journalisten einfach ignoriert, aber plötzlich ging ihr auf, dass es nur eine gute Handvoll Anrufe gewesen waren. Weil diesmal das Interesse der Reporter offenbar nicht ihr galt, sondern Roarke.

»Er hat im Grunde kaum etwas damit zu tun. Die Opfer sind seit fünfzehn Jahren tot, und er hat das Gebäude erst vor ein paar Monaten gekauft.«

»Aber er ist nun einmal Roarke. Und Sie sind Sie«, erwiderte Nadine. »Wenn ich richtig informiert bin, mischt bei diesem Fall auch noch Dr. DeWinter mit, eine brillante, äußerst attraktive Frau.«

»Sie untersucht die Überreste.«

Lächelnd nahm die Journalistin auf der Kante von Eves Schreibtisch Platz. »Wie kommen Sie mit ihr zurecht?«

Die Frage rief ein wenig angenehmes Kribbeln in Eves Nacken wach. »Wir machen einfach beide unseren Job.«

»Wann geben Sie die Namen der Mädchen bekannt?«

»Wenn wir sie alle haben und nachdem die jeweils nächsten Angehörigen verständigt worden sind. Ich rücke die Namen ganz bestimmt nicht einzeln raus, damit die Medien glücklich sind, Nadine.«

»Fünfzehn Jahre.« Wieder sah sich die Reporterin die Bilder an der Tafel an. »Ich frage mich, ob's besser ist, wenn man nach derart vielen Jahren mit einem Mal Gewissheit hat, oder wenn man sich auch weiter an den dünnen, blassen Strahl der Hoffnung klammern kann. Nashville und Philadelphia Jones? Sie haben wirklich Glück, dass sie nicht in Toledo oder Helsinki geboren sind.«

»Oder in Timbuktu«, meinte Eve. »Aber Sie wissen doch, wie diese Dinge laufen und dass ich erst mal nichts weiter sagen kann.«

»Okay. Sibirien.«

»Was?«

»Ich wollte noch ein bisschen weiterspielen«, klärte Nadine sie grinsend auf. »Ja, ich weiß, wie diese Dinge laufen. Und ich weiß, dass Sie mir nie etwas geben, wenn Sie nicht der Meinung sind, dass Ihnen das was nützt.« Sie zuckte mit den Achseln. »Kein Problem. Schließlich haben meine Leute auch ein bisschen recherchiert. Für die Berichte, die wir jetzt schon bringen können, und für die, die irgendwann noch kommen sollen. Interessant, dass sich die Mutter umgebracht hat.«

»Interessant?«

»Vor allem, weil der Vater nach dem Tod der Mutter knallhart Position bezogen hat. Er hat Selbstmord als die größte Sünde tituliert und rundheraus erklärt, dass sie nicht in geweihter Erde liegen darf. Also haben die Kinder sie verbrennen lassen und die Asche dann im Meer verstreut.«

Das war wirklich interessant, sagte sich Eve. Und zeigte wieder einmal, dass ihr Nadine, selbst wenn sie, wie im

Augenblick, keine besondere Verwendung für sie hatte, durchaus nützlich war. Aber natürlich gäbe sie das niemals zu.

»Klingt für mich vor allem ziemlich durchgeknallt.«

»Das kommt auf die Perspektive an. Wobei die Sache mit dem jüngsten Bruder und dem Löwen seltsam und vor allem ziemlich unschön ist.«

Sie nickte zu seinem Foto an der Tafel. »Dem Zeitpunkt seiner Abreise zufolge war er noch am Leben und hier in New York, als die Mädchen ermordet worden sind.«

Es hätte keinen Sinn, der Journalistin etwas vorzumachen, das wusste Eve. »Dass er tot ist, heißt nicht, dass er nicht verdächtig ist.«

»Dann hätte der König der Tiere ihn am Ende hingerichtet. Wäre eine nette Wendung, finden Sie nicht auch? Aber wie dem auch sei, haben wir uns natürlich auch mit seinem Bruder und der Schwester hier, mit der Schwester in Australien und selbst mit Philadelphias Ex befasst, obwohl die zwei zur Zeit der Morde schon geschieden waren. Er war damals bereits nach New Mexico gezogen und mit seiner zweiten Frau zusammen, mit der er zwischenzeitlich auch zwei Kinder hat. Aber das wissen Sie natürlich schon.«

»Das gehört zu meinem Job.«

»Zu meinem auch«, stimmte Nadine ihr fröhlich zu. »Nash war nie verheiratet, geht aber ab und zu mit irgendwelchen Frauen aus. Sex außerhalb der Ehe ist in der Familie tabu, wahrscheinlich hat die Schwester deswegen so jung geheiratet.« Mit einem süffisanten Lächeln fügte sie hinzu: »Wobei mir eine Ex von Nash bestätigt hat, dass ihm dieses Verbot anscheinend schnuppe ist.«

Das hatte Eve bisher noch nicht gewusst, auch diese Information war durchaus interessant.

Trotzdem sagte sie: »Das Sexualleben der Jones ist mir egal, solange es nicht meinen Fall betrifft.«

»Mich interessiert das Liebesleben aller Leute«, gab die Journalistin unbekümmert zu. »Auch wenn beim jüngsten Bruder diesbezüglich nichts zu finden war.«

Auch das war interessant, fand Eve, sagte aber laut: »Er war bei seinem Tod erst dreiundzwanzig, bei Ihren Recherchen dürften Sie herausgefunden haben, dass er sehr behütet aufgewachsen ist, psychische Probleme hatte und über den Selbstmord seiner Mutter nicht hinweggekommen ist. Vielleicht wurde aus dem Spätzünder also ein Rohrkrepierer, als er von dem Löwen aufgefressen worden ist.«

»Sie haben ihn sich schon genau angesehen.«

»Ich habe sie mir alle schon genau angesehen.«

»Also bitte, Dallas.« Freundlich amüsiert reckte Nadine den Zeigefinger in die Luft. »Sie wissen, dass ich weiß, wie diese Dinge laufen. Ihre Arbeitsweise ist mir ebenfalls vertraut. Der tote Bruder ist Ihr Hauptverdächtiger.«

Zur Hölle mit der Diskretion, sagte sich Eve und räumte unumwunden ein: »Wenn er noch am Leben wäre, säße er jetzt im Vernehmungsraum. Aber ich möchte nicht, dass Sie das bringen. Ich möchte nicht, dass irgendjemand davon jetzt schon etwas erfährt.«

»Wir unterhalten uns doch nur.« Die Journalistin tippte mit dem pinkfarbenen Nagel ihres Zeigefingers auf den pinkfarbenen Pappkarton. »Wollen Sie Ihren Donut gar nicht essen?«

»Ich habe schon gefrühstückt, gegen die heiße Schokolade, die ich heute früh serviert bekommen habe, kommt ein Donut ganz bestimmt nicht an.« Plötzlich fiel ihr ein, dass sie noch den Mantel trug, und während sie ihn auszog, wies Nadine auf ihren Kopf.

»Eine hübsche Mütze haben Sie da auf. Die Schneeflocke ist wirklich süß.«

»Die was?« Entgeistert riss sich Eve die Wollmütze vom Kopf und starrte die mit Glitter aufgepeppte, blütenweiße Flocke auf der Vorderseite an. »Scheiße. Auf dem Ding ist eine Schneeflocke. Mit Glitter.«

»Die echt niedlich ist. Aber zurück zu unserem eigentlichen Thema oder eher dazu, dass ich zu Ihrem Fall erst mal nichts weiter bringen soll. DeWinter herrscht an ihrem Arbeitsplatz vielleicht mit strenger Hand, aber Sie sollten wissen, dass sie durchaus Spaß an Pressekonferenzen hat. Ich kann Ihnen versichern, dass sie, wenn sie denkt, dass sie dazu bereit ist, eine einberufen wird.«

»Sie wird mit der Presse sprechen, wenn ich es ihr sage«, antwortete Eve, beschloss aber, DeWinter vorsichtshalber noch einmal darauf hinzuweisen und wenn nötig die Ermittlungsleiterin in diesem Fall herauszukehren.

»War einfach ein Hinweis unter Freundinnen.«

»Da habe ich ja Glück, dass Sie eine so gute Freundin sind.«

»Das haben Sie auf jeden Fall«, pflichtete die Reporterin Eve bei. »Ehe ich zum nächsten Thema komme, möchte ich noch sagen, dass Thanksgiving bei Ihnen zuhause mit den anderen und mit Roarkes Familie wirklich schön war.«

Lächelnd blickte sie auf die gerahmte Zeichnung an der Wand.

»Das finde ich wunderbar. Nicht nur, dass die Kleine etwas für Sie gemalt und was sie hinten auf das Bild geschrieben, sondern auch oder vor allem, dass es einen Platz in Ihrem Büro bekommen hat.«

»Ich habe ihr gesagt, ich würde es hier aufhängen.«

»Was Nixie ziemlich wichtig war. Das habe ich ihr angesehen. Aber wie dem auch sei, ich weiß, dass ich ein bisschen angetrunken war, aber dass ich Roarkes Familie liebe, gilt auch, wenn ich nüchtern bin. Wenn ich das Großstadtleben und vor allem meinen Job nicht derart lieben würde, würde ich nach Irland ziehen und einen aus der Sippe heiraten. Am besten warte ich auf Sean«, fügte sie nachdenklich hinzu. »Er ist schließlich noch jung, bis er alt genug ist, gehe ich vielleicht in Rente und wäre bereit, nach Irland umzuziehen.«

»Dort gibt es Kühe«, klärte Eve sie düster auf. »Sie stehen praktisch direkt hinter dem Haus.«

»In zwanzig Jahren könnte ich damit wahrscheinlich leben. Und bis dahin schreibe ich mein nächstes Buch.«

»Oh.«

Die Journalistin lachte auf. »Jetzt übertreiben Sie's mal nicht mit der Begeisterung. Das Buch über den Icove-Fall hat mich noch mal ein gutes Stück vorangebracht, jetzt bin ich bereit zur Aufarbeitung eines anderen Falls. Mein Arbeitstitel ist *Das rote Pferd.*«

»Es soll also um Callaway und um Menzini gehen.«

»Das Thema bietet sich geradezu an. Ein verrückter Sektenführer aus der Zeit der innerstädtischen Revolten und dazu noch eine todbringende Waffe, die normale

Leute innerhalb von wenigen Minuten dazu bringt, zu halluzinieren und aufeinander loszugehen. Dieses fürchterliche Erbe und die couragierte Polizistin, die dagegen vorgegangen ist.«

»Verdammt.«

»Sie sollten Ihre Freude wirklich etwas bremsen«, bat Nadine. »Beim Schreiben des Entwurfs zapfe ich wahrscheinlich Roarke und Ihre Leute an, dann wäre es schön, wenn Sie bereit wären, das Manuskript mal durchzugehen, um zu sehen, ob es so für Sie in Ordnung ist.«

»Dann drehen Sie bestimmt auch wieder einen Film.«

»Auf jeden Fall. Neben meiner Arbeit an dem Buch würde ich gerne was über die Mädchen bringen«, meinte sie, und ehe Eve ihr widersprechen konnte, fügte sie hinzu: »Sie werden dafür sorgen, dass sie nachträglich Gerechtigkeit erfahren, und ich werde dafür sorgen, dass die Leute wissen, dass es diese Mädchen gab. Dass sie ihre Namen und Gesichter kennen und wissen, dass die Leben dieser Mädchen, ehe sie noch richtig angefangen hatten, vorsätzlich von jemandem beendet worden sind. Das ist ebenfalls nicht unwichtig.«

Das war wichtig, so sah Eve es auch. Niemand könnte besser dafür sorgen, dass sie nicht vergessen würden, als Nadine, weil ihr das Schicksal dieser Mädchen wirklich naheging. »Okay, holen Sie Ihren Rekorder raus.«

Nadine wühlte in ihrem Koffer, den sie Tasche nannte, bis sie den Rekorder fand. »In zehn Minuten hätte ich auch jemanden mit einer Kamera vor Ort.«

»Wir brauchen keine Kamera, denn schließlich gibt es auch kein Interview. Nur ein paar Namen«, meinte Eve und zählte die bisher bekannten Namen auf. »Die können Sie zwar noch nicht bringen, aber vielleicht stellen Sie ja schon mal Recherchen dazu an. Die anderen Namen kriegen Sie, sobald wir selber wissen, wer die Mädchen waren. Ich gebe Ihnen grünes Licht, sobald Sie sie in ihrer Sendung bringen können, aber erst mal bleiben diese Namen unter uns.«

»Okay.«

»Und jetzt verschwinden Sie. Ich habe schließlich alle Hände voll zu tun.«

»Ich auch.« Nadine nahm den Mantel von der Stuhllehne und wandte sich zum Gehen. »Dann sehen wir uns auf Ihrer Weihnachtsfeier.«

»Meiner was?«

»Ich habe kurz mit Roarke gesprochen, und er meinte, wenn ich von der Weihnachtsfeier spräche, sollte ich Sie daran erinnern, dass dieser Termin in Ihrem Kalender eingetragen ist.« Sie zog sich den Mantel an und trat lächelnd in den Flur.

Inzwischen war Eve wieder eingefallen, dass sie ihre Freunde eingeladen hatten, aber einen Grund zur Freude sah sie darin nicht. »Haben wir nicht gerade erst gefeiert? Waren nicht eben erst alle an Thanksgiving da? Warum ist Weihnachten so kurz danach? Wer hat die Abfolge der Feiertage derart dämlich festgelegt?«

Da ihr niemand eine Antwort geben konnte, holte sie sich erst mal einen Kaffee aus dem AutoChef und trank den ersten Schluck, als Peabody mit roten Wangen durch die Tür gestolpert kam.

»Ich habe tatsächlich mit Afrika gesprochen!«

»Wow.«

»Im Ernst, für mich war das ein ganz besonderer

Moment. Sergeant Owusu hat mit ihrem Onkel, ihrem Großvater und ein paar anderen gesprochen und schickt den ausführlichen Bericht, sobald sie auch noch ein paar Fotos ausgegraben hat.«

»Perfekt.«

»Zusammenfassend hat sie mir erzählt, dass Prediger Jones – so haben sie ihn genannt – ein wirklich netter, gutwilliger Mann des Glaubens war. Er ist den Einheimischen mit Respekt begegnet, hat die Mahlzeiten mit ihnen zusammen eingenommen und sogar gelernt, ein paar ihrer Gerichte selbst zu kochen, hat versucht, die Landessprache zu erlernen und es mit Humor genommen, wenn ihm dabei irgendwelche Fehler unterlaufen sind. Er war ein durchweg angenehmer Mensch, sie glauben, dass sein Geist in Afrika geblieben ist.«

»Sie haben ihn also gemocht. Wie kam es dazu, dass der Löwe ihn gefressen hat?«

»Er war einfach an allem interessiert. Und hat gern private Fotos oder Filmaufnahmen gemacht, aus denen er vielleicht einmal einen Dokumentarfilm hätte machen wollen. Eines Tages war er wieder einmal unterwegs, um ein Wasserloch während der anbrechenden Dämmerung zu filmen, der Löwe hat ihn dort zum Abendbrot verspeist.«

Das meiste hatte Eve schon dem Bericht entnommen, der ihr von Owusu überlassen worden war. »Hat sie gesagt, ob er gewohnheitsmäßig ganz allein bei diesen Fotoshootings unterwegs war?«

»Das habe ich sie nicht gefragt, aber Owusu hat anscheinend gründlich recherchiert. Wenn sie was gefunden hat, steht es auf jeden Fall in dem Bericht.«

»Ich kann mich nicht daran erinnern, dass Montclair ein Hobbyfotograf oder ein Tierfreund war«, bemerkte Eve.

»Nun, er war zum ersten Mal in Afrika«, erklärte Peabody. »Da hätte ich an seiner Stelle ständig eine Kamera dabeigehabt. Für mich klang's so, als wollte er das Beste aus dem Aufenthalt dort machen und hätte sich nach Kräften amüsiert. Was durchaus einen Sinn ergibt, zum ersten Mal im Leben war er frei, und dazu noch in einem fremden, exotischen Land.«

Als der Computer das Signal für eine eingehende E-Mail gab, rief Eve sie auf und stellte fest: »DeWinter hat bestätigt, dass das zehnte Opfer Iris Kirkwood ist, und Elsie hat ein Bild von Opfer Nummer elf geschickt.«

Schmales Gesicht, erkannte Eve, riesengroße Augen, prominente Wangenknochen und ein Teint wie Milchkaffee.

»Das Mädchen habe ich schon einmal irgendwo gesehen«, erklärte sie und rief die Aufnahmen aus den Vermisstenakten auf. »Da. Genau. Shashona Maddox, vierzehn Jahre alt. Die Großmutter hatte das Sorgerecht für sie und hat sie damals als vermisst gemeldet, als sie nach der Schule nicht nach Hause kam. Die Mutter war bereits verduftet, als sie noch ein kleines Mädchen war, einen Vater gab es nie. Auch die Halbschwester hat bei der Großmutter gelebt, nachdem die Mutter abgehauen war. In ihrem Fall gab es zwar einen Vater, aber der hat auf das Sorgerecht verzichtet, weil er wegen Totschlags hinter Gittern saß.«

»Dann müssen wir also noch mal zu irgendwelchen Hinterbliebenen.«

Eve rief die Namen und Adressen im Computer auf. »Die Großmutter heißt Teesha Maddox, lebt seit fünfundzwanzig Jahren in derselben Wohnung in der Achten, arbeitet als Nanny in der Upper West Side, und die Halbschwester ist Ärztin im Mount Sinai. Für wann haben Sie Philadelphia einbestellt?«

Die Partnerin warf einen Blick auf ihre Uhr. »Wir haben noch eine gute Stunde.«

»Also fahren wir zu Shashonas Oma«, meinte Eve. »Sagen Sie den anderen, dass sie Philadelphia in die Cafeteria setzen sollen, falls sie vor uns kommt.«

Peabody lief los, um Baxter und die anderen zu instruieren, und Eve schrieb eine knappe E-Mail an DeWinter und kopierte sie für ihren Boss.

Danke für die schnelle, effiziente Arbeit. Wir gehen verschiedenen Spuren nach. Bis alle Opfer identifiziert, alle Hinterbliebenen benachrichtigt und sämtliche Beteiligten vernommen worden sind, gehen keine Infos an die Medien raus.
Lieutenant Eve Dallas

»Ich hoffe nur, dass sie sich daran hält«, murmelte Eve, bevor sie wie zuvor Nadine nach ihrem Mantel griff und ihr Büro verließ.

17

Sie trafen Teesha Maddox in der Upper West Side an. Sie öffnete die Tür der hübschen, aufgeräumten Wohnung ihrer Arbeitgeber, sah sie an und nickte stumm. Dann presste sie die Lippen auf die Stirn eines Babys unbestimmten Alters und Geschlechts, das ruhig in ihren Armen lag, und trat einen Schritt zurück.

»Bitte kommen Sie doch rein. Sie sind hier, um mir zu sagen, dass meine Shashona nicht mehr lebt. Dass sie eins der armen Mädchen ist, über die die ganze Zeit im Fernsehen berichtet wird.«

»Ja, Ma'am. Es tut mir leid.«

»Ich wusste es, sobald die Meldung kam. Ich habe vorher schon gewusst, dass sie nicht mehr nach Hause kommen würde, aber jetzt ist mir klar, wo sie die ganze Zeit war. Ich wollte mich schon bei Ihnen melden, aber Miss Hilly – meine Chefin – hat gesagt, dass ich mir das nicht antun soll. Sie hat gesagt, Sie würden kommen, um es mir zu sagen, wenn Sie sie gefunden haben. Und jetzt sind Sie hier.« Sie seufzte.

»Ich lege schnell das Baby hin. Sie ist trocken, hat getrunken und ihr Bäuerchen gemacht. Ich lege sie in ihre Wiege und lasse den Monitor hier laufen, falls sie unruhig wird. Bitte nehmen Sie schon mal Platz. Ich bin sofort zurück. Ich möchte nicht über den Tod sprechen, während ein Baby in der Nähe ist. Sie kriegen viel mehr mit, als mancher denkt.«

»Nette Wohnung«, stellte Peabody mit leiser Stimme fest. »Sie strahlt eine, ich weiß nicht, warme, ruhige Atmosphäre aus. Echt schick, aber zugleich total gemütlich, finde ich.«

Auch die Aussicht war mehr als passabel, merkte Eve, sah sich dann aber erst einmal im Zimmer um.

Auf den meisten Fotos sah man neben dem von Teesha gerade liebevoll umsorgten noch ein anderes Baby, aus dem in der Zwischenzeit ein drei- bis vierjähriges Kind geworden war.

Dazu gab es Bilder einer Frau, wahrscheinlich Hilly, sowie eines Mannes, der offenbar der Vater war, ein Bild von beiden zusammen oder wahlweise mit Baby oder Baby und kleinem Kind. Außerdem stand dort eine Aufnahme von Hilly neben Teesha, deren Haut dieselbe Farbe hatte wie die heiße Schokolade, mit der Eve am Vormittag bewirtet worden war.

»Sie sieht viel zu jung aus, um die Großmutter erwachsener Frauen zu sein«, bemerkte Peabody.

»Sie ist vierundsechzig.«

»So sieht sie nicht aus. Davon abgesehen ist das wirklich ziemlich jung für eine Frau, die zwei erwachsene Enkeltöchter hat.«

In diesem Augenblick kam Teesha aus dem Kinderzimmer und erklärte: »Ich wollte nicht lauschen, habe aber trotzdem Ihren letzten Satz gehört. Ich war siebzehn, als mein Mädchen auf die Welt kam, außerdem habe ich in meinem Leben schon viele Babys in den Schlaf gewiegt. Das ist Balsam für die Seele, und dazu hält es die Falten fern. Möchten Sie was trinken?«, bot sie höflich an. »An einem kalten Tag wie diesem hätten Sie wahrscheinlich gerne einen Tee oder Kaffee. In den Fernsehkrimis trinken Polizisten andauernd Kaffee.«

»Machen Sie sich bitte keine Umstände«, bat Peabody. »Wir brauchen nichts.«

»Miss Hilly hätte nichts dagegen, falls Sie also doch noch etwas möchten, sagen Sie es nur. Ich war siebzehn, als mein Mädchen auf die Welt kam«, wiederholte sie und sah, als sie sich setzte, ebenso adrett und sauber wie das Zimmer aus. »Ich war damals unsterblich verliebt, und zwar auf die naive Art, die einem nur in diesem Alter möglich ist, in dem man eigentlich noch keine Ahnung davon hat, was Liebe ist. Wenn ein Mädchen in dem Alter denkt, es würde einen Jungen lieben, kann er mit ihm machen, was er will. Also wurde ich mit sechzehn schwanger, hatte deshalb Todesangst und habe nicht gewagt, es meiner Mom zu sagen, bis es nicht mehr zu verbergen war. Natürlich habe ich es auch dem Jungen gesagt, er hat sich im Handumdrehen aus dem Staub gemacht. Meine Mama aber hat zu mir gehalten, am Ende hat sich auch mein Daddy wieder abgeregt und war genau wie meine Mama für mich da. Trotzdem habe ich damals gelernt, dass man für manche Dummheiten bis an sein Lebensende zahlt.«

Sie blickte aus dem Fenster und stieß einen leisen Seufzer aus. »Dabei habe ich mein Kind geliebt und liebe es auch noch nach allem, was geschehen ist. Ich kann gut mit Babys und mit Kindern umgehen. Das ist meine ganz besondere Gabe, also habe ich auch für mein eigenes Kind mein Möglichstes getan, und meine Mama hat mich dabei unterstützt. Ich habe gearbeitet, mein eigenes Geld verdient, die Schule von zuhause aus beendet und mein Kind versorgt. Ich habe mich bemüht, ihm beizubringen, was richtig und was falsch ist, und es zu einem freundlichen, verantwortungsbewussten Menschen zu erziehen, der mit sich selbst zufrieden und im Reinen ist.«

Mit einem neuerlichen Seufzer fügte sie hinzu: »Nur hat das leider nicht geklappt. Egal, was ich auch tat, Mylia hat sich nichts von mir sagen lassen und es mir verübelt, dass ich mich um andere Kinder kümmern musste, damit sie ein Dach über dem Kopf, etwas zu essen, Spielsachen und hübsche Kleider hat. Dann war sie kaum älter als ich selber, als ich sie bekommen hatte, als Shashona kam. Natürlich war ich für sie da und habe ihr so gut geholfen, wie's mir damals möglich war. Trotzdem ist meine Tochter zunächst mit dem Vater ihres Kindes durchgebrannt und erst zurückgekommen, als er sie sitzenließ. Einen Monat später kam ihr Baby auf die Welt, aber auch damit kam sie nicht zurecht. Sie hatte einfach kein Talent dafür, mit Babys umzugehen.«

»Also haben Sie Shashona großgezogen«, meinte Eve, und Teesha nickte knapp.

»Mylia kam und ging, wie's ihr gefiel, war manchmal über Wochen weg und tauchte dann urplötzlich wieder auf. Weshalb es ziemlich häufig Streit zwischen uns gab. Dann war sie mit einem anderen Mann zusammen, bekam das nächste Kind und lief sofort nach der Geburt wieder weg. Obwohl Leila ein genauso hübsches Baby wie Shashona war. Auch für die beiden habe ich mein Möglichstes getan. Nach einer Weile ging ich zum Gericht und beantragte das Sorgerecht für die beiden.

Das Ehepaar, um dessen Kinder ich mich zu der Zeit ge- kümmert habe, war sehr nett. Sie waren beide Anwälte und haben mir geholfen, weil es schließlich um das Wohl von meinen eigenen Enkeltöchtern ging.«

Als sie ein leises Greinen hörte, warf sie einen Blick auf einen kleinen Monitor und stellte, als das Baby weiter mit geschlossenen Augen unter einer pinkfarbenen Decke in der weißen Wiege lag, mit einem warmen Lächeln fest: »Sie träumt anscheinend gerade irgendwas.«

Dann wurde ihre Miene wieder ernst, und sie wandte sich dem eigentlichen Thema zu. »Shashona kam nach ihrer Mama. Sie war wild und unbezähmbar, ich habe jeden Abend vor dem Schlafengehen gebetet, dass sich diese Wildheit eines Tages legen und sie etwas aus sich machen würde, weil sie wirklich clever war.«

Sie atmete tief durch. »Wie gesagt, Ma'am, sie war cle- ver, und ich bin mir sicher, dass sich ihre Wildheit eines Tages in Begeisterung für irgendwas verwandelt hätte und sie Großes hätte leisten können.«

Teesha presste eine Faust gegen ihr Herz. »Sie hätte noch ein wenig älter werden müssen, um selbst zu er- kennen und anderen zu zeigen, welche Fähigkeiten tief in ihrem Inneren verborgen waren.«

In all den hübschen, jungen Mädchen war etwas ver- steckt gewesen, was nicht mehr zum Vorschein kommen konnte, dachte Eve.

»Was ist an dem Tag passiert, als sie verschwunden ist?«

»Sie ging ganz normal zur Schule, aber sie kam weder nach der Schule noch am Abend, als es dunkel wurde, heim.«

»Kam so was öfter vor?«

»Nein, Ma'am.« Teesha schüttelte den Kopf. »Bei aller Wildheit hat sie mich geliebt. Das weiß ich ganz genau. Sie hat mir immer Bescheid gegeben, wenn es einmal später wurde. Selbst wenn ich damit nicht einverstanden war, hat sie es mir gesagt. Aber an dem Tag hat sie sich nicht bei mir gemeldet, und ich hatte keine Ahnung, wo sie war. Ich konnte sie nicht finden, auch an ihr Handy ging sie nicht. Ihre Clique hatte keine Ahnung, wo sie war, zumindest haben sie das gesagt. Selbst auf Befragen durch die Polizei. Sie hatte einen Freund. Sie dachte, dass ich das nicht weiß, aber ich wusste es.« Nachdenklich hielt sie inne.

»Ein so hübsches Mädchen hat natürlich einen Freund«, stellte Teesha traurig lächelnd fest. »Er war kein schlechter Kerl und ziemlich aufgeweckt. Ich habe selbst mit ihm gesprochen, und er hat erzählt, sie wollten an dem Wochenende zusammen ins Kino gehen. Und dass sie am Tag ihres Verschwindens nach der Schule noch zusammen Pizza essen waren, obwohl ich sie gebeten hatte, direkt heimzukommen. Dann hat er sie auf dem Heimweg noch ein Stück begleitet, danach hat er sie nicht mehr gesehen.«

»Sein Name steht in der Vermisstenmeldung«, sagte Eve.

»Inzwischen arbeitet er als Kreditberater bei der Bank. Er ist verlobt und wird im Frühjahr heiraten. Eine nette, wohlerzogene, junge Frau. Das weiß ich, weil wir in Kontakt geblieben sind. Er hätte ihr ganz sicher niemals etwas angetan. Wissen Sie, wer sie auf dem Gewissen hat?«

»Die Ermittlungen sind noch nicht abgeschlossen«, antwortete Eve.

»Kannte sie die anderen Mädchen? Wissen Sie, ob sie befreundet waren?«

»Vielleicht können Sie uns das ja sagen. Bisher haben wir die Namen nicht bekannt gegeben, und ich muss Sie bitten, dass Sie sie erst mal für sich behalten.«

»Das verspreche ich.«

Eve reichte ihr die Liste, während Peabody die Aufnahmen der anderen Mädchen aus der Tasche zog. Teesha schaute sie sich an, schüttelte dann aber den Kopf.

»Ich kenne diese Namen nicht, und auch die reizenden, jungen Gesichter habe ich noch nie gesehen. Wobei ein Name auf der Liste fehlt.«

»Die Identifizierung unseres zwölften Opfers steht bisher noch aus.«

»Das arme Ding. Meine Shashona hatte viele Freundinnen und Freunde. Ich bin mir nicht sicher, ob ich alle kannte oder ob sie alle irgendwann mal bei uns waren, aber diese Mädchen waren auf alle Fälle nicht dabei.«

»War Shashona Ihres Wissens nach jemals im *Zufluchtsort?* Dem Haus, in dem man sie gefunden hat?«

»Das könnte durchaus sein. Sie kannte dieses Heim. Als wir uns mal gestritten haben, meinte sie, sie könnte ja auch dorthin ziehen. Damit wollte sie mich auf die Palme bringen und verletzen, was ihr auch gelungen ist. Aber sie war bestimmt nicht dort, weil sie einziehen wollte. Wenn auch vielleicht nicht meinetwegen, obwohl sie mich in der Tiefe ihres Herzens ganz bestimmt geliebt hat, wäre sie auf alle Fälle Leilas wegen immer wieder heimgekommen. Ihre kleine Schwester hat sie angebetet, und wenn ich am Jahrestag ihres Verschwindens für Shashona bete, füge ich ein Dankgebet hinzu, dass Leila an dem Tag nicht mitgegangen ist. Ich hatte ihr an dem Morgen erlaubt, die Schule ausfallen zu lassen, und mich bei der Arbeit krankgemeldet.«

»Warum?«, erkundigte sich Peabody.

»Am Vorabend hatte zum ersten Mal ihre Periode eingesetzt. Am ersten Tag der ersten Regel habe ich die Mädels gern etwas verwöhnt, deshalb war Leila nicht wie sonst mit ihrer Schwester unterwegs. Inzwischen ist sie Ärztin, und ich bin mir sicher, dass sie einmal eine ausgezeichnete Chirurgin wird. Sie ist eine wundervolle junge Frau. Sie ist glücklich, und es geht ihr gut. Aber sie weiß noch nicht, dass unsere Shashona jetzt gefunden wurde.«

Teeshas Augen wurden feucht. »Ich muss es ihr sagen. Ihr und ihrer Mama, wenn sie sich mal wieder bei mir meldet. Hin und wieder ruft sie nämlich an.«

»Miss Maddox, können Sie mir sagen, ob Shashona regelmäßig in die Kirche ging?«

Mit einem wehmütigen Lächeln meinte Teesha: »Jeden Sonntag, ob sie wollte oder nicht. Wer unter meinem Dach lebt, respektiert den Sonntag, habe ich immer gesagt. Und im Grunde hat der Kirchgang sie nicht sonderlich gestört. Weil in der Kirche viel gesungen wird und sie eine schöne, klare Stimme hatte und gern mitgesungen hat. Wann kann ich sie haben?«

»Das wird noch ein wenig dauern, aber wenn es so weit ist, bekommen Sie von uns Bescheid«, erklärte Eve und wandte sich nach einem kurzen Kopfnicken in Richtung ihrer Partnerin wieder Shashonas Oma zu. »Haben Sie jemals eine dieser Personen mit Shashona oder in der Nachbarschaft gesehen?«

Peabody zog den nächsten Stapel Aufnahmen hervor, Teesha schaute sie sich nacheinander an.

Nashville, Philadelphia und Montclair Jones, Sebastian und Clipperton.

»Tut mir leid, aber ich kenne diese Leute nicht. Sind das Verdächtige? Ich sehe mir im Fernsehen gerne Krimis an.«

»Wir überprüfen jeden, der vielleicht eine Verbindung zu den Mädchen oder dem Gebäude hatte«, meinte Eve.

»Ich werde nie verstehen, was Menschen dazu bringt, anderen etwas derart Böses anzutun. Wir wollen schließlich alle unser Leben leben, jemanden lieben, unsere Arbeit tun und unsere Kinder großziehen. Im Grunde wollen wir alle doch dasselbe, aber obwohl ich das einfach nicht verstehe, reicht das manchen Menschen offensichtlich nicht.«

Sie drückte Peabody die Fotos wieder in die Hand und fragte Eve: »Verstehen Sie das?«

»Nein.«

»Wenn Sie es nicht verstehen, gehe ich davon aus, dass niemand es versteht.«

»Sie ist wahrscheinlich wirklich gut in ihrem Job«, bemerkte Peabody. »Sie hat so eine ruhige Art, die einen selbst total beruhigt. Obwohl sie schon lange damit gerechnet hat, hat die Nachricht, dass Shashona nicht mehr lebt, der armen Frau das Herz gebrochen, trotzdem blieb sie weiter völlig ruhig.«

»Wahrscheinlich wäre aus dem Mädchen wirklich etwas geworden. Wie aus Linh. Sie hatte einfach nie die Chance, aus der schnodderigen Phase rauszuwachsen und zu sehen, was in ihr steckt. Und sie war regelmäßig in der Kirche.«

»Nicht ganz freiwillig, aber okay.«

»Und sie hatte eine schöne Stimme. Falls Sebastian die Adresse von DeLonna endlich rausrückt, könnte der Gesang eine Verbindung zwischen ihnen ein.«

»Die so wie alle anderen Verbindungen und Querverbindungen aber eher vage ist.«

Eve überflog die kurze Nachricht, die auf ihrem Handy eingegangen war. »Philadelphia ist auf dem Revier. Also lassen Sie uns sehen, ob sich etwas Konkretes finden lässt.«

Auf der Wache ließ sie Philadephia von Peabody in den Verhörraum führen. Vielleicht würde die Frau ja durch den offiziellen Rahmen des Gesprächs ein wenig unter Druck gesetzt. Später würden sie auch Nashville bitten, aufs Revier zu kommen, und ihr Vorgehen wiederholen.

Sie ließ sich extra Zeit, sammelte verschiedene Requisiten ein und lief gemächlich zu ihrer Partnerin, die neben dem Eingang des Verhörraums stand.

»Ich habe ihr gesagt, dass ich ihr eine Limo holen gehe«, meinte Peabody. »Sie ist etwas nervös und ziemlich unglücklich, weil sie so lange warten musste, möchte aber trotzdem alles tun, um uns zu helfen und so weiter und so fort.«

»Nervös und unglücklich ist gut«, erklärte Eve und öffnete die Tür. »Rekorder an. Wir müssen die Vernehmung für die Akten aufnehmen, Miss Jones.«

»Natürlich, aber ...«

»Einen Augenblick. Lieutenant Eve Dallas und

Detective Delia Peabody vernehmen Philadelphia Jones im Fall H-5657823. Vielen Dank, dass Sie gekommen sind«, erklärte sie und setzte sich zu Philadelphia an den Tisch. »Der Ordnung halber klären wir Sie über Ihre Rechte auf.«

»Über meine Rechte? Ich verstehe nicht …« Philadelphia strich sich leicht nervös die hochgesteckten Haare glatt. »Bin ich etwa verdächtig?«

»So ist es nun mal vorgeschrieben«, meinte Eve und sah ihr Gegenüber nach der vorgeschriebenen Belehrung fragend an. »Haben Sie verstanden?«

»Ja, natürlich. Ich bin hier, weil ich Ihnen so gut wie möglich helfen will.«

»Das wissen wir zu schätzen. Inzwischen haben wir elf der Opfer, deren Überreste in dem Haus gefunden wurden, das zum Zeitpunkt ihres Todes Ihnen gehört hat, identifiziert.«

Eve legte elf Fotos vor sie auf den Tisch. »Erkennen Sie irgendwelche dieser Mädchen wieder?«

»Sicher, Shelby, über die wir schon gesprochen haben. Mikki, Lupa, auch wenn sie nicht lange bei uns war und … dieses Mädchen kommt mir auch bekannt vor, wobei ich mir nicht ganz sicher bin.« Sie zeigte auf die Aufnahme von Merry Wolkowitsch. »Wenn Sie mir ihren Namen geben würden, könnten wir in unseren Akten nachsehen.«

»Das habe ich bereits getan. Sie hat, zumindest offiziell, zu keiner Zeit in einem Ihrer Etablissements gelebt.«

»Wenn sie einer unserer Schützlinge gewesen wäre, fände sich ihr Name in den Akten.« Philadelphia lehnte sich auf dem Stuhl zurück. »Wir nehmen die

Verantwortung, die wir für diese Kinder haben, nicht auf die leichte Schulter.«

»Aber sie kommt Ihnen irgendwie bekannt vor?«

»Ich … ich habe ein Bild vor Augen, auf dem sie mit Shelby, Mikki und vielleicht … DeLonna …«

Stirnrunzelnd nahm sie das Foto in die Hand und sah es sich noch einmal genauer an. »Sie … ich bin mir nicht ganz sicher. Das ist Jahre her, aber irgendwas an ihr kommt mir bekannt vor.«

»Nur etwas an diesem Mädchen?«

»Ja, wobei ich mir selbst da nicht sicher bin. Ich … im Asiamarkt.« Sie richtete sich kerzengerade auf. »Ich bin in den Asiamarkt gegangen, dort habe ich sie zusammen mit den anderen gesehen. Im Laden von Mr. Dae Pak. Oh, wie ungeduldig er immer mit unseren Kindern war. Er hat sich ständig bei mir beschwert, weil sie etwas gestohlen oder sich einfach schlecht benommen haben. Als ich an dem Tag hereinkam, haben sie sich wirklich schrecklich aufgeführt. Also habe ich die Mädchen – unsere Mädchen – angewiesen, sich in aller Form für ihr Benehmen zu entschuldigen und mit zurück ins Heim zu kommen. Ich weiß noch, dass ich wissen wollte, wie das andere Mädchen heißt und wo sie wohnt. Darauf hat sie gesagt: ›Das geht Sie einen Scheißdreck an‹ und ist dann einfach weggerannt. In den nächsten Wochen habe ich die Augen nach ihr aufgehalten, weil ich dachte, dass sie vielleicht noch mal wiederkommt. Ich hatte das Gefühl, dass sie zuhause weggelaufen war. Ich habe ein Gespür für Ausreißer, denn schließlich habe ich mit ihnen jeden Tag zu tun.«

»Okay.«

»Und? War sie zuhause weggelaufen?«

»Ja.«

»Und dann ist sie gestorben.« Philadelphia schloss die Augen und glitt mit der Hand über das Bild. »Ich hätte sie nicht gehen lassen sollen. Ich hätte sie dort festhalten und das Jugendamt anrufen sollen. Aber mir ging es damals darum, unsere Mädchen aus dem Markt zu holen, danach habe ich vergessen, dass da noch ein anderes Mädchen war.«

»Sie konnten es nicht wissen«, begann Peabody.

»Das ist mein Job. Ich hätte wissen müssen, dass mit ihr etwas nicht stimmt. Shelby und Mikki waren nicht mehr bei uns, als ihnen das zugestoßen ist. Aber trotzdem bin ich mitverantwortlich für das, was anschließend geschehen ist, nicht wahr? Shelby hat uns vorsätzlich getäuscht, das hätte ihr nicht gelingen dürfen. Wir hätten besser auf sie achten müssen, aber wir waren abgelenkt und derart aufgeregt wegen des Umzugs in das neue Haus, dass wir sie einfach haben ziehen lassen. Jetzt müssen wir mit dem Bewusstsein leben, dass wir offenbar nicht achtsam genug waren. Ich weiß nicht, ob wir auch im Fall von Mikki etwas hätten unternehmen können, aber irgendwie kommt es mir vor, als hätten wir es wenigstens versuchen sollen. Jetzt sind beide tot. Jetzt sind sie beide tot.«

Sie blickte wieder auf die Fotos, hob dann aber ruckartig den Kopf und stellte fest: »Aber DeLonna nicht. Ihr Bild ist nicht dabei. Die drei standen sich wirklich nahe, trotzdem ist sie nicht mit abgehauen. Sie ist bei uns geblieben, bis sie sechzehn war.«

»Aber Sie können uns nicht sagen, wo sie heutzutage lebt?«

»Nein, aber ich gebe zu, dass ich gehofft und irgendwie erwartet hatte, auch nach ihrem Auszug ab und zu etwas von ihr zu hören. Ein paar von unseren Kindern brechen den Kontakt zu uns nach ihrem Auszug völlig ab, aber ein paar behalten ihn auch weiter bei.«

»Hat sie je nach ihren Freundinnen gefragt? Hat sie je gesagt, dass sie sie sehen oder kontaktieren will?«

Philadelphia rieb sich unglücklich die Stirn. »Wie soll ich mich an solche Einzelheiten noch erinnern? Ich bin meine Unterlagen aus der Zeit noch einmal durchgegangen, weil ich wissen wollte, wie …«

Sie schüttelte den Kopf. »Mir fiel nur auf, dass sich DeLonna eine Zeit lang ziemlich in sich selbst zurückgezogen hat. Sie hat gesagt, sie fühle sich nicht wohl. Was nach dem Auszug ihrer beiden engsten Freundinnen jedoch nicht weiter ungewöhnlich war.«

»War sie krank?«, erkundigte sich Eve.

»Meinen Aufzeichnungen und meinem Gedächtnis nach im Grunde eher lethargisch. Obwohl sie versucht hat, das zu verstecken, wusste ich, dass sie ziemlich viel geweint hat. Bei unseren Sitzungen gelang es mir, sie weit genug zu öffnen, dass sie mir erzählt hat, dass sie eins der bösen Mädchen ist. Dass jeder sie deshalb verlässt und sie deshalb kein richtiges Zuhause und auch keine richtige Familie hat. Also haben wir vor allem an ihrer Selbstachtung gearbeitet. Sie hatte eine wunderbare Stimme, und mit Hilfe des Gesangs ging sie dann irgendwann etwas aus sich heraus. Aber nachdem die anderen zwei verschwunden waren, hat sie nie mehr eine so enge Bindung zu einem der anderen Mädchen aus dem Heim gehabt. Und, wie gesagt, sie zog sich damals stark in sich zurück, als würde sie um Shelby und um Mikki trauern, was aus meiner Sicht jedoch völlig natürlich und auch zu erwarten war. Sie brachte ihre freie Zeit in ihrem Zimmer zu und war, tja nun, beinah zu fügsam, wenn Sie wissen, was ich damit sagen will. Sie tat einfach, was man von ihr verlangte, und zog sich danach wieder in ihr Schneckenhaus zurück. Es hat fast ein Jahr gedauert, bis sie wieder annähernd die Alte war.«

»Hat es Sie nicht gewundert, dass die beiden anderen nie versucht haben, sie zu kontaktieren oder vielleicht sogar zu sehen?«

»Lieutenant, Kinder können furchtbar egozentrisch sein und leben häufig nur im Hier und Jetzt. Das heißt, die Freundschaften, die sie in diesem Alter knüpfen, halten ab und zu ein Leben lang, werden aber mindestens genauso oft situationsbedingt geschlossen und lösen sich, wenn die Situation sich ändert, sofort wieder auf.«

»Und auch Sie selbst haben den Werdegang der Mädchen nicht weiterverfolgt?«

Philadelphia warf die ungeschmückten Hände mit den kurzen, ordentlich gefeilten, aber nicht lackierten Nägeln in die Luft. »Wir bieten unseren Kindern nur vorübergehend ein Zuhause, die meisten bleiben nur für kurze Zeit. Wenn sie es vorziehen, die Zeit in unserer Obhut einfach hinter sich zu lassen und von vorne anzufangen, ohne sich noch einmal umzusehen, lassen wir sie ziehen und mischen uns nicht länger in ihr Leben ein.«

»Dann ist der Fall für Sie also erledigt, wenn ein Kind das Heim verlässt?«

So, wie Philadelphia die Schulter straffte, hatte dieser Seitenhieb gesessen, merkte Eve.

»Wir geben unseren Schützlingen alles, was wir ihnen geben können, und zwar physisch, psychisch und spirituell. Wir tun alles, was in unserer Macht steht, um dafür zu sorgen, dass es ihnen, wenn sie uns verlassen, besser als bei ihrer Ankunft geht, und bereiten sie so gut wie möglich auf ein produktives und zufriedenes Leben außerhalb des Heimes vor. Unsere Kinder liegen uns am Herzen, Lieutenant, aber auf professioneller Ebene ist uns klar, dass sie uns nur vorübergehend überlassen sind und wir sie eines Tages ziehen lassen müssen, weil das für uns selbst, vor allem aber für sie das Beste ist.«

»Aber Sie leben praktisch mit den Kids zusammen und haben jeden Tag mit ihnen zu tun.«

»Das ist korrekt.«

»Wer hat in dem Heim das Sagen?«

»Ich bin mir nicht sicher, was die Frage soll. Mein Bruder und ich haben sowohl den *Zufluchtsort* als auch die *Stätte der Läuterung* zusammen gegründet und tragen gemeinsam die Verantwortung.«

»Dann sind Sie also Partner.«

»Ja, genau.«

»Aber Sie haben Unternehmensmanagement studiert.«

»Das stimmt.«

»Also machen Sie die Buchhaltung des Heims.«

»In der *Stätte der Läuterung* zum größten Teil.«

»Warum haben Sie die Finanzen Ihres ersten Heims derart gegen die Wand gefahren, dass eine Zwangsversteigerung des Hauses kaum noch abzuwenden war?«

Auf Philadelphias Wangen breitete sich eine leichte Röte aus. »Aus meiner Sicht hat das wohl kaum etwas mit Ihrem Fall zu tun.«

»Das zu beurteilen überlassen Sie am besten mir.«

»Wir hatten uns dort übernommen«, erklärte Philadelphia knapp. »Emotional und finanziell. Wir waren einfach überzeugt von dem, was wir dort taten, und wir hatten uns das Heim so sehr gewünscht, dass wir vollkommen blind für irgendwelche praktischen Probleme waren. Tatsächlich habe ich den Kurs in Unternehmensmanagement erst während unseres letzten Jahrs im *Zufluchtsort* gemacht, nachdem uns aufgegangen war, dass wir in finanziellen Schwierigkeiten waren.«

»Dann haben Sie sich also vorher einfach durchgewurstelt und auf eine wundersame Rettung aus der finanziellen Not gehofft?«

Philadelphias Blick und Stimme wurden kalt. »Natürlich ist mir klar, dass die Kraft der Gebete etwas ist, woran nicht jeder glaubt. Aber wir glauben fest daran, selbst wenn die Antwort auf unsere Gebete nicht klar ist oder hart erscheint. Am Ende hat das Wunder sich ja auch tatsächlich eingestellt. Inzwischen sind wir in der Lage, noch viel mehr Kindern als ursprünglich zu helfen und sie deutlich besser zu versorgen, und zwar gerade deshalb, weil das erste Heim, das wir eröffnet hatten, finanziell ein Fehlschlag war.«

»Wer hat sich vor Ihrer Ausbildung um die Finanzen des ersten Heims gekümmert?«

Philadelphia schnaubte ungeduldig. »Ich verstehe diese Fragen einfach nicht. Aber wie Sie wollen. Zu Anfang war vor allem Nash für diese Dinge zuständig. Wir wurden sehr traditionell erzogen. Unser Vater hat den Lebensunterhalt für die Familie verdient, das Geld verwaltet und die Rechnungen bezahlt, während unsere Mutter für den

Haushalt und für uns zuständig war. Genauso haben wir es anfangs auch im *Zufluchtsort* gehalten. Diese Art der Arbeitsaufteilung war uns eben vertraut. Aber dann stellte sich raus, dass Nash im Gegensatz zu mir im Grunde keinen Sinn für Zahlen hat. Da nach unserer Überzeugung jeder seine ganz besonderen Fähigkeiten nutzen soll, habe ich die Zusatzausbildung in Unternehmensmanagement gemacht. Den *Zufluchtsort* konnten wir nicht mehr retten, haben aber akzeptiert, dass es genau so vorgesehen war.«

»Von wem?«

»Von der höheren Macht. Wir haben im *Zufluchtsort* gelernt, dann haben wir ihn verloren, bekamen eine zweite Chance und haben sie genutzt.«

»Ganz schön praktisch«, kommentierte Eve. »Und jetzt sind Sie für die Finanzen zuständig.«

»Für die Finanzen unseres neuen Heims«, konkretisierte Philadelphia. »Zusammen mit unserem Buchhalter.«

»Die persönlichen Finanzen regelt also jeder selbst?«

»Natürlich. Lieutenant …«

»Ich versuche einfach, mir ein Bild zu machen«, fiel ihr Eve ins Wort. »Wie sah es mit Ihrem anderen Bruder aus?«

»Mit Monty? Monty lebt nicht mehr.«

»Ich weiß, dass er in Afrika gestorben ist. Vor etwas mehr als fünfzehn Jahren. Aber wie sah es vorher aus? Was hatte er für Aufgaben im *Zufluchtsort?* Wie hat er sich dort eingebracht?«

»Er … hat geholfen, wo er konnte. Er hat in der Küche ausgeholfen, irgendwelche Kleinigkeiten repariert und ist Brodie ab und zu zur Hand gegangen.«

»Er hat also als Handlanger fungiert.«

Philadelphia runzelte erneut die Stirn. »Ich weiß nicht, was Sie damit sagen wollen.«

»Dass er keine echte Aufgabe und keinerlei Verantwortung dort übernommen hat. Er hat einfach kleine Hilfsarbeiten ausgeführt.«

»Monty war nicht dafür ausgebildet ...«

»Warum nicht?«, fiel ihr Eve erneut ins Wort. »Warum wurde er nicht dafür ausgebildet, sich genauso einzubringen wie Sie und Nash?«

»Ich wüsste nicht, was das für eine Rolle spielt. Unser Privatleben ...«

»Geht mich durchaus was an«, fuhr Eve sie derart rüde an, dass sie zusammenfuhr. »Wir haben zwölf tote Mädchen, und es ist egal, ob Sie verstehen, was diese Fragen sollen. Es reicht, wenn Sie sie mir beantworten.«

»Also bitte, Dallas« mischte Peabody, der gute Cop, sich mit besänftigender Stimme ein und wandte sich dann Philadelphia zu. »Wir müssen so viel wie möglich wissen, damit wir versuchen können, ein Gesamtbild zu erstellen. Den Mädchen zuliebe«, fügte sie hinzu und schob Philadelphia erneut ein paar der Fotos hin.

»Ich will Ihnen ja helfen, aber es ist einfach so, dass die Erinnerung an ihn noch immer schmerzlich ist. Er war das Baby der Familie.« Sie seufzte leise auf. »Er war das Nesthäkchen, deshalb haben wir ihn alle ein bisschen verwöhnt. Vor allem nach dem Tod von unserer Mutter.«

»Ihrem Selbstmord«, präzisierte Eve.

»Ja. Darunter haben wir sehr gelitten, und es tut noch immer weh. Aber sie hatte eben psychische Probleme, war vom Glauben abgekommen und hat sich deshalb umgebracht.«

»Es ist schlimm, wenn eine Familie so etwas erleben muss«, stellte Peabody mit sanfter Stimme fest. »Vor allem, wenn sie derart fest im Glauben steht. Ihre Mutter hatte sich also von ihrem Glauben abgewandt.«

»Wahrscheinlich fehlte ihr am Schluss einfach die Kraft, um daran festzuhalten. Sie war in der Seele und in ihrem Herzen krank.«

»Wofür Ihr Vater keinerlei Verständnis hatte«, meinte Eve.

Diesmal war der Grund für Philadelphias rote Wangen Zorn und nicht Verlegenheit, erkannte Eve. »Das war und ist eine persönliche Tragödie. Wenn er, wie Sie sagen, kein Verständnis dafür hatte, lag das hauptsächlich an seiner Trauer und Enttäuschung, weil sein eigener Glaube unumstößlich war.«

»Anders als der Ihrer Mutter.«

»Sie war krank.«

»Diese Krankheit oder die Behandlung dieser Krankheit setzte kurz nach der Geburt von Ihrem jüngsten Bruder ein.«

»Es war eine unerwartete und alles andere als leichte Schwangerschaft. Und ja, sie hat sie krank gemacht.«

»Es war also eine ungeplante, komplizierte Schwangerschaft. Aber an einen Abbruch hat sie nicht gedacht.«

Philadelphia faltete die Hände auf dem Tisch. »Auch wenn wir respektieren, dass sich jeder frei entscheiden kann, wäre für meine Mutter wie für alle Menschen unseres Glaubens selbst der Abbruch einer komplizierten Schwangerschaft niemals in Frage gekommen«, klärte sie Eve mit kalter Stimme auf.

»Okay. Dann hatte Ihre Mutter also eine ungeplante, komplizierte Schwangerschaft, danach hatte sie eine Angststörung und Depressionen, und am Schluss hat sie sich umgebracht.«

»Warum formulieren Sie das so kalt?«

»Ich zähle nur die Fakten auf, Miss Jones.«

»Wir wollen nichts übersehen«, fügte Peabody hinzu und berührte Philadelphias Hand. »Ihr jüngster Bruder lebte noch daheim, als Ihre Mutter starb.«

»Ja, denn schließlich war er noch ein Teenager. Aber nach dem Verkauf von unserem Haus, nachdem mein Vater auf Missionsreise gegangen war, kam er zu uns, zu Nash und mir. Kurz danach haben wir von unserem Anteil vom Erlös des Hauses das Gebäude in der Neunten gekauft und den *Zufluchtsort* eröffnet.«

»Er war also noch ziemlich jung, als er seine Mom verloren hat«, warf Peabody mit mitfühlender Stimme ein. »Aber alt genug, um sich an einem College einzuschreiben oder eine Ausbildung zu machen. Wovon aber nichts in seiner Akte steht.«

»Nein. Monty hatte kein Interesse daran zu studieren, und fürs Organisatorische hatte er leider kein Talent. Aber er konnte gut mit seinen Händen umgehen, das war seine ganz besondere Gabe«, fügte Philadelphia hinzu.

»Trotzdem hat er keine Ausbildung zum Handwerker gemacht.«

»Er wollte damals bei uns bleiben, das haben wir akzeptiert.«

»Er war wegen Depressionen in Behandlung«, fügte Eve hinzu.

»Ja, das stimmt.« In Philadelphias Augen blitzte Widerwille auf. »Na und? Das ist schließlich kein Verbrechen. Monty war ein eher introvertierter Mensch, nach dem Tod von unserer Mutter fühlte er sich furchtbar einsam, bekam Depressionen und ging deswegen zum Arzt.«

»Er war also introvertiert. Dann hatte er zu den Bewohnern und den Angestellten Ihres Heims doch sicherlich nicht allzu viel Kontakt.«

»Wie gesagt, als unser Vater auf Missionsreise geschickt wurde, kam er zu uns, wir haben versucht, ihn aufzubauen. Er war relativ schüchtern, aber mit den Kindern kam er gut zurecht. In gewisser Weise war er schließlich selber noch ein Kind, für den der *Zufluchtsort* wie für die andern auch ein neues Zuhause war.«

»Wie ging es ihm, als er dieses Zuhause dann wieder verlor?«

»Offen gesagt war es nicht gerade leicht für ihn. Er war aus seinem Elternhaus direkt dorthin gezogen und fühlte sich dort wie wir alle heimisch, deshalb hat ihn der Gedanke, dass er nicht bleiben konnte, ziemlich unglücklich gemacht. Aber das waren wir anderen auch. Es ist nie leicht, wenn man sich sein Versagen eingestehen muss. Auch wenn sich uns dadurch eine neue Tür geöffnet hat.«

»Nachdem Sie durch die neue Tür getreten waren, haben Sie Ihren schüchternen, introvertierten kleinen Bruder unverzüglich ganz allein nach Afrika geschickt.«

»Die Möglichkeit ergab sich einfach, und wir hatten das Gefühl, dass Monty seinen Horizont erweitern, dass er … nun, wie soll ich sagen … endlich mal das

Nest verlassen musste. Das ist mir alles andere als leicht-gefallen, aber für Monty war es eine Chance, eine ande-re, neue Tür.«

»Wer hat diese Reise arrangiert?«

»Was meinen Sie mit *arrangiert*? Der Missionar, der damals in Simbabwe tätig war, hatte das Pensionsalter erreicht und wollte den Lebensabend bei seiner Familie daheim verbringen. Dadurch bekam Monty die Gelegen-heit, wie vorher Nash und ich, ein bisschen von der Welt zu sehen und zu schauen, ob er nicht vielleicht doch be-rufen war.«

»Wie fand er diese Idee?«

»In seinen E-Mails klang er durchaus glücklich. Er hatte sich anscheinend auf den ersten Blick in Afrika verliebt. Ich glaube, wenn er nicht gestorben wäre, wäre er dort aufgeblüht. Er hatte dort seinen Bestimmungs-ort gefunden und zu meiner Überraschung festgestellt, dass er anscheinend doch zum Missionar berufen war. In den Kondolenzschreiben nach seinem Tod wurden seine Freundlichkeit, sein Mitgefühl und seine … Fröhlichkeit erwähnt. Es ist schmerzlich, doch zugleich befreiend, dass er vor seinem Tod noch fröhlich sein konnte.«

»Wie oft haben Sie mit ihm gesprochen, als er in Sim-babwe war?«

»Gesprochen? Gar nicht. Wenn man zum ersten Mal alleine missionarisch unterwegs ist, klammert man sich allzu leicht an sein Zuhause, die Familie und die Freun-de, die man zurückgelassen hat. Deswegen ist es am bes-ten, die Kontakte nach zuhause erst einmal zu begrenzen, damit man sich ganz auf seine Arbeit konzentrieren, an der neuen Wirkungsstätte heimisch und die dort lebenden

Menschen als Familie annehmen und ihnen dann aus ganzem Herzen dienen kann.«

»Puh, das klingt für mich nach Boot Camp.«

Philadelphia entspannte sich genug, um lächelnd festzustellen: »Ich nehme an, dass es tatsächlich nicht viel anders ist.«

»Was war mit ihm und Shelby? Kam er gut mit ihr zurecht?«

»Ob er gut mit ihr zurechtkam?«

»Sie haben gesagt, im Grunde wäre er wie ihre Schützlinge gewesen.«

»Damit wollte ich sagen, dass er – auch von seiner geistigen Entwicklung her – erheblich jünger war als Nash und ich.«

»Wie kam er mit den anderen Kids, vor allem mit Shelby, klar?«

»Vor allem den Mädchen gegenüber war er furchtbar schüchtern, aber trotzdem kamen sie gut zurecht. Wobei Shelby ihn vielleicht etwas eingeschüchtert hat. Sie war eine starke Persönlichkeit und manchmal ganz schön aggressiv.«

»Dem scheuen kleinen Bruder derer, die das Sagen hatten, hat sie sicher manchmal ganz schön übel mitgespielt. Das wäre schließlich eine gute Möglichkeit gewesen, sich dafür zu rächen, wenn sie mal bestraft oder wenn ihr was verboten worden ist.«

»Sie konnte eine ziemliche Tyrannin sein, das stimmt. Weshalb ihr Monty meistens aus dem Weg gegangen ist. Er kam besser mit den ruhigeren Bewohnern und Bewohnerinnen klar. Mit T-Bone beispielsweise hat er gerne über Sport gesprochen. Das hatte ich vollkommen vergessen.« Aber nun, da es ihr wieder eingefallen war, huschte ein Lächeln über ihr Gesicht. »Über Football, Baseball oder so. Sie hatten sämtliche Statistiken im Kopf ... was ich beim besten willen nicht verstehen kann, nachdem sie sich sonst nicht mal merken konnten, wann sie dran waren, die Mülltonne vors Haus zu stellen.«

»Er hatte also regelmäßig was mit jemandem aus Shelbys Freundeskreis zu tun.«

»Er fühlte sich wohler, wenn er mit den Jungs zusammen war.«

»Eine Freundin hatte er dann sicher nicht.«

»Nein.«

»Aber vielleicht ja einen Freund?«

Jetzt rutschte Philadelphia auf ihrem Stuhl herum. »Auch wenn unser Vater das wahrscheinlich nicht gebilligt hätte, hätten Nash und ich das akzeptiert. Aber ich glaube nicht, dass er sich körperlich zu Männern hingezogen fühlte. Um einer Frau den Hof zu machen, war er damals sicher noch zu scheu.«

»Vielleicht dachte er ja, dass es mit einem jungen Mädchen leichter ist.«

Es dauerte einen Moment, bis Philadelphias Stirnrunzeln einem erbosten Blitzen in den Augen wich. »Was wollen Sie damit andeuten?«

»Ein scheuer junger Mann ohne größere Sozialkontakte, der zuhause unterrichtet wurde und, wie Sie gesagt haben, verwöhnt, aber zugleich auch ziemlich streng erzogen worden ist. Ohne richtige Verantwortung, mit jeder Menge freier Zeit. In einem Haus voll junger Mädchen, die zum Teil wie Shelby willens waren, Sex im Austausch gegen kleinere Gefälligkeiten anzubieten.«

»Monty hätte nie im Leben eins der Mädchen angerührt.«

»Sie haben gesagt, er wäre Ihrer Meinung nach nicht
schwul gewesen.« Eve beugte sich vor und schränkte
Philadelphias Komfortzone immer weiter ein. »Ein junger Mann von Anfang zwanzig, und da waren alle diese
Mädchen, die Erfahrung mit dem Leben auf der Straße
hatten und zum Teil gerade erblühten. Da war Shelby, die
bereit war, Blowjobs gegen Alkohol oder was sie sonst
gerade haben wollte, einzutauschen.«

Philadelphias Gesicht fing an zu glühen. »Wir wussten nichts von Shelbys ... Treiben, bis mein Bruder sie
erwischt hat, als sie ein paar Sachen aus der Küche mitgehen lassen wollte, und sie ihm dafür, dass er sie laufen
lässt, gewisse Gefälligkeiten angeboten hat.«

»Dann wussten Sie also Bescheid.«

»Sie hat sofort Hausarrest bekommen, wir haben die
Zahl der Therapiestunden erhöht und die Sprache auf
dieses Thema gebracht.«

»War das, bevor oder nachdem sie Clipperton im Austausch gegen ein paar Flaschen Bier einen geblasen hat?«

»Was?« Das Feuer, das in Philadelphias Wangen lo-
derte, wurde zu Eis. »Das höre ich zum ersten Mal.
Der Zwischenfall mit Nash ereignete sich direkt ... das
heißt, vielleicht eine Woche vor dem Umzug in das neue
Haus.«

»Sie haben ihr also Hausarrest verpasst, trotzdem hat
sie es geschafft, sich selbst während des Umzugs zu entlassen, ohne dass irgendjemand stutzig wurde.«

»Wir haben bei Shelby jämmerlich versagt«, gab Philadelphia unumwunden zu. »Aber Sie haben nicht das

Recht, Sie haben einfach nicht das Recht zu behaupten, Monty hätte irgendwas damit zu tun.«

»Seien wir doch realistisch«, antwortete Eve. »Wenn sie den Mumm hatte, sich an den großen Bruder ranzumachen, hätte sie mit Ihrem kleinen Bruder leichtes Spiel gehabt. Ich wette, dass der kleine Bruder ihr problemlos hätte helfen können, das Dokument zu fälschen, mit dem sie sich selbst entlassen hat. Wem wäre es schon weiter aufgefallen, wenn der scheue kleine Bruder ins Büro des großen Bruders geht? Außerdem hätte ihr der kleine Bruder helfen können, wieder in das alte Haus zu kommen, in dem er selbst nach seinem Auszug aus dem Elternhaus daheim gewesen war. Dazu war der kleine Bruder handwerklich durchaus nicht ungeschickt und hätte es sicher hinbekommen, ein paar Wände hochzuziehen.«

»Wie können Sie es wagen? Wie können Sie es wagen, hier zu sitzen und zu unterstellen, mein Bruder hätte diese Mädchen umgebracht? Ein Mord steht gegen alles, woran unsere Familie glaubt.«

»Trotzdem hat sich Ihre Mutter umgebracht.«

»Sie werden diese ganz persönliche Tragödie nicht gegen uns verwenden. Meine Mutter hatte psychische Probleme. Sie war krank. Sie stellen doch nur deshalb irgendwelche wilden, unhaltbaren Theorien auf, weil Sie keine Ahnung haben, wer der Mörder dieser Mädchen ist. Sie ziehen den Namen meines Bruders doch nur in den Dreck, weil er sich nicht mehr wehren kann.«

»Ich ziehe nicht seinen Namen in den Dreck, sondern ich versuche zu verstehen, wie's vielleicht abgelaufen ist. Der kleine Bruder ist zuhause eingesperrt, und als der Vater auf Missionsreise geschickt wird, kommt er dort plötzlich raus. Er bekommt Ersatzeltern und gleichzeitig ein neues Heim. In seinen älteren Geschwistern und im *Zufluchts-ort*. Jetzt ist er ein großer Junge mit Problemen, ohne Verantwortung und ohne echten Job. Dazu melden sich seine Hormone, er hat Bedürfnisse wie jeder junge Mann. Dann sind da all die hübschen, jungen Mädchen, für die er als unbedarfter junger Bursche leichte Beute ist. Mädchen wie Shelby«, meinte Eve und fuhr unbarmherzig fort.

»Sie hat ihn benutzt. Das hat sie mit allen gemacht, darauf war sie spezialisiert. Denn auch sie war eingesperrt und wollte unbedingt dort weg. Sie wollte eine eigene Bleibe und dann endlich tun und lassen, was sie will. Plötzlich war da dieses große, leerstehende Haus. Sie musste aus dem neuen Heim heraus und in das leerstehende Gebäude rein. Bei beidem konnte Monty ihr behilflich sein, aber nachdem er ihr geholfen hatte, war sie mit ihm fertig, denn im Grunde war er nur Mittel zum Zweck und nie ein echter Freund.«

»Das alles ist nicht wahr.«, stieß Philadelphia keuchend aus und spannte ihre Finger an. »Das ist nicht wahr.«

»Bei ihr hat er sich wie ein Mann gefühlt, doch dann hat sie ihm plötzlich wieder das Gefühl gegeben, dass er völlig nutzlos ist. Dafür musste er sie bestrafen. Monty wusste, wie er in das leerstehende Haus gelangt, und wusste sicher auch, wie er an Beruhigungsmittel kommt. Er musste Shelby dazu bringen zu erkennen, dass das zwischen ihnen etwas ganz Besonderes war. Sie hätte sich ihm und der höheren Macht, an die er glaubte, unterwerfen sollen. Er wollte sie dazu bringen, das Schicksal anzunehmen, das für sie vorgesehen war.«

»Nein.«

»Aber außer Shelby ist noch ein anderes Mädchen dort. Das hatte er zwar nicht erwartet, aber dann wird er sie eben beide dazu bringen, ihr Schicksal anzunehmen. Sie haben keine Angst vor ihm, denn schließlich kennen sie ihn bisher nur als etwas unbedarften, scheuen jungen Mann. Ihnen das Beruhigungsmittel einzuflößen, ist nicht weiter schwer, alles andere ist das reinste Kinderspiel. Vielleicht läuft alles etwas aus dem Ruder, oder vielleicht hatte er von Anfang an geplant, sie umzubringen. Wie auch immer sind die zwei jetzt tot. Sind von allen Sünden reingewaschen und an einem besseren Ort. Aber da die Leute das natürlich nicht verstehen werden, muss er sie verstecken, und was wäre praktischer, als das direkt vor Ort zu tun? An seinem ganz privaten Zufluchtsort. Im Grunde war alles ganz einfach, wahrscheinlich kam es ihm so vor, als hätte endlich auch er selbst eine Mission. Als wäre er dazu berufen, Mädchen auf den rechten Weg zurückzuführen. Er konnte auch noch andere Mädchen auftun und retten.«

»Was Sie da erzählen, ist gelogen und abscheulich«, fiel Philadelphia ihr ins Wort.

»Es ist vielleicht abscheulich, aber durchaus vorstellbar. Auch wenn ich nicht verstehe, warum Sie die Leichen einfach dort gelassen haben, nachdem Sie herausgefunden hatten, dass Montclair ein Mädchenmörder war. Oder warum Sie ihn, wenn Sie nicht wussten, wo sie waren, nicht vor seiner Abreise nach Afrika gezwungen haben, Ihnen zu verraten, wo die toten Mädchen sind.«

»Wir wussten nichts davon, weil all die Dinge, die Sie da behaupten, hanebüchener Unsinn sind.«

»Oder ist er vielleicht nie nach Afrika gereist?« Mit einem nachdenklichen Kopfschütteln lehnte sich Eve auf ihrem Stuhl zurück. »Denn irgendwie kann ich nicht glauben, dass ein so introvertierter, scheuer junger Mann sich über Nacht in einen aufgeschlossenen, vielseitig interessierten Menschenfreund verwandelt haben soll.«

»Natürlich war er dort. Das ist dokumentiert. Die Menschen dort haben ihn gekannt.«

»Ich bin gerade dabei zu überprüfen, ob dem tatsächlich so ist. Unserer Meinung nach hat er auf jeden Fall zwölf Mädchen umgebracht, alles verraten, wofür Sie und Nashville damals standen, und Ihr Lebenswerk bedroht. Wer hätte Sie, wenn das bekannt geworden wäre, wohl noch unterstützt? Welcher Richter hätte Ihnen dann noch irgendwelche Kinder anvertraut? Alles, wofür Sie sich all die Jahre abgerackert hatten, wäre ruiniert gewesen. Also haben Sie die Tür, nachdem Sie sie geöffnet hatten, eilig wieder zugeknallt. Werden wir auch noch die Überreste Ihres kleinen Bruders finden? Haben Sie ihren kleinen Bruder der höheren Macht geopfert, die Ihnen so wichtig war und offenbar noch immer ist, Miss Jones?«

»Es reicht.« Zornbebend sprang Philadelphia auf. »Sie haben hässliche Gedanken und ein rabenschwarzes Herz. Ich habe Monty geliebt. Er hat in seinem ganzen Leben keinem Menschen je auch nur ein Haar gekrümmt, und genauso wenig hätte ich ihm jemals etwas angetan. Die Welt, in der Sie leben, Lieutenant, ist erschreckend kalt und hässlich und mit fürchterlichen Dingen angefüllt«, erklärte sie und zeigte auf die Fotos auf dem Tisch.

»Ich habe Ihnen nichts mehr mitzuteilen und verlange

einen Anwalt, falls ich auch nur drei Minuten länger in diesem grässlichen Verhörraum bleiben muss.«

»Sie können gehen«, erklärte Eve ihr nonchalant. »Bitte begleiten Sie Miss Jones zum Ausgang, Peabody.«

»Ich finde selbst den Weg«, fuhr Philadelphia sie an und stürzte aus dem Raum.

Peabody atmete vernehmlich aus. »Himmel, das war richtig intensiv. Wobei Sie wirklich überzeugend waren. Denken Sie im Ernst, dass es so war?«

»Ich gehe davon aus, dass es vielleicht nicht genau so, aber auf jeden Fall so ähnlich abgelaufen ist. Ein paar Fragen sind noch offen, aber der grobe Rahmen steht für mich inzwischen fest.«

»Dann hat also ihr Bruder die zwölf Mädchen umgebracht.«

»Er ist auf jeden Fall mein Hauptverdächtiger. Die Gründe dafür habe ich eben alle aufgezählt.«

»Wie gesagt, Sie waren dabei wirklich überzeugend. Aber glauben Sie tatsächlich, Nash und Philadelphia hätten ihren kleinen Bruder umgebracht? Ich meine, wer, wenn nicht Montclair, war dann in Afrika? Denn sie hat recht, es ist dokumentiert, dass irgendwer mit seinem Namen sich dort aufgehalten hat und von dem Löwen aufgefressen worden ist.«

»Das weiß ich zwar noch nicht, aber wir werden es herausfinden«, erklärte Eve.

»Deshalb sollte ich Owusu fragen, ob jemand im Dorf vielleicht ein Foto von ihm hat.«

»Wie sollen wir ihn anders identifizieren, nachdem er eingeäschert worden ist? Der Mensch, der unter seinem

Namen in Simbabwe war, hat gern fotografiert. Ich gehe also davon aus, dass es auch ein paar Fotos von ihm selber gibt. Aber eins hat das Gespräch mit Philadelphia mir gezeigt. Egal, wie es gelaufen ist, sie wusste nichts davon.«

»Ich glaube auch nicht, dass sie etwas wusste, aber warum haben Sie dann gesagt ...«

»Ich wollte einfach sehen, wie sie reagiert. Sie war geschockt, empört und hat mit ihren Antworten ein paar der Leerstellen meiner Theorie gefüllt. Was sie nicht gezeigt hat, waren Angst oder Nervosität. Sie hatte leichte Schuldgefühle wegen der verstorbenen Mädchen, aber gerade das hat ihre Reaktion erst richtig glaubwürdig gemacht. Wenn ich recht habe und Monty was mit Shelby hatte und durch ihr Verhältnis die Geschichte erst ins Rollen kam, hat Philadelphia nichts davon gewusst.«

»Aber was ist dann mit der Sache in Afrika? Wollen Sie etwa behaupten, dass das nur ein Zufall ist?«

»Auf keinen Fall. Sie hat noch einen Bruder, oder nicht? Sie wurden traditionell erzogen, was bedeutet, dass der große Bruder der Familienvorstand ist. Ja, so könnte es gelaufen sein. Wir brauchen Nashville hier auf dem Revier.«

»Dann rufe ich ihn an.«

Als sich Peabody zum Gehen wenden wollte, klingelte Eves Handy, und nach einem Blick auf das Display zog sie die Brauen hoch und tippte eilig eine Antwort ein.

»Dieser verdammte Hurensohn Sebastian hat tatsächlich Wort gehalten. Mein Vertrauen in die Menschheit ist ... genauso groß wie noch vor einem Augenblick, aber er hat ein Treffen mit DeLonna arrangiert.«

»Ohne Scheiß? Und wann?«

»Jetzt gleich. Das heißt, wir müssen sofort los.«

435

18

Die Bar des *Purple Moon* war mit Glitzersternen übersät. Auch unter der Decke funkelten zahlreiche Sterne und berieselten die Tänzerinnen auf der Bühne während ihrer abendlichen Auftritte mit flimmerndem Licht.

Um diese frühe Uhrzeit saß noch niemand in den violetten Nischen oder an den silberfarbenen Tischen des Lokals.

Als Eve und Peabody den Raum betraten, drehte sich das Paar, das vor dem Glitzertresen stand, nach ihnen um.

Der schlanke, hochgewachsene Mann trug ordentliche Jeans zu einem blütenweißen Hemd. Kunstvoll arrangierte Dreadlocks fielen um ein fein gemeißeltes Gesicht, die grünen Augen aber drückten kalten Widerwillen aus, als er den beiden Polizistinnen entgegensah.

Er hielt die Frau bei beiden Händen, und während er mit leiser, eindringlicher Stimme auf sie einsprach, sah sie zu ihm auf und schüttelte den Kopf.

»Es ist wirklich wichtig, Baby.« Sie drückte ihm sanft die Hände, machte sich dann aber von ihm los und wandte sich den beiden anderen Frauen zu.

Sie war eine wahre Schönheit, üppig und exotisch, und sah völlig anders als das dürre, noch ein wenig ungelenke, junge Mädchen auf den Fotos aus ihrer Vermisstenakte aus.

Sie war in ihren Körper hineingewachsen, dachte Eve, und wusste ganz genau, wie sie ihre Reize möglichst vorteilhaft zur Geltung kommen ließ. Das kurze, stachelige Haar betonte noch die großen, schrägen Augen in der Farbe dunkler Schokolade, und das kurze, enge Kleid griff geschickt den intensiven Rotton der geschminkten Lippen auf.

»Lieutenant Dallas.« Ihre Stimme klang wie Rauch.

»Richtig.« Da sie keine unnötigen Worte machen wollte, wies sich Eve mit ihrer Marke aus. »Und meine Partnerin, Detective Peabody. DeLonna Jackson?«

»Heutzutage nur noch Lonna. Lonna Moon. Mein Mann Derrick Stevens und unser Lokal.«

»Nette Beize.«

Schützend schob sich Derrick zwischen seine Frau und Eve. »Sie ist nicht verpflichtet, mit Ihnen zu reden.«

»Derrick.«

»Du brauchst das hier nicht zu tun.«

»Oh, Baby, du weißt selbst, dass ich das muss. Wir beide haben uns ein gutes Leben aufgebaut«, wandte Lonna sich an Eve und trat hinter ihrem Mann hervor. »Wir haben unser eigenes Lokal, nichts in meinem Leben ist noch so, wie's früher einmal war. Deshalb hat Derrick Angst, es täte mir nicht gut, die alten Geschichten noch einmal aufzuwühlen.«

»Wir wollen Ihnen keine Schwierigkeiten machen.«

»Die haben schon angefangen, als ich den Bericht im Fernsehen sah«, wandte sich Lonna Derrick zu. »Natürlich wusste ich nicht sicher, ob sie es waren, aber jetzt ist es mir klar. Am besten setzen wir uns hin. Möchten Sie etwas trinken? Ich könnte ein Mineralwasser gebrauchen,

Derrick«, meinte sie und wandte sich dann wieder an die beiden anderen Frauen. »Wie wäre es mit einer Runde Wasser für uns alle?«

»Gern.« Eve folgte ihr zu einer Nische, setzte sich mit Peabody auf eine Bank und blickte Lonna fragend an. »Sie waren mit Shelby Stubacker befreundet.«

»Shelby, Mikki, T-Bone. Sie waren die besten Freunde, die ich jemals hatte. Ihnen habe ich zu verdanken, dass ich damals nicht wie eine Primel eingegangen bin. Shel und Mikki sind nicht mehr am Leben, stimmt's? Sebastian hat mir nichts gesagt, aber als im Fernsehen die Nachricht von den toten Mädchen in dem Haus, in dem das alte Heim war, kam, wusste ich gleich Bescheid. Ich dachte damals, sie wären einfach abgehauen, ohne mir ein Wort davon zu sagen. Dachte, sie wären ohne mich verschwunden, was mir regelrecht das Herz gebrochen hat.«

»Sie haben Sie nicht einfach dort zurückgelassen.«

»Nein. Es war viel schlimmer, und das hat mir abermals das Herz gebrochen, als ich hörte, was ihnen damals wirklich zugestoßen ist. Aber zugleich hilft es mir auch, weil ich jetzt vielleicht einen Schlussstrich unter diese traurige Geschichte ziehen kann.«

»Sie wollten sich im *Zufluchtsort* etwas Eigenes aufbauen, einen eigenen Club aufziehen«, begann Eve.

»Woher wissen Sie das?«, erkundigte sich Lonna überrascht, während ihr Mann mit einem Tablett mit hohen Gläsern voll perlenden Wassers für sie alle kam. »Wir haben über nichts anderes mehr geredet, seit wir wussten, dass das Heim woanders hinziehen soll. Natürlich hätte ich das niemals zugegeben, aber der Gedanke, mit den anderen abzuhauen, hat mir eine Heidenangst gemacht. Ich hatte Angst davor, auf mich gestellt zu sein, zugleich war ich deshalb auch furchtbar aufgeregt. Sie waren meine besten Freunde«, wiederholte sie und nippte, als sich Derrick zu ihr auf die Bank schob, vorsichtig an ihrem Glas.

»Woher hatte Shelby die gefälschten Dokumente, um sich selber zu entlassen?«

»Das wissen Sie auch? Ich weiß es nicht, zumindest nicht genau. Es gab Dinge, die hat sie uns nicht erzählt. Sie war die Chefin. Sie hatte das Sagen, aber gleichzeitig auch die Verantwortung. So hat sie's immer formuliert.«

»Was lief zwischen ihr und Montclair Jones? Dem jüngeren Bruder von Nash und Philadelphia? Hatten die beiden Sex?«

Seufzend lehnte Lonna ihren Kopf an Derricks Schulter. »Sie hat Sex nicht als intimen Akt der Zuneigung gesehen. Für sie war es so was wie eine Währung, wie ein Tauschmittel. Es hat ziemlich gedauert, bis mir klar wurde, dass Sex was völlig anderes ist.« Bei diesen Worten lächelte sie Derrick zärtlich an. »Aber Monty war sogar für Shelby eine ziemlich harte Nuss. Er war entsetzlich schüchtern, und sie hat ihm Angst gemacht, ihn aber gleichzeitig auch fasziniert. Er war weder so direkt noch so intelligent wie Mr. und Miss Jones. Im Grunde wirkte er genauso jung wie wir, obwohl er sicher ein paar Jahre älter war. Irgendwann hat Shelby ihm einen geblasen und war furchtbar stolz darauf, dass sie es war, die ihn entjungfert hat.«

Lonna fuhr zusammen und griff sich ans Herz. »Oh Gott, das klingt, als wäre sie ein schlimmer Mensch gewesen. Sie müssen verstehen ...«

»Das tue ich. Sie wurde selber immer wieder missbraucht und hat gelernt, auf eine Art zu überleben, die ihr die Kontrolle über sich und andere gegeben hat. Sie war ein Kind, das nie die Chance hatte, ein Kind zu sein.«

»So ging es uns fast allen.«

»Nicht weinen, Schatz«, bat Derrick, als die erste Träne lautlos über Lonnas Wange rann.

»Ein bisschen muss ich einfach weinen«, antwortete sie. »Im Gegensatz zu mir hat Shel niemals die Chance gehabt, glücklich zu sein. Und Mikki war so hilfsbedürftig und so wütend. Aber, meine Güte, sie hat Shelby abgöttisch geliebt. Wahrscheinlich viel zu sehr, denn Shelby hätte diese Liebe nie erwidern können. Das ist mir inzwischen klar. Wir sind ihr blind gefolgt, denn sie hat uns eine Familie gegeben und uns angeführt. Manchmal waren wir in Sebastians Club, zum Spaß, wegen der anderen Mädchen, die dort immer waren, und weil man dort sehr viel gelernt hat, was aus unserer Sicht im Leben nützlich war. Sebastian hat gesagt, Sie würden mir wegen der Sachen, die wir dort gemacht haben, keinen Ärger machen.«

»Das habe ich nicht vor. Auch das kann ich verstehen.« Damit die andere nicht sah, *wie* gut sie sie verstand, wandte sich Eve für einen kurzen Augenblick an deren Mann. »Niemand wird Lonna irgendwelche Scherereien machen.«

»Falls Sie das versuchen, fliegen Sie hier hochkant raus.«

»Okay. Sie haben noch ein anderes Mädchen zu Sebastian mitgenommen.« Sie blickte wieder Lonna an und schob ihr eine Aufnahme von Merry hin. »Erinnern Sie sich noch an sie?«

»Ja. Wobei ich mich an ihren Namen nicht erinnern kann und sich herausgestellt hat, dass sie eine falsche Schlange war. Aber ich habe sie mit zu Sebastian genommen, als ich auf der Straße mitbekam, wie sie sich mit ein paar größeren Jungs gestritten hat. Sie war ziemlich auf Krawall gebürstet, aber diese Typen waren ihr zahlenmmäßig überlegen, also habe ich mich eingemischt.«

»So wie du's immer machst, wenn irgendwer in Schwierigkeiten ist.«

Sie lachte leise über Derricks Kommentar. »Damals habe ich mich blind in jeden Kampf gestürzt. Shelby hatte mir gezeigt, wie man sich wehrt, also bin ich direkt auf die Typen los und habe mir den Fiesesten herausgesucht. Man sieht immer schon auf den ersten Blick, wer in einer Gruppe der Gemeinste ist. Ich dachte mir, wenn ich den fertigmache, hauen die anderen ab. Genauso lief's dann auch, und weil sie ganz allein war, habe ich sie zu Sebastian gebracht.«

Sie berührte vorsichtig den Rand des Bilds. »Dann lag sie also auch in diesem Haus.«

Eve nickte knapp. »Sie wollten ihr damals helfen, aber bei Sebastian ist sie abgehauen.«

»Sie war eine falsche Schlange«, wiederholte Lonna. »Trotzdem war sie noch ein Kind. Eine Zeit lang hing sie noch mit uns ab, vor allem mit Shelby, aber irgendwann war sie verschwunden, danach hab' ich sie nie wieder gesehen.«

»Ist sie vor oder nach Shelby verschwunden?«

»Oh, da muss ich überlegen. Wahrscheinlich danach. Als Shelby plötzlich nicht mehr da war, bin ich in der Hoffnung, sie zu finden, selbst noch zweimal in

Sebastians Club gegangen. Das Mädchen war beim ersten Mal noch dort, aber beim zweiten Mal nicht mehr.«

»Okay. Wie sieht es mit diesem Mädchen aus?«

Auf Eves Zeichen legte Peabody Shashonas Foto auf
den Tisch.

»Die gehörte nicht zu uns, aber vielleicht habe ich sie
trotzdem schon mal irgendwo gesehen. Sie sieht wirklich
scharf aus, nicht? Ich frage mich … hat sie gesungen?«

»Ja«, bestätigte Eve, und abermals tat sich eine Verbindung zwischen ihren Opfern auf.

»Dann ist sie das. Sie sah fantastisch aus und hatte
eine wirklich gute Stimme. Manchmal sind wir heimlich
aus dem *Zufluchtsort* zum Times Square abgehauen, ich
habe den Touristen etwas vorgesungen, und sie haben mir
dafür ein paar Münzen in die Pappschachtel gelegt. Das
Mädchen von dem Foto kam vorbei, hat sich dazugestellt
und einfach mitgesungen. Zwar weiß ich nicht mehr, welches Lied, sie hat einfach die zweite Stimme mitgesungen
und es klang wirklich gut.

Shel und Mikki haben keinen geraden Ton heraus-
gebracht. T-Bone konnte halbwegs singen, aber auf der
Straße hat er seinen Mund nicht aufgemacht. Doch dieses Mädchen tauchte einfach auf und sang mit mir, als
hätten wir das wochenlang geprobt. Am Times Square
hatte ich sie nie zuvor gesehen, aber ich wusste, dass sie
mir schon einmal irgendwo über den Weg gelaufen war.
Sie kannte mich ebenfalls vom Sehen. Das hat man einfach gemerkt.«

»Sie hatten Sie also schon mal gesehen«, drängte Eve.
»Vielleicht in der Nähe Ihres Heims?«

»Wahrscheinlich.« Lonna nickte zustimmend. »Sie lief

immer mit einem ganzen Rudel Freundinnen herum. Sie haben geredet und gelacht, während sie auf dem Heimweg oder auf dem Weg wohin auch immer waren. Ich habe sie beneidet, weil sie immer gut gekleidet waren. Ich habe es gehasst, dass ich immer in abgelegten Kleidern irgendwelcher Leute durch die Gegend laufen musste, deshalb sind mir ihre schönen Sachen aufgefallen.«

»Dann tauchte sie irgendwann am Times Square auf.«

»Genau. Ich stand da mit meiner Pappschachtel, und Shelby hat den Leuten, die mir zugehört haben, die Brieftaschen geklaut. Das war damals ein Abenteuer und ein Riesenspaß für uns. Allzu viele andere Vergnügen gab es für uns nicht. Aber diesmal blieb das attraktive Mädchen bei mir stehen, und wir beide sangen im Duett. Dann haben wir noch ein Lied gesungen, bevor sie mit ihren Freundinnen weitergegangen ist. Das weiß ich noch, weil es mir Spaß gemacht hat, nicht allein zu singen, und weil ich ihr einen Teil des Geldes angeboten habe, den sie aber nicht genommen hat. Sie sagte, dass sie nicht des Geldes, sondern nur des schönen Liedes wegen mitgesungen hätte, dann hat sie sogar selber noch fünf Dollar in meinen Karton gelegt.« Lonna lächelte.

»Sie hatte eine schöne, klare Stimme, aber wie es aussieht, hat die ihr am Ende nichts genützt«, murmelte Lonna und sah sich erneut das Foto an.

»Sie hat bei ihrer Großmutter gelebt, und die hat sie geliebt«, erklärte Eve. »Es wird ihr etwas bedeuten, wenn wir ihr erzählen, wie nett sie damals war.«

»Sagen Sie ihr … ihre Enkeltochter konnte wirklich singen und hatte ein wirklich gutes Herz. Die meisten Mädchen ihres Alters, die so schöne Sachen hatten, haben damals auf jemanden wie mich herabgesehen, aber sie war wirklich nett zu mir.«

»Das werde ich ihr sagen. Aber jetzt erzählen Sie mir erst mal was über Sebastian und den Club.«

»Nun, Sebastian hat dafür gesorgt, dass wir etwas zu essen hatten. Ich selbst bekam im Heim natürlich ausreichend und auch gesund zu essen, aber einige der anderen Mädchen im Club wären nicht satt geworden ohne ihn. Ich will, dass Sie das wissen.«

»Alles klar.«

»Wir haben dort das Klauen von Brieftaschen und ein paar Trickbetrügereien gelernt. Das war aufregend, und ich war ziemlich gut darin. Ich fand es schön, ein bisschen eigenes Geld zu haben, auch wenn es gestohlen war, denn ich hatte bis dahin niemals eigenes Geld gehabt. Die Blowjobs wären nichts für mich gewesen, und vor allem wollte Sebastian das nicht. Shelby hat versucht, mir beizubringen, wie das geht, aber ich hatte einfach nicht das mindeste Talent dafür.«

Sie lachte leise auf und zwinkerte ihrem Mann mit tränenfeuchten Augen zu. »Zumindest damals nicht. Ich war ein bisschen jünger als die anderen und habe zu Shel gesagt, das wäre eklig, und ich könnte das ganz einfach nicht. Sie hat nur gelacht und mir erklärt, es wäre auch nichts anderes als Medizin zu schlucken, trotzdem konnte ich es nicht.«

»Wurden Sie beim Abhauen aus dem Heim jemals erwischt?«

»Es war oft ziemlich knapp. Aber das hat es für uns nur noch reizvoller gemacht. Im Heim herrschte ein ziemlich strenges Regiment, aber die meisten von uns hatten einige Erfahrung mit dem Leben auf der Straße, also haben wir immer einen Weg gefunden, einige der Regeln zu umgehen. Vor allem haben wir aufeinander aufgepasst und uns gegenseitig gedeckt.«

»Tun Sie das noch immer? Wissen Sie zum Beispiel, wo T-Bone geblieben ist?«

»Er hat sich genau wie ich nach seinem Auszug einen neuen Namen zugelegt und ist dann abgetaucht. Er wollte etwas von der Welt sehen, und das hat er auch getan. Dank der Jones und all der anderen hat er eine Ausbildung gemacht und dann auf einem Frachter angeheuert, der in Richtung Südpazifik fuhr. Er reist noch immer um die Welt, und ich hoffe, dass er das auch weiter kann. Nachdem ich von der Sache mit den Mädchen hörte, habe ich ihn angerufen, er hat gesagt, wenn nötig, käme er zurück. Aber ich hoffe, dass er das nicht muss.«

»Wir werden ihn erst mal in Ruhe lassen, aber falls sich rausstellt, dass er hier gebraucht wird, rufen Sie ihn bitte noch einmal an oder geben mir die Möglichkeit, es selbst zu tun.«

»Okay, wahrscheinlich kommt er sowieso. Wir haben eine sehr lange gemeinsame Geschichte, und Sie wissen ja, wie so was ist.«

Eine *so* lange gemeinsame Geschichte hatte Eve mit keinem Menschen, wusste aber trotzdem, was das hieß.

»Erzählen Sie mir, wie Shelby abgehauen ist.«

»Wir hatten alles ganz genau geplant. Ich weiß noch, dass ich fürchterliche Angst hatte, dass es nicht klappen würde, und dann glücklich und zugleich todtraurig war, als ihr der Auszug aus dem Heim dann tatsächlich gelang. Aber schließlich würde sie dort draußen alles vorbereiten, um uns andere später nachzuholen. Dann müsste auch ich selbst das Heim verlassen, und obwohl ich einerseits nichts lieber wollte, wollte ich zugleich am liebsten weiter dort wohnen bleiben, wo ich wusste, dass es sicher für mich war. Vor allem hatte ich in meinem ganzen Leben nie in einem schöneren Haus gelebt als dem, in das wir gerade umgezogen waren.« Lonna seufzte.

»Wie geplant ist sie dort weggezogen und kam nicht mehr zurück. Doch dann hieß es mit einem Mal, Mikki müsste zurück zu ihrer Mutter, das hatten wir nicht geplant. Als Mikki deshalb zu uns kam, haben wir – T-Bone und ich – zu ihr gesagt, wenn sie bei ihrer Mutter wäre, würden wir uns bei ihr melden, wenn wir was von Shelby hören.«

»Die sich dann aber ihrerseits nie wieder gemeldet hat.«

»Das stimmt. Das heißt, dass nur noch ich und T-Bone übrig waren. Zu allem Überfluss bekam er auch noch Ärger, weil er frech geworden war. Normalerweise konnte er sich gut beherrschen, aber er oder wir beide waren damals furchtbar angespannt. Die Jones verdonnerten ihn einerseits zum Küchendienst, und andererseits bekam er Hausarrest. Da das neue Haus echt gut gesichert war, hatten wir Mühe, heimlich rauszukommen, dachten aber, dass wir Shelby finden müssten, damit die uns sagt, wie's weitergehen soll.«

Jetzt nahm sie einen großen Schluck aus ihrem Glas. »Ich war damals ein dürres, kleines Ding, und obwohl die Fenster unserer Zimmer extra nur zum Teil geöffnet werden konnten, habe ich mich eines Abends, als wir schlafen sollten, durch den Spalt gewunden und bin am

Regenrohr Richtung Bürgersteig heruntergerutscht. Ich hatte wirklich Glück, dass ich mir dabei nicht das Bein oder Genick gebrochen habe, aber irgendwie hat es geklappt. Dann bin ich zur U-Bahn gelaufen. Ich hatte die Fahrkarte der Hausmutter stibitzt und wollte sie ihr später wieder heimlich in die Tasche stecken, nachdem ich wieder die Fassade rauf und durchs Fenster reingeklettert wäre. Bis dahin aber war ich völlig frei und würde in ein paar Minuten meine beste Freundin wiedersehen.«

»Im *Zufluchtsort*.«

»Wie gesagt, ich nahm die U-Bahn, das letzte Stück des Wegs bin ich gerannt. Die Nacht war herrlich warm, ich lief, so schnell ich konnte und war schon gespannt darauf, Shelbys Gesicht zu sehen, weil mir die Flucht aus unserem neuen Heim gelungen war. Sie wäre sicher furchtbar stolz auf mich, dann würden wir zusammen lachen, und am Ende würde sie mir sagen, was ich machen sollte, bis es an der Zeit wäre, zu ihr zu ziehen. Ich kann mich noch genau daran erinnern, dass mein Herz vor lauter Aufregung wie wild geschlagen hat.« Sie schluckte.

»Dann ist plötzlich alles schwarz. Ich weiß nur noch, dass ich am nächsten Tag in unserem neuen Heim in meinem Bett in meinem Zimmer wieder zu mir kam, dass mir schlecht und dass ich vollkommen erledigt war. Vor allem war ich auch verängstigt, denn ich war mir sicher, dass ich aus dem Fenster auf den Bürgersteig geklettert und zum *Zufluchtsort* gefahren war, ohne dass ich mich daran erinnern konnte, dass ich Shelby dort getroffen hatte oder irgendwann zurückgekommen war. Außerdem war mein Fenster zu und abgesperrt, und anders als bei meinem Ausflug trug ich plötzlich meinen Schlafanzug.«

»Erinnern Sie sich daran, dass Sie jemanden gesehen oder gesprochen haben?«

»Ich erinnere mich nur an das, was ich erzählt habe. Außer ... eine Zeit lang habe ich geträumt, ich liefe durch den *Zufluchtsort* und riefe laut nach Shelby, bevor plötzlich alles dunkel wird und jemand von der Reinigung von Körper, Geist und Seele spricht. So haben sie auch im *Zufluchtsort* gepredigt, obwohl diese Predigt anders klang. Es ging darum, dass man ein böses Mädchen läutern muss, damit es heimkehren kann. Genauer weiß ich es nicht mehr. Dazu war mir entsetzlich kalt, ich war nackt und hatte Todesangst, konnte aber nicht um Hilfe schreien und war wie gelähmt. Ich habe diesen Traum sehr oft geträumt.«

Als sie erschauderte, schlang Derrick einen Arm um ihre Schulter und zog sie zu sich heran.

»Manchmal höre ich sie rufen oder schreien. Manchmal fühlt es sich so an, als würde ich im Wasser treiben, während eine leise, sanfte Stimme sagt, es wäre gut, ich sollte einfach vergessen, was geschehen ist.«

»Wem gehört die Stimme?«

»Keine Ahnung. Aber jetzt, wo ich darüber nachdenke ...« Sie packte Derricks Hand. »Im Grunde sollte mir das passieren, was Shel und Mikki zugestoßen ist. Aber das ist es nicht. Wie kann es sein, dass ich am nächsten Tag hinter verschlossenem Fenster und in meinem eigenen Schlafanzug in meinem eigenen Bett zu mir gekommen bin?«

»Niemand hat Sie je auf Ihren abendlichen Ausflug angesprochen?«

»T-Bone war der Einzige, der wusste, dass ich Shelby

suchen wollte. Ich habe ihm erzählt, woran ich mich erinnern kann, aber er nahm an, ich wäre niemals wirklich
weg gewesen und hätte das alles nur geträumt. Am Ende
dachte ich das ebenfalls und kam mir wie ein fürchterlicher Feigling vor. Ich hatte meine Freundinnen im Stich
gelassen, aber schließlich hatten sie das andersherum
auch. Daran habe ich mich geklammert, denn ansonsten
hätte ich mich viel zu sehr geschämt.«

Sie wandte sich an ihren Mann, der ihr sanft die Lippen auf das stachelige Haar presste.

»Shelby hatte mich wie alle anderen im Stich gelassen,
also sollte mich nicht interessieren, was aus ihr geworden
war. Ich würde die Enttäuschung überstehen und tun,
was ich tun müsste, um so lange klarzukommen, bis ich
alt genug wäre, um auszuziehen. Bestimmt wollte niemand ein so dürres, alles andere als hübsches Mädchen
haben, also bliebe mir nichts anderes übrig, als so lange
durchzuhalten, bis ich irgendwann das Heim verlassen
und auf eigenen Füßen stehen konnte. Dann würde ich
endlich die werden, die ich schon immer werden wollte.«

Sie trank den letzten Schluck aus ihrem Glas. »Genau
das habe ich getan. Mit Sebastians Hilfe habe ich mir
einen anderen Namen zugelegt. Wenn man das offiziell
macht, gibt's darüber eine Akte, dann hätte ich mein altes
Ich noch immer nicht ganz abgelegt. Aber genau das wollte ich. Ich wollte nur noch Lonna sein und heißen. Lonna
Moon. Ich fand, das klang nach einer Sängerin. Ich wollte
immer singen, und habe mir tatsächlich meinen Lebensunterhalt hauptsächlich mit Gesang verdient. Am Anfang
habe ich noch nebenher gekellnert, aber irgendwann kam
ich auch ohne diesen Nebenjob zurecht. Dann begegnete

ich Derrick, was soll ich sagen? Es war Liebe auf den ersten Blick. Was Besseres hätte mir niemals passieren können, denn seither sind wir zusammen, und das ist das Einzige, was ich noch will.« Nach einer kurzen Pause fügte sie hinzu: »So eine Chance hatten Shel und Mikki nie.«

Eve schüttelte den Kopf. »Ich würde Ihnen gern noch ein paar andere Bilder zeigen.«

Lonna drückte Derricks Hand. »Die anderen Mädchen.«

»Wir haben inzwischen elf von ihnen identifiziert, vielleicht sagen Ihnen ja auch einige der anderen Gesichter was. Peabody«, wandte sich Eve an ihre Partnerin.

»Miss Moon, ich möchte Ihnen sagen, ich bewundere, was Sie geleistet haben«, sagte die. »Ich bewundere, wie Sie die Härte Ihres damaligen Lebens und den Schmerz in etwas Starkes, Positives umgewandelt haben.«

»Vielen Dank. Es fühlt sich gut an, das zu hören«, antwortete Lonna und sah sich die anderen Fotos an.

»Oh Gott. Oh Gott! Das da ist Iris. Gott, die süße, kleine Iris. Das andere Mädchen war mit uns im *Zufluchtsort*. Auch wenn ich ihren Namen nicht mehr weiß.«

»Sie hieß Lupa Dison.«

»Richtig, Lupa. Sie war nett. Sehr still, aber sehr nett. Auch die meisten anderen Gesichter habe ich ganz sicher irgendwann schon mal gesehen. Auf der Straße, mit Sebastian oder auch allein. Die Namen kenne ich nicht, aber sie hätten sich wahrscheinlich sowieso mit Spitznamen oder falschen Namen vorgestellt. Nur die hier habe ich noch nie gesehen.« Sie tippte auf die Aufnahme von Linh.

»Okay.«

»Bei Iris und bei dieser Lupa bin ich mir ganz sicher. So wie bei dem Mädchen, das ich zu Sebastian mitgenommen habe, und dem Mädchen, das mit mir gesungen hat. Wir haben Iris überall gesucht. Ich habe auch nach ihr gesucht, nachdem man mir erzählt hatte, dass sie verschwunden war. Sie war nicht wie ... sie war etwas Besonderes, und Sebastian hatte Angst, ihr würde etwas zustoßen, wenn sie allein dort draußen auf der Straße ist. Das ist dann ja auch passiert.«

Eve nickte knapp und sah sie fragend an. »Lonna, wären Sie bereit, mit jemandem zu arbeiten, der Ihnen helfen kann, sich daran zu erinnern, was in jener Nacht geschehen ist?«

»Auf keinen Fall«, mischte sich Derrick ein und schlug mit seiner freien Hand vernehmlich auf den Tisch. »Das wird sie ganz bestimmt nicht tun. Sie lässt sich nicht von jemandem im Hirn herumstochern, damit sie sich an was erinnert, von dem sie noch immer Albträume bekommt.«

»Ich kann Sie gut verstehen«, meinte Eve. »Ich weiß, wie es sich anfühlt, etwas Schlimmes und Beängstigendes zu verdrängen. Denn trotz allem suchen diese Dinge einen dann in den Träumen heim, wenn man sich nicht dagegen wehren kann.«

»Ach ja?«, murmelte Lonna.

»Allerdings. Ich weiß auch, wie es ist, wenn einen jemand derart liebt, dass er sich wünscht, es würde aufhören, damit man endlich etwas Frieden hat. Ich weiß, dass diese Träume für den Mann, der einen in den Armen hält, wenn man daraus erwacht, genauso schmerzlich sind. Aber sie werden niemals aufhören, wenn Sie nicht bereit sind, sich ihnen zu stellen. Wenn Sie nicht bereit sind, sich Ihrer Erinnerung zu stellen und zu lernen, damit umzugehen.« Eve hielt kurz inne.

»Wir kennen außer Ihnen bisher niemanden, der damals lebend aus dem Haus herausgekommen ist. Niemanden, der vielleicht irgendetwas tief in seinem Inneren vergraben hat, was mir bei der Ergreifung und der Überführung unseres Mörders helfen kann.«

Sie zog eine Visitenkarte aus der Tasche und schrieb Lonna Miras Namen und Nummer auf.

»Falls Sie sich entscheiden, nach dieser Erinnerung zu graben und sich ihr zu stellen, kontaktieren Sie bitte diese Frau. Sie ist die Beste ihres Fachs, sie kann Ihnen helfen, weil sie Ihnen helfen will.«

»Hilft Ihnen das, woran ich mich bisher erinnern kann, denn auch schon etwas weiter?«

»Unbedingt. Wenn Sie nicht weitergehen wollen, ist das auch okay«, erklärte Eve, schob ihr aber die Karte trotzdem hin. »Die ist für Sie, egal, ob Sie noch einmal mit mir reden oder nicht. Peabody hat recht, Sie haben sich aus eigener Kraft ein starkes, positives Leben aufgebaut.«

Mit einem Blick zur sternenübersäten Decke fügte sie hinzu: »Auch Ihr Laden ist echt nett.«

»Kommen Sie ruhig mal außerhalb des Dienstes wieder, trinken was mit Alkohol und sehen sich die Sterne an, wenn sie funkeln.«

»Das mache ich bestimmt.«

Sie glitt von ihrem Platz, und Peabody tat es ihr nach.

»Lieutenant? Diese Mädchen waren meine Freundinnen. Sie müssen denjenigen finden, der sie und die anderen auf dem Gewissen hat.«

»Keine Angst, das werde ich.«

Auf dem Weg zurück zum Wagen meinte Eve mit einem Seitenblick auf Peabody: »Ich sehe Ihnen deutlich an, dass Ihnen etwas auf der Seele liegt. Also spucken Sie es endlich aus.«

»Es geht um mehr als eine Sache, aber vielleicht fange ich am besten damit an, dass Sie normalerweise Zeugen gegenüber nicht derart persönlich werden wie eben da drin. Ich meine, als sie ihr erklärt haben, Sie wüssten, wie es ist, wenn man eine schlimme Erinnerung verdrängt, die einem aber trotzdem keine Ruhe lässt.«

Eve antwortete erst, als sie im warmen Wagen saß. »Es hat sich einfach richtig angefühlt. Für mich und auch für sie. Ja klar, es war persönlich, aber manchmal kann man das Persönliche auch nutzen, weil es einem selber oder jemand anderem hilft.«

»Haben Sie noch immer Albträume?«

»Nicht mehr so wie früher.« Es war auch längst nicht mehr so schwer, daran zu denken, merkte Eve und fädelte sich in den fließenden Verkehr ein. »Inzwischen kommen sie viel seltener und sind auch lange nicht mehr so brutal. Zum Beispiel rede ich im Augenblick in meinen Träumen mit den toten Mädchen.«

»Das klingt ganz schön unheimlich.«

»Nicht wirklich, eher ein bisschen seltsam, aber gleichzeitig auch durchaus hilfreich, weil es mich gedanklich weiterbringt. Aber jetzt kümmern Sie sich erst mal um Nashville Jones. Ich will ihn im Verhörraum haben, denn jetzt weiß ich, wie ich ihn am besten knacken kann.«

Während Peabody versuchte, Nashville zu erreichen, rief Eve selbst über das Autotelefon im Vorzimmer von

Dr. Mira an, wo wie gewohnt ein kaltäugiger Drache Wache hielt.

»Lieutenant.«

»Ich muss kurz mit Dr. Mira sprechen.«

»Die Frau Doktor ist gerade in einer Sitzung, direkt danach hat sie ein Meeting und eine Konsultation. Ihr Tag ist völlig ausgebucht.«

»Ein paar Minuten«, antwortete Eve. »Für zwölf tote Mädchen hat sie doch bestimmt ein paar Minuten Zeit.«

»Ich melde mich, wenn ich ein paar Minuten in ihrem Terminkalender finde«, sagte ihr der Drache zu und legte wieder auf.

»Verdammt, ein paar Minuten hätte sie doch ganz bestimmt für mich gehabt. Man sollte meinen, dass ich eine Audienz beim Herrgott haben will.«

»Was vielleicht daran liegt, dass Mira ihre Göttin ist«, gab Peabody zurück. »Nash hat offenbar einen genauso vollen Tag wie sie. Shivitz hat mich zu seiner Sekretärin durchgestellt, aber wenigstens hat die mir zugesagt, dass er sich bei mir meldet, wenn er aus der Sitzung kommt, die er gerade leitet.«

»Dann muss er seine anderen Termine wohl verschieben, denn wir brauchen ihn auf dem Revier.«

Da Eve ohne Nash und Mira keinerlei Termindruck hatte, fuhr sie statt direkt zur Wache erst noch zu De-Winter ins Labor.

Als sie dort laute Rufe hörte, griff sie automatisch nach der Waffe, die sie trug, zog ihre Hand aber zurück, als sie erkannte, dass es keine Angst-, sondern anscheinend Freudenschreie waren.

Aus einer anderen Richtung drangen gedämpfte Explosionen und hysterisches Gelächter an ihr Ohr.

»Sind wir hier in einem Irrenhaus gelandet oder was?«

»Ich finde das echt cool, aber vielleicht muss man ein bisschen freakig sein, damit einem so was gefällt.« Peabody verrenkte sich den Hals, um durch die Glaswände und über die Gerätschaften hinwegzusehen.

»Ein *bisschen* freakig ist sicher untertrieben. Dafür muss man ein Freak bis über beide Ohren sein. In Freak-Treibsand stecken oder so. Wobei ich keine Ahnung habe, weshalb Treibsand Treibsand heißt. Es müsste Sinksand heißen, weil die Menschen und die armen Tiere in den Filmen langsam, aber sicher in dem Zeug versinken, bis von ihnen nichts mehr übrig ist.«

»Man versinkt nur darin, wenn man wild um sich schlägt. Wenn man ganz ruhig bleibt, treibt man wirklich auf der Oberfläche, ohne unterzugehen.«

Eve warf einen Blick auf einen Freak zu ihrer Linken, von dem sie aufgrund des Schlabberkittels und der riesengroßen Mikrobrille, die er trug, nicht sagen konnte, ob er Männlein oder Weiblein war. Er schaute von dem Unterkiefer auf, vor dem er saß, und hörte ihnen interessiert zu.

»Ach ja?«

»Ach ja. Denn Treibsand ist normaler Sand, der so viel Wasser aufgenommen hat, dass die Körner ihre Reibungskraft verlieren und er kein weiteres Gewicht mehr tragen kann. Normalerweise ist er nicht sehr tief, und Sie können darauf treiben, weil die Dichte Ihres Körpers kleiner als die Dichte des Treibsands ist.«

»In Ordnung, gut zu wissen. Wenn ich irgendwann

einmal auf Treibsand stoße, werde ich versuchen, dran zu denken.«

»Allerdings wird's etwas schwierig, wenn der Treibsand Lehm enthält. Der Lehm wirkt wie ein Gel, und wenn Sie in den Treibsand fallen, verflüssigt sich das Gel durch die Kraft des Aufpralls und klebt die Lehmpartikel derart fest zusammen, dass man ziemlich tief in dem Gemisch versinken kann.«

Die Laborratte in ihrem Schlabberkittel applaudierte, ein Blick auf ihre Hände machte deutlich, dass sie offenkundig männlich war.

»Dann bräuchte man, um Sie herauszuziehen, ähnlich viel Kraft wie wenn man einen Wagen oder einen kleinen Laster bergen wollte, also sehen Sie am besten zu, dass Sie sich selbst befreien. Sie müssen sich dabei wie eine Schlange winden, denn durch die Bewegung sickert Wasser in das Lehmgemisch, was Ihnen selber wieder Auftrieb gibt.«

»Okay. Am besten schreibe ich mir alles auf, denn schließlich weiß man nie …«

Um zusätzlichen Treibsandinfos vorzubeugen, setzte sie sich wieder in Bewegung, fragte aber noch: »Woher wissen Sie das alles? Oder besser, weshalb interessiert Sie das?«

»Ich interessiere mich einfach für Wissenschaft im Allgemeinen«, klärte Peabody sie auf. »Weil man ohne Wissenschaft nun mal nicht leben kann.«

Ehe Eve ihr widersprechen konnte, fiel ihr ein, dass auch DeWinter, die ihr bei der Arbeit helfen sollte, eine glühende Verfechterin der Wissenschaften war.

Auch DeWinter hatte eine unförmige Mikrobrille

auf, ihr leuchtend pinkfarbener Kittel aber saß wie angegossen und passte hervorragend zu den knöchelhohen, mit meterhohen Absätzen bestückten Boots.

Ohne von den Knochen auf dem Stahltisch aufzublicken, meinte sie: »Ich hatte mich bereits gefragt, ob ich Sie heute sehen würde, weil Sie sicher etwas über unser letztes Opfer wissen wollen. Es liegt hier vor mir auf dem Tisch. Wie die anderen ist sie ertrunken und war zwölf bis vierzehn Jahre alt. Wahrscheinlich eher vierzehn, denn ihr Skelett deutet auf jahrelange Fehlernährung hin. Dem Gebiss nach wusste sie wahrscheinlich nur vom Hörensagen, was eine Zahnarztpraxis ist. Sechs Zähne weisen große, nie gefüllte Löcher auf, ein paar andere Zähne sind angeschlagen oder abgebrochen, und zwei fehlen ganz. Außerdem hat sie sich ungefähr mit fünf das rechte Handgelenk gebrochen, der Bruch ist derart schlecht verheilt, dass sich die Hand wahrscheinlich nie mehr richtig hat drehen lassen.«

Eve trat zu ihr an den Tisch und schaute sich die Knochen an.

»Sie weist auch eine jüngere Verletzung auf. Die Haarfraktur am linken Knöchel hat sie sich wahrscheinlich eine Woche bis zehn Tage vor ihrer Ermordung zugezogen«, klärte die Forensikerin sie mit ausdrucksloser Stimme auf.

»Gibt es Missbrauchsspuren?«

»Der Bruch des Handgelenks und hier die Haarfraktur am rechten Ellbogen stammen vielleicht von einem Sturz, bei dem sie auf der rechten Seite aufgekommen ist. Es wäre durchaus möglich, dass man sie gestoßen hat. Die Hüften und die Knie sind für einen Menschen ihres Alters ungewöhnlich abgenutzt. Das deutet darauf hin, dass sie sehr viel gelaufen ist und praktisch ständig in Bewegung war. Sehen Sie die Zehen? Sie überlappen sich.«

»Dann hatte sie also wie Shelby Stubacker zu kleine Schuhe an.«

»Genau.«

»Wie's aussieht, hat sie Jahre auf der Straße zugebracht.«

»Wahrscheinlich.«

»Wie weit sind Sie mit der Rekonstruktion ihres Gesichts? Sie ist die Letzte, die noch fehlt.«

»Selbst, wenn sie noch versucht hätte zu fliehen, wäre sie mit diesem Knöchel nicht weit gekommen«, stellte DeWinter fest.

»Nein, aber wahrscheinlich hatte sie auch gar nicht die Gelegenheit zu fliehen.«

»Ich habe Ihre Mail bekommen«, fing DeWinter an und setzte ihre Mikrobrille ab. »Bisher haben wir den Medien kaum etwas gegeben, aber wenn wir auch den Namen unseres letzten Opfers haben, sollten wir aus meiner Sicht bekannt geben, wer diese Mädchen waren.«

»Auf keinen Fall.«

»Lieutenant, die Zusammenarbeit mit den Medien kann mitunter äußerst nützlich sein. Wir informieren die Bevölkerung, die darauf einen Anspruch hat, aber vor allem rufen wir durch die Bekanntgabe wichtiger Daten allgemeines Interesse an der Sache wach und bekommen dadurch vielleicht unsererseits Informationen, die uns bei der Aufklärung des Falls behilflich sind.«

Eve hörte sich die Argumente an, bevor sie Kontra gab.

»Die Ermittlungen zu diesem Fall sind erst mal meine

Angelegenheit und gehen die Öffentlichkeit einen feuchten Kehricht an. Vor allem aber habe ich noch eine wichtige Vernehmung anberaumt und möchte nicht, dass vorher irgendetwas nach außen dringt, das die Person, die ich vernehmen muss, veranlasst, auf der Hut zu sein. Wenn wir die Namen aller Opfer haben und sobald die jeweils nächsten Angehörigen verständigt sind, können Sie mit den Namen an die Presse gehen«, sagte sie DeWinter zu.

Wobei sie selber dafür sorgen würde, dass Nadine die Namen schon ein bisschen eher bekam.

»Meinetwegen geben Sie zusammen mit den Namen noch eine Erklärung ab«, bot sie DeWinter an, fügte aber einschränkend hinzu: »Aber Sie sagen nichts zu den Ermittlungen, zu potenziellen Tatverdächtigen, Motiven oder zu der Art, wie diese Mädchen umgekommen sind.«

»Ich mache so was nicht zum ersten Mal«, stellte die andere trocken fest.

»Dann dürfte es ja kein Problem sein.« Wieder sah sich Eve die Knochen ihres zwölften Opfers an. »Aber jetzt geht's erst einmal um sie.«

»Lieutenant«, brauste die Forensikerin auf. »Mir liegen diese Mädchen ebenfalls am Herzen. Ich bin es, die ihre Knochen in den Händen hält, daran herumkratzt, sie zersägt und untersucht. Um das zu können, muss ich …« Sie schob eine ihrer Hände zwischen ihrem Körper und dem Stahltisch hin und her. »… etwas Distanz zu ihnen wahren und mich ganz auf meine Arbeit konzentrieren. Aber das bedeutet nicht, dass diese Mädchen mir nicht wichtig sind.«

»Deshalb kann ich Ihnen auch schon jede Menge über sie erzählen«, fuhr sie fort und zeigte auf die Überreste

auf dem Tisch. »Dass sie in viel zu kleinen Schuhen kilo-
meterweit gelaufen ist und nur gegessen hat, was sie
in irgendwelchen Mülleimern gefunden hat. Dass sie
unter fürchterlichen Zahnschmerzen gelitten hat und in
der letzten Woche ihres Lebens mit geschwollenem, an-
gebrochenem Knöchel herumgehumpelt ist. Ihr Leben
muss sehr hart gewesen sein, so hart, dass es beinah eine
Erlösung für sie war, als jemand sie hat ertrinken lassen.
Natürlich war es falsch, ungerecht und unmoralisch, aber
trotzdem beinah besser als das Leben, zu dem sie gezwungen war.«

»Vielleicht. Wahrscheinlich haben Sie recht, aber trotzdem geht es mir vor allem um ihren Tod, um die Art,
auf die man sie ermordet hat, um den Täter, sein Motiv
und darum, wie er vorgegangen ist. Dagegen kommt das
Recht der Öffentlichkeit auf Informationen ganz bestimmt nicht an.«

»Sie haben einen Verdächtigen«, ging es DeWinter auf.
»Sie haben jemanden im Auge.«

»Ich brauche ihr Gesicht und ihren Namen«, wiederholte Eve und sah sie reglos an. »Ich führe gleich eine
Vernehmung durch und hoffe, dass es dabei einen Durchbruch gibt. Aber bis dahin habe ich noch jede Menge
Leute im Visier.«

»Ich wüsste gerne, wer …«

»Warum haben Sie den Hund gestohlen?«, fiel Eve ihr
ins Wort.

»Was?«

»Den Hund. Sie wurden vor ein paar Jahren verurteilt,
weil Sie einen Hund gestohlen haben.«

»Von *stehlen* kann dabei keine Rede sein. Ich habe

ihn *befreit*. Sein Besitzer hatte ihn das ganze Jahr bei Hitze und bei Kälte, meistens ohne Fressen und selbst ohne Wasser draußen an der Kette. Als ich ihn darauf angesprochen habe, hat er mir in Gegenwart von meiner kleinen Tochter rundheraus erklärt, ich sollte mich ins Knie ficken, denn was er mit dem Köter machen würde, ginge mich nichts an.«

»Wie nett«, bemerkte Eve.

»Also bin ich eines Tages, als der widerliche Tierquäler wahrscheinlich wieder mal in einer Kneipe war und sich betrunken hat, statt mit Wasser und etwas zu fressen mit dem Bolzenschneider losgegangen, habe die Kette durch-geschnitten und den Hund in eine Tierklinik gebracht.«

»Sie wurden wegen Diebstahls angezeigt.«

»Weil ich mich geweigert habe, ihm den Hund zurück-zubringen. Er musste erst mal in der Klinik bleiben, denn er war vollkommen dehydriert, unterernährt, hatte die Räude, Flöhe und noch jede Menge anderes Zeug.«

»Der Arme«, stellte Peabody mit mitleidiger Stimme fest.

»Allerdings! Ich habe mich geweigert, ihm zu sagen, wo der Hund geblieben ist, darauf ist der jämmerliche Kerl zur Polizei gelaufen. Also war ich dran, weil ich den Hund gestohlen hatte, bevor er selbst wegen Tierquälerei verurteilt worden ist. Was mir ein innerer Vorbeimarsch war.«

»Was ist aus dem Hund geworden?«, fragte Eve.

»Meine Tochter hat ihn auf den Namen Bones ge-tauft«, klärte DeWinter sie mit einem breiten Lächeln auf. »Er ist ein kerngesunder, lieber kleiner Kerl und liebt das Leben in New York.«

Sie zog ihr Handy aus der Tasche, wischte über das Display und zeigte Eve und Peabody die Aufnahme von einem schlanken, braunen Hund mit Schlappohren und einem treuherzigen Blick.

»Wie süß!«, rief Peabody begeistert aus.

»Inzwischen ist er wirklich süß, und die Verhaftung und die Strafe, die ich zahlen musste, mehr als wert.«

»Wenn Sie die Polizei gerufen hätten, wäre Ihnen nichts passiert«, bemerkte Eve.

»Vielleicht, aber ich war in dem Moment so wütend, dass ich nicht mehr richtig denken konnte. Außerdem hat's mir einen Riesenspaß gemacht, den kleinen Kerl aus seinem elenden Gefängnis zu befreien. Aber nun, da das geklärt ist, noch einmal zurück zu unserer Pressekonferenz …«, setzte sie an, brach aber wieder ab, als auf dem Handy, das sie noch in der Hand hielt, Mavis' neuester Hit erklang. »Das ist meine Tochter.«

»Kein Problem. Dann gehen wir schon mal zu Kendrick«, meinte Eve.

»Bin sofort da.«

»Lassen Sie sich Zeit.«

»Ich hasse Menschen, die gemein zu Tieren sind«, bemerkte Peabody, als sie mit Eve den Raum verließ.

»Der Kerl war offenbar ein Arschloch«, stimmte Eve ihr zu. »Aber den Hund einfach zu klauen? Damit hat sie sich über das Gesetz gestellt und obendrein gezeigt, dass es ihr manchmal offenkundig an Beherrschung fehlt.«

»Vielleicht, aber der Hund sah auf dem Foto glücklich aus. Sie wollen ihr wirklich nichts von Ihrer Theorie erzählen?«, fragte Peabody und sah sich auf dem Weg zu Elsie Kendricks Reich noch einmal nach DeWinter um.

»Ich kenne sie nicht gut genug, um ihr schon derart zu vertrauen, selbst wenn ich sie eines Tages besser kenne, heißt das nicht, dass ich sie dann in alle Schritte meiner Arbeit einbeziehen will.«

Sie trafen Elsie am Computer an. »Hallo. Sie ist fast fertig. Jetzt kommt noch der Feinschliff, und dann können Sie sie sehen.«

»Die Skizzen sind echt toll«, erklärte Peabody, als sie die Bilder an der Tafel sah. »Die Mädchen sehen darauf wirklich reizend aus. Ich frage mich, ob wir vielleicht Kopien davon für die Eltern oder Vormünder bekommen könnten, denen diese Mädchen wichtig waren.«

»Na klar.«

»Gute Idee, Peabody«, lobte Eve.

»Hier ist unser letztes Mädchen.« Elsie rief das dreidimensionale Bild des Kopfes auf.

Das letzte Mädchen war nicht wirklich hübsch, merkte Eve. Schmales Gesicht mit einer eingefallenen Wange, dort, wo sie den Zahn verloren hatte, tief liegende Augen und ein geradezu erschreckend leerer Blick.

»Peabody.«

»Ich suche schon nach einer Übereinstimmung.«

»Ich glaube nicht, dass sie in der Vermisstendatenbank zu finden ist. Niemand hat sie als vermisst gemeldet, laut DeWinter hat sie Jahre ihres Lebens auf der Straße zugebracht.«

»So sieht's aus«, stimmte ihr Elsie zu. »Sie hatte es nicht leicht.«

»Nichts«, meldete Peabody.

»Fahren Sie trotzdem mit der Suche fort. Elsie, können Sie eine Kopie des Bildes für mich machen und dann noch ein anderes erstellen? Auf dem sie ungefähr drei Jahre jünger ist?«

»Na klar. Moment.«

Eve schob die Kopie des Bildes in die Aktentasche ihrer Partnerin und schaute zu, wie auf dem Monitor ein Bild des unbekannten Opfers drei Jahre vor seinem Tod entstand. Die Wangen waren ein bisschen voller und die Züge etwas gleichmäßiger als in ihrem letzten Lebensjahr.

»Machen Sie mir davon bitte auch eine Kopie. Die gleiche ich dann selber mit den Bildern aus den Datenbanken ab.«

»Ich kann gerne mitsuchen«, bot Elsie an. »Dann finden wir sie doch bestimmt.«

Das Mädchen aber tauchte nirgends auf.

»Vielleicht liege ich diesmal ja daneben«, setzte Elsie an.

»Das bezweifle ich. Sie haben schließlich bei den anderen elf den Nagel auf den Kopf getroffen«, widersprach ihr Eve. »Am besten weiten wir die Suche aus. Schicken Sie die beiden Bilder an die elektronischen Ermittler, Peabody, und sagen Feeney, dass er weltweit nach ihr suchen lassen soll. Wenn das die elektronischen Ermittler machen, dürfte es erheblich schneller gehen.«

»Ich suche trotzdem weiter selbst nach ihr«, bot Elsie an. »Falls Sie sie finden, schicken Sie mir bitte ihren Namen. Ich weiß zwar nicht, warum, aber das Schicksal dieses Mädchens geht mir irgendwie besonders nah.«

»Vielleicht, weil es sich anfühlt, als ob niemals jemand für sie da gewesen wäre, als sie noch am Leben war.«

»Vielleicht.«

Eve und Peabody verließen das Labor und fuhren weiter zum Revier. »Machen Sie noch mal Druck auf Jones«, bat Eve die Partnerin. »Inzwischen müsste seine Sitzung doch beendet sein. Das heißt, am besten rufe ich ihn selber an und schinde damit Eindruck, dass ich Lieutenant bin.«

Sie rief über das Autotelefon im Sekretariat des Heimes an und setzte eine ausdruckslose Polizistenmiene auf.

»*Stätte der Läuterung der Jugend durch höhere Mächte.* Wie kann ich Ihnen behilflich sein?«

»Hier spricht Lieutenant Dallas von der New Yorker Polizei. Verbinden Sie mich umgehend mit Nashville Jones.«

»Oh! Einen Moment bitte. Ich stelle Sie gleich zu ihm durch und wünsche Ihnen einen positiven Tag.«

»Ja, ja. Die Leute sagen ständig solchen Mist«, beschwerte Eve sich bei der Partnerin. »Schönen Tag, glücklichen Tag, friedlichen Tag, blabla. Mir ist es lieber, wenn ich irgendwelchen Schweinehunden in den Hintern treten kann.«

»Vielleicht hat sie das Ihnen gegenüber ja mit positiv gemeint.«

»Vorzimmer von Mr. Jones, Lydia am Apparat. Was kann ich für Sie tun?«

»Verbinden Sie mich schnellstmöglich mit Mr. Jones.«

»Lieutenant Dallas, ja, ich habe ihm gesagt, dass Sie ihn sprechen wollen, aber leider musste er ganz plötzlich weg. Ihm kam etwas dazwischen und ...«

»Was zum Teufel soll das heißen, er musste ganz plötzlich weg?«

»Wie gesagt, ihm kam etwas dazwischen«, wiederholte Lydia. »Er hat mich gebeten, sämtliche noch ausstehende

Termine heute abzusagen, also bin ich sicher, dass es wirklich wichtig war. Aber ich richte ihm natürlich gern noch mal etwas von Ihnen aus.«

»Weil es beim ersten Mal so gut geklappt hat«, knurrte Eve und legte auf, bevor sie noch mal einen positiven Tag gewünscht bekam.

»Verdammt und zugenäht.« Sie fädelte sich dicht vor einem Laster hinter einem Taxi ein, zog sich dadurch den Zorn des Fahrers zu, wechselte abrupt die Spur, wendete, und Peabody umklammerte den Griff über der Tür, als sie, um einen kurzen Stau zu überfliegen, in die Vertikale ging.

»Ich nehme an, wir fahren statt aufs Revier zum Heim.«

»Wohin wohl sonst? Dieser verdammte Hurensohn!« Abermals schoss sie um eine Kurve, mit einem stummen Stoßgebet kniff Peabody die Augen zu.

19

Eve marschierte durch die Tür des Heims, wo Shivitz ihr entgegentrat und unglücklich die Hände rang.

»Ich bitte Sie! Sie können hier nicht einfach so herein-platzen. Vor allem nicht in Mr. Jones' Büro.«

»Doch, das kann ich. Wo ist er?«, wandte sie sich an die Sekretärin, die mit großen Augen hinter ihrem Schreibtisch saß.

»Ich … ich … ich …«

»Nun spucken Sie's schon aus. Wo ist Ihr Boss?«

»Er hat mir nicht gesagt, wohin er will. Er hat mir nur gesagt, er müsste weg und dass ich sämtliche Termine, die er heute hat, absagen soll. Ich habe nur …«

»Sie«, fuhr Eve jetzt wieder Shivitz an. »Sie wissen immer alles. Also sagen Sie mir, wo er ist.«

»Das weiß ich nicht. Ich würde mich niemals er-dreisten, Mr. Jones zu fragen, was er vorhat, wenn er aus dem Haus geht, denn das steht mir nicht zu.«

»Wo ist seine Schwester?«

»Miss Jones leitet einen Gesprächskreis. Wenn Sie …«

»Holen Sie sie her.«

»Ich werde garantiert nicht den Gesprächskreis stö-ren.«

»Kein Problem. Dann rücken Sie einfach die Schlüssel zu ihren privaten Räumlichkeiten raus.«

Sie rang hörbar nach Luft. »Auf *keinen* Fall«, setzte sie wieder an, als Eve bereits in Richtung Treppe lief. »Wo wollen Sie hin? Wo wollen Sie hin?«

»In die Wohnung von Mr. Jones. Ich habe einen Generalschlüssel.«

»Das können Sie nicht machen! Das wäre ein Eindringen in seine Privatsphäre und ohne … ohne Durchsuchungsbefehl ist so was nicht erlaubt.«

Eve blieb auf der Treppe stehen, sah aus dem Augenwinkel, dass die junge Quilla in der Nähe stand, und wandte sich mit kalter Miene Shivitz zu. »Ich soll mir die Erlaubnis holen, mich in der Wohnung umzusehen? Meinetwegen. Aber während ich das tue, kontaktiere ich gleichzeitig ein paar Reporter und lasse sie wissen, dass das Heim und seine Gründer, das heißt Mr. und Miss Jones, im Mittelpunkt meiner Ermittlungen zu der Ermordung von einem Dutzend junger Mädchen stehen.«

»Das können Sie nicht machen!«

»Peabody?«

»Selbstverständlich, Lieutenant, soll ich Nadine Furst in Ihrem Namen kontaktieren?«

»Nein, nein, nein! Moment! Moment! Ich gebe Miss Jones Bescheid, dass Sie sie sprechen wollen. Moment!«

»Okay.«

Eve lehnte sich an das Geländer, und die Hausmutter lief eilig los.

Sie ging davon aus, dass Quilla vielleicht fünf Sekunden bräuchte, um aus ihrem Versteck zu kriechen, aber schon nach drei Sekunden stand sie neben ihr.

»Was für ein Drama! Das ist besser als jeder Film. Die Hausmutter hat wirklich Schiss gekriegt.«

»Stimmt.«

»Ist Mr. Jones in Schwierigkeiten?«

»So sieht's aus.«

»Er hat ganz bestimmt niemanden umgebracht. Dafür ist er viel zu sehr was-du-nicht-willst-das-man-dir-tut und all der andere Mist.«

»Wenn man jemanden ermordet, tut man ihm auf alle Fälle etwas an, was man bestimmt nicht selber angetan bekommen will.«

»Ja, deshalb würde er das niemals tun«, stellte Quilla nüchtern fest.

»Miss Jones hat total *gekocht,* als sie vorhin zurückgekommen ist. Sie war knallrot und hat zu Mr. Jones gesagt, dass sie ihn *sofort* sprechen muss. So was macht sie sonst nie. Dann waren sie in ihrem Büro, sie hat rumgeschrien, dass Sie sie in die Scheiße ziehen wollen – nur hat sie es natürlich anders formuliert. Er hat ihr geantwortet, dass sie sich erst einmal beruhigen soll, aber nicht so wie an dem anderen Tag, nachdem Sie hier waren, um ihnen zu sagen, dass die Mädchen in dem Haus ermordet worden sind und so. Sie hat angefangen zu heulen, und er hat gesagt, dass sie das alles falsch versteht, aber sie hat einen auf sterbender Schwan gemacht.«

Eves junge Informantin griff sich theatralisch an die Stirn und ahmte Philadelphias gequälte Stimme nach. »Diese armen Kinder, diese armen, verlorenen Seelen. Darauf hat Mr. Jones gesagt, also bitte, Philly, sie haben jetzt ihren Frieden, und es war nicht unsere Schuld. Wir haben unser Möglichstes für sie getan. Aber sie hat bei seiner Antwort sofort wieder losgeheult.«

Quilla grinste. »Am liebsten hätte er zu ihr gesagt, dass sie verdammt noch mal die Klappe halten soll, damit er nachdenken kann, aber das hat er nicht gesagt. Das habe ich einfach zwischen dem Zeug, das er gesagt hat, rausgehört.«

»Ach ja?«

»Und dann …« Sie richtete sich kerzengerade auf, warf einen Blick über die Schulter und erklärte: »Ich muss los.«

»Ohren wie eine Fledermaus«, murmelte Eve, als Philadelphia zwei Sekunden später, dicht gefolgt von einer laut japsenden Hausmutter, den Flur heraufgedonnert kam.

»Das ist einfach ungeheuerlich!«

»Ich lege, wenn es sein muss, gern noch eine Schippe drauf«, gab Eve in gleichmütigem Ton zurück.

»Sie haben nicht das Recht, einfach in unsere privaten Räumlichkeiten einzudringen. Das ist reine Willkür, also rufe ich jetzt erst mal unseren Anwalt an.«

»Tun Sie das. Dann kontaktiere ich den Staatsanwalt, und bis ich die Erlaubnis habe, mich in Ihrer Wohnung umzusehen … Peabody, verbinden Sie mich schon einmal mit Nadine Furst. Ich bin mir sicher, dass sie die Geschichte gern in ihrer Sendung heute Abend bringen wird.«

»Einen Augenblick!«, fiel Philadelphia ihr ins Wort.

»Mehr kriegen Sie ganz sicher nicht. Ihr Bruder steht im Zentrum unserer Ermittlungen zum Tod von einem Dutzend Mädchen, und anscheinend weiß hier niemand, wo er ist. Am besten schreiben Sie den Mann zur Fahndung aus, Peabody.«

»Was soll das bedeuten?«, hakte Philadelphia nach.

»Dass wir nach ihm suchen«, klärte Peabody sie freundlich auf.

»Als ob er ein Verbrecher wäre! Hören Sie auf damit.«

»Wenn Sie mir sagen, wo er ist, kann ich darauf verzichten, alle Polizisten von New York mit einem Foto von ihm zu versehen«, schlug Eve ihr vor.

»Ich weiß es nicht. Um Himmels willen, er sagt mir nicht jedes Mal Bescheid, wenn er das Haus verlässt. Er musste eben plötzlich weg und hat mir nicht gesagt, wohin er geht.«

»Er ist weggegangen, nachdem Sie ihm erzählt haben, worum's bei unserer Unterhaltung auf der Wache ging, und nachdem ihm ausgerichtet wurde, dass ich ihn ebenfalls dort sprechen will. Das stinkt zum Himmel, oder, Peabody?«

»Auf jeden Fall.«

»Die Angelegenheit hat ihn, das heißt uns alle, furchtbar mitgenommen. Bitte gehen Sie ...« Sie machte eine Geste, wie um ihre ungebetenen Besucher zu verscheuchen, und fügte hinzu: »Sie stören den Unterricht, die Sitzungen, die Ruhe unserer Schützlinge. Gehen Sie, und ich werde dafür sorgen, dass er Sie sofort nach seiner Rückkehr kontaktiert.«

»Das reicht mir nicht. Ich will mir jetzt seine Räumlichkeiten ansehen.«

»Warum? Sie denken doch wohl nicht, er hätte irgendwelche Leichen dort versteckt?«

»Beweisen Sie mir, dass es nicht so ist.«

»Das ist einfach beleidigend.« Trotzdem machte Philadelphia auf dem Absatz kehrt, zog eine Schlüsselkarte aus der Tasche, schob sie durch den Schlitz neben der Tür und tippte einen Zahlencode ein.

»Haben Sie Angst, dass Ihre Schützlinge sich heimlich in die Wohnung schleichen?«

»Sie können keinen Fehler machen, wenn man sie nicht in Versuchung führt«, erklärte Philadelphia und öffnete die Tür.

»Hier. Die Küche und den großen Wohnraum teilen wir uns.«

Die Wohnung war zwar hübsch, aber bescheiden und vor allem ohne jeden Schnickschnack eingerichtet, wie's aussah, zwackten die Geschwister von den Spendengeldern, die sie für das Heim bekamen, nichts für einen aufwändigen Lebensstil in ihren eigenen vier Wänden ab.

»Nash und ich haben je ein eigenes Bad, ein eigenes Schlaf- sowie ein eigenes kleines Wohnzimmer. Ich auf dieser und mein Bruder auf der anderen Seite. Wenn wir ungestört sein wollen, ziehen wir einfach die Schiebetüren zwischen beiden Seiten zu. Wobei sie, so wie jetzt, meist offen stehen.«

»Verstehe«, antwortete Eve und wandte sich Nashs Seite zu.

Eilig lief Philadelphia ihr hinterher. »Ich will nicht, dass Sie seine Sachen anfassen.«

»Dann bleiben Sie am besten hier und übernehmen das für mich.«

Philadelphia stemmte ihre Hände in die Hüften und sah Eve aus zornblitzenden Augen an. »Ich verlange eine schriftliche Entschuldigung von Ihnen beiden und Ihrem direkten Vorgesetzten.«

»Alles klar.«

In Nashvilles Wohnzimmer standen zwei Stühle und ein kleiner Tisch mit einem Laptop, auf dem Boden lag ein abgewetzter Teppich, die Wände waren mit zwei billigen, gerahmten Drucken aufgepeppt.

Auch das Schlafzimmer war eher spartanisch eingerichtet. Neben einem schlichten Bett stand dort ein kleiner Sessel, auf der Kommode stand ein Bild von ihm mit Philadelphia und dem kleinen Bruder vor der Tür des neuen, schönen Heims.

»Ist das sein Handy?«, fragte Eve und zeigte auf das Telefon, das auf der hölzernen Kommode lag.

»Was? Ich … oh. Er hat sein Handy hier vergessen. Jetzt verstehe ich, warum sofort die Mailbox angesprungen ist, als ich versucht habe, ihn zu erreichen. Er hat nicht dran gedacht, sein Handy mitzunehmen, als er vorhin weggegangen ist.«

»Ah-hah.« Wie sollte man ihn finden, dachte Eve, wenn sein Handy ausgeschaltet war und hier auf der Kommode lag.

»Öffnen Sie seinen Kleiderschrank.«

»Auf keinen Fall.«

»Öffnen Sie den Schrank«, verlangte Eve ein zweites Mal mit deutlich größerer Geduld, als Philadelphia ihrer Meinung nach verdiente. »Und sehen Sie nach, ob irgendetwas fehlt.«

»Natürlich fehlt dort nichts. Das ist doch einfach lächerlich.« Empört riss Philadelphia die schmale Schranktür auf. »Sie tun, als wäre Nashville auf der Flucht oder …«

»Was hat er eingepackt?«

»Ich ... habe nicht gesagt, dass er was mitgenommen hat.«

»Das hat mir Ihr Gesicht verraten.«

»Ich ... Miss Shivitz, würden Sie wohl runtergehen und dafür sorgen, dass die Kinder ... bitte, gehen Sie nach unten.«

»Rufen Sie, falls Sie mich noch mal brauchen«, gab die Hausmutter mit einem bösen Seitenblick auf Eve zurück. »Falls Sie irgendetwas brauchen, geben Sie einfach Bescheid.«

Philadelphia nickte, während sie sich in den kleinen Sessel sinken ließ. »Es muss etwas passiert sein.«

»Tatsächlich? Also, was hat er mitgenommen?«

»Ich bin mir nicht sicher. Ich ... nur ist es einfach so, dass er normalerweise einen kleinen Koffer in dem Schrank stehen hat. Falls wir mal verreisen müssen, haben wir beide jeweils einen kleinen Koffer griffbereit im Schrank. Aber der Koffer ist nicht da. Anscheinend wurde er kurzfristig weggerufen.«

»Und ist einfach ohne Ihnen oder Lydia Bescheid zu geben und dazu noch ohne Handy losgegangen?«

Schwachsinn, hätte Roarke dazu gesagt. »Sie sind eine intelligente Frau und wissen, dass er abgehauen ist. Peabody, schreiben Sie Nashville Jones zur Fahndung aus.«

»Er ist nicht abgehauen. Das schwöre ich. Genau wie ich bei meinem Leben schwöre, dass er nichts verbrochen hat. Das könnte er ganz einfach nicht.«

»Ist denn sein Geld noch da?«

»Was?«

»Für den Notfall hat jeder irgendwo ein bisschen Bargeld liegen. Da ich davon ausgehe, dass dies ein Notfall

war, hat er das Geld, das hier herumlag, sicher eingesteckt. Also, wo hebt er normalerweise Bargeld auf?«

Mit zusammengepressten Lippen stand die Schwester wieder auf, trat vor die Kommode, zog die erste
Schublade heraus, schob ein paar ordentlich zusammen-
gelegte Socken an die Seite und … riss überrascht die
Augen auf.

»Es ist nicht mehr da.«

»Vielleicht hat er es ja woanders hingelegt. Normalerweise hat er immer etwas Bargeld hier. Ich weiß nicht,
was das alles zu bedeuten hat. Er ist ein anständiger
Mann.« Langsam drehte sie sich um und verschränkte
ihre Hände wie zu einem Gebet. »Das sage ich nicht nur,
weil er mein Bruder ist. Ich arbeite seit Jahren Tag für
Tag mit ihm zusammen, ich kenne ihn genau. Er ist ein
guter Mann.«

»Wo könnte er jetzt sein?«

»Ich weiß es nicht. Ich weiß es einfach nicht.«

»Wo fahren Sie hin, wenn sie sich mal ein paar Tage
entspannen wollen?«

»Oh, es ist inzwischen fünf, sechs Jahre her, dass wir
zum letzten Mal im Urlaub waren. Seither waren wir
beide höchstens mal bei irgendwelchen Seminaren, bei
denen es um unsere Arbeit ging.«

»Schreiben Sie uns auf, wo diese Seminare stattgefunden haben. Und sehen Sie sich noch einmal gründlich in der Wohnung um. Ich will wissen, was er alles mitgenommen hat.«

»Es gibt bestimmt eine Erklärung für das alles. Eine
völlig harmlose Erklärung«, machte Philadelphia sich selber Mut.

»Fangen Sie mit den Listen an. Außerdem will ich auch noch DeLonnas altes Zimmer sehen.«

»Das Zimmer von DeLonna Jackson?«

»Ja, genau. Ich will das Zimmer sehen, das sie hatte, nachdem Shelby ausgezogen war.«

»Ich ... mein Kopf. Ich kann mich nicht erinnern. Fragen Sie die Hausmutter. Sie weiß es sicher noch. Tut mir leid. Ich habe plötzlich fürchterliche Kopfschmerzen. Am besten hole ich mir eine von den Schmerztabletten, die Nashville in seinem Badezimmer aufbewahrt.«

Langsam ging sie in das kleine Bad, das nur mit einer Dusche ausgestattet war, öffnete die Tür des Medizinschränkchens und ... brach in Tränen aus.

»Er hat sein Waschzeug eingepackt. Grundgütiger Jesus, Nash, wo steckst du nur?«

»Am besten hole ich die Hausmutter zurück«, wandte sich Eve an ihre Partnerin. »Sie passen währenddessen auf sie auf.«

»Okay. Setzen Sie sich erst mal wieder hin, Miss Jones. Ich habe Schmerztabletten da. Also hole ich jetzt ein Glas Wasser, und Sie setzen sich hin.«

»Das ergibt ganz einfach keinen Sinn. All das ergibt keinen Sinn.«

Falsch, sagte sich Eve, während sie sich zum Gehen wandte. Ganz im Gegenteil war plötzlich sogar alles sonnenklar.

Sie schrieb Nashville zur Fahndung aus, nahm Shivitz wieder halbwegs für sich ein, indem sie vorschlug, ihrer Chefin ein Beruhigungsmittel raufzubringen, und ging weiter, um sich in DeLonnas altem Zimmer umzusehen.

Es war ein kleiner Raum, in dem zwei schmale Betten und zwei winzige Kommoden standen, aber die Bewohnerinnen hatten ihm mit Postern irgendwelcher Bands, Stofftieren und ein paar bunten Kissen ihren eigenen Stempel aufgedrückt. Jedes Mädchen hatte, neben seinem Bett ein kleines Wandregal für einen Laptop oder ein Tablet, eine Lampe und den einen oder anderen Mädchenkram. Eine von den beiden hatte den ursprünglich langweiligen weißen Lampenschirm mit violetten Tupfen aufgepeppt.

Das Fenster ging noch immer gerade einmal einen Spalt weit auf. Ein kleines, dünnes Mädchen hätte es wahrscheinlich trotzdem hinbekommen, sich hindurchzuwinden und ...

... dann allen Mut zusammennehmen müssen, um den Abstieg Richtung Bürgersteig zu wagen, weil es an der hübschen Backsteinfront des Hauses außer einer Regenrinne nur noch ein paar kleine Vorsprünge als Halt für Hände und Füße gab.

Trotzdem konnte Eve sich vorstellen, wie Lonna dort im Dunkeln und mit wild klopfendem Herzen aus dem Fenster und danach die Wand hinabgestiegen war, sich mit unsicheren Fingern festgeklammert hatte und nach einem waghalsigen Sprung auf dem Asphalt gelandet war.

»Was machen Sie denn hier?«

Eve wandte sich vom Fenster ab, sah Quilla reglos an, und grinsend wiederholte die: »Was machen Sie denn hier? Hier wohnen Choo und Randa, und die zwei sind echt okay. Meine Mitbewohnerin ist jetzt bei Pflegeeltern, aber ich bin froh, dass ich sie los bin, denn sie war so langweilig und brav, dass es kaum auszuhalten war. Ich habe gern ein eigenes Zimmer, und ich hoffe, dass ich es erst mal behalten kann. Also, was wollen Sie hier?«

»Gehst du eigentlich jemals zum Unterricht, zu irgendeiner Sitzung oder so?«

»Na klar. Aber jetzt gerade läuft das alles nicht, weil Mr. Jones wer weiß wo steckt, Miss Jones total am Ende und die Hausmutter am Durchdrehen ist. Sie tun natürlich alle so, als wäre alles so wie immer, aber, Mann, die Spannung ist mit Händen greifbar. Also, weshalb sind Sie hier?«

»Wir suchen Mr. Jones.«

»Den Sie hier bestimmt nicht finden werden, weil für diesen Trakt Miss Jones zuständig ist. Mr. Jones kümmert sich um die Jungen, denn die beiden wollen keinen von uns nackt sehen, der andere Körperteile hat als sie selbst.«

Sie warf die Arme in die Luft, riss Mund und Augen auf und schrie: »Skandal!«

Sie sollte wirklich eine Karriere beim Theater in Erwägung ziehen, dachte Eve und sah sie fragend an. »Und die Angestellten folgen dieser Maxime?«

»Ab-so-lut. Manchmal schafft es eine von den Älteren, sich heimlich flachlegen zu lassen, aber das erfordert sorgfältige Planung und vor allem jede Menge Glück. Wenn Miss Jones es rauskriegt, lädt sie einem dafür jede Menge Scheißarbeiten auf, denn offensichtlich bildet sie sich ein, dass man nicht mehr ans Vögeln denkt, wenn man beschäftigt ist. Aber wenn jemand vom Personal versuchen würde, sich an eine von uns ranzumachen, würde sie denjenigen so zerreißen wie ihr Bruder von dem Löwen in der Luft zerrissen worden ist. Dann gäbe es kein Pardon.«

»Dann weißt du also von der Sache mit dem Bruder?«

»Klar, das wissen alle hier. Schließlich hängt im Raum der Stille diese kitschige Gedenkplakette – Sie wissen schon, zu seinen Ehren und so.«

»Raum der Stille?«

»So was wie eine Kapelle oder Kirche, auch wenn's anders heißt.« Sie schlenderte gemächlich durch den Raum und sah sich die Sachen der Bewohnerinnen an. Da Eve an ihrer Stelle mindestens genauso neugierig gewesen wäre, ließ sie es geschehen »Man darf dort nicht reden und auch keine elektronischen Geräte benutzen, sondern muss einfach nur herumsitzen und beten oder meditieren oder Däumchen drehen.«

»Nein«, war alles, was Eve sagte, als das Mädchen eine Haarspange in ihre Hosentasche gleiten ließ, achselzuckend legte Quilla sie zurück.

»Aber wie dem auch sei hat Mr. Jones bestimmt niemanden umgebracht. Das weiß ich genau. Ihm rutscht niemals die Hand aus, er wird noch nicht mal laut. Wenn jemand Mist baut, macht er höchstens so.« Sie setzte eine missbilligende, strenge Miene auf.

»Oder so.« Jetzt drückte ihr Gesicht missbilligende Enttäuschung aus.

»Und er sagt Sachen wie: ›Meine liebe Quilla, vielleicht brauchst du etwas Zeit im Raum der Stille, um zu überlegen, dass dein unschönes Verhalten neben dir auch andere betrifft.‹ Miss Jones ist viel direkter, wissen Sie? Man baut Scheiße, und danach schrubbt man die Klos. Was wirklich eklig ist. Mr. Jones labert einem die Ohren voll, während man von seiner Schwester einen Putzlappen und einen Eimer in die Hand gedrückt bekommt. Wobei Putzlappen und Eimer meist noch angenehmer sind. Er hat also bestimmt niemanden umgebracht, vor allem nicht diese Mädchen, die schon ewig tot sind, aber irgendetwas ist im Busch.«

Mit ein paar Sätzen hatte ihr das Mädchen einen ziemlich guten Überblick über die Atmosphäre innerhalb des Heims und die Dynamik zwischen Jones und Jones verschafft. Eve war durchaus interessiert daran, sich noch den Rest ihrer Enthüllungen anzuhören.

»Und was?«

»Das kann ich noch nicht sagen.« Sie posierte vor dem kleinen Spiegel an der Wand und probierte eine Reihe von Gesichtsausdrücken aus. »Seit Sie zum ersten Mal hier waren, hat er viel Zeit im Raum der Stille und in seiner Wohnung zugebracht. Viel mehr als sonst. Und er geht andauernd spazieren, einmal sogar den ganzen Weg bis zu dem alten Heim. Natürlich war das Haus noch von der Polizei gesperrt. Also hat er einfach auf der anderen Straßenseite rumgestanden und es angestarrt. Was wirklich seltsam war.«

»Woher weißt du, dass er bis zum *Zufluchtsort* gelaufen ist?«

»Weil ich ihm hinterhergegangen bin. Wenn man schnell ist, kommt man, wenn die Lebensmittel angeliefert werden, relativ problemlos aus dem Haus. Und ich bin schnell und wollte einfach sehen, was er macht. Außerdem telefoniert er permanent mit seinem neuen Handy, aber dann spricht er so leise, dass man kein Wort versteht, selbst wenn man die Ohren spitzt.«

»Mit was für einem neuen Handy?«

»Einem Prepaid-Handy. Das hat er sich unterwegs gekauft.«

»Ach ja?«

»Ach ja. Also ist auf jeden Fall etwas im Busch, aber er ist ein Heiliger, deshalb hat er diese Mädchen ganz bestimmt nicht umgebracht. Ich glaube, dass der Tod von den Mädchen ihm total zu schaffen macht, vor allem, weil ein paar von ihnen in dem alten Heim waren.«

»Woher weißt du das?«

»Ich sperre Ohren und Augen auf und kriege deshalb sehr viel mit.« Sie drehte eine etwas wackelige Pirouette und fuhr fort. »Er und die Hausmutter waren zusammen bei seiner Schwester im Büro. Sie haben darüber gesprochen und geweint, selbst Mr. Jones hat geweint, was echt der Hammer ist. Außerdem gibt es eine Gedenkfeier, zu der wir *alle* gehen müssen, obwohl wir die Mädchen gar nicht kannten und sie schon ewig tot sind. Aber trotzdem müssen wir dort alle hin.« Sie zog eine Grimasse.

»Zurück zu Mr. Jones. Ich glaube, er hat heimlich Sex, und in den Gruppenstunden heißt es, dass man von Sex, bei dem es nicht um Liebe geht und bei dem man sich nicht auf Dauer an den anderen Menschen binden möchte, Schuldgefühle kriegen kann, und dass die höhere Macht, die unser Leben lenkt, deshalb enttäuscht von einem ist.«

»Mein Gott.«

»Vielleicht gibt's diese Macht, vielleicht aber auch nicht«, stellte Quilla achselzuckend fest. »Sie zwingen uns ihre religiösen Überzeugungen nicht auf. Aber ich denke, dass sich Mr. Jones vielleicht aus irgendwelchen anderen Gründen schlecht fühlt und verschwunden ist, um jede Menge Sex zu haben, weil er hofft, das lenkt ihn ab.«

Als Eves Ohren aufhörten zu klingeln, kam sie zu dem Schluss, dass das tatsächlich durchaus einen Sinn ergab oder auf alle Fälle einen Sinn ergeben hätte, wäre Nashville nicht aus ihrer Meinung nach ganz anderen Gründen abgehauen.

Trotzdem sagte sie: »Ich gehe dieser Sache nach«, weil das aus ihrer Sicht die beste Antwort war.

»Okay, dann haue ich jetzt wieder ab, bevor man mich vermisst.«

Sie schoss davon, und plötzlich fühlte sich das Zimmer deutlich größer an. Vor allem war es herrlich still, Eve nahm auf der Kante eines Bettes Platz und atmete erleichtert auf.

Das Hirn von diesem Mädchen war das reinste Hamsterrad. Es drehte sich und drehte sich, aber die Infos, die sie ihr gegeben hatte, waren wirklich gut, wenn man sie aus dem Wirrwarr der sich überschlagenden Gedanken und der wild sprudelnden Worte löste.

Also blieb sie noch kurz sitzen und schrieb sich die Dinge auf, ehe sie erneut in der Erinnerung an Quillas wirre Rede untergingen.

Schließlich aber kehrte sie in Nashs und Philadelphias Räumlichkeiten zurück, wo die Hausmutter versuchte, Philadelphia ein Beruhigungsmittel einzuflößen, während Peabody daneben saß und Wache hielt.

»Lieutenant, ich möchte mich dafür entschuldigen, dass ich derart zusammengebrochen bin. Normalerweise bin ich nicht so zart besaitet.«

»Kein Problem. Miss Jones, ich hole mir jetzt die Erlaubnis eines Richters, um mich überall hier umzusehen. Peabody?«

»Ich rufe gleich an.«

»Allerdings wäre es besser für uns alle, wenn Sie uns gestatten würden, sofort mit der Durchsuchung zu beginnen. Offiziell. Als Erstes nähmen wir uns dann die Wohnung vor, dazu würde ich noch weitere Beamte einbestellen, die uns bei der Durchsuchung des gesamten Heims assistieren.«

Sie hätte nicht gedacht, dass Philadelphia noch blasser werden könnte, aber jetzt wich auch der letzte Rest von Farbe aus ihrem Gesicht. Mit unsicherer Flüsterstimme fragte sie: »Sie wollen das Heim durchsuchen?«

»Mit oder ohne Ihre Zustimmung, wobei es uns und Ihnen selbst die Sache deutlich erleichtern würde, wenn Sie damit einverstanden wären.«

»Sie sollten Ihren Anwalt kontaktieren, Miss Jones«, fing Shivitz an.

»Wir haben hier nichts zu verbergen.« Philadelphia richtete sich kerzengerade auf und tätschelte der Hausmutter die Hand. »Ich gebe Ihnen die Erlaubnis, sich hier umzusehen, und rufe meinen Anwalt an.«

»Das haben Sie gut entschieden«, sagte Eve.

»Nachdem ich wieder einen halbwegs klaren Kopf habe, nehme ich an, dass Nashville einfach etwas Zeit für sich alleine braucht, um all das zu verarbeiten. Ich weiß, wie sehr mich selber diese Sache mitgenommen hat. Weil er als der Vorstand dieses Haushalts Stärke zeigen will, macht er wie immer alles mit sich selber aus. Ich denke also, er braucht einfach etwas Zeit, vor allem, weil ich selbst nach meiner Rückkehr von der Wache und meinem Gespräch mit Ihnen derart aufgewühlt war. Wahrscheinlich hat er einen Rückzugsort gefunden und gibt mir Bescheid, sobald er sich dort eingerichtet hat. Dann wird ihm auffallen, dass er sein Handy hier vergessen hat, er wird sich irgendwo eins leihen und mich wissen lassen, wo er ist.«

»Das wird er ganz bestimmt.« Jetzt tätschelte die Hausmutter ihr andersherum aufmunternd die Hand.

»Könnten Sie für Lieutenant Dallas eine Liste der Orte erstellen, an die er sich zurückgezogen haben könnte? Oder Lieutenant, vielleicht ginge es noch schneller, wenn Miss Shivitz selbst nachfragen würde, ob er irgendwo dort angekommen ist.«

»Warum machen Sie nicht beides? Dann fangen Peabody und ich schon mal hier oben an.«

»Muss ich dabeibleiben?«

»Das können Sie halten, wie Sie wollen.«

»Ich würde lieber nicht mit ansehen, wie Sie unsere Sachen hier durchwühlen. Am besten gehe ich in mein Büro und rufe ein paar Freunde und Bekannte an. Vielleicht hat Nash ja irgendwen in seine Pläne eingeweiht. Ich werde mich erheblich besser fühlen, wenn ich weiß, wo Nashville ist, und wir das alles klären können.«

»Meinetwegen.«

»Gut. Dann werde ich jetzt runtergehen. Miss Shivitz.«

»Es wird alles gut.« Die Hausmutter legte den Arm um Philadelphias Taille und führte sie langsam aus dem Raum. »Sie werden sehen. Sie müssen Vertrauen haben, dann wird alles gut.«

»Was zur Hölle hat sie Philadelphia da vorhin ins Glas gekippt?«, wunderte sich Eve.

»Ich glaube, sie hat das Beruhigungsmittel mit ein bisschen Schnaps oder so aufgepeppt, Philadelphia hat beschlossen, so zu tun, als wäre nichts weiter passiert. Sie glaubt nur noch das, was sie zuletzt gesagt hat, und hat alles andere gelöscht. Anders käme sie mit dieser Sache nicht zurecht, aber sie sagt sich, dass sie weiter funktionieren muss. Das ist ganz einfach Teil ihrer Persönlichkeit. Sie hat ein Haus voll Kinder, die Probleme haben, und um diese Kinder weiter in der Spur zu halten, muss sie eben funktionieren.«

»Ich fürchte, dass die Kids im Moment ihre geringste Sorge sind. Falls bei Baxter und bei Trueheart gerade nichts Besonderes anliegt, sollen sie herkommen. Trueheart ist jung, sieht alles andere als bedrohlich aus, und ich kann mir vorstellen, dass er beruhigend auf das Personal und selbst die Kinder wirkt. Bestellen Sie auch Carmichael von der Trachtengruppe mit einem Kollegen ein. Es ist schließlich ein großes Haus.«

»Wird erledigt«, sagte Peabody ihr zu.

Auf dem Weg zu Nashvilles Schlafzimmer erklärte Eve: »Übrigens hat Quilla sich als ganz hervorragende Informantin rausgestellt. Ihrer Meinung nach ist hier eindeutig irgendwas im Busch.«

Während sie Peabody berichtete, fing sie mit der Durchsuchung an.

Es dauerte nicht lange, bis das kleine Zimmer und die wenigen Besitztümer gesichtet waren. Das Einzige, was sie dabei erfuhren, war, dass Mr. Jones anscheinend eine Vorliebe für gute Stoffe hatte und seine zwar hochwertigen, aber abgelaufenen Schuhe entweder aus Sparsamkeit oder weil er es praktisch fand, statt in den Müll zu werfen, einfach neu besohlen ließ.

»Auf seinem Handy ist nichts Ungewöhnliches zu finden«, sagte sie zu Peabody. »Aber ein paar Kontakte sind gelöscht. Bestellen Sie auch noch die elektronischen Ermittler ein. Sie sollen sich die Geräte ansehen und gucken, ob man die gelöschten Daten wiederherstellen kann.«

»Baxter und Trueheart bringen Ian mit. Ich hatte mir bereits gedacht, dass ein elektronischer Ermittler hier nicht schaden kann.«

»Da hatten Sie eindeutig recht.«

»Wissen Sie, all das hier spricht von einem eher bescheidenen Lebensstil.« Peabody stand neben dem Bett und schaute sich im Zimmer um. »Er hat zwar eine Packung mit Kondomen, aber die liegen nicht im Nachtschränkchen, sondern im Badezimmerschrank. Sex hier vor Ort hatte er also nicht. Die Kleider sind aus anständigem Material, das heißt, dass man sie lange tragen kann. Wenn er Löcher in den Socken hatte, hat die irgendwer gestopft.«

»Gestopft?«

»Jemand hat sie genäht. Sie wissen schon, die Löcher, die man manchmal an den Fersen oder vorne an den Zehen hat. Wenn Nashville Löcher in den Socken hatte, hat die jemand repariert.«

»Wie die Schuhe«, meinte Eve. »Aber ein bescheidenes Leben ohne übertriebenen Luxus ist zwar anerkennenswert, macht einen aber nicht zum Heiligen.«

»Zum Heiligen?«

»So hat Quilla ihn genannt. Weil er aus ihrer Sicht genau wie seine Schwester andauernd nur Gutes tut. Vielleicht hat er hier ja irgendwo ein Versteck.« Die Hände in den Hüften, drehte sie sich einmal um sich selbst. »Aber ich kann keins finden.«

»Falls er etwas zu verstecken hatte, hat er das doch sicher mitgenommen, als er abgehauen ist.«

»Ja, wahrscheinlich. Auf dem E-Book-Reader, den er hiergelassen hat, sind ein paar Romane, jede Menge religiöser Kram, ein paar Bücher über Spiritualität, Psychologie, den Umgang mit Süchten und fehlendem Selbstvertrauen. Das ist nicht wirklich überraschend, also nehmen wir uns jetzt das nächste Zimmer vor.«

Das kleine Wohnzimmer bot ebenfalls nicht viel. Die Videos und die Musik dienten ebenfalls vor allem der spirituellen Erbauung, auch wenn es daneben ein paar CDs mit weltlicher Musik und DVDs mit ganz normalen Filmen gab.

Den Vorräten in ihrer kleinen Küche nach ernährten die Geschwister sich gesund. Nirgends waren Drogen, Alkohol oder auch nur Süßwaren versteckt.

»Ich habe den Durchsuchungsbefehl mitgebracht«, erklärte Baxter, als er zu den beiden Frauen in die Küche kam. »Ich habe ihn Miss Jones ordnungsgemäß überreicht. Das Haus ist voller Kids, die tun, als wäre es todlangweilig, den Cops bei der Durchsuchung ihrer Zimmer zuzusehen. Aber in Wirklichkeit sind sie wahrscheinlich ziemlich sauer, denn bestimmt haben sie jede Menge Zoner und noch irgendwelches anderes Zeug bei unserem Auftauchen im Klo runtergespült.«

»Möglich, aber eigentlich herrscht hier ein ziemlich strenges Regiment.«

»Das werden wir ja sehen. Peabody, Ihr Schnuckel ist im Erdgeschoss und nimmt sich dort die elektronischen Geräte vor.«

»Er ist nicht mein Schnuckel, sondern meine durchtrainierte und brutale Sexmaschine«, klärte die den Kollegen auf.

»Okay«, stimmte ihr Baxter grinsend zu und wandte sich an Eve. »Wo sollen *wir* anfangen, Lieutenant Dallas?«

»Nehmen Sie sich erst einmal den Keller und die Vorratsräume vor und gucken, wo man dort etwas verstecken kann. Von dort arbeiten Sie sich nach oben, wir arbeiten uns gleichzeitig von hier nach unten vor. Die Kollegen von der Trachtengruppe sehen sich bitte in den Zimmern der Bewohner um. Ich glaube nicht, dass sie dort fündig werden, aber einen kurzen Blick hineinzuwerfen schadet sicher nicht.«

»Keller«, seufzte Baxter und sah kopfschüttelnd an sich herab. »Ich wusste doch, dass ich die Schuhe vorher hätte wechseln sollen.«

»Dann ziehen Sie sie doch einfach aus. Sie haben doch bestimmt keine gestopften Socken an.«

»Keine *was?*«

»Keine gestopften Socken. Wenn *Sie* Löcher in den Socken haben, werfen Sie die doch wahrscheinlich einfach weg und ziehen schicke, neue Socken ohne Löcher an. Mein Gott, wer *isst* so was? Ingwer-Reiswaffeln? Igitt-igitt. Wer so was runterkriegt, der ist zu allem fähig«, stellte sie mit Abscheu in der Stimme fest und wandte sich dann wieder dem Kollegen zu. »Was machen Sie hier noch? Sie sollen doch runter in den Keller gehen.«

Die Wohnung gab nicht wirklich etwas her. Das Einzige, was Eve herausfand, war, dass Philadelphias Geschmack im Hinblick auf Bücher, Filme und Musik nicht ganz so intellektuell wie der des Bruders war. Sie hatte eine Vorliebe für reine Unterhaltung, hörte angesagte Titel aus den Hitparaden und sah sich die neuesten Filme an.

Wahrscheinlich, weil sie wissen und darüber diskutieren können wollte, was die Kinder lasen, sahen, hörten, dachte Eve.

In ihrem Badezimmerschrank lagen Verhütungsmittel und verschiedene Hautpflegeprodukte, aber kaum Kosmetika. Nur ein paar Lippenstifte, Lidschatten und Wimperntusche, merkte Eve, und musste sich zu ihrer Schande eingestehen, dass sie selbst erheblich mehr von diesem Zeug besaß.

Aber das war nicht ihre Schuld, denn schließlich wurden ihr die Sachen gegen ihren Willen aufgedrängt.

20

Im Erdgeschoss trafen sie auf McNab, der den Computer vorne am Empfang durchsuchte, wobei Quilla, die zur Stelle war, sobald sich etwas Interessantes tat, ihm neugierig über die Schulter sah.

»Die Kleine ist vollkommen hin und weg«, flüsterte Peabody. »Aber wer kann ihr das verdenken? Schließlich ist er wirklich süß.«

Eve betrachtete die Szene und runzelte die Stirn. Quilla trug ihre gewohnte Uniform – aber okay, sie hatte Lipgloss aufgetragen. McNabs zu einem Pferdeschwanz gebundenes, langes blondes Haar fiel auf den Rücken eines schreiend pinkfarbenen T-Shirts, auf dem vorn ein lilafarbener Elefant zu sehen war. Dazu trug er mindestens ein Dutzend Silberringe in den Ohren, und unter Shivitz' Schreibtisch lugten seine leuchtend violetten Turnschuhe hervor.

Neben Quilla in ihrer langweiligen, schlichten Uniform wirkte McNab in seinem Aufzug wie der Hauptdarsteller in einem Zirkus, dachte sie.

Aber natürlich hob er sich mit seinen Outfits auch von allen anderen Menschen, die sie kannte, ab.

Das Mädchen mit den Ohren einer Fledermaus sah auf, und Eve erkannte, dass sie wirklich einen sehnsüchtigen, liebeskranken Ausdruck im Gesicht hatte.

»Er hat gesagt, dass ich ihm bei der Arbeit zusehen darf.«

»Nur, dass er das nicht zu bestimmen hat. Wenn ich dich dabei erwische, dass du den Kollegen bei der Arbeit in die Quere kommst, setze ich dich höchstpersönlich für den Rest des Tags im Raum der Stille ab.«

Während Quilla einfach mit den Achseln zuckte, nickte Ian dem Lieutenant unauffällig zu. »He, Quil, die Arbeit macht mich ganz schön durstig. Meinst du, dass es irgendwo hier eine Limo für mich gibt?«

»Keine Chance.« Sie schüttelte den Kopf. »Zuckerhaltige Getränke gibt's hier nicht.«

»Traurig.«

»Allerdings. Aber ich kann fragen, ob ich Ihnen eine holen gehen darf. Der Supermarkt ist direkt nebenan.«

»Tu das«, meinte Eve, während sie schon das notwendige Kleingeld aus der Hosentasche zog. »Wenn sie es dir erlauben, holst du ein paar Dosen mit verschiedenen Geschmacksrichtungen, und mir bringst du eine Pepsi mit.«

»Okay.« Sie nahm das Geld und eilte los.

»Jetzt hat sie wenigstens etwas zu tun.«

»Sie ist witzig, süß und wirklich clever«, stellte Ian anerkennend fest. »Was macht sie hier im Heim?«

»Dasselbe wie die anderen auch. Die Eltern haben sich einen feuchten Dreck um sie geschert, sie vielleicht sogar misshandelt, dann ist sie mit Schuleschwänzen und Ladendiebstählen oder solchen Sachen aufgefallen, bis sie am Ende hier gelandet ist. Wo es ihr deutlich besser als bei ihren Arschlöchern von Eltern geht. Was haben Sie für mich?«

»Nicht viel. Ich habe mir als Erstes Nashs Büro-computer angesehen. Natürlich nehme ich das Ding auch noch mit aufs Revier, um es mir dort genauer anzu-sehen, aber das mache ich vor allem aus Prinzip. Ich glau-be nicht, dass darauf wirklich was zu finden ist. Arbeit, Arbeit, Arbeit. Ein paar Schreiben, die aber in keiner Weise ungewöhnlich sind, ein paar Bilder, teilweise pri-vat von der Familie und zum Teil schon ziemlich alt, Auf-nahmen von einigen der Kids, die aber alle völlig harm-los sind, ein paar bürointerne Mitteilungen, scherzhaftes Geplänkel mit der Schwester, vor allem aber jede Menge Organisationskram, der das Heim betrifft.«

»Dann hat er also kein Transportmittel und keine Unterkunft gebucht?«

»Die letzte Buchung ist zehn Wochen her. Dabei ging es um einen Workshop irgendwo in Pennsylvania, über den es auch eine Akte gibt, zusammen mit der Rede, die er dort gehalten hat, und einigen Notizen zu dem Work-shop selbst.«

»Wo genau fand dieser Workshop statt?«

Er sah noch einmal nach. »In der *Inneren Einkehr.* Hm. Laut der Liste, die ich von der Schwester habe, hat er neben dem Bürocomputer auch noch einen Laptop, der in seiner Wohnung steht, ein Tablet, einen Handcomputer und ein Handy.«

»Das er hier zurückgelassen hat.«

»Hier.« Peabody hielt ihm eine Plastiktüte mit dem Handy hin.

»Ich habe mir das Handy schon kurz angesehen, aber nichts Verdächtiges darauf entdeckt«, erklärte Eve. »Ein paar Kontakte hat er offenbar gelöscht. Ihre neue

Freundin hat erzählt, er hätte sich vor ein paar Tagen irgendwo ein Prepaid-Handy zugelegt.«

»Sie ist meine kleine Spielgefährtin. Die einzige Freundin, die ich habe, steht hier neben mir.« Lächelnd drückte er Peabodys Hand. »Ich sehe mir das Handy sofort an. Wie sieht's mit den anderen Geräten aus der Wohnung aus?«

»Da stand nur der Laptop rum. Den Handcomputer und das Tablet muss er mitgenommen haben, als er abgehauen ist. Ich habe mir den Laptop schon kurz angeguckt, aber auch wenn mir nichts aufgefallen ist, nehmen Sie ihn besser mit.«

»Okay.« McNab zog eine Packung Kaugummi aus einer der zahlreichen tiefen Taschen seiner violetten Schlabberhose, bot den beiden Frauen etwas davon an und schob sich, als sie dankend ablehnten, genüsslich eins der quietschgrünen Quadrate in den Mund. »Auf Philadelphias Computer sieht's genauso aus, nur sind auf ihrer Kiste noch die Buchhaltung, eine Sponsorenliste und Verwaltungssachen drauf. Dazu kommen noch die Akten ihrer Schützlinge mitsamt den Umständen und Daten der Aufnahme und, wenn sie nicht mehr da sind, auch der Entlassung aus dem Heim. Es gibt ausführliche Berichte über die Entwicklung jedes Kindes, darüber, was gut läuft, über die Probleme, die sie machen, wenn sie sich etwas zu Schulden kommen lassen und so weiter. Das Ganze wirkt sehr ordentlich, gibt aber eigentlich nicht wirklich etwas her.«

»Er muss irgendwo private Unterlagen haben, und da er es furchtbar eilig hatte, von hier wegzukommen, bin ich sicher, dass er irgendwas davon vergessen hat.«

Zwei Stunden später aber musste Eve sich ihre Niederlage eingestehen.

»Entweder wir haben ihn furchtbar unterschätzt, und McNab findet später im Labor etwas, oder er ist wirklich so blitzsauber und so langweilig wie die verdammten Ingwerreiswaffeln, die er so gerne isst.«

»Sie schmecken gar nicht mal so schlecht«, bemerkte Peabody. »Vor allem, wenn man etwas Schokoladensirup drübergießt. Auch wenn sie ihren eigentlichen Zweck, gesund zu sein, dann nur noch begrenzt erfüllen.«

»Wahrscheinlich haben wir noch Glück, dass wir nicht vor Ermattung und vor Langeweile umgekommen sind, nachdem wir einen halben Tag in diesem Heim herumgelaufen sind und dort nichts Interessanteres entdeckt haben als einen halb zerdrückten Joint in einem Lüftungsschacht, der dort wahrscheinlich schon seit Monaten oder vielleicht auch Jahren rumgelegen hat.«

Als McNab und die Kollegen von der Trachtengruppe die paar elektronischen Geräte, die er sich noch einmal ansehen wollte, zu den Autos trugen, hielt sich Eve ein wenig abseits und sah zu, wie Shivitz unglücklich die Hände rang.

»Unsere Akten.«

»Sie sollten doch alles kopieren, was Sie für den täglichen Betrieb hier brauchen.«

»Aber was ist, wenn ich was vergessen habe?«

»Sie vergessen nie etwas«, versicherte ihr Philadelphia.

Ihre Stimme hatte aufgehört zu zittern, aber da die Wirkung des Beruhigungsmittels etwas nachgelassen hatte, war die Anspannung ihr wieder deutlich anzusehen. Sie war blass und biss sich auf die Lippe, als Carmichael

Kisten voll sorgfältig beschrifteter Disketten durch die Eingangshalle trug.

»Wir führen über alles Buch, Lieutenant, und unsere Bücher werden eingehend geprüft. Wir haben ...«

»Ich erwarte nicht, dass mit der Buchführung des Heims etwas nicht stimmt. Ich nehme dieses Zeug nur mit, weil das einfach dazugehört.«

Eve drehte sich zu Philadelphia um und sah ihr direkt ins Gesicht.

»Wie gesagt, wenn sich Ihr Bruder meldet, müssen Sie ihn dazu überreden, sich zu stellen. Sie wollen doch sicher nicht, dass er in Handschellen aufs Revier verfrachtet wird.«

»Nein.« Sie tastete nach Shivitz' Hand. »Bitte ...«

»Wenn Sie das nicht wollen, müssen Sie ihn dazu bringen, dass er freiwillig auf die Wache kommt. Und wenn Sie das nicht schaffen, finden Sie heraus, wohin er abgehauen ist. In beiden Fällen rufen Sie mich sofort an.«

»Das werde ich. Versprochen«, sagte Philadelphia ihr zu. »Niemand, bei dem ich angerufen habe, hat etwas von ihm gehört oder gesehen.«

»Sie haben doch noch eine Schwester in Australien.«

»Ich habe Selma kontaktiert, auch sie hat nichts von ihm gehört. Aber jetzt versucht sie alles, um herauszufinden, wo er ist. Ich fand es schrecklich, sie in diese Sache reinzuziehen, weil sie jetzt ebenfalls in Sorge um ihn ist. Obwohl ich weiß, dass Nash sich niemals an ihn wenden würde, habe ich auch unseren Vater informiert.«

»Warum würde Nashville sich niemals an Ihren Vater wenden?«

»Weil er drauf bestehen würde, dass er schnellst-

möglich zurückkommt und mit seiner Arbeit weiter-
macht. Er würde Nash nie zugestehen, dass er mal etwas
Zeit für sich alleine braucht. Ich hingegen bin der festen
Überzeugung, dass er einfach etwas Zeit zum Überlegen
braucht und sich in Kürze bei mir melden wird. Er will
nicht, dass ich mir Sorgen mache.«

Suchend blickte sie sich um, als dächte sie, er käme
jeden Augenblick zur Tür herein- oder den Flur herauf-
marschiert.

»Nash ist ein äußerst fürsorglicher Mensch, er will
nicht, dass ich mir Sorgen mache«, wiederholte sie.

Vielleicht, sagte sich Eve, war genau das der Grund
dafür, dass alles so gekommen war.

Sie trat vors Haus und atmete erleichtert auf, obwohl
inzwischen kalter Regen auf den Gehweg prasselte.

»Sie bleiben bei McNab«, befahl sie ihrer Partnerin.

»Das ist auf jeden Fall geplant.«

»Haha. Sie gehen noch mal die bekannten Unterkünfte
durch, denn vielleicht hat er ja inzwischen irgendwo dort
eingecheckt. Setzen Sie die Polizei vor Ort auf den Vater
und die andere Schwester an, auch wenn ich mir nicht
vorstellen kann, dass er bei ihnen auftaucht. Ich selber
fahre heim und arbeite von dort aus weiter«, sagte sie
und stapfte zu ihrem Wagen. »Falls Ian die gelöschten
Daten oder sonst was findet, geben Sie mir umgehend
Bescheid.«

»Auf jeden Fall. He, da fällt mir ein – wollten Sie nicht
mit Dr. Mira sprechen?«

»Scheiße.« Sie blieb stehen, raufte sich die feuchten
Haare, grub nach Dennis Miras Glitzerflockenmütze,
setzte sie sich auf den Kopf und rief in Miras Praxis an.

Natürlich rief sie außerhalb der Sprechzeiten dort an, wütend zog sie auch die roten Handschuhe hervor und gab Miras private Nummer in ihr Handy ein.

»Eve. Es tut mir wirklich leid, dass wir es nicht geschafft haben, uns kurz zu sehen.«

»Ich war den ganzen Nachmittag in diesem Heim, aber ich glaube, dass wir kurz vor einem Durchbruch stehen. Ich habe neue Infos, und ich denke, dass ich weiß, in welche Richtung ich ermitteln muss. Allerdings wäre es schön, wenn ich von Ihnen die Bestätigung dafür bekäme, dass ich nicht vollkommen auf dem Holzweg bin. Ich bin gerade auf dem Weg nach Hause, und ich frage Sie nur ungern, aber falls ich noch mal kurz bei Ihnen reinschauen könnte ...«

»Ich bin jetzt erst auf dem Heimweg, weil ich in der Praxis aufgehalten wurde, und nachher sind Dennis und ich noch bei Freunden eingeladen.«

»Oh, okay.« Dämliches Privatleben, sagte sich Eve. »Vielleicht haben Sie ja morgen etwas Zeit für mich.«

»Wir könnten auf dem Weg zu unseren Freunden einen kurzen Zwischenstopp bei Ihnen machen«, bot die Psychologin an.

»Ich will bestimmt nicht Ihre Pläne durcheinanderbringen.«

»Wir kommen direkt an Ihrem Haus vorbei und wären in ungefähr neunzig Minuten da, falls das für Sie in Ordnung ist.«

»Das wäre wirklich toll.«

»Also bis dann. Ich werde Dennis sagen, dass Sie seine Mütze aufhaben. Das wird ihn freuen.«

»Oh, ha. Ich trage nicht nur seine Mütze«, meinte Eve und winkte ihr mit einem roten Handschuh zu.

»Das wird ihn noch mehr freuen«, stellte Mira fest und legte lachend auf.

Eve kämpfte sich durch den Verkehr. Sie wollte heim, um dort ihre Gedanken zu sortieren, ehe sie mit Mira sprach.

Sollte sie Roarke wissen lassen, dass die Miras kämen? Schließlich würden sie nicht lange bleiben, und vor allem sähen sie nur der Arbeit wegen kurz bei ihr herein. Wenn Roarke Geschäftspartner nach Hause einlud, war er nicht verpflichtet, ihr vorher Bescheid zu geben. Oder vielleicht doch?

Ach verdammt, sie würde nie verstehen, welche Regeln innerhalb einer Ehe galten, also sollte sie ihm vielleicht einfach eine kurze Nachricht schicken, nur, damit sie auf der sicheren Seite war.

Sie sprach eine Textnachricht für ihn ins Autotelefon, bevor statt ihres Textes sein Gesicht auf dem Display im Armaturenbrett erschien.

»Ich höre lieber deine Stimme«, klärte er sie lächelnd auf.

»Ich bin in … circa zwei Wochen zuhause, wenn sich der verdammte Bus, der vor mir steht, nicht langsam in Bewegung setzt. Wie hat das Arschloch, das hinter dem Lenkrad sitzt, jemals den Führerschein gekriegt? Muss man dafür keine Prüfung machen, oder was? Moment. Verflucht noch mal.«

Sie wechselte die Spur, quetschte sich vor eine elegante Limousine, murmelte, als deren Fahrer würdevoll die Hupe drückte: »Leck mich doch am Arsch«, und schob sich an dem Bus vorbei, der immer noch nicht fuhr.

»Ich schwöre dir, wenn ich es nicht so eilig hätte, hätte

ich den ganzen gottverdammten Bus aus dem Verkehr gezogen und das Arschloch, das zu blöd ist, um aufs Gaspedal zu treten, einkassiert.«

»Ja, ich höre wirklich lieber deine Stimme«, wiederholte Roarke.

»Jetzt ist es besser. Wenn alles glattläuft, müsste ich
spätestens in zehn Minuten zuhause sein. Bei mir kommen die Dinge langsam in Bewegung, auch wenn viele
Sachen, die ich heute mitbekommen habe, der totale
Schwachsinn sind. Deshalb muss ich unbedingt mit Mira
sprechen, und da ich sie heute nicht erreichen konnte,
kommen sie und Dennis auf dem Weg zu irgendeiner Einladung noch kurz bei uns vorbei.«

»Wie schön.«

»Okay. Ich dachte nur, ich … gebe dir Bescheid.«

»Weil du dachtest, dass man das vielleicht so macht.
Wahrscheinlich komme ich ein paar Minuten nach dir an.
Wo hast du übrigens die schicke Mütze her?«

»Verflucht.« Eilig hielt sie mit einer Hand die Glitzerflocke zu.

»Und diese … wunderhübschen Handschuhe?«

»Verflixt und zugenäht.« Mit einem resignierten Seufzer zog sie ihre Hand wieder zurück. »Von Mr. Mira.
Jetzt muss ich weiter Krieg mit den verdammten Taxis
führen. Bis dann.«

Sein Lachen in den Ohren beendete sie das Gespräch
und wappnete sich für den Kampf.

Als sie ein paar Minuten später vor der Haustür hielt,
wurde ihr klar, dass die Heimfahrt deutlich spannender
als ihr Arbeitstag gewesen war. Bei der Durchsuchung

eines Hauses, in dem Menschen nicht wie Menschen, sondern wie Droiden lebten, drohte man vor Langeweile einzugehen.

Stirnrunzelnd stieg sie aus und lief wegen des anhaltenden Schneeregens mit eingezogenem Kopf zum Haus. Sie hatten keine Pornos und kein Sexspielzug gefunden. Keine Hehlerware, keine illegalen Waffen, kein verstecktes Geld. Nur einen alten Joint.

Wie konnte man so leben?

Sie fragte sich, auf was für interessante Dinge man in ihrem eigenen Haus wohl stieße, selbst wenn man bei der Durchsuchung einen großen Bogen um das Arbeitszimmer ihres Mannes schlüge, und betrat die Eingangshalle, wo sie wie allabendlich auf Summerset und ihren fetten Kater stieß.

»Aber hallo.«

»Was?«, fuhr sie den Majordomus ihres Mannes ungehalten an.

»Sie haben eine Glitzerflocke vor der Stirn und kuschelige Wollhandschuhe an.«

»Verdammt.« Sie zerrte an den Handschuhen und riss sich die Strickmütze vom Kopf. »Die habe ich geschenkt bekommen, also sparen Sie sich Ihre Ironie. In einer Stunde kommen die Miras kurz vorbei. Aber nicht zu Besuch, sondern weil ich mit Dr. Mira sprechen muss.«

»Ich nehme an, wir können trotzdem nett und freundlich sein.«

»Ich schon. Ihnen als lebendem Toten dürfte das schwererfallen.«

Eine bessere Antwort fiel ihr wegen all der Dinge, die ihr durch den Kopf gingen, nicht ein, weshalb sie es dabei belief und eilends in den ersten Stock und weiter in ihr Arbeitszimmer lief.

Dort angekommen, zog sie den Mantel aus, warf ihn über den Schlafsessel, und sofort machte Galahad es sich darauf bequem.

Das hätte sie sich denken können.

Sie hob den Kater hoch, griff nach dem Kleidungsstück und legte es woanders ab.

Kaffee, dachte sie. Bitte, lieber Gott, der letzte anständige Kaffee, den ich hatte, ist inzwischen ewig her. Sie trat vor den AutoChef, gab die Bestellung auf, genehmigte sich einen ersten großen Schluck im Stehen und atmete erleichtert auf.

Dann stellte sie den Becher fort, hängte ein paar Bilder an der Tafel um, nahm hinter ihrem Schreibtisch Platz, brachte ihre Aufzeichnungen auf den neuesten Stand, sortierte ein paar Dinge neu, legte die Füße auf den Tisch, trank den Rest ihres Kaffees und merkte, wie sie langsam wieder einen klaren Kopf bekam.

Weshalb ihr sofort auffiel, was für einen Prachtburschen sie sich geangelt hatte, als ihr Göttergatte durch die Tür des Arbeitszimmers trat.

»Du hattest recht«, erklärte er. »Der Verkehr ist wirklich mörderisch.«

»Aber wir haben ihn besiegt, jetzt sind wir daheim.«

»Darauf sollten wir trinken.«

»Unbedingt.«

Aber vorher trat er auf sie zu, stützte seine Arme auf den Lehnen ihres Sessels ab, neigte den Kopf und küsste sie.

Sie überraschte ihn und brachte ihn aus der Balance,

indem sie aufstand, ihm die Arme um den Hals schlang und den Kuss vertiefte, bis er deutlich mehr als eine zärtliche, doch eher flüchtige Willkommensgeste war.

»Wow. Vielleicht sollte ich dafür sorgen, dass du dich allabendlich durch den Verkehr nach Hause kämpfen musst.«

»Das wird nicht nötig sein. Wir leben schließlich in New York, wo Chaos auf den Straßen an der Tagesordnung ist.«

»Was ist dann der Grund für diese innige Begrüßung?«

»Hmm.« Sie hatte sich mit dieser Geste selber völlig überrascht. »Vielleicht liegt's an den Miras heute Morgen und danach an diesem anderen Paar. Es ...« Ihr Kopf war offenbar noch nicht wieder so klar, wie es ihr vorgekommen war. »Am besten holen wir uns den Drink, dann erzähle ich dir, wie es war.«

»Okay. Lass uns nach unten gehen. Du kannst mit Mira wieder raufgehen, wenn du lieber hier in deinem Arbeitszimmer mit ihr sprechen willst«, kam er ihrem Protest zuvor. »Aber erst einmal sollten wir runtergehen und sie begrüßen, wie es unter Freunden üblich ist.«

»Du hast recht.« Noch einmal schlang sie ihm die Arme um den Hals. »Wir werden runtergehen.«

Er legte eine Hand unter ihr Kinn, schob ihren Kopf zurück und sah ihr forschend ins Gesicht. »Du bist nicht traurig.«

»Nein, das bin ich nicht.«

Dann war sie also einfach nachdenklich, sagte er sich, nahm ihre Hand und ging mit ihr in den Salon im Erdgeschoss.

Im Kamin brannte ein Feuer, und der Weihnachtsbaum

verströmte einen hellen Glanz. Der Raum war einfach wunderschön, erkannte sie. Trotz aller Eleganz, der exklusiven Stoffe, der erlesenen Antiquitäten und der teuren Bilder an den Wänden strahlte er mit seinem herrlichen Gemisch aus alt und neu Behaglichkeit und heimelige Wärme aus.

»Was hast du, Eve?«

Sie schüttelte den Kopf und nahm, da sie in diesem Raum zuhause war, auf einer Sessellehne Platz.

»Ich war heute Morgen bei den Miras und habe gedacht, wie hübsch, wie ruhig und wie gemütlich es dort ist. Aber das ist es hier auch. Ist es nicht seltsam, dass es hier genauso ist? Sie haben einen Baum. Wir haben einen Baum. Das heißt, im Grunde weiß ich nicht, wie viele Bäume wir hier haben, denn ich habe sie nicht gezählt.«

»Zwanzig.«

»Also gut. Wir haben zwanzig Bäume«, meinte sie und riss die Augen auf. »Im Ernst?«

»Im Ernst.« Sein Lächeln galt zum einen ihrer Reaktion und zum anderen seinem eigenen Bedürfnis, das gesamte Haus mit einer weihnachtlichen Atmosphäre zu erfüllen. »Irgendwann drehen wir mal eine Runde und sehen sie uns alle an.«

»Was sicher eine Weile dauern wird. Aber wie dem auch sei, bei ihnen brannte heute früh ein Feuer im Kamin genau wie hier. Aber das ist es nicht. Es geht mir mehr um das Gefühl. Um ein Gefühl, auf das ich früher neidisch war. Das wurde mir dort plötzlich klar. Wenn ich früher in den Häusern irgendwelcher Leute war, um sie zu vernehmen, festzunehmen oder ihnen zu erklären, dass jemand, den sie lieben, nicht mehr lebt, war ich immer etwas neidisch, wenn ich das Gefühl hatte, dass diese Menschen dort einfach zuhause waren.«

»Das kann ich nachvollziehen.« Was vielleicht auch ein Grund für all die Bäume war.

»Als ich hier einzog, dachte ich, es wäre nur ein Haus, und zwar ein Haus, das dir gehört. Doch ohne dass es mir bewusst war, hat sich das Gefühl geändert, aus deinem wurde unser Haus. Was immer noch erstaunlich ist.«

»Am Anfang war es wirklich nur ein Haus. Ich habe mich hier von Beginn an durchaus wohlgefühlt, aber auch für mich wurde es erst ein richtiges Zuhause, als du eingezogen bist.« Jetzt sah auch er sich um und nahm die Kerzen und das Feuer im Kamin, den hellen Baum, das weich schimmernde Holz und die leuchtenden Farben wahr.

»Ich habe es so eingerichtet, weil ich es behaglich haben wollte, um vor anderen damit anzugeben und weil ich es mir leisten konnte«, gab er zu. »Es war mir wichtig, dieses Haus zu haben. Mein eigenes Haus. Das aber erst durch dich zu einem echten Heim geworden ist.«

»Verstehe«, sagte sie und merkte, dass es tatsächlich so war. »Es ist wichtig, dass du ein Zuhause haben wolltest und dass ich das nachvollziehen kann.«

Er entkorkte eine Flasche Wein, und sie atmete tief durch. »Du weißt doch, wie die Miras sind. Sie sind einander eng verbunden, und ihre Beziehung fühlt sich einfach richtig an. Ich schwöre dir, wenn ich dich nicht lieben würde und wenn sie mir nicht derart sympathisch wäre, hätte ich mich längst an ihn herangemacht.«

Als er lachte, schüttelte sie abermals den Kopf und nahm ihm das Glas, das er ihr hinhielt, ab.

»Mit Dennis könnte ich es doch bestimmt aufnehmen«, überlegte Roarke.

»Ich weiß nicht. Vielleicht wärst du überrascht davon, was alles in ihm steckt. Aber eigentlich geht es nicht darum. Es ist ... er hat ... er hat einfach etwas an sich, was an meine weiche Seite rührt. Von der ich bisher gar nicht wusste, dass es sie überhaupt gibt.«

»Das finde ich sehr schön.«

»Er hat mir diese lächerlichen Handschuhe und diese blöde Wollmütze geschenkt und sie mir aufgesetzt, als wäre ich ein Kind. Am Ende habe ich das Zeug getragen, weil er nicht mal seine Jacke gerade knöpfen kann, aber nach einer Mütze und nach Handschuhen für mich gesucht hat, weil es draußen eisig ist. Er hat ein riesengroßes Herz, und die Verbindung, die es zwischen ihnen gibt, ist geradezu unglaublich.«

Sie atmete erneut tief durch, weil ihr die Rührung Tränen in die Augen trieb.

»So etwas will ich auch. Ich meine, wenn wir beide alt sind, will ich so was auch für uns.«

»Meine geliebte Eve.« Er presste ihr die Lippen auf das kurz geschnittene Haar. »Die Verbindung zwischen uns wird täglich inniger.«

»So fühlt es sich für mich auch an, manchmal weiß ich wirklich nicht mehr, wie ich all die Jahre überstanden habe, ehe es dich gab. Und später war da noch ein anderes Paar. Über die Frau muss ich mit Mira sprechen. Lonna Moon, die früher einmal DeLonna Jackson war.«

»Ah.« Jetzt setzte Roarke sich in den Sessel, auf dessen bequemer Lehne seine Liebste saß. »Dann hat Sebastian also Wort gehalten. Nachdem du nicht angerufen hast, damit ich nach ihm suche, hatte ich mir das bereits gedacht.«

»Was er mir nicht erzählt hat, ist, dass sie mit seiner Hilfe ihren Namen geändert hat. Sie und ihr Partner haben einen wirklich schicken, kleinen Club. Das *Purple Moon*.«

»Das kenne ich.«

»Gehört dir etwa das Haus?«

»Nein, aber ich habe von dem Club gehört. Er hat einen wirklich guten Ruf.« Zärtlich glitt er mit der Hand über ihr Bein. »Wir sollten dort mal hingehen.«

»Ja, das sollten wir. Ich werde dir nachher alles genau erzählen, aber ich wollte sagen, dass die Beziehung zwischen ihr und ihrem Typ mich an uns erinnert hat. Es geht ihr wirklich gut, aber er macht sich trotzdem Sorgen wegen all der Dinge, die sie durchgemacht hat und weil sie noch immer davon träumt.«

Roarke sah sie aus seinen wilden, blauen Augen an, dieser Blick alleine sagte mehr als tausend Worte aus.

»Als ich sie zusammen gesehen habe, dachte ich sofort an uns. Das war wirklich schön. Ich habe keine Ahnung, was für einen Hintergrund er hat, aber er ist clever und sieht aus, als könnte er gut auf sich aufpassen und hätte das auch früher schon gekonnt. Jetzt sorgt er dazu auch noch für Lonna.

Also.« Wieder atmete sie hörbar aus. »Genauso werde ich auf dich aufpassen, wenn du eines Tages anfängst, Strickjacken zu tragen und vergisst, wie man sie richtig knöpft.«

»Das zwischen uns wird täglich mehr.« Von Liebe

überwältigt, zog er sie in seinen Schoß, und lächelnd schmiegte sie sich an ihn.

»Die Miras haben noch immer Sex. Das sehe ich den beiden an.«

Er stieß ein Lachen aus, das wie ein halber Seufzer klang. »Das wage ich mir gar nicht vorzustellen.«

»Ich mir auch nicht«, stimmte Eve ihm unumwunden zu. »Im Grunde wollte ich damit nur sagen, dass man, selbst wenn man verschiedene Socken trägt und seine Strickjacke falsch knöpft, auch weiter ein erfülltes Liebesleben haben kann.« Sie hob den Kopf und suchte mit den Lippen seinen Mund.

»Vielleicht möchten Sie mit derartigen Freuden noch ein wenig warten«, meinte Summerset aus Richtung Tür, als spräche er mit kleinen Kindern, die versuchten, vor dem Abendessen Schokoladenplätzchen aus der Keksdose zu stehlen. »Ihre Gäste stehen vor der Tür.«

Er machte wieder kehrt, und augenrollend meinte Eve: »Derartige Freuden? Sein Problem ist, dass er sicher nie jemanden finden wird, der sich genügend langweilt oder dämlich genug ist, um jemals diese Art von Spaß mit ihm haben zu wollen.«

»Da wäre ich mir nicht so sicher.«

»Igittigitt. Erzähl mir bloß nicht mehr. Im Ernst. Lass es bloß sein. Ich möchte weder jetzt noch irgendwann in Zukunft jemals etwas davon hören.«

Sie hüpfte von der Sessellehne, weil sie den Gedanken ohne einen Schluck von ihrem Rotwein einfach nicht ertrug.

Auch Roarke stand auf, als Summerset mit ihren Gästen kam.

»Charlotte, Sie sehen wieder einmal einfach reizend aus.« Er küsste ihr die Wangen und reichte ihrem Mann die Hand. »Schön, Sie zu sehen.«

»Ich weiß es zu schätzen, dass Sie extra einen Umweg machen«, begann Eve.

»Ich habe gerade eine Flasche Rotwein aufgemacht«, erklärte Roarke, bevor sie auf den Fall zu sprechen kommen konnte. »Was kann ich Ihnen beiden anbieten?«

»Ein Gläschen Rotwein wäre schön. Wie steht's mit dir, Dennis?«

»Das wäre wunderbar.« Er blickte auf den Weihnachtsbaum, und das ihm eigene verträumte Lächeln huschte über sein Gesicht. »Der ist wirklich hübsch, genau wie alles andere hier. Das ganze Haus sieht festlich aus, wenn man darauf zugefahren kommt. Es geht doch einfach nichts über die Weihnachtszeit.«

»Dennis ist ein ausgemachter Weihnachtsfan.« Mit einem liebevollen Blick auf ihren Mann ließ Mira sich von Roarke zu einem Sofa dicht am Feuer führen. »Die Lichter, die Musik, das allgemeine Treiben und die Plätzchen, die's dann immer gibt.«

»Eine ganz besondere Schwäche habe ich für Charlies Zimtplätzchen«, gab Dennis unumwunden zu.

»Sie backen Plätzchen?«, fragte Eve mit ehrfürchtiger Stimme.

»Nur in der Weihnachtszeit, und dann muss ich immer die Hälfte irgendwo verstecken, damit Dennis sie nicht alle ganz alleine isst. Danke«, fügte sie hinzu, als sie von Roarke ein Glas gereicht bekam. »Wir freuen uns schon auf Ihre Weihnachtsparty. Die ist jedes Mal ein Riesenspaß.«

Sie wandte sich an Eve. »Ich weiß, Sie haben mir einen Bericht geschickt, aber ich hatte bisher keine Zeit, um ihn mir anzusehen. Können Sie mir also kurz erklären, worum es geht?«

»Ja, sicher. Ah, sollen wir dazu vielleicht nach oben in mein Arbeitszimmer gehen?«

»Dennis stört es nicht, wenn wir über die Arbeit reden, oder, Dennis?«

»Nein.«

Er lehnte sich bequem wie jemand, der sich einen Film ansehen wollte, auf der Couch zurück. Aber schließlich schien sich Dennis immer wohl in seiner Haut zu fühlen, egal, wo Eve ihn traf.

»Ich höre gern zu, wenn die Frauen über ihre Arbeit sprechen. Sie ist einfach faszinierend, finden Sie nicht auch?«, wandte er sich an Roarke.

»Auf jeden Fall.«

»Okay, dann fasse ich es kurz zusammen. Nashville Jones ist abgehauen.«

Die Psychologin zog die Brauen hoch. »Verstehe.«

»Wir hatten heute Philadelphia Jones auf dem Revier, und meine Überlegung, dass ihr kleiner Bruder die zwölf Mädchen in das Haus gelockt und ermordet hat, hat ihr anscheinend ziemlich zugesetzt.«

Sie stand auf, weil sie im Stehen besser denken konnte, und erklärte Mira ihre Theorie.

»Sie gehen also davon aus, dass Montclair der Mörder ist und in der Lage war, die Wände hochzuziehen, um die Mädchen in einem Gebäude zu verstecken, das für ihn ein Zuhause war. Und dass der ältere Bruder ihm dabei geholfen hat.«

»Er hat auf jeden Fall etwas gewusst. Vielleicht hat er es erst am Ende mitbekommen, aber er hat auf jeden Fall etwas gewusst. Die Schwester eher nicht. Als großer Bruder und Familienvorstand wollte er sie wahrscheinlich schützen. Schließich hatten ihm das seine Eltern und vor allem der Vater vorgelebt. Seit der Vater fort ist, ist er selber das Familienoberhaupt.«

»Da haben Sie wahrscheinlich recht.«

»Auf die Idee bin ich gekommen, als ich heute früh nach dem Besuch bei Ihnen bei DeLonna Jackson war.«

»Bei Shelbys Freundin mit der schönen Stimme, die im Heim war, bis sie eine Lehre angefangen hat.«

»Genau. Sie hätte offensichtlich ebenfalls ermordet werden sollen, hat aber überlebt. Ich glaube, dass sie überlebt hat, weil der ältere Jones sie, als sie schon betäubt war, im letzten Augenblick gefunden und die Tat verhindert hat.«

»Aber das hat sie nie gemeldet?«, hakte Mira nach.

»Sie kann sich nicht oder nur undeutlich daran erinnern. Sie weiß nur noch, dass sie aus dem Fenster ihres Zimmers in dem neuen Heim geklettert ist und dass der Spalt so schmal war, dass sie sich wie eine Schlange durchgewunden hat. Ich habe mir das Fenster angesehen, es könnte so gewesen sein. Dann hat sie sich an der Fassade und einem Regenrohr runter auf den Bürgersteig gehangelt, ist per U-Bahn in die Nähe ihres alten Heims gefahren und den Rest des Wegs gerannt. Sie wollte ihre Freundin Shelby finden, die verschwunden war und sich, obwohl sie es versprochen hatte, nie wieder bei ihr gemeldet hat. Aber das konnte sie auch nicht, denn schließlich war sie tot. Wie auch immer kann DeLonna sich an alles bis zu diesem Punkt erinnern, aber dann verschwimmen die Bilder.«

»Sie verschwimmen oder sie sind ausgelöscht?«

»Verschwimmen«, wiederholte Eve. »Sie träumt von Stimmen und Geschrei. Davon, dass jemand davon spricht, dass er die bösen Mädchen reinigen und läutern muss. Dann träumt sie davon, dass es dunkel ist und dass sie friert, hat das Gefühl zu schweben, das war's. Am nächsten Morgen ist sie dann in ihrem Schlafanzug in ihrem eigenen Bett im neuen Heim erwacht. Obwohl ihr schwindelig und schlecht war, fiel ihr das geschlossene Fenster auf. Sie hat noch immer Albträume deshalb.«

»Dann sind also Stimmen und Empfindungen das Einzige, woran sie sich erinnern kann?«

»So hat sie es auf jeden Fall erzählt. Die Erinnerung will sich anscheinend Bahn brechen, aber sie unterdrückt sie immer noch. Ich nehme an, sie hat genug gesehen und gehört, um zu wissen, was dort abgelaufen ist, aber sie war damals noch ein Kind und hat die Erinnerung daran blockiert.«

Die Psychologin sah sie an, und beide dachten an das Trauma, das Eve selbst als Kind erlitten hatte und an das sie sich auch Jahre später nicht hatte erinnern wollen.

»Nach allem, was Sie sagen und wir beide wissen, halte ich das durchaus für wahrscheinlich«, stimmte Mira ihr nach einem Augenblick der Stille zu. »Das Trauma in Kombination mit dem Beruhigungsmittel hat vielleicht zu einer retrograden Amnesie geführt.«

»Ich habe Lonna Ihre Telefonnummer gegeben. Ich hoffe, dass sie sich bei Ihnen melden wird. Sie will uns helfen. Sie hat sich ein neues, gutes Leben aufgebaut, zusammen mit einem wirklich anständigen Mann. Trotzdem möchte sie uns helfen rauszufinden, wer die Freundinnen damals ermordet hat. Und wer sie ermorden wollte.«

»Falls sie sich meldet, nehme ich mir sofort Zeit für sie.«

»Oft tun Menschen Kindern grauenhafte Dinge an, weil sie es können«, stellte Dennis plötzlich fest, und Eve sah ihn verwundert an.

»Die Macht liegt nicht beim Kind, sondern bei dem, der stärker und gewitzter ist, und es gibt Menschen, die mit Kindern, statt sie zu beschützen und umsorgen, grauenhafte Dinge tun. Es gibt nicht viele wirklich böse Dinge auf der Welt. Aber das gehört dazu. Du wirst ihr helfen, Charlie. Das ist dein Beruf. Und Ihrer«, fügte er an Eve gewandt hinzu.

Sie ließ sich wieder auf die Sessellehne fallen und dachte kurz darüber nach. »Ich denke, Nashville Jones hat, um das Kind zu schützen, seinen eigenen Bruder umgebracht. Danach hat er das Kind ins Heim zurückgebracht, ins Bett gelegt und ist noch mal zum *Zufluchtsort* zurückgefahren, um seinen toten kleinen Bruder irgendwo zu entsorgen. Er wusste nicht, dass in dem Haus bereits zwölf tote Mädchen hinter falschen Wänden lagen, und da er die eigene Familie weiter schützen musste, hat er so getan, als hätte er den Bruder auf Missionsreise nach Afrika entsandt und jemand anderen unter seinem Namen losgeschickt. Ich weiß nicht, wie genau ihm das gelungen ist, aber er hat es so gedreht, als böte sich dem kleinen Bruder plötzlich eine Chance, selbstständig zu werden, andere Menschen zu bekehren oder so etwas.«

»Warum hat er ihn nicht tatsächlich einfach weggeschickt?«, mischte sich nochmals Dennis ein. »Es tut mir leid, wahrscheinlich geht mich das nichts an.«

»Schon gut. Der Bruder hatte psychische Probleme. Er war krankhaft schüchtern, unselbstständig und hatte noch nicht mal eine Ausbildung gemacht. Wenn man Montclair mit den Berichten über diesen Missionar in Afrika vergleicht, wird klar, dass jemand anderes an seiner Stelle in Simbabwe war. Der Missionar dort wird als gottesfürchtig, freundlich, offen, mitfühlend beschrieben, aber Montclair Jones war das genaue Gegenteil von alledem.«

»Indem er jemanden im Namen seines Bruders auf Missionsreise geschickt hat, konnte Nashville seinen Namen ehren und die von ihnen begangenen Verbrechen gleichzeitig unter den Teppich kehren«, führte Mira weiter aus.

»Doch dann mischt sich das Schicksal ein«, griff Eve den Faden auf. »Denn manchmal läuft es einfach anders, als man denkt. Ein wilder Löwe frisst den Missionar, aber da alle denken, dass sie wissen, wer er ist, verbrennen sie die Überreste, ohne extra eine DNA-Probe zu nehmen, schicken seine Asche zurück in die Staaten, und das war's. Außer der Asche gibt's nur noch eine Gedenkplakette in dem neuen Heim.

Jones nahm also an, er hätte das getan, was er tun musste, und am Ende hätte die höhere Macht oder woran er auch immer glaubt ihn dabei noch unterstützt. Er hatte das Kind gerettet, das sich wegen des erlittenen Traumas oder wegen der Beruhigungsmittel, die es von Montclair bekommen hatte, nicht daran erinnern konnte, was geschehen war. Außerdem hatte er verhindert, dass der Bruder einen Mord begehen konnte, und sich selbst geschützt, indem er tat, als wäre auch das Nesthäkchen der ehrenwerten missionarischen Familientradition gefolgt.«

»Aber dafür hätte er jemanden finden müssen, der bereit gewesen wäre, als der kleine Bruder aufzutreten«, mischte Roarke sich ebenfalls in ihre Unterhaltung ein.

»Richtig. Jones kennt jede Menge Leute in der Branche. Er ist in dieser Welt zuhause und nimmt immer wieder mal an Workshops teil. Nach Afrika zu gehen sehen viele dieser Leute doch bestimmt als Riesenchance an. Vielleicht hat er ja einen Deal mit jemandem gemacht, und wenn der Missionar dann irgendwann zurückkommen wollte, wäre er problemlos unter seinem eigenen Namen wieder heimgereist, und Jones hätte so getan, als ob der kleine Bruder plötzlich in Afrika verschwunden wäre und als ob sie keine Ahnung hätten, was aus ihm geworden ist. Sein Verschwinden hätte ein paar Rätsel aufgegeben, aber seine guten Werke wären in Erinnerung geblieben, und was anderes hat nicht gezählt.«

»Faszinierend«, bemerkte Dennis und sah Roarke mit seinem sanften Lächeln an.

»Nashville hat also getötet, um ein unschuldiges Kind zu schützen«, stellte Mira nickend fest. »Ein junges Mädchen, für das er verantwortlich und das in seiner Obhut war. Er hat den jüngeren Bruder getötet, der Probleme hatte und der ebenfalls in seiner Obhut war. Ja, ein Mann, den man dazu erzogen hat, die Verantwortung für die Familie und für andere zu übernehmen, hätte sich vielleicht entschieden, das zu tun. Wobei der Tod des Bruders vielleicht auch ein Unfall war, die Folge eines Kampfs, bei dem es um das Mädchen ging.«

»Das glaube ich nicht.«

»Nein, Sie glauben, und da bin ich weitestgehend Ihrer Meinung, dass der große Bruder die Verantwortung für alle hatte und der kleine Bruder ihm deshalb gehorcht hätte. Das heißt, er hätte dem Mädchen in Anwesenheit seines Bruders nichts getan. Normalerweise hätte er sich seinem großen Bruder niemals widersetzt, zumindest nicht direkt, von Angesicht zu Angesicht. Aber falls er alkoholisiert war, unter Drogen stand oder vielleicht auch nur aus reiner Leidenschaft hätte er es vielleicht doch getan.«

»Aus Leidenschaft?«

»Aus übertriebener Religiosität. Weil er das Ritual einfach beenden musste, falls es so was für ihn war. Falls Nashville ihn in dem Gebäude umgebracht hat, in dem er nach Abschluss seines Studiums zusammen mit der Schwester die ihm von Gott gegebene Aufgabe erfüllen wollte, würde das erklären, warum er sich im Anschluss vollkommen von dort zurückgezogen hat.«

Eve nahm wieder auf der Sessellehne Platz. »Daran habe ich bisher noch gar nicht gedacht. Aber das passt.«

»Die vollkommene Aufgabe des Hauses aus weit mehr als finanziellen Gründen«, fuhr die Psychologin fort. »Der Brudermord, mit dem er sich das Kainsmal zugezogen hat. Für einen Mann mit seinem Glauben und für jemanden, der die Verantwortung für die Familie und für Dutzende von jungen Menschen hat, muss das eine entsetzliche Belastung sein. Aber statt zur Polizei zu gehen, verschleiert er die Tat. Nicht um seinetwillen, sondern weil es dabei um den Bruder, die Familie und das große Ganze geht.«

»Dann hat er sich also am Ende eingeredet, dass er ohne jeden Eigennutz gehandelt hat?«

»Wie könnte er sonst damit leben?«

»Warum ist er dann heute abgehauen? Das ist jawohl nicht selbstlos, sondern zeugt von einem ausgeprägten Selbsterhaltungstrieb.«

»Sind Sie sicher, dass er auf der Flucht ist?«, hakte Mira nach.

»Auf alle Fälle ist er weg«, erklärte Eve. »Hat einen Koffer und das Bargeld aus der Wohnung mitgenommen, benutzt keine Kreditkarten und meldet sich auch nicht bei seiner Schwester.«

»Was er meiner Meinung nach auf jeden Fall noch machen wird. Ich glaube, dass seine Persönlichkeit ihn dazu zwingen wird, zurückzukehren und sich der Verantwortung zu stellen.«

»Nun, das würde es mir einfach machen, denn dann müsste ich nur noch Beweise dafür finden, dass die Mädchen, die wir in dem Haus gefunden haben, von Montclair ermordet worden sind.«

»Da es gerade um Glauben geht: Ich glaube fest daran, dass Ihnen das gelingen wird. Falls dieses Mädchen oder eher diese Frau, DeLonna ...«

»Sie heißt nur noch Lonna. Lonna Moon.«

»Ein wunderbarer Name. Falls sie anruft, werde ich ihr helfen, sich an alles zu erinnern. Dann wird eine Last von ihren Schultern fallen, und Sie bekommen, was Sie brauchen.«

Sie würden also zwei Fliegen mit einer Klappe

schlagen, überlegte Eve. Vielleicht hatte Nashville Jones das ja ebenfalls gedacht. Er war den bösen Bruder losgeworden und hatte der Schwester gleichzeitig die Illusion geschenkt, dass aus Montclair am Schluss ein guter Mensch geworden war.

21

Nachdem die Miras wieder aufgebrochen waren, blieben sie im Erdgeschoss und nahmen dort das Abendessen ein. Auch im Esszimmer brannte ein Feuer im Kamin, einer von Roarkes zwanzig Weihnachtsbäumen verströmte warmes Licht, und passend zu der kalten Jahreszeit gab's einen rustikalen Eintopf neben fingerdick mit Kräuterbutter bestrichenem, knusprig ofenfrischem Brot.

»Hast du dir je gewünscht, dass du Geschwister hast?«, erkundigte sich Eve bei ihrem Mann.

»Meine Kumpels haben mir genügt. Vor allem hätte ich meinen Vater keinem anderen Kind gewünscht.«

»Ich habe auch nie über einen Bruder oder eine Schwester nachgedacht. Geschwister können ganz schön kompliziert und echt dramatisch sein, nicht wahr? Ich meine, Peabody kommt damit klar, dass sie gleich einen ganzen Haufen an Geschwistern hat. Es macht sie sogar glücklich, denn für sie macht das ihr Leben erst komplett. Ich wette, dass sie sich als Kinder ziemlich oft gestritten haben, aber ich schätze, das gehört einfach dazu.«

»Wahrscheinlich.«

»Sie rivalisieren darum, wer was bekommt, wer seiner Meinung nach zu wenig kriegt, wer mehr will oder einfach das, was einem von den anderen gehört.«

»Glaubst du, darum geht's auch bei den Jones?«

»Ich weiß es nicht. Ich sammele nur Ideen. Familien sind die reinsten Minenfelder. Selbst wenn sich die Mitglieder im Grunde gut verstehen, besteht dauernd die Gefahr, dass man in irgendeine Falle tappt. In deiner und in meiner Kindheit haben offene Brutalität und Schmerzen vorgeherrscht. So war's bei einigen der Opfer auch. Nicht bei allen, aber bei ein paar. Das ist der Grund, warum du aus dem Haus, das immer noch mein Tatort ist, was Gutes machen willst.«

»Für uns war's damals hart«, stimmte er zu. »Aber es war eben unser Leben, auch wenn es natürlich schrecklich war.«

»Es ist noch immer hart, auf diese Zeit zurückzublicken oder zu erleben, dass jemand anderem dasselbe widerfährt ...«

»Ohne dass er sich dagegen wehren kann. Dennis hat mit seinem Satz über das Böse völlig recht. Wir beide haben das schon oft erlebt, aber am meisten tut es weh, wenn es ein Kind betrifft. Wenn man die Chance hat, es zu beenden, ist das gut.«

»Ich denke, Jones hat es beendet, ohne dass er wusste, wie weit es tatsächlich schon gegangen war. Mit dem Wissen hätte er nicht leben können, nicht mal, um das Andenken des Bruders zu bewahren.«

»Du denkst, er ist ein guter Mensch.«

Sie schüttelte den Kopf. »Ich denke, dass er sich bemüht hat, etwas Gutes zu bewirken. Das gestehe ich ihm zu. Aber wenn es so gelaufen ist, wie ich vermute, war das einfach falsch. All die Jahre mussten die Eltern und Geschwister der Mädchen damit leben, nicht zu wissen, was mit ihren Töchtern oder Schwestern war. Und okay, vielleicht oder wahrscheinlich hat Nash von den anderen Mädchen nichts gewusst. Aber ich habe das Gefühl, als hätte er es auch gar nicht wissen wollen. Warum ist er einfach davon ausgegangen, dass das Mädchen, das von ihm gerettet worden ist, das einzige und erste Opfer seines Bruders war?«

»Vielleicht, weil etwas anderes für ihn unvorstellbar war«, sinnierte Roarke und bot ihr eine Hälfte seines Kräuterbutterbrotes an. »Der eigene kleine Bruder. Unvorstellbar, dass er jemanden getötet haben soll. Unvorstellbar, dass die Tat, die du im letzten Augenblick verhindern konntest, nicht die erste war.«

»Möglich.« Eve biss in ihr Brot. »Aber wenn es so war, hat er einfach die Augen zugemacht. Selbst wenn ich das noch nachvollziehen könnte, hat er zugelassen, dass das Kind für alle Zeit mit diesem Albtraum, mit dem Nicht-Wissen und dem Verdrängen der Erinnerung an diese Sache leben muss.«

»Das stimmt.« Er strich ihr sanft über die Hand. »Aber der Heimatschutz hat dir dasselbe und noch Schlimmeres angetan. Sie wussten ganz genau, was Troy mit dir gemacht hat, aber die *Mission,* auf der sie waren, kam für sie an erster Stelle, also haben sie dein Wohlergehen und sogar dein Leben wissentlich aufs Spiel gesetzt.«

Das würde er den Leuten nie vergessen und vor allem nie verzeihen, wusste Eve. Auch sie selbst vergäße nie, wie achtlos die Behörde damals mit ihr umgegangen war.

»Jones hat seinen Bruder und vielleicht auch seine eigene Mission über das Wohl des Mädchens, das er selbst gerettet hat, gestellt. Aber er hätte Lonna helfen müssen, sie hätte schon vor fünfzehn Jahren Gerechtigkeit erfahren sollen.«

»Da kann ich dir schwerlich widersprechen, trotzdem kann ich nachvollziehen, warum er so gehandelt hat. Und das kannst du auch.«

Sie schüttelte erneut den Kopf. »Was es aber nicht richtig macht. Er hat eine Menge Leute über Jahre hinweg leiden lassen und aus einem Mörder einen Märtyrer gemacht.«

»Was sicher daran liegt, dass Blut dicker als Wasser ist.«

»Genau das habe ich vorhin zu Peabody gesagt. Aber falls wir richtigliegen, wird er tun, was Mira voraussagt. Dann wird er zurückkommen, und dann muss ich gewappnet sein.«

In ihrem Arbeitszimmer rief sie alles, was sie über Nashville finden konnte, auf ihren Computer. Sie fragte bei der ihr bekannten Staatsanwältin nach, ob die Beweise für das Einfrieren seiner Konten reichten, und ging neben den Finanzen auch die Krankenakten und die Unterlagen seiner Schulen und des Colleges durch.

Fast alle Reisen, die er jemals unternommen hatte, hatten mit der Arbeit seines Vaters oder in den letzten Jahren mit seiner eigenen Tätigkeit zu tun. Entweder er ging auf Reisen, um zu missionieren, oder nahm an Konferenzen oder Workshops teil. Es ging ihm also stets um die Verbreitung oder die Vertiefung seines Glaubens und geeignete Methoden, die Verbreitung und Vertiefung dieses Glaubens anzugehen.

Soweit sie sehen konnte, drehte sich in Nashvilles Leben alles um die Arbeit und die Religion.

Was sie durchaus nachvollziehen konnte, denn auch sie hatte sich über Jahre nur durch ihre Arbeit definiert.

In der Hoffnung, dass sie einen Hinweis darauf fände, wo er steckte, suchte sie nach allem, was jemals über Nash, den *Zufluchtsort* oder das aktuelle Heim, das er betrieb, geschrieben worden war, doch nirgends stand etwas von einem Lieblings- oder Rückzugsort wie beispielsweise einer kleinen Hütte irgendwo im Wald.

Trotzdem speicherte sie alles, was sie auch nur ansatzweise interessant fand, und nahm sich dann den Bruder vor, der ihrer Meinung nach nicht Tausende von Meilen entfernt von einem Löwen aufgefressen worden, sondern hier vor Ort gestorben war.

»Montclair war nie alleine unterwegs«, erklärte sie, als Roarke vor ihren Schreibtisch trat. »Nicht mal, um die große Schwester zu besuchen. Das haben die Kollegen in Australien überprüft. Nash hat seinen Reisepass in seiner Wohnung liegen lassen, also wissen wir, dass er sich ebenfalls nicht auf der Schaffarm seiner Schwester in Australien versteckt. Die Schwester hat darauf bestanden, dass die Polizei auch ihre Telefon- und Handydaten checkt, um zu beweisen, dass er nicht mal bei ihr angerufen hat.«

»Es gibt eben noch gesetzestreue Bürger.«

»Hier und da. Aber mir geht's weniger um diese Selma als um Nashville und Montclair. Montclair war immer nur mit den Geschwistern oder Eltern unterwegs. Selbst bei der Reise mit der Jugendgruppe, die er mal gemacht hat, war der alte Jones als Aufpasser dabei. Er war nicht ein einziges Mal allein auf Reisen, er hätte seine Jungfernfahrt ohne Begleitung sicher nicht gleich bis nach Afrika gemacht.«

»Wahrscheinlich nicht. Aber du denkst doch sowieso nicht, dass er je nach Afrika gefahren ist.«

»Eine Vermutung ist noch kein Beweis, doch dass er nie alleine unterwegs war, ist ein wichtiges Indiz für meine Theorie. Ich reise«, fuhr sie fort. »Inzwischen reise ich. Mit dir zusammen reise ich an Orte, wo es keine Leichen gibt.«

»Mitunter tust du das. Und da du gerade davon sprichst: Ich dachte, vielleicht könnten wir ja nach den Feiertagen kurz irgendwohin, wo's keine Leichen gibt.«

»Oh.«

Er schnipste sanft gegen das Grübchen in der Mitte ihres Kinns. »Ich habe erwartet, dass du von der Idee begeistert wärst. Mir schwebt ein warmer Ort mit blauem Himmel, blauem Wasser, einem weißen Sandstrand und mit lächerlichen Drinks mit Schirmchen vor.«

»Oh«, entfuhr es ihr in einem völlig anderen Tonfall als zuvor.

»Ich kenne schließlich deine Schwächen«, meinte Roarke und gab ihr einen Kuss. »Falls du nicht den Wunsch hast, dich einmal woanders in den Tropen umzusehen, wäre unsere Insel meiner Meinung nach ideal.«

Nicht viele Ehemänner hatten eine eigene Insel, dachte Eve. Da sie inzwischen aber richtiggehend süchtig nach dem weißen Sand und blauen Wasser war, fand sie es kaum noch seltsam, sondern nahm es einfach dankbar hin.

»Ich kriege sicher ein paar Tage frei, außer es geht bei der Arbeit wieder mal heiß her.«

»Mir schweben durchaus ein paar heiße Tage vor – nur eben nicht hier in New York. Auf alle Fälle ist die Zeit schon mal in deinem Kalender vorgemerkt.«

»Es kommt mir vor, als ob das Ding ein Eigenleben führt.«

»Ein eigenes, das heißt, privates Leben hast auch du neben deiner Arbeit.«

»Allerdings. Im Gegensatz zu ihm.« Sie zeigte auf das Bild von Nashville Jones. »In seinem Leben dreht sich alles um die Arbeit. Das kann ich verstehen. Trotzdem kam er mir bei unserem Treffen ausgeglichen und zufrieden vor. Anders als Montclair. Er wurde immer gegen alles abgeschirmt. Wie gesagt, er durfte nicht alleine reisen, hatte keinen echten Job, die Geschwister haben sein Geld verwaltet, und ich glaube nicht, dass er eine Beziehung hatte, auch wenn Shelby Stubacker ihm ab und zu einen geblasen hat.«

»Was ich mir gar nicht vorstellen will.«

»Auch Freunde werden nicht erwähnt, und von den Angestellten wusste keiner wirklich etwas über ihn zu sagen, weil er einfach keinen dauerhaften Eindruck bei den Leuten hinterlassen hat. Wie spät ist es jetzt in Simbabwe?«

»Eindeutig zu spät. Genau wie hier. Am besten schläfst du erst mal drüber«, meinte Roarke und zog sie hoch. »Falls Mira wie so häufig recht hat, kommt der Mann von selbst zurück oder ruft auf alle Fälle seine Schwester an. Denkst du, sie gibt dir dann Bescheid?«

»Ich glaube schon, denn Blut mag dicker sein als Wasser, aber sie hat Angst, diese ganze Sache macht sie krank. Wenn Menschen Angst haben und wenn sie etwas krank macht, rufen sie die Polizei.«

»Dann solltest du jetzt wirklich schlafen gehen.«

Als sie den Raum verließ, blieb sie noch einmal stehen

und drehte sich ein letztes Mal zu ihrer Tafel um. »Wir haben immer noch keine Ahnung, wer das letzte Opfer ist. Wir suchen sie jetzt schon seit Stunden, aber offenbar ist sie in keiner Datenbank. Feeney sucht inzwischen schon weltweit, aber ihr Bild taucht nirgends auf. Sie ist ein Niemand.«

»Nein, das ist sie nicht, denn du bist für sie da.«

Das musste fürs Erste reichen, dachte Eve und wandte sich zum Gehen.

Sie hatte sämtliche Gesichter, und als sie erwachte, konnte sie sich schwach daran erinnern, dass sie ihr erneut im Traum erschienen waren. Sie hatte keine Ahnung mehr, worüber sie geredet hatten, vielleicht hatten ihr die Mädchen inzwischen alles, was sie wissen musste, offenbart.

Wenn ihre Vermutung stimmte und sie ihr den rechten Weg gewiesen hatten, würden die, die sie geliebt und niemals aufgegeben hatten, endlich Antworten bekommen, und die Mädchen selbst würden Gerechtigkeit erfahren.

Falls sie ihr jedoch den falschen Weg gewiesen hatten oder sie falsch abgebogen war, musste sie kehrtmachen und noch einmal von vorne anfangen.

»Du irrst dich nicht, zumindest nicht im Hinblick auf das Gesamtbild«, meinte Roarke, als sie beim Anziehen darüber sprach. »Ich habe selbst über die Angelegenheit geschlafen, und ich bin mir sicher, dass ein Mann nicht einfach grundlos eine Arbeit, die er liebt, und eine Schwester, die er schützen will, verlässt.«

»Vielleicht hat er ja eine Freundin, die wir bisher nicht gefunden haben, und das plötzliche Bedürfnis, sie um den Verstand zu vögeln. Nein«, seufzte sie. »Ich hätte es herausgefunden, wenn er eine Freundin oder einen Kerl hätte, an der beziehungsweise dem ihm wirklich etwas liegt. Sex ist ihm nicht mal annähernd so wichtig wie seine Mission und seine Schwester. Er muss also einen sehr guten Grund haben oder total verzweifelt sein, wenn er nicht hiergeblieben ist, um ihr in dieser Sache weiter beizustehen.«

»Dann hast du also diesen Mann, der wie auch immer in den Fall verwickelt ist, und eine Frau, die sich nur bruchstückhaft daran erinnern kann, was ihr damals in dem Gebäude widerfahren ist.«

Sie setzte sich kurz hin und füllte ihren Kaffeebecher noch einmal auf. »Genau. Es gibt noch jede Menge offener Fragen, auf die ich Antworten finden muss. Wenn Montclair nicht nach Afrika gefahren ist, wie ich vermute, wen hat dann der Löwe aufgefressen, und warum war derjenige bereit zu tun, als wäre er der junge Jones? Und was hat Nashville mit der Leiche seines Bruders angestellt, denn einen Serienkiller stoppen nur die Festnahme oder der Tod.«

»Im Grunde war das Schicksal durchaus fair, wenn der Tod ihn gestoppt hat.«

»Heißt es nicht *Gerechtigkeit* des Schicksals?«, fragte Eve.

»Okay, dann wäre es eben gerecht gewesen, und ich kann mir durchaus vorstellen, dass es so gelaufen ist. Aber vielleicht hat Nash in jener Nacht auch nicht den Kain gespielt. Vielleicht war Montclair aus Angst vor dem gerechten Zorn des großen Bruders oder aus Angst davor aufzufliegen und für seine Taten in den Knast zu wandern, bereit, nach Afrika zu gehen. Wo er sich eine

Weile zusammenreißt oder vielleicht tatsächlich denkt, dass die höhere Macht, an die er glaubt, ihm eine zweite Chance gegeben hat, und er es jetzt besser machen will. Bevor das Schicksal oder meinetwegen die Gerechtigkeit dazwischenfunkt und ihn für das, was er hier in New York verbrochen hat, in Gestalt eines Löwen bestraft.«

»Ich kann mir irgendwie nicht vorstellen, dass ein Mann, der innerhalb von, wie es aussieht, achtzehn Tagen zwölf Mädchen ermordet hat, urplötzlich damit aufhört, ›Halleluja, ich bereue‹ ruft und nach Simbabwe fährt, um dort die Heiden zu bekehren.«

Er stieß sie sachte mit dem Ellenbogen an. »Das sagst du nur, weil du das Wort Simbabwe so gern magst.«

Sie stand auf und wandte sich zum Gehen. »Auf alle Fälle rufe ich jetzt in Simbabwe an, gehe noch mal meine Aufzeichnungen durch, und dann fahre ich aufs Revier.«

»Dann fange ich jetzt auch mit meiner Arbeit an.« Er legte eine Hand um ihre Taille, und gefolgt von Galahad traten sie in den Flur hinaus. »Wir waren übrigens noch nie zusammen in Afrika.«

»Das stimmt. Warst du denn schon mal dort?«

»Ich weiß noch, dass man dort mit Schmuggel jede Menge Geld verdienen kann. Aber einfach zum Vergnügen war ich noch nie dort.« Er glitt mit seinen Fingern über ihre Rippen und schlug grinsend vor: »Wir könnten ja auf Safari gehen.«

»Machst du Witze? Wenn ich schon nicht sicher bin, ob die Kühe hier sich eines Tages an uns rächen wollen und den Aufstand proben, fliege ich ganz sicher nirgends hin, wo Löwen frei herumspazieren, Riesenschlangen darauf lauern, einen zu erdrücken und am Stück zu schlucken, und wo es zu allem Überfluss noch jede Menge Treibsand gibt. Auch wenn ich weiß, wie man sich selbst daraus befreien kann.«

»Ach ja?«

»Ach ja, wenn du lieb bist, gebe ich dir, wenn wir irgendwo auf Treibstand stoßen, ein paar Tipps, bevor du untergehst. Da fällt mir ein: der Fluss.«

»Was für ein Fluss? In Afrika gibt's jede Menge Flüsse.«

»Nicht in Afrika. Hier in New York. Vielleicht hat Nashville seinen toten Bruder ja im Fluss versenkt. Oder ist mit seiner Leiche nach Connecticut oder New Jersey gefahren, wo es jede Menge Land gibt, und hat sie dort verbuddelt oder so. Sie haben einen Van. Vielleicht hatten sie ja damals auch schon einen Van. Am besten frage ich mal nach.«

»Ich bin in meinem Arbeitszimmer, falls du etwas brauchst.«

Sie trat an ihren Schreibtisch, rief die eingegangene E-Mail auf und rief: »Verdammt.«

In der Verbindungstür der beiden Arbeitszimmer drehte Roarke sich noch einmal zu ihr um. »Schlechte Nachrichten?«

»Oh nein, Simbabwe hat vor ein paar Stunden eine Mail geschickt. Wenn die blöde Erde sich nicht drehen würde, hätte ich sie schon viel eher gekriegt. Sie haben zwei Bilder angehängt.«

Neugierig kam Roarke zu ihr zurück, um sich die Fotos anzusehen. Auf einem sah man einen Mann mit einem Tropenhelm, bernsteinfarbener Sonnenbrille, Khakihemd und Shorts, mit einer Kamera um den Hals und einem breiten Lächeln im Gesicht.

»Das ist angeblich Montclair Jones. Vom Teint und der Statur her könnte er es sein, obwohl er mit dem Helm und mit der Brille nicht eindeutig zu erkennen ist. Genauso wenig wie auf diesem Gruppenbild.«

Auch auf diesem Bild stand er vor einem kleinen weißen Haus, trug einen Tropenhelm und hatte eine Sonnenbrille im Gesicht.

»Ich kann die Aufnahme vergrößern und versuchen, sie ein bisschen schärfer hinzukriegen«, meinte Eve. »Ich weiß, wie man das macht. Dann kann ich das Bild mit seinem letzten Passfoto vergleichen, aber erst ...«

Sie griff nach ihrem Handy, wählte Philadelphias Handynummer, und schon nach dem ersten Klingeln kam die Frau an den Apparat.

»Lieutenant, Sie haben Nash gefunden.«

»Nein. Ich schicke Ihnen gleich ein Bild und hätte gern, dass Sie mir sagen, wen Sie darauf sehen.«

»Oh. Ich war mir sicher ... Was für ein Bild? Tut mir leid, wenn Sie das wüssten, bräuchte ich es mir ja nicht mehr anzusehen.«

»Ich schicke es jetzt los.«

»Ja, ich sehe es. Moment. Da ist es. Oh, das ist ...« Sie schüttelte den Kopf und seufzte leise auf. »Da ich die ganze Zeit an meine Brüder denke, dachte ich für einen Augenblick, es wäre Monty. Aber ... wie hieß er gleich? Er hat eine Weile bei uns gearbeitet, aber im Grunde war er immer auf dem Sprung. Er ist entfernt mit uns verwandt. Das haben wir festgestellt, weil er und Monty sich so ähnlich sahen. Der Name liegt mir auf der Zunge. Kyle. Genau, Kyle Channing, ein Cousin von Seiten meiner Mutter. Dritten oder vierten oder fünften Grades.«

»Sind Sie sicher?«

»Ja, natürlich, das ist Kyle. Wobei die Aufnahme relativ alt sein muss. Er müsste heute um die vierzig sein. Wo haben Sie das Foto her?«

»Ich komme zu Ihnen ins Heim«, erklärte Eve, bevor sie kraftvoll mit der Faust auf ihre Schreibtischplatte schlug.

»Wusste ich es doch!«

»Du hattest offensichtlich recht mit deiner Theorie.«

»Jones hat also den Cousin mit den Papieren und im Namen seines Bruders auf Missionsreise geschickt. Vielleicht gegen Bezahlung, vielleicht hat er ihn erpresst, oder vielleicht war es auch nur eine Gefälligkeit. Auf jeden Fall ist Montclair Jones ganz sicher nicht in Afrika von einem Löwen aufgefressen worden, weil er nie nach Afrika gefahren ist. Er hat hier in New York zwölf Mädchen umgebracht, und sein Bruder hat verhindert, dass es dreizehn wurden, indem er ihn seinerseits getötet hat. Ich muss jetzt los.«

»Gib mir Bescheid, wenn Nashville wieder auftaucht, ja? Ich würde gerne hören, wie genau es abgelaufen ist.«

»Ich auch.«

Sie schnappte sich ihr Handy und rief Peabody auf ihrem Weg nach unten an. »Wir treffen uns im Heim. Jetzt gleich.«

»Okay, ich bin …«

»Ich habe Fotos aus Simbabwe, und ich weiß von Philadelphia, dass der Mann darauf Kyle Channing heißt und nicht ihr kleiner Bruder ist.«

»Das heißt, Sie haben recht.«

»Sieht ganz so aus.«

Sie zerrte ihren Mantel vom Geländer, zog ihn an, und plötzlich fiel ihr ein, dass sie das Kleidungsstück am Vorabend in ihrem Arbeitszimmer hatte liegen lassen. Wie zum Teufel war es also … Summerset, wurde ihr klar, um nicht weiter darüber nachdenken zu müssen, lief sie eilig aus dem Haus.

Als Eve das Heim erreichte, stapfte Philadelphia unruhig in der Eingangshalle auf und ab.

»Ich bin total verwirrt, Lieutenant, und habe große Angst, dass Nash etwas zugestoßen ist. Ich habe alle Krankenhäuser und Gesundheitszentren kontaktiert, aber … am besten melde ich ihn vielleicht als vermisst.«

»Die Mühe können Sie sich sparen, denn wir haben ihn bereits zur Fahndung ausgeschrieben, außerdem ist er einfach abgehauen.«

»Aber vielleicht ist er ja krank geworden. Nach dem ganzen Stress der letzten Tage …«

»Er steht schon viel länger unter Stress.« Eve sah sich um und stellte fest, dass Kids aus Räumen kamen und in Richtung anderer Räume schlurften oder rannten, je nachdem, ob sie eher Frühaufsteher oder Morgenmuffel waren.

»Was ist hier los?«

»Wenn ich gewusst hätte, dass Nashville … oh, Sie meinen unsere Schützlinge. Sie gehen entweder zum Frühstück, in den Unterricht oder zu privaten Sitzungen.« Sie zog nervös an einer Strähne ihrer Haare, die sie heute offen trug. »Es ist wichtig, dass die Kinder ihre tägliche Routine beibehalten, ganz egal, was geschehen ist.«

»Ich glaube nicht, dass wir hier draußen weitersprechen sollten. Am besten gehen wir in Ihr Büro.« Eve nickte Shivitz zu. »Wenn meine Partnerin gleich kommt, sagen Sie ihr, wo sie uns finden kann.«

Sie ging voraus und schloss die Tür, nachdem auch Philadelphia eingetreten war. »Das Bild von Kyle wurde vor vierzehn Jahren in Simbabwe aufgenommen. Er war unter dem Namen und mit den Papieren Ihres jüngeren Bruders dort.«

»Das ist doch lächerlich. Das kann nicht sein.«

»Rufen Sie ihn an«, bat Eve und zeigte auf das Link, das auf dem Schreibtisch stand. »Sagen Sie ihm, dass ich ihn sprechen will.«

»Ich habe keine Ahnung, wo ich ihn erreichen soll. Ich weiß nicht, wo er ist.«

»Wann haben Sie ihn zum letzten Mal gesehen oder gesprochen?«

»Hm. Das weiß ich nicht genau.« Sie setzte sich und schlang sich unglücklich die Arme um den Bauch. »Ich kannte ihn im Grunde kaum. Die meiste Zeit hat er mit Nash verbracht. Kyle ist ein Nomade, er ist ständig unterwegs. Vor Jahren hat er zwischen zwei Missionsreisen kurz für uns gearbeitet, aber das war es dann auch schon. Mein Bruder Monty war in Afrika und ist dort umgekommen, Lieutenant.«

»Nein, das ist er nicht. Monty passte nirgends richtig hin, er war ein scheuer junger Mann mit psychischen Problemen, der Nash und Ihnen nie das Wasser reichen konnte und sich deswegen an Shelby Stubacker geklammert hat. Wahrscheinlich hat sie sich an ihn herangemacht und ihn für ihre eigenen Zwecke ausgenutzt.«

Sie drehte kurz den Kopf, als Peabody auf leisen Sohlen durch die Tür geglitten kam, und fuhr dann fort.

»Nachdem sie hatte, was sie wollte – seine Hilfe beim Verlassen Ihres Heims –, hat sie ihn abserviert. Als zähe Göre, die sie war, hat sie wahrscheinlich was gesagt oder getan, das ihn verletzt hat und ihm das Gefühl gab, dass er völlig wertlos war.«

»Das hätte er mir doch gesagt.«

»Denken Sie im Ernst, er hätte seiner großen Schwester anvertraut, dass eine Dreizehnjährige ihm wiederholt einen geblasen hat? Ich glaube nicht. Dafür hat er sich viel zu sehr geschämt. Inzwischen war ihm klar, dass das nicht nur verboten war, sondern in krassem Widerspruch zu seiner eigenen Erziehung stand. Und das war ihre Schuld. Das war die Schuld von Shelby, weil sie eins der bösen Mädchen war«, erklärte sie, denn diese Worte hatte Lonna Moon in jener schicksalhaften Nacht gehört.

»Also musste er sie für ihr Tun bestrafen oder retten oder beides. Musste wiedergutmachen, was sie verbrochen hatte, musste sie von ihren Sünden … reinwaschen. Während er noch überlegt, wie er das anstellen soll, taucht sie dort auf. In *seinem* Heim, an *seinem* Zufluchtsort, weil dieses Haus hier, dieses helle, saubere, neue Haus nicht sein Zuhause ist. Sie denkt, das Haus gehört jetzt ihr und ihrem Club der bösen Mädchen, aber er war vorher da und erhebt selber einen Anspruch auf das Haus. Obwohl sie in Begleitung eines anderen Mädchens ist, wird er nicht zulassen, dass sie dieses Gebäude mit Beschlag belegt.«

»Das können Sie nicht ernsthaft glauben. Nein.«

»Ich kann es deutlich vor mir sehen«, gab Eve in ruhigem Ton zurück. »Ich muss die Puzzleteile nur zusammenlegen, dann ergibt sich dieses Bild. Wahrscheinlich sagt sie ihm, dass er verduften soll, aber er hat extra Bier dabei, in dem wahrscheinlich ein Beruhigungsmittel ist. Er weiß, dass sie ihn bleiben lässt, wenn sie dafür etwas von ihm bekommt.«

Oh ja, inzwischen konnte sie es deutlich sehen. Das große, leere Haus, die jungen Mädchen und den jungen Mann mit seinem Bier und seiner tödlichen Mission.

»Sie nehmen das Bier und haben selber ein paar Süßigkeiten aus dem Asiamarkt dabei. Also essen und trinken sie, vielleicht gibt Shelby vor dem anderen hübschen Mädchen mit dem Haus und ihren Plänen an. Dann wird den beiden schwummrig, und noch ehe sie begreifen, was passiert ist, werden sie schon ohnmächtig.«

»Bitte. Bitte hören Sie auf.« Bei Philadelphia brachen sich die ersten Tränen Bahn.

»In den nächsten Wochen kommen immer wieder irgendwelche Mädchen in das Haus, vielleicht bringt er sie auch selbst dorthin. Er kennt seine Mission, er weiß, dass er dazu berufen ist. Er ist handwerklich geschickt genug, dass er dort ein paar falsche Wände hochziehen kann. Wahrscheinlich hat er Wert darauf gelegt, es möglichst gut zu machen, denn er wollte auf sein Werk stolz sein. Vor allem wäre er in Zukunft nie wieder allein. Die Mädchen waren bei ihm, in dem Heim, das er sich selbst geschaffen hat. In seinem ersten eigenen Heim.« Eve legte eine kurze Pause ein.

»Aber in der Nacht, als sich DeLonna aus dem neuen Heim schleicht, weil sie Shelby suchen will, läuft es anders als geplant. In dieser Nacht taucht Nash dort auf, kriegt mit, was Monty treibt.«

»DeLonna. Sie ist nie ...«

»Oh doch, sie hat sich heimlich fortgeschlichen, weil sie Shelby sehen wollte«, wiederholte Eve und stützte sich mit beiden Händen auf dem Schreibtisch ab. »Sie ist aus dem Fenster ihres Schlafzimmers geklettert und zum *Zufluchtsort* gelaufen und gefahren. Ich habe sie gefunden, obwohl sie sich bisher nur bruchstückhaft an jene Nacht erinnert, fallen ihr mit Hilfe einer Psychologin sicher auch die genauen Umstände wieder ein. An dem Abend hat Ihr großer Bruder Ihren kleinen Bruder mit DeLonna überrascht. Sie haben sich gestritten und sich angeschrien, als Nash das ohnmächtige, nackte Mädchen und die bis zum Rand gefüllte Badewanne sah. Was hätte Nash Ihrer Ansicht nach getan, wenn er herausgefunden hätte, dass Ihr kleiner Bruder eins der jungen Mädchen, die in Ihrer Obhut waren, ertränken wollte?«

»Das kann unmö ... es hätte ihm das Herz gebrochen. Und das hätte ich gemerkt.«

»Nicht, wenn Sie es nicht hätten merken sollen. Er ist der Beschützer der Familie, und diese fürchterliche Sache ist passiert, als die Verantwortung für seine jüngeren Geschwister und für die Schützlinge in seinen Händen lag. Also hat er den eigenen Bruder umgebracht, das noch immer ohnmächtige Mädchen heimgebracht, ihm einen Pyjama angezogen, es ins Bett gelegt, das Fenster zugemacht und Ihnen nichts von alledem erzählt.«

»Oh nein, das muss ein fürchterlicher Irrtum sein«, stieß Philalphia mit vor Zweifel und Entsetzen schriller Stimme aus.

»Er hat es Ihnen nie gesagt. Aber wie hätte er das auch tun sollen? Sie sollten nie erfahren, dass Ihr jüngster Bruder eines von Ihren Mädchen töten wollte und dass ihm deshalb keine andere Wahl geblieben war, als ihn aus dem Verkehr zu ziehen. Also hat er Ihnen gegenüber so getan, als hätte er ihn ganz spontan nach Afrika geschickt.«

»Aber nein. Oh nein. Von dieser Reise hat mir Monty selbst erzählt.« Jetzt drückten Philadelphias Stimme und auch ihre Augen neue Hoffnung aus. »Sie liegen falsch, verstehen Sie? Monty kam zu mir und sagte, dass Nash ihn hier nicht mehr haben will. Er hatte panische Angst, er hat geweint und hat mich angefleht, dafür zu sorgen, dass er bleiben kann. Nash und ich haben deshalb fürchterlich gestritten.«

»Wann war das?«

»Ein paar Tage, zwei, drei Tage, bevor Monty uns verlassen hat. Es war vollkommen untypisch für Nash, aber er war unnachgiebig, er hat gesagt, dass es zu Montys Bestem wäre, wenn er endlich einmal auf eigenen Beinen stehen muss. Er hat gesagt, es gäbe keine andere Möglichkeit und hat mir nicht einmal erlaubt, noch mit zum Flughafen zu fahren.«

»War Kyle damals noch hier?«

»Nein. Nein … ich glaube, er ist ein, zwei Tage vorher aufgebrochen, aber sicher weiß ich es nicht mehr. Ich war damals völlig durcheinander, denn ich hatte das Gefühl, als lüden wir Montclair bei irgendwelchen Fremden ab, an einem unbekannten Ort, damit er dort versucht, etwas zu sein, was er einfach nicht ist. Aber er hat seine Sache wirklich gut gemacht. Nash hatte recht gehabt. Er …«

»Monty war niemals in Afrika. Es war sein Vetter Kyle, der damals nach Simbabwe ging. Sie haben mir bisher kein Wort von dieser Angelegenheit, von diesem Streit und Ihrer Aufregung erzählt.«

»Ich wusste nicht, dass unsere privaten Schwierigkeiten von damals von Interesse für Sie sind. Es muss eine andere Erklärung für das alles geben. Ich bin sicher, dass mein Bruder Ihnen alles erklären kann.«

»Wie lange war er fort, als er angeblich mit Montclair zum Flughafen gefahren ist? Belügen Sie mich nicht«, bat Eve, als Philadelphia zögerte. »Damit helfen Sie ihm nicht.«

»Er war ewig unterwegs. Den ganzen Tag. Das weiß ich noch, weil ich deswegen furchtbar wütend auf ihn war. Er hatte Monty eigenmächtig ganz allein nach Afrika geschickt, deswegen dachte ich, er wäre so lange weggeblieben, um mir erst mal aus dem Weg zu gehen. Das hat ihn sehr verletzt. Ich weiß noch ganz genau, wie Nashville mich angesehen hat, als ich ihm Vorwürfe gemacht habe.«

»Was hat er getan, als er zurückkkam?«

»Er ... ging in den Raum der Stille. Der war zu der Zeit noch gar nicht fertig eingerichtet, aber wir waren beide furchtbar unglücklich. Er ist in den Raum der Stille gegangen und hat noch gesagt, dass niemand ihn dort stören soll.«

»Dort hängt auch die Gedenkplakette für Montclair.«

»Ja, im Raum der Stille meditieren wir und schöpfen neue Kraft. Nash blieb damals über eine Stunde dort. Danach gingen wir uns weiter aus dem Weg, bis Monty uns am nächsten Tag in einer E-Mail schrieb, er wäre sicher in Simbabwe angekommen, fände es dort wunderschön und hätte das Gefühl, als könnte er dort wirklich glücklich sein. Das alles klang so schön und positiv, dass ich zu Nash gesagt habe, er hätte recht gehabt. Ich habe mich bei ihm entschuldigt, und danach war alles wieder gut. Außerdem hatten wir damals noch jede Menge mit der Einrichtung des neuen Heims zu tun und keine Zeit, um uns in irgendwelchen Streitereien oder Grübeleien zu ergehen.«

»Peabody, der Raum der Stille. Diesmal nehmen wir ihn richtig auseinander.«

»Zu Befehl, Ma'am.«

»Warum denn das?«, erkundigte sich Philadelphia überrascht. »Sie haben ihn doch schon durchsucht.«

»Jetzt sehen wir uns noch einmal gründlicher dort um. Sie waren damals dabei, ihn einzurichten, haben Sie gesagt. Was bedeutet das genau?«

»Ich habe damit nur gemeint, dass die Bänke noch nicht standen und dass er noch nicht gestrichen war. Wir wollten keine richtige Kapelle, sondern einfach einen Raum, in dem es friedlich ist und wo man meditieren kann. Wir waren damals noch dabei, den Brunnen und die Blumen aufzustellen.«

»Okay. Dann fahren Sie jetzt mit Ihrer ganz normalen Routine fort. Ich begleite meine Partnerin und möchte nicht, dass irgendjemand sonst den Raum betritt.«

»Lieutenant.« Philadelphia starrte sie entgeistert an. »Monty ... Monty war niemals in Afrika.«

»Nein, das war er nicht.«

»Sie denken ... Sie denken tatsächlich, Nashville hätte ... ihm was angetan. Das hätte er niemals gekonnt.

Er kann keiner Fliege etwas zuleide tun. Und er hat Monty abgöttisch geliebt. Er hätte ihm nie wehtun können. Das schwöre ich.«

»Wohin ist er dann verschwunden? Wissen Sie vielleicht, wo Ihre beiden Brüder sind?«

»Nein, das weiß ich nicht. Gebe Gott, dass Sie sie finden.«

Auf dem Weg zum Raum der Stille zerrte Eve ihr Handy aus der Tasche, doch die Hausmutter trat ihr entschlossen in den Weg.

»Elektronische Geräte sind dort nicht erlaubt.«

Achtlos stapfte Eve an ihr vorbei und sah, dass Peabody bereits mit einem Miniscanner über die Gemälde an den Wänden ging.

»Tod oder Gefängnis«, meinte Eve.

»Nur diese beiden Dinge halten einen Serienkiller auf.«

»Genau das habe ich vorhin gesagt«, gab Eve zurück und wandte sich dann wieder ihrem Handy zu. »Roarke.«

»Lieutenant«, grüßte er zurück.

»Du könntest mir einen Gefallen tun. Die Konten der Geschwister und des Heims wirken vollkommen sauber.«

»Also sehe ich sie mir noch mal genauer an?«

»Nein, für die Finanzen ist die Schwester zuständig, ich glaube also kaum, dass da etwas zu finden ist. Aber vielleicht hat Nashville irgendwo ein zusätzliches Konto, von dem weder Philadelphia noch sonst jemand etwas weiß.«

»Wenn ich mich mit fremdem Geld befasse, tue ich

nicht dir, sondern mir selbst einen Gefallen«, klärte er sie grinsend auf.

»Tatsächlich?«

»Ich melde mich, falls ich was finde.«

»Vielleicht hat er das Konto auch unter dem Namen seines Bruders angelegt. Wobei Montclair vielleicht als Nachname verwendet worden ist.«

»Du verdirbst mir noch den ganzen Spaß, wenn du mir sagst, wie ich es angehen soll.«

»Okay. Das will ich nicht.«

Sie legte auf und wandte sich an ihre Partnerin. »Es gibt zwei Möglichkeiten. Entweder hat Jones den kleinen Bruder irgendwie aus dem Verkehr gezogen, angeblich zum Flughafen gebracht, dann umgebracht und irgendwo entsorgt, oder er hat dafür gesorgt, dass Monty irgendwo sicher verwahrt wird, wo er keinen Unsinn mehr verzapfen kann.«

»Tod oder Gefängnis«, wiederholte Peabody.

»Genau. Wir müssen Nashville finden, und falls Monty nicht mehr lebt, so lange in die Zange nehmen, bis er alle Einzelheiten preisgibt. Falls er ihn eingesperrt hat, finden wir heraus, wo Monty steckt, denn es muss ein Ort sein, von dem man nicht so einfach abhauen kann, und der kostet wahrscheinlich Geld.«

»Sie meinen eine Klinik oder so?«

»Genau. Ich habe Roarke schon einmal auf die Spur des Geldes angesetzt, während wir beide gucken, ob der große Bruder hier etwas hinterlassen hat, was uns womöglich weiterhilft.«

»Sie denken, er hat hier etwas versteckt.«

»Ich denke nicht, dass er hier nur herumgesessen hat,

statt einfach noch ein bisschen länger wegzubleiben oder sich in sein Büro oder in sein privates Wohnzimmer zurückzuziehen. Der allwissenden Quilla nach verbringt er hier noch immer jede Menge Zeit.«

Eve ließ die Schultern kreisen. »Also packen wir es an.«

22

Sie nahmen die Gemälde aus den Rahmen, zerrten die Kissen aus den Hüllen, kippten die Blumentöpfe aus.

»Sie hat gesagt, sie wären noch dabei gewesen, zu streichen und die Bänke aufzustellen.« Eve sah sich mit zusammengekniffenen Augen um. »Vielleicht hat er es ja gemacht wie Monty und etwas hinter einer der Wände hier versteckt.«

»Um dort etwas zu finden, reicht der Miniscanner hier nicht aus.«

Die Chance war gering, aber ...

»Rufen Sie die SpuSi an und sagen, dass sie einen größeren Scanner mitbringen sollen. Er steht noch unter Schock, und er hat Schuldgefühle, weil er eine Lüge lebt. Also kommt er in den Raum der Stille, um zu beten, zu meditieren, nachzudenken oder was auch immer. Er hat seinen Bruder umgebracht oder irgendwo eingesperrt, von wo er nicht entkommen kann, und kann seiner Schwester deshalb nicht mehr in die Augen sehen. Er ist der Familienvorstand«, fuhr sie fort und stapfte, wie so häufig, wenn sie überlegte, auf und ab. »Er hat getan, wovon er glaubte oder glauben wollte, dass es richtig war. Jetzt muss er die Last alleine tragen. Aber das hat er nie gelernt, nicht wahr?«

»Die SpuSi bringt den großen Scanner mit«, erklärte

Peabody und sah sie fragend an. »Was hat er nie gelernt?«

»Eine Last allein zu tragen. Weil das nicht zu der Religion gehört. In ihrer Religion geht's darum, dass man sich der höheren Macht anvertraut, die einen leitet, nicht wahr?«

»Nun ...«

»Aber in diesem Raum gibt's keine Kreuze, keine Buddhas, keine Pentagramme, keine Sterne, nichts.«

»Sie sind in diesem Heim an keine Konfession gebunden, aber trotzdem gibt es Elemente und Symbole, die für ihre religiöse Überzeugung stehen.«

»Was für Elemente und Symbole sollen das sein?«

»Die Pflanzen, die für Wachstum und die Erde stehen. Die Kerzen als Symbol des Feuers, Wandgemälde weißer Wolken als Symbol der Luft und der ...«

»Brunnen, der für Wasser steht. Er kam dazu, als Monty im Begriff stand, Lonna zu ertränken. Also sehen wir uns den Brunnen noch mal an.«

Das klare Wasser strömte über einen sechzig Zentimeter breiten Teil der Wand, die mit künstlichen Bruchsteinen verkleidet war, in einen schmalen, mit unechtem Grünspan überzogenen und mit kleinen, weißen Kieselsteinen ausgelegten Kupfertrog.

»Hübsch«, bemerkte Peabody. »Als ich klein war, hatten wir im Garten einen solarbetriebenen Brunnen, und in unserem Wintergarten, der mit seinen vielen Pflanzen, Steinbecken und Bodenkissen auch so etwas wie ein Raum der Stille war, hat mein Vater einen wirklich tollen, kleinen Steinbrunnen gebaut. Abgesehen von den Glaswänden, sah unser Wintergarten fast so aus wie dieser Raum. Wir haben dort – aber das interessiert Sie nicht.«

»Wie schaltet man das Ding wohl ab?«

»Wir hatten praktisch nur Solarstrom, aber in normalen Häusern gibt es Sicherungen, über die der Stromkreislauf sich entweder zum Teil oder zur Gänze unterbrechen lässt. Wobei es hier bestimmt noch einen zusätzlichen Schalter gibt, falls der Brunnen plötzlich spinnt und das Wasser durch die Gegend spritzt.«

Peabody betrachtete die schmale Leiste, aus der sich das Wasser in den Trog ergoss. »Das haben sie wirklich schön gemacht, sie haben die Leiste optisch so gut ans Profil der Decke angepasst, dass man den Eindruck hat, das Wasser flösse direkt aus der Wand. Aber den Schalter hätte man bestimmt ein Stückchen tiefer installiert, wo man ihn gut erreichen kann.«

Sie ließ sich auf die Knie fallen und kroch auf allen vieren um den Trog herum. »Ich sehe nichts ... Moment, hier haben wir's. Das Panel ist kaum zu sehen.« Sie öffnete die Klappe, legte einen kleinen Schalter um, und der Wasserfall verebbte erst zu einem leichten Tröpfeln, bis er ganz erstarb.

»Ah. Sie haben einen Blick für so etwas.«

»Das liegt wahrscheinlich daran, dass wir Peabodys praktisch veranlagt sind.« Sie setzte sich auf die Fersen und erklärte ihrer Vorgesetzten das System. »Das Wasser läuft in diesen Trog und wird dann durch das Rohr, das hinter dieser Wand verlegt ist, wieder hochgepumpt.«

»Dann läuft der Brunnen jetzt also nicht einfach aus?«

»Man leert ihn nur, wenn man ein Problem hat.«

»Zwölf tote Mädchen und ein Hauptverdächtiger,

der plötzlich verschwunden ist, sind ganz sicher ein Problem.«

»Da haben Sie recht.« Erneut ging Peabody auf alle viere, legte einen zweiten Schalter um, und gurgelnd lief das Wasser aus dem Trog.

»Mit der praktischen Veranlagung haben Sie recht.« Auch Eve ging auf die Knie, krempelte den Ärmel hoch und wühlte in dem Bett aus Kieselsteinen. »Wir brauchen einen Eimer oder so.«

»Dann hole ich einen Eimer oder so.«

Obwohl sie davon ausging, dass dort nichts zu finden wäre, setzte Eve die Wühlarbeit zwischen den glatten, weißen Steinen fort. Wahrscheinlich hatte Nashville einfach hier herumgesessen, sich in Selbstmitleid ergangen und vom Universum wissen wollen, warum aus seinem eigenen Bruder eine geisteskranke, mordlüsterne Bestie geworden war.

Doch dann stieß sie mit ihren Fingern gegen einen kleinen Gegenstand, zog ihn aus dem Wasser und hielt einen Anhänger an einer Silberkette in der Hand.

Einen halben Anhänger, verbesserte sie sich, wie die Hälfte eines Puzzles, auf dem vorn der Name NASH und hinten das Wort BRÜDER stand.

»Hier, Peabody«, rief sie, als hinter ihr die Tür geöffnet wurde. »Ein Indiz.«

»Wow, Sie haben hier eine Riesensauerei veranstaltet.«

»Quilla.« Gottverdammt. »Was machst du hier?«

»Ich will nur sehen, was *Sie* hier machen. Warum haben Sie eine solche Sauerei gemacht? War das im Brunnen? Warum sollte irgendjemand seine Freundschaftskette in den Brunnen werfen? Da wird sie doch nass.«

»Mit Nässe muss man rechnen, wenn man was in einen Brunnen wirft. Freundschaftskette?«

»Klar. Ein paar der Mädchen teilen so was mit ihren besten Freundinnen. Sie wissen schon, wir sind zwei Hälften eines Ganzen, passen super gut zusammen, dieser ganze Quatsch. Das ist voll lahm«, erklärte Quilla, ihrem sehnsüchtigen Blick zufolge aber hätte auch sie selber durchaus gerne einen solchen halben Anhänger gehabt.

»Mag sein. Hast du auf deiner Hälfte deinen eigenen Namen oder den der besten Freundin stehen?«

»Pah. Natürlich den der besten Freundin. Darum geht es doch bei diesem ganzen Mist.«

»Okay. Und jetzt hau ab.«

»Also bitte, alle schleichen hier auf Zehenspitzen rum, als ob sie Angst hätten, ein Monster aufzuwecken. Das ist einfach langweilig.«

»Langweil dich woanders. Peabody«, wandte sich Eve an ihre Partnerin, als die mit einem großen, weißen Eimer wiederkam.

»He, du solltest jetzt nicht hier sein«, klärte die das Mädchen auf.

»Mit Ihnen ist das hier bestimmt kein Raum der Stille mehr. Machen Sie den Brunnen leer? Ich könnte Ihnen dabei helfen.«

»Nein. Hau ab.«

»Sie sind eine verdammte Spielverderberin.«

Schmollend trottete sie aus dem Raum.

»Zu diesem Anhänger gibt es ein Gegenstück, auf dem wahrscheinlich Monty steht.«

»Sie hatten eine Freundschaftskette. So was haben sonst nur Mädchen oder Pärchen oder kleine Jungs.«

»Wenn Montys Kette in dem Brunnen lag, hat Nashville seine Hälfte doch bestimmt dazugelegt. Damit sie gut versteckt, aber zusammen waren. Vielleicht haben seine Schuldgefühle dadurch etwas abgenommen, vielleicht hat er das Wasser als Symbol der Reinigung gewählt. Aber darüber soll Mira sich den Kopf zerbrechen. Tüten Sie die Kette ein.«

Die Partnerin stellte den Eimer auf den Boden und nahm Eve die Kette ab. »Wollen Sie nicht die Steine aus dem Brunnen nehmen?«

»Lassen Sie mich noch ... ich hab's. Damit wäre das Set komplett.«

Auf dem zweiten Anhänger war vorn der Name MONTY sowie auf der Rückseite FÜR EWIG eingraviert.

»Für ewig Brüder«, setzte Eve die beiden Rückseiten zusammen. »Sie waren also eine unzertrennliche Einheit. Aber nach allem, was passiert war, wollte Nash nicht, dass Monty seine Kette weiterträgt, und hat auch die eigene Kette abgelegt. Aber er wusste, wo die Ketten waren, konnte hier neben dem Brunnen sitzen, an den Bruder denken und sich sagen, dass sein Vorgehen in jener Nacht zu ihrer aller Bestem war.«

»Wenn man drüber nachdenkt, ist das ziemlich traurig.«

»Ja, vielleicht, aber vor allem ist es dumm. Richtige Verantwortung bedeutet, stets das Richtige zu tun, auch wenn's nicht einfach ist. Aber seinen Bruder auf die eine oder andere Weise selbst aus dem Verkehr zu ziehen? Das ist Selbstjustiz. Das ist dasselbe wie der Diebstahl eines fremden Hundes.«

»Eines Hundes? Oh, Sie meinen Bones. Okay, aber der Hund ist bei DeWinter wirklich glücklich.«

»Der Hund hätte genauso glücklich werden können, wenn DeWinter sich an das Gesetz gehalten hätte«, knurrte Eve. »Irgendetwas fehlt.«

»Und was?«

»Irgendwas, was für die beiden Schwestern steht.« Sie fuhr mit ihrer Wühlarbeit zwischen den Steinen fort. »Sicher hat er sich doch auch für den Cousin verantwortlich gefühlt. Er hat doch sicher das Gefühl gehabt, er hätte seinen Vetter in den Tod geschickt. Also musste er ...«

Während sie wühlte, fiel ihr Blick auf die Plakette an der Wand.

In inniger Erinnerung an
unseren geliebten Bruder
Montclair Jones
Selma, Nashville und Philadelphia.
Er lebt in unseren Herzen fort.

»Er lebt in ihren Herzen fort«, murmelte Eve und wandte sich an ihre Partnerin. »Nehmen Sie die Plakette von der Wand.«

»Die Plakette? Aber die ist angeschraubt. Das heißt, ich bräuchte einen ...«

»Quilla.«

Obwohl Eve die Stimme kaum erhoben hatte, streckte Quilla umgehend den Kopf zur Tür herein. »Ich habe nur ...«

»Egal. Besorg mir einen Schraubenzieher.«

»Kein Problem!«

»Das ist nur ein weiteres Indiz«, erklärte Eve, während sie nasse Steine in den Eimer warf. »Es sagt uns nicht, wo Nashville steckt, und ist auch kein Beweis dafür, dass Monty unter Umständen noch lebt.«

»Hier.« Mit einem batteriebetriebenen Schraubenzieher in der Hand kam Quilla wieder angestürzt. »Darf ich das machen?«

»Nein. Peabody.«

»Halt du die Schrauben fest, während ich drehe«, bat die Partnerin und machte sich ans Werk.

»Warum wollen Sie das Ding denn abnehmen? Es hängt schon ewig dort. Die Hausmutter wird mindestens sechs Körbe voll junge Hunde kriegen, wenn sie sieht, was Sie hier angerichtet haben. Warum …«

»Ruhe. Wenn du deine Klappe hältst, vergesse ich vielleicht, dass du an einem Ort bist, an dem du dich gar nicht blicken lassen solltest.«

Auch wenn Quilla hinter ihrem Rücken mit den Augen rollte, presste sie die Lippen aufeinander, während sie die losgedrehten Schrauben hielt.

»So, das war die letzte Schraube«, meinte Peabody. »Das Ding ist schwerer, als es aussieht. Halt du diese Seite, Quilla, sonst … genau.«

Gemeinsam nahmen sie die Tafel von der Wand. »Das ist echte Bronze. Hat ein ganz schönes Gewicht und … auf der Rückseite ist auch was eingraviert.«

»Der Name des Cousins«, mutmaßte Eve.

»Nagel. Kopf. Sie wissen schon.«

Peabody hielt die Plakette so, dass Eve die Hinterseite sah.

In schmerzlicher Erinnerung an Kyle.
Er war ein Mann des Glaubens, stets loyal und
hatte einen reinen Geist.

»Wer bitte ist Kyle?«, erkundigte sich Quilla. »Und warum hängt der arme Kerl mit dem Gesicht zur Wand. Das ist nicht fair.«

»Das ist es nicht«, pflichtete Eve ihr bei. »Tüten Sie die Tafel ein, Peabody. Hier kommt auch noch mehr.« Sie hielt ein kleines, goldenes Herz an einer dünnen Kette in der Hand. »Auf der Rückseite ist SELMA eingraviert.«

Eilfertig hielt Peabody ihr einen kleinen Plastikbeutel hin. »Mit jedem Fundstück wird es trauriger.«

»Nur dass uns Traurigkeit nicht weiterbringt«, erklärte Eve, bevor sie ihre Hand erneut zwischen die Steine schob. »Hier wäre das letzte Teil.«

»Wow! Ein Ring. Lag der etwa auch die ganze Zeit im Brunnen? Meinen Sie, da liegt noch anderes Zeug?«

»Nicht anfassen«, fuhr Eve das Mädchen an.

»Das ist ein wirklich hübscher Ring.« Trotzdem verschränkte Quilla ihre Hände auf dem Rücken und trat einen Schritt zurück.

Ächzend tütete Eves Partnerin die schwere Tafel ein. »Die Art von Ring, die man von seinem Schatz geschenkt bekommt.«

»Ach ja?« Eve hielt den Ring ins Licht und sah ihn sich genauer an. »Sie haben recht. Auf der Innenseite ist was eingraviert. P und P und ein Herz.«

»Lassen Sie uns rausfinden, für wen das zweite *P* steht. Raus mit dir«, wandte sich Eve erneut dem Mädchen zu.

»Und behalt die Sachen, die du hier gesehen hast, für dich.«

»Was denn sonst? Wobei das eine echt coole Geschichte ist. Vielleicht sollte ich ein Buch darüber schreiben oder so.« Grinsend wandte Quilla sich zum Gehen.

»Die ganze Welt schreibt Bücher über irgendwelches Zeug. Die SpuSi soll die Sachen mitnehmen und den Raum versiegeln.«

»Was denn sonst?«, ahmte die Partnerin das Mädchen lächelnd nach. »Ich stelle nur noch schnell die Pflanzen wieder in die Töpfe, denn sonst gehen sie noch ein.«

»Machen Sie schnell.«

Eve selbst ging wieder in den Flur, wo Shivitz hinter ihrem Schreibtisch saß. »Wo ist Miss Jones?«

»Sie ist gerade in einer Sitzung.«

»Holen Sie sie raus.«

»Ich finde, dass Sie kaltherzig und grausam sind. Sie tun mir leid.«

»Sie können denken, was Sie wollen, aber holen Sie Miss Jones her.«

Hoch erhobenen Hauptes stapfte Shivitz los, und kurz darauf kam Philadelphia den Flur herabgeeilt.

»Was ist? Was ist passiert?«

»Für wen steht das andere P in diesem Ring?«

»Oh, mein Gott.« In Philadelphias Augen trat ein Leuchten. »Wo haben Sie den gefunden?« Eilig streckte sie die Finger nach dem Schmuckstück aus. »Den habe ich vor einer Ewigkeit verloren, was mir fast das Herz gebrochen hat.«

»Meinetwegen. Und für wen steht jetzt das andere P?«

»Für Peter. Peter Gibbons. Er war meine erste große

Liebe. Wir waren damals zusammen auf der Highschool und waren unsterblich verliebt. Womit meine Eltern natürlich nicht einverstanden waren. Wir waren damals furchtbar jung und er ... Er war ein junger Mann der Logik und der Wissenschaft. Mit Glauben hatte er nicht viel am Hut. Er hat mir diesen Ring zu meinem achtzehnten Geburtstag geschenkt, kurz bevor wir an verschiedene Colleges gingen.«

Philadelphia schob den Ring auf ihren Finger und sah ihn mit einem sanften Lächeln an. »Wir hatten uns geschworen, dass wir eines Tages heiraten und eine Familie gründen würden. Doch natürlich sollte das nicht sein. Ich habe einen Mann geheiratet, mit dem mein Vater einverstanden war, aber es hat für keinen von uns beiden funktioniert. Mein Ex-Mann ist ein anständiger Mensch, aber wir waren niemals wirklich glücklich miteinander, ich frage mich, ob es im Leben später noch einmal so etwas Wunderbares wie die erste Liebe geben kann.«

Sie blickte wieder auf. »Vielen, vielen Dank, aber wo haben Sie den Ring gefunden?«

»Wo Ihr Bruder Nash ihn hingelegt hat, er lag neben Selmas kleinem goldenen Herz.«

»Selmas kleiner goldener Herzanhänger? Aber ...«

»... und den Freundschaftsketten, die er selbst und Monty hatten. Alle diese Dinge hat er im Raum der Stille unter den Steinen im Brunnen versteckt.«

»Das ergibt nicht den geringsten Sinn.« Philadelphias Augen, die bisher geleuchtet hatten, wurden trüb. »Warum hätte Nashville meinen Ring und Selmas Kette verstecken sollen? Warum ...?«

»Wo ist Peter Gibbons?«

»Ich … wir haben kaum noch Kontakt. Er ist Arzt, Psychiater, er hat vor Jahren eine kleine, private Klinik aufgemacht.«

»Wo?«, erkundigte sich Eve, während ihr Handy klingelte.

»In den Adirondacks, ein paar Kilometer außerhalb von Newton Falls. *Das Institut des Lichts für seelisches und körperliches Wohlbefinden.*« Philadelphia massierte sich das Herz. »Sie denken, Nashville hätte Monty damals in das Institut gebracht.«

»Moment.« Eve nahm den Anruf an und fragte barsch. »Was gibt's?«

»Ich wollte nur Bericht erstatten, Lieutenant«, meinte Roarke. »Vor fünfzehn Jahren hat Nashville Jones unter dem Namen Kyle Montclair ein Konto eröffnet und als erste Einlage achttausend Dollar einbezahlt. Seither gehen regelmäßig kleinere Beträge darauf ein, jeden Monat gibt es eine Überweisung an das …«

»*Institut des Lichts für seelisches und körperliches Wohlbefinden.*«

»Warum mache ich mir überhaupt die Mühe, wenn du ständig schneller bist als ich?«

»Das Institut liegt in der Nähe eines Orts mit Namen Newton Falls.«

»Das weiß ich bereits«, klärte ihr Mann sie trocken auf. »Ich habe schließlich meinen Job gemacht.«

»Jetzt habe ich einen neuen Job für dich. Ich muss in dieses Institut kommen, und zwar so schnell es geht.«

»Okay. West Side Transportzentrum, privater Flughafen. Zwanzig Minuten.«

»Danke. Dafür schulde ich dir was.«

»Bitte nehmen Sie mich mit«, bat Philadelphia, während Eve ihr Handy wieder in die Hosentasche schob. »Wenn wahr ist, was Sie glauben, muss ich meine Brüder sehen. Dann muss ich meine Brüder sprechen.«

»Warum nicht?« Eve zeigte auf den Raum der Stille, als ein Team der Spurensicherung mit einem leistungsstarken Scanner durch die Haustür trat.

»Ich gebe nur noch schnell der Hausmutter Bescheid.«

»Sie haben zwei Minuten. Peabody«, rief Eve. »Sie kommen mit. Um Himmels willen, Quilla«, fauchte sie das Mädchen an, das wieder in der Tür des Raums der Stille stand. »Du solltest wirklich langsam zuschen, dass du Land gewinnst.«

»Was geht hier ab?«

»Jede Menge offizieller Kram. Hör zu«, gab sie ein wenig nach. »Du hast uns geholfen, also werde ich dir später sagen, was das alles zu bedeuten hat. Peabody, wir fahren.«

Sie war davon ausgegangen, dass sie einen Shuttle nehmen würden, doch als wäre das nicht bereits schlimm genug gewesen, wurden sie von Roarke in einen Hubschrauber geladen, den er auch noch selber flog.

»Sie setzen sich nach hinten«, wies sie Philadelphia an und drückte einen Kopfhörer in ihre wild zitternde Hand. »Dieses Ding behalten Sie während des ganzen Fluges auf.«

»Wahnsinn«, juchzte Peabody und griff nach ihrem Gurt. »Ich hätte Snowboots anziehen sollen, denn in den Adirondacks liegt bestimmt schon jede Menge Schnee.«

»Den wir ja wohl auch ohne Snowboots überleben

werden«, brummte Eve und brachte Roarke und ihre Partnerin ermittlungstechnisch auf den neuesten Stand. Das lenkte sie ein wenig davon ab, dass sie in einem Spielzeug mit Rotoren saßen. Als sie aber plötzlich auch noch über schneebedeckte Berge flogen, atmete sie zischend ein.

Die Berge wirkten viel zu hoch und waren ihnen viel zu nah.

»Wir haben ein bisschen Seitenwind«, erklärte Roarke, als der Hubschrauber erschauderte.

»Warum ist er nicht in der Stadt geblieben und hat dort seine verdammte Klinik aufgemacht? Aber nein, er musste sich ja eine Hütte in den Bergen suchen, wo es nichts als Felsbrocken und Bäume, und zwar riesengroße Felsbrocken und noch größere Bäume gibt.«

»Die Landschaft ist einfach der Hit!« Peabody drückte sich die Nase an der Fensterscheibe platt und hüpfte fröhlich auf und ab. »Da ist ein See! Der völlig zugefroren ist.«

»Wenn wir darüber abstürzen, ertrinken wir zumindest nicht.«

Lachend begann Roarke, Kreise mit dem Hubschrauber zu ziehen.

Sie klammerte sich hilfesuchend an die Ränder ihres Sitzes und stieß heiser aus: »Was machst du da?«

»Ich gehe tiefer, Schatz. Da vorne ist das Institut.«

Zähneknirschend zwang sich Eve, nach unten zu sehen. Inmitten all der hohen, schneebedeckten Berge lag ein Tal, in dem statt einer Blockhütte ein Komplex verschiedener Gebäude angesiedelt war. Aus der ihr verhassten Vogelperspektive sah es wie ein Herrenhaus mit

Scheune, Stallungen und Arbeitsräumen oder vielleicht eher wie eine teure Schule aus.

Da ihr schwindlig wurde, sah sie wieder geradeaus und klammerte sich weiter fest, bis der verfluchte Helikopter überraschend weich gelandet war.

Sie stieg so schnell wie möglich aus, wartete darauf, dass ihre Beine nicht mehr weich wie Pudding wären, und war noch nicht wieder völlig bei sich, als aus Richtung Hauptgebäude eine Gruppe Leute auf sie zugelaufen kam. Den Uniformen nach waren sie von der Security des Instituts.

»Dies ist eine private Klinik, ich muss Sie bitten ...«

Wortlos wies sich Eve mit ihrer Marke aus. »Peter Gibbons.«

»Ich muss wissen, was Sie von ihm wollen.«

»Müssen Sie nicht. Das geht nur ihn alleine etwas an. Wenn er mich nicht umgehend empfängt, lasse ich das Grundstück von der Polizei umstellen und die Klinik schließen. Gibbons«, wiederholte sie.

»Am besten gehen wir erst mal rein.«

»Niemand verlässt das Grundstück.« Sie marschierte los und stellte fest, dass selbst in diesem Tal schon jede Menge Schnee gefallen war. Die ordentlich mit Steinen gepflasterten Wege aber waren geräumt, weshalb sie mühelos zum Haupthaus kamen. »Seit wann ist Montclair Jones schon hier?«

»Ich darf Ihnen keine Auskunft über unsere Patienten geben.«

Kein Problem, sagte sich Eve. Er hatte ihr immerhin bestätigt, dass der junge Jones Patient in dieser Klinik war.

Im Inneren des Gebäudes herrschte eine Ruhe wie in einer Kirche, die Grünpflanzen, die blank geputzten Marmorböden und der gasbetriebene Kamin, in dem ein heimeliges Feuer brannte, zeigten, dass dies keine ganz normale Klinik, sondern eher ein Luxus-Rehazentrum für die wirklich Reichen war.

»Warten Sie hier.« Der Mann von der Security ließ sie bewacht von den Kollegen im Foyer zurück und nahm die kurze Treppe in den ersten Stock.

»Darf ich Monty sehen?«, fragte Philadelphia.

»Das entscheiden wir, wenn's so weit ist.«

»Sie werden ihn und Nash verhaften, werden meine beiden Brüder ins Gefängnis stecken.«

Schweigend blickte Eve dem Mann entgegen, der mit schnellen Schritten auf sie zugelaufen kam. Mittelgroß, und von eher durchschnittlichem Aussehen, bis man seine wachen, winterblauen Augen und den festen Kiefer sah.

»Ich bin Dr. Gibbons«, fing er an, doch plötzlich drückten seine winterblauen Augen sommerliche Wärme aus. »Philly.«

Achtlos schob er sich an Eve vorbei, nahm Philadelphias Hände und erklärte: »Du siehst noch genau wie damals aus.«

»Natürlich nicht.«

»Für mich schon. Nash hat dich also kontaktiert. Darüber bin ich wirklich froh. Es tut mir furchtbar leid. Wir hätten dir das nie verschweigen dürfen.«

»Aber genau das haben Sie fünfzehn Jahre lang getan.«

Er wandte sich an Eve, und seine Augen wurden wieder kalt. »Es war nicht, wie Sie denken. Vielleicht gehen wir in den Besprechungsraum. In meinem Büro ist für uns alle nicht genügend Platz.«

»Wo ist Montclair Jones?«

»Sein Zimmer ist im Ostflügel, im dritten Stock.« Als Philadelphia nach Luft rang, drehte er sich eilig wieder zu ihr um. »Es tut mir wirklich leid. Nash ist bei ihm. Wenn ich die Gelegenheit bekäme, Ihnen alles zu erklären – Lieutenant Dallas, richtig?«

»Richtig. Und eine Erklärung wäre nicht schlecht. Peabody, Sie passen auf, dass keiner der Gebrüder Jones den Raum verlässt.«

»Die beiden wollen ganz bestimmt nicht flüchten, aber ich verstehe Sie. Jemand von der Security wird sie hinaufbegleiten«, sagte er zu Peabody.

Eves Partnerin verschwand mit einem der Wachleute, und die anderen gingen in den ersten Stock.

»Hier entlang«, bat Gibbons sie. »Nash kam gestern Abend zu mir und war furchtbar aufgeregt.«

»Das glaube ich.«

Gibbons trat durch eine Tür und ließ die anderen an sich vorbeigehen.

Der Konferenzraum wirkte trotz des langen Tischs, der in der Mitte stand, wie eine Lounge. Gibbons führte Philadelphia zu einer breiten Couch und sah sie fragend an. »Kann ich dir etwas zu trinken holen? Vielleicht einen Tee? Deine Hände sind eiskalt.«

»Ich möchte nichts.«

»Du trägst ihn immer noch«, stellte er leise fest.

»Nein.« Sie blickte auf den Ring und sah dann wieder zu ihm auf. »Ich ... oh, Peter.«

»Das ist schwer für dich. Das ist für uns alle nicht

leicht.« Zögernd setzte er sich neben sie, nahm ihre Hand und wandte sich an Eve.

»Am besten fange ich vor fünfzehn Jahren an. Die Klinik war damals noch ziemlich neu. Ich hatte sie ein Jahr zuvor zusammen mit ein paar Kollegen aufgemacht. Das wusste Nash, denn wir hatten die ganze Zeit Kontakt.«

»Das wusste ich ja gar nicht.«

»Weil du und ich, wenn auch nur kurz, jeweils mit jemand anderem verheiratet waren. Du hattest damals schon dein eigenes Leben, und ich war dabei, mir ebenfalls ein eigenes Leben aufzubauen. Aber wie dem auch sei, rief Nash mich damals an. Er war zutiefst erschüttert und total verzweifelt, er meinte, dass Montclair in Schwierigkeiten wäre und versucht hätte, einem der Mädchen, die damals in eurer Obhut waren, etwas anzutun, ohne zu begreifen, was er da wirklich tat. Das Mädchen war in Sicherheit, aber er konnte Monty nicht mehr in die Nähe eurer Kinder oder ihn einfach so weitermachen lassen, ohne dass er sich von einem Fachmann helfen ließ. Natürlich war ich einverstanden, Monty als Patient in meiner Klinik aufzunehmen, obwohl ich es dir im Gegensatz zu Nash erzählen wollte, Philly.«

»Ihnen war also bewusst, dass Montclair Jones zumindest des tätlichen Angriffs schuldig war«, bemerkte Eve.

»Hätte ich die Polizei darüber informieren sollen? Ja, vielleicht. Aber vor allem sollte ich dem Bruder eines Freundes helfen, und das habe ich getan. Als Monty in die Klinik kam, war er wie ein Kind. Aber er konnte sich an mich erinnern, was uns eine große Hilfe war. Er hat sich gefreut, als er mich sah, und da ich hier war, dachte er, auch du würdest bald kommen, Philly.«

»Er hatte dich immer furchtbar gern«, erinnerte sich Philadelphia.

»Was wirklich hilfreich war. Er hatte Angst, er würde fortgeschickt, und dann auch noch nach Afrika. Er war geistig und auch psychisch sehr labil.«

»Wie meine Mutter«, fügte Philadelphia hinzu.

»Aber selbstmordgefährdet ist er nicht«, versicherte ihr Gibbons. »Obwohl wir anfangs Vorsichtsmaßnahmen ergriffen haben, war er auch damals nicht wirklich gefährlich. Ich bin es erst mal langsam angegangen, obwohl er passiv und gehorsam war. Er dachte, wenn er sich benähme, könnte er wieder nach Hause gehen oder du und Nash kämt her. Als wir darüber sprachen, was passiert war, sagte er, das Mädchen wäre schlecht gewesen, und er hätte sie im Wasser seines Heims reinwaschen wollen, damit sie für immer dort bleiben kann. Weil diese Mädchen dort zuhause wären.«

»Er wollte sie ertränken«, erklärte Eve.

»Aus seiner Sicht wollte er ihr helfen. Er wollte ihr nicht das Leben nehmen, sondern sie von ihren Sünden reinwaschen und ihr dadurch das Leben schenken. Euer Vater hat geglaubt, dass Eure Mutter wegen ihres Selbstmordes als Sünderin gestorben ist, Philly.«

»Ich weiß. Aber ich selbst glaube das nicht. Das kann ich einfach nicht glauben.«

»Monty hat die Überzeugung Eures Vaters übernommen und hatte Angst, dass er vielleicht genauso enden würde und dass ihr ihn dann nicht mehr zuhause haben wolltet.«

»Oh Gott. Wir haben uns so sehr bemüht, ihm ein Gefühl von Sicherheit zu geben.«

»Was euch wegen seiner Krankheit nicht gelungen ist. Ich habe Nash gesagt, dass er und eure Mutter meiner Meinung nach verkehrt behandelt worden sind. Aber darüber können wir später sprechen, weil es jetzt erst mal um Monty geht. Jedes Mal, wenn ich versucht habe, seiner Erkrankung auf den Grund zu gehen, wurde er derart aufgeregt, dass uns nichts anderes übrigblieb, als ihn vorübergehend zu sedieren. Statt Fortschritte hat er eher Rückschritte gemacht. Egal, was ich versucht und unternommen habe, habe ich ihn einfach nicht erreicht.«

»Er hat zwölf Mädchen umgebracht«, fiel Eve dem Arzt ins Wort. »Hat er das nie erwähnt?«

Gibbons schüttelte frustriert den Kopf. »Er sprach nur von einem Ritual der Reinigung, von seinem Zuhause und davon, dass er dieses Zuhause nie verlassen wollte. Aber von dem Zuhause redet er nicht mehr, denn jetzt sieht er die Klinik als Zuhause an. Während unserer Gespräche ging mir auf, dass wir ihn nie entlassen könnten, weil er dann erneut versuchen würde, diese Reinigungen zu vollziehen. Sie sind seine Mission, endlich hat er eine Aufgabe wie du und Nash«, fügte der Arzt an Philadelphia gewandt hinzu. »Er muss diese Mädchen retten, muss sie reinigen und heimbringen.«

»Das hat er mit zwölf Mädchen gemacht.«

»Ich hatte den Verdacht, dass der Versuch, bei dem ihn Nashville überrascht hat, vielleicht nicht der erste war, aber ich bin niemals wirklich zu ihm durchgedrungen, es ist mir nie gelungen, ihn dazu zu bringen zu erzählen, was geschehen war. Er hat auch nie erzählt, warum er diesen Auftrag hat und welche sexuellen Elemente unter Umständen damit verbunden sind. Ich kann Ihnen nur sagen, dass ich selbst und Nash nicht wussten, dass er damals nicht den ersten Mord, sondern die letzte einer ganzen Reihe von Tötungen verhindert hat.« Er seufzte.

»Ich könnte Stunden damit zubringen, seine Psyche zu erörtern und ausführlich zu erklären, was meiner Meinung nach der Auslöser für diese Taten war und wie er sie verschleiert hat. Seiner Meinung nach hat er getan, was richtig und notwendig war, und konnte diese Arbeit einzig deshalb nicht beenden, weil sein Bruder, der ihn nicht verstand, ihm nicht vertraut und nicht an ihn geglaubt hat, ihn daran gehindert hat. Erst in den letzten Jahren hat Monty es geschafft, wieder eine Beziehung zu ihm aufzubauen.«

»Über seine Psyche können Sie mit anderen Seelenklempnern streiten. Monty hat zwölf Mädchen umgebracht, hat es bei einem Dreizehnten versucht, und statt ihn anzuzeigen, hat sein Bruder ihn hierhergebracht, wo er ein komfortables Leben führen kann.«

»Ein Leben ohne Freiheit«, rief ihr Gibbons in Erinnerung. »Wir wussten nichts von diesen Morden, als Nash dahinterkam, dass Monty die Verantwortung für diese toten Mädchen trägt, kam er sofort her und hat es mir gesagt.«

»Und noch immer haben Sie die Polizei nicht informiert.«

»Das wollten wir tun, aber bevor wir die Gelegenheit dazu bekamen, waren Sie schon hier. Nash wollte noch ein wenig Zeit mit seinem Bruder verbringen, aber danach hätten wir Monty nach New York und zu Ihnen auf die Wache gebracht.«

Wieder nahm er Philadelphias Hand. »Nash war völlig fertig, als er gestern Abend kam. Er wusste, dass er seinen Bruder den Behörden übergeben müsste. Einen Bruder, den ihr beide liebt, den Bruder, für den er seit Jahren die Verantwortung getragen hat. Er wusste auch, dass er dir sagen müsste, weshalb er ihn damals hat hierher verschwinden lassen.«

»Ich muss die beiden sehen.«

»Ich weiß. Ich habe Monty was gegen die Angst gegeben, denn er ist nervös, weil er zum ersten Mal seit Jahren auf Reisen gehen wird. Er wird nicht ins Gefängnis kommen, Lieutenant. Er ist im Sinne des Gesetzes schuldunfähig, weil er unzurechnungsfähig ist. Trotzdem wird er nie mehr frei sein, niemals wissen, wie es ist, wenn man ein eigenes Leben hat, sich verliebt, eine Familie, eine Arbeit und ein richtiges Zuhause hat. Vielleicht ist das keine Gerechtigkeit in Ihrem Sinne, aber Konsequenzen gibt es auf jeden Fall für ihn.«

»Ich muss ihn sehen«, erklärte Eve. »Ich muss ihn sprechen.«

»Ja, das müssen Sie.«

»Kann ich ...«

»Nein, nicht jetzt«, erklärte Eve, noch ehe Philadelphia den Satz beenden konnte, und auch Gibbons meinte: »Es ist besser, wenn du noch ein wenig wartest. Er hat schon Probleme damit, sich an den Gedanken zu gewöhnen, dass er diesen Ort verlassen muss. Aber wenn die Polizei bereit ist, ihn zu übernehmen, ist es sicher eine Hilfe, wenn du bei ihm bist.«

»Am besten trinken wir erst mal den Tee, den Sie uns angeboten haben«, meinte Roarke mit einem Blick auf Gibbons, und der nickte zustimmend.

»Oh ja. Ich sage meiner Sekretärin, dass sie welchen bringen soll. Lieutenant, wenn Sie möchten, bringe ich Sie jetzt zu dem Patienten.«

Erst, als sie den Raum verlassen hatten, sagte Eve: »In all den Jahren haben Sie ihn also nicht dazu gebracht, die Morde zu gestehen.«

»Mir kam nie der Gedanke, dass er irgendjemanden getötet haben könnte, Lieutenant. Wie ich bereits sagte, ist er furchtbar passiv und neigt nicht mal ansatzweise zu Gewalt. Als er von bösen oder von verlorenenen Mädchen sprach, nahmen wir einfach an, er meinte die Gesamtheit aller bösen und verloren Mädchen und hätte dieses eine Mädchen vielleicht stellvertretend für sie alle retten wollen. Er leidet unter Wahnvorstellungen, und die Art, wie er erzogen wurde – wie ich bereits sagte, bräuchte ich wahrscheinlich Stunden, um das alles zu erklären. Sie werden feststellen, dass diese Mädchen seiner Meinung nach nicht tot, sondern gerettet sind. Er begreift nicht, dass er sie getötet hat. Geistig ist er immer noch ein Kind. Zu Anfang war er zornig, aber dieser Zorn hat sich gelegt. Er hat hier Aufgaben, eine Routine, Menschen, die sich um ihn kümmern, und braucht nichts zu tun, von dem er denkt, dass er dazu nicht in der Lage ist.«

Er trat vor die Tür, vor der Peabody Wache hielt.

»Erlauben Sie mir und Nash, bei Ihrem Gespräch dabei zu sein? Dann hätte Monty nicht so große Angst.«

»Wir können es versuchen, aber bei der kleinsten Einmischung fliegen Sie raus.«

Nickend öffnete der Arzt die Tür.

Nash Jones sprang von dem Stuhl auf, auf dem er saß und seinem Bruder dabei zusah, wie er langsam Kleider faltete und in den kleinen Koffer packte, der auf einem Tisch am Fenster stand.

»Lieutenant, ich …«, setzte er an, doch Gibbons schüttelte den Kopf.

»Du hast Besuch, Monty.«

»Ich werde eine Reise machen.«

Monty wirkte wie ein Kind in einem Männerkörper. Wirres, sandfarbenes Haar, ein blasses, weiches, etwas teigiges Gesicht und trübe Augen, die einen im Grunde gar nicht richtig sahen.

»Ich packe meine Kleider ein. Das schaffe ich allein.«

»Ich muss dir ein paar Fragen stellen«, sagte Eve.

»Dr. Gibbons stellt die Fragen.«

»Ja, aber ich auch.«

»Sind Sie Ärztin?«

»Ich bin von der Polizei.«

»Oh-oh, das heißt, dass irgendwer in Schwierigkeiten ist.« Er grinste seinen Bruder an, als könnte der den Witz verstehen.

»Ich werde dich jetzt über deine Rechte aufklären. Verstehst du, was das heißt?«

»Manchmal habe ich das Recht, beim Essen mit dem Nachtisch anzufangen, wenn ich danach auch noch die anderen Sachen esse.«

Junge, Junge, dachte Eve, klärte ihn aber trotzdem

vorschriftsmäßig auf und sah ihn fragend an. »Hast du verstanden, was das heißt?«

»Ich muss nicht mit Ihnen reden, wenn ich das nicht will.«

»Genau. Du kannst auch einen Rechtsanwalt zu dem Gespräch hinzuziehen, wenn du willst.«

»Ich habe Nash und Dr. Gibbons, die sind wirklich klug«, erklärte er und packte einen ordentlich zusammengelegten dunkelblauen Wollpullover ein. »Aber ich kann auch selbst klug sein.«

»Okay. Dann reden wir jetzt über deine Zeit im *Zufluchtsort*.«

»Dort kann ich nicht mehr hin. Das ist schon lange kein Zuhause mehr. Jetzt ist das hier mein Zuhause.«

»Aber als du dort zuhause warst und Shelby dort gelebt hat … Du erinnerst dich doch sicher noch an Shelby.«

»Sie war böse. Erst hat sie gesagt, sie wäre meine Freundin, aber dann war sie gemein zu mir. Sie ist böse«, stieß er hektisch aus. »Ich muss für meine Reise packen.«

»Du kannst auch mit Lieutenant Dallas sprechen, während du am Packen bist«, schlug Gibbons ihm mit sanfter Stimme vor.

»Jeder weiß, dass Dallas eine Stadt in Texas ist. Aber ich heiße auch wie eine Stadt.«

»Shelby war also gemein zu dir?«

»Muss ich Ihnen das erzählen? Nash hat mich gezwungen, es ihm zu erzählen. Er hat gesagt, ich *müsste* es ihm sagen, weil wir Brüder sind. Aber Sie sind nicht mein Bruder.«

»Trotzdem solltest du ihr sagen, was du mir gesagt

hast«, bat ihn Nash mit rauer Stimme und legte die Hand auf seine Schulter.

»Du warst wütend, und ich mag nicht, wenn du wütend bist.«

»Ich war damals wütend, in New York. Das ist inzwischen ewig her. Ich war einfach erschrocken, trotzdem hätte ich dich nicht so anfahren sollen. Aber heute, als wir zwei gesprochen haben, und du mir von Shelby und … den anderen erzählt hast, bin ich doch ganz ruhig geblieben.«

»Weil wir Nash und Monty und für ewig Brüder sind.«

»Warum hast du Nash nicht damals schon von Shelby und den anderen erzählt?«, erkundigte sich Eve.

»Er war wütend, deshalb habe ich ihm nichts davon gesagt. Danach musste ich hierherkommen, aber hier ist Peter, deshalb ist es gut. Dann habe ich nicht mehr dran gedacht. Hier gibt es keine bösen Mädchen, also habe ich nicht mehr daran gedacht. Ich träume nicht mal mehr davon.«

»Warum erzählst du mir nicht was von Shelby?«, drängte Eve.

»Du kannst es ihr ruhig sagen, Monty«, pflichtete ihr Peter bei. »Sie wird nicht wütend.«

»Shelby hat gesagt, sie würde es mir schön machen, auf eine heimliche und ganz besondere Art. Das hat sie auch gemacht, obwohl es böse war. Wenn ich es Ihnen sage, wird sie Ärger kriegen. Aber ich verrate meine Freunde nicht.«

Er tat, als schlösse er vor seinen Lippen einen Reißverschluss.

»Okay. Und was ist dann mit ihr passiert?«

»*Nichts.*« Er warf die Hände in die Luft und fuchtelte damit herum. »Nichts, nichts. Sie wollte nicht mit umziehen in das neue Heim. Ich auch nicht, aber Nash und Philly haben gesagt, dass ich muss. Aber da waren wir nicht zuhause, deshalb wollten ich und Shelby bleiben, wo wir zuhause waren. Shelby hat gesagt, ich könnte auch dort bleiben, aber dann hat sie gesagt, ich wäre dumm und dort wäre kein Platz für mich. Das hat mir wehgetan. Sie war ein böses Mädchen, und wir sollen den bösen Mädchen helfen, gut zu werden. Also habe ich beschlossen, ihr zu helfen. Ihr und ihrer Freundin und den anderen Mädchen, damit sie nicht länger böse wären und zuhause bleiben konnten. Aber jetzt muss ich auf Reisen gehen.«

»Und wie sah deine Hilfe aus?«

»Oh, das habe ich vergessen.« Lauernd sah er sich nach allen Seiten um. »Das ist schon viel zu lange her.«

»Ich glaube trotzdem, dass du es noch weißt. Du hast den Mädchen ein Betäubungsmittel in die Limo oder in das Bier gekippt, damit sie leise sind und sich nicht wehren.«

»Das musste ich.« Er blies die Backen auf und atmete geräuschvoll wieder aus. »Sie wollten einfach nicht verstehen, dass sie böse waren. Aber danach haben sie es verstanden. Als das Böse in dem schönen, warmen Wasser in der Wanne abgewaschen wurde. Kaltes Wasser ist nicht lustig, und weil ich sie ausziehen musste, sollten sie nicht frieren. Wenn sie ihre Kleider anbehalten hätten, hätten sie nicht wirklich sauber werden können. Aber ich habe sie nicht angerührt. Das schwöre ich!«

Er griff sich zur Bekräftigung des Schwurs ans Herz.

»Als Shelby in dem warmen Wasser lag, habe ich

gebetet, so, wie man es machen soll. Dann war sie sauber und hat tief und fest geschlafen, also habe ich sie in die warme Plastikfolie eingewickelt, ihre Freundin hochgeholt und dann beide zurück ins Erdgeschoss gebracht. Mir war klar, dass Leute kommen und zu ihnen sagen würden, dass sie dort nicht bleiben können, also habe ich es so gemacht, dass sie für alle Zeit zuhause bleiben können, weil sie niemand sieht.«

»Wie hast du das angestellt?«

»Ich bin ein guter Handwerker und habe eine neue Wand gebaut. Dahinter war dann ein geheimer Ort, so etwas wie ein Club.«

»Okay.« Eve schlenderte gemächlich durch den Raum und nahm einen abgegriffenen Stoffhund vom Regal. »Wo hast du den denn her?«

»Den habe ich gefunden, seither gehört er mir. Er heißt Baby.«

»Baby hat mal jemand anderem gehört.«

»Vielleicht, aber sie hat nicht richtig auf ihn aufgepasst. Ich kümmere mich gut um ihn.«

»Du hast Baby also gefunden. So wie du nach Shelby und nach ihrer Freundin auch noch andere böse Mädchen irgendwo gefunden hast.«

»Ein Missionar muss zu den Sündern gehen und ihnen helfen. Aber nicht in Afrika. Dort ist es unheimlich. Ich möchte nicht nach Afrika. Nash.«

»Schon gut, du musst ja nicht nach Afrika.«

»Aber ich werde eine Reise machen«, wandte er sich abermals an Eve.

»Dann pack am besten erst mal weiter deine Sachen ein.«

Epilog

Am Ende dieses langen, elendigen Tages war das Einzige, was Eve noch wollte, eine kochend heiße Dusche und ihr Bett.

Zuhause angekommen, traf sie in der Eingangshalle statt wie sonst auf Summerset und Galahad auf ihren Mann.

»Na, das ist mal eine Überraschung.«

»Ich wollte hier sein, wenn du heimkommst«, meinte er und sah sie forschend an. »Du siehst erledigt aus.«

»So fühle ich mich auch. Danke, dass du mir bei Nashvilles Konto und danach noch mit dem Hubschrauber geholfen hast.«

»Das war nicht weiter schwierig, und vor allem hat es Spaß gemacht. Aber das hier?« Zärtlich legte er den Arm um ihre Taille und geleitete sie in den ersten Stock. »Das ist eine Notwendigkeit und eine der wichtigsten Regeln, die es in einer Ehe gibt.«

»Was?«

»Am Ende eines harten Tages für den anderen da zu sein. Auch wenn du nicht darüber reden musst.«

»Vielleicht wäre es sogar gut, es loszuwerden«, widersprach sie ihm. »Er hat keine Ahnung, was das alles zu bedeuten hat. Ich meine, Monty Jones.«

»Was hat es denn zu bedeuten?«

Müde setzte sie sich auf den Rand des Betts und schaffte es, ein Lächeln aufzusetzen, als er vor ihr in die Hocke ging, um ihr die Stiefel auszuziehen. »Zuerst kommt er ins Gefängnis und wird dort auf der psychiatrischen Station verhört und gründlich untersucht. Er könnte einem beinah leidtun, aber wenn ich an die Mädchen denke, die an meiner Tafel hängen, finde ich, dass ihm das durchaus recht geschieht.«

Sie warf sich auf den Rücken und starrte die Decke an. »Ich bin mir sicher, dass er Shelby vorsätzlich getötet hat. Er war wütend und verletzt, dafür hat er sie bezahlen lassen, indem er sie vorgeblich von ihren Sünden reingewaschen hat. Aber er wusste, was er tat. Ich glaube, dass ihm das den Rest gegeben hat. Irgendwann wurde ihm klar, was er getan hatte und dass sich das nicht ungeschehen machen ließ. Also hat er auch Linh getötet und sich eingeredet, dass eine höhere Macht ihm diesen Auftrag gegeben hat. Aber bei Shelby war ihm klar, dass es im Grunde nur um Rache ging. Dafür wäre er verurteilt worden, hätten wir ihn damals schon erwischt.«

»Und jetzt?«

»Jetzt ist er nur noch ein jämmerlicher verwirrter Mann.« Sie rappelte sich wieder auf und blinzelte, als sie von Roarke ein Weinglas in die Hand gedrückt bekam.

»Den kann ich jetzt gebrauchen«, meinte sie und fuhr mit ihrem eigentlichen Thema fort. »Gibbons hat recht. Er wird nicht ins Gefängnis gehen, aber dafür bleibt er bis an sein Lebensende in der Psychiatrie. Er wird sie nie wieder verlassen, das muss mir reichen, weil es eine andere Gerechtigkeit nicht geben wird.«

»Es wäre leichter, wenn er bösartig, gewalttätig und geistig auf der Höhe wäre.«

»Allerdings. Wie die Eltern einiger Opfer und wie unsere eigenen Väter waren. Gegenüber solchen Menschen kann man eine klare Position beziehen, weil klar ist, dass sie auf der falschen Seite stehen. Und weil ich dann in die Gesichter meiner Opfer sehen und sagen kann, okay, ich habe meinen Job gemacht und bin so gut wie möglich für euch eingetreten.«

»Das hast du auch dieses Mal gemacht«, erklärte Roarke und setzte sich zu ihr aufs Bett. »Genau das hast du diesmal auch gemacht.«

»In all den Jahren hat niemand etwas gemerkt. Weder seine eigene Familie noch die Angestellten, die für so was ausgebildet sind, noch der Seelenklempner, bei dem er als Junge in Behandlung war. Er war eine tickende Zeitbombe, und niemand hat das bemerkt. Sie alle haben in ihm immer nur das etwas scheue, leicht begriffsstutzige Nesthäkchen gesehen, aber ich bin mir sicher, dass er damals zwar nicht wirklich helle, aber doch leicht verschlagen war. Davon ist jetzt nichts mehr übrig, aber damals war er schlau genug, um seine Opfer in den *Zufluchtsort* zu locken, sie dort zu betäuben, hinter falschen Wänden zu verstecken und seinen Geschwistern gegenüber so zu tun, als wäre nichts passiert. Von diesem Menschen ist jetzt nichts mehr übrig, aber damals hat er existiert.«

»Vielleicht ist ja auch das Gerechtigkeit. Dass dieser Teil von ihm irgendwo eingeschlossen ist und selbst, wenn er sich jemals wieder melden sollte, keine Chance mehr hat.«

»Aber er hat bei seinem Abgang viele andere Menschen mitgenommen. Zwölf junge Mädchen, deren Leben endgültig vorüber sind.«

»Was ist mit dem Bruder?«

»Den habe ich ebenfalls verhört. Ich glaube ihm, dass er nicht wusste, dass DeLonna nicht die Erste war. Er hätte sich einfach nicht vorstellen können, dass sein eigener kleiner Bruder in der Lage wäre, so etwas zu tun, hat er gesagt. Natürlich muss er sich dafür verantworten, wie er damals mit dieser Sache umgegangen ist, aber ich glaube nicht, dass er dafür verurteilt wird. Das hätte schließlich keinen Sinn. Er ist bereits genug damit gestraft, dass er seiner Verantwortung für die Geschwister nicht gerecht geworden ist und dass sein Bruder zwölf Mädchen ermordet hat. Gibbons wird wahrscheinlich seine Position als Klinikleiter und vielleicht auch seine Zulassung verlieren, aber er wird wieder auf die Beine kommen. Wobei ihm Philly sicher gerne hilft.«

Lachend legt Roarke den Arm um sie. »Ach ja?«

»Sie ist bei dieser ganzen Sache außen vor. Sie hat an ihren Bruder und ihr Werk geglaubt, was man ihr nicht verdenken kann. Und der gute Doktor wollte vor allem einem alten Freund oder dem Bruder dieses Freundes helfen. Die beiden hätten ein Wiederaufflackern der alten Liebe unbedingt verdient.«

»Genauso hättest du verdient, dass du zufrieden mit der Lösung dieses Falles bist.«

»Er ist abgeschlossen, und die meisten Fragen sind geklärt. Außer der, wer unser letztes Opfer ist. Sie hat noch immer keinen Namen und taucht nirgends in den Akten auf. Wenn sie jemals irgendjemand irgendwo gemeldet hätte, hätte Feeney sie entdeckt. Anscheinend war sie nicht mal ihren eigenen Eltern einen Namen wert und das …«

»Erinnert dich an dich selbst.«

»Ich hatte keinen Namen, denn ich war für meine Eltern nur ein Ding. Ich denke, dass es bei ihr genauso war. Dass sie für ihre Eltern auch nur eine Sache war. Niemand hat sich für sie interessiert, außer für kurze Zeit der Mann, der sie ermordet hat. Und nicht mal er konnte mir sagen, wie sie hieß.«

»Dann gib ihr einfach einen Namen.«

»Was? Das kann ich nicht.«

»Natürlich kannst du das.«

»Was weiß ich schon von Namen?«

»Du hast schließlich auch den Namen unseres Katers ausgesucht.«

Sie blickte stirnrunzelnd auf Galahad, der mit allen vieren in der Luft neben ihr lag und schlief. »Das stimmt. Aber für einen Menschen braucht man einen Vor- und einen Nachnamen.«

»Das Haus, in dem man sie gefunden hat, liegt in der West Side, also wäre West ein guter Nachname«, nahm Roarke ihr einen Teil der Arbeit ab. »Aber den Vornamen wählst du.«

»Ich habe keine …«, fing sie an, doch plötzlich fiel ihr der ideale Name ein.

»Angel. Wenn es schon die ganze Zeit um höhere Mächte geht, hat sie auch einen Namen in der Art verdient.«

»Dann heißt sie also Angel West. Und hat in uns zwei Menschen, denen sie am Herzen liegt.«

574

»Okay.« Sie atmete erleichtert auf und schlug ihm vor: »Wie wäre es, wenn wir hier noch ein bisschen sitzen bleiben, Wein trinken und uns den Baum ansehen?«

»Gute Idee.«

»Im Grunde mag ich Weihnachten«, erklärte sie und lehnte ihren Kopf an seine Schulter. »Auch wenn ich dafür shoppen gehen muss.«

»Wie furchtbar.«

Lachend nippte sie an ihrem Wein und nahm sich vor, die Bilder von der Tafel zu nehmen und den Fall dann zu den Akten zu legen. Denn sie hatte ihren Job gemacht und wieder einmal ihr Möglichstes getan.

Jetzt saß sie daheim im Warmen, wo der Weihnachtsbaum in hellem Glanz erstrahlte, wo ihr Kater schnarchte, und der Mann, den sie von Herzen liebte, seinen Arm um ihre Schultern schlang.

Ein solches Übermaß an Glück wurde bestimmt den Allerwenigsten zuteil.